VISIONI

Manuela Diliberto

L'oscura allegrezza

Con un'intervista a Pif

Via delle Fornaci, 425 – 00165 Roma
info@lalepreedizioni.com
www.lalepreedizioni.com
Progetto grafico/Francesca Schiavoni
Coordinamento editoriale/Plan.ed
www.plan-ed.it

ISBN 978-88-99389-19-2

Copertina:
disegno di Riccardo Rossati
Retrocopertina:
disegno di Edmondo Orlandi (1911)

L’oscura allegrezza

Indice

Questo libro è dedicato al *caruso Angeleddu*,
d'anni tredici, ucciso dal suo *picconiere* con otto bastonate,

a *Livia Trombino*, *Nicola Bonacasa*, *Giusto Picone*, *Christel Vonmetz*,
Maria Teresa Bolognini e *Alessandro Orlandi*,
che hanno cercato e cercano con grande umiltà
di rendere il mondo più interessante,

e a *Thierry*, che inseguirò per sempre.

Zürich, 23 febbraio 1962

Grazie all'interessamento di *Monsieur* Jacques Boillet, l'editore, son riuscita a far pubblicare le memorie del mio defunto padrone *Herr* Giorgio Kreifenberg, al cui servizio vissi per oltre vent'anni. Nulla mi costringeva a farlo, ma dopo la sua morte, il giorno in cui trovai per caso in uno dei cassetti della sua scrivania un manoscritto con le sue memorie, lo stupore che provai nell'apprendere della sua precedente vita trascorsa a Roma (che ignoravo!) e delle dolorose vicende che lo segnarono così profondamente fu tale, che mi recai di corsa da M. Boillet, forse l'unico amico ancora in vita di *Herr* Kreifenberg, e lo supplicai di rendere pubblica una storia così incredibilmente tragica.

Io non mi intendo di letteratura, ma una storia come quella che lessi nel manoscritto sarebbe andata certamente sprecata se mai nessuno l'avesse conosciuta.

M. Boillet, commosso, la pubblicò in brevissimo tempo.

Caro *Herr* Kreifenberg! Come potei crederlo così duro? Come potei giudicarlo tanto severamente? E siccome ben mi conosco, so che il rimorso mi avrebbe perseguitata tutta la vita se non avessi posto rimedio, almeno in parte, alle mie numerose cattiverie nei suoi confronti.

Così mi son levata un gran peso dalla coscienza, riscattando la mia antica antipatia per lui con questa pubblicazione che, in un certo senso, oscurerà la brutta fama di cui *Herr* Kreifenberg godette presso quanti lo conobbero.

Isabelle Schider

Memorie di Giorgio Kreifenberg relative all'anno 1911

Nel vuoto di una vita vuota mi accingo alla conclusione.

Sto morendo. I dottori lo sanno, io lo so.

È tuttavia già da tempo che l'idea di cessare di esistere non mi spaventa più. Vivere per me, più che una reale partecipazione a qualcosa, è divenuto oramai un'abitudine.

Così, tutto sommato, l'idea di allontanarmi per sempre da questo vecchio rudere che sono, per riscoprire magari in un'altra vita, un'altra dimensione, altri mondi, non mi rattrista affatto, anzi mi riempie di entusiasmo. E a questo passo sono ormai pronto. Da anni.

In questa vita non lascio nessuno.

Ho solo dei lontani parenti a Roma che non ho mai sentito più di tre volte: Adriana e Alessandro, credo che si chiamino. Sono i due figli di mia cugina Maria Elisabetta. Di altri parenti non so o non ricordo assolutamente nulla.

Non ho amici particolari: i pochissimi che avevo sono ormai morti o dimenticati da tempo.

Forse l'unica persona che lascio è Isabelle, la donna che mi ha assistito e che mi ha pulito la casa per anni.

Ancora non l'ho avvisata, ma dopo aver trovato un'altra sistemazione, non penso che rimpiangerà le mie cattive abitudini, i miei modi scortesi o il mio continuo disordine. Meglio così.

Non voglio che nessuno pianga sulla mia bara. Neppure la paziente Isabelle.

E se non fossi stato giornalista tutta la vita, non credo che mi sarei mai preso la briga di scrivere le mie memorie.

È stato un gesto motivato solo da un impulso irrazionale, un po' l'ultima debolezza di un uomo che visse solo lavorando. L'addio alla vita del giornalista che sono sempre stato.

Ubi ambitionem virtuti videas antecedere

La moda dei pantaloni

– Oggi fa piuttosto freddo fuori!

Entra senza bussare e si dondola, sorseggiando il tè bollente.

– Sento di dover rimanere in casa, altrimenti mi buscherò un malanno. Mi resta sempre qualche pastiglia di Catramina Bertelli... Sarebbe giusto il caso di prenderne un paio!

– Buon giorno, *maman*.

Si siede sul bordo del letto e mi bacia la fronte, tossendo in modo ostentato. Continua a sbattere il cucchiaino sull'orlo sottile della tazzina che emette un gradevole crepitio.

– Cosa leggi?

– I soliti quotidiani.

LA MODA DEI PANTALONI

La donna mette i pantaloni. ...I maligni potranno osservare che il caso non è nuovo. A parte la malignità anche la stessa Giorgio Sand ha nobilitato l'antiestetico e antigienico (lo dicono gli esteti e gli igienisti) costume maschile. Ma erano i pantaloni maschili! Oggi, invece, le donne vogliono un pantalone speciale, un pantalone femminile: da non confondere però coi leur pantalons, che hanno dato all'erudizione un volume curioso e al teatro una commedia salace, Les pantalons de la baronne. Il modello viene originariamente dall'oriente - dove le donne musulmane sono imbracate da secoli dall'igiene e dalla religione: si è modificato in America ingaffendosi nelle stoffe e nel taglio. Oggi il sarto parigino tenta di dargli la grazia che non può essere disgiunta dalla donna. Il trionfo della linea femminile che è essenza dell'abito muliebre difficilmente si conseguirà col nuovo costume. La signora Paquin, una delle arbitri mondiali della moda femminile, si è rifiutata di dare le sue forbici al nuovo indumento. Chi ha rinnovato le audacie e le eleganze del Direttorio e dell'Impero non può avvilirsi nel pantalone alla zuava. La guaina è la negazione del sacco ampio. Le attrici e le donne alla moda subiranno i pantaloni per il quarto d'ora di eccentricità e novità...

– Celeste ha la brutta abitudine di lasciare la porta aperta quando entra per accenderti il camino: in questo modo si disperde il calore... Quante volte gliel'ho detto! E poi ieri ha dimenticato uno dei tuoi giornali giù, sul parapetto del portiere. Sta invecchiando... Comunque l'acqua del bagno è pronta. Ah! Uscendo, caro, potresti passare dalla farmacia?

Mi porge un opuscolo e una scatoletta di latta. "*Tossite? Inalazione volatile antisettica. Appena colpiti da tosse (laringiti, raffreddori-catarri, broncopolmoniti)* CATRAMINA BERTELLI *normali e dolcificate pillole antisettiche espettoranti, calmanti, balsamiche. In scatola da 2.50 o 1.50 in tutte la principali farmacie del Regno.*"

– Mi stanno per finire. Meglio tutelarsi per qualsiasi evenienza!

– Devo prendere la confezione da 1.50 o quella da 2.50?

Le chiedo ridendo.

– Mah... da 1.50? Che ne dici? No! Meglio l'altra. Non si sa mai...

– Come preferisci, *maman*...

Riprendo il giornale. Nei pensieri ci sguazzavo da un bel po'. Riflettevo ad alta voce... Mi capitava spesso. Anche in redazione. Avevo un gran desiderio di ragionare ad alta voce: pareggiare i conti, tirare le somme. Valuto se riflettere in quel momento. Comunque una gran seccatura il doversi trattenere...

– Stasera siam tutti da Anacleto. Ti ricordi della *soirée* di Anacleto, caro? Canta la cugina di Maria Stefania. ...Credo qualche *Lied* di Schubert. Sì, *Auf dem Flusse*! Beh, insomma, qualcosa del genere... Alle nove puntuali.

– D'accordo.

– Tu potresti passare anche prima. A Maria Stefania farebbe piacere che per una volta arrivassi *prima* che la *soirée* abbia inizio.

– *Maman*...

Esitò qualche istante.

– *Mon cœur*...

– Intesi: passerò prima... Se ne avrò modo...

Finisce il tè e si avvicina alla porta.

– In questo periodo non sei di compagnia. Non dimenticar le pillole di Catramina! Nel frattempo per la tosse posso sempre ricorrere alle mondiali pastiglie MARCHESINI. Ne ho ancora una confezione. Casa Cazzani-Belluzzi. Pensa che una scatola contiene la dose doppia e le modalità d'uso in ben otto lingue! Non è incredibile? E il tutto a sole 1.20 lire...

– Bene!

– Buon bagno!

"... *La politica reazionaria dei Crispi e dei Pelloux ha registrato alla fine dello scorso secolo l'ennesimo insuccesso. Il crollo dell'autoritarismo crispino ha evidenziato un fatto ormai perspicuo: il moto delle classi operaie in ascesa è chiaramente un moto invincibile perché diffuso in tutti i paesi civili e perché fondato sui princìpi dell'uguaglianza fra gli uomini. Un atteggiamento di tolleranza e considerazione da parte dei partiti costituzionali verso le classi popolari ne favorirebbe l'inserimento nelle istituzioni ed esse finirebbero così per introdurre nelle istituzioni stesse una nuova forza conservatrice aumentandone grandezza e prosperità invece di rappresentare per la nazione una minaccia, un turbine distruttore. Noi ci troviamo all'inizio di un nuovo periodo storico e ognuno che non sia cieco deve ormai vederlo*..."

Eh! Eh! E bravo Giolitti! Si parla così, alla vigilia di una nomina certa. Finirà, Luzzatti, finirà... Meglio alzarsi. La mia Demetra, fascio di grano sotto al braccio e falce salda in pugno, segna le sette e trenta. Se mi tocca passare in farmacia, meglio è abbandonare le calde coltri! Stasera il completo grigio... Sì, grigio perla, e una perlina conficcata nella cravatta porporina... Sì, proprio *conficcata*... eh! eh! *Conficcare*. Io ti conficco, tu mi conficchi, lui mi conficca... Brrrr... in effetti se Celeste non avesse lasciato la porta aperta, adesso patirei meno il gelo... Freddo gelo freddo gelo... afferrare ancora un paio di giornali... di corsa in bagno! Correre come un ladro verso il bagno caldo. Lasciare scivolare l'asciugamani, una volta dentro la stanza da bagno ben riscaldata. Mmmh! Teporino, teporino mattutino nel bagnetto porfidino... Ah!... Amabile calore avvolgente, profumato... Celeste sa mescolare bene le varie essenze.

La tragica vendetta di un marito tradito. Uccide la moglie e l'amante a revolverate. Sparsa la notizia di un fosco dramma dell'adulterio che si è svolto fulmineamente a... Data l'ora tarda in cui è avvenuto è difficilissimo procurarsi i particolari precisi del triste fatto. Da tempo il signor Giuseppe Molini dubitava della fedeltà coniugale della sua compagna, la signora Emma, una graziosa signora che egli aveva sposata per amore. I primi tempi del matrimonio trascorsero felici, poi delle nubi cominciarono a offuscare l'orizzonte.
Salta... salta... *Il Molini sospettava che la moglie avesse illecite relazioni con l'avvocato Arturo Cavalli. Senza dire una parola, mentre gli amanti spauriti cercavano un rifugio contro l'ira del marito, ha estratto la rivoltella e ha sparato quattro colpi. Gli amanti son caduti a terra mentre il marito, gettata la rivoltella, si allontanava rapidamente...*

Mmmh... sarebbe bello poter restare qua dentro tutta la giornata. Temperatura dell'acqua: perfetta. Vaniglia, olio di mandorle... il tutto mescolato all'armonia dei colori che si sposan alla perfezione con le belle cornici. Stampe di cavalieri medievali bardati che principiano la giostra. Li scelsi io. *Maman* voleva le solite contadinelle arcadiche... cioé belle ragazzine pasciute, vestite di morbidi stracci. ...Fare attenzione a non bagnare il giornale! Basta un attimo di distrazione per imbibirne gli angoli. Strano! *Maman* si dannava per trovare una lastra di marmo per il suo comodino: cercava lo stesso marmo del cassettone della nonna. "Non si trova: è un marmo rarissimo; unica speranza: il magazzino di qualche altro marmista, ma solo a piccoli pezzi." Così a ripetere le parole del suo marmista per giorni. Adesso che ci penso, di quello stesso marmo mi pare sia lastricato il corridoio che in redazione porta alle *toilettes*. Ma sì che lo riconosco: è lo stesso marmo! Perché mai di un marmo tanto pregiato ci avrebbero dovuto lastricare i corridoi che in Via dell'Orso conducon agli orinatoi? Adesso si può parlare ad alta voce...

– C'è nessunooo?!

E via, come un venditore ambulante!

– Antiforforina Haäls, toglie la forfora, rinforza il bulbo capillare! Per due lire e cinquanta centesimi al flacone i nostri bulbetti vengon protetti per benino! Passiamo pure un po' di antiforforina. Cari, fragili, piccoli bulbetti...

`...Domestica quindicenne tenta di strangolare la padrona...`

Salta... salta...

`...Quello che il governo accorda e quello che nega ai ferrovieri...`

La nazionalizzazione delle ferrovie... Mmmh... è stata la più grande idea del Giolitti: consensi unanimi fra riformisti, rivoluzionari e moderati. Difficile in altri casi metterli tutti d'accordo. La gestione in mano ai privati era un disastro... Mmmh... "*Per frenare le sperequazioni generate dalle grandi concentrazioni private*", si disse così... E Bonomi, Turati e Labriola a darsi tante pacche sulle spalle! Vero è che da principio portò lavoro sicuro. In questi casi le beghe arrivan dopo[1]. Mmmh...

---

[1] Da un lato il malcontento degli industriali che si videro precludere il capitale finanziario, dall'altra il malumore dei ferrovieri, malpagati per la scarsezza dei fondi dello Stato che a sua volta si trovò costretto a sostenere, da solo, un tale onere.

La statalizzazione è un'idea brillante, ma bisogna pensare concretamente alle conseguenze... La scarsità dei capitali dilaga: non è un mistero per nessuno. Come spiegare ai difensori strenui del privatismo economico, barbagianni ossessionati dallo spauracchio socialista, gli effetti *benefici* dell'ingerenza dello Stato nell'economia?

"LA QUESTIONE FERROVIARIA"

Salta... salta...

"Io so che i ferrovieri sono stanchi di attendere i miglioramenti delle loro condizioni". Il parere di un ferroviere riformista.

Salta... salta...

"A me i dirigenti del sindacato non dicono nulla. Io sono un riformista e quindi non sono in odore di santità..." Roma, ore 19.12

Salta... salta...

"Grave scandalo nelle Ferrovie dello Stato. Il servizio "speciale" di ferrovieri..."

Uff! Comincia a far caldo... Aria! È tempo di saltar fuori dalla bagnarola!

Ahhhhhhh...

Impomatato, profumato, pulito.

Pronto per cominciare.

Cappotto, sciarpa, cappello, guanti e malacca.

– Caro! Ti ho fatto una lista per la farmacia. Sì, dovresti prendermi qualche altra cosuccia, oltre alle pillole di catramina. Grazie! E non dimenticare: alle nove precise da Anacleto! Io sarò alla *Maison Moderne* nel tardo pomeriggio. È uscito un nuovo tipo di *shampooing* americano antisettico con applicazione di *henné* e decolorazione assolutamente innocua!

Mi avvicino alla porta di ingresso mentre lei si guarda allo specchio scacciando via alcune briciole dagli angoli della bocca.

– Pensavo di farmi l'ondulazione *Marcel*...

– Ah, sì?

– Dura quindici giorni!

– Ti saluto, *maman*.

– Ciao, caro. Ricordati di passare in farmacia!

IN FARMACIA

La lista.

Una bottiglia di Eutossifugo Bernardi

Una confezione di Pastiglie Valda in scatola portante il nome "Valda" da lire 1.50

Un flacone di tavolette Micranina con la marca del leone, lire 1 a flacone

Una confezione di crema ECLA per scarpe. Senza acidi e senza acqua ragia

Un tubetto di magnesia purgativa OPER, confezione da dodici purghe

Il cielo è grigio e l'aria profuma di legna bruciata. Le carrozze imbrattano i marciapiedi di fanghiglia. I passanti affrettano il passo coi visi coperti.

Amo queste ore del mattino, quando la giornata fredda principia e i raggi flebili del sole stentano a scaldare le mani aggranchite.

Giunto in Via dell'Orso, cercando un importante dossier nella mia borsa, agguanto per caso uno dei tubetti di *maman* e ne leggo incredulo l'etichetta.

"*MAGNESIA PURGATIVA OPER – dodici purghe. Purissima ed insuperabile –*

Il re dei purganti, il purgante del Re."

Cicloni

La terra è stanca
L'inverno è venuto
Cade la neve tranquillamente
Solo il tempo
Trova ancora un po' di forza
Per continuar la sua corsa
Pazza e strana[2]

– ...Perché c'è una gran differenza, mio caro, fra un moderato, un rivoluzionario e un buon riformista!

Il discorso va per le lunghe. Non avrei dovuto neanche principiarlo. Accennando a qualcosa di cui non ricordo, mi ci sono ritrovato dentro mio malgrado; fintanto che mi resta accanto non riesco a riflettere per conto mio... Sì, che male c'è se mi è preso l'uzzolo di riflettere ad alta voce per i fatti miei? Chi può biasimarmi? Invece Gaetano, qui davanti a me, mi parla, mi reclama a gran voce, e si aspetta pure che risponda! Mi guarda da dietro gli occhiali spessi come fondi di bottiglia, e sorride ironico mostrando tutti quanti i denti dritti e spaventosamente bianchi. Adesso il suo sorriso si è congelato sulle due ultime parole. "*Un buon riformista*". Attende. Io non replico nulla. Non sorrido neanche. La cosa non sembra fiaccarne la logorrea. Riprende il filo del discorso continuando a camminare al mio fianco.

– Ricordi le parole del compagno Turati nel suo discorso alla Camera, quattro anni fa? "*I socialisti riformisti pensano, a differen-*

---

[2] *Egor Malenkov*, Senza titolo.

za degli altri, che coteste trasformazioni, per quanto radicalissime, non possano utilmente avvenire se non per una via di evoluzione, di penetrazione, di sostituzione graduale. Pensano che il sovvertimento violento delle strutture dello Stato, la conquista del potere da parte del proletariato e la violenza nei cangiamenti sociali, abbia una funzione decorativa, assai più che una funzione sostanziale"... Ricordi, Giorgio?

Mi fermo e lo osservo sciorinare quel discorsetto come in chiesa si recita il *Pater Noster*, con aria assuefatta e rassegnata.

– Ma lo hai imparato a memoria!?

– E ti sorprende?

– Scusa, ma adesso devo andare a parlare con Sandro.

– Aspetta!... Ma di' la verità, non credi che un'ascesa graduale delle masse popolari attraverso un'azione parlamentare e sindacale, sia infinitamente più *realistica* e *ragionevole* di un sovvertimento radicale, utopistico e irrealizzabile?

– "Irrealizzabile" lo dici tu... Ci vediamo più tardi per preparare l'intervista ai ferrovieri di Termini. A dopo.

`...Progetto di riforma respinto a grande maggioranza dal Senato come la proposta del sistema elettivo per una data categoria. Solenne ingresso di re Pietro di Serbia a Roma...`

Qualche metro mi separa dalla pace del mio ufficio.

`Parigi. Si ha da Pietroburgo che il governo russo ha preso la decisione relativa alle opere inedite di Leone Tolstoj con spirito liberalissimo. Alexandra Liuovna, la figlia di Tolstoj, è stata informata che il governo permetterebbe la stampa di tutte le opere pubblicata ed inedite. Unica restrizione per le opere a carattere religioso e sociale che furono interdette in Russia e pubblicate solo nelle edizioni complete o sotto forma di opuscoli propaganda...`

Chiusi là fra quelle mura, il silenzio e i miei pensieri intonsi.

Adele, la mia segretaria, ha l'ordine di non farvi entrare nessuno in mia assenza. Lei non lo sa, ma è solo perché a nessuno sia concesso di contaminare i miei spazi con parole o idee che non sgorghino dalla mia testa.

```
Fregoli festeggia all'Olimpia di Parigi la sua set-
tecentesima rappresentazione...
```

Manca solo qualche metro e occorre ancora discutere, dare direttive, sbrogliare matasse, ascoltare, annuire, comporre, suggerire... Con Sandro e altri collaboratori si ragiona su come rendere più avvincente l'articolo sull'Esposizione Internazionale di Torino prevista per aprile.

– Dove si svolgerà?

– Credo nel Palazzo dell'Arte Applicata all'Industria.

– Chi abbiamo sul posto?

– Belardinelli, se non erro. Sì, sì, confermo, Belardinelli senz'altro!

–Voglio parlare con lui assolutamente. Di persona... sarebbe meglio mandare anche qualcun altro. Si tratta di un grande evento, dopotutto!... Che ne pensi, Giorgio?

– ...Mi sembra un'ottima idea. Sono d'accordo. Belardinelli è un buon elemento, ma l'evento richiede un dispiego superiore di forze.

– Infatti. Bene! Hai qualcuno in testa?

– Mandiamoci Gaetano! Potrebbe venirne fuori un buon pezzo. Un taglio sociale dell'*happening*.

– Mmmh... Non è male!... Non è affatto male come idea. Ottima intuizione, Giorgio!... Allora avvisate Galipò. Bene, bene.

– Capo, da Londra notizie fresche!

– Giorgio, vai a sentire di che si tratta...

```
              NOTIZIE FRESCHE
Da Londra. 23.00 sera. Si ha da Pietroburgo.
Epidemia di peste in Manciuria. Venti persone muo-
iono al giorno...
```

Nel mio ufficio

Chiudo la porta dietro di me e respiro qualcuno dei miei pensieri. "*Il vicedirettore è in riunione*", dirà Adele fra qualche minuto.

Sulla scrivania un articolo conservato da settimane. Lo ripongo nella tasca interna della giacca.

"Passare da Maria Stefania verso le 19.00. È forse eccessivo? In fondo l'ho vista appena ieri. *Cara Stefanella! Scusa, ma ho dimenticato di levarmi dalla guancia il rossetto di Marzia!... Non me ne volere, piccola Stefanella... dolce, perfetta, bionda Stefanella...* Che piacere incontrarla tre, quattro volte a settimana a casa del padre. Una passeggiata accompagnati da *maman* in campagna, una *soirèe* all'opera col Cavaliere Vermigli: sono momenti cui non rinuncerei per nulla al mondo. È grazie a lei che nell'ultimo mese ritrovo frattaglie di entusiasmo. L'*ENTUSIASMO*. L'ho perso, è chiaro. L'entusiasmo per la mia professione stagna da qualche parte in attesa di un reboante qualcosa. L'alzarmi la mattina è ormai un'operazione difficoltosa. Continuo a farlo cercando di far finta di niente, ma non riesco più a lavorare come una volta; vivo di ragionamenti biechi e contorti, e conduco una vita che, se non fosse per la mia professione, definirei *ordinaria*."

Con i piedi sul tavolo e le mani allacciate dietro la nuca, riflettevo respirando vieti pensieri, angosce di seconda mano.

"Il risultato sono Marzia e Ida, questa è la verità. ...La verità è che cerco emozioni dove posso, che le mendico. Cosa vede chi mi indica per strada? Cosa vede Maria Stefania quando entro in una stanza? Capirebbe se glielo chiedessi? *Chi* potrebbe capire? Cosa vedono Ida e Marzia? Vedono *me*... Me, per quello che sono. Ecco cosa cerco: che mi si guardi e mi si prenda per *ciò che sono*. qualsiasi cosa sia... Continuo ad avere storie più o meno serie, e storielle passeggere... Beh, non prostitute (sono socialista)! Mi son ritrovato spesso in compagnia di brave donnine cui piace la vita allegra. Nulla di sconveniente. Però con Ida e Marzia è diverso. C'è dell'altro... Ci si vede ogni sera a casa di Marzia. Si beve, si balla, si discute di tutto... e ci si ama senza pregiudizi. Potrà sembrare eccessivo a un orecchio benpensante... ma che lo si voglia credere o meno, ci siamo *ritrovati* in questa vita, anime sballottate dalla società, e cerchiamo di prenderci cura a vicenda. Rinunciare ai nostri incontri mi riuscirebbe difficile in questo momento.

In genere arrivo a casa loro verso le 9 di sera. Subito dopo il lavoro. Si mangia tutti insieme sul lungo tavolo di ciliegio che ho donato a Marzia, la mia preferita. L'ambiente accogliente e stravagante mi aiuta a dimenticare l'ansia della giornata. È Ida che ha arredato l'appartamento. Sua madre è greca, e qua e là si trovano sparsi strani oggetti la cui esoticità mi trasporta tutte le volte nell'Attica antica o nel Peloponneso di Menelao e Agamennone, fra i tesori dell'Enrico Schliemann. Stravaccato su un divano comodo e molto antico (un altro mio dono), vengo vezzeggiato dalle due che, forse mi sbaglio, sembra gareggino nell'accaparrarsi la mia attenzione...

L'altro lato, invece, è che tutto ciò mi ripugna.

Che non lo controllo, perché non ne sono padrone, ma schiavo.

Ho bisogno di loro due. Delle loro attenzioni. E ogni qualvolta il rimorso mi assale, rinnovo i mille ferrei propositi di non mentire più a Stefania né a me stesso, per tornare invece a bussare dolorosamente alla tozza porta di ciliegio della casa di Marzia, e vituperarmi per averlo fatto, e poi fare l'amore con loro e trovarlo così eccitante che a pensarci mi sconquasso, e infine prendere la via del ritorno tutto aggrondato, e rincasare volendomene a morte.

La cosa paradossale è che possedendo Ida e Marzia su quel divano imbottito, il mio cuore non batte che per la mia Stefania. In quel groviglio di pulsioni, il mio amore per lei ne esce ritemprato. Devo averle per riuscire ad amare Stefania? ...Non mi è sufficiente amarla e basta?"

– Il vicedirettore è in riunione.

Esco dal mio ufficio e chiudo a chiave le mie ansie. Neanche la cara Adele potrà appropriarsene e contaminare qualche sillaba, deturpare anche poche vocali...

Un ciclone a Palermo... La nuova moda del cappello... Augusto Veronesi, di Napoleone, d'anni ventuno, negoziante romano, Tersilla Tagliabue, in Veronesi fu Callisto, d'anni venti. All'albergo del Falcone... lei beve inchiostro... Adele Fontana suicida per amore a Napoli. Elegantissima e bellissima fanciulla bionda e delicata... Pare, secondo le voci che corrono, che il signor Rietu avesse fatto della signorina addiritura un'amante. Luigi Rietu notissimo commerciante bolognese, venticinque anni... Concerto di italiani a Berlino... Giovani milanesi nella sala Bechstein: Giovanni Aniti, violinista e Luigi Mario Magistrelli, arpista...

Ricomincia la passacaglia.

Palazzo Avvocato Cavaliere Vermigli Delle Calli Fiorite

L'ANTEFATTO

Una contessa sorpresa di notte dal marito in una camera d'Hotel con un tenente. L'infedeltà delle mogli e l'infelicità dei mariti sono di tutti i tempi e si riscontrano, può dirsi giornalmente, fra ogni ceto di persone, tanto nel popolino, come nella borghesia, che nell'aristocrazia.
Ma veniamo al caso attuale, il Conte Raffaello Vinci, uomo che da poco ha varcato la trentina, appartenente ad antica e ricca famiglia marchigiana, è conosciuto moltissimo nei circoli romani dell'*Haute*, poiché da parecchio tempo risiede alla capitale. Pochi anni fa, in uno dei suoi viaggi all'estero, conobbe a Londra una giovane e bella signorina nativa di Dublino, Maria Costanza Shupp, giovane elegantissima, la quale ora conta ventisei anni. Invaghitosi della Shupp, il Conte Vinci la condusse in moglie. ...Ma poi parve che fra i due l'affetto diminuisse di intensità. ...Il conte e la contessa finirono, dopo un'amichevole *entente*, col separarsi amichevolmente. La signora rimase a Fermo, in un palazzo della famiglia del consorte e costui, che si era impegnato a fornirle una rendita mensile, si trasferì a Roma. ...Qualche viaggio nelle Marche e qualche informazione raccolta gli avevano anzi radicato nell'animo il sospetto che l'avvenente contessa si interessasse con certo calore di un giovane.

Lascio una lauta mancia al vetturino che ha logorato le ruote per condurmi con celerità da casa di Marzia a casa mia. Rincasando, lascio cadere sulla sedia del mio spogliatoio l'articolo principiato in carrozza e mi fermo all'altezza della camera di *maman*.

– E allora, caro, che te ne pare dell'ondulazione *Marcel*?

La trovo seduta davanti allo specchio ovale della sua toeletta.

Si guarda come fanno tutte le donne, alzando e abbassando il viso per accomodare invisibili ciocche renitenti.

– *Maman*... Stai benissimo! Hai trovato il pacchetto sulla consolle, nell'ingresso? Ho preso tutto?

– Mmmh... Beh... Sì.

– Ho dimenticato qualcosa?

– No... ma... non importa!

– Dimmi! Ho comprato qualcosa che non dovevo?

– Beh... se insisti... È stato gentile da parte tua passare dalla farmacia, e non vorrei contrariarti...

– *Maman*, te ne prego!

– E va bene: si tratta della *Micranina*.

E lo disse come se una straziante realtà fosse infine riuscita a vedere la luce.

– *Il migliore rimedio contro il mal di testa, febbri, influenze vendonsi*!

Rintuzzai, citando a memoria le parole delle innumerevoli pubblicità sui giornali.

– *Esigere flacone originale...*

– *...Con marca "LEONE"*! Aggiunse lei, meno divertita.

– Non c'era il leone?

Non riuscivo a trattenere l'ilarità.

– No che non c'era! ...Eppure l'ho scritto: "marca LEONE"! ...Pazienza! Dopo esser stata alla *Maison Moderne*, rincasando, ho visto il tuo pacchetto sulla consolle – ma sei passato soltanto per lasciarlo? dove sei stato? – ...Comunque mi son accorta subito che il flacone che avevi acquistato non era il flacone originale di micranina, quello con il leone sopra. Ti sembrerà assurdo ma le imitazioni non mi fanno alcun effetto! ...Se lo vuoi sapere ho dovuto costringere la povera Celeste a uscire con la pioggia! Sarei anche uscita io... ma con questo raffreddore! L'ho fatta accompagnare da Fifi. Mi ha assicurato che lo faceva volentieri. Le ho creduto. Ho fatto male?

– Ma se sei così raffreddata, non sarebbe meglio che rimanessi a casa?

Sgranò subitamente gli occhi.

– Non se ne parla neanche! Che sciocchezza... Anacleto conta su di me per fare gli onori di casa: è da settimane che i preparativi vanno avanti. Stefanella te l'avrà pur raccontato... Anche lei ha avuto il suo bel da fare, povero tesoro! Mi sembra che *sia persino dimagrita.*

Le ultime parole le uscirono storpiate per via del rossetto che si passò con vigore sulle labbra.

– D'accordo, d'accordo! Adesso che ci penso mi pare che me l'abbia accennato.

Risposi, riferendomi alle efferate giaculatorie di elenchi di fornitori, sarti, liste di pietanze e stoffe, alla cui straziante lettura Stefania mi aveva sottoposto per l'intera durata dei nostri ultimi incontri.

– Ti sembra dimagrita?

Mi chiese poi allarmata.

– No. E in ogni caso non meno della ragazzina scalza che fa l'elemosina fra Piazza Navona e Via dell'Orso.

– Sei privo di originalità! Credi di sentirti più *socialista* rispondendo in questo modo?

– Taci, *maman*. Non voglio cominciare il nostro "solito discorso"...

– *Mon cher,* la verità è che i lussi piacciono a tutti... Anche a chi gioca a fare il socialista!

– Ti riferisci a me?

– Parlo in generale.

– Mi vado a vestire per la messinscena.

– E non passi da Maria Stefania, come convenuto?

– Lo desidera *lei*, o lo desideri *tu*?

Sorrise ostentando leziosaggine.

– Io desidero solo il tuo bene, *chérie*...

– A più tardi, *maman*.

`Tutto ciò però che non era che un sospetto, inacerbiva l'animo del povero conte. Le cose rimasero`

così fino a quando non fu stabilito per incarico dei coniugi, fra l'avvocato Luciani, per la contessa e l'altro avvocato sostenitore delle ragioni del conte, di definire regolarmente la questione finanziaria inerente alla separazione.
Il seguito è che il conte viene a sapere da un amico che la consorte era stata vista con un giovane, il tenente Aldo Maiello, del reggimento Mantova, distaccato a Modena.
I sospetti del conte per un istante assopiti si riaccesero nell'animo suo. ...Si decise a recarsi in questura alle 20.00. ...quello di dovere a termini di legge, constatare un fatto concreto. ...infatti ammesso che l'ufficiale si trovasse nella propria camera e la signora ugualmente, sfumava la prova principale, la prova cioé che dalla legge è tassativamente richiesta in questi casi. Passò qualche tempo e finalmente il funzionario alla richiesta categorica del conte, salì con questi e cogli agenti al primo piano dell'Hotel. ...Il funzionario e gli agenti entrarono in camera e trovarono ignudi i due amanti, l'uno tra le braccia dell'altra. Un breve interrogatorio fu compiuto dal delegato che richiese alla signora e all'ufficiale le rispettive generalità; indi vennero stesi i verbali d'uso contrassegnati dalle firme di testimoni, e verso le ore 2.00 la contessa e il Maiello vennero accompagnati in questura.
PARTICOLARI SUI CONIUGI. ...fratelli di lei Giuseppe, Guglielmo, Luigi ...Famiglia di lui... palazzo in Corso Umberto I segnato col numero 172, a Roma.

Tesoro, la carrozza aspetta! *Maman* bussa alla porta del mio spogliatoio.

Mi aggiusto le maniche sotto la giacca e conficco per bene la perla nella cravatta.

Il saltimbanco è pronto per lo spettacolo.

Sulla soglia dell'ingresso *maman* si lamenta delle scarpe troppo strette.

– E dire che sor Aldo me le ha allargate solo un mese fa... Colpa dei calli! Ho letto che la guarigione infallibile dei calli ai piedi è garantita da Ecrisontylon Zulin, lo vendono in tutte le farmacie del Regno a 1 lira al flacone. Per risolvere questo fastidiosissimo problema, di lire ne spenderei anche 10!

Entrati nel cortile di palazzo Vermigli incrociammo zia Adriana, la sorella di *maman*, che si accompagnava alla figlia, mia cugina Maria Elisabetta. Elegante e sorridente, la zia mi mostrò con espressione di trionfo un copia fresca di stampa del primo numero delle *Éditions de la Nouvelle Revue Française.*

– Mi è arrivata proprio oggi da Parigi! È la nuova rivista di letteratura fondata da Gide e Gaston Gallimard.

– Andiamo Adriana, siamo in un imperdonabile ritardo! Bebé, che bell'acconciatura... perle e rubini, un matrimonio delizioso. Piacerà al duchino.

– Il fidanzamento non è ancora ufficiale!

Rintuzzò la zia.

– Non fa nulla, mamma. La zia diceva così per dire...

– Esatto! E poi che c'è di male ad accennare fra di noi qualcosa che è ormai sulla bocca di tutti? Sbaglio Adriana?

Guardando in tralice la sorella, la zia si limitò a scuotere il viso.

– Credo ci aspettino.

Tagliai corto.

Stefania; la *mia* Stefania.

Entrando nell'ampio salone di casa Vermigli, è solo lei, coi suoi colori, a colpirmi.

Ne scorgo prontamente la testolina bionda fra un gruppetto di *smokings*. I ragazzi le ronzano attorno. Un biondo calvo e atticciato le offre dello champagne. Lei gli sorride, e con le dita sottili avvicina la coppa alle labbra; non appena mi vede, la riporge al cavaliere, e mi viene tosto incontro.

Il corpo ben proporzionato, le forme sinuose, il vitino stretto, l'eleganza sobria e ricercata dell'abbigliamento. L'ammirano tutti, ma lei non ha occhi che per me.

Eccomela dinanzi. Con la sua dolcezza, il suo amore leale, lo sguardo languido.

Le bacio la fronte e mi inebrio del profumo confezionato apposta per lei a Parigi.

– Finalmente! Pensavo saresti passato prima...

Stavo per aprir bocca e dare il via alla consueta sequela di improbabili storielle.

– No! Non importa... Non fa nulla. Avrai avuto le tue ragioni per non essere arrivato prima!

– Tesoro mio, Stefania mia... *mia*.

Le prendo entrambe le mani portandomele alle labbra. Lei si sforza di sorridere e gli occhioni neri le luccicano.

– Ti faccio piangere?

– No, non piango. Non è nulla! Pensavo solo che non venissi più...

– Bella serata, Maria Stefania. Ti trovo incantevole!

Bebé si avvicina a noi con un sorriso sarcastico.

– Elisabetta! Come stai? Quanto tempo dall'ultima volta... E la zia Adriana?

– Eccomi! Buongiorno, Stefania. Che abito delizioso! Parigi?

– Beh... sì. Papà ha insistito perché lo prendessi. È troppo buono con me. Vuole sempre farmi contenta.

Fu mentre la zia e Stefania discutevano dello *charme* della vita parigina, che osservai mia cugina allontanarsi con aria cupa.

A ripensarci, mi era parsa pensierosa. Per quanto bislacca ella fosse in genere con tutte le sue mattane, pareva evidente che in quel momento qualcosa la crucciasse. Lasciai Stefanella con la zia, e la seguii per un po'. Continuava ad andare avanti e indietro guardandosi attorno, come se cercasse qualcuno. Eppure sapevamo tutti che il duchino Roccabianca in quei giorni era fuori Roma. Ma se non era in lui che sperava di imbattersi, non riuscivo davvero a immaginare quale struggimento la spingesse a percorrere più e più volte i saloni affollati, per scrutare i volti dei presenti.

Non la vedevo da qualche mese e sapevo che il fidanzamento col duchino non aveva fatto esattamente la gioia della zia Adriana, che invece credeva fermamente nei matrimoni d'amore. *Maman,* irritata, mi aveva raccontato di come la zia osteggiasse un partito tanto buono; il duchino possedeva innumerevoli feudi, palazzi e capitali, e lei sperava invece che la figlia si sposasse con un brav'uomo colto e gentile. "*Fortuna che Bebé ha sale in zucca e resta rispettosa della memoria del padre, bonanima! Prima di morire le ha fatto capire quanto sarebbe stato appropriato un marito come il primogenito del duca Roccabianca.*"

Non resistetti e l'avvicinai. Nel vedermi sembrò sollevata.

– Hai lasciato la tua fidanzata?

Mi rivolse la parola, continuando a guardarsi attorno.

– Cerchi qualcuno?

– Lei lo sa delle tue *altre* storielle?

Trasalii.

– Che ne sai *tu* piuttosto! Mi sorvegli?

– Lo so e basta... La poveretta è al corrente del fatto che ancor prima di esser impalmata viene così miserevolmente turlupinata? Non la ami, forse?

– Immensamente.

– Beh... dovresti chiarirti le idee allora. Scusa, ma adesso devo lasciarti.

E senza darmi il tempo di ribattere nulla, si allontanò lesta.

– Aspetta Bebé!

La raggiunsi con qualche passo.

– Mi spieghi che succede? *Chi* cerchi tra la folla? E poi chi sei tu per rampognarmi così? Forse si può dire che tu ami il duchino?

Le ultime parole la irritarono particolarmente.

– Lasciami in pace!

– A proposito, sai chi mi ha chiesto di te giorni fa?

Non sapevo neanch'io perché, ma mi era venuto in mente che un caro amico, qualche giorno prima, mi aveva pregato di porgere i saluti alla "*cugina che aveva incontrato*" a una delle *soirée* di *maman.*

– *Une de tes maîtresses*?

– Spiritosa!...Ti sembrerà strano invece, ma ti manda i suoi saluti quel mio amico matematico: lo hai incontrato una sola volta a casa di *maman*... non te ne ricorderai nemmeno! Enrico Patti.

A quel nome Bebé per poco non svenne. Riuscii a stento a riprendermi dallo stupore quando, nell'aiutarla a sorreggersi, capii che lo struggimento che la spingeva per quelle stanze era legato al mio amico, il grigio professore di matematica che credevo conoscesse appena.

Chiesi una sedia che venne portata immediatamente da un alacre valletto. In pochi furono ad accorgersi del malore di mia cugina, perché proprio in quel momento l'Avvocato Cavaliere Vermigli invitò i presenti a confluire nel salone della musica dove era stato predisposto un mastodontico pianoforte di mogano.

Dopo qualche minuto di brusio e un caldo applauso, la musica di Schubert cominciò a disperdersi per i saloni ormai vuoti.

Bebé s'era accasciata sulla sedia. Non correva un sol filo di colore sulle labbra sottili, e qualche goccia di sudore le imperlava la fronte. Restai accanto a lei in silenzio, lasciando che si riavesse pian piano. Col mio aiuto, si levò poi in piedi.

– Mi spiace... Non avrei mai immaginato di dover udire dalla tua bocca proprio quel nome.

– Non riesco a mettere insieme i pezzi... Parliamo del mio amico *Enrico Patti,* il matematico? Quello bruno, alto, dai modi gentili?

Bebé annuì senza rispondere.

–Vi... vi siete visti altre volte dopo quella sera da *maman*?

Continuò ad annuire.

– Non so... C'è... c'è qualcosa tra voi?

A questa domanda mia cugina rispose con una foga tale che fu costretta a ricadere sulla sedia.

– NULLA!... Non c'è stato proprio nulla!

– E allora?... Non capisco.

Riprese fiato e cominciò a raccontarmi l'incredibile storia ai cui protagonisti per molto tempo faticai ad associare i lineamenti di mia cugina e del Patti.

– Dopo la sera dalla zia, mamma e io lo incontrammo per caso alla *soirée* di una delle amiche della mamma. Non immaginavo neanche che la conoscesse! Lì per lì mi fece piacere rivederlo. Rimanemmo qualche minuto da soli e cominciammo a parlare del più e del meno. Ammetto di averlo trovato interessante... e dolce... di essere stata felice in quei momenti trascorsi insieme a lui... ma... io sono già fidanzata! Voglio molto bene a Marcello, e non potrei fargli mai un torto simile! Lui adesso è partito... e ha fiducia in me!

Mi guardò torva.

– Non mi piace come ti comporti con Maria Stefania. Ti adora. Si vede bene che tu sei *tutto* per lei... E tu come la ripaghi?

– Ma chi ti ha messo in testa queste idee?

– Comunque, il punto è che il tuo amico ha perso la testa... Gli ho spiegato che nel mio cuore c'è già qualcun altro! Qualcuno che piaceva tanto al mio povero padre che ora non può più pronunciarsi. Gliel'ho detto un'infinità di volte, gliel'ho anche scritto, ma lui continua a dire che *ci apparteniamo*... e ha la presunzione di attribuirmi la medesima passione! È inspiegabile! Io non nutro alcuna "passione" per lui. Lo trovo piacevole, bello, ma penso questo come mi capita di pensarlo di tanti altri giovanotti...

Sembrava sincera nel protestare contro questo amante troppo insistente. Le credetti e cercai di chetarla.

– Conosco Enrico. Vedrai che gli passerà. È un tipo razionale, chiuso, discreto. Scoraggialo, e la cosa finirà nel giro di una settimana!

Sorrise, tendendo i muscoli del viso.

– È quello che pensavo anch'io... Non ne avevo più notizie da dieci giorni. Poi, oggi, uscendo per venire qui, ricevo *questo*.

Dicendolo, estrasse da un'invisibile tasca del bel vestito chiffon, un foglietto di carta piegato in un numero incredibile di volte. Lo aprii delicatamente e lo lessi ad alta voce.

"*Tu mi ami, lo so. Non sopporto più questo silenzio. Se non vieni subito da me, ti raggiungo dai Vermigli e faccio una pazzia. Enrico.*"

La guardai con lo stupore di chi, in quelle brevi frasi, non riconosce il compagno taciturno e distaccato, l'amico di sempre.

– Capisci ora? Hai un'idea di come mi senta? E che vuol dire "*faccio una pazzia*"? È una minaccia? Un ricatto? Puoi immaginare il terrore che mi ha provocato questo biglietto? Di là ci sono i genitori di Marcello! *Fare una pazzia*... Vuole venire qui e gridare a tutti che *lo amo*?

La poveretta era abbastanza scossa; interrompendosi per la pena, cominciò a singhiozzare.

– E cosa ne dice la zia?

– Del biglietto, ovviamente, non ne sa nulla. Non volevo rovinarle la serata!

– Che ne pensa di Enrico?

– Ma sai com'è la mamma con tutte le sue storie dell'*amore vero*! Enrico le piace pure... Ma è un'incosciente! Adesso si è appassionata al movimento socialista rivoluzionario femminile: un gruppo di donne che fan propaganda per il suffragio femminile... Non parla d'altro e non ha orecchie che per queste ragazze sciamannate! Forse tu ne conosci qualcuna... Comunque papà, buonanima, ci ha lasciato qualche debituccio. Non dico che ce la passiamo male, niente di allarmante! E non è per questo che voglio bene a Marcello... Solo che sposandomi con lui tirerei via la mamma e me da qualche impiccio, ecco... Ma questo lei non lo vuol sentir dire! Si inalbera e comincia a ripetere che non ce la passiamo affatto male, che soltanto la nostra rendita è un privilegio di cui dovremmo vergognarci, e che a poco a poco riusciremo a riscattare i debiti di papà...

Tirò su il naso con discrezione e mi guardò con gli occhi umidi.

– Io so solo che qualche giorno fa, in Via Arenula, uno dei nostri due creditori parlava con un altro uomo, indicando casa nostra come se ci avesse voluto fare qualche progetto sopra.

Rimasi inebetito davanti a tali rivelazioni.

– *Qualche debituccio*?! Ma di cosa parli?... Non ne sapevo nulla! Perché non l'avete detto a *maman*?

Il suo silenzio mi fece arrossire.

– A quanto ammonta il tutto? Domandai deciso.

– Non vorrei coinvolgerti, Giorgio. Racconto solo per farti capire! Restane fuori, te ne prego...

– Ascolta Bebé, è mio *preciso dovere* impegnarmi a pagare l'intero ammontare del debito. Lo sai che questo non è un problema per me... e soprattutto mai al mondo permetterei che tu fossi costretta a sposare un uomo che non ami, per liberarti dai debiti!

– Ma vedi che non capisci?! Non avrei dovuto parlartene... *una volta e per tutte:* non sposo *nessuno* per denaro! Sposo Marcello perché gli voglio bene e perché mi sembra la persona più adatta. E poi ha ragione la mamma quando dice che con la nostra rendita arriveremo a estinguere i debiti del povero papà. ...Forse quel creditore ammirava le bellezze di Palazzo Sceberras con un amico!

– Non aggiungere altro. Domani stesso provvederò a risolvere la faccenda. Consideralo fatto!

– Te lo proibisco nella maniera più assoluta!

– Siete qua, dunque...

Fu Maria Stefania a interromperci. Durante una delle pause del concerto si era allontanata per cercarmi. In molti si eran domandati dove fossimo finiti.

– Scusaci Stefanella, Bebé si è sentita poco bene e ho voluto tenerle compagnia.

– Hai fatto benissimo! E adesso ti senti meglio, cara? Vuoi che ti faccia accompagnare nello studio di papà, nel caso ti volessi stendere un poco?

– No, grazie Maria Stefania, grazie davvero, ma va già meglio! È invece il caso che raggiunga la mamma. Si sarà preoccupata.

– Sì, ti cercava. Ti cercavano anche i duchi Roccabianca: volevano salutarti perché vanno via... la solita emicrania di Eleonora, sai com'è!

Mi guardò sorridendo.

– *Maman* voleva offrirle una delle sue tavolette di micranina, ma quelle che ha comprate oggi le ha dimenticate a casa... Allora torniamo al nostro Schubert?

La seguimmo, sorridendo con docilità.

La serata proseguì fiacca. Bebé e io non ci rivolgemmo più la parola. Stefania mi restò oscuramente attaccata al fianco. Il Patti non si fece vedere, e *maman* elogiò con affettazione Schubert, che neanche apprezzava.

In Carrozza.

– Proprio una bella serata! Ben riuscita. Anacleto si è sperticato in ringraziamenti. Ha detto che ho animato la serata... Eh! Eh! Anzi, no, "*Che ne son stata l'anima.*" Esagerato!

– *Maman*, la zia Adriana ti ha mai chiesto del denaro dopo la morte dello zio?

Mi guardò sgranando gli occhi dalla sorpresa.

– È Adriana che ti ha detto una cosa simile? E magari che io non glieli avrei dati! Che impertinente!

– Te li ha chiesti o no?

– Ti racconto come sono andate le cose... È successo che mia sorella è un'incosciente! Che vuol far sposare Bebé con uno squattrinato professore di università, un signor nessuno! Uno che, dice, ama Bebé e la farebbe certo felice! *Felice...* Ma se insieme non avrebbero neanche i soldi per comprare i pomodori! Sai in che condizioni le ha lasciate la buonanima di Pietro? Non lo sai... son nei debiti fin al collo! Lui è morto in un brutto momento per i suoi affari. Se fosse vissuto, sarebbe riuscito a riprendersi forse, invece poco prima di morire fece due o tre sciocchezze, brutti investimenti che avrebbero fruttato solo dopo qualche anno. Contava di utilizzare le vendite di un terreno che poi non ha reso nulla, ed è morto prima di poter risolvere la faccenda. Adesso la sciocchina di Adriana, con un partito così buono per le mani come quello dei Roccabianca, si va a impelagare con un pitocco dagli umili natali, e che per di più Elisabetta non sopporta!

– Ma tu che hai risposto alla zia quando ti ha parlato dei debiti?

– Prima di tutto non mi han domandato nulla. E comunque ho fatto ben capire che era nel loro interesse che risolvessero la faccenda col matrimonio Roccabianca! A che serve versare tutti quei soldi se, impalmando il duchino, Bebé diventerebbe una delle donne più ricche di Roma?... E poi l'ho fatto per il loro bene: Adriana deve smettere di vivere nel mondo delle fate e posare i piedi per terra! Ora le è venuta questa ossessione del matrimonio d'amore. ...Come se lei, poi, si fosse sposata *per amore*... nostro padre le ordinò di sposare il figlio del barone Sceberras, e lei obbedì! Non lo conosceva neppure... Ma ora vuole rovinare la figlia con questa storia dell'amore! Senza contare poi che i tempi non son più quelli nostri, e che Bebé conosce bene Marcello, lo incontra spesso, e soprattutto è stata *lei*, per *sua espressa volontà*, a volerne accettare la corte. Elisabetta adorava suo padre, e trova che Marcello sia il genere di persona che gli sarebbe piaciuto.

– Perché della storia dei soldi io non ne ho saputo nulla?

– E a che serviva dirtelo?! Fra l'altro in questo periodo non ti si vede mai!... Se non dormissi a casa, credo che non ci vedremmo più. Non voglio sapere dove vai, è affar tuo, ma è certo che per ora, anche quando sei con noi, è come se non ci fossi!

– Sappi che mi son impegnato con Bebé a pagare l'intero ammontare della somma del debito dello zio.

Credo che il colpo le arrivò improvviso, perché restò qualche secondo senza respirare.

– Tu... Cosa?!

Feci fermare la carrozza, e prima che lei potesse cominciare con l'insopportabile sequela di geremiadi e scene madri, le baciai la fronte e scesi con un balzo, giù sul marciapiede.

– Non ne voglio parlare più, *maman*. Ho preso la mia decisione, ed è irrevocabile. Non accetterò alcuna interferenza da parte tua. Non dire altro. Se Bebé sposerà Marcello, potrà ridarmi la somma di denaro, e se non lo farà, vorrà dire che avrà preso la decisione in tutta coscienza, senza la minaccia di perdere il tetto sulla testa.

Sembrò che le mie spiegazioni avessero invecchiato *maman* di qualche lustro. Mi guardava inebetita dal finestrino. Il rossetto, l'ondulazione Marcel, tutto era grottesco sul viso rugoso della vecchia che a un tratto appariva. La cosa mi imbarazzò. Pregando Fifì di condurla a casa, la implorai di contenere il disappunto. In fondo non si trattava di soldi suoi, e aiutare la zia Adriana mi riempiva di gioia.

Prima di lasciarmi, con voce flebile, mi chiese se sapevo esattamente a quanto ammontasse il debito.

Devo ammettere che, appena mi fu svelata la cifra, il numero degli zeri fece stralunare anche me.

– Non rincasare tardi, *mon ange*!

Le feci segno di non preoccuparsi e lasciai partire la carrozza.

Senza perder neanche un attimo di tempo, mi diressi a piedi verso casa di Marzia e Ida. Era tardi, ma sapevo che le avrei trovate in piedi ad aspettarmi con i corpetti di pizzo e le piume fra i capelli, come le cortigiane. Era un gioco che ci divertiva sempre molto...

Uscendo da casa di Marzia decisi che sarei rientrato a piedi.

Avevo un bel po' di cose a cui pensare e mi sentivo stordito. Ciò che mi sorprendeva maggiormente era l'inverosimile ruolo che in quella storia ricopriva il Patti, l'amico di una vita, la persona che credevo di conoscere meglio al mondo.

Me ne andavo strologando per i vicoletti della città malamente illuminati, e mi sforzavo di trovare una formula, un paradigma che in qualche modo corrispondesse all'incoerenza delle parole del biglietto.

Eppure, a ben riflettere, si era presentato poi il Patti in casa Vermigli? La "pazzia" di cui aveva scritto, alla fin fine, si era guardato bene dal farla... Ecco, questo corrispondeva maggiormente alla persona che ritenevo fosse il mio amico. Disperato sì, minaccioso anche, ma alla fine innocuo. Non ce l'avrei visto piombare in casa del cavaliere coi capelli arruffati e la camicia lacerata, per gridare che Bebé amava solo lui. No, non era da Enrico! L'aveva voluta spaventare, metterla alla prova... ma la cosa finiva lì. Certo, però, che era incredibile! Un drammone alla Carolina Invernizio si era consumato a mia insaputa. La componente della *débâcle* finanziaria dello zio rendeva la storia ancor più romanzesca. Io ne ero rimasto all'oscuro. *Maman* non aveva voluto aiutare la povera zia.

"Con le sue frasi severe e categoriche l'avrà scoraggiata dall'avanzare qualsiasi richiesta, e lei, dolce e generosa, non avrà neanche biasimato il cinismo della ricca sorella. Domani risolverò la faccenda con la rapidità che le spetta!"

Rabbrividivo al solo pensare che la mia amata zia avrebbe dovuto aver a che fare con quei pescecani, loschi rivendugliolі che le contavano i centesimi. Non cento, ma mille volte avrei estinto l'odioso debito, anche a costo di spendere fino all'ultima mia lira!

Oggi Marzia e Ida eran deliziose. Non riuscivo ad andar via. Sentirle, toccarle, possederle, mi ha provocato un tale piacere che sarei rimasto lì per sempre.

Come spiegare quella gioia al mondo? E avremmo continuato per tutta la notte se non fosse stato per la faccenda dell'indomani mattina.

"Dovrò alzarmi presto, prestissimo!"

Arrivai a casa talmente tardi che non mi riuscì di dormire che un paio d'ore.

Proletariato e *succhionismo proletario*

Si ha da Bologna. Riceviamo e pubblichiamo.

"Si rileva che l'avvocato Giulio Zanardi durante l'assemblea dell'Unione Socialista Bolognese, avrebbe fatto accuse assai gravi contro i dirigenti dell'organizzazione operaia, asserendo che a Bologna 'il proletariato è deviato dalla deficienza morale dei suoi dirigenti che della Camera del Lavoro hanno fatto un lucro che si può chiamare succhionismo proletario'."

Riccardo Manigliano, segretario della Camera del Lavoro.

– Che ne pensi di impostarlo in questo modo, Giorgio?

Sandro guardava e riguardava le minute accatastate sulla sua scrivania, e grattandosi le tempie mi lanciava qualche rada occhiata.

– ...O bisogna dar meno rilievo alle affermazioni dello Zanardi? In fondo i panni sporchi si lavano in famiglia, no? L'avvocato si mette a sparare a zero contro i compagni della CdL! E lo scrive pure su tutti i giornali, come se i socialisti avessero bisogno di siffatta pubblicità! Ci voleva proprio che l'Unione si mettesse contro la Camera del Lavoro, e che la gente ci gabellasse per ladri e diffamatori!... Non so...

– Penso che tu abbia ragione, ma d'altra parte...

– D'altra parte?

– Un episodio come questo, in cui l'accusatore è una personalità rispettata come lo Zanardi, fra l'altro un *socialista*, potrebbe trasmettere invece alla gente l'immagine dell'onestà dei Socialisti Italiani. Si mostra cioè che, nel praticare una certa qual *integritas,* non ci si ferma neanche davanti ai propri compagni.

Il contrario vorrebbe dire coonestare le azioni di squallidi profittatori. Io la vedo così...

– Mmmh... Certo che hai ragione! Eppure ricordi dieci anni fa, durante il governo Saracco, quando il prefetto di Genova decretò lo scioglimento della CdL locale e la definì "organizzazione sovversiva"? Ricordi lo sciopero che ne seguì? Il primo "sciopero generale". Ventimila portuali con le braccia incrociate...Voglio dire che la Camera del Lavoro deve dare di sé un'immagine forte, rappresentare un esempio per la gente, un punto di riferimento saldo che, *nei fatti*, si ponga a vessillo contro le speculazioni, in difesa dei lavoratori. Se si comincia col denunciarne le inevitabili, umane inottemperanze...

– Lucrare alle spalle dei proletari mi sembra qualcosa di più di un'*inottemperanza*...

Mi guardò sorridendo.

– Hai ragione. Vabbè... ci rifletto e fra un paio d'ore ne riparliamo.

– Come vuoi.

Puntuale come di consuetudine, Albertino venne ad annunciare le *primizie*.

– Capo, una telefonata da Bologna! Una scossa di terremoto.

– A proposito di *terremoti bolognesi*!... Eh! Eh!

Amavo la capacità di Sandro di essere ironico su ogni cosa e di non prendere mai veramente nulla sul serio; poteva irritarsi per qualche motivo e persino accalorarsi in difesa di un oscuro principio, ma poi tutto finiva con una risata beffeggiatrice. Era inevitabile.

–Vado io, Sandro. A più tardi!

Una leggera scossa di terremoto a Bologna. Stamattina alle 5.18'4''. La scossa sussultoria ha avuto la durata di tre secondi. Gli apparecchi dell'Osservatorio di S. Luca l'hanno registrata. ...Il terremoto di stamattina è stato avvertito pure da moltissimi cittadini.
La Camera approva l'articolo I del disegno di legge sul riordinamento ferroviario.

Napoli. Per telefono. Miss Arnold, la ricca miliardaria scomparsa misteriosamente dalla sua casa di New York, è stata vista a Napoli e viaggia sotto il falso nome di Margherita Brown...
Il testamento del dott. Crippen impiccato dopo sensazionale processo...
CARNEVALE - Il primo corso di gala oggi alle ore 15. Sul ricco cocchio accompagnato da due membri del Consiglio, aprirà il corso il dottor Balanzon. Partiranno, preceduti da musica, dalla Residenza Sociale e percorreranno la zona dei corsi per incontrare le mascherate intervenute a salutare la cittadinanza.
Il Consiglio ci prega di avvisare i conduttori di mascherate di non passare dalle vie Margutta e del Babbuino, nell'interesse della città, per non intralciare le linee dei tram che certamente avranno molte carrozze.
Sofonisba Palmerini. Il truce delitto di Roma. ...La Sofonisba era o non era pazza?...
Il momento politico - Alla ricerca delle soluzioni...

Riuscii a sgattaiolare nel mio ufficio solo verso mezzogiorno.

Avevo un po' di cose da sbrigare, articoli da rivedere, e qualche pensiero lasciato in sospeso qua e là.

Il biglietto dai caratteri dorati, elegante e ben tagliato, campeggiava sopra refusi e minute stampate su cartaccia giallognola, riportandomi al pensiero primigenio. L'*archè* di quella mia grigia giornata di fine febbraio.

Maria, Elisabetta, Matilde, Concetta di Sceberras... la Baronessa Adriana di Sceberras... i Duchi Eleonora e Gregorio Trigona di Roccabianca... Insomma, tutti quanti annunciavano il fidanzamento di Bebé col primogenito dei duchi, illustrissimo duchino Marcello, Cornelio, Pacifico, insignificante piattola dai discorsi insulsi, amante del futurismo, immancabilmente paludato come un manichino, stupidamente nazionalista, profondamente monarchico.

Era trascorsa qualche settimana dalla *soirée* in casa Vermigli, e da allora non avevo più rivisto Bebé. Qualche giorno dopo la famosa discussione, ricevetti la visita della zia Adriana che con le lacrime agli occhi mi ringraziò per aver estinto il debito dello zio.

Serbavo un ricordo penoso di quell'incontro: la gratitudine della zia mi aveva messo in imbarazzo. A nulla erano serviti i numerosi tentativi per farle capire quale inezia avesse rappresentato per me pagare una tale somma, davanti al solo fatto di esserle stato di aiuto. Mi era parso che nutrisse un certo timore nei confronti di *maman*: aveva domandato più volte se la sorella fosse a conoscenza del mio "generoso gesto". Mentii, e sembrò più sollevata. Prima di andar via, mi carezzò la guancia facendomi giurare di considerarlo solo un prestito; annuii, impaziente di sottrarre entrambi a quello strazio.

Dal canto suo *maman,* obbedendo alle mie preghiere, non era tornata più sulla questione.

Eppure, ciò che in quei giorni mi teneva in ambasce era il pensiero dell'amico di cui non sapevo più nulla. Ero certo che il famigerato biglietto avesse rappresentato dentro di lui un punto di rottura, il limite estremo cui giungere per poi cambiare rotta. Qualche giorno dopo il nostro incontro, avevo saputo dalla zia Adriana che non una sola notizia era giunta dal Patti dopo la famosa sera. Venuta a conoscenza dell'ultimo episodio, mi aveva raccontato con foga e preoccupazione di come Bebé leggesse e rileggesse il lacero bigliettino senza darsi pace. – Il silenzio di chi non ci importa ci è indifferente! – aveva aggiunto guardandomi negli occhi amareggiata. Poi, scuotendo la testa, mi aveva raccontato di come un bel giorno, alzatasi dal letto, la figlia avesse preso la decisione di ufficializzare il suo fidanzamento col duchino. La zia aveva cercato di convincerla ad aspettare prima di compiere un tale passo: in fondo tutti sapevan che il duchino era pazzo di lei, ed era chiaro che l'avrebbe attesa ancora per molto! Ma Bebé, calma, le aveva spiegato che non c'era proprio nulla da aspettare, e che, a maggior ragione in quel momento, con la certezza di aver messo a tacere la follia del Patti, nulla di più certo albergava nel suo cuore del fidanzamento col duchino.

– Niente potrà distoglierla da quella decisione, lo so... e sarà per sempre *infelice* con un uomo che non ama!

Benché le previsioni della zia mi sonassero esagerate, non riuscivo tuttavia a spiegarmi ancora perché Elisabetta, pur non subendo più alcuna pressione, perseguisse così tenacemente il proposito di sposare uno spocchioso imbecille come Marcello.

Me ne stavo così assorto nei miei pensieri, da non accorgermi neppure dell'ingresso di Sandro.

Piombò nel mio mondo, ignaro di spazzar via, con le sue sozze parole, tutte le mie, immacolate.

– E va bene! Hai ragione! Accidenti... non potevi risparmiarmi i tuoi filosofismi? Ci ho pensato, e non è stato facile arrivare a una conclusione. Hai vinto: svergogniamo il "succhionismo proletario" dei compagni bolognesi!

Volevo replicare qualcosa, ma mi azzittì con un gesto.

– Non aggiungere altro! Prima che cambi idea... Invece guarda qua cosa mi arriva! E vorrebbero pure che la pubblicassi... Ha dell'incredibile!

Sventolando un foglio dall'aria solenne, me ne lesse il contenuto con la voce in falsetto.

– "Ieri sera festa al Circolo Ufficiali - Al tocco della mezzanotte, terminata la brillante quadriglia, tutte le coppie si raccolsero nel salone ristorante fra il brio più vivace. Le danze vennero riprese alle ore 3 per terminare stamane." Patatì patatà... "Fra le signore sfoggianti elegantissime *toilettes* abbiamo notato: Contessa Zoccoli e signorina, Contessa Sinibaldi, Marchesa Almerici, Contessa Viviani e signorina, Lanzi, Masetti, Ricciardi, Anfossi, Pelaia, Fano Barberis, Contessa Saladini-Pilastri..."

E fu costretto a interrompersi dalle risate.

– Ma ci crederesti? Hanno una vaga idea di chi siano i nostri lettori? E lo vengono a mandare proprio *a noi*? Scappo in tipografia! Ho delle cosucce da risolvere col tipografo e le sue sempre più approssimative operazioni di nettatura. A più tardi!

Parlando si asciugava le lacrime con le nocche delle dita. Senza neppure aspettare che replicassi, si diresse infine verso l'uscita, e scomparve dietro il vetro smerigliato che squadrava la parte alta della porta.

Stavo per riprendere fra le mani il biglietto di partecipazione inviatomi da Bebé, quando Albertino, che non bussava mai, irruppe come un fulmine nel mio ufficio. Sostò qualche attimo sulla soglia stringendo la maniglia, e dopo aver gridato il messaggio, ripartì con altrettanta celerità.

– Dottore, una *personale* al telefono!

Pur tradendo in qualche tratto una leggera concitazione, la voce dall'altro capo dell'apparecchio ostentava pacatezza.

– Giorgio, sono io...

– Enrico!

In un certo senso me l'aspettavo.

– Ma dove sei finito, amico mio? Ti ho mandato a cercare...

– Lo so, me l'hanno detto.

– Dove sei? Ti sento vicinissimo!

– Chiamo dall'università. Ecco... vorrei parlarti. Sarebbe piuttosto urgente.

– Beh, vorrei parlarti anch'io, come immagini...

– Sì, sì... Ci possiamo vedere fra mezz'ora in quel caffè accanto al mio laboratorio? Il caffè in cui ci siam trovati un paio di volte il mese scorso.

– Senz'altro! Fra mezz'ora va benissimo.

Aspettavo con ansia quell'incontro.

Una voce crepita
Dagli antri spettrali dei cuori affranti,
La voce straziante
Dell'amore tradito

All'uscita dall'ufficio piovigginava. Presi una carrozza per non bruttarmi di mota.

Al mio arrivo trovai Enrico davanti all'entrata del caffè. Teneva in mano un mozzicone di sigaretta che gettò non appena mi vide: nulla lasciava trasparire il dramma che gli si consumava dentro. Lo osservai, impaziente di scorgere nell'aspetto una qualche traccia della temporanea "follia", un segno visibile della veemenza del famoso biglietto. Sembrava, al contrario, un qualsiasi avventore del caffè. La barba rasata con cura, i capelli in ordine, il cappotto lindo e ben stirato.

– Hai certamente saputo del fidanzamento!

Non mi salutò neanche, e l'aspetto composto venne sopraffatto da una voce inaspettatamente esagitata. Guardandolo da presso mi resi infine conto di come quel "faccio una pazzia" fosse potuto sgorgare dalla sua penna; me lo immaginai per la prima volta, seduto alla scrivania di matematico, scrivere con folle lucidità l'esecrato ultimatum.

– Salve Enrico! Sì, ho ricevuto la partecipazione proprio stamane.

– La *partecipazione*...

Non si prese neppure la briga di domandarmi cosa sapessi di tutta quanta la storia, dando per scontato che ne fossi a conoscenza per vie traverse.

– Ma vuoi spiegarmi come si è arrivati fin qua? Cosa è successo esattamente fra voi due? Perché ridursi così per una che neanche si "preoccupa" per te?

Rise nervosamente.

– "Non si preoccupa per me"? Eh! Eh! Dici che non si preoccupa?... E allora che ci fa Lucilla, la loro servetta, ogni giorno sotto casa a prendere notizie sulla mia salute?

Come tutti gli innamorati senza speranza, si appigliava a qualsiasi pretesto, pur di giustificare l'indifferenza della persona amata.

– L'avrà mandata zia Adriana! Sai come tu le stia a cuore...

– No. Non l'ha mandata la baronessa!

Fece una pausa rivolgendomi un ghigno rivelatore.

– E come lo sai?

– Lo so e basta! Io... l'ho estorto a Lucilla...

– Cosa posso fare per te, amico mio?

– Ho saputo che il fidanzamento verrà festeggiato la settimana prossima a Palazzo Sceberras.

– È quello che ho letto sul biglietto.

Mi guardò dritto negli occhi, e senza il menomo sorriso, fece la richiesta più incredibile che un uomo avesse potuto avanzare in quelle circostanze.

– Vorrei che tu facessi in modo di farmi invitare al fidanzamento.

Lo guardai incredulo davanti al paradosso di quel desiderio.

– Capisco la tua sorpresa, ma so quello che faccio...

– Non sembrerebbe!

– Fammi avere quell'invito! È tutto ciò che ti chiedo. Non preoccuparti, non farò nessuna scenata, se è quello che temi.

– Non è la cosa che mi spaventa di più, in realtà...

– Cos'altro allora? Sono *io* a chiedertelo! Non farò nulla di male... il resto, scusa, ma sono fatti miei! Tu devi semplicemente fare in modo che io possa venire.

– E sia. Ma tu? Ti è chiaro a cosa vai incontro? Perché infliggerti questa tortura?... Voglio dire... dopo tutto che ne ricavi?

A quelle parole, lo scampolo di calma che con notevoli sforzi sembrava essersi imposto sino a quel momento, parve abbandonarlo: l'innamorato respinto venne prepotentemente fuori.

– "Elisabetta"! Ne ricaverò la gioia di poterla rivedere! Semplicemente... rivederla ancora una volta...

Si fermò poi un attimo come a prender fiato.

– ...E mi renderò finalmente conto di averla persa... di non avere più speranza...

Levò gli occhi da un'altra parte e con mia enorme meraviglia fu lì lì per piangere. L'imbarazzo di entrambi glielo impedì.

– Tu non immagini come mi senta. Dopo aver parlato con tua zia che mi incoraggiò in ogni modo... dopo gli sguardi di Bebé, le sue parole, dopo le speranze che avevo nutrito, quel colpo mortale, il cambiamento repentino di rotta, le gelide dichiarazioni di affetto per un ragazzetto che conosce appena, un insulso d'uomo che non sa far altro che sperperare la rendita dei genitori... Scusa, so di non essere obiettivo. Ma il fatto è che devo vederli insieme! Ne ho bisogno! Devo almeno sapere se lei lo ama... se lo guarda... come guarda me. Posso contare quindi sull'invito?

– Certo... Se è ciò che vuoi...

– È ciò che voglio.

Rintuzzò secco.

– La zia ha rimandato con mille pretesti questa festa... forse per essere certa della decisione presa da Bebé. Sarà una cosa in famiglia. La famiglia dello zio al completo a dire il vero, e i suoi amici più cari. Così ha voluto Bebé. Un modo ridicolo per rendere omaggio a quel briccone dello zio, che riposi in pace! Han vinto la sua caparbia ottusità e il suo snobismo. Ci sarebbe da credere che sia morto a bella posta solo per *stregare* il cuore di Bebé. È andata così, che ci vogliamo fare? E tu... tu vuoi assistere alla *stregoneria*...

Enrico sorrise amaramente. Gli occhi lucidi, perduti nel vuoto, le tempie infocate, il sorriso nervoso. In quel momento non c'era in lui nulla della persona che conoscevo.

– Voglio dire, anche se scoprissi che Bebé non ama Marcello, cosa cambierebbe? Lei ha già fatto la sua scelta, e non mi sembra che ci sian dubbi...

– Tu lo credi veramente?!

Mi interruppe infiammandosi.

– Cosa? "Che non ci siano dubbi"?

– Che non lo ami...

– Ho semplicemente fatto un'ipotesi! Ho detto *se* non lo amasse... e comunque pensi che per questa ragione non lo sposerebbe?

Non rispose.

– La conosci male, amico mio...

– Con tutto il rispetto, sei tu che non la conosci, Giorgio! Lo fa per il padre, solo per il padre, io lo so... per onorarne la memoria, perché è confusa e ritiene che questa sia la cosa più giusta da fare! Lo fa per la madre, per andarle contro: tua zia non ha versato una lacrima alla morte del marito e Bebé gliene vuole! La madre preferisce me? E lei ne sceglie un altro!

Lo guardai, incerto sul come contenere un tale delirio.

– Vaneggi, Enrico. Lei non ha mai biasimato la madre, come dici. Forse l'unica verità in mezzo a tutte queste sciocchezze, è che mio zio Pietro e l'influenza che questi ha sempre esercitato su Bebé sono risultati fatali sulla decisione! Ma da qua a dire che scelga di sposare Marcello solo per dare contro alla madre... Non so, mi sembra alquanto lambiccato! Che puoi fare tu se lei vuol sposare un altro? Rassegnati! Sei ricco tu? Sei nobile? Hai una rendita? Lo zio ti avrebbe odiato. Che puoi farci se insegni all'università per una miseria? E credimi, non servirà vederli insieme; di certo non cambierà le cose dentro di lei.

Mi fermai e lo osservai con prudenza.

– Anzi, se è possibile, le peggiorerebbe...

– Parli così perché non capisci. Io dico che c'è speranza finché non è finita! Che ne sai poi tu? Non sai cosa sia sentirsi dentro tutta la disperazione del mondo con l'unica prospettiva di dovervi convivere per il resto dei propri giorni... No, al diavolo tu e le tue storie di rassegnarsi! Io non dormo più, non vivo più... Non posso permettere che tutto ciò avvenga senza almeno aver lottato fino allo stremo delle forze.

– Enrico! Come puoi arrivare a farti prendere a tal punto da una storia palesemente impossibile!? Non ti riconosco! Non capisci che di speranza non ce n'è? Che se tu non lo accetti, non farai altro che esporti al *ridicolo*?... Ragiona! È mai possibile che tu ti voglia ridurre in questo stato di prostrazione, giocando il tutto e per tutto, le ultime energie, le ultime risorse?... Andiamo! Che ci guadagni rischiando la reputazione a questo modo?

– Rimane pur sempre una flebile speranza. Possibile che tu non capisca?... Ho giá perso *tutto*: qualsiasi cosa accada, non ho da rimetterci piú nulla!

– È vero, non capisco. Però... sono dalla tua parte.

– ...Sì... Sì... Adesso devo andare. S'è fatto tardi e in laboratorio mi aspettano. TI PREGO, se qualcosa ancora di me ti preme... trova il modo di farmi invitare!

– Lo farò. Avrai il tuo invito... se è ciò che desideri veramente.

Risposi, pochi attimi prima che si allontanasse. Lo seguii con lo sguardo fino a che non sparì dietro l'angolo.

Pioveva, ma il cielo non aveva nulla di cupo, solo un grigiore diffuso che infondeva una certa euforia. Tornai a piedi verso Via dell'Orso.

"E sia! Se è ciò che vuole. Al massimo mi tirerò dietro le ire di Bebé che me ne vorrà per qualche mese..." E comunque con la storia del debito e delle mie scappatelle ai danni di Stefania, i rapporti fra noi si erano talmente deteriorati, che un gesto come quello di invitare Enrico al suo fidanzamento, non avrebbe potuto di certo peggiorare le cose.

Race d’Abel

Palazzo Sceberras nel suo splendore.

Di fronte al grande portone, una lunga fila di carrozze dai cavalli eleganti e ben ferrati attende il turno per avanzare verso l'ingresso. Bebé ha ordinato di far accendere tutte le luci dello scalone; il velluto rosso del tappeto che ne segue l'andamento sembra il filo di un enorme gomitolo di lana che un micione gigante ha dipanato giù dai gradini.

Stefania è di un'eleganza strepitosa; porta un sinuoso "abito libero" di Poiret di seta nera con motivi bianchi a rami. Avviluppata da un morbido cappotto di stoffa grigia, splende in una candida nuvola di pelliccia che le copre le spalle. Lo sguardo limpido e gli occhi scintillanti sotto l'effetto di quel prodotto inglese concepito dall'acuto *Monsieur* Rimmel, che sempre amai nelle donne, rendevano la mia fidanzata non solo la più bella, ma anche la più raffinata fra le presenti. Notai subito che vecchiette e giovanotti non riuscivano a staccarle lo sguardo di dosso.

Ad ammaliare, in Stefania, tuttavia, non era tanto il biondo splendente dei capelli, né l'armonia di colori, tessuti e gioielli di cui si bardava; ciò che colpiva era piuttosto il contrasto tra la fastosa eleganza, e quella sua eterna espressione di candore scevro da ogni protervia, come se i lussuosi abiti di Poiret o di Madame Poquin non fossero per lei che una scelta casuale, una necessità cui sottomettersi con indulgenza.

– Bebé ha fatto le cose in grande!

Anche lei, come tutti noi, si fermò, confusa dall'inusuale fasto del palazzo.

– Già, chi l'avrebbe mai detto. Pensavo che sarebbero stati invitati solo i parenti dello zio Pietro e qualche amico dei Trigona.

– Io invece sapevo che Elisabetta si era decisa per una festa *come conviene*. Non si fidanza mica con un commerciante di scarpe!

Maman, dietro di noi, cercava di minimizzare, malcelando con le parole la sorpresa che lasciava trasparire dallo sguardo.

– Alla fine Adriana ha ascoltato i miei consigli!... Non è poi così sprovveduta come sembra!

Salimmo lentamente lo scalone gremito di gente, e all'ingresso scorgemmo Bebé, sorridente e svenevolmente gentile, dare il benvenuto accanto alla zia, in uno sfavillante abito azzurro con strascico.

La festa proseguì in gran pompa, dal ricco rinfresco, alle manfrine estenuanti di leziosaggini e commenti insulsi sui due fidanzati. Stefania combatteva eroica con vecchiette barbogie, che le ronzavano intorno chiedendole sfacciatamente del nostro fidanzamento.

Maman mi si era già avvicinata per farmi notare come il non fissare una data per il matrimonio desse luogo a stupidi equivoci che invece *si sarebbero voluti evitare*.

Io mi annoiavo a morte.

Fu per questo che il comparire di Gaetano con in mano un vassoio carico di dolcetti mi riempì di gioia. Ci eravamo lasciati da poco in redazione. Trangugiando un biscottino candito mi si avvicinò sorridendo.

– Come va la schiena?

– Mmmh... Meglio, direi. Bella festa!... Ma di Enrico nulla?

La storia del Patti mi aveva talmente stupito, che dopo il nostro incontro al caffè avevo dovuto raccontarla a Gaetano.

– No, ancora niente. Siam qui da qualche ora: credo che il buon senso abbia prevalso... non si farà vedere!

– Ripensavo alla D'Ambrosio...

– Sì, anch'io. Ma chi diavolo è questa *celebrità* che ha stregato Sandro? Pare la conoscano tutti tranne me!

– Ma sì che la conosci! Se ne parla molto questi ultimi mesi a Roma.

– Ah, sì?

La cosa cominciava a incuriosirmi.

– Nessuno è al corrente della sua vita privata: non circola una sola voce sul suo conto, non un pettegolezzo. Si dice che parli quattro lingue, che viva da sola in un appartamento a Trastevere, e che non veda mai la famiglia che abita in provincia. Ha studiato in Germania, e conosciuto Emmeline Pankhurst a Londra. È molto considerata in certi ambienti di estrema sinistra.

Poi Gaetano si azzittì un momento e rise.

– Perché ridi?

– Beh... non volevo essere meschino parlando di qualcuno che in fondo ammiro, ma...

E si interruppe di nuovo. Risi anch'io, senza sapere perché.

– Dimmi! Che nascondi?

– Ecco... In verità l'unica voce che corre sul suo conto è quella che con tutta certezza le piacciano *più le donne degli uomini*!

Continuò, sussurrando le ultime parole.

– Che le piacciano le donne o gli uomini, poco importa! Io non ne ho mai sentito parlare.

– Ma sì che ne hai sentito parlare. Proprio qualche giorno fa non leggevamo insieme un suo articolo su quel giornaletto? Ma sì, quello che parlava delle lezioni bolognesi di Alessandra Kollontaj.

– Ah! Adesso ricordo...

– E non è finita qui! La ragazza si diletta persino di letteratura. Ho letto qualche suo racconto... Ora che ci penso, il suo stile mi ricorda quello di un giovane scrittore praghese che scrive in lingua tedesca. Circa tre anni fa mi trovavo a Praga, e mi capitò fra le mani una rivista tedesca o ceca, non ricordo... *Hyperion* credo si chiamasse. Fu allora che lessi per la prima volta uno dei suoi racconti. Mi colpì lo stile di quel giovane scrittore già così abile; uno stile deciso, originale, intenso fino al parossismo... mai letto niente del genere! Comunque gli articoli della D'Ambrosio, per quanto lontani dalle mie posizioni, contengono sempre una nota di originalità e una schiettezza tali, da rendere le sue idee balzane quasi convincenti.

"D'Ambrosio". Adesso me ne ricordavo all'improvviso. Avevo sentito anch'io qualche storiella sul suo conto. Avevo letto un paio di suoi articoli, e, al di là del fatto che ciò che diceva era completamente irrealistico, mi erano piaciuti anche abbastanza.

– Ora che ci penso, mi viene in mente questo nome. Credo di aver letto anch'io qualche suo articolo. Non scrive male, è vero. Un po' fanatica, ma non male. *D'Ambrosio*... però non la credevo così giovane... E poi me la immaginavo un tipo alla Matilde Serao, piccoletta, tozza e bruttina.

Gaetano mi guardava da dietro le lenti così spesse da ingrandirgli gli occhi a dismisura.

– Beh, veramente neanch'io me la immaginavo così giovane e così... bella!

Lo guardai con sorpresa.

– Perché, tu la trovi *bella*?

– Non lo è forse?

– Tesoro mio, dov'eri finito?

Stefania aveva abbandonato il campo di battaglia per battere in ritirata.

– Siamo qua! Facciamo due chiacchiere...

– Ti sembra leale abbandonarmi in questo modo?... Buona sera Gaetano!

Gaetano premuroso le baciò la mano, senza distogliere lo sguardo dall'incantevole testolina.

–Vigliacco!

– Maria Stefania... Siete un'incanto! La vostra bellezza offusca tutto ciò che vi circonda...

Lei rise di gusto, come se le parole udite fossero la più grande sciocchezza a questo mondo.

– Giorgio caro, hai visto *maman*? Penso sia nostro dovere tenerle compagnia.

La festa era davvero finita.

Volsi uno sguardo struggente a Gaetano, e ci accomiatammo da lui per buttarci alla ricerca di mia madre che, lungi dall'occuparsi di noi, aveva intrapreso una *delicatissima* discussione con la duchessa Eleonora. Al nostro arrivo non ci guardò nemmeno.

– ...Cara Eleonora, per dolore di capo, emicrania, mal di denti, dolori nevralgici e reumatici, io non ho dubbi! Il PIRAMIDONE!

– *Pirami*... Me lo scriveresti, cara? Io non ho memoria per i nomi.

– Certo, mia cara! Si vende sia in comodo flacone da venti tavolette, oppure nel più ingombrante, ma più conveniente, flacone da cento... e che comunque costa, in proporzione, molto ma molto meno!

– Ma sai, io porto sempre borsette piccole... Quasi quasi opterei per la confezione piccina, costi quel che costi! In fondo si tratta della salute...

– Ah! Non me lo dire neanche, cara! È quello che vado ripetendo in continuazione...

– A proposito! Sai che ho sentito giorni fa? È Gregorio che me ne ha parlato: l'ha letto sul giornale. Si chiama *Electro*... qualcosa. Ah!... sì! *Electro Vigor*! È un'apparecchiatura che guarisce ogni tipo di infiammazione con l'elettricità! Ma non è incredibile? Con l'*elettricità*!... Dove arriveremo di questo passo?

Accortasi in fine della nostra presenza, *maman* lanciò un gridolino di gioia. Si allacciò al braccio di Stefania, e continuò a chiacchierare come se nulla fosse.

Mi riuscì, invece, difficile parlare con Bebé che svolazzava di qua e di là in modo spasmodico. Per un attimo mi sembrò persino che volesse sfuggirmi. L'avevo scorta dapprima nelle cucine a dirigere un'*équipe* di camerieri, come se avesse dovuto prepararli alla battaglia, poi in uno dei saloni elargire sorrisi in modo convulso, e, al brindisi, sorridere cupa al braccio del duchino Marcello.

Nessuno se n'era accorto, ma io la conoscevo bene, e i suoi cambiamenti di umore mi erano assai perspicui; pareva evidente che non volesse concedersi un attimo di stasi e che si tenesse occupata come per scacciare qualche brutto pensiero.

Al momento del commiato mi si avvicinò furtivamente. Fece di tutto per non farsi sentire dagli altri.

– Devo parlarti. Domani verrò in Via dell'Orso. Accompagno la mamma dalla sarta, e con una scusa ti vengo a trovare.

E dopo avermi bisbigliato queste parole repentine, mi guardò con un lunghissimo sorriso di cortesia, augurandomi la buona notte.

Non avevamo mai condiviso una tale intimità: il trovarmici impelagato mi metteva a disagio.

Salendo in carrozza, mentre *maman* e Stefanella commentavano il successo della serata, cominciai a ripensare a quanto era accaduto in ufficio quel pomeriggio. In verità non avevo smesso di pensarvi per tutta la durata della festa. Il fatto era che non riuscivo a mandar giù la decisione repentina di Sandro di accogliere fra i nostri collaboratori, senza neanche consultarmi, una ragazza giovane, amica dei sindacalisti rivoluzionari, e lontana di molto dalle nostre posizioni moderate.

Rivivevo ancora nella mente quella scena bislacca.

Tutto era cominciato quando, sul tardi, Gaetano e io eravam rimasti nel mio ufficio oramai *infetto*, a discutere del più e del meno.

Gaetano era di pessimo umore per colpa della sua schiena. Continuava a massaggiarsela e si lamentava in dialetto siciliano, lingua cui sempre amò affidare i suoi pensieri più estemporanei. Aveva ricevuto l'invito da parte di Bebé e si doleva del fatto che il padre sarebbe arrivato da Messina proprio l'indomani mattina di buon ora. In tal modo non gli sarebbe stato possibile restare dagli Sceberras fino alla fine del ricevimento.

Stavamo proprio per andar via, quando Sandro bussò alla porta.

– Siete ancora qua entrambi? Bene! Ho *qualcuno* da farvi conoscere.

Si girò dietro di lui, e lasciò entrare una ragazza magrissima e sorprendentemente alta, che recava sul capo uno strano cappello. Rivolgendosi a lei con gran considerazione, ci presentò, indicandoci come si fa con gli attori alla fine di una rappresentazione teatrale.

– Signorina, il signor Giorgio Kreifenberg, mio braccio destro, la mente brillante che mi sostiene nel dubbio. Alla sua sinistra, il migliore dei nostri redattori, signor Gaetano Galipò.

Poi si girò verso di noi, e con un assurdo, largo sorriso, pronunziò trionfalmente il nome della ragazza, attento a scandirne per bene le lettere.

– Signori miei, ho l'onore di presentarvi la signorina *Bianca D'Am-bro-sio*!

La ragazza dall'aria austera avanzò di qualche passo e mi strinse la mano con vigore. Gaetano, che la guardava con inspiegabile ammirazione, le andò incontro usando il suo tono più galante.

– È un onore conoscervi signorina D'Ambrosio, leggo con interesse tutti i vostri articoli. Per quanto riformista inguaribile, apprezzo la logica dei vostri ragionamenti... specie per ciò che concerne la *questione femminile*.

Sandro le lanciò uno sguardo d'ammirazione.

– Giorgio, ho il piacere di comunicarti che, dopo una *corte* lunga e serrata, la signorina D'Ambrosio ha accettato di collaborare con noi... Beh, sia pure per qualche settimana!

Aggiunse poi frettoloso, volgendo lo sguardo verso di lei, come a giustificare l'avventato entusiasmo.

– Si vedrà in seguito se la signorina vorrà onorarci più a lungo del suo prezioso contributo.

La ragazza, insaccata in un abito scuro, continuava a tacere e ad annuire.

Non ero ancora riuscito a riprendermi dall'insensatezza di una tale decisione, quando lui, eccitato, continuò.

– Per cominciare avevo pensato di chiedere alla nostra amica un pezzo sulla *questione delle ferrovie*!

Sorrisi nervosamente e dovetti, mio malgrado, interromperlo.

– Non credo sia una buona idea, Sandro. Siamo in una fase delicata, con la continua minaccia dello sciopero... Il lavoro è impegnativo. Richiede una maggiore dimestichezza col *problema*...

Non trovavo la maniera di condurlo alla ragione.

– E poi... non ne vogliamo discutere *prima* insieme?

Le mie parole lo contrariarono.

– Non vedo cosa ci sia da discutere! Tutti sanno che la signorina D'Ambrosio conosce a fondo le ragioni sociali, le lotte dei sindacati e le posizioni del Governo.

– ...Sì, le posizioni del Governo e quella delle banche loro complici che invece di utilizzare le sovvenzioni statali destinate ai fini produttivi o alla tutela del personale, si attribuiscono dividendi sproporzionatamente elevati, e subornano con denaro i politici, nella speranza di ottenere sovvenzioni e cospicui incentivi... il tutto col beneplacito del Governo che, invece, non scuce una lira per incrementare gli stipendi dei ferrovieri!

La ragazza dalla voce roca parlò, rimanendo immobile accanto a Sandro che la guardava ammirato. Donna del tipo "getto tutto giù dalla torre". L'*ideale* per scrivere su un giornale moderato come il nostro.

– Bene! È deciso. Il pezzo delle ferrovie lo affideremo alla signorina D'Ambrosio che scoverà di certo traffici illeciti e gravi mancanze!

– Come vuoi, Sandro. – Aggiunsi, incapace, tuttavia, di rassegnarmi.

Poi si rivolse a lei con ilarità, come se avesse voluto prendersene gioco.

– Solo, ricordi, signorina D'Ambrosio, che non si parla più di oscuri capitali *privati* e di *sconosciuti* banchieri, ma dello *Stato Italiano*! A domani signori miei! Concluse, afferrando la maniglia.

La ragazza salutò prima Gaetano, poi, volgendosi verso di me, mi fissò senza accennare il menomo sorriso. Solo allora la guardai meglio. Non doveva avere più di venticinque anni. Lo sguardo severo era nascosto da quello strano cappello grigio che le copriva in parte la fronte, e il viso era dominato da grandi occhi di uno strano colore che ricordava l'acciaio.

Se ne andò senza dire una parola, limitandosi ad accennare un inchino del capo.

Una volta rimasti soli, Gaetano e io guardammo istintivamente l'orologio. Lui raccolse in fretta delle carte che aveva poggiato sulla scrivania e indossò la giacca.

– È tardi, devo proprio andare. Prima di passare al ricevimento vorrei dare anche un po' d'ordine al mio appartamento. Non sarebbe decoroso che mio padre trovasse il guazzabuglio con cui convivo ogni giorno fieramente. ...Ma non è incredibile? Una come la D'Ambrosio reclutata *proprio* da Boccanelli!

– *Incredibile* è che Sandro abbia preso una decisione di questa portata, senza neanche consultarmi!

– Animo, Giorgio, probabilmente la signorina lo avrà convinto con argomenti tassativi... Eh! Eh!... Ne riparliamo più tardi se vuoi. Ci vediamo a Palazzo Sceberras!

Neanch'io ebbi il tempo di pensarci troppo su, perché Adele entrò stringendo in mano il mio cappotto: una carrozza mi aspettava dabbasso per portarmi a casa (ordine di *maman*!).

In carrozza Stefania e *maman* continuavano a discutere degli invitati, soffermandosi a lungo sull'eleganza della madre di Marcello che *aveva sfoggiato una parure di brillanti degna della regina Margherita.*

Ma alla fine di che mi preoccupavo? Era tipico di Sandro gettarsi in simili imprese per ravvivare l'andamento della tiratura e sorprendere i lettori. Creava attese nuove, stimolava il pubblico con cambiamenti improvvisi e disattendeva le loro aspettative ricreandone di nuove, senza curarsi della censura. E questo era il suo lato geniale, il merito più grande come editore. D'altro canto, andarsi a impegolare in un affare delicato come la storia delle ferrovie con una comunista dissidente, giovane e inesperta, e lasciarle firmare financo uno solo degli articoli sulla questione, non riusciva ad andarmi giù.

Lasciammo a casa Stefanella che durante il tragitto aveva ascoltato paziente e imperturbabile le manfrine di *maman*. Scesi con lei e l'accompagnai davanti alla porta di casa. Prima che andasse via, la trattennni per un braccio e la guardai un'ultima volta. Nell'androne, i capelli soffici e chiarissimi riflettevano una luce particolare; alcune ciocche fermate con eleganza da perline e piccoli rubini luccicanti, ricordavano i fiocchi di cotone. Era maestosa e bellissima. Il cappotto le scivolava giù da una parte, scoprendole languidamente la spalla.

– Sei così bella.Vieni qua...

L'attirai a me, e lei non oppose alcuna resistenza. Si lasciò baciare il collo e le labbra, fino a che non riuscii a sentire in bocca il sapore del belletto. Sarei senz'altro arrivato a spogliarla se non mi avesse fermato, allontanando con una mano il mio corpo eccitato.

– *Maman* ti aspetta in carrozza!

E con dolcezza mi spinse verso le scale.

–Vai, tesoro mio... Ci vediamo domani.

Qualche attimo dopo, la voce di *maman* reclamava la mia presenza aleggiando come un soffio per lo scalone di palazzo Vermigli.

Rincasando, mi buttai a letto senza neanche togliermi i vestiti di dosso.

Ricordo che mi assopii subito.

L'insuccesso delle sottane-pantalone

```
La nuova moda non ha resistito... Sulle scene pa-
rigine una sola attrice è comparsa alla prova ge-
nerale colla nuova gonna (in genere si tratta di
una gonna entrave chiusa al collo del piede). Ma il
direttore del teatro e l'autore (Bernstein) l'han
pregata di togliersela. Si capisce: non volevano
che il pubblico si distraesse osservando l'eccen-
tricità. [...]
  Marie Antoniette li portava nel disegno di Saint
Aubin e non le portarono fortuna!
```

Leggo tranquillamente nel mio ufficio uno dei tanti giornali recapitatimi di prima mattina, e tengo a lungo la finestra spalancata per evacuare il mefitico accumulatosi la sera precedente. L'aria è frizzante e la giornata è di quelle aperte, col sole che inonda tutto di luce, malgrado il gelo. I nasi intirizziti dei passanti fanno capolino dalle spesse sciarpe.

Il sole rispiega tutto da capo. Tutto. Il senso del vivere. Lo spazio. L'entusiasmo che si è perduto un po' durante l'inverno.

Con quel sole persino la storia di Bebé mi era passata dalla testa.

Una volta in redazione la mia attenzione si riversò interamente su Sandro e le incodificabili spiegazioni sulla natura della sua scelta. L'unica concessione che riuscii a strappargli alla fine di un lungo e tortuoso discorso, fu di poter leggere gli articoli della D'Ambrosio prima che fossero mandati in stampa, e di discuterli con lei, se l'avessi ritenuto opportuno. Sulla questione delle ferrovie, invece, non ci fu modo d'indurlo a cambiare idea: mi parlò di dare uno sprone all'andamento del giornale, di renderlo più appetibile con dichiarazioni forti e incisive eccetera, eccetera. Argomenti validi e già noti, ma insufficienti davanti alla portata di una simile decisione.

Lasciato Sandro, mi pregustavo già l'idea di trascorrere una giornata di attività silenziosa con me stesso, quando, fra le pareti immacolate del mio ufficio, irruppe la convulsa agitazione di Elisabetta. Entrò come un ciclone, portando rifiuti e roba vecchia e sconquassata.

Corsi ad aprire la finestra.

Si sedette davanti a me pallida e smunta. Non mi salutò nemmeno né prese la parola. Aspettò che fossi io a parlare per primo.

– E allora? Cosa c'è dietro questo mistero?

Tacque e volse lo sguardo dall'altra parte. Dall'aspetto sembrava che avesse pianto tutta la notte.

– Parla, Bebé. Che è successo? Dopo tutto Enrico non s'è visto ieri sera. Si sarà rassegnato... Non era, forse, quello che volevi?

A queste parole scoppiò in un pianto dirotto e interminabile.

Non avvezzo con lei al contatto fisico, rimasi immobile. Poggiato alla mia scrivania, le porsi un fazzoletto che accettò volentieri. Mi sembrò che piangesse più per sé che per comunicare qualcosa a me. Come se non avesse potuto prima, e ora si sfogasse di tutto quel comprimere e simulare.

– Ma se Enrico non è venuto ieri sera, vorrà dire che ha capito, che ha accettato che tu voglia sposare un'altra persona, no? Dovresti esserne lieta, e non piangere a questo modo...

Alla fine, dopo lunghe attese ed estenuanti silenzi, la verità venne fuori. Così come viene di solito fuori: senza paludamenti.

– Ma sì che è venuto il *farabutto*! È venuto e come!

– Strano... noi non lo abbiamo visto: né io, né Gaetano...

– Perché è venuto che il ricevimento non era nemmeno cominciato! Io impartivo le ultime raccomandazioni alle mie cameriere... Ero così felice, tutto andava come doveva. Stavo persino bene nel mio vestito punteggiato di *strass*...

Pronunciò l'ultima frase come a reclamare un privilegio che le spettasse di diritto. Il dolore muto e struggente si era trasformato improvvisamente in astio, dando la stura e un resoconto farcito di dettagli ai miei occhi insignificanti.

– Non succede spesso che mi senta a mio agio in un vestito! Il fatto era che non mi ero ancora fatta pettinare e mi sentivo goffa e scapigliata anche solo per parlare coi servitori; non vedevo l'ora di correre a farmi aggiustare lo *chignon*. Avevo deciso che l'avrei fatto ravvivare da qualche pietruzza preziosa, come fa spesso Maria Stefania. Ma in quel momento mi trovavo in cucina tutta spelacchiata!... Ognuno ha le sue debolezze, ed io non sopporto di mostrarmi spettinata. Decisi quindi di sciogliermi i capelli... Almeno mi sarebbero caduti tutti sulle spalle senza che le ciocche mi scivolassero sugli occhi, conferendomi quell'immagine di sciatteria che detesto.

– Mmmh... ma questo che c'entra con Enrico?

– C'entra! Io non sopporto di presentarmi al prossimo coi capelli sciolti, figuriamoci a un estraneo, in pratica, come il signor Patti!... Son neri, troppo lunghi, e io non li sopporto! Mi vergogno di farmi vedere in un simile stato persino davanti alla servitù. Mi rende nervosa... Comunque, proprio quando penso di correre nella mia camera a farmi pettinare da Lucilla, ecco che il *tuo* amico *osa* presentarsi senza farsi neanche annunciare! Si intrufola di soppiatto in cucina come un ladro, approfittando del via vai dei fornitori dall'ingresso di servizio. Me lo ritrovo davanti con gli occhi gonfi, il viso sfatto, in uno stato... non puoi immaginare!

– Infatti non riesco a figurarmi la scena...

– Rimango di sasso. Lui cerca di avvicinarmi e mi prende le mani a forza. Io mi sottraggo alla stretta e grido, nella speranza che qualcuno mi senta e mi venga a soccorrere.

– È stato violento?

– No, no! Quello no... Però era fuori di sé, continuava a ripetere che quella sera sarebbe finito tutto. Che era il giorno della *resa dei conti*, che non avrebbe sopportato quello strazio e che "questa volta *la pazzia l'avrebbe fatta sul serio*". Mi ripeteva che noi ci... ci *apparteniamo*, e così sarà *per sempre*, perché io non lo dimenticherò *mai*... – La sua voce tremò. – Io non sapevo cosa dire, né cosa fare, per indurlo alla calma. Lui era talmente stravolto! Pensavo che se non avessi fatto qualcosa... Credevo che... Ecco, mi sembrava che se non avessi fatto qualcosa, uscendo da quella stanza... si sarebbe *ucciso*!

E di nuovo si interruppe per piangere. Questa volta mi avvicinai a lei e non potei fare a meno di stringerle la mano.

– E poi? Che è successo?

Ma Bebé non riusciva a riprendersi. Piangeva, e sembrava che, soltanto a ricordare il seguito, le si lancinasse il cuore. Chiamai Adele e mi feci portare un bicchiere d'acqua. Lei ne bevve qualche sorso e, asciugandosi gli occhi, finalmente continuò.

– Io gli gridai qualcosa, non ricordo cosa; gli dissi che se si fosse ammazzato non ci sarebbe stata comunque più speranza per noi due!

Poi mi guardò e aggiunse freddamente – L'ho detto solo per distoglierlo da quell'orribile idea! Ho solo cercato di assecondarlo per calmarlo! Non credere...

– Non ti preoccupare, non *credo* nulla.

– ...e infatti sembrò... – E ancora un pianto. Poi decise di continuare fra i singhiozzi. – ...sembrò calmarsi. Accennò persino un sorriso. "Temi che mi uccida? Pensi dunque che se restassi in vita noi due avremmo davvero una speranza?" Non avrei mai voluto mentirgli, ma non ritenevo mi restasse altra scelta, continuai così ad assecondarlo. Risposi di sì, ma che in quel momento non avrei potuto mai e poi mai parlare o prendere una decisione così importante. La sua reazione alle mie parole fu assolutamente esaltata, cominciò a sorridere e a lanciare piccoli urli "Sì! Sì!", gridava, e mi stringeva a sé malgrado io lo respingessi quasi coi calci. Era come se avesse preso le mie parole per un giuramento di amore eterno! Poi... poi volle portarmi le braccia al collo... e malgrado io lo graffiassi e lo respingessi... – La poveretta dovette interrompersi un'altra volta tanto era lo strazio. – Malgrado... ciò... mi *baciò* persino!

E abbassò lo sguardo affranta.

– ...Tutto quanto finì con un ceffone. Sì, glielo rifilai con tutta la forza che avevo in corpo. Farabutto! Lui non disse nulla, pose le mano sulla guancia, e si allontanò con un sorriso idiota; ecco... questo è tutto! Poi corsi subito nella mia stanza a buttarmi sul letto, scombussolata, fino a che Lucilla non entrò per pettinarmi.

Finito di raccontare, continuò a guardarmi con gli occhi nocciola vigili e umidi. Aspettava una mia parola, sebbene io me ne rimanessi poggiato sul bordo del tavolo, ancora incapace di concepire un simile accaduto.

– Non riesco a trovare le parole per...

– Sì, tutto questo è insensato! E ridicolo!

– No ma... voglio dire che stento ancora una volta a riconoscere Enrico nel tuo racconto.

– Non mi credi?!

Nel dirlo si alzò dalla sedia come una molla.

– Sì che ti credo, Bebé! Penso solo che non si possa in nessun caso affermare di conoscere una persona veramente bene...

– Lascia perdere le tue elucubrazioni, e dimmi che hai intenzione di fare!

– ...di *fare*?

– Devi parlargli *tu*, è chiaro. Io sono tua cugina e lui è un tuo amico. Devi ricondurlo alla ragione. Dirgli che *mai più* dovrà *osare* un gesto tanto oltraggioso, disonorante, ingiurioso, e soprattutto facendo leva sull'altrui sentimento di pietà!... Fa freddo qua dentro: ti dispiacerebbe chiudere la finestra?

A malincuore mi alzai e la richiusi.

– Certo... Ma davvero vuoi che sia proprio *io* a parlargli?

Mi trafisse con lo sguardo.

– ...Perché altrimenti sarei venuta qua e ti avrei raccontato tutto? Devi farlo, è un tuo amico! Tu lo conosci. Ti ascolterà.

– Sta bene, lo farò. Ma cosa vuoi che gli dica esattamente?

Guardò per un attimo nel vuoto.

– Fai un po' tu... Desidero solo che gli sia ben chiaro che io non voglio rivederlo mai più. Che sono felice col mio fidanzato, e non ho nessunissima intenzione di trascorrere anche soltanto un altro minuto in sua compagnia! Non mi interessa cosa farà della sua vita, né se si riprenderà mai dalla situazione in cui versa. Non sono affari miei, né è *mia* la colpa! Tutto qua...

– Capisco. Cercherò di fare quel che posso... Anche se...

– "Anche se"?

– Ma davvero Enrico s'è inventato tutto? Voglio dire, è proprio così? Non c'è stato nulla da parte tua e lui ha completamente frainteso la tua *amicizia*?

Immaginavo che quella era l'ultima cosa che avrebbe voluto sentirsi dire; infatti si rialzò e raccattò nervosamente i guanti e la borsetta che aveva buttato su una sedia al suo arrivo.

– Sapevo che finiva così! Il matto è *lui*, ma ai tuoi occhi maliziosi la colpevole sono *io*! È tipico tuo!

Poi si avvicinò alla porta, e quasi gridando continuò.

– Solo uno come te potrebbe concepire una fantasia tanto perversa!

E stava per uscire dalla stanza.

– Aspetta... Non volevo offenderti! Come puoi credere che in un frangente simile io vada a pensare... Capisco tutto! È solo che ho una tale difficoltà a immaginare Enrico nei panni dell'*amante immaginario*. Cioè... mi sembrerebbe molto più realistico che in un certo senso lui ti piaccia e che, senza volerlo, tu l'abbia in un qualche modo illuso...

Cercai invano un suo assenso. Lei, invece, si diresse verso la porta e mi rispose con livore.

– Ti consiglio, più per il *suo* bene che per il *mio*, di parlare al tuo amico. Se fossi in te lo farei. Tutto qui. Grazie per avermi ascoltata... e consolata. Ora devo andare perché mamma mi aspetta giù in piazza.

E sparì, lasciandomi quella bella rogna: il compito di dire al Patti che Elisabetta, mia cugina, non ne voleva sapere nulla di lui, e che lui si era inventato tutto di sana pianta.

Riaprii la finestra e diedi ordine ad Adele di non richiuderla fino al mio rientro dalla riunione al partito.

Vi andai con Galipò.

Considerazioni *alla base*

Si parla fra bravi turatiani. Tutti della stessa opinione, tutti d'accordo l'uno con l'altro.

– La linea del compagno Ivanoe Bonomi è sterile e ambigua! Voi che la pensate come lui siete avvisati: vi espelleremo per tradimento alle idee del Partito...

– Senza arrivare a quest'eccesso, si può spiegare ai compagni *revisionisti* che il voler sostituire l'azione dal basso delle masse con quella dall'alto dello Stato è più che compromettente! Come dice il compagno Turati, si rinuncia così al principio dell'autonomia politica della classe operaia che sta alla *base del socialismo*!

– Esatto! Bonomi *non vuole* la fine del capitalismo!

– È per questo che appoggiò la statalizzazione del Governo Giolitti: solo per ammorbidire i meccanismi di sviluppo invece di metterli al servizio della classe operaia!

Con qualche stridio.

– E perché mai? Forse che il compagno Turati non tradisce pure lui quando difende i princìpi del capitalismo industriale? Va dicendo che esso offre tutele ai lavoratori come il permesso di riunirsi in sindacati, salari più ricchi... insomma benessere per operai al servizio di capitalisti. Ma non si era d'accordo che SOCIALISMO fosse la fine del CAPITALISMO E DELLA SOCIETÀ BORGHESE? Non si era stabilito che per mezzo di una rivoluzione, il proletariato dovesse diventare classe dominante, distruggendo gli antichi rapporti di produzione?... "Rapporti" che a quanto pare il compagno Turati *vuol tenere allegramente in vita*!

APPLAUSI.

– Giusto! È proprio quando si parla così che si dà il pretesto a quei porci capitalisti di lavarsi le coscienze e di parlare di "*fattore di aggregazione sociale*" dell'industria! Come se questo fosse una cosa positiva e dovessimo pure ringraziarli!

– Col beneplacito del compagno Turati, concedono più diritti ai lavoratori, strizzano l'occhio al sindacato, né sparano alla folla, e a che scopo? Per rispetto della dignità dell'uomo? No! Per garantire un'uniformità sociale? Nossignore! Solo perché un operaio affamato lavora meno, produce meno, e le loro porche tasche restano vuote! Lo ha detto anche il Giolitti nel suo discorso alla Camera nel 1901... Ricordate?

– Se fossi io il compagno Turati mi vergognerei di parlare come il Giolitti!

APPLAUSI (con qualche broncio).

– Sì, vi ricordate? "I salari bassi sono un *elemento negativo* ai fini dello sviluppo perché *diminuiscono* la produttività del lavoro..."

– ...L'*elemento negativo* è che prima di tutto i salari bassi fanno morire di fame!

RISATE.

– Ci vuol coraggio a parlare di "produttività del lavoro", come se questo fosse il *vero* problema!

– Ma per gente come Giolitti che fa l'amico degli operai per meglio manipolarli, questo è il vero problema! Così ha anche l'appoggio degli amici banchieri e dei capitalisti del nord!

APPLAUSI appassionati.

Me ne sto in disparte e seguo distrattamente.

La voce di Gaetano si mescola alle altre in maniera indistinta.

– ...Ma che raccontate?! Ma se nel 1903 il compagno Turati ha persino rifiutato di collaborare al governo liberal-borghese del Giolitti! Certo non si può dire che lo muovano interessi personali o che non gli stia a cuore la sorte dei lavoratori, visto che ha declinato l'invito solo per salvare l'unità del Partito... Ed era una buona occasione quella!

APPLAUSI (solo da una parte). FISCHI (un po' da tutte le direzioni).

Vedo lievitare sulle nostre teste come un fascio di suoni colorati che si ingarbugliano fra loro.

All'inizio prendevo parte al coro, e cantavo anch'io fra qualche nota stonata.

Prima, non vedevo nessun fascio colorato aleggiare sulle nostre teste.

Mentre speculo sul nulla, mi ritrovo fra le mani un opuscoletto: nel giro di un minuto il fascio nebuloso di dissolve, sostituito dal fruscìo ininterrotto di fogli che scorrono fra le dita dei presenti.

Non si capisce chi le abbia fatte entrare né chi siano. Si muovono velocemente e sembra che sappiano bene come agire.

Leggo qualche riga dell'opuscolo e strabuzzo gli occhi dalla sorpresa. Alzo lo sguardo e le vedo dappertutto, brutte, sgraziate e malvestite, prendono la parola, e qualcuna di loro guadagna la pedana per concionare ad alta voce. Non so perché le si lasci parlare dal momento che ci insultano e ci giudicano dal primo all'ultimo, senza eccezione. Mi sembra parlino della Norvegia, del fatto che là le donne votino alle elezioni. Rileggo qualche riga dell'opuscolo.

NO ALLA POLITICA CHE AFFRONTA LA QUESTIONE FEMMINILE SENZA METTERE IN CRISI L'INTERO SISTEMA SOCIALE!
NO A UNA POLITICA SOCIALISTA CHE VUOL METTERE IN CRISI IL SISTEMA SOCIALE SENZA AFFRONTARE LE QUESTIONE FEMMINILE!

Una di loro, direi la più agguerrita, prende la parola sulla pedana.

– Compagne, compagni, riflettete, invece di giudicarci e guardarci come fossimo degli animali da circo! So che è ciò che pensate in questo momento, e posso anche capirlo!

La sua voce appassionata e chiara rimbombò nella stanza catturando l'attenzione di ognuno di noi. Il suo tono deciso ma al tempo stesso umile, determinato e mai aggressivo, indusse i presenti a distogliere l'attenzione dall'opuscolo per rivolgerla verso di lei.

– Le donne le vediamo ogni giorno, belle ed eleganti, confinate negli stessi luoghi: nelle stanze coi bambini a leggere le favole, nei salotti a brillare accanto ai mariti, o nelle bettole a sollazzare e consolare chi cerca un po' di compagnia. È così. Siamo abituati in questo modo. ...Ma riflettiamo sul fatto che questa non è vita per nessuno. Gli uomini che in passato hanno vissuto tale condizione, privati del diritto di partecipare alla società, hanno assunto nella storia un nome ben preciso, e la loro condizione è stata per noi da sempre oggetto di biasimo e riprovazione...

Fece una pausa, e con un sorriso addolorato e intenso spaziò lo sguardo verso il pubblico silenzioso. Continuò poi lentamente.

– Tali uomini vengono chiamati da voi tutti "*schiavi*".

E scandì le lettere dell'ultima parola in modo che anche chi si fosse distratto, si sarebbe girato ad ascoltarla.

– Noi, le donne, dichiariamo di essere felici, di amare di occuparci dei nostri figli e delle nostre famiglie (certo un nobile compito!), e che va bene così... Ci diciamo anche che non siamo affatto *vittime*: ripetiamo con fierezza che, in famiglia, a prendere le decisioni, alla fine, siamo noi. Ma riflettete... in realtà, le donne, su *cosa* decidono? Dipendiamo in tutto e per tutto dai nostri mariti, comandiamo sì nelle famiglie, ma solo se nostro marito ce lo concede! Non abbiamo voce in capitolo per ciò che riguarda il lavoro, lo Stato o addirittura il nostro corpo! In realtà noi siamo private del *diritto* di esprimere la nostra opinione sulle cose della collettività e persino del *diritto* di *votare*. Certo, ne facciamo parte a pieno titolo di questa società: mangiamo, lavoriamo, consumiamo... ma non possiamo dire la nostra su nulla, perché *chi fa le leggi*, chi decide le regole del NOSTRO lavoro, chi stabilisce gli orari della NOSTRA fatica e della sua retribuzione, costui è qualcuno che *non* siamo *noi* ad aver scelto, che *non* siamo *noi* ad avere votato, e che in *nulla* può rappresentarci! Compagne e compagni socialisti, adesso mi verrete a dire che queste parole le conoscete già, che le stesse le proclamate ogni giorno parlando dei lavoratori analfabeti, di chi non ha compiuto il servizio militare, che le ribadite ogni giorno in difesa dei lavoratori sottopagati, perché ognuno, ricco o povero, sapiente o analfabeta, ognuno che partecipi alla società civile ha come diritto primario quello di scegliere colui che scrive e stabilisce le leggi che lo riguardano, o addirittura di entrare a far parte dello stesso consorzio che legifera, perché questa è la logica e l'essenza del socialismo! E allora mi domando, compagne e compagni socialisti, perché non includere in questa lotta chi nella nostra società è più penalizzato? Mi domando, perché non includere anche le donne? Perché non decidere di fare della lotta per la liberazione della donna una ragione primaria della lotta socialista, invece di racchiuderla in polverosi quaderni di Partito, archiviandola col nome di "Questione Femminile"? Ma è davvero questa una *questione* a *sé stante*? O non marcia tutt'uno invece con le ragioni più profonde del socialismo? E come può tale "Questione Femminile" essere risolta, sviluppata, affrontata, senza sovvertire dalle fondamenta il sistema sociale, educativo, economico che siffatta sperequazione sessuale, l'ha creata?

Si guardò poi intorno, facendosi un po' più seria, e proseguì spedita, senza pause, scandendo le parole con vigore.

– La lotta per la liberazione della donna è parte integrante della grande lotta per il socialismo. I partiti socialdemocratici rappresentano lo strumento grazie al quale le masse raggiungeranno lo stato socialista: perciò le donne DEVONO LAVORARE al di DENTRO E NON al di FUORI della SOCIALDEMOCRAZIA! La soluzione alla *Questione Femminile* NON è rappresentata da una filosofia politica che tuteli gli interessi delle donne nell'ambito di un quadro capitalistico, ma da una grande lotta per scardinare le fondamenta di questo sistema sociale! Il movimento femminile non è e non dev'essere un movimento a sé stante, ma parte integrante della lotta di classe!

Si fermò ancora e fece un respiro profondo, socchiudendo gli occhi.

– Adesso guardatemi bene...

E a quel punto, nessuno fra di noi si sarebbe azzardato a guardare altrove.

– Io *non* sono una "*suffragetta*", come avete pensato prima, quando sono entrata in quest'aula. Io non finisco e neanche principio in quell'attributo. Guardatemi bene, compagne e compagni socialisti!

Si fermò e chinò per un momento il viso verso terra.

– Io sono una *donna*.

E il suo sguardo fiero e casto non lasciò adito a qualsivoglia dubbio su tale affermazione.

– Cioè una *persona* che reclama il diritto di scegliere della *propria* vita, del *proprio* lavoro, del *proprio* governo!

Si accalorò, battendo il pugno sul leggio. Poi fece un'altra lunga, vibrante pausa che lasciò tutti in fremente attesa, per proseguire con un'intensità che ci travolse.

– Compagne e compagni socialisti, vi invito ad allontanare le vostre menti dai pregiudizi e dai condizionamenti della *società borghese* che detta le regole della *nostra moralità*!

Infine, senza aggiungere altro o accennare anche solo minimamente a un sorriso di commiato, scese dalla pedana continuando a guardare per terra davanti a lei.

Fu un attimo, e a un silenzio assordante seguì l'applauso più fragoroso che quelle mura avessero di certo mai udito. Applaudivano tutti, uomini e donne. E mentre Gaetano si sbracciava convulsamente accanto a me, infine la riconobbi. Sin dalle prime frasi mi era sembrata nota nei lineamenti, nella voce roca e in quel suo modo di guardare dritto negli occhi. Tutto mi era familiare in lei.

Bianca D'Ambrosio! Alta e magrissima, raccoglieva, in un casto *chignon*, dei capelli di una strana tonalità di rosso che contrastava con l'austerità dello sguardo e il torbido degli occhi. Se ne restava calma e immobile davanti all'ovazione che si era levata per lei. Tutta inflessibilità e principi, sembrava che non la si sarebbe potuta prendere per nessun verso. Applaudivano persino i più conservatori fra i socialisti che conoscevo, ossi duri, renitenti a qualsivoglia apertura; eppure lei rimaneva ombrosa, chiusa nel suo silenzio. Noncurante dell'applauso, e si limitava a parlare all'orecchio di un'altra donna che le era restata accanto sin dall'inizio. Le sue colleghe, che noi tutti, per altro, continuavamo a vedere come *suffragette*, si guardavano l'un l'altra con espressione di trionfo. Seppi dopo che raccolsero vari proseliti fra le compagne socialiste. Facevano parte di un gruppo di studio di recente formazione che si riuniva in una sede a Largo Argentina, per discutere delle lezioni di Alessandra Kollontaj che avevano luogo in quel momento a Bologna. Gaetano era informatissimo; tornando in Via dell'Orso mi sciorinò con enfasi il programma della D'Ambrosio e del suo circolo.

– Ma hai visto che tempi perfetti quel discorso? Questa è scuola di partito! È venuta su bene la D'Ambrosio frequentando gli amici russi... Che pathos! Che facondia! Un discorso degno del segretario di un partito nazionale... Ma hai sentito che silenzio mentre parlava? Non si sentiva volare una mosca!

– Sì, notevole... proprio brava... Ha qualcosa di speciale questa ragazza.

– È *tutta* speciale! E hai visto che pelle lattea? E gli occhi? Grigi, torbidi o limpidi a seconda dell'umore... e quel nasino piccolo, dritto...

– Ti confesso che la cosa che mi ha colpito di più è il colore dei capelli!

Dissi ridendo.

– Credo sia il motivo per cui non l'ho riconosciuta subito. L'altra sera portava un cappello, se non sbaglio...

Gaetano rise commosso.

– Sì, la natura le ha concesso con generosità lo stesso colore di capelli che le ballerine chiedono al *coiffeur*!

– Infatti: è un colore che ha dell'inverosimile su questa donna.

– Comunque ne è valsa la pena di trovarsi là per sentirla...

Concluse Gaetano ancora accalorato.

Una volta tornati in redazione ci separammo. Io entrai finalmente nel mio ufficio e lui sparì dietro la mia porta, insieme a tutto il resto.

Ritornai alle mie carte, ai miei articoli, tuttavia incapace di concentrarmi realmente su nulla.

Credo che fu proprio quel pomeriggio che Gaetano si innamorò della D'Ambrosio.

L'indomani andai con Gaetano a pranzo da Boccanelli per discutere della serie di articoli da fare sull'Esposizione Universale delle Industrie e del Lavoro che si sarebbe tenuta di lì a due mesi a Torino. L'*happening*, volto a celebrare in pompa magna i primi cinquant'anni dell'Unità d'Italia, era considerato di primaria importanza. Eran stati chiamati i più celebri architetti a ricostruire, nel parco del Valentino, un paese incantato di stucco e di gesso che riproduceva luoghi esotici e lontani come il Siam, la Serbia, l'Uruguay o anche un villaggio alpino, o un borgo medievale. Si sapeva che il re e la regina avrebbero presenziato all'inaugurazione. L'esposizione tirava consensi e suscitava critiche, come fosse stato l'avvenimento dell'anno: così anche noi si era pensato di scriverne qualche pezzo.

La moglie di Boccanelli ci accolse con la solita allegria. Entrati con lei in salone, incrociammo due bambini che giocavano sul tappeto con dei burattini di legno. I due marmocchi, figli di sua figlia, obbligati a salutarci, si volsero distrattamente verso di noi, adulti anonimi che piombavano nel loro mondo.

– Oggi la cuoca è malata ed è toccato a me cucinare le pietanze! Spero che non dobbiate risentirvi del cambiamento...

– Sarà senz'altro un piacere gustare i vostri manicaretti, signora Boccanelli!

Rispose prontamente Gaetano con la leziosa galanteria che, a mio avviso, ha sempre contraddistinto la condotta dei siciliani.

– Vostra madre sta bene, Giorgio? L'ho incrociata qualche tempo fa alla *Maison*.

– Sì, bene, grazie.

– E la vostra fidanzata?

Raccolse qualche giocattolo da terra e ci invitò a sedere sul divano.

– ...A quando le nozze?

Mi limitai a scuotere la testa e non risposi. Lei sorrise e andò a chiamare il marito.

– ...Gli uomini! Aspettate che vado a chiamarli... *Sono* nello studio!

Gaetano e io ci guardammo negli occhi con aria interrogativa. Entrambi ignoravamo della presenza di una terza persona. Che Belardinelli fosse tornato da Torino?

Con nostra sorpresa fu Bianca D'Ambrosio a comparire dalla grande porta a due ante del salone dei Boccanelli. Fece il suo ingresso silenziosa, con al collo un bel *foulard* di pizzo che ravvivava il mal tagliato abito nero. Gaetano le andò incontro con un sorriso deforme.

Non mi aveva detto nulla, ma era evidente che il giorno precedente non avesse avuto altra occupazione che quella di parlare di lei e del discorso tenuto al partito con chiunque avesse incontrato; al di là dell'eccitazione del collega, bisognava tuttavia ammettere che, nel nostro ambiente, tale evento era, in quelle ultime ore, sulla bocca di tutti.

La D'Ambrosio, dal canto suo, ci strinse freddamente la mano e finse di ignorare il bollore di Gaetano.

Ci accomodammo poco dopo a tavola. La signora Boccanelli, efficientissima, era riuscita in breve tempo a organizzare ogni cosa e a farci servire con la rapidità di un vero *restaurant*.

Io capitai di fronte alla D'Ambrosio; notai che Gaetano si adoperò con foga per sedersi accanto a lei.

Si parlò, ahimè, ancora dell'affare delle ferrovie. Io ebbi a ridire sull'atteggiamento della D'Ambrosio che voleva far saltare tutto, denunciando l'ipotetica combutta del Governo col capitale privato, senza avere in mano lo straccio di una prova. Sandro rinsavì e mi diede manforte. Eravamo un piccolo giornale: bisognava stare attenti a ciò che scrivevamo. Lei rispose con una di quelle assurde frasi che "o si è socialisti, o non lo si è", e che le cose non si posson fare a metà. Gaetano le diede ragione e, archiviato per qualche ora il suo riformismo, principiò a citare Turati *pro domo sua*.

La discussione si esaurì davanti a un piatto di spaghetti all'amatriciana, quando la signora Boccanelli domandò con levità chi volesse più pecorino sulla pasta.

Alle "pizzette alla Boccanelli" e cioè pasta di pane fritta con pomodoro fresco e parmigiano, intraprendemmo la questione dell'Esposizione Universale che tanto poco mi avvinceva. Gaetano, dritto e impettito come un gallo in amore, propose subito di farne una lettura socialista, dal momento che si sbatteva *in faccia ai lavoratori l'indiscutibile superiorità e l'immarcescibile importanza di un sistema capitalistico che ostentava in quella circostanza splendidi risultati, mascherando al tempo stesso il prezzo che tale splendore costava alle folle sconosciute di lavoratori sfruttati, umiliati e malpagati, e il cui status e la cui dignità nessuno avrebbe di certo mai riconosciuto*. Lo ascoltammo tutti leggermente inebetiti dal vino. Quando ebbe finito di parlare, la D'Ambrosio mostrò grande impegno nell'arrogarsi la parola.

Fu a quel punto che senza rendermene conto io persi il filo del discorso: tutta la mia attenzione confluì senza rimedio su di lei, che con sguardo vigile continuava a commentare, discutere e avallare con un cenno del capo le posizioni di Gaetano. Era come preda di un demone che la spingeva a imporsi, a giudicare, a metter bocca su tutto.

La moglie di Boccanelli, che ascoltava annoiata, cercò più di una volta di distoglierla da quelle discussioni che tanto poco si addicevano al suo faccino da ragazzina, ma lei, dopo averle sorriso distrattamente, tornava alla carica più battagliera che mai.

La sua grinta mi intimoriva, e pareva che divorasse le pietanze con la stessa ingordigia con cui assaporava quei discorsi. Alla frutta si concesse una tregua.

La signora Boccanelli era tornata dai nipoti, e Gaetano e Sandro erano indaffarati a definire i dettagli del viaggio in treno per Torino, quando lei mi rivolse inaspettatamente uno strano sorriso.

– Perché vi sentite attratto da me?

A quelle parole rimasi di sasso. Stavo per aprir bocca e farfugliare qualcosa, ma lei mi precedette.

– L'ho capito dal fatto che continuate a fissarmi. Io non vi fisso in questa maniera.

Risi per l'imbarazzo e volsi immediatamente lo sguardo altrove.

– Io vi guardo?... Non so... Non me ne ero accorto... Forse... Forse è perché...

– Perché voi e io siamo tanto diversi e dunque vi sentite attratto da una come me? Lo so, questo lo so.

– Sì... voi e io siamo molto diversi...

– ...E non vi era capitato di incontrare una come me. Va bene! Se mi dovete osservare, osservatemi pure!

Per tutta la durata della nostra permanenza in casa Boccanelli non mi passò più per la testa di guardarla.

Non appena ci alzammo da tavola, Gaetano mi disse che era costretto a partire immediatamente per Torino. C'erano stati dei problemi con l'alloggio di Belardinelli e lui stesso avrebbe dovuto sentire alcuni operai che lavoravano alla costruzione dei padiglioni, nel cantiere edile che era diventato il parco del Valentino. Tutto rammaricato salutò la D'Ambrosio che questa volta, con nostra sorpresa, gli concesse un sorriso caloroso. Sandro, lievemente ebbro, ci congedò soddisfatto.

Lasciai Gaetano a un bivio, e decisi di prendere una carrozza per farmi condurre da Marzia.

Era da tempo che non mi facevo vedere dalle ragazze. La storia di Bebé e del Patti mi aveva occupato al punto tale, che avevo finito per trascurare la sola cosa di cui mi importasse veramente in quel momento.

Le trovai stravaccate sul divano. Mi accolsero con calore e trascorremmo tutto il pomeriggio davanti al camino a fare l'amore, ridere e scherzare su tutto.

Race de Caïn

A cigar is sometimes just a cigar

Sotto i raggi di un teporino aprico me ne ritornavo, una domenica mattina, da Via del Tritone, con in mano una copia fresca della rivista *L'Asino*, un settimanale satirico molto in voga a Roma in quel periodo.

Giovanni Giolitti era stato nominato per la terza volta Presidente del Consiglio, ma io mi interessavo più alla bella giornata: per quel che mi riguardava, con quel sole marzolino, avrebbero potuto eleggere anche il dottor Balanzon...

Osservando euforico le coppiette e le famigliuole che passeggiavan per Via Gregoriana, ripetevo a memoria una divertente filastrocca, ricambiando le linguacce alle finestre di palazzo Zuccari.

Sin dal secolo scorso in Italia il proletariato urbano e rurale si è contato assai numeroso, rimanendo tuttavia composito e diviso in categorie spesso legate a interessi corporativi locali[3].

Mmmh... non è male come esordio. Procedere quindi a piccoli passi.

Nel decennio fra il 1860 e il 1870 ebbero inizio i primi scioperi promossi dalle SOCIETÀ OPERAIE[4].

---

[3] Col tempo, e grazie all'esempio degli altri paesi europei, si poterono avviare anche in Italia alcune forme di lotta politico-sociale tuttavia ancora poco mature e consapevoli.

[4] Associazioni che subivano ancora l'influenza del Mazzini e che concepivano il riscatto popolare attraverso un'azione etico-pedagogica, rinnegan-

Ai governi LIBERAL DEMOCRATICI *della Destra, subentrarono dal 1876-1887, undici anni di* GOVERNI DI SINISTRA *presieduti quasi sempre da Agostino* DE PRETIS, *l'allora riconosciuto capo della Sinistra*[5].

Morto il De Pretis, subentrò nel 1887 FRANCESCO CRISPI, *ex democratico convertitosi all'autoritarismo e all'imperialismo. Al Governo Crispi succedette il Governo* GIOLITTI *(1892-93) sotto il quale il proletariato poté per la prima volta darsi un'organizzazione politica e sindacale.*

A questo punto dare enfasi.

Fu sotto tale governo che nacque in Italia il PARTITO SOCIALISTA *dei* LAVORATORI.

Fra i fondatori Filippo Turati, Anna Kuliscioff, Antonio Labriola, Leonida Bissolati[6].

Nel 1891 nascono le prime CAMERE DEL LAVORO *che tutelano i lavoratori senza che questi debbano ricorrere a esosi mediatori privati.*

Tale processo volto all'inserimento non rivoluzionario delle classi subalterne in politica, venne tuttavia interrotto nel 1893 col rientro al

---

do il metodo marxista della lotta di classe che auspicava invece il coinvolgimento delle masse rurali nella battaglia per una riforma agraria.

[5] Il programma del De Pretis nel 1876 riguardò una limitata ma significativa opera di riforma (1882) che oltre che allargare il diritto di voto (restavano ancora esclusi gli analfabeti, circa il sessanta per cento degli italiani, le masse contadine e operaie e i poveri che non pagavano le imposte), applicò il decentramento amministrativo (che riguardava però solo l'eleggibilità dei sindaci, mentre il potere dei prefetti rimaneva inalterato), rese l'istruzione elementare obbligatoria laica e gratuita (Legge Coppino sull'istruzione laica e gratuita), ratificò una riforma fiscale (malgrado l'eliminazione simbolica della tassa sul macinato si erano inasprite tuttavia alcune forme di imposta indiretta che andavan a colpire le classi più disagiate), promulgò una legge per proteggere il lavoro dei fanciulli nelle industrie da parte degli imprenditori, stabilendone dei limiti precisi allo sfruttamento, inaugurò una stagione della politica coloniale italiana con l'occupazione di Massaua in Eritrea e, infine, statuì l'ingresso dell'Italia nella Triplice Alleanza, in risposta all'affronto dell'occupazione francese della Tunisia (1882).

[6] L'unione delle forze politiche di sinistra fu tuttavia indebolita sin da subito e ancora per molti anni, dalla contrapposizione fra le due correnti emergenti interne al partito, quella riformista guidata dal Turati e la rivoluzionaria capeggiata dal Labriola.

governo del CRISPI[7] *che fece spregiudicato ricorso ai tribunali marziali, limitò la libertà di stampa e sciolse il Partito socialista.*

Dal 1896 fino al 1900 andò al governo Antonio Starabba, marchese di RUDINÌ, *il quale reagì con metodi puramente repressivi ai numerosi disordini popolari causati dal caro vita a Roma, Parma e Firenze. Nel maggio del '98, a Milano, si verificò l'episodio più grave: in occasione di una dimostrazione di popolani che protestavano per l'aumento del prezzo del pane, il generale piemontese Fiorenzo Bava Beccaris ordinò alle sue truppe di caricare a colpi di cannone l'assembramento, provocando un centinaio di morti, fra i quali donne e bambini. ...*A questo punto rafforzare il tutto con un sorriso sarcastico: *il generale venne decorato dal sovrano in persona per "il servizio reso alle istituzioni e alla civiltà" e fatto senatore! Le università e le camere del lavoro vennero chiuse e il Turati condannato a dodici anni di carcere per "propaganda socialista".*

Dopo le leggi liberticide del governo del generale Luigi Girolamo PELLOUX *(1898), un anarchico di nome Gaetano Bresci assassinò nel 1900, a Monza, re Umberto I.*

AMEN. Poi cosa ancora... Una breve storia del Partito socialista dal 1900 al 1911 esposta per capi assolutamente sommi?

1904, CONGRESSO DI BOLOGNA. *La maggioranza va alla corrente socialista rivoluzionaria cui fa capo il Labriola. Primo* SCIOPERO GENERALE *della storia d'Italia (15-20 settembre) proclamato dalla Camera del Lavoro di Milano su iniziativa dei sindacalisti rivoluzionari. Davanti alle minacce sovversive, Giolitti promuove nuove elezioni, fiducioso nel segreto dell'urna che avrebbe finito col punire le forze estremiste. I risultati delle elezioni gli danno ragione.*

*1906, viene fondata la Confederazione Generale del Lavoro (*C.G.L.*) per iniziativa dei sindacalisti di tendenza riformista. Nasce in contrapposizione ai sindacalisti rivoluzionari che hanno la maggioranza in molte CdL.*

---

[7] Il Crispi procedette subito a una durissima repressione del movimento sindacale e dei moti scoppiati in Lunigiana e in Sicilia (questi ultimi si risolsero ignominiosamente nel sangue e vennero ricordati col nome di Fasci Siciliani, 1893).

1908, CONGRESSO DI FIRENZE. *La vittoria della maggioranza va ai riformisti turatiani. I sindacalisti rivoluzionari, responsabili del fallimento degli scioperi dei braccianti nel parmense, vengono espulsi dal Partito.*

Tale corrente detiene tutt'oggi la maggioranza.

Che altro aggiungere?

Avevo dato appuntamento al Patti in un caffè vicino Piazza di Spagna. Le bancarelle dei fiori inondavano col loro profumo la scalinata di Trinità dei Monti e io, scendendo a passo svelto i gradini, me ne inebriavo.

Maman era andata a trascorrere qualche giorno a Guarcino, lasciandomi così l'agio di fruire degli effetti che una tal decisione comportava nella mia vita: silenzio, pace e ancora silenzio...

Giunto al caffè, diedi un'occhiata ai tavolini accomodati all'esterno sotto i grandi ombrelloni. Trovai subito l'amico, intento a sfogliare un giornale con aria divertita.

A un mese dai tragici trascorsi il Patti era cambiato. Quando ero andato a "parlargli" poco dopo il mio incontro con Bebé, avevo notato immediatamente il suo mutamento. Fu lui per primo ad ammettere come tutta quella storia gli avesse dato alla testa: qualche giorno dopo aver lasciato Bebé a palazzo Sceberras, si era detto di averne abbastanza. Per caso aveva cominciato a leggere alcuni saggi del dottore austriaco Sigmund Freud, e si era a poco a poco andato convincendo che quella sua per Bebé, lungi dall'essere un'autentica passione, altro non fosse che un *sostituto*, cioè il *sintomo* di un'idea *rimossa*. Mi aveva parlato con l'entusiasmo del neofita di quelle sorprendenti teorie, confessandomi di portare con sé le preziose letture del medico austriaco, ovunque andasse.

Scavando nella memoria come invitava a fare il dottor Freud, si era ricordato di come, durante la sua infanzia, la morte prematura della madre lo avesse lasciato nella disperazione più totale nonostante lui, il padre e i due fratelli non ne avessero mai più parlato fra loro. Si era inoltre soffermato sul fatto che, durante l'adolescenza e la prima giovinezza, non avesse vissuto che amori difficili ed impossibili per donne che fatalmente avrebbero finito col fuggirlo. Era infine giunto alla conclusione che questo continuo inseguire amori impossibili, quando il resto della sua vita si svolgeva invece in maniera tranquilla e razionale, altro non fosse che l'eterno desiderio di colmare un vuoto a tutti gli effetti incolmabile, e le cui conseguenze facilmente si potevan riscontrare nell'altrimenti inspiegabile delirio delle sue tragiche storie sentimentali. Non si capiva se la sola idea di aver trovato la radice del male fosse stata sufficiente a convincerlo di essere "guarito", o se dal male fosse guarito per davvero, ma da quel giorno era tornato a comportarsi come la persona che conoscevo: nel giro di qualche settimana di Bebé e del fidanzamento col duchino non se ne era parlato più.

A ogni modo la vicenda ci aveva riavvicinati, e negli ultimi tempi avevam preso l'abitudine di ritrovarci ogni domenica mattina a Piazza di Spagna.

Nell'accostarmi al suo tavolino, non si accorse neppure di me.

– Che hai tanto da ridere?

– Guarda che roba! "Giovanni Bifronte"...

Disse mostrandomi la vignetta sulla prima pagina dello stesso giornale che stringevo sotto al braccio e che ritraeva due mezzi profili del Giolitti, il primo, sulla destra, abbigliato con cilindro e frac a parlare con gli operai, il secondo, sulla sinistra, in abito trasandato e cappello ciancicato, a parlare a un pubblico elegante.

– ..."*Malgrado le mie vive simpatie per la democrazia, io rimarrò sempre un buon conservatore*", e poi: "*Sono un democratico sincero, radicale, repubblicano, socialista, anarchico, malgrado il mio vivo attaccamento per i conservatori*"! Eh! Eh! Diciamo che hanno colto nel segno...

Sorrisi e mi sedetti accanto a lui.

– *Diciamo* che son le doti per cui lo dileggiano a farne tuttavia il grande politico che è! Senza contare che tale uomo rappresenta in questo momento una risorsa per il paese... L'unico che realisticamente può dare spazio alle sinistre, garantire buone condizioni per i lavoratori, maggiore libertà di pensiero e di movimento, libertà di associazione, salari più alti, una maggiore apertura culturale... Chi lo condanna non si rende conto che da noi in Italia, un Labriola non finirebbe mai al governo, e che parlare di *risposte estreme*, qui, è alquanto utopistico...

Il sole e la bella giornata non avevano a un tratto più importanza. Continuando, giunsi persino a infervorarmi.

– ...Per non dire delle pretese dei compagni anarchici! Bresci ha ucciso Umberto I? Bene! Un farabutto in meno! Ma, poi, la conseguenza di un tale assassinio? Forse la fine della monarchia? Un movimento spontaneo di masse che si appropria del potere? No!... Solo *Vittorio Emanuele III*!

Enrico mi guardava leggermente infastidito.

– Ma che c'entrano gli anarchici? È solo la vignetta di un giornale satirico! Perché la fai tanto lunga?

Mi squadrò da capo a piedi.

– Manchi di senso pratico.

– È evidente che non mi riferisco unicamente ai colleghi di Via del Tritone... Che hai ordinato?

– Caffè.

Rispose seccamente, tornando a sfogliare il giornale.

Bevemmo insieme il caffè, ma ebbi per tutto il tempo l'impressione che il mio modo di parlare l'avesse irritato senza rimedio. Io stesso trovavo che nell'ultimo periodo avessi da ridire su troppe cose.

– Non era mia intenzione annoiarti con lagne politiche.

– Mmmh... Sì, era superfluo... Io sono anche d'accordo con te... più o meno... Comunque la vignetta è brillante!

– Sì, non male.

Dopo aver pagato il conto, decidemmo di recarci alle Terme di Diocleziano per visitare la celeberrima *Mostra Archeologica* inaugurata nel corso delle manifestazioni per il cinquantenario dell'Unità d'Italia. Fu lì che, fra calchi e grandiosi gessi, il Patti mi pose un'inaspettata questione.

– E se invece mi sbagliassi? E se la morte di mia madre non c'entrasse *assolutamente* nulla e Bebé *fosse* l'amore della mia vita?

Fu per lui un attimo di debolezza da cui si riprese subitamente. Arrivammo persino a cambiare argomento, mentre io, tutto aggrovigliato nel mio roveto, menavo una storia con due ragazzette quasi sconosciute, sbandierando ai venti il mio amore per Stefania.

Dall'esterno poteva pur sembrare che continuassi a camminare ritto sulle mie gambe. In realtà, per tutta la durata del nostro giro, la mia testa oscillò fra il pavimento e il soffitto.

Ci salutammo soddisfatti di aver visitato la celeberrima mostra.

Lui fece ritorno alla solitudine della ricerca, mentre io conclusi la mia domenica a casa del cavaliere Vermigli.

Stefania, seduta alla mia destra, sul divano, ricamava un pizzo pregiato, seguendo un modello che aveva visto per caso ad Alençon, in Normandia. Insistette perché restassi a cena da loro.

A tavola il cavaliere deprecò l'elezione del Giolitti e le sue azioni per render pubblici interessi che "han da rimanere assolutamente privati!". I suoi discorsi si accompagnavano alla pesantezza della prima portata: ribollita di carne con broccoli. Questa volta lo lasciai parlare. Sarebbe forse servito a qualcosa ricordargli di come tale intervento avrebbe favorito i ceti medio bassi, le cui anime ricordava di certo nelle sue preghiere?

Invece tacqui, e tentai di adeguarmi a quelle futilità. Mangiai come si conviene, e risi al momento giusto. Stefania commentava la nuova moda dei pantaloni e la trovava interessante. Le sarebbe piaciuto cimentare quegli strani panni, ma non avrebbe voluto dispiacere al vecchio padre in alcun modo. Risi senza tradire le sue attese mentre mangiavo su un pregiato piatto di Limoges, con un silenzio insulso nella testa che mi diceva che esso solo avrebbe scandito le mie giornate per sempre.

A cena finita, la soave fidanzata mi rimproverò di non esser stato loquace. Era bellissima: ciò scosse leggermente i miei sensi, tirandomi fuori dal muto disagio.

– Perdonami, oggi mi sento un po' *fiacco*.

Mi abbracciò commossa, ricordandomi che lei mi amava *qualsiasi* fosse il mio stato d'animo.

Salutandola con passione, avevo in mente un solo, unico pensiero che mi ossessionava da quando ero entrato in quella casa: pregare il primo vetturino che passasse, di condurmi da Ida e Marzia.

Sapevo che la rabbia per tale, irrinunciabile gesto, non mi avrebbe abbandonato per tutta la notte. L'ineluttabilità di quella dipendenza mi adontava.

Sentivo di scivolare lentamente giù nel pozzo.

The Dark Well

"First, she tried to look down
and make out what she was coming to,
but it was too dark to see anything"[8]

Ripeto la storiella imparata a memoria.

Ho trascorso l'intera domenica a ripassarla, ma adesso sembra tutto vano. La storiella del partito per *giovani in erba*.

Ripeterla a memoria percorrendo i gradini di Trinità de' Monti sembrava facilino. Le idee non eran mie. Avrei dovuto solo aprir la bocca e lasciare uscire le parole senza pensare. Eppure mi inceppo. Un ostacolo dopo l'altro.

Non avrei dovuto mangiare quell'impiastro da Stefania... Sento di dover vomitare.

Corro nella stanza da bagno dei locali del partito... Ecco fatto... Bianco come un fazzoletto.

Decine di ragazzetti e numerosi vecchi compagni riuniti ad ascoltarmi, tutti con gli occhi volti verso di me. Io ho blaterato qualcosa... la testa mi ronzava e non sapevo piú quel che dicevo. Mi accorgo di non finire i periodi e di principiarne bruscamente di nuovi... come annaspando fra mille garbugli.

Cerco di osservare i visi di chi mi circonda, ma è come se non riuscissi a vedere piú nulla.

Termino alla buona, e mi allontano dalla tribuna in un applauso goffo e imbarazzato.

---

[8] Lewis Carroll, *Alice's Adventures in Wonderland*.

Mi precipito in bagno: sento la ribollita salirmi su con violenza.

Sandro non avrebbe dovuto insistere perché parlassi ai giovani compagni. Ho cercato di spiegarglielo che per ora parlare non mi è gradito, ma lui faceva finta di non capire. Ecco cosa succede quando con parole mefitiche si riempie il silenzio nella mia testa!

Mi viene incontro preoccupato.

"Con le intossicazioni non si scherza!"

Venerdì 31 marzo – *IL NUOVO MINISTERO È COMPOSTO.*
Sabato 1° aprile – *L'INSEDIAMENTO DEI NUOVI MINISTRI.*

– Si dice che ora che è al potere, il Giolitti voglia continuare il progetto di statalizzazione per sottrarre alla finanza privata le assicurazioni sulla vita, così come ha fatto con le ferrovie.

– Persino Turati è d'accordo!

– Speriamo con esito migliore... dato il risultato con le ferrovie!

Mi parlano tutti come se capissi, e invece io stringo. Stringo forte la mia pelle con la pinza che tengo sotto la camicia. Il dolore è acuto e costante, e io riesco quasi a non sentirlo più.

Non so perché accade, ma mi diverte...

–Volete dire, concentrare tutte quante le assicurazioni sotto un unico monopolio di Stato?

–Vedrete l'opposizione che faranno le società assicuratrici!

– È per questo che noi del giornale dovremo sostenere il Partito in un simile proposito. Interventi pubblici di siffatta portata non si possono che appoggiare!

– Sì, il compagno Bonomi si trova in accordo, certo...

Dico. E intanto le tenaglie stringono la carne del mio braccio in una morsa catartica. È così e basta. Bisogna farsene una ragione. D'altro canto ascolto tutto con grande attenzione. Nessuno può rimproverarmi nulla. Partecipo con zelo al dibattito. I presenti mi ascoltano con interesse. E questo è importante.

– Per il Bonomi l'intervento dello Stato nelle attività economiche può costituire una garanzia per tutelare i lavoratori e la società civile contro gli squilibri sociali e le varie speculazioni, determinati dalle concentrazioni private...

– Stesso discorso che per le ferrovie, no?

Attorno a me si sorride annuendo.

Immagino con curiosità e un pizzico di euforia di che colore possa essere divenuta la mia pelle in quel punto. Verso la fine della *performance* chiedo scusa e mi allontano per rinchiudermi nel magazzino dei refusi.

Buio attorno a me. Solo buio e nulla. Perfetto. Non posso guardarmi il braccio, ma va bene così... per ora così va benissimo.

Qualcuno passa davanti alla porta del magazzino. Si fa il mio nome. Alcune voci si confondono con altre che suonano più indefinite. Mi cercano distrattamente, poi si disperdono.

So che il buio non mi tradirà.

L'odore della carta mi culla. Adoro quella fragranza.

In quel buio neppure la disperazione può trovare forma.

Le sagome e i suoni che vivono nella luce mi riportano alla realtà. Chiudo la porta alle mie spalle. Vengo invitato all'istante a firmare alcune carte.

Ciò che feci in quelle settimane è triste e carico d'ombre. Dal ricordo mi è penoso persino fuggire.

La verità

Allontanarmi da tutto, cercar rifugio nel caldo alvo delle stanze di Marzia arredate alla greca, scongiurare il respiro altrui, le altrui parole lerce e insaccherate di vita vissuta.

Continuavo a rispondere alle moleste domande sul nuovo ministero, sul progetto di statalizzazione del Giolitti o sulla morte di uno scrittore famoso... Arrivai persino a indignarmi con gli altri quando seppi che a Catania, Salvo Vito Arena, operaio di anni venti, era rimasto sepolto vivo per ventiquattr'ore in una fabbrica di laterizi, mentre col fratello approfondiva un pozzo in condizioni altamente rischiose; ma in fin dei conti sembrava che niente arrivasse a scuotermi per davvero. Non di certo le serate mondane che ruinosamente si susseguivano da una settimana all'altra, né i vari avvenimenti che con le altrui esistenze mi scorrevano accanto.

Schegge di vita vissuta mi venivano incontro e io passavo il tempo a scansarle. Capitava persino che di ciò me ne facessi un vanto.

Il sole che con lo sbocciare della primavera si faceva via via più caldo e conciliante, gli odori dei fiori che si diffondevan per le stradine e nei vicoletti, il fruscio del Tevere e i parapetti caldi di qualche vecchio ponte a mezzogiorno, la luce del mattino che in primavera diveniva più generosa e allegra, sentivo solo questo, vedevo solo questo. Eran le uniche cose che catturavano la mia attenzione altrimenti distratta da sentimenti muti.

Eppure non riflettevo mai sulla bizzarria dei miei umori o sul perché chi mi circondava si sottraesse senza rimedio al mio interesse.

In verità mi alzavo la mattina con la testa farcita di pensieri ritorti, e trascorrevo il resto della giornata a sgarbugliarli, proseguendo per una strada che ignoravo fin dove menasse.

De iactatione quae cedit in irritum

In estate c'era sempre molta meno gente a Roma.

Anche in redazione, al di là della questione del Marocco conteso fra Francia e Germania e della situazione degli italiani in Tripolitania, non c'era molto da scrivere, e si finiva per dare un risalto inaudito a notizie come i socialisti che si opponevan all'elezione della reginetta di Roma, o alla salute di Sua Santità. La mia segretaria Adele, insieme alla metà del personale di servizio, era già in vacanza. A parte me, Sandro, il tipografo e qualche altro redattore, nei corridoi di Via dell'Orso non si vedeva passare un'anima. Faceva un gran caldo per strada. Il bollettino dell'Ufficio di Metereologia aveva registrato in quei giorni 38 gradi di massima. Quando il lavoro ce lo consentiva, il Patti e io mollavamo ogni cosa e ce ne scappavamo per qualche giorno in campagna. A Guarcino, nel cuore della Ciociaria, *maman* e la zia Adriana possedevano una villetta immersa nel verde, circondata da una splendida pineta che aveva fatto la mia gioia di bambino.

Col primo caldo *maman* era partita per Anticoli di Campagna, che grazie all'intraprendenza di due consiglieri comunali proprio quell'anno cambiò nome in *Fiuggi*. La stagione precedente si era lasciata convincere da un'amica a prendere una stanza al *Grand Hotel*, un sontuoso albergo di stile floreale appena inaugurato, che in quel momento rappresentava l'acme della raffinatezza. L'idea le era subito piaciuta: si sarebbe trattato di prevenire, grazie alle sorgenti naturali di *acqua oligominerale*, la gotta e la calcolosi renale, due malattie di cui non aveva mai sofferto. Aveva così deciso di ripetere l'esperienza quell'anno in compagnia di Maria Stefania.

Come accadeva di consueto, la preparazione in vista del lungo soggiorno si andava rivelando tormentata e difficoltosa; i due soliti "poco capienti" bauli avrebbero dovuto contenere il necessario per non sfigurare davanti al gran mondo. Dopo aver estratto dai mastodontici armadi ogni genere di vestito, accollato, scollato, smanicato, di satin, di raso, di seta, spolverine di ogni colore e di ogni tessuto, di tela, noisette, alpagas, seta chiara, seta cruda, tutti i tipi di camicie *crêpe de Chine*, *crêpe Georgette*, *crêpe satin*, *crêpe de blauses*, ogni gamma di accessorio, piume di struzzo, ventagli in raso, madreperla, pizzo e quanto altro avrebbe fatto l'eleganza sofisticata delle imminenti *soirées*, *maman* era rimasta a osservare le scatole aperte, impegnata a condurre la più accurata delle selezioni.

Durante i preparativi, io mi ero comodamente installato a leggere qualche giornale su una poltrona accanto al suo letto. Mi accorsi subito che qualcosa la indisponeva, perché nel riguardare con Celeste i numerosi indumenti, non faceva che sbuffare. All'inizio credetti che ciò avesse a che fare con la faccenda dei due bauli, e continuai a leggere. Qualche istante dopo, però, principiò a lamentarsi ad alta voce, e la vera ragione vide infine la luce.

– Mi manda un semplice bigliettino per avvisarmi... Non riesco a credere che sia vero!

– Parli della zia Adriana, *maman*?

– Adriana, per l'appunto! Mi invia un bigliettino per avvisarmi della presenza a Guarcino di una "nuova amica", ha scritto proprio così!

Sorrisi per l'inezia di quelle ragioni.

– Di che amica si tratta?

Non rispose neanche e continuò il suo sfogo solitario.

– Lo sapevo che frequentare quei circoli per sole donne avrebbe finito col procurarmi delle seccature!... Ha preso a incontrare *menti raffinate* per parlare di politica e di voto alle donne dice lei: malvestite signorine dall'aria equivoca dico io!

Trasalii nell'udire quelle parole.

– Parli del circolo nei pressi di Largo Argentina?

– Ma cosa vuoi che ne sappia! Già è tanto che mi ricordi della loro esistenza!... Forse... Sì, "Largo Argentina", è probabile... ma pensino piuttosto a cose serie come tirar su una famiglia, fare dei figli!

– Credo che molte di loro abbiano già una famiglia e dei figli, *maman*...

– Non ti unire anche tu alla follia di tua zia, per l'amor del Cielo! Taci, che sono già abbastanza contrariata... Se tua zia vuole fare la rivoluzione socialista, si accomodi pure, ma che *la rivoluzione* me la imponga in vacanza, nella *nostra* casa di infanzia, è un'altra cosa! Mi scrive con candore che a Guarcino, a casa *mia*, troverò addirittura la *presidentessa* del suo circolo di signorine... Ecco, e tanto basta! E io che posso obiettare in questo modo? In più me lo comunica con un misero bigliettino che non mi consente neppure di replicare... Che potevo rispondere? Non me lo *chiede*, me lo *comunica*!

– Non sapevo che la zia si fosse aggregata al gruppo di Largo Argentina! Tempo fa son venute a parlare al partito. Ma chi è con esattezza a essere stata invitata dalla zia?

– Taci, taci... Adriana mi dice che tu la conosci. Credo scriva per il tuo giornale...

– Non sarà mica *Bianca D'Ambrosio*?

– Sì, proprio così, è questo il nome...

Il mio stupore divenne completo.

– Non mi interessa neanche chi sia o come parli, l'importante è che non me la ritrovi continuamente fra i piedi! E poi che idea invitarla insieme al duchino... Adriana è una sprovveduta!

– Non sapevo che la D'Ambrosio e la zia si conoscessero a tal punto... In verità ignoravo persino che si conoscessero. Nessuna delle due me ne ha mai parlato.

– Ma sai com'è fatta tua zia, con le sue idee da filantropa e il sogno dell'eguaglianza delle classi... È per questo che Pietro, bonanima, la teneva sotto *stretta sorveglianza*! Ora le viene l'uzzolo del socialismo rivoluzionario... figuriamoci che ha fatto togliere il blasone dalle sue carte intestate! E poi prende a frequentare questo gruppo di megere prepotenti... senza pensare al bene di sua figlia!

Dopo aver interrotto la sequela di gesti frenetici ed esser in fine riuscita a riempire i due grossi bauli, si fermò un attimo e se ne rimase con le braccia sui fianchi a osservarmi. Ferma in quella posizione mi ricordò, cosa incredibile!, una delle anfore greche che il vasaio Nicostene produceva per il mercato etrusco nel VI secolo a.C., per imitare il bucchero.

– Ma ci pensi che influenza avrà tutto ciò sulla povera Bebé!? È talmente fragile in questo momento... Figurati che tentennava fra l'accettare la corte del duchino o lo sposare quel matematico squattrinato del tuo amico!

Sgranai gli occhi dalla sorpresa. Abbandonata la posa da anfora nicostenica, si accinse a sistemare dentro una robusta scatola di cartone la raffinatissima pelliccia di volpe *Madame Pauquin*. Poi mi guardò e rise.

– Sì, lo so, è una cosa che non sa nessuno, nemmeno Adriana...

– E Bebé è venuta a confidarsi proprio con *te*?

– Ha del buon senso quella ragazza.

– E tu cosa le hai risposto?

Mi guardò con stupore.

– Tesoro! Cosa volevi che le dicessi? Le ho ricordato la buonanima del padre e mi son limitata a farle presente che vita piacevole e tranquilla le spetterebbe se solo prendesse per marito un uomo tanto comprensivo e assennato come il duchino. Volevi forse che si andasse a impelagare con un folle che minaccia di togliersi la vita e di rovinare la sua?

Mi alzai con violenza dalla poltrona.

– *Maman*, non ti rendi conto di quello che hai fatto! Che responsabilità ti sei assunta...

– Nessuna.

Mi assicurò con una smorfia di soddisfazione.

– Quando venne da me si era già decisa. Voleva sotanto discutere, con qualcuno che la pensasse come lei, su una scelta *già-presa*. ...Contento?

Rimasi frastornato da quelle rivelazioni. Ripiegai i giornali e mi adagiai sul letto.

– E quindi Bebé nutriva davvero dei sentimenti per Enrico...

– Sciocchezze giovanili! La questione è invece un'altra: che presenza può rappresentare per Elisabetta quella amica di Adriana con le sue assurde idee sulle donne, i comportamenti ambigui, le promiscuità... Che conseguenze potrebbe avere su una ragazzetta così giovane come Bebé? E poi che figura col duchino! Cosa penserà della famiglia della sua fidanzata che riceve una signorina non sposata che vive da sola, e il cui solo interesse è quello di screditare gli aristocratici!?

– Esageri... Ti ricordo che sono socialista anch'io! Non mi sembra che ciò abbia mai adontato la nostra famiglia.

Mi guardò con una tenerezza tale da mettermi a disagio.

– Certo caro, queste sono le tue idee, ma il tuo *tipo* di socialismo è diverso...

Le sue parole mi bruciarono il petto, come se, sorridendo, mi avesse passato sopra un tizzone ardente. Ripresi il giornale ma non riuscii a leggerne neppure una riga.

– E di che *tipo* è? Domandai infine.

– È del tipo *ragionevole*. Il tuo modo di essere socialista non urta, non riesce sgradevole, ma rispetta la nostra società.

– Scambi la mia *diplomazia* per adesione!

Avrei voluto correre a vomitare da qualche parte, come mi accadeva ultimamente fin troppo spesso, invece rimasi là, tutto scombussolato. Lei non commentò neanche le mie parole, e seguitò a separare gli indumenti in due mucchi differenti. Poi, come se avesse smesso di parlare con me e riattaccato col soliloquio, continuò ad alta voce.

– Spero che nella settimana che passerò a Guarcino riuscirò almeno a rilassarmi. Vigilare su Maria Elisabetta sarebbe un'incombenza che peserebbe di certo sui miei nervi!

Dopo aver chiuso i grandi bauli con l'aiuto di Celeste e Fifiddu, sbrigò ancora qualche faccenda, scrisse alcune lettere e si preparò per la cena. Io invece mi ritirai alla chetichella nella mia stanza.

L'indomani, di buon'ora, dopo aver dato le ultime disposizioni per il viaggio, mi baciò, e, quasi stesse proteggendo un prezioso tesoro, si toccò più volte con circospezione la tasca della spolverina. Qualche attimo dopo ne trasse fieramente fuori una confezione di *Ischirogeno* di fama mondiale e di uso universale.

– Il primo ricostituente del sangue, delle ossa e del sistema nervoso!

Disse, nel porgermelo con commozione.

– *Nella spossatezza prodotta da qualsiasi causa, rinfranca e conserva le forze...*

Lesse, con materno affetto, sulla boccetta che stringevo già fra le mani.

– In più è iscritto nella farmacopea ufficiale del Regno di Italia! Prendilo senza esitare, ti gioverà senz'altro.

Trovava avessi un'aria deperita, e che mi fossi lasciato travolgere dagli impegni di lavoro finendo col *trascurare la salute.*

Prima di salire in carrozza mi carezzò amorevolmente la guancia, e, insoddisfatta dei due bauli, partì alla volta di palazzo Vermigli per passare a prendere Maria Stefania che, a malincuore, mi lasciava da solo a Roma. Secondo l'accordo, verso la fine del mese, avrebbero dovuto raggiungermi entrambe a Guarcino dove io contavo, come ho già detto, di trascorrere qualche fine settimana prima del loro arrivo.

Fu una quindicina di giorni dopo la loro partenza che mi misi in viaggio verso la Ciociaria. Avevo chiesto al Patti di accompagnarmi, e lui aveva risposto di buon grado al mio invito, malcelando il suo evidente desiderio di rivedere Bebé. Non si eran parlati più dallo spiacevole incontro in cucina in cui lui aveva estorto un bacio innocente a lei, tutta spelacchiata. Era d'altra parte noto a tutti come lei si facesse accompagnare ovunque dal duchino Marcello. Sebbene la tentazione fosse stata forte, mi ero astenuto dal renderlo partecipe delle ultime rivelazioni. Ero inoltre stato informato dalla zia che a Guarcino avremmo trovato con ogni probabilità anche Gaetano, il quale, pur di stare con Bianca D'Ambrosio, aveva preso in affitto una camera in una locanda in paese.

Seppi solo più tardi che nella stassa locanda si era trasferito anche il duchino. Con le sue citazioni del Crispi e le apologie della guerra rischiò di far impazzire il povero Gaetano.

Partimmo un sabato mattina. Il sole era particolarmente cocente e l'aria irrespirabile, eppure la gioia di tornare dopo tanto tempo nei luoghi della mia infanzia rendeva tutto allettante. Così, mentre la carrozza percorreva una di quelle stradine strette e piene di buche, io spaziavo il mio sguardo fin dove potevo, riempiendomi gli occhi di verde.

L'odore della campagna mi inebriava. Quell'estate in particolar modo. Ero euforico.

La stanchezza delle ultime settimane, i miei umori incontrollabili, quell'irreprimibile desiderio di silenzio che mi seguiva ovunque, tutto in me anelava alle lunghe passeggiate in solitudine attraverso la pineta. Ne bramavo ogni istante, ogni passo, ogni angolo di cielo che i rami alti e folti lasciavano scorgere. A Roma, nel caldo del mio ufficio, sognando di quei fasci di luce che nelle prime ore del mattino attraversavan le chiome dei pini, non riuscivo a concentrarmi più su nulla.

– Osserva, Enrico, che paesaggio luminoso! Senti che atmosfera, che odori...

– Che *tanfo*, vorrai dire! Non riesco a capire cosa ti entusiasmi tanto. Forse il puzzo di letame? Questa è la campagna, com'è sempre stata e come sempre sarà... Accidenti! E poi queste dannate buche!

Lo guardai incredulo. Se ne rimaneva in un cantuccio della carrozza, con un braccio poggiato sul mantice e l'altro sul cappello.

Il vetturino condusse la carrozza con destrezza e il viaggio fu di breve durata. Arrivati alla villa, davanti al vecchio cancello, trovammo ad attenderci Giovanni, il maggiordomo della zia.

La proprietà, che era costituita da un grosso immobile bianco molto rustico interamente ricoperto da rampicanti, non era mai stata divisa fra le sorelle. A nessuna delle due importava ripartire la campagna o la casa della loro infanzia, arredata con gusto, se pur in modo sobrio, senza elettricità o altri tipi di *conforts* moderni, eccezion fatta per la linea telefonica da me sollecitata con caparbietà. L'unica spartizione che vigeva era fra la parte di rappresentanza, coi suoi saloni, le cinque stanze da letto ben arredate e l'elegante ingresso, e la parte di servizio, con numerose stanze da letto più modeste, se pur tutte con vista sulla pineta, la cucina, e un'immensa stanza da pranzo con un tavolo rotondo che l'occupava quasi interamente. Quest'ultima porzione della villa l'aveva tenuta per sé la zia Adriana, mentre l'altra, la nobile, era stata occupata da *maman*.

Al nostro arrivo si trovavano tutti in giardino.

Dopo esserci rinfrescati, li raggiungemmo in quello che era stato allestito come un campetto di *croquet* all'inglese.

Non appena si accorse di noi, la zia Adriana buttò il maglio per terra e ci venne incontro a braccia aperte.

– Giorgio! Signor Patti! Che gioia vedervi... Non vi aspettavamo che per ora di cena. Siete forse partiti prima del previsto? Unitevi a noi! Si tentava di giocare un po', ma oggi fa troppo caldo.

Il resto della compagnia ci accolse freddamente; la cosa non stupii né me né tanto meno il Patti.

Elisabetta ci rivolse un lieve cenno del capo, e con lo sguardo assente continuò a spingere la pallina. Il duchino era rimasto seduto al tavolo in compagnia della D'Ambrosio che, insolitamente vestita di bianco, mi parve più smagrita che mai.

Nessuno di loro nel salutarci proferì parola, soltanto la D'Ambrosio mi accennò un sorriso, quando le andai incontro per stringerle la mano.

Sedendomi al tavolo col duchino, l'entusiasmo di trovarmi nella campagna della mia infanzia cominciò pian piano a scemare. L'ostentata freddezza che ci era stata riservata mi faticava, tanto più che non avevo testa alle beghe altrui.Vivevo felice nel mio mondo silenzioso, e il dovermi scontrare con tali inezie mi spossava.

Avrei lasciato tosto la compagnia se non fosse stato per la D'Ambrosio che inaspettatamente mi rivolse la parola, finendo col rendere quei momenti persino gradevoli. Non ricordo perché si cominciò a discutere degli scioperi operai nel porto fluviale di Londra che avevan luogo proprio in quei giorni, e di cui lei era informatissima. Nel giro di poco si passò a quello delle ferrovie inglesi. Mi fornì con dovizia di particolari ogni genere di dettaglio: eran i facchini a scioperare; nella fattispecie eran stati i facchini dello Yorkshire e del Lancanshire a principiare la protesta. La cosa sembrava esser destinata a estendersi ad altre contee. Nel distretto di Manchester eran difatti cinquemila i facchini in sciopero. I facchini della North Western eran rimasti solidali con i loro compagni. Sorridendo trionfalmente, mi disse che ai vertici si temeva che lo sciopero si estendesse al personale di altre compagnie col rischio di paralizzare del tutto il servizio ferroviario britannico.

Parlammo a lungo e discutemmo piacevolmente anche della fine del congresso socialista di Livorno i cui lavori si eran conclusi in quei giorni. Firenze era stata proclamata sede del futuro congresso. Entrambi concordammo sulla felice scelta. Il duchino tentò un paio di volte di introdursi nella conversazione, ma le sue parole non trovavano seguito. Credo che l'omuncolo insignificante annoiasse entrambi.

– Ho letto che nel Regno Unito si son verificati arresti in un comizio socialista.

Disse a un tratto. Ci girammo distrattamente verso di lui che, soddisfatto, continuò.

– ...Eran stati pronunciati discorsi ingiuriosi *contro il Re.*

– Ah, sì, a Dublino...

Rispose la D'Ambrosio per uno scrupolo di gentilezza, tornando tosto a rivolgersi a me.

– Che ne pensate dell'elezione della reginetta di Roma?

Sorrisi.

– "Le figlie del popolo destinate a sicura e inevitabile prostituzione"?

Parafrasai divertito le parole di alcuni compagni di partito. Con mia gran sorpresa rise anche lei.

– Può suonare come una preoccupazione superflua, lo so... Ma è un problema che bisogna tuttavia porsi.

Il modo giocoso ma consapevole con cui disse quelle parole mortificò la mia ilarità. Finii col darle interamente ragione.

Nel frattempo Bebé era sparita dalla nostra vista, e il Patti sonnecchiava accanto a me su una sedia, incurante di quei discorsi. Fu la zia Adriana che ci interruppe sedendosi accanto a noi.

– Per domani è previsto ancora più caldo: l'ho letto stamane sul giornale. Tosto verrà servita la cena. Avete fame?... Ho pensato a un pasto freddo e leggero: almeno ci si rinfrescherà! Che ne dite?

Noi tutti ci affrettammo ad assentire. Dopo qualche minuto ci si recò nella grande sala da pranzo, a piano terra, dove ci raggiunse anche Bebé. Le finestre alte erano spalancate e ovunque si diffondeva quell'odorino di mobili e stoffa mescolato all'aria secca, che mi era così famigliare: l'odore d'estate di tutta la mia vita passata. Il divano e la comoda poltrona di velluto verde, il salottino Luigi XVI, i mobili pregiati, le tele leggiadre di paesaggi arcadici e fantasie napoletane, gli acquarelli di campagne soleggiate, le stampe delle stagioni, l'albero della cuccagna, il ritratto della nonna con la cuffietta civettuola e un libro aperto fra le mani: il mio mondo estivo di bambino. Ragazzetto, mi rifuggiavo in quella stanza, rimanendomene accoccolato sulla poltrona a osservare i numerosi quadri e ad ascoltare *le voci* della casa. La zia Adriana chiamava Bebé per aggiustarle la treccia, *maman* discuteva con la zia delle pietanze per la cena, lo zio Pietro proponeva una passeggiata fino ad Anticoli. La calma di un'isola estiva che ogni anno tornava a proteggermi da tutto. A volte, nel corso dell'inverno, mi sorprendevo a ripensare a Guarcino, alle sedie in ferro battuto sistemate sulla veranda verso la pineta, il punto più fresco della casa; ogni sera, quando ci accomodavamo là per chiacchierare, spirava puntuale su di noi una gentile brezzolina.

La cena si consumò quasi nel silenzio. Il duchino si limitò a manducare con rapidità da ogni portata che gli veniva servita, senza levare il viso dal piatto. Il Patti non aprì bocca, visibilmente provato dal viaggio. Bebé scambiò qualche parola con Bianca che dall'altro capo della tavola rispetto a dove ero seduto io, le rispondeva quasi a monosillabi.

Dopo un bicchierino di amaretto e il caffè, il duca Marcello ci lasciò per fare ritorno alla locanda in paese. Anche il Patti e io abbandonammo le tre donne per ritirarci nelle nostre stanze. Eravam partiti di buon'ora e io stesso, nonostante l'euforia, cominciavo a risentire di una certa qual spossatezza.

Nello spogliarmi ripensai a Bianca D'Ambrosio.

Malgrado, dovevo ammetterlo, l'avessi ammirata quel giorno al partito, col tempo, lavorandoci a stretto contatto, mi era riuscita antipatica. Nonostante Sandro mi avesse concesso il diritto di revisionare le minute dei suoi articoli, mi ero sempre guardato bene dall'attuare un tale proposito, per la semplice ragione che trovavo insopportabile l'idea di avervi a che fare, ed esser costretto a udire anche per un solo momento frasi del tipo "o si è socialisti o no lo si è". La verità era che la ritenevo una persona eccessivamente dogmatica e tediosa.

Eppure, principiando a colloquiare con lei, come non riconoscerle una certa attrattiva? Come non ammettere che quei suoi discorsi, a voler ben riflettere, rappresentavano qualcosa di più degli idealismi di una sciocchina fanatica... Vi era un peso nelle sue parole il cui fascino a stento ero riuscito a eludere.

Indossando il pigiama ripensai alla sua austerità. Financo come donna essa appariva sotto tutti gli aspetti la personificazione di un principio. In un momento in cui la moda era arrivata all'acme della ricercatezza, lei indossava abiti particolarmente sobri... poveri non direi, ma di una semplicità nauseante. Ineccepibilmente accollati, per lo più scuri, neri, blu notte, verde cupo... Non credo portasse il busto, anche perché era già piuttosto magra, forse una crinolina modesta che ravvivava di poco la gonna. Capelli legati alla nuca senza pretese, lunghe dita ceree disadorne di qualsivoglia gioiello, e il viso di un pallore volto a negare ogni frivolezza. Tutto era essenziale nel suo aspetto, ma meno che mai sgradevole. Al contrario infondeva ammirazione e un certo rispetto. Di quando in quando il bianco di un colletto di pizzo risaltava sul velluto dei suoi abiti, ma ciò rappresentava il massimo dell'arditezza.

Come già detto, l'unica *stranezza* in lei era costituita dall'insolito colore di capelli che, in qualsiasi modo li acconciasse, risaltava con violenza su ogni cosa le stesse accanto. Non ci si stancava di osservare quanto essi fossero indubbiamente e irrimediabilmente *rossi*, di un rosso che sapeva di tinta artificiale. Eppure, di una tale singolarità, la signorina D'Ambrosio non sembrò mai vantarsene, al contrario pareva quasi se ne imbarazzasse. Conoscevo certe sciantose di caffè-concerto che avrebbero dato l'anima per possedere una simile tinta naturale...

Ma crollavo dal sonno. Mi addormentai sperando che la sua presenza non avrebbe importunato la pace che sempre trovai a Guarcino in estate.

Filippo Taglialana di anni tredici

Piaghe d'amore

La luce, questo fuoco che divora.
Questo paesaggio grigio che m'attornia.
Questa pena per una sola idea.
Quest'angoscia di cielo, terra e d'ora.

Questo pianto di sangue che decora
lira senza timbro, torcia senza presa.
Questo peso del mare che mi frusta.
Questo scorpione che attende entro me.

Ghirlanda d'amore, letto di ferito
sono e di insonne, sogno la presenza
tua nel fondo in rovina del mio petto;

e se ricerco una vetta di prudenza
il tuo cuore mi dà una valle densa
di cicuta e passione d'aspra scienza.[9]

Per diversi giorni feci la spola fra Roma e Guarcino.

Bebé, la D'Ambrosio e il duchino conducevano vita a parte, e io, che trascorrevo le mattinate passeggiando nella pineta e consumando i pasti per lo più nella mia stanza, non li incontravo quasi mai.

---

[9] Federico García Lorca, *I sonetti dell'amore oscuro*, traduzione di Claudio Rendina.

Dopo qualche timido approccio nei riguardi di Bebé, più per ostentar distacco che l'irragionevolezza di una passione oramai estinta, il Patti si era definitivamente stufato di tutta quanta la storia, e aveva preso a trascorrere le giornate leggendo nella veranda. Non v'era ai suoi occhi, in quei giorni, interesse più tenace di quello per la lettura, al punto tale che persino la faccenda *dell'ostentazione del distacco* aveva finito per risultargli noiosa.

In genere lo raggiungevo la sera. Partendo dalle sue letture romanzesche ci divertivamo a fantasticare, strologando sui moti dell'animo e azzardando congetture macchinose.

Nonostante la temperatura si fosse alzata, avevam preso l'abitudine di bere insieme del porto prelibato che un amico di Sandro aveva fatto arrivare direttamente dal Portogallo. Ne avevo acquistato qualche bottiglia fiutando l'affare. Si trattava della partita di un'ottima annata che il proprietario della cantina di Oporto si era trovato a vendere per pagare qualche debituccio.

Cominciò tutto per caso, ma con l'andar dei giorni i nostri *rendez-vous* sulla veranda diventarono una gradevole consuetudine.

L'arrivo di Gaetano non alterò il gusto di quegl'incontri serotini. Lui beveva volentieri, e come molti siciliani, nutriva una predilezione per i liquori dolci. In panciolle sotto il pergolato, si rideva e scherzava insieme su qualsiasi cosa.

Davanti alla pineta, per lungo tempo, nessun argomento serbò alcuna gravità.

Il caldo si è impossessato del mio respiro, dell'aria che mi empie i polmoni, del sangue che non riuscendo a nettarsi prosegue sozzo per le vene. Ormai sveglio, cerco di trovare un modo per respirare. Mi alzo. Nella penombra della stanza immergo le mani nella bacinella piena fino all'orlo di acqua tiepida. Vi sprofondo con tutta la testa, in cerca di un qualche sollievo anche temporaneo, di un solo attimo di respiro. Rilevato, resto per impercettibili frazioni di secondo a bearmi di una flebile brezzolina che spira, timorosa, dalla finestra. Se non mi fossi bagnato non l'avvertirei neppure. L'afa mi raggiunge una volta tornato a letto.

Le giovani gambe torte, lo sguardo dei loro occhi a volte perduti, a volte spavaldi, giovani germogli derubati di un'innocenza dovuta... Mi strappo via i pantaloni del pigiama. È una stoffina leggera leggera, ma in quel momento grava come il piombo. Raggiungo la parte opposta del letto avvicinandomi così alla finestra. I bambini sono indifesi perché non hanno ancora idea di chi siano; lo scoprono a poco a poco. Quando nascono vorrebbero che i genitori li guardassero: si cercano nei loro occhi. Ritorno al mio posto, al posto di sempre, con la testa verso il capezzale. La loro pelle deve essere morbida, il corpicino ben pulito, lo sguardo esprimere una curiosità inconsapevole. Non è rimasto un lembo di lenzuolo a coprire il materasso. Ho gettato tutto giù dal letto; scottava sotto il mio corpo. La loro pelle invece sembrava cuoio. Nei poveri volti deformati non vi era alcuna traccia di tenerezza, solo una fitta, dolorante, obbrobriosa espressione di fatica consunta. Pelli grinzose, piccole gambe arcuate e nerborute, ventri ipertrofici, occhi ora vigili ora spossati, visetti rugosi con alle spalle che soli otto, dieci inverni vissuti. Sdraiato a casa mia, in un letto di brace, mi arrovello nel caldo. A quale tribunale sottoporre il giudizio di una simile ignominia? Chi interpellare per il *risarcimento*? Torno ad alzarmi per bere. Accanto al letto la caraffa d'acqua preparata con cura da Mimma. Ne tracannugio due bicchieri colmi. Nella foto, tre di loro accennano un sorriso sui visetti cerchiati. Anche le domande del giornalista devon averle trovate insolite. Qualcuno che chieda loro chi siano e come vivano. Qualcuno che all'improvviso se ne interessi. Tiro indietro i capelli bagnati. Non un solo refolo in questo momento. Mi concentro sull'idea di *freschetto* e ripenso con sollievo ai minuti precedenti. Non riesco a stabilire che ora sia. Le ultime della sera o le prime del mattino? Accendo la candela e l'allontano da me per stornarne il calore. Mostri nanetti, falciati precocemente. Torno a rimmergermi nella bacinella d'acqua. Attendo fiducioso frazioni di sollievo. Così non si continua...

Ritorno a letto e mi passo un panno bagnato sul viso.

Adesso per Gaetano è cambiato tutto. Si siede in veranda davanti a me, e mi sciorina nuove verità. Il progetto del Giolitti di concentrare in un monopolio di Stato le assicurazioni sulla vita che si era d'accordo costituisse un primo, timido tentativo di uniformità sociale e un freno alle speculazioni del capitale privato, diventa improvvisamente il *mellifluo sotterfugio del Giolitti* per celare finalità ben più machiavelliche. Unico, diabolico scopo, perspicuo solo a integerrimi eletti come lui: l'avvio a una *politica di RIARMO.*

Ancora qualche settimana fa io e lui si era d'accordo, col Bonomi, che l'intervento dello Stato nelle attività economiche potesse costituire una garanzia per tutelare i lavoratori e la società civile contro gli squilibri sociali e le varie speculazioni delle concentrazioni private... adesso invece è tutto *furto* e *rapina.* Mi piazzo davanti alla finestra spalancata e respiro l'arietta inerte e campagnola.

– Fai finta di non sapere che da noi le spese militari han cominciato ad assorbire oltre il 30% della spesa pubblica? Come vuoi che il dato incoraggi a sperare nelle tanto sbandierate riforme sociali di cui il paese avrebbe bisogno?!

Rimane seduto sulla sedia e posa il bicchiere vuoto sul tavolino, come se a quel punto le mani gli servissero per qualcosa di ben più importante.

Lo guardo sbigottito. Mi sembra superfluo ricordarglielo, ma lo faccio lo stesso.

– E che ne è delle "trasformazioni sociali che devono avvenire per una via di sostituzione graduale" di cui mi parlavi solo qualche mese fa? Più "graduale" di così?! Dovresti rallegrarti di un atto che getta le fondamenta per un concreto ampliamento della base sociale... In più, ricordi i governi De Pretis?

Annuì insofferente.

– Hanno risolto forse qualcosa? Grandi ideali, grandi progetti, belle teorie, ma poi, in pratica? Salvo aver attenuato di poco la tassa sul macinato e altre minuzie, e l'aver inasprito il costo delle imposte indirette, cosa è stato fatto per porre un freno *reale* alla sperequazione sociale? Ti sei forse accanito allora contro di loro come ti stai accanendo adesso con questo governo?... Ti aspetti miracoli portentosi dal Giolitti che fra l'altro non è neppure socialista! Vuoi la verità? Io non mi aspetto granché, ma prendo atto del fatto che si stia avviando con criterio un programma di statalizzazione... imperfetto forse, ma realistico, e che nella pratica può davvero mettere in difficoltà i potentati finanziari.

Gaetano, che ha ascoltato le mie parole sbuffando e scuotendo il capo, sbotta pieno di rabbia non appena taccio.

– Non mi parlare di governi della "Sinistra"! Chi può dire *Sinistra*? Come dice persino il tuo amico Giolitti "la Sinistra democratica del De Pretis è stata una espressione della borghesia, sia pure della borghesia minuta, e le aspirazioni dottrinarie che la muovono son attinte alle scuole della democrazia *borghese*"! Non c'è Sinistra in Italia! Qua però si tratta di un millantatore che vuolsi far passare per il *deus ex machina* della politica italiana, quando invece gli unici conti che sa fare sono i propri e quelli della sua classe sociale! Uno che se ne infischia delle condizioni dei lavoratori i cui interessi va dicendo di avere a cuore... Cosa gliene importa veramente?! Tiene buone le masse concedendo benefici e lasciando che si organizzino sotto la sua ala protettrice, semplicemente per evitare che le varie forze sociali gli si rivoltino contro... E il bello è che di ciò non ne fa neanche mistero, salvo giustificare all'occorrenza tali atti con gli *alti e nobili ideali umanitari* che lo muovono. L'unico ideale che persegue è quello di far fruttare al massimo il sistema liberale a profitto della borghesia e del capitalismo! "*In quasi tutto il paese il popolo soffre sotto la pressione di condizioni economiche, di salario e di vita spesso inique... Le inclinazioni democratiche della Sinistra si eran più che altro sfogate nel fare una politica popolare di spese, che se per un verso eran giustificate dalle condizioni delle regioni meno fortunate e più arretrate, per un altro minacciavano la compagine finanziaria dello Stato*": sono parole *sue*!... Ma chi vuol prendere in giro? Come ha fatto durante i mandati precedenti, ora vuol far passare la statalizzazione per un atto volto a migliorare la vita dei cittadini. Per farsi bello agli occhi dei senatori socialisti, istituisce il Monopolio di Stato per le pensioni della vecchiaia non investendoci praticamente un soldo, e facendo credere di avere trovato così i fondi per una politica popolare, mentre all'insaputa di tutti lascia il grosso del capitale intatto nelle casse statali, in attesa di impiegarlo in torbide speculazioni o investimenti di carattere militare!

Gaetano è furente, come se il giorno prima Giovanni Giolitti in persona fosse andato da lui e, avendolo privato di tutto il suo capitale, lo avesse prontamente investito nell'acquisto di una polveriera.

– E allora? Se anche fosse così? Adesso ti indigni dei loschi traffici che si muovono in ogni governo sin dalla notte dei tempi, ma la verità è che hai sempre saputo come vanno queste cose!... È *politica*, non *filosofia*! Per di più l'uomo contro cui ti scagli è lo stesso che in una precedente legislatura ha avuto il coraggio di domandare la collaborazione del compagno Turati, e di prendere pubblicamente le difese della Camera del Lavoro di Genova durante il ministero Saracco, suscitando persino la *tua* di riconoscenza!... Che tu lo voglia o no il Giolitti è il primo politico che invece di inasprire i controlli delle forze dell'ordine o ricorrere a inutili metodi repressivi, si sia reso conto di come la soluzione alla nostra economia in declino consista nell'affrontare proprio quei problemi che tale scellerata situazione l'hanno determinata. Quest'uomo rappresenta la nostra *unica, realistica* alternativa per uscire fuori dall'arretratezza in cui versiamo!

L'aria della veranda si è irrimediabilmente viziata. Il Patti se ne sta in disparte, intollerante da sempre a qualsivoglia discorso politico condotto con asprezza. Io resto al mio posto, seduto, e mi limito a guardare dal basso Gaetano che invece si è alzato per appoggiarsi alla palizzata di legno che delimita la loggia.

– Non sai di cosa parli, Giorgio... "*affrontare* i problemi di natura economico-sociale"?

Il suo viso paonazzo torreggia sul resto del corpo. La frangetta bionda che in genere gli ricopre la fronte con grazia, gli si è appiccicata tutta sopra, imbibita dal sudore.

– ...O forse vuoi dire *assecondare* i problemi di natura *politico*-economica?!

– Non so a che ti riferisci... Parli di piani macchinosi e segreti profitti a spese dell'istituzione del monopolio statale per le assicurazioni sulla vita, ma dimentichi che son cose che accadono ovunque! E fra l'altro quando gli industriali han chiesto al Giolitti di porre dei limiti alle attività dell'INA (Istituto Nazionale Assicurazioni) perché questo potesse operare in concorrenza con le società private, lui si è rifiutato!

– Di fatti tutti sanno che l'apertura dell'INA è stata rimandata di ben dieci anni dallo stesso Giolitti... e questo proprio in seguito alle pressioni degli *industriali*!

– Dettagli...

– Allora parliamo del *dettaglio* Mezzogiorno! Questo individuo dalle doti umane non comuni, che con ardore si prende cura degli interessi degli operai nelle industrie, che a spada tratta difende i loro scioperi e i loro sindacati, questo esimio politico, è lo stesso che per far quadrare i bilanci dell'economia e proteggere la sua maggioranza in parlamento, tutela coi metodi più discutibili i biechi interessi dei proprietari terrieri nel Meridione, non esitando un sol momento a sacrificare tutto quanto il profitto dell'intera società contadina!

Detto ciò mi guardò con un inspiegabile, cieco livore, tanto che mi alzai anch'io.

– La verità è che più degli interessi dei contadini, gli stanno a cuore quelli dei latifondisti del Sud, parassiti che tengono ancora in vita una società feudale fatta di schiavi e caste, ma che gli garantiscono la maggioranza in parlamento. ...Per avere il loro appoggio chiude gli occhi davanti a ogni tipo di nefandezza! Questa è la verità! Manda in rovina l'economia del Sud, continuando a mantenere in vita il protezionismo del Crispi e chiude il mercato alla concorrenza del grano straniero, e questo per preservare le rendite parassitarie dei proprietari terrieri... Arriva a servirsi persino della mafia per vincere le elezioni!

Si fermò un attimo per prendere fiato, poggiando entrambe le mani sulla staccionata. Davanti a quella foga inaudita, le parole mi si estinguevano in bocca più in fretta che i pensieri nella testa. Non restò altro che rimanere in piedi e ascoltare.

– I latifondisti hanno carta bianca nella gestione delle loro proprietà e non sono soggetti ad alcuna forma di controllo: finiscono per imporre condizioni disumane a contadini, braccianti, e minatori! La gente mena una vita da bestie laggiù... E lo Stato che fa nel frattempo? Lusinga e ricopre di onorificenze i suoi carnefici, te lo dico *io*!

E si avvicinò fino a sfiorarmi, continuando a battersi il petto con il dito, per meglio mettere in evidenza la sua identità.

– Altro che diritti! Altro che sindacati!... Come le bestie!!!

Mi ci volle qualche minuto per rispondere qualcosa. Qualsiasi cosa.

Alla fine mi forzai di replicare.

– Ciò di cui parli non si può attribuire a un solo uomo, Gaetano. È il sistema che dall'Unità d'Italia va avanti in questo modo...

– ...E l'esimio Giolitti che fa per – non dico cambiarlo – quantomeno attenuarlo questo sistema? Grazie alle tariffe protettive da lui mantenute in vigore, nelle proprietà dei latifondisti languisce una misera coltura di cereali: giusto il necessario per assicurar loro la rendita... Prendi il settore vinicolo, o quello della frutta e dell'olio d'oliva! Con adeguate esportazioni si avrebbe la possibilità di introdurre capitali nuovi... E invece ci si impantana su un livello praticamente di usufrutto! La verità è che la modernizzazione del Mezzogiorno, a volerla fare, richiederebbe provvedimenti che spiacerebbero ai proprietari terrieri. Colpirebbe prima di tutto le loro rendite... e si sa che il Giolitti non muove un dito in parlamento senza il loro benestare!

– Ma Gaetano, l'industrialismo, e non il meridionalismo, costituisce la soluzione più efficace per modernizzare il paese! Sai che non c'è alternativa per uscirsene... il meridionalismo come *strategia di partenza* sarebbe una scelta fallimentare: rimandarebbe di decenni la crescita della nostra economia...

La conversazione comincia a darmi l'uggia. Per quanta verità vi sia in ciò che dice Gaetano, non riesco a digerire il paradosso della sua contraddizione. Aveva o no cambiato opinione radicalmente da un mese all'altro? Bisognava ammetterne l'evidenza. In fondo non gli rimproveravo che questo...

Eppure fra l'amalgama farraginoso dei nostri discorsi e i visetti deformati che a un tratto mi comparvero sotto gli occhi, piombò, improvviso, l'abisso che puntuale separa la teoria dalla realtà.

Ero ancora su *strategia di partenza*, quando lo vedo tirar fuori dalla tasca un articolo sgualcito che sbatte sul tavolino di vimini, accanto al bicchiere di porto. Si trattava di un vecchissimo numero della *Tribuna*, il giornale romano.

Lo guardo con aria interrogativa. Tutto ciò ha dell'incredibile. "Parla e mi sbatte in faccia le prove dei suoi ragionamenti? Le tiene sempre con sé? Porta ovunque quell'articolo, come si fa con gli occhiali o il bastone?", pensai.

Invece di rispondere al mio sguardo, mi volge le spalle e si gira verso la pineta.

Prendo il giornale fra le mani e comincio a sfogliarlo senza capire. Il titolo parla dei *carusi*, i bambini usati per trasportare lo zolfo nelle miniere siciliane. Si tratta di un'inchiesta di Adolfo Rossi, collega stimatissimo, che si era occupato qualche anno addietro di documentare le condizioni di quei bambini nella Sicilia del Crispi. Fu allora che li vidi in una foto ingiallita. Pallidi, emaciati, smunti. Scarnificati dall'abbrutimento. Giovani uomini nani di otto, nove anni, adulti dodicenni.

Entrambi sapevamo bene che né il De Pretis, né il Giolitti eran stati in grado di alterare le *loro* condizioni di vita.

Mi sporgo dalla finestra, e un verso di civetta si diffonde nell'aria immota. Adesso è troppo tardi. Perché l'Italia si fosse industrializzata rapidamente, incrementando il fatturato e alzando in tal modo il tenore generale di vita, non avrei guardato in faccia nessuno... Avrei sacrificato l'intero mondo contadino, per difendere il principio della collaborazione fra forze popolari e borghesia meridionale, se solo non li avessi visti. Se soltanto non li avessi mai avuti davanti, i volti defraudati di quei bambini. "È il prezzo da pagare per industrializzare l'Italia, paese arretrato!", avrei detto sospirando, nell'alzare le spalle. Una volta acquisito equilibrio economico e benessere sociale al Nord, si sarebbe provveduto al Sud: era la cosa più razionale da fare. Procedere con ordine. E pazienza. E *spirito di sacrificio*. "Spirito di sacrificio" è una locuzione amata dai politici di qualsivoglia schieramento. Quando lo dicono, con aria afflitta ma irremovibile, a nessuno è ben chiaro *chi* esattamente debba compierlo, tale *sacrificio*. Per salvarne cento, bisogna sacrificarne quaranta. Come fare altrimenti? L'alternativa è che affondino tutti quanti i cento, e questo non lo vuole nessuno. E i restanti quaranta? Non domandarsi *mai* chi vi sia incluso fra questi quaranta. Adesso però è tardi perché io riesca a cancellare i quaranta. Che farne? Lasciarli tutti compressi fra le ragioni di una teoria? È possibile. Ma non per me. Non stanotte. Mi rimangono nella testa questi quaranta e non posso farci niente.

Mai dare un volto umano ai quaranta, sennò è la fine! Continuo a far scivolare il panno bagnato sulla schiena. E se fra questi quaranta, venti hanno un'età inferiore ai quindici anni e gli altri venti muoiono di scorbuto? L'acqua della bacinella è un brodo. Bisogna cambiarla. Mi infilo un paio di pantaloni e con la brocca in mano decido di avviarmi verso la cucina. Conosco ogni angolo della casa: lungi dall'intimorirmi, il buio mi eccita. Scendendo verso la cucina l'aria diventa frizzante. Pompo con vigore dal sifone e l'acqua vien giù fresca. Ne bevo tre bicchieri colmi e me ne getto un po' addosso. Accendo un lume e mi sposto verso il tavolo di ciliegio. Non posso farne a meno. Devo saperne di più. Impossessarmi di ogni particolare. Rigo per rigo, parola per parola, senza trascurare il minimo dettaglio. Fino in fondo.

Tiro fuori l'articolo di Gaetano, lo piazzo davanti a me sul tavolo. Stirandone per bene le pagine vado *fino in fondo*.

Articolo del Rossi segue.

"A un certo punto, mentre attraversavamo la montuosa regione che separa Campobello dalle zolfare, vedemmo in lontananza un ragazzo di nove o dieci anni, basso e robusto, che fuggiva per la campagna brulla, inseguito a duecento metri di distanza da un uomo senza berretto e dalle vesti bianche di zolfo, che per correre meglio si era levato le scarpe e con esse minacciava il fuggitivo con atti di ira feroce.
"È un *picconiere*", ci dissero i contadini, "che cerca di ripigliarsi un *caruso* scappato. Se lo prende, lo concia per le feste! Sono cose che succedono quasi tutti i giorni."
Succedono tutti i giorni, ma son cose barbare, che non dovrebbero essere tollerate in paesi civili. Davanti a quella fuga e a quell'inseguimento a me pareva di assistere a una scena della *Capanna dello zio Tom* della Beecher-Stowe.
I *carusi*, com'è noto, sono ragazzi dagli 8 ai 15 o 18 anni, che trasportano a spalla il minerale dello zolfo, dalle profonde gallerie alla superficie, ar-

rampicandosi su per gli strettissimi pozzi. I *picconieri*, cioè gli uomini che coi picconi staccano il minerale nelle gallerie, si procurano uno o più *carusi* mediante una anticipazione ai genitori dei ragazzi di una somma che varia dalle 100 alle 150 lire in farina o frumento. Preso così come una bestia da soma, il *caruso* appartiene al *picconiere* come un vero schiavo: non può essere libero finché non ha restituito la somma predetta, e siccome non guadagna che pochi centesimi al giorno, la sua schiavitù dura per molti anni. Egli è maltrattato dal padre che non può liberarlo o dal *picconiere* che ha interesse di sfruttarlo il più lungamente possibile. E quando tenta di fuggire sono persecuzioni feroci.
"Ma fermate quel *picconiere*!" gridammo a quelli del Fascio.
Alcuni soci lo raggiunsero infatti e lo fermarono. Ma dopo una breve discussione, vedemmo che lo lasciarono andare.
"È nel suo diritto", ci dissero quando tornarono a noi, "il *caruso* gli appartiene".
"Quando si tratta di qualche scapaccione", ci disse il *caruso* che faceva parte della nostra comitiva, "sono cose da nulla. Il male è quando il *picconiere* adopera il bastone. La settimana scorsa il *caruso* Angeleddu, d'anni tredici, fu ucciso dal suo *picconiere* con otto bastonate".
"E il *picconiere* non fu arrestato?"
"Non li arrestano mai. Chi si incarica dei *carusi*? I *carusi*, quando muoiono ammazzati, per le autorità sono sempre morti di morte naturale. Poco tempo fa nelle miniere di Ficuzza un altro *caruso* morì in seguito a un calcio nello stomaco."
"Come ti chiami tu?", chiesi al *caruso* che ci narrava questi orrori.
"Filippo Taglialana da Campobello. Ho tredici anni. Lavoro come *caruso* da cinque anni e sono in debito verso il *picconiere* di venticinque lire che non potrò mai pagare."
Tirammo innanzi molto tristi. Alle tre e mezza giungemmo alla miniera detta la Mintina, dove il 10 giugno 1886 un improvviso franamento del terreno uccise nelle gallerie 142 (dico centoquarantadue) fra *picconieri* e *carusi*. Le gallerie sfruttate non erano mai state riempite e il loro numero eccessivo, formando un gran vuoto sotterraneo, aveva prodotto l'avvallamento. In una depressione del terreno trovammo da un lato alcuni forni dove si

purifica il minerale, circondati da cataste del minerale stesso. Qua e là si vedevano delle specie di nicchie in muratura: le aperture dei pozzi. Davanti a esse stavano dei ragazzi dai 9 ai 14 anni, completamente nudi, e dei *picconieri*, egualmente in costume adamitico, con una sola pezzuola sostenuta da uno spago sulle parti genitali. Quei gruppi di ragazzi e di adulti dalla pelle bruna, che spiccavano sul terreno riarso e brullo - solo su qualche pendice si vedevano dei *cactus* e dei fichi d'india - non parevano italiani, ma africani o indù.
Ma se lo spettacolo impressiona da lontano per la sua novità, da vicino stringe il cuore. I *carusi* portano impresse in tutta la persona le stigmate della sofferenza a cui vengono sottoposti. Presi a lavorare a 8 o 9 anni, essi hanno generalmete le spalle curve per l'eccessiva fatica, le gambe storte, le occhiaie incavate per l'insufficiente nutrizione, la fronte solcata da rughe precoci.
La legge, che dovrebbe proteggere il lavoro dei fanciulli e secondo la quale nessun ragazzo potrebbe fare il *caruso* se non ha compiuto 12 anni, non viene fatta osservare.
Tutti i *carusi* che ho interrogato hanno cominciato a lavorare a 8 o 9 anni. La maggior parte mi disse che non guadagnava che cinquanta centesimi al giorno e che questa mercede non veniva loro pagata in denaro, ma in pessima farina, a un prezzo superiore a quello che corre nei vicini paesi.
"...E quante ore lavorate?" domandai.
"Generalmente dodici ore al giorno di seguito, dalle quattro alle quattro, per sei giorni consecutivi, durante i quali dormiamo qui; al settimo giorno andiamo a riposare in paese."
"E qui dove dormite?"
"Per terra, in quelle grotte." Essi mostrarono alcune caverne, vere abitazioni da trogloditi.
"I più fortunati, aggiunse, dormono là." E mi condussero sotto una tettoia, annessa a un forno, tutto il mobilio della quale consisteva in tavolo senza paglierici. Ai piedi di quel tavolo alcuni *carusi* stavano desinando col *picconiere*. Mangiavano pane e cipolla.
"Bevete qualche litro di vino?" chiesi.
"Vino?", fecero, guardandomi sorpresi, "e chi ce lo dà? Avessimo almeno dell'acqua! Non c'è neppure quella. Nelle ore in cui dovremmo dormire, ci tocca far molta strada per andare a prenderne un po'."

"Quanti viaggi fai al giorno in media col tuo carico di minerale?" Chiesi a uno dei *carusi*.
"Venticinque viaggi per ventisette soldi, su e giù per un pozzo lungo cinqunta canne (centotrè metri)."
Altri *carusi* ci vennero intorno, tutti dagli organismi rovinati per l'eccessiva fatica, dallo sviluppo impedito; vere immagini di animali affamati... Qualcuno di quegli infelicissimi aveva l'occhio intelligente e rispondeva con prontezza alle nostre domande; ma la maggior parte appariva istupidita dai patimenti e aveva lo sguardo come velato e spento, con le occhiaie livide. [...]"

L'aria è immortale e sta inerte la pietra

I giorni che seguirono la "notte dei carusi" nel ricordo si copron di fuliggine.

Persi interesse alle passeggiate nella pineta e decisi di rimanere nella mia stanza. Persino gli incontri nella veranda mi eran venuti a noia. La sera, affacciato alla finestra, mi godevo l'aria immobile e lo scricchiolio delle cicale.

Il Patti passava ogni tanto a trovarmi, ma, rispettoso dell'altrui intimità, si era eclissato ai primi segnali della mia patente insofferenza. La zia Adriana cercava di indurmi a uscire con ogni mezzo, ma finì per arrendersi, tutta presa dalla sua *missione*. Novella Tolstoj, si applicava ogni giorno con zelo, per insegnare a leggere e scrivere non solo ai piccini, ma anche ai loro genitori, inserendosi nel programma di alfabetizzazione dell'Agro Romano, cominciato dopo la presa di Roma. Fra il 1906 e il 1907 gli iscritti alle ventisette scuole rurali erano saliti già a milleduecentoventisei. La percentuale alta di analfabeti rimaneva una delle piaghe del nostro novello Stato (solo cinquecento su novecentosedici frequentanti i promossi, fra l'altro!). La zia, come molti componenti della Società degli Insegnanti e del Comitato delle Scuole per i Contadini, trascorreva tutta quanta la giornata a un paio di chilometri dalla nostra abitazione, in compagnia di una schiera di gente smunta e mal vestiva, che la seguiva tuttavia con grande vivacità.

Era ormai attraverso la finestra che il mondo si insinuava nei miei pensieri. E poi, sul tardi, con Mimma, che saliva su a portarmi gli ottimi manicaretti.

Dalla finestra scorgevo scene di vita e registravo cambiamenti. La mia attenzione si concentrava spesso su mia cugina e sulla D'Ambrosio che si erano ritrovate da sole e pareva avessero legato parecchio. Invidiavo la loro complicità e allo stesso tempo me ne stupivo. Sebbene conoscessi mia cugina, non arrivavo affatto a comprendere come due persone tanto diverse avessero potuto stringere così intimamente. Mi feci l'idea che al mattino si dovessero concedere lunghe passeggiate: i gridolini di Elisabetta e le loro risate mi svegliavano quasi ogni giorno verso le 7h30. Per varie mattine le vidi uscire insieme con borse cariche di libri. Non so dove si dirigessero. Qualche volta, invece, Bebé raggiungeva l'amica sotto il pergolato davanti alla casa, dove questa lavorava instancabilmente, sistemata su un minuscolo tavolino. Le osservavo chiacchierare e ridere per delle ore. Di quando in quando il duchino, mani in tasca e passo svogliato, si univa loro con aria imbronciata. Quando trovavo la lena, mi alzavo dal letto e osservavo il trio, arrivandone a scorgere solo le teste già piccole perdersi fra i colori al limitar del viale. La chioma rossa della D'Ambrosio spiccava, seguita dallo *chignon* corvino di Bebé e dal biondo pallore dei radi capelli che restavan sul capo di Marcello. Dopo averli persi di vista, ritornavo a letto aspettando l'arrivo di Mimma che, ogni giorno alla stessa ora, adagiava sul mio comodino il vassoio della colazione.

Ogni tanto si vedeva comparire la testa ben tornita di Gaetano. Lo scorgevo avvicinarsi al tavolo di lavoro della D'Ambrosio, impettito e ritto come un manico di scopa. Le parlava per qualche minuto gesticolando e dicendo qualcosa che non riuscivo a comprendere. In genere lei finiva con l'allontanarsi. Lui restava ad aspettarla fino al momento in cui realizzava che non sarebbe più tornata. La sistematicità di quel rituale mi divertiva! Mi sembrava di poter indovinare il suo stato d'animo. Nell'aspettarla, si sforzava di assumere un atteggiamento noncurante, arrivando persino a far finta di interessarsi a qualche carta adagiata sul tavolo. Richiudendo le persiane ne ridevo.

Lui, da sempre temerario con le donne, davanti alla D'Ambrosio diventava insicuro come un ragazzetto alle prime armi.

Adagiandomi sul letto mi chiedevo se tutto quel cambiamento brutale di idee e convinzioni nella sua testa, non fosse per caso dovuto a un'infatuazione che col tempo pareva acuirsi. Gaetano il riformista! Al partito si sarebbero ammazzati dal ridere se lo avessero sentito parlare in veranda dei *loschi traffici* del Giolitti... E come non notarne la costante presenza a Guarcino, il suo sguardo perso in quello della D'Ambrosio, sempre a prevenirla, a scrutarla, a dire la cosa giusta per far presa su di lei in qualche modo. Qualsiasi modo.

I primi giorni della settimana ero tuttavia costretto a trascorrerli ancora a Roma.

Fu solo verso la metà del mese che riuscii con abilità a regalarmi ben dieci giorni di ozio. In cambio della vacanza prolungata, fui costretto da Sandro a rimanere in redazione per un'intera settimana, e questo per via del trambusto che era scoppiato a causa della *Geremiade Tripolina*, come i giornali avevan soprannominato la situazione nella Libia turca che di settimana in settimana precipitava verso un'inevitabile guerra.

Si sapeva che qualche anno prima il Valì, il governatore generale, la più alta carica in rappresentanza della Sublime Porta all'estero, aveva fatto scacciare gli impiegati italiani o di origine italiana che prestavano la loro opera nell'amministrazione ottomana. In quei giorni lo si accusava di aizzare, tramite emissari, i berberi contro gli italiani.

I giornali di Destra denunciavano a gran voce l'inutilità di un'azione di "penetrazione pacifica", come la chiamava la Sinistra, e accusavan il governo ottomano di lasciar passare con compiacenza il "sistema di diffamazione" nei confronti degli ufficiali dell'esercito italiano, "ai danni del nostro buon nome in tutto l'impero e specialmente in Tripolitania". Il *Corriere della Sera* replicava seccamente, dichiarando di dubitare delle *presunte* ostilità.

La Destra italiana, dal canto suo, si scagliava in primo luogo contro l'*Avanti!*, reo di aver concesso, "nel suo egoismo socialistico", un'eccessiva fiducia alla lenta e paziente penetrazione pacifica. Si riesumava il caso di un tale Gastone Tineni, che nel giugno del 1908 era stato ucciso dai gendarmi turchi che lo scortavano, o piuttosto era stato "suicidato", come scrissero in Italia, e cioè era stato dato per suicida dalla Sublime Porta, nonostante l'autopsia avesse in seguito riscontrato il contrario. Si rimproverava al Valì di non aver neanche allora mosso un dito per difendere "l'onore nostro".

Il Resto del Carlino scriveva senza ambage: "Gli italiani si trovano in Tripolitania come dei Robinsons in un'isola di gorilla, ma vi rimangono malgrado tutti i disagi e le ostilità, perché confidano sempre nel governo italiano che un giorno aveva fatto loro sperare di decidersi per l'occupazione."

In Via dell'Orso e al partito, era tutto un fermento.

Incontrai difficoltà insormontabili e ripetute per affrancarmi addirittura una decina di giorni da quel turbolento vortice di trattative. Per lo più si consideravano con attenzione le sfumature delle varie correnti. Il Giolitti nicchiava, e questo creava turbamento in chi attendeva una direttiva per non gettarsi in prese di posizioni avventate. Ciò nonostante ve ne eran molti che si sbilanciavano, in preda all'enfasi del momento, senza curarsi delle conseguenze (cosa spiegabilissima, visto che in Italia il cambiare opinione impunemente da un giorno all'altro fu sempre pratica corrente).

Sandro temporeggiava. Continuava a registrare gli avvenimenti principali. Si atteneva al semplice resoconto dell'accaduto, senza assumere alcuna posizione e concedeva ampio spazio alla riforma delle Ferrovie, agli scioperi in Inghilterra, alla moda, all'epidemia di colera o alla questione del Marocco. Prendeva tempo.

A ogni modo, decidendo strategicamente di dargli ragione su tutto, riuscii a ottenere il permesso di potermene restare qualche giorno più del previsto a Guarcino.

Stravaccato in carrozza sulla via del ritorno, ripensavo ai giorni precedenti in redazione, ai pochi impiegati che respirando inchiostro si applicavano senza entusiasmo, ai fattorini accaldati, all'odore di stampa che il caldo rendeva insopportabile, e mi sentivo leggero come una piuma. Nel trovarmi là, all'aria aperta, libero di trascorrere addirittura qualche giorno lontano da penosi affanni e uggiose complicazioni, gioivo di tutto cuore.

Percorrendo il viale fino allo spiazzo davanti l'ingresso, avvertii uno strano silenzio nell'aria. Notai da subito che il tavolino della D'Ambrosio ai piedi dell'albero, era sparito. Una volta entrato in casa, nell'aiutarmi a raccogliere i bagagli, Giovanni mi assicurò che eran tutti fuori per una passeggiata. "Anche il signor Patti?", domandai incredulo.

– Anche il signor Patti.

Nei giorni che seguirono, mi decisi a uscire ogni tanto dalla mia stanza.

Dopo avermi accolto con calore, la zia Adriana chiacchierò con me, dilungandosi sulla sua scuola, e descrivendomi la gioia e le soddisfazioni di un simile progetto. La sera, quando ancora il Patti e io si beveva allegramente del porto in veranda, passava a salutarci, stanca ed ebbra di soddisfazione. Bebé sembrava approvare la scelta della madre. Con orgoglio la osservava partire ogni mattina presto per "la capanna", come era denominata da tutti la casetta in pietra dal tetto di paglia che fungeva da scuola.

Confesso che il mio inserimento in quella vita che solo appena una settimana dopo la mia partenza si era trasformata come per magia, fu penoso.

L'avvenimento più inspiegabile era senza dubbio rappresentato dal ritrovato avvicinamento fra il Patti e Bebé. Le circostanze e il modo in cui ciò avvenne, restano per me tuttora avvolte nel mistero. Mi accorsi sin da subito di come lui si intrattenesse del tutto a proprio agio con mia cugina: la loro relazione divenne così intima, che dove andava lei, finiva per comparire poco dopo anche lui. Ma la cosa più sorprendente era che il duchino sembrava accettarlo senza problemi. Capitava spesso di vederlo addirittura discutere insieme al Patti come fosse un vecchio amico. La D'Ambrosio, che aveva visibilmente smesso di lavorare, li seguiva, mi pareva, tenendosi per lo più in disparte.

All'arrivo di Gaetano, l'allegra compagnia si animava. Persino la D'Ambrosio, che da mesi faceva di tutto per evitarlo, sembrava adesso subirne il fascino. E di questo Galipò non ne faceva mistero: più di una volta era venuto da me a vantarsene, continuando dentro di sé a considerarla la donna più *inaccessibile* di Roma.

Stanco dell'internamento, cercai di partecipare alle loro giostre di svaghi e divertimenti, ma l'epilogo era sempre lo stesso: finivo con l'ascoltare uggiose storielle capitate loro in mia assenza.

Una volta venni coinvolto in una partita di tennis col Patti, Bebé e la D'Ambrosio; per tutta la durata del *match* fui perseguitato dall'insopportabile sensazione che l'invito ricevuto altro non fosse che un modo per rimpiazzare il duchino assente, o Gaetano a Roma. Malgrado il penoso dubbio pulsasse nelle mie tempie a ogni battuta, arrivai persino a divertirmi. Giocai un solo *match* in coppia con la D'Ambrosio e riuscimmo a stracciare Enrico ed Elisabetta.

Altrimenti, con difficoltà si sarebbe potuto considerare soddisfacente l'andamento delle mie giornate. Oscillavo fra la voglia irrefrenabile di rinchiudermi in una stanza e gettarne la chiave, e la smania di prender parte al consorzio umano che si muoveva intorno a me, e che in un certo qual modo pareva ignorarmi.

Gaetano per lo più mi evitava, salvo di tanto intanto intrattenersi in mia compagnia per vantarsi dei favori dell'Inaccessibile, e ostentare con orgogliosa compiacenza di essere entrato nelle sue grazie. Non parlammo quasi più di politica, se non costretti dalla necessità che si scrivesse ancora per lo stesso giornale di cui io ero il vicedirettore. Una volta mi disse per caso di essere nettamente contrario all'entrata in guerra dell'Italia: non capiva che aspettasse il Partito socialista a schierarvisi contro apertamente. Cercai di ricordargli quanto fosse importante per noi l'appoggio del governo in parlamento, senza il quale si sarebbe corso il rischio di perdere tanto di quel terreno da esserne spazzati via. Si potevano avere belle idee, ma da sole, e in quanto idee, non sarebbero giovate a nessuno, se non si avesse avuta una voce istituzionale per dar loro espressione. Mi rise in faccia e io non andai oltre. Finì tutto lì.

Nonostante la fedeltà alla nostra amicizia, il Patti aveva smesso di cercarmi. Non mi parlava mai di Bebé, né degli ultimi cambiamenti. Nelle rade occasioni in cui capitò di scambiarci due parole a quattr'occhi, sembrò facesse di tutto per evitare l'argomento. Una volta, a una mia domanda perentoria, rispose confusamente, farfugliando parole pencolanti sull'*amicizia tra uomini e donne*. Senza saperlo si trovava già avviluppato nell'universo degli innamorati immaginari.

Così, isolato da tutti, stanco delle lunghe permanenze nella mia stanza, lontano dal giornale e da Maria Stefania, che continuava a scrivermi quasi ogni giorno, mi ritrovavo con tanto di quel tempo libero da non sapere come impiegarlo. Avevo fatto di tutto per liberarmi da ogni vincolo, impegno, obbligo, ed ero rimasto da solo col mio bel drammone confezionato, senza sapere neppure vagamente che farne. Non avevo idea di cosa sentire o decidere con esattezza. Lo stesso isolamento dagli altri che a volte deprecavo, avevo contribuito io stesso a crearlo. Se proprio avessi voluto la compagnia di qualcuno, sarei rimasto a Roma, dove in Via dell'Orso c'era anche fin troppo da discutere. Oppure avrei preso la prima corriera per Anticoli (Stefania mi mancava, ma ogni volta che mi saltava l'uzzolo di raggiungerla, il pensiero di ritrovarmi al Grand Hotel, circondato da babbuini impettiti e uggiose civette dai visi impiastricciati mi riusciva insopportabile).

La verità era, invece, che per quanto desiderassi prender parte alle spensierate giornate dell'allegra compagnia, rimaneva preminente in me la sensazione che nessuno possedesse il diritto di rivolgermi la parola. Così avevo principiato a fare lunghe, interminabili passeggiate in solitudine. Percorrevo ogni giorno chilometri di verde, a caccia di qualsiasi verità. Risoluto alla ricerca di qualcosa, la prima cosa che avesse potuto empire di contenuto le rovine di significanti che si trascinavano nella mia testa.

Una domanda su tutte.

Che fare se non si fossero potuti salvare dalla miseria i Taglialana sparsi nel mondo? Continuare, pasciuto privilegiato, con l'uzzolo del giornalismo di sinistra?

Camminare, d'altra parte, spingeva in avanti le mie elucubrazioni, ed era un modo per reagire alle dolorose incertezze che si covano nell'immobilità.

Un giorno, appoggiato a una palizzata, davanti a un bel prato verde, riflettei e mi dissi che per mancanza di senso avrei persino potuto smettere di respirare, se non fosse stato che il mio cuore continuava a pompare in autonomia ossigeno pulito e carico di vita inconsapevole.

Sonetto della lettera

Amore delle viscere mie, viva morte,
invano aspetto una lettera da te
e penso, con il fiore che appassisce,
di perderti se vivo senza me.

L'aria è immortale, inerte la pietra
che non conosce l'ombra, né la elude.
Il cuore profondo non richiede
il miele ghiacciato che versa la luna.

Che sofferenza! da aprirmi le vene,
tigre e colomba, sopra la cintura
di morsi e gigli in combattimento.

Cura la mia follia con le parole,
o lasciami vivere nella serena notte
dell'anima mia per sempre oscura.[10]

Mi alzo da tavola.

Zia Adriana ha talmente insistito per farmi restare con loro a cena, che ho finito col cedere.

Mi alzo da tavola dopo aver sorseggiato del buon liquore di amaretto ed essermi prima scolato una bottiglia intera di Brunello di Montalcino che pareva ambrosia.

Ho così ritrovato la pace. Enrico è andato avanti per una

---

[10] Federico García Lorca, *I sonetti dell'amore oscuro*, traduzione di Claudio Rendina.

buona mezz'ora con le meraviglie dell'algebra e le gioie della trigonometria. Grazie al Brunello son riuscito a seguirlo e persino a ridere al momento giusto. "Essere innamorati e non poterlo esprimere spinge la gente a fare discorsi bislacchi", lo dico o lo penso soltanto?

Nel levarmi da tavola rimugino su quanto sia difficile ritagliarsi un momento di sospensione da sé. Un momento in cui gli altri, benchè vicini fisicamente, accettino che tu *non-sia* per una manciata di secondi. Il semplice fatto che si respiri e si tengano gli occhi aperti, non significa che si sia ancora vivi.

Così mi son alzato e ho accennato, invece, al mio riposino pomeridiano: si è annuito. È più facile da spiegare. Nessuno mette in dubbio l'importanza di un riposino pomeridiano. Nessuno ne ostacolerebbe l'attuazione.

È diverso dal dover dire che si vuol *non-essere* per i fatti propri.

Chiunque rispetta l'idea che dopo pranzo ci si possa stendere anche solo per un quarto d'ora.

Il sonno costituisce di per sé una barriera. Nel sonno nessuno può insinuarsi nei pensieri o interrompere il proprio *non-essere*, per discutere di trigonometria e pretendere anche che ci si diverta. Dormire è scomparire in pace, con l'altrui beneplacito.

Una volta raggiunta la mia stanza, trovai infine un posto, una mia collocazione nello spazio, glorificato dalla generale approvazione.

Così *non-fui* per qualche ora. Felicemente.

Non un suicidio, ma una breve pausa dall'esistenza. Le prime ore felici della giornata.

Arrivò poi il momento in cui mi faticai di non possedere motivazioni sufficienti per sollevare una brocca d'acqua. Al di là delle mie passeggiate lunghe e solitarie che non richiedevano in sé troppe certezze, quell'irreprimibile, ontoso senso di inerzia continuava ad appiattirmi ogni sera sulla poltrona accanto al mio letto, ultimo appiglio della mia vita insensata.

Decisi di uscire dal mio bucolino almeno al calar del sole: ricominciai a frequentare la veranda.

Il pubblico era cambiato.

La prima sera, al mio arrivo, ci si voltò verso di me. Bebé e la D'Ambrosio erano là con Marcello, Gaetano e il Patti.

Il Patti fu il solo ad alzarsi per lasciarmi la sedia e versarmi del porto da una bottiglia la cui provenienza mi era ignota. La mia presenza sembrò mortificare la conversazione che dal corridoio giungeva distesa e animata.

Nel sedermi trangugiai il primo bicchierino. Nell'attesa di riempirmene un altro, rimasi in silenzio, sperando che il mio starmene lì buono buono cancellasse dai loro volti quella fastidiosa espressione di stupore.

– La bottiglia l'ha portata Gaetano un paio di giorni fa. Mi disse Enrico riempiendomi il secondo bicchiere. Sorrisi e me lo scolai in un lampo. Il mio gesto impressionò Bebé. La D'Ambrosio mi guardò invece divertita.

– La vostra presenza qui a quest'ora sorprende un po' tutti... Non ve ne abbiate a male: non ne siamo più abituati! Aggiunse strizzando gli occhi allegri.

A quelle parole, per non esser da meno e ostentare umana compassione, Gaetano mi venne incontro riempiendomi il terzo bicchiere.

Lo vuotai con destrezza. Il gesto suscitò un certo sbigottimento in mia cugina, e una scrosciante risata nel resto della compagnia. Dopo aver lanciato un'occhiata alla D'Ambrosio, Gaetano rise più forte di tutti.

Al sesto bicchierino ingoiato con pari risoluzione, si smise di ridere e subentrò un silenzio impacciato. L'acme del fastidio lo provocai, credo, quando oramai ebbro mi feci cadere dalle mani il bicchiere ancor pieno di porto, finendo col bagnare i pantaloni bianchi di Marcello.

L'inverosimiglianza di tale incidente strappò un urlo a mia cugina e fece precipitare la compagnia nello scompiglio. Ci fu un affannoso via vai di pezze bagnate, talco, e virili gridolini di dolore. Proprio non ce la feci a trattenermi dal ridere, e una volta cominciato, non riuscii a fermarmi nonostante lo sguardo imbufalito di Enrico sulla mia testa fremente dalle convulsioni. L'affare dei pantaloni bagnati pregiudicò il regolare andamento della serata e precluse l'epilogo consueto in cui ci si salutava affabilmente. Il duchino abbandonò affranto la veranda per via dei pantaloni bagnati che desiderava cambiarsi al più presto, e Gaetano lo seguì per farsi dare uno strappo fino in paese. Giovanni e Bebé, muniti di torce, li accompagnarono al cancello dove li aspettava la lussuosa automobile del duchino. Partita Bebé, anche il Patti, dopo avermi rampognato alla buona, si ritirò lieto di poter consacrare alla candela ancora qualche ora delle sue letture.

In veranda, neanche a farlo apposta, rimanemmo la signorina D'Ambrosio e io.

Avevo appena approfittato del trambusto per versarmi l'ennesimo bicchierino di porto. Qualche minuto ancora, e il torpore dell'ebbrezza avrebbe percorso puntuale le mie membra. Aspettavo con ansia quel momento: era come se nella testa si spezzassero una infinità di fasci di legna e vi si accendesse un gran falò.

Ci voleva tuttavia una gran forza di volontà per riuscire a mantenersi in quello stato. E un forte senso della misura; un bicchere di troppo, e il leggero torpore sarebbe divenuto malessere e vomito. Nell'attesa di *quel* momento cercai di distrarmi con la magrezza della D'Ambrosio. Era seduta di fronte a me e giocherellava con un bicchiere vuoto, passandoselo da una mano all'altra.

– Non mi sopportano... Me ne accorgo.

Alzai le spalle, sorridendo come un ebete.

– Forse non vi *sopportano*, come dite, per il semplice fatto che voi per primo non li sopportate.

– Probabile...

Abbassò lo sguardo verso le sue ginocchia, e ne passò sopra una mano come per scacciar via delle molliche. Il suo contegno mi affascinava. Non mostrava imbarazzo o disagio. Se ne stava poggiata sullo schienale della poltrona di vimini a osservarmi con il dorso inclinato.

Dopo aver posato il bicchiere sul tavolino, intrecciò le dita adagiandole sulla pancia.

–Voi bevete spesso?

– Quando non ho nulla di meglio da fare.

– Bevete per noia?

– In un certo senso.

– E vi annoiate spesso?

– Ultimamente spessissimo.

– Allora ultimamente siete sempre ubriaco...

Sorrisi senza rispondere che c'eran numerosi altri modi per scongiurare la noia. Come ad esempio guardare dalla finestra.

– In questo periodo non vi si è veduto di frequente.

– Ero a Roma. Boccanelli mi ha coinvolto nella quadriglia delle trattative.

– Che ne pensate?

– In questo momento non "penso"... Non mi interessa nemmeno sapere cosa ne pensiate voi. Per adesso mi interessa il porto.

– Questo lo vedo bene!

Si avvicinò al tavolino al mio fianco e afferrando la bottiglia si riempì il bicchiere.

–Vi farò compagnia. Io non mi annoio, ma ho un debole per questo liquore!

Brindammo ai cento modi per liberarsi dalla noia.

–Vi farò una richiesta.

– Chiedete! – Rispose lei avanzando verso il bordo della poltrona.

– Non voglio spiegarvi il perché, ma vi propongo di non parlarmi di Roma, di Boccanelli o del Governo! Né di politica o economia... Vi spiacerebbe? Vorrei invece parlare con voi dei contrasti di luce nella pineta o delle sfumature sulle colline.

Mi guardò per un secondo, poi oscillando con lo sguardo rispose con esitazione.

– Beh... il non-parlare di politica riesce sempre difficile... Noi siamo qui a discutere anche perché esiste un sistema che ci tutela in quanto è ordinato socialmente! ...Altrimenti non ce ne staremmo tranquilli in una veranda a sorseggiare del porto, ma da qualche parte a combattere per difendere le nostre case! Politica è anche discutere dello spazio verde incontaminato e protetto... comunque ho capito... Non so... Posso dire soltanto che ci proverò.

L'abbronzatura che dorava appena il suo viso le conferiva un'insolita aria di benessere. Notai che era leggermente ingrassata e la cosa non nuoceva affatto al suo aspetto.

– Avete trascorso molto tempo con mia cugina ultimamente.

– È una compagnia incomparabile.

Sprazzi di sobrietà principiavano a disturbare la pace in cui mi trastullavo. Decisi di versarmi un altro bicchiere.

– Addirittura *incomparabile*!

– Però è così, vi assicuro...

– Non ne dubito! Credo che per lei il solo problema sia *io*. Di fondo c'è che non le piaccio. Mi chiedo perché!

La D'Ambrosio non rispose. Volse il viso da un'altra parte e continuò a sorseggiare il porto.

– E a voi?

– *A voi*, cosa?

Ecco che torna il sospirato torpore. Senza malessere. Lasciarsi cullare, lasciare che le parole sgorghino da sole, stordite e anarchiche.

– A voi piaccio?

La mia domanda arrivò talmente inaspettata che sgranò gli occhi portandosi entrambe le mani alle labbra. Poi decise di ridere di cuore. Risi anch'io.

– Rispondete! Ho bisogno di sapere se almeno voi nutrite un briciolo di simpatia per me.

– ...In verità non me lo sono ancora chiesto!

– Forse è meglio così: in redazione non vi ho certo reso la vita facile!

– Ma non si era detto di non toccare quell'argomento?

– Domani mattina cosa fate?

– Esco con Bebé. Andiamo a fare una gita ad Anticoli.

– Peccato!

– Avevate un'idea migliore?

– Volevo prorporvi una tranquilla passeggiata verso Guarcino.

– Perché non vi unite a noi invece?

– Mia cugina non ne sarebbe contenta.

– Come potete dirlo?

– È una vecchia storia, ve l'ho detto.

– Glielo chiederò io stessa.

L'idea di impormi a Bebé senza che essa potesse ribattere qualcosa, mi stuzzicava. Rivedere la D'Ambrosio l'indomani mi stuzzicava. Accettai.

– D'accordo!

– Bene!

– ...Ma a un patto.

– Quale?

– Che dopodomani veniate con me a Guarcino.

– Volete a tutti i costi uscire con me? Lo trovo curioso, ma perché no? E sia: verrò con voi a Guarcino dopodomani. Altro?

– Basta così.

– Allora ci vediamo domani mattina alle sette giù nell'ingresso. ...Mi riempio un altro bicchierino.

Si alzò e, ammiccando, ingollò d'un fiato il bicchiere che si era appena riempita.

– ...Per dormire meglio!

Aggiunse schiacciandomi un occhio in maniera deliziosa.

– Buona notte! E non dimenticate: si parte alle sette in punto.

– Grazie della chiacchierata!

– È stato un piacere.

Partita la D'Ambrosio, rimasi ancora qualche minuto nel silenzio della notte.

E comunque stentavo ad alzarmi. Nel provarvici un paio di volte, realizzai fino a che punto fossi sbronzo. Barcollando, aggrappandomi a qualsiasi cosa trovassi a portata di mano, e inciampando due tre volte per le scale, riuscii ad arrivare alla mia stanza. Non ebbi neanche la forza di spogliarmi che mi gettai a peso morto sul letto.

Svegliandomi l'indomani mattina mi ritrovai in un bagno di sudore.

La presenza di Mimma nella mia stanza mi ricordò una cosa sola: era tardi e avevo perso l'appuntamento con Bebé e la D'Ambrosio. Mi alzai di scatto rischiando di travolgere la povera Mimma che cercava da un pezzo di dirmi qualcosa.

– La baronessina mi ha pregato di lasciarvi dormire comodamente e di riferirvi che sarebbe partita con la signorina D'Ambrosio come stabilito. La baronessina mi ha chiesto anche di dirvi che senz'altro il signorino avrebbe potuto raggiungere in tutta calma la baronessina e la sua amica ad Anticoli con la carrozza che vi attende già davanti casa.

Il fatto di aver mancato all'appuntamento convenuto proprio con Bianca D'Ambrosio mi fece precipitare nel caos. Ramazzai qua e là quattro indumenti, e corsi nello spogliatoio in tutta fretta.

Attraversando i secolari, meravigliosi boschi di castagno che conducevano fino ad Anticoli, la mia ansia cominciò a scemare. Grazie alla destrezza di Tonino, il cocchiere della zia Adriana, arrivai in paese prima del previsto.

L'appuntamento era fissato per mezzogiorno in Piazza dell'Olmo. Fu lì che trovai mia cugina e la D'Ambrosio, in mezzo a un gruppetto di turisti radunati al centro della piazza, intente ad ascoltare una guida locale che, asciugandosi di quando in quando la fronte col fazzoletto, si apprestava a spiegare le bellezze locali.

L'arrivo della carrozza attirò l'attenzione dei presenti, molti dei quali si girarono distrattamente verso di me continuando ad ascoltare la guida accaldata. Il sorriso della D'Ambrosio mi raggiunse repentino.

– ...Dopo la proposta dei consiglieri comunali, Onorevoli Enrico Ludovici e Pietro Martini, di cambiare il nome di Anticoli in quello di "Fiuggi" – da "feuci" o "frugi" come vengono denominate in gergo dialettale le rigogliose felci che crescono nella nostra terra, e dove per "Frugi" sin dall'antichità si intende il luogo in cui sgorgava la sorgente d'acqua...

Scesi giù dalla carrozza e mi infiltrai nel nugolo di persone in ascolto. Dopo avermi fatto un cenno col capo, la guida riprese la spiegazione. Ciò mi permise di raggiungere indisturbato Bebé e la D'Ambrosio. Questa, che sin dal mio arrivo mi aveva seguito con lo sguardo, mi rivolse il più caloroso dei benvenuti.

– ...Mentre l'ormai vecchio nome di Anticoli non si sa se farlo derivare dal latino "Antiquae Incolae", "antichi abitanti", o da "Ante Colles", "davanti ai colli", in riferimento all'area abitata anticamente dai Pelasgi e più avanti dagli Èrnici, una popolazione di stirpe indoeuropea...

– Sono lieta che ce l'abbiate fatta! Mi sussurrò Bianca discretamente in un orecchio. Le sorrisi anch'io, e continuammo ad ascoltare.

– ...Come avranno modo di vedere fra un attimo lorsignori coi propri occhi, il villaggio di Anticoli, odierna Fiuggi, conserva ancor oggi intatte, se pur inglobate in costruzioni moderne, le antiche strutture medievali costituite da torrioni e tratti di mura di difesa. Con i suoi vicoli malagevoli e scoscesi, arricchiti di archi, le suggestive scalinate e anguste piazzette, l'antica Anticoli si rivela "unica"...

E andò avanti con la solita solfa mielosa, tipica delle guide locali, che si attaccano a qualsiasi minuzia si attribuisca alla loro terra, considerandola unica al mondo.

Visti archi, suggestive scalinate e anguste piazzette, la visita proseguì verso la stazione termale. Fu là che finalmente potei scambiare due chiacchiere con la D'Ambrosio. Bebé mi rimproverò subito il ritardo.

– Le acque che sgorgano dalle fonti di Anticoli rientrano nel gruppo delle acque oligominerali naturali le cui proprietà derivano dalla natura stessa della roccia locale, una formazione tufacea che alterna strati permeabili, permettendo così alle acque di essere filtrate e di perdere tutte le sostenze minerali. Le acque di Anticoli erano note sin dall'epoca romana e ricordate dagli storici del tempo come "Fons Arilla". Ciò è provato oltre che dalle fonti scritte, anche dai dati archeologici, visto che nel circondario sono stati ritrovati ruderi romani e persino un tratto del selciato della vecchia strada. Nel medioevo le fonti di Anticoli divennero famose grazie all'interesse di papa Bonifacio VIII che ivi si curava la calcolosi renale. Più tardi fu il grande Michelangelo che scrivendo a un nipote decantò le virtù di queste acque che lo liberarono in poco tempo di "un sì crudelissimo mal della pietra". Come ha scritto l'esimio Papini: "Poco ci mancò che l'infaticabile artista che aveva maneggiato e intagliato tante pietre non venisse ucciso da una piccola pietruzza formatasi a tradimento all'interno del suo vecchio corpo".

La risata fu da copione. Niente affatto stupita dell'oramai prevedibile reazione alla *boutade* che aveva di certo ripetuto nello stesso punto e nello stesso identico modo per centinaia di volte, la guida illustrò, fiera, il panorama di personaggi celebri che fino ai giorni nostri avevan frequentato le terme. Oltre a Benedetto Croce, Guglielmo Marconi e all'Onorevole Bonomi, l'attuale Fiuggi vanta fra i suoi illustri ospiti niente poco di meno che l'attuale Presidente del Consiglio, Giovanni Giolitti.

Fu proprio in quel momento che la D'Ambrosio mi lanciò un'occhiata complice. Strabuzzai gli occhi quando lessi sulle sue labbre quelle parole che sussurò soltanto.

– Li abbandoniamo?

Elisabetta si trovava più avanti e non ci fu modo di avvisarla. Ci allontanammo indisturbati e camminammo per il bel parco della fonte Bonifacio, fino a raggiungere il nuovo stabilimento termale inaugurato quello stesso anno. Come molte altre strutture della zona, il grandioso impianto liberty rientrava nell'ambizioso progetto di alcuni amministratori comunali che volendo mettere a profitto tale risorsa naturale, avevan dato il via alla costruzione di numerose opere di incanalatura e abbeveratoi pubblici, al fine di valorizzare la zona. Fornendo la località di eleganti strutture in grado di soddisfare il fabbisogno del sempre maggiore flusso di gente che in estate andava a farsi curare a Fiuggi come Michelangelo, eran riusciti a incrementare proficuamente l'economia locale.

Un lussuoso caffè si trovava all'interno dell'impianto. Il brusio ininterrotto di voci e gridolini di marinaretti e bimbe dalle vestine pastello, ci accolse varcata la soglia. Spossati dalla passeggiata, ci installammo a uno dei numerosi tavolini di marmo bianco.

–Volete ordinare qualcosa?

– Una gazzosa andrà benone.

– Io prenderò un caffè... Dopo tutto il porto che ho ingurgitato ieri sera, non mi serve altro. Pensate che per precipitarmi fino a qui non ho neppure fatto colazione!

Invece di ascoltarmi, lei si guardava attorno e, per la prima volta da quando la conoscevo, mi sembrò a disagio: avevo come la sensazione che in quel momento avesse voluto trovarsi da un'altra parte.

– Non vi preoccupate per Bebé, so per certo che la visita guidata finirà proprio qui, al caffè dello stabilimento!

Sorrise educatamente, ma dall'espressione stampatale in viso capii che quello era l'ultimo dei suoi pensieri.

– Che vi prende?

– Nulla...

Si massaggiava il braccio e continuava a guardarsi intorno. Dopo poco arrivarono le bevande che avevamo ordinato.

– È forse il fatto di essere qua... fra tutta questa gente *ben pasciuta*.

– E allora? Vi disturba che queste persone abbiano i mezzi per mangiare?

Sorrise arrossendo.

– Lasciamo stare, è un discorso complicato e spinoso...

– Sì, è complicato, ma io adesso ho un gran desiderio del mio caffè e non intendo avvilirmi con inutili sensi di colpa.

Lei tacque e sorseggiò la gazzosa.

– Ma voi non frequentate mai posti del genere a Roma?

– Non si tratta di questo... è solo che il lusso che ci circonda mi fa sentire a disagio.

– E vi sentite a vostro agio nei locali frequentati da intellettuali e artisti, cioè borghesi dai ventri satolli con l'uzzolo della rivoluzione?

Continuavo a ribattere, ma dentro di me sapevo bene di cosa parlasse.

– Ne avete un'idea distorta... Mangiare ogni giorno non è scontato per costoro.

Il fatto era che non volevo deprimermi negli unici momenti gradevoli dall'inizio dell'estate; mi divertiva trovarmi là con lei; e l'esser circondati da "tanto lusso" mi faceva stare meglio che il trovarmi in una bettola olezzante di frittura.

– Voi trovate normale che un socialista come Bonomi frequenti un posto del genere?

– Che c'è di male nel farsi curare la calcolosi renale?

– Nulla. Venire qui, dormire qui e frequentare questa gente è il "male", come dite voi.

La guardai sopraffatto dall'idea che si sarebbe ricominciato con frasi del tipo "o si è socialisti, o non lo si è".

– Si comincia così, a dire che non c'è nulla di male, che in fondo ci si cura soltanto. Poi si conoscono meglio gli avventori e si dice che sono anche loro esseri umani, che non si può fare gli *snob* e continuare a ignorarli solo perché son aristocratici o borghesi, e allora si comincia ad accettarne gli inviti, perché non si vuol offendere la loro cortesia, ché in fondo son persone squisite e gentili... Tutto continua in questo modo fino al momento in cui ci si rende conto che la realtà che si vuol cambiare e combattere è diventata la realtà di cui si è cominciato a far parte. Che durante le manifestazioni, la classe sociale che si contesta è proprio quella cui appartengono le squisite persone con cui la sera prima si è mangiato e che si sono incontrate nei vari salotti mondani. Ma quel che è peggio è che, frequentando costoro, tutto il resto, la realtà sociale che si dovrebbe capire, le esigenze degli altri, di quelli che non hanno da mangiare, il tutto viene perso completamente di vista. E non si capisce più nulla. Perché non si riesce ad *ascoltare* più. Non si è più in grado di ascoltare la voce di quegli *altri*. Le proprie esigenze, le proprie necessità, persino le priorità cambiano, senza neanche accorgersene. Si continua a dire che si voglion sovvertire le regole perché tutti abbiano un'istruzione, una casa, perché tutti raggiungano un pari livello sociale, ma mentre lo si pensa, il corpo si bea nel teporino di una casa ben riscaldata, la bocca comincia a trovare insopportabile i pasti della taverna, e non ci si stupisce più del fatto che invece di andare a scuola, il valletto mal nutrito ti spazzoli per due soldi l'elegante *smoking*. In men che non si dica l'altrui malcontento appare improvvisamente esagerato e irritante, e la miseria un'invenzione dei soliti agitatori politici...

Poi fece una pausa e mi guardò continuando a strofinarsi il braccio con la mano. Si diede un'occhiata intorno, e abbassando il tono della voce aggiunse.

– Il lusso rincitrullisce.

Nella speranza che avrebbe continuato a parlare, ordinai un altro caffè. Lei rifiutò una seconda gazzosa. Aveva parlato con foga e convinzione, proprio come era solita, eppure io, per la prima volta dopo lungo tempo, avevo sentito la mia testa riempirsi di *idee*... idee che finalmente non provenissero da me.

– Vi dirò che mi sento colpevole di non sentire in questo momento che un solo, infinito piacere...

– *Piacere*? Quale *piacere*?

– ...L'unico sentimento che riesco a provare in questo momento è il piacere di essere con voi. E il fatto di arrivare in fine a sentire piacere per qualcosa...

Delle chiazze rosse colorarono con violenza la base del suo viso e sembrò che le mie parole la mettessero ancor più a disagio.

– ...Trovo meraviglioso che si sia potuto trascorrere un po' di tempo insieme. ...Dico sul serio! Le vostre sono le prime parole interessanti che ho avuto modo di ascoltare da un po' di tempo a questa parte. Vi stupisce sentirmi parlare a questo modo?

– Non ne sembravate così interessato in Via dell'Orso!

– Forse non ero ancora *pronto*. A essere onesti, è la prima volta che mi appassiono ai vostri discorsi. Negli ultimi mesi... Diciamo che ultimamente trovo grandi difficoltà ad appassionarmi a qualsiasi punto di vista. ...E che il vostro, ecco, lo trovo... mi convince. Mentre il resto...

Mi misi a giocherellare col bastone.

– La vita al partito agonizza. In redazione si agonizza. Sembra che tutto il giro dei socialisti si muova consumandosi in un'eterna cancrena. Ho impressione che in generale ciò che viene detto, altro non sia che il frutto di un calcolo accurato, di strategie e convenienze... questo mi annoia. È come se nessuno avesse più il coraggio di dire semplicemente ciò che pensa.

– Elisabetta me lo aveva detto...

– "Detto" cosa?

Trasalii.

– Della vostra *natura doppia*.

– È così che vi ha detto?

– Beh... Sì... e anche dell'altro.

– Ah!... Immagino anche perché... Bebé, poi, si sa che è una mia ammiratrice da sempre!

Risi con amarezza. Pur non volendolo ammettere, l'inspiegabile antipatia che nutriva Bebé nei miei riguardi mi feriva. Cercai di dissimulare come meglio potei.

– Eppure non saprei neanche dire a cosa sia dovuta! Da bambini si giocava sempre insieme... Credo non approvi i miei comportamenti degli ultimi anni! È talmente benpensante...

– Che intendete per *benpensante*?

– Che intendo per...? Cambiamo argomento?

– Come volete!

– Perché pensate che abbia una doppia natura?

– Perché sento che tenete per voi la verità.

– Chi è che non lo fa?

– È vero, è un male diffuso. ...Ma in voi predominante.

– È una colpa grave?

– Dipende.

– E voi invece raccontate tutto?

Rise.

– Non sempre...

– Ma dove siete spariti? Mi son guardata attorno e non vi ho più visti!

Nell'accasciarsi su una sedia vicino alla D'Ambrosio, Bebé, tutta accaldata, mi supplicò di ordinare una limonata ghiacciata.

– Hai ragione Bebé, ma è colpa mia... Non mi sentivo troppo bene e ho chiesto al signor Kreifenberg di accompagnarmi qui. Tu eri lontana. Per avvisarti avremmo dovuto disturbare la guida.

Bebé guardò la D'Ambrosio con aria comprensiva e, se pur con grazia, ingollò tutto d'un fiato il bicchiere di limonata appena servitole.

– La visita comunque non era niente male! La guida ci ha mostrato anche qualche particolare che in genere non viene svelato al pubblico.

– Ne sei convinta tu!

– Che vuoi dire?

– Che il far credere di svelare al gruppo di turno particolari sconosciuti, è un classico! Un modo per rendere più allettante la visita...

Continuammo a chiacchierare per una buona mezz'ora e finimmo col pranzare là.

Dopo la prima forchettata di *fini fini alla ciociara*, il disagio della D'Ambrosio parve sgonfiarsi. Smise di guardarsi intorno e si concentrò sulla pasta. L'ottima cucina, l'aria allegra della gente seduta ai tavoli, il riverbero della luce che dalle finestre si diffondeva per la sala, il viso della D'Ambrosio che mi appariva insolitamente armonioso, persino attraente, ogni cosa, esaltando i sensi, mi appagava. Ero lieto di trovarmi là in quel momento.

Dopo la prima portata, ci venne servito, come secondo, del castrato tenerissimo accompagnato da copiose patatine fritte la cui doratura risaltava sul tutto. La portata, molto lodata da Bebé e da me, lasciò la D'Ambrosio pressocché indifferente.

Fu mentre si era intenti a gustare il *dessert* della casa, un prelibato, soffice dolce alla pasta di mandorle, che quella domanda piombò fra noi, orribilmente molesta.

– ...Ma la zia e Maria Stefania non si trovano qui a Fiuggi?

Lì per lì non risposi e continuai a mangiare. Sapevo tuttavia che mia cugina non era tipo da cambiare facilmente argomento; infatti, allontanando il piattino col dolce che non aveva neanche finito, se ne restò a fissarmi. In attesa.

Risposi. Per sbloccare l'*impasse* che mi guastava il *dessert*.

– È così.

E mi riempii l'ultimo cucchiaino della delizia alle mandorle.

– ...Non alloggiano al Grand Hotel?

– Sì.

– E non vai a trovarle?

– Non credo che ne avremmo il tempo...

Le sorrisi dissimulando il fastidio.

– Se sapessero che sei qua! La zia non te lo perdonerebbe... per non parlare di Stefania.

– Non vedo come ciò possa riguardarti.

– E se ti incontrassero adesso? O fra qualche minuto, all'uscita dallo stabilimento?

Non sapevo come venirne fuori.

– Resta pur sempre affar mio...

Con mio gran sollievo la D'Ambrosio si alzò da tavola, ed Elisabetta dovette, a malincuore, troncarla lì. Si decise di rientrare direttamente a Guarcino.

La cosa mi contrariava un po', perché avrei senz'altro preferito indugiare al tavolo e, perpetuando la stasi della chiacchiera, partecipare in qualche modo di quell'atmosfera vacanziera. D'altra parte di lì a poco si sarebbe inasprito il caldo già insopportabile.

In carrozza Elisabetta mi guardava in tralice, ma ebbe il buon senso di non toccare più l'argomento della presenza di *maman* e Stefania a Fiuggi. La D'Ambrosio e io parlammo della Ciociaria e delle sue bellezze artistiche e naturali spesso poco note.

Nell'androne davanti casa, partita Bebé, mi affrettai a ricordarle dell'impegno preso con me la sera prima. Stabilimmo di trovarci l'indomani in cucina alle otto.

Nel pomeriggio, sdraiato al letto, riandai col pensiero alla bella giornata. E a Bianca D'Ambrosio. Al fascino che senza ombra di dubbio cominciava a suscitare in me. Mi tormentavo per strappare alla miseria i Taglialana della terra e proprio quello stesso tormento, la stessa rabbia, mi avevano condotto fino a lei. Alle sue idee.

Come non appassionarsene? Come non riconoscerle la singolare capacità di trascinare con sé l'auditorio, qualsiasi esso fosse?

L'entusiasmo ossessivo della zia per la sua scuola di contadini, il cambiamento evidente in Bebé a cominciare dal Patti e dalle sue nuove letture, fino al parziale allontanamento dal duchino. Per non parlar di Gaetano!

A ben rifletterci, tutto aveva avuto inizio proprio con lei.

Qualsiasi libro di qualsivoglia autore, qualsiasi trattato sul socialismo, qualsiasi parola scritta, non sarebbe mai riuscita a surclassare il calore, la dolcezza e il vigore che scaturivan dalla sua voce, dai suoi occhi, da tutta quanta la sua persona.

In passato la natura irrevocabile di certe sue verità mi aveva lasciato di sasso. Non ancora avvezzo a quel tipo inconsueto di onestà intellettuale che arrivava a smascherare l'ovvio dove tutti lo ignoravano, impreparato a un simile esercizio, avevo trovato le sue parole fanatiche ed esagerate. Nell'isolamento di Guarcino, perduto nella mia stessa confusione, avevo subìto, impotente, la seduzione delle sue opinioni che avevano assunto ai miei occhi uno spessore e un peso mai intuiti in precedenza.

Gioivo nel rivederla attraverso il parco Bonifacio, sotto il picco del sole, discutere con ardore e umiltà col viso imperlato di sudore. Mi ero dannato per cercare veritá che sgorgassero da un'attitudine sincera e disinteressata nei confronti della realtá, ed ecco la comparsa delle logiche scomode della D'Ambrosio, come un barlume di luce verso il quale dirigersi. La possibilità di vivere finalmente lontano da quell'irragionevole, equilibrato, svenevole buon senso che mi aveva portato all'avitaminosi.

Mi alzai dal letto e decisi di fare una delle mie passeggiate. Sentivo il bisogno di distendere il corpo e sgranchirmi le gambe; scoppiavo d'entusiasmo. Cominciava ad esser tardi: se volevo arrivare alla fine del sentiero avrei dovuto affrettarmi.

Camminai per qualche chilometro, rincasando all'imbrunire. Quella sera dormii di un sonno intenso e gioioso.

Lo schiaffo e il pugno

Sonetto della ghirlanda di rose

Presto con la ghirlanda, su, ché muoio!
Svelto, intrecciala! Canta, gemi, canta!
L'ombra m'intorbida la gola
E mille volte e più splende Gennaio.

Tra l'amore mio per te e tuo per me,
vento di stelle e fremito di pianta,
densità d'anemoni solleva
in un gemito cupo, un anno intero.

Fresco il paesaggio della mia ferita,
godilo! Spezza giunchi e ruscelli
delicati! Da cosce di miele bevi

sangue sparso! Ma presto! Uniti, avvinti,
bocca rotta d'amore, anima a morsi,
il tempo ci ritrova consumati.[11]

L'indomani mattina mi svegliai col canto del gallo.

Decisi di temporeggiare a letto. Avevo appena terminato l'animalesco *I signori Golovlev* di Saltikov-Šcedrin, e l'idea di principiare qualche altro libro non mi sorrideva affatto. La prospettiva di trascorrere la mattinata intera con la D'Ambrosio

---

[11] Federico García Lorca, *I sonetti dell'amore oscuro*, traduzione di Claudio Rendina.

distoglieva la mia attenzione da qualsiasi pensiero che non fosse quello di levarmi dal letto, abbigliarmi con cura, e precipitarmi in cucina. Mi sentivo in gran forma, e l'idea di arrivare a piedi fino a Guarcino mi appariva irresistibile.

Giunta l'ora, mi preparai velocemente.

Le otto. Questa volta puntuale, trottai giù per le scale.

Entrando in cucina salutai Mimma che con altre due cameriere si affaccendava attorno al grande tavolo di marmo. Ingoiando uno dei dolcetti che si trovavan su un vassoio pronto per esser portato via, domandai di Bianca D'Ambrosio.

– Sono tutti in giardino, signorino.

Disse Mimma, continuando a sfaccendare. Mi ci recai di volata.

Era una bellissima giornata. Il caldo non troppo opprimente veniva di quando in quando mitigato da una brezzolina ristoratrice. Giunto in giardino, sul lato della casa dove si soleva fare colazione fra anziani castagni, trovai Elisabetta e zia Adriana che sorseggiavano il tè sotto al pergolato.

Della D'Ambrosio, però, non v'era traccia. Riguardai l'orologio. Cinque minuti dopo le otto.

– Buongiorno caro!

Mi accolse la zia sventolando in alto la mano.

– Buongiorno! Decisi di unirmi a loro. Se non altro in quel posto avrebbe potuto raggiungermi in qualsiasi momento.

– Dormito bene?

– Benissimo. E voi?

– Discretamente, grazie!

– Non vedo il Patti!

– È partito stamane per Roma. ...Tornerà fra due giorni, pare. – Rispose prontamente Bebé. Nonostante non ne avessi affatto voglia, spalmai della marmellata su un crostino, e cercai di indagare con cautela.

– E... la signorina D'Ambrosio... l'avete vista?

La zia e Bebé si guardarono negli occhi.

– No, non ancora. – Rispose la zia. Bebé principiò a formulare varie ipotesi.

– Forse ha voglia di restare a letto. O è possibile che sia andata a fare una passeggiata con Gaetano...

A quel nome trasalii. Ma neanche a farlo apposta, qualche attimo dopo scorgemmo dal vialetto le sagome di Gaetano e Marcello avanzare verso di noi. Discutevano animatamente di qualcosa che sembrava irritare visibilmente Gaetano.

– Signori, buongiorno!

Li salutai da lontano con immotivato entusiasmo. Loro non risposero, tutti presi dalla discussione che a mano a mano che si avvicinavano, si faceva sempre più accesa.

Scongiurato il rischio che la D'Ambrosio si fosse unita a Gaetano per la passeggiata che avrebbe dovuto fare con me, arrivai persino a gustare qualche amaretto.

I due si fermarono poi a qualche metro da noi. Era il duchino che, tutto tronfio, parlava con enfasi e alterigia.

– "Coloro che sentono la viltà dell'ora presente, la tristezza della vita della patria, la pochezza degli uomini che reggono la cosa pubblica... siano con noi e per noi e ci apportino l'incitamento del loro entusiasmo!" Ecco chi sono io, caro mio! "Che si risvegli la classe borghese per mezzo dell'ARISTOCRAZIA, e che la si conduca contro la democrazia socialista! Contro il grigiore della vita politica, contro il SOCIALISMO, la democrazia, il parlamentarismo, verso il proprio riscatto!" Mi limiterò a citare l'Oriani quando dice che "è diritto di un'élite combattere con ogni mezzo il liberalismo e impadronirsi del potere per governare..."

– Ma che *minchia* vai dicendo? Non ci discuto neanche io con te! A che servirebbe? Io sono socialista! Tu?... Che ne so? Un *minchione*...

Come se non avesse tenuto conto degli insulti, il duchino riprese a camminare, e, come un martire in estasi, principiò a recitare un'assurda litania, in modo che l'epiteto appena affibbiatogli sembrò trovare in quell'atteggiamento un'immediata fondatezza.

– " ...E celebreremo ogni volta che l'occasione si presenterà i grandi eroi della patria, le forze ancor vive nelle memorie, i morti terribili che son vivi in noi e sublimano i nostri spiriti e rafforzano i nostri atti. ...Non si vive veramente che contrapponendosi ad altri... la guerra è la grande fucina di fuoco e di sangue che ha fatti i popoli forti![12]"

A quelle frasi Gaetano piantò i piedi sul terreno e non fece più un passo.

– Non lo capisci che non mi interessa?! Non mi interessa sentire un *minchione* come te parlare a vuoto! *U' capisti*?

Leggermente intimorito, il duchino indietreggiò. Sino a quel momento, malgrado la veemenza del suo interlocutore, era riuscito a restare calmo. Davanti alla foga delle ultime parole, tuttavia, si zittì, visibilmente scosso. Incuteva una certa pena, pallido e magrolino, davanti al bell'incarnato e al fisico atletico di Gaetano; devo ammettere che ne ammirai il coraggio, visto che chiunque altro, davanti alla natura terragna del siciliano, se la sarebbe data a gambe levate.

– È insostenibile che non mi si lasci neanche parlare!

Sbottò infine stizzito.

– Non sono bufale! Io cito estratti dagli atti del primo Congresso del Partito nazionalista di Palazzo Vecchio a Firenze, cui lo scorso anno ho avuto l'onore di partecipare! Corradini, Federzoni, persino Papini e Prezzolini...

– Ma allora non capisci?!

Gaetano si toccava la fronte come se scottasse.

– Io mi vergogno di aver anche *soltanto* diviso il viaggio con te dal paese a qua!..."Congresso Nazionalista"? Adesso anche i pidocchi si mettono a citare congressi di cimici e piattole?

---

[12] Dal programma nazionalista dettato nel 1904 da Giovanni Papini.

E si guardò intorno come se cercasse l'intesa di complici immaginari.

– Hai il coraggio di rivolgerti a me, e di parlarmi tutto orgoglioso di un congresso e di un movimento sovvenzionati per la maggior parte da industrie siderurgiche e meccaniche, gente come quelli del gruppo Ansaldo, che ogni anno rimpolpano le finanze grazie alla produzione di armi! *Armi*!

E per cercare appoggio nei nostri sguardi, si girò con un sorriso distorto verso di noi. Noi che inebetiti seguivamo la lite.

– Armi che *uccidono* bambini, donne incinte, vecchi, uomini e donne inermi...

Impallidendo all'evocazione di simili carneficine, come perso, il duchino prese a biascicare frasi sconnesse.

– Ma le virtù della nostra razza... Solo la guerra e il pericolo della morte *temprano l'uomo*...

A quel punto dovette interrompersi, vinto dal timore presente proprio là, sotto i suoi occhi, di doversi *ritemprare* lui stesso con un occhio nero.

– La guerra '*tempra*' l'uomo? Te la do io la guerra, razza di smidollato parassita!... Nemico del popolo!...

E passando dalle parole ai fatti, Gaetano gli si avventò contro. Stramazzarono entrambi al suolo e dopo aver tentato in un primo momento di liberarsi della presa di Gaetano, al duchino non rimase che svenire.

Così, fra le urla di Bebé che nel frattempo si era alzata per separare i due uomini e le preghiere della zia che mi chiedeva di intervenire, corsi verso Gaetano. Mi ci volle non poca energia per trascinarlo via, e lasciare che Giovanni e gli altri servitori soccorressero il povero Marcello. Mentre Elisabetta si precipitava sul fidanzato, Gaetano e io ci allontanammo in direzione della pineta.

– Ma che ti è saltato in mente?

– Lasciami in pace...

Rispose, cercando di aggiustarsi alla meglio la giacca inzaccherata di terra.

– Ma è fuori luogo aggredirlo a quel modo!

– Forse. ...Non ci ho visto più... Sai che secondo le informazioni diffuse dal conte Sforza, il gruppo Ansaldo è il più importante finanziatore dell'attività di propaganda del Partito nazionalista?

Quel dato sembrava scuotere i suoi nervi più di ogni altra nefandezza al mondo.

– Le loro industrie siderurgiche devono la fortuna a una massiccia produzione di armi! E ancora una volta il *tuo amico* Giolitti, invece di sabotarli, si arrovella sulla maniera migliore di accoglierli tra le fila della maggioranza in parlamento...

– E questo ti dà il diritto di saltare al collo del primo idiota che ti cita Prezzolini? Per di più davanti alla zia Adriana e a Bebé?!

– Mi spiace di questo... *solo* di questo! Sentire quello là decantarmi le virtù del congresso nazionalista poi... Mi scuserò con lei e con tua cugina. È che non ci ho visto più...

– Ti sei messo dalla parte del torto facendo passare il duchino per un martire. A che è servito?

Mi guardò con ira.

– A che è servito? Te lo spiego io a che è servito! A non ritrovarmi più quella faccia *da quadro* davanti agli occhi, a non sentirlo più fiatare in mia presenza... e poi non si può stare sempre zitti! Arriva il momento in cui si deve parlare... e poi anche agire... Mi cita Sorel! Gliela do io la *giustificazione all'uso politico della violenza*! Gli faccio toccare con mano la fondatezza delle loro teorie! Manipolatori...

Parlando, si aggiustava la camicia e non mi guardava neanche più, tutto preso da un'ira cieca.

– È da settimane che mi provoca. Ci prova in tutti i modi, ed io zitto. In carrozza mi legge passi da *Il Regno* e *Il Leonardo*, e io ci passo sopra... Stanotte avevo dormito male, e stamattina proprio non mi andava di subire 'sti sproloqui! C'è un limite all'insensatezza umana... Non ne potevo più. Così gli rispondo. Ma mi limito a una banale osservazione. A lui non pare vero! Comincia a provocare per tutto il tragitto, e poi dalla carrozza fino al giardino. Non si arresta neanche per un secondo. Glielo dico che non ci voglio discutere con lui, ma lui continua, provoca...

– Alla fine sei esploso, posso capire perché...

Guardandomi con stupefatta gratitudine, Gaetano si tolse per un attimo i grevi occhiali, e prese a pulirli con un fazzoletto. I suoi occhi grandi e limpidissimi, di un celeste accattivante, ingentilivano il viso simmetrico e proporzionato.

– Infatti...

Continuava a passarsi dappertutto le mani per pulirsi alla buona, e io lo guardai attentamente. Dovetti piegarmi davanti alla straordinaria avvenenza. Sembrava persino ovvio che la D'Ambrosio potesse esserne attratta. Più volte, e non a torto, Boccanelli, canzonandolo, l'aveva paragonato alla scultura di Antinoo, il pupillo dell'imperatore Adriano. In quel momento il sole batteva sui capelli folti che, scivolandogli sulla fronte liscia, formavano, come tante scagliette d'oro, una leggiadra frangetta. Il volto ben rasato, le spalle larghe, possenti, i denti dritti, bianchissimi, e le labbra morbide, ogni parte del suo corpo testimoniava la sua superiorità fisica, irritandomi. Io, con i miei ricci biondi, il naso pronunciato, la mia altezza e il leggero strabismo che inteneriva, ero sempre piaciuto molto alle donne, ma non ero *bello* come Gaetano.

– Va meglio?

– Sì. Vado a spiegare la cosa a tua zia. E a scusarmi. Ma non col verme! Se lo scorda... se si aspetta delle scuse... sta fresco! È lui che si deve scusare!

– Potrebbe sfidarti a duello!

Ridemmo entrambi. Infine il dio greco si allontanò, continuando a stirarsi i vestiti e a pettinarsi i capelli con le mani.

Fu in quell'attimo che la vidi. Bianca D'Ambrosio.

Cosa insolita, era vestita tutta di bianco, e un grande cappello color crema le tratteneva i capelli. Camminava lentamente verso di me. I suoi occhi troppo chiari non arrivavano a ravvivare il pallore del viso che la faceva apparire come una bambola di cera.

Gaetano si accorse di lei, e tornò indietro. Notai con giubilo che aveva rinforcato gli occhiali: sollevato, salutai la dipartita di Antinoo e il ritorno di Groucho Marx.

– Ma che succede? Ho sentito gridare...

Gaetano arrossì.

– Uno *scambio di opinioni* col duchino. Ammise con imbarazzo. Lei sorrise quasi divertita.

– È per questo che adesso devo a malincuore allontanarmi per qualche minuto, Bianca! Dopo però sarò tutto per voi! Possiamo...

La D'Ambrosio mi lanciò una rapida occhiata.

– Fate con calma! Temo saremo comunque costretti a rimandare a domani i nostri colloqui sulla Kollontaj. Ho promesso al signor Kreifenberg una passeggiata fino a Guarcino. ...Se non è già troppo tardi.

Gaetano mi rivolse uno sguardo colmo di stupore. Chi avrebbe in effetti immaginato una simile evenienza? Di certo non io, fino a qualche giorno prima..

– Ed è... possibile raggiungervi più tardi in paese?

Chiese Gaetano guardandoci entrambi, sorpreso e curioso al tempo stesso. La D'Ambrosio mi guardò sorridendo.

– Questo lo dovete chiedere al signor Kreifenberg!

Lui ritornò con lo sguardo verso di me.

– Allora, Giorgio... È possibile unirsi a voi?

Chiese con sarcasmo. La cosa cominciava a divertirmi. Intuivo il suo stupore, misto a una gelosia cieca. Una vera goduria!

– Non so, Gaetano... se ti fa piacere... in fondo al vicolo ritto, a Guarcino, proprio in Piazza S. Nicolò, si trova un negozietto di amaretti. Puoi raggiungerci là se vuoi.

Ci guardò sospirando, tutto compenetrato nella commedia.

– In effetti... la circostanza è propizia. Proprio ieri avevo portato qua del lavoro da finire. È da giorni che rimando! Potrei approfittare e sbrigarmelo oggi stesso. Ne avrò per un'oretta, non di più. Voi andate pure. Ci si vede al negozio di amaretti più tardi. Carissima Bianca, a dopo...

Quando ci mettemmo in cammino eran già le 9h30.

Il sole cominciava a scaldare. Armati di cappello e bastone ci avviammo a passo sostenuto verso il paese.

Nessuno dei due parlò durante il tragitto. Ci limitammo a scambiare qualche sorriso, e ad ammirare il paesaggio che la bella giornata rendeva idillico e accattivante. Solo poco prima che la strada cominciasse a farsi più irta, ci fermammo sotto un castagno che con la sua chioma copriva la strada per tre quarti. Tutt'attorno non v'era neanche un'abitazione, ma solo verde, colline, boschetti, e il battuto polveroso della carreggiata.

Ci appoggiammo al muretto che costeggiava quel tratto di strada. Lei aveva l'aria stanca.

– Volete che ci fermiamo un po'?

– Sto bene! Ho solo bisogno di riposarmi per qualche minuto...

Qualche istante dopo strappò un agrodolce che faceva capolino dal suo vestito e prese a suggerne il gambo. La nostra attenzione si rivolse ai numerosi fiorellini di campo che spuntavano a cespugli disordinati dai piedi del muretto. La sospirata brezzolina soffiò infine su di noi ristorandoci.

Guardandomi attorno mi venne in mente di scavalcare il muretto e addentrarmi nel campo. Principiai a seguire un sentiero sbucato dal nulla.

– Venite! Andiamo a vedere dove porta questo sentiero!

Lei mi seguì attardandosi nei movimenti. Alla fine del campo principiava un boschetto di castagni e alti faggi. Sostammo là per qualche minuto e poi lo attraversammo, andando a finire in una specie di valle chiazzata dai colori più vari.

– Ho sempre immaginato così la valletta dei principi, nel Purgatorio.

La D'Ambrosio rise. Di me?

– I futuristici amici di Marcello vorrebbero bruciare Dante, ma la verità è che, sottratti i discorsi accademici e le barbagianniche dissertazioni che ne son state fatte nei secoli, resta un solo, inconfutabile *fatto:* la *Commedia* rappresenta l'esempio più eccelso di realismo nella letteratura italiana, se pur non riducendosi che a questo... "*Diramazioni temporali* con forte *potenzialità storica*, condannate all'eterno di una *verticale extratemporale...*"

Mi guardò con curiosità.

– Può sembrare incredibile, ma è proprio un liceale di sedici anni incontrato in Russia l'estate scorsa ad averlo detto! L'ho conosciuto in un parco di Mosca, per caso. Comunicammo in francese. Lui si era fermato su una panchina a leggere Puškin e solo per un puro caso cominciammo a chiacchierare. È strano, ma ritengo sia la definizione più affascinante mai udita dell'universo dantesco. Notevole per un sedicenne, no?

– Siete stato in Russia l'estate scorsa?

– Desideravo da anni conoscere la terra di di Puškin e Gogol, di Pugaciov e Caterina Seconda... Un popolo schiacciato da una atroce povertà e pur di una dignità infinita. ...Le condizioni di vita in media sono disastrose. Vige un'assoluta povertà, soprattutto fra i contadini. Ho fatto un giro per le campagne fra Mosca e San Pietroburgo, e ho visto con i miei occhi fino a che punto possa spingersi la miseria. Parlando con dei giovani intellettuali, a San Pietroburgo, ho scoperto che lo stato russo, a corto di capitali, si indebita con gli stati stranieri per investire nell'industria, e paga gli alti interessi del debito con le entrate delle tasse imposte alle comunità dei contadini nei 'mir'... In poche parole i poveri pagano perché i ricchi si arricchiscano di più!

Mi guardò impassibile.

– Conosco la situazione.

– ...Ultimamente ho dedicato molto tempo alle passeggiate. Mi son divertito a esplorare lunghi tratti di sentieri senza sapere dove mi avrebbero condotto. Semplicemente abbandonandomi al caso.

– E che vi avete trovato alla fine?

Le raccontai della cosa più piacevole avvenutami in quei giorni.

– Una volta ho seguito un sentiero per chilometri – avrò camminato quattro buone ore – e alla fine mi son ritrovato nella proprietà di una coppia di simpatici vecchietti che han finito per invitarmi da loro a bere del nocino e assaggiare i biscotti fatti in casa. Due persone adorabili e informali, che senza conoscermi mi hanno accolto con generosità. Ha significato molto per me in un momento così difficile a casa... con voi tutti...

– E le altre volte?

– Le altre volte son finito in spiazzi, villaggi di contadini, o nei pressi di qualche stagno. Ma ho goduto sempre di un senso di libertà illimitato, visto come andavan le cose a casa...

La sua espressione si incupì.

– A chi alludete?

– Non so...

Una commozione inaspettata mi serrò la gola. Ritenni fosse meglio tacere e attendere ancora un attimo prima di aprir bocca.

– Non comprendo le ragioni della vostra pena.

– *Pena*? Quale pena? Vi sbagliate.

– Allora che volevate dire?

– Niente.

– Siete voi a esser rimasto per giorni chiuso nella vostra stanza. Non vi facevate vedere neppure per il pranzo o la cena.

– È vero.

Come in un turbinio, mi passarono per la testa la "notte dei carusi", il mio disagio, l'astio di Gaetano, l'antipatia di Elisabetta, l'opprimente senso di solitudine, la partita a tennis in cui mi si guardava come 'il sostituto', e infine il mio arrivo a Guarcino dopo la "settimana della guerra". L'accoglienza riservatami. La freddezza in veranda.

La guardai e non dissi nulla. Lei si tolse il cappello e passò un braccio sulla fronte. I suoi capelli spiccavano nel verde come le piume di un uccello tropicale.

– In primavera ho passato un periodo carico di inspiegabili ansie e dubbi laceranti su ogni cosa. Mi è... mi è difficile persino acennarvi... In un certo qual modo l'aria che tirava a casa al mio arrivo non era d'aiuto.

Era la prima volta che ne parlavo con qualcuno; dargli una forma verbale sembrò sminuire i miei sentimenti. Me ne dispiacqui.

– Temo di essermi andato chiudendo in me stesso irrimediabilmente.

– A cosa vi riferite principalmente?

Volevo a tutti costi fare la vittima.

– Alle persone a casa, al loro modo di rivolgersi a me, al dilemma di che vestito indossare la mattina appena svegli, al mio lavoro. Alludo alla mia vita da ogni punto di vista.

– Ma perché non ne avete parlato, invece di chiudervi in voi?

– E a che sarebbe servito?

– E allora perché ne parlate con me adesso?

– Non lo so. Forse vorrei che capiste le ragioni del mio isolamento nelle ultime settimane. E di come sia stato difficile inserirmi nel vostro *gruppo festaiolo*.

– Il nostro "gruppo"?

All'udire quella parola la D'Ambrosio scoppiò a ridere.

– Perché ridete? State sempre insieme... vi vedo trascorrere la maggior parte del tempo in loro compagnia.

Si fece più seria.

– Ascoltate, tutti quanti si tornerà a Roma fra non molto. Quest'estate, questi giorni che tanto vi han tormentato, ogni cosa occorsavi apparirà persino a voi un'inezia che svanirà nella *routine* dell'indaffarato presente.

–Volete dire che mi negate la prerogativa di soffrire, e che un tale dolore possa protrarsi fino a settembre?

– Il dolore senza la fame, la malattia o la miseria, è un capriccio... In fin dei conti chi può dire con certezza quale fosse il vero problema del noiosissimo Werther o di quei quattro infelici che si consungono inutilmente per centinaia di pagine?

Dal torbido acciaio dei suoi occhi zampillò un guizzo di colore che ne ravvivò la tinta. La guardai stupefatto. Qualche secondo di silenzio e ci abbandonammo a una sganasciata fragorosa. Prendendola infine sotto braccio, tornammo con calma verso la strada principale.

Volevo essere tragico. Perché dentro mi sentivo così. E invece ero felice. E parlando con lei, le mie labbra si inarcuavano mio malgrado.

Niente da fare per l'afflizione. Là con la D'Ambrosio, tra i profumi della campagna calda, non trovavo più spazio per la tragedia. Solo per una diffusa, prolungata, euforia ridanciana.

Arrivammo tosto su in paese. Non mi pesò nemmeno l'irta strada che conduce alla cittadella.

Invece di girare subito a sinistra per la stradina che portava in Piazza S. Nicolò, la D'Ambrosio mi convinse a proseguire verso Piazza del Monastero, e a percorrere in tal modo, tutto in discesa, il "vicolo ritto". Adorava ammirarne le varie palazzine e i due bei portali gotici del Palazzo di Giustizia. Fui lieto di assecondarne i desideri, ed ebbi la sensazione, per tutto il percorso, di rivedere le cose per la prima volta. Il suo entusiasmo mi confondeva.

Una volta scesi giù per il vicolo, arrivammo con facilità in Piazza S. Nicolò dove si trova la graziosa fontana murale che ha la forma di un mezzo esagono. Lì ci fermammo qualche minuto per rinfrescarci e bere dopo la sudata. Ristorati, ammirammo la bella piazza manierista, e volgemmo infine il passo verso il negozietto di amaretti che si apriva su uno dei suoi lati.

– Ricordo che quand'ero piccolo venivo a comprare gli amaretti proprio in questo negozio con la nonna.

– Quanti anni avevate?

– Non saprei... cinque, quattro... Bebé era ancora in fasce.

– Avete un bel ricordo della vostra infanzia?

– Sì! Tutti hanno un bel ricordo della propria infanzia, no? Io ho un bel ricordo di mia nonna. Il marito, mio nonno, le morì ancora giovane in un incidente di caccia. Non si risposò mai. Rimase con le due bambine piccole e le allevò da sola. Era una donna saggia e coraggiosa...

Mi ascoltava con grande interesse. Il campanellino attaccato alla porta di vetro della piccola bottega annunciò il nostro ingresso: entrando fummo accolti dall'inconfondibile fragranza sprigionata dal forno. Sorridemmo entrambi di piacere.

– Il forno si trova nel retrobottega. La specialità della pasticceria sono gli amaretti.

La commessa, grassa e bitorzoluta come le forme dei suoi biscotti, empì prontamente di amaretti due piattini di porcellana. Ci installammo su due minuscole sedioline di vimini lasciate là per i clienti più pigri. Il campanello continuava a suonare, annunciando il via vai di gente che entrava ed usciva con in mano grosse buste di carta bianca.

– Perché non vi sento mai parlare di vostro padre?

Bianca non usava circonlocuzioni. Era ciò che me l'aveva fatta odiare all'inizio e resa simpatica nell'ultimo periodo.

– È morto quando avevo cinque anni.

– Che ricordo ne avete?

– Nessuno. Non lo ricordo.

– È strano...Vostra madre non ve ne parla mai?

– *Maman*?... No. Beh, sì, qualche volta... Però non spesso!

Non so se in fin dei conti ne abbia un bel ricordo... forse no... in fin dei conti...

Ingollai un paio di amaretti e riflettei sulla cosa.

– ...A pensarci bene ne parla per lamentarsi.

Mi guardò con curiosità.

– Sì... ripete sovente che dopo il matrimonio fu costretta a rinunciare alla lettura perché lui detestava che lei avesse un qualsiasi interesse al di fuori di lui. Dice sempre di aver dovuto rinunciare alle amate letture serotine. *Maman* ama la lettura profondamente! In gioventù lesse di nascosto tutte le edizioni francesi dei naturalisti che si trovavano nella biblioteca di suo padre: tutto Maupassant, tutto Zola, Flaubert e quasi tutto De Balzac. Mio padre, invece, odiava i romanzi. *Maman* ricorda spesso che dopo il matrimonio dovette rinunciare a incontrare le sue amiche di sempre; lui faceva di tutto per allontanarle da lei... Credo ne fosse geloso.

– Questo però è ciò che vi racconta vostra madre.

Sorrisi e annuii.

– Indubbiamente è così... Ma la verità non la conoscerò mai, quindi prendo per buona questa!

Sorrise anche lei.

– E perché vi rivolgete a lei in francese? "*Maman*"?

– È una storia semplicissima. Fino ai dieci anni ebbi una tata francese... Parlando con me si riferiva a mia madre chiamandola *maman*... Forse l'idea mi piacque!

– E che ne è stato della tata francese?

– Davvero vi interessa? Beh... litigò con *maman*. Venne licenziata.

– Ne soffriste?

– Suppongo di sì. Non me lo ricordo...

– Ma di lei vi ricordate?

– Mmmh... Sì, benissimo. *Fannette Maurin*.

– Ma non della sua partenza.

– No.

Se ne stava là a farmi tutte quelle domande stringendo fra le mani il piattino ancora pieno di amaretti.

– E allora? Non li assaggiate i vostri amaretti?

Sorrise e ne morse uno, cercando di non sbriciolarlo.

– Deliziosi.

– Non mentite solo per farmi piacere!

Con la bocca piena, si limitò a scuotere decisa la testa. A quel punto osai anch'io.

– E della vostra famiglia? ...che mi dite?

Posò il piattino sul tavolo e tirò un lungo sospiro prima di rispondere.

Per nessuno è facile parlare della propria famiglia.

– È ancora là dove l'ho lasciata anni fa... Ho la fortuna di avere quattro sorelle e due fratelli. Ho fatto in modo che l'attenzione dei miei genitori ricadesse sui loro matrimoni, sugli ottimi partiti delle mie cognate, e infine sui nipotini... Fra l'altro io sono la più piccola. All'inizio è stata dura... non è facile far accettare ai propri genitori, che sperano per te il migliore dei matrimoni, la decisione di partire per la Svizzera a studiare Economia. Il *matrimonio* con il socialismo...

Ridemmo entrambi, eppure sentivo come le sue parole racchiudessero momenti difficili e dubbi dolorosi.

– Fa parte dell'amarti il decidere a tavolino ciò che un giorno diventerai socialmente.

Lo sguardo si era fatto più serio, ma il colore degli occhi restava limpido.

– Se ti amano *devono* poter fare progetti su di te. Non accettano che un figlio, o a maggior ragione una *figlia*, possa desiderare semplicemente di *vivere*; senza progetti. Per farli contenti bisogna aspirare al meglio di questa società... e questo *meglio* per una donna è rappresentato da un buon partito.

– C'è del vero in ciò che dite.

– Già... In ogni caso l'augurio che si rivolgeranno sarà sempre quello di riuscire ad accumulare una buona dote per la figlia, e trovarle un uomo all'altezza delle aspettative. Se c'è anche l'amore tanto meglio! Da principio parlavo con loro delle mie attività politiche, parlavo a mia madre della lotta socialista per la liberazione della donna, del suffragio femminile. Poi smisi: sono idee impopolari. Improponibili. Non serviva a nulla.

– *Impopolari*?

– Sì, impopolari! Quando si parla di *schiavitù della donna* e ci si propone di sovvertire le regole che stanno alla base della propria educazione, quando si attaccano i presupposti stessi dell'ambiente in cui si vive, e si mostrano nel concreto i limiti del ruolo imposto alla donna nella società attuale, si diventa immediatamente *impopolari*. Persino presso i propri genitori... Difficile da mandare giù. Per chiunque. Guardatevi attorno. Pensate ai socialisti che conoscete. Sono davvero pronti a fare i *socialisti* fino in fondo, e a rimettere in causa il ruolo della propria moglie in seno alla famiglia?... O, peggio, a stravolgere l'educazione imposta alle proprie figlie? Anche loro lavorano fuori e lasciano che il privato domestico venga governato dagli indiscutibili princìpi morali della logica borghese e capitalista. I socialisti moderati, i riformisti... persino molti fra i rivoluzionari, poveri o ricchi che siano, accettano, senza metterlo in discussione, che le loro mogli non lavorino, che restino a cullarsi fra le comodità della loro classe sociale, e che non votino. Sono mai andati a un comizio a chiedere il diritto di voto per le donne? Eppure si battono con risolutezza per il suffragio universale maschile. Ma che senso avrà l'averlo ottenuto, fino a quando uomini e donne non avranno pari diritti e pari opportunità? Accettano invece di buon grado (e in alcuni casi lo pretendono persino) che la propria moglie si occupi della cura della casa e dell'educazione dei figli. Voler scardinare un sistema culturale dalle fondamenta implica una risolutezza e una consapevolezza delle proprie convinzioni non comuni, perché è a partire dagli affetti più cari che bisogna cominciare. È necessario mettere in discussione il proprio passato, la propria educazione, il legame con i propri genitori, sradicare le certezze più rassicuranti, emanciparsene e porle sotto una luce critica.

Fece una breve pausa per mangiare un altro amaretto.

– *Forzare* la *porta di casa*, insomma...

La seguivo rapito. La mia attenzione si soffermava su ogni frase, ogni movimento delle mani lattee e sottili che giocherellavano col bordo del piattino, sull'espressione del viso che sprigionava, parola per parola, una dolcezza che ai miei occhi non trovava confronto.

– In principio per i miei genitori è stato terribile. Non capivano. Al loro modo di vedere ero io che non li accettavo. Non volevo sposarmi? Bene. Ma perché cercare di distruggere tutto? Perché rinnegare l'educazione che mi era stata impartita, le innocue abitudini? Andare a vivere da sola a Roma, scegliere un'indipendenza soggetta al biasimo e all'equivoco... Poi a poco a poco hanno cominciato ad accettarlo. A capire no, ma a farci almeno l'abitudine.

Tacque e riprese a giocherellare col bordo del piattino, per alleggerire forse in qualche modo i drammi ascosi che si intuivano nelle sue parole.

– A volte mi sorprendo a ripensare a loro con rimpianto... allora mi dico che per quanto ci emancipiamo dal nostro passato o dalla nostra infanzia, resta pur sempre qualcosa dentro di noi di cui non ci libereremo mai. Ero piccola, e son cresciuta con le mie sorelle e i miei fratelli. È con loro che ho scoperto il mondo. Come cancellare questo? Come dimenticare i loro visi, la voce di mamma, la pipa di papà. E come non averne nostalgia?

– Ma perché dovreste dimenticarlo?

– È vero. Ma al tempo stesso a che serve? Non vado mai a trovarli. Non li vedo da anni. Vivo con le compagne, e quasi tutto il mio tempo lo dedico a una sola, grande famiglia. Ho scelto così e ne sono contenta. A che serve voltarsi indietro? Sarebbe solo di intralcio...

La calma che illuminava il suo volto, celava una vita piena e ricca di amore e tenerezza. Neanche per un attimo mi azzardai a compatirla. Compatii invece me stesso; le sue parole sui "compagni" avevano toccato il tasto stonato della mia socialistica vita.

Osservando la mia espressione contrita, cercò di indovinarne i pensieri.

– Non mi riferivo a voi prima...

Quello strano tipo di sensibilità che le permetteva di arrivare fin dove persino a me riusciva penoso, mi sorprese e imbarazzò al tempo stesso. L'unica cosa che mi restava da fare a quel punto, per uscirmene con decoro, era ammettere tutto.

– ...Sebbene le vostre parole si adattino al mio caso: so che avete ragione.

– Sbagliate a prenderla in questo modo! Mi riferivo a un costume diffuso, all'atteggiamento generale. Non punto il dito sui *casi* particolari. ...Non volevo farvi sentire colpevole. Credetemi!

– Eppure come non essere d'accordo con voi? Come non riconoscersi nei *vostri* socialisti?

– Se reagite così... Si vede che il disagio parte prima di tutto da voi che dalle mie parole... Direi che a questo punto è affare della vostra coscienza...

– Infatti non vi accuso di niente, signorina D'Ambrosio. Al contrario trovo le vostre parole autentiche e toccanti.

– Non sarei riuscito comunque a finire tutto entro oggi e ho pensato di smettere prima del tempo. Son passato dalla locanda a cambiarmi, ed eccomi qua! Allora, sono buoni questi amaretti?

Senza capire chi stesse parlando, così, ad alta voce, la D'Ambrosio e io, stralunati, volgemmo contemporaneamente lo sguardo verso l'alto.

Gaetano ritto davanti a noi, impomatato e pulito, ci sorrideva con tutti e trentasei i suoi denti splendenti, nel fresco abito da passeggio.

– Ho parlato con la baronessa e con Elisabetta. Hanno capito. Mi son scusato dell'accaduto. Certo imperdonabile a casa loro! Sono state molto comprensive. Per Marcello... una stretta di mano. ...Ma solo per riconoscenza verso le due gentilissime donne!

Ci alzammo istintivamente, e poggiammo sul bancone i piattini ormai vuoti. La D'Ambrosio insistette per pagare la sua parte e io la lasciai fare, stimando che anche un tal gesto esprimesse la sua femminile *autodeterminazione.*

Poco prima di uscire dal negozio, mi accorsi che con un pretesto mandò avanti Gaetano. Accodandosi a lui, mi passò tanto vicino da sfiorarmi.

– Torneremo sull'argomento.

Mi sussurrò con complicità all'orecchio.

– Quando volete.

Risposi prontamente.

Una volta in paese decidemmo di fermarci a pranzo in una trattoria nelle vicinanze. Era gestita dal figlio della vecchia Mimma; per pochi soldi si poteva mangiare cucina casareccia e bere del buon vino.

L'arietta fresca della collina ritemprò i miei muscoli: camminavo a grandi passi ebbro di benessere. La complicità che mi legava alla D'Ambrosio, suggellata dalla frase clandestina, attenuava il senso di profonda ritrosia che avrei altrimenti nutrito per Gaetano in quel frangente. Era piombato o no nel nostro mondo, disturbandone l'intimità? E averlo tutto impettito e profumato, davanti ai miei occhi, a spiegarle le bellezze della Ciociaria che conosceva appena, mi irritava. Era chiaro che avrebbe dato l'anima per non sfigurare davanti a lei. La storia della passeggiata in mia compagnia l'aveva senz'altro messo in guardia, e cercava di guadagnare terreno. Indossava uno dei suoi abiti migliori, emanando un olezzo di colonia come se se ne fosse rovesciato addosso l'intera bottiglia. Era evidente come non volesse farsi scappare la preda che aveva avventatamente stimato già in trappola. Lei lo seguiva distratta, limitandosi ad annuire alle di lui logorroiche spiegazioni. Io, dal canto mio, non sapevo come fargli capire quanto fosse superflua in quel momento la sua presenza.

Giunti in trattoria, tagliatami con eleganza la strada, riuscì a piazzarsi a tavola accanto alla D'Ambrosio. Dal momento che il sedersi dall'altro lato del tavolo, nell'unico posto rimasto libero accanto a lei, mi parve impensabile, e aborrendo da sempre tali meschine strategie, non vidi altra scelta che accomodarmi accanto a lui.

Per tutta la durata del pasto parlò solo il Galipò. Osannava il cibo, ma allo stesso tempo raccontava aneddoti occorsigli in altre occasioni in cui aveva mangiato persino meglio. Cercava di coinvolgerla con ogni mezzo, ma lei, che taceva dal negozio di amaretti, pareva essersi come spenta. Giubilai, dapprima, osservando quanto poco si interessasse agli sproloqui di Gaetano, fino a quando non mi accorsi che lo stesso identico trattamento veniva riservato a me. Sorrideva e rispondeva gentilmente a ogni domanda, dando tuttavia l'impressione netta di essere altrove coi pensieri.

Ci alzammo da tavola che era già tardi. Il tramonto incalzava, e io sperai che Gaetano rimanesse in paese. Invece lui si ricordò all'improvviso di aver lasciato alla villa importantissimi documenti. Percorremmo così insieme la strada del ritorno. Mentre la D'Ambrosio e io si taceva pensierosi, dall'altra parte fu tutto un respirare a pieni polmoni l'aria genuina della campagna ed esaltarsi davanti ai colori della Ciociaria.

Durante il tragitto la D'Ambrosio chiese di fare una breve pausa per riprendersi dalla fatica. Era evidente che la lunga camminata l'avesse spossata. A quella richiesta Gaetano si privò incontanente della candida giacca di lino e, adagiandola con sprezzo sul muretto inzaccherato, invitò la D'Ambrosio a sedersi. Nel porgerle la mano, la guardò pieno di ammirazione per se stesso. Lei vi si accomodò senza badare all'eroico gesto.

Pareva pallida, e mi chiesi persino se non sarebbe stato il caso di raggiungere da solo la villa e tornare a prenderla con la carrozza. Stavo per aprir bocca e confondere, a malincuore, la mia proposta con le numerose smancerie del mio compagno, quando si alzò, e, come riavutasi all'improvviso, propose con fermezza di rimetterci tutti in marcia.

Dopo essersi ripresa la giacca e averla sbattuta per benino, Gaetano ci raggiunse correndo.

Giungemmo alla villa poco prima dell'imbrunire. La D'Ambrosio salutò poi Bebé e la zia ancora in veranda, e congedandosi da noi in tutta fretta, si ritirò nella sua stanza. A me non rimase che invitare Gaetano a restare da noi, vista l'ora tarda e l'impossibilità a quel punto di strappare un passaggio al duchino.

Salendo nella mia stanza mi imbattei in Giovanni che, insieme ad alcuni giornali, mi consegnò anche un paio di lettere arrivate proprio quello stesso giorno.

Dirottai verso la stanza da pranzo e, adagiandomi sulla poltrona, ne aprii una. Era di Maria Stefania. Mi scriveva che le mancavo. Contava i giorni che ci separavano, e sperava che non mi intristissi troppo a Guarcino senza di lei. La misi da parte e passai alla seconda. Il timbro postale era di Roma. La guardai con curiosità dal di fuori cercando di indovinarne il contenuto. Era sottile e conteneva certamente dei fogli di carta velina. Avevo sentito il giorno prima Sandro al telefono e non mi aveva parlato di nessuna lettera, e poi le buste che arrivavano da Via dell'Orso erano più spesse, e la carta grossa, da ufficio.

L'aprii, curioso di scoprire chi avesse potuto scrivermi direttamente da Roma, dal momento che persino la mia corrispondenza personale veniva in genere recapitata in redazione e poi rispeditami a Guarcino.

Nel dispiegare i fogli, il nome che scorsi alla fine della lettera mi fece trasalire.

Caro Giorgio,

sei sparito nel nulla senza dire una sola parola di commiato. A lungo ti aspettammo Ida ed io, ma i giorni si susseguivano senza che tu ti manifestassi in modo alcuno. Passando da casa tua il portiere, gentile, si convinse a darmi il tuo indirizzo di villeggiatura. È così che ti scrivo, angosciata, e pur con la consapevolezza che di noi due non hai voluto più saperne nulla.

Tuttavia le circostanze mi spingono a prender in mano la piuma per rivolgermi a te in un momento di lutto e disperazione. Non avendo più saputo nulla di te e non volendo importunarti con materiali pretese, Ida ed io versammo in condizioni alquanto difficili. Di lavoro non ne trovammo facilmente se non del ricamo in una manifattura in centro, pagate una miseria, a tal punto che in due riuscivamo a stento a pagare la pigione. Dopo aver chiesto alla madre di Ida qualche soldo per mangiare (la madre vive col fratello che di Ida non ne vuol troppo sapere), fummo costrette a vendere i bei mobili che ci avevi regalati. Qualche settimana era già trascorsa che un pomeriggio, al ritorno dalla manifattura, Ida ed io fummo colte da un violento acquazzone. La povera Ida che aveva dimenticato il cappottino, si inzuppò, e rientrata a casa si mise a letto per mai più tornare ad alzarsi. La stupida influenza divenne in breve tempo polmonite. Il dottore, che riuscii a chiamare solo dopo due giorni, riuscendo a racimolare qualche soldo per pagarlo, disse che la situazione era grave e che le medicine si sarebbero dovute prendere sin da subito. Privandomi di tutto, senza perdere le speranze, riuscii, con l'aiuto anche della sua famiglia, a comprarle i medicinali... Ma invano.

La nostra bella, dolce, buona Ida ci lasciò dopo giorni di febbre alta e delirio. Domani faran giusto due mesi.

Non avrei voluto mai darti una tale notizia, ma ho pensato che in fin dei conti avevi il diritto di sapere. In fondo per un periodo siamo stati tutt'e tre felici, e son sicura che, a modo tuo, ci hai voluto bene. Io mi sono trasferita dalle parti del portico d'Ottavia e lavoro per una gentilissima famiglia di ebrei, gente squisita e di gran cuore.

Non ti chiedo nulla e non te ne ho mai chiesto, ma date le circostanze, mi permetto di farti sapere che per pagare le spese del funerale della nostra Ida ho impegnato due mesi fa al Monte di Pietà una catenina d'oro che mi era stata regalata per il battesimo dalla mia madrina. Si trattan di poche lire che però in questo momento rappresentano per me un capitale. Fra tre giorni la catenina sarà persa per sempre perché scade il termine della cambiale. L'unica richiesta che ti faccio è la seguente: di prestarmi la somma di lire 60 per riscattare in tempo il gioiello. Ti restuirò quando potrò l'intero ammontare, ma come ho già detto, se aspetto ancora tre giorni, verrò separata per sempre dal prezioso ricordo.

Mi auguro che questa mia ti trovi in salute, e spero che tu ti ricordi ancora della tua Marzia che tanto hai detto di voler bene.

Con affetto sincero sempre

Marzia

Alla lettura di quelle righe rimasi come inebetito, immobile sulla poltrona.

Bussando alla porta di ciliegio delle mie ragazze, non ve le avrei più trovate. Neanche i mobili erano più là. Tutto finito. Non esisteva più niente. Ida... era morta... Morta. Non c'era più.

Non me ne ero più curato, tutto preso dall'idea della campagna.

Dopo giorni di delirio. La povera Ida, malata e misera, si spegneva in un appartamento vuoto, fra le braccia dell'amica. Non riuscivo crederci. La rivedevo bella e prosperosa, dalle chiome ricce, danzare con in dosso solo una collana egizia, e offrirsi a me sorridente. Senza che l'avessi saputo i ricordi che avevano accompagnato di tanto in tanto le mie notti estive appartenevano a un passato irrimediabilmente lontano. C'era stata la povertà, la fame, l'umiliazione dell'asta dei mobili, e poi l'acquazzone, il tormento di non arrivare a racimolare neanche due soldi per chiamare un dottore... E io dov'ero? Chiuso nella mia stanza d'ufficio a sognare, mentre le mie amanti languivano affamate da un'altra parte. Le avevo abbandonate al loro destino, certo che nulla le avrebbe mai toccate. Riuscivo a vedermi con chiarezza, egoista, intontito dal benessere della propria classe sociale. Un uomo sordo *alle voci*.

E adesso era tardi. Ida era morta. La sola cosa che mi restava da fare era salvare una collanina. Lire 60 per riscattare la mia sordità.

Rileggo la lettera. Il respiro mi si affanna e sento di aver voglia di piangere. Esco dalla stanza da pranzo. Vado in camera mia e stringo in mano i due fogli. Mi tolgo i vestiti di dosso e mi stendo a letto. So che non riuscirò a chiudere occhio.

Mi rivesto. Scendendo le scale mi adopero per mettere i piedi in tutti i punti in cui so che le vecchie assi non scricchioleranno. Nessuno deve accorgersi di me.

Arrivo in cucina. Mi muovo nel buio, seguendo a memoria le sporgenze dei mobili che conducono all'armadietto accanto alla credenza. Lo apro e afferro la bottiglia di porto. L'ultima della cantina di Oporto. Scarto il tappo. La stappo. Comincio a bere.

Davanti alla porta della mia stanza riesco solo a capire che la bottiglia è già vuota.

...Ci sono. Sì... là, chiuso nella stanza da bagno. Il dolore mi sfigura.

Mi trovo a tavola con gli altri, seduto accanto al posto vuoto della D'Ambrosio. Si parla con allegria di uno spettacolo al cinematografo.

Tento di dire qualcosa anch'io. Solo per partecipare, per rendermi simpatico e nascondere l'onta. Non ricordo quel che dico, ma solo che nessuno mi ascolta, e che la mia voce si perde nel vuoto. Come tagliato fuori da tutte le coscienze, un errore di qualcuno, un problema che non si sa come giustificare.

Ripenso a Ida. Non ho mai smesso di pensare a Ida.

Mi sono alzato da tavola che non si era ancora finito.

Mi trovo in un attimo nella stanza da bagno... Sì, il dolore mi sfigura... dove la propria vita non ha un peso ma è finalmente il dolore ad assumere un peso in quel sangue che vedi venirti dolorosamente fuori. Si trovava proprio accanto a me un piccolo rasoio. Preso al volo. Seguire l'impulso irrefrenabile di rendersi fuori uguale al proprio misero dentro.

IL DOLORE MI DIVORA, MI SFIGURA. Me ne servo per liberarmi da questo senso di soffocamento...Voglio segnarle tutte le mie mani levigate, voglio liberarmi dall'angoscia di non essere che un infimo nulla... non-essere-che-un-infimo nulla... E non riuscire a capirne il perché.

Infine l'affrancamento dal dubbio, l'emancipazione dall'ambiguità. La liberazione di avvertire la propria sofferenza prendere finalmente forma nel sangue granato. Un sollievo.

Mi perdo in un dolore sordo.

Cammino, ma davanti a me non scorgo nulla.

Solo sento all'improvviso una voce di cristallo. Dalla foschia viene fuori il viso di Bianca D'Ambrosio. Mi guardo in giro, ma continuo a perdermi nell'insignificante contorno di forme misteriose. A poco a poco mi accorgo del verde che mi circonda. Devo essere uscito dalla stanza. In un certo senso me lo aspettavo.

Bianca credo mi fissi, e io non so più che aspetto abbia o come sia vestito. Ricordo solo quanto sia importante nascondere le mani. Le metto dietro? O le ritiro sotto i polsi della camicia? Lei mi chiede qualcosa. Sarà bene che risponda. Ma che risposta dare, quando la domanda non è chiara? Cerco di guardarla negli occhi, e di sorridere persino. Quando si trova la forza di sorridere, si dà l'impressione che le cose vadano bene.

Mi arrabatto quindi con questo insulso sorriso, e in un eccesso di audacia, ritengo anche di essere in grado di rispondere. Il risultato è penoso. Scorgo nei suoi occhi dolci e pieni di imbarazzante comprensione, il desiderio di giustificare in qualche modo i miei farfugliamenti.

Allarmato, cerco, per dar man forte alle mie parole, qualcos'altro, come i gesti ad esempio; perché i soli suoni non sono efficaci. Ricorro alle mani per sottolineare il vigore delle parole.

È gesticolando alla rinfusa che me ne accorgo. Dal suo sguardo attonito e addolorato mi accorgo che ha *visto*. Mi sono tradito. Si è accorta delle mie mani tagliuzzate.

Con uno scatto spontaneo riesco a nasconderle sotto la camicia.

Rimaniamo imbambolati l'uno di fronte all'altra.

I suoi occhi non mi abbandonano neanche per un attimo. Non un momento di sospensione in cui poterle sfuggire e nascondermi da qualche parte. Invece son costretto a rimane là, sotto quello sguardo di vagellante misericordia.

Mi accorgo con orrore che gli occhi torbidi le si inumidiscono. Bianca la rivoluzionaria sta per piangere.

Il mio patetico sorriso è divenuto una smorfia. Lascio che mi scivoli via, e fuggo lontano da lei. Pensi pure quel che vuole.

Dormo.

Il lenzuolo mi copre il viso. Dormo per delle ore. Quando mi sveglio è già scuro. Accendo la candela e mi accorgo di aver macchiato il letto di sangue. Mi verso dell'acqua nella brocca e mi lavo. Fascio le mani con cura. Mi pettino, e indosso il mio miglior completo di lino.

Mi dirigo verso la cucina per sgranocchiare qualcosa. La casa è buia e sembra che tutti siano già al letto.

Butto giù qualche cucchiaio dello sformato di carne e patate al rosmarino, che immagino la zia Adriana abbia fatto mettere da parte per me.

Fra qualche ora sarò costretto a svegliare il povero Tonino e chiedergli di accompagnarmi alla stazione il prima possibile. Per convincerlo gli elargirò una cospicua mancia. Si può fare. La mia classe sociale e i soldi di cui non mi son mai liberato, me lo consentono.

Tornando verso la mia stanza passo dalla veranda. Mi sarei aspettato di trovarla nel buio, e invece la luce di una candela la illumina con guizzanti barbagli.

Incuriosito mi avvicino.

– C'è nessuno?

La sagoma che intravedo si gira nella mia direzione. È mia cugina Elisabetta che seduta accanto alla candela, stringe fra le mani un libro.

– Sono io.

– Bebé?

– Sì, sono io.

Mi avvicino.

– Aspettavo Bianca che però non si è vista. Dopo cena mi aveva detto che sarebbe passata da qua. A quest'ora non verrà più, è sicuro. Gli altri sono tornati alla locanda ed Enrico si è ritirato nella sua stanza.

Mi guardava con il suo solito sguardo inespressivo.

– Si può sapere che ti prende in questi giorni? Oggi a pranzo eri a dir poco *strano*.

Esitò un momento, incerta se continuare.

– Stai male? Ti è successo qualcosa?

– Ti preoccupi per me?

Sorrise sardonica.

– Veramente è mamma a preoccuparsi. Era molto contenta del fatto che stessi meglio... salvo poi esser ripiombato in quello stato...

– Di' alla zia di non preoccuparsi. Va tutto bene.

– Beh... Si è fatto tardi e non credo che Bianca si farà vedere per stasera. A domani.

– Buona notte.

– Lascio la candela accesa o la spegni tu?

– Lasciala pure accesa. Resterò qui ancora un po'.

Raccolse lo scialle, i suoi due libri, e mi lasciò finalmente solo.

Socchiudo gli occhi e danzo nel silenzio. Un passo qua, un passo là. La calma della notte si impossessa dei miei segreti, quietandomi. Il silenzio a volte stordisce. O culla nella stanchezza...

– Buonasera!

Mi volto verso la voce alle mie spalle.

– Non avete cenato stasera.

– Salve...

Bianca D'Ambrosio si siede davanti a me. Mi seggo anch'io.

Il silenzio ci spinge l'uno verso l'altra. Con lei non è necessario parlare. Mi prende le mani e osserva le fasciature. Noto che prima di parlare cerca di contenere la commozione.

– Perché lo avete fatto?

Ci guardiamo a lungo. Poi glielo dico.

– Ho commesso un terribile errore.

– Cosa può esserci di tanto terribile per farsi... *questo*?

E nel dirlo stringe con dolcezza infinita una delle mie mani.

– Un imperdonabile sbaglio.

– Che intendete?

Mi libero dalla presa, avvicinandomi alla staccionata.

– Se lo sapeste... non riuscireste più a guardarmi negli occhi.

Le mie parole la turbano visibilmente.

– Si tratta di... una *donna*?

Mi osservò con aria inquieta, e io ricambiai cupamente lo sguardo.

– Si tratta della vostra... "amante"?

A quella domanda restai di sasso.

– ... È Bebé che me ne ha parlato... io...

– Elisabetta vi ha raccontato che ho delle *amanti*?

– Sì.

Mi alzai di scatto e lasciai che la collera si diffondesse ovunque per la veranda. La collera e la rabbia di essere l'impostore che ero.

– E allora, se l'avete saputo, perché continuate a trattare un uomo come me? Uno di quelli che hanno le *amanti*, che hanno soldi e vivono nelle *case riscaldate*? Uno di quei falsi socialisti che non riescono più a stupirsi che il valletto, invece di andare a scuola, pulisca lo *smoking* per due soldi!?

Presi il coraggio a due mani e la guardai.

– Perché una come voi divide il proprio tempo con uno che non è mai stato capace di *sentire le voci*...

Lei era rimasta in piedi, impassibile, benché le sue mani avessero continuato a sfregarsi nervosamente l'una contro l'altra. Ci volle un po' prima che rispondesse.

– Io non credo che voi siate davvero così.

Fece poi una lunga, interminabile pausa in cui credetti di non arrivare più a respirare.

– ...In verità mi spiace aver accennato a Bebé. Io per principio non do credito al pettegolezzo.

Dirlo o non dirlo?

Dirlo.

– ...E allora che genere d'uomo credete che io sia?

Ancora interminabili, asfissianti minuti di pausa.

– Credo vi siate perso.

Rispose infine, come se quella spiegazione mettesse le cose a posto, prima di tutto dentro di lei.

– Mi sono *perso*...

Ripetei le stesse parole, girandomi verso il buio della pineta.

– "Perdersi" implica una certezza. Un punto di partenza dal quale allontanarsi per poi perdersi.

Mi volsi indietro verso i suoi occhi torbidi come il mare durante il temporale.

– Io non credo di averne mai avute di certezze.

Lei mi si avvicinò e poggiò una mano sulla mia spalla.

– Domani mattina prestissimo partirò per Roma. Cercherò di rimediare come posso... anche se è tardi.

– *Tardi* per cosa?

Intuivo la sua apprensione, ma come farle capire?

– Si chiamavano Ida e Marzia. Le ho frequentate per qualche tempo. Mi recavo assiduamente da loro verso sera. Era da mesi che non ne avevo più notizia. Non ricordo neanche quando fu l'ultima volta che le vidi... ma quel che è certo è che non le avvisai nemmeno della mia partenza. ...Sparii senza dire nulla. In realtà non sapevo neanch'io che non vi avrei mai più fatto ritorno. Diciamo che semplicemente non me ne curai più. Non so perché, e ora me lo domando... ma è andata così...

Solo allora trovai la forza di voltarmi verso di lei per guardarla. Mi fissava freddamente. Al punto in cui ero non ci avrei perso nulla a continuare.

– L'ultima volta che le vidi stavano benissimo. Poi partii per Guarcino. Quando facevo ritorno a Roma ero talmente occupato al giornale che non avevo davvero tempo per andarle a trovare. ...Ieri sera Giovanni mi consegna una lettera di Marzia. Non me l'aspettavo... Ecco... Mi dice che se la son passata male da quando son "scomparso" – ha scritto proprio così. – E che Ida... Ida...

Fui costretto a interrompermi perché sentivo un'emozione fortissima e incontenibile salirmi su per la gola.

– Ida?

Incalzò bruscamente lei.

– Ida è morta. È morta.

A quelle parole, chiuse gli occhi senza dir niente.

– Una polmonite che Marzia non ha avuto i soldi per curare tempestivamente. Adesso mi scrive che sta meglio. Lavora da una famiglia al Portico d'Ottavia. Ciò che mi chiede è un'inezia: riscattare una collanina d'oro al Monte di Pietà. Tutto qui. È per questo che parto per Roma fra poche ore.

– Capisco...

Il silenzio che piombò subito dopo fu agghiacciante, e si prolungò fino alle sue gelide parole.

– A questo proposito mi viene in mente la definizione che la Kollontaj dà di "prostituzione". "*La prostituzione affonda le sue radici nell'economia. La donna non lavorando, non votando, non partecipando attivamente in alcun modo alla vita sociale, da sempre si è trovata, rispetto all'uomo, il 'lavoratore', in una situazione economicamente precaria. È inoltre condizionata da un'educazione secolare ad aspettarsi dall'uomo compensi materiali in cambio dei propri favori sessuali, siano essi concessi dentro e fuori il vincolo matrimoniale. Questa è l'origine, questa è la causa della prostituzione...*"

– Ida e Marzia non sono "prostitute"!

– E cosa sono state per voi?

– Vi prego...

– Scusatemi...

Tornò a sedersi sulla poltrona di vimini.

– Vi deludo?

– Che importanza potrebbe avere?

– Moltissima per me!

Mi osservò con uno sguardo quasi malinconico.

– È difficile che resti delusa da qualcuno o da qualcosa, perché non mi aspetto mai niente. Cerco solo di capire. Tutto qua. Il resto per me è solo pregiudizio e folklore.

La guardai atterrito.

Le parole di Bianca D'Ambrosio possedevano una forza insolita e preponderante, che puntualmente obbligava le mie a indietreggiare intimidite. Qualsiasi mio pensiero soccombeva davanti ai suoi, freschi e vigorosi. Come contestarla? Come oppormi alle sue possenti idee che rendevano le mie fatue e financo banali?

– Mi state dicendo che non arriverei neanche a deludervi?

Rise nervosamente.

– È tardi e siete stanco. Avete appena compiuto un gesto stupido e folle. Non credo sia questa la circostanza ideale per intrattenersi in chiacchiere. Vi consiglio di riposare un paio d'ore prima di partire per Roma.

E fece per alzarsi e andare via. La bloccai per le spalle. Il suo nome suonò fra le mie labbra come un sibilo.

– Bianca...

Sentii il viso di lei respirare forte sul mio. Scoprii con stupore che gli occhi d'acciaio le traboccavano di lacrime.

Fra le sue braccia, si sciolse dentro me il primo pianto della mia vita. Profondo, abbandonato, ininterrotto.

Tonino accettò di buon grado di accompagnarmi alla stazione che il sole non era ancora sorto. Dopo aver fatto colazione e intascate le mie 150 lire, preparò rapidamente la carrozza.

Una volta sul treno, il più era fatto.

I paesaggi scorrevano veloci attraverso i vetri del mio comodo scompartimento di prima classe. Non avevo che da vuotare la borsa, e assicurarmi dell'incolumità della cara Marzia.

Autunno impazzito

Al mio ritorno a Guarcino notai subito che il tavolino da lavoro della D'Ambrosio era stato nuovamente installato sotto il faggio, come qualche settimana prima. Avevo molte cose da raccontarle, e attendevo con ardore il nostro incontro.

Qualcos'altro attirò la mia attenzione. La carrozza di *maman* sostava sotto le frasche, davanti all'ingresso di casa.

Stavo per ringraziare Tonino di essermi venuto a prendere alla stazione, quando un profumo gradevole si diffuse nell'aria e lei apparve all'improvviso. Radiosa, elegante, soave.

– Giorgio! Giorgio, caro!

La sua commozione fece vibrare il mio nome. Si perse fra le mie braccia, sollevata, come se infine le cose si fossero messe a posto.

Fu una gioia rivederla. Toccarla. Stringerla a me.

– Stefania! Fatti guardare! Sei persino più bella...

– Mi sei mancato... Non ce la facevo più senza di te! Ho convinto tua madre a tornare qualche giorno prima.

– Avete già scaricato i bagagli?

Si incupì.

– Non ci sono ancora bagagli.

– Che vuoi dire?

– Li abbiamo lasciati là... Dobbiamo far ritorno ad Anticoli fra qualche ora.

– Perché mai?

– Fra una settimana si terrà il gran ballo... Pur acconsentendo di rientrare prima del previsto, *maman* non se l'è sentita di mancare all'*happening*.

– E tu devi andare per forza?

Mi guardò con inquietudine.

– Ma caro... Non posso lasciarla proprio in quella circostanza! Lei conta molto sulla mia presenza...

Dopo aver esitato, continuò, consapevole di toccare un tasto dolente.

– Perché invece non vieni *tu* con noi?

– Mia cara... sai che...

– Sì, lo so, quell'ambiente non ti è gradito! Sono persone che ti spiacciono. Va bene... ma per una volta!... Peccato però!

Aggiunse rassegnata con un sorriso stirato.

– ...Ma ci vediamo fra sette giorni, Stefanella mia, no?

Lei annuì, leggermente aggrondata.

In quel momento comparve *maman* in tenuta da viaggio, sorridente ed entusiasta. La seguivano il duchino Marcello e una pallida Bebé. Fui molto lieto di rivederla.

Era di ottimo umore. La vacanza ad Anticoli le aveva senz'altro giovato. Sfoggiava una delle sue migliori *toilette* informali, e un voluminoso bracciale di perle accompagnava i suoi gesti e le descrizioni dettagliate del bel mondo al Grand Hotel. Naturalmente la presenza del duchino frenò il pettegolezzo più sfrontato.

Notò subito il mio dimagrimento. E non perse occasione per rampognare la mia latitanza.

– Saresti potuto passare a trovarci in queste settimane, Giorgio! Anticoli non è poi così lontana...

Farfugliai del mio lavoro a Roma, del daffare accumulatosi. Non fui molto convincente: lo sguardo di Bebé mi tradiva. Per fortuna arrivò la zia Adriana che ci invitò a trasferirci nella sala da pranzo.

A tavola non si videro né il Patti né la D'Ambrosio. Sapevo con certezza che Gaetano era rimasto per qualche giorno a Roma, bloccato da Boccanelli.

Finii seduto fra Stefania e Bebé.

Ero felice di rivedere mia madre e Stefanella dopo quasi un mese di lontananza, ma nello stesso tempo un sentimento di irrequietezza accompagnava le mie risposte, il mio sguardo, i miei movimenti. Mi ero aspettato di trascorrere la mattinata intera in compagnia della D'Ambrosio, mi ero visto spiegarle con calma la giornata a Roma, l'incontro con Marzia. Invece eccomi lì a parlare del Grand Hotel di Fiuggi col duchino.

Dopo pranzo, la calura spinse i presenti a cercar rifugio nelle proprie stanze. Con ansia mi diressi verso la veranda, unico luogo in cui non battesse il sole a quell'ora.

Tornare sull'argomento. Si era detto così a Guarcino. Ero tornato sull'argomento in lacrime. A quel punto doveva sapere del mio incontro con Marzia.

La veranda era vuota. Inutile riguardare sotto il faggio. Il sole batteva proprio su quel lato della casa. Osare fino alla sua stanza?

Nell'inquietudine non si ha vergogna di nulla.

– Signorina D'Ambrosio...

Sussurrai alla sua porta.

– È partita.

Bebé, alle mie spalle, mi osserva incuriosita.

– Quando?

– Stamane.

– Per dove?... Sai quando torna?

– E a te che te ne preme?

– Non ha lasciato detto nulla per me?

Rise dalla collera.

– "Per *te*"?... E che bisogno ce n'era?

– È un sì o un no?

– No.

– Quando torna?

– Fra due giorni.

– È successo qualcosa con *maman*?

– Con la zia?

Sembrò riflettere per un attimo.

– Cosa te lo fa pensare?

– *Maman* può essere cinica...

– Non è successo niente se è per questo. Anche se...

– "Se"...?

– Forse mi sbaglio, ma ho avuto l'impressione che la sua partenza fosse collegata all'arrivo della zia.

– Puoi dirmi dove è andata?

– Perché la cerchi?

– Le devo parlare...

Mi si avvicinò cupamente.

– Guarda che ti sbagli su di lei!

– Mi *sbaglio*?... Che vuoi dire? – Replicai, capendo alla perfezione a cosa si riferisse.

– Non è come le *altre* che frequenti... Non ti fare illusioni! Non ci provare nemmeno...

– Di che mi accusi con esattezza, Elisabetta?

Continuava a guardarmi minacciosa.

– Ti conosco.

– Mi *conosci*? Tu mi conosci?... Posso dire qualcosa?

– Non è come le tue amichette. È diversa da tutti noi. Solo perché passa del tempo con te, non vuol dire che tu le interessi.

– Non l'ho mai creduto.

– Lasciala stare, Giorgio! Tu e lei proprio non condividete nulla. È di un'altra statura!

– Ti ricordo che sono fidanzato, Bebé! Non c'è nulla di sconveniente in ciò che mi lega alla signorina D'Ambrosio. Forse il principio di un'amicizia...

– Non ne sei capace.

Le sue parole mi mandarono su tutte le furie.

– Hai delle amanti e dici di amare Maria Stefania!

– Come più della metà degli uomini su questa terra... – Rintuzzai ormai fuori di me.

– E questo ti dovrebbe giustificare?!

Mi diede le spalle e si diresse verso le scale.

– Non intendevo... Elisabetta! Torna indietro, lasciami spiegare!

Scendendo velocemente, si dileguò.

Non mi rimase che recarmi nella mia stanza. Ero stremato. La canicola uccideva.

Prima di partire, Stefania mi serrò a lei ricordandomi che presto avremmo trascorso insieme un'intera settimana. Ci baciammo con ardore, come non capitava mai. In un modo insolito. Clandestino. Intimo. Segreto.

Nascosti dietro la parete che divideva la stanza da pranzo, la schiacciai contro il muro, incredulo davanti alla sua remissività. Per la prima volta si lasciò toccare. L'inaspettato evento mi eccitò; il suo profumo ottundeva i miei sensi. Frugavo avidamente fra i pizzi e le durezze del corsetto, ansioso di gustare il sapore della sua pelle. Lei ansimava talmente forte, che temetti che qualcuno potesse irrompere nella stanza e correre in suo aiuto. Non so quanto tempo vi trascorremmo, ma fu una delizia.

Col viso perso sul suo seno, fui costretto di colpo a riavermi, richiamato dall'eco dei nostri nomi provenire dal di fuori. Bebé e la zia ci chiamavano. Sgranando gli occhi Stefania cercò di ricomporsi in fretta. Ci stringemmo forte un'ultima volta. La sua bellezza languida mi restò impressa ancora per delle ore in seguito. Stordito e accaldato, la accompagnai alla carrozza.

Maman, che non si era accorta di nulla, ci attendeva tranquillamente all'ingresso della villa, in compagnia del duchino. Ridevano e scherzavano ad alta voce. Lui sembrava sfoggiare il suo aristocratico fascino, certo di far presa sulla donna piacente che era ancora *maman*. Ci salutammo tutti allegramente.

Stefania montò con grazia nell'abitacolo, e sporse il viso dal finestrino. I capelli le risaltavano sul copricapo scuro. Nello sventolare la mano per salutarmi, mi guardò con afflizione.

– Fra soli sette giorni!

Le sue parole si mescolarono al crepitio degli zoccoli dei cavalli. Ricambiai il suo sguardo.

– Sette giorni.

Ripetei fra le mie labbra.

Tornando in veranda, verso sera, vi trovai il Patti. Stravaccato su una delle poltroncine di vimini, consultava un manuale di trigonometria.

– Dove eri finito, Enrico caro?

Lui levò lo sguardo dal libro strabuzzando gli occhi.

– Giorgio!... Devo scusarmi: ho approfittato della presenza di tua mamma e della tua fidanzata per prolungare la mia passeggiata. Non volevo essere di troppo!

– Sai che non è così. Inoltre sei mio ospite: puoi disporre di questa casa come più ti aggrada!

– Ti ringrazio, ma non credo che mi sarei sentito a mio agio...

– Per via del duchino?

– Che vuoi dire?

– ...Non ti annoia il fatto che costui sia sempre in giro? Di' la verità...

Enrico si guardò intorno con circospezione.

– Non temere, è già andato via! Ha fatto ritorno in paese. Bebé e la zia lo hanno accompagnato; dovevan sbrigare certe commissioni...

Le mie parole lo tranquillizzarono, e sospirò sollevato.

– No, che non mi annoia.

Continuò a quel punto con sicumera.

– Non lo trovi terribilmente fastidioso?

– Fintanto che resta il fidanzato di Bebé, continuerò a trovarlo *de-li-zio-so*!

– Fino a questo punto?

– Elisabetta è mia amica particolarissima. Sono pronto ad accettare *tutto* da lei.

– "Amica"?

– Amica.

Tagliò corto, infastidito.

– E che ne è della passione?

Una piccola, impercettibile venuzza sulla fronte principiò a gonfiarglisi. La mia curiosità metteva visibilmente alla prova il suo rigore. Sapevo che davanti a me non avrebbe avuto né la forza né l'audacia di mentire.

– La "passione" dici?... La passione... s'è trasformata. La passione è adesso una forte, tenace amicizia. Ricambiata. Lei vuole Marcello. Questo è un fatto inoppugnabile.

– Ma non riesce a rinunciare a te...

La venuzza gli si gonfiò oltremodo.

– Sembrerebbe...

Con mani incerte, si tolse gli occhiali di dosso e cominciò a sfregarli con un panno che teneva nel taschino del gilè.

– Mi racconti che è successo fra voi nella settimana che ho trascorso a Roma?

– Se non ti spiace preferirei non parlarne.

– Perché?

– Bebé non vorrebbe.

– E tu quindi non ne parli neanche col tuo migliore amico!

– Difatti.

– Ti influenza fino a questo punto?

Rise nervosamente.

– Non mi *influenza* affatto! Non capiresti mai.

Mi sedetti, e gli offrii un bicchierino dell'amaretto che era sistemato su uno dei tavolini.

– Fa caldo. Ma perché no? Ci vorrebbe piuttosto una birra!

Il rumore di una carrozza che si fermò alla fine del vialetto, attirò a un tratto la nostra attenzione. Dopo qualche minuto, udimmo i cavalli ripartire al trotto.

– Chi può essere a quest'ora? Dissi, affacciandomi dalla balaustra.

– Se si trattasse della zia, la carrozza si sarebbe fermata davanti all'ingresso e non sarebbe ripartita.

– Forse è la D'Ambrosio che rientra. So che è andata via nel pomeriggio.

– Non credo. Bebé mi ha detto che tornerà soltanto fra qualche giorno.

–Vuoi andare a controllare?

– Sì. Vado a vedere...

Enrico riprese fra le mani il suo manuale, e io mi diressi verso l'entrata.

Non c'era anima viva nello spazioso vestibolo dell'ingresso. Diedi una rapida occhiata anche nei corridoi e in sala da pranzo, senza scorgere nessuno.

Mi recai in cucina. Mimma terminava le ultime faccende prima di far ritorno nella sua stanza. Accanto a lei, la D'Ambrosio reggeva fra le mani una grossa brocca d'acqua cercando di riempirsi il bicchiere. Mi lanciò un'occhiata stupita.

– Signorina D'Ambrosio!... Ma non dovevate far ritorno fra qualche giorno?

Lei mi guardò con aria interrogativa, poggiando dolcemente la brocca sulla lastra di marmo.

– No. E poi della mia partenza non ne ho parlato che con vostra zia.

– Ma Bebé...

Mi interruppi, riflettendo sul dispetto di mia cugina.

– Perché siete partita proprio il giorno del mio arrivo da Roma?

–Volete la verità?

–Ve ne prego!

– Seppi da vostra zia dell'arrivo di vostra madre... colsi così l'occasione per raggiungere alcune compagne in un paese qua vicino. C'era da discutere di alcune cose del Circolo, e la compagna che mi sostituisce è arrivata espressamente da Roma per discuterne con me... Ci siamo incontrate a metà strada.

– Mi aspettavo di trovarvi qua al mio ritorno!

– Ma sono qua...

Lanciai un'occhiata a Mimma e le chiesi di seguirmi nella stanza da pranzo. Entrando, osservai la parete sulla quale avevo premuto Stefania inebriandomi del suo profumo.

Ci sedemmo sulle poltrone di velluto verde. Lei aveva l'aria irrequieta.

– Vi annoia trovarvi qua con me?

– Perché dovrebbe?... Se mi annoiasse non vi avrei seguito.

– Ho visto Marzia.

A quel nome la sua attenzione si acuì.

– Dunque?

– Le ho parlato.

Mi alzai in piedi e sentii l'impulso di muovermi da un punto all'altro. Infine mi fermai e piantai i miei occhi sui suoi.

– Mi sono scusato. Le ho spiegato i miei errori. Lei mi ha raccontato della sua vita e... delle ultime ore di quella di Ida.

Lei abbassò lo sguardo.

– Non ha sofferto...

Un calore furioso colpì la mia gola fino ad arrivare alle tempie: non riuscii più a parlare. Detestavo mostrare quello stato di commozione. Avevo sempre aborrito i pianti e le lagne, e benché socialista, condividevo con la Destra una certa avversione per il pianto maschile. Il primo pianto della mia vita era avvenuto fra le braccia della D'Ambrosio, senza che io stesso me ne fossi reso conto, naturale come il respiro che emettevo. Non avevo avuto alcun pudore, allora, a mescolare le mie lacrime alla sua commiserazione. Ma là, nella stanza da pranzo, dovetti far ricorso a tutta la mia volontà per costringere nervi, muscoli e sentimenti, a comprimersi dentro di me, perché l'idea di scoppiare una seconda volta in lacrime davanti al lei, come una donnetta, al solo nominare la malattia di Ida, mi riusciva intollerabile.

Mi girai verso le finestre, ed emisi il respiro più profondo di cui fossi capace. Poi un secondo, un terzo, fino a quando non ripresi il controllo della voce.

– Non si è neppure accorta di star morendo.

Continuai, ormai padrone di me.

– Marzia sta bene. Mi ha ringraziato tanto, e io... io ho ringraziato lei per avermi perdonato.

– Parlate come se un sacerdote vi avesse inflitto una penitenza, e voi vi foste infine riscattato dal *peccato*.

Le sue parole mi colpirono come un'accetta dritta al cuore. Era chiaro che non fosse affatto quello che intendevo... La guardai stupefatto.

– Mi spiace! È solo che non capisco dove vogliate arrivare. Vi siete scusato con la signorina Marzia per come vi siete comportato. Bene! E allora?

– Le ho dato dei soldi... Aspettate! Le ho dato dei soldi per pagarsi gli studi e finire la scuola. Per un anno ancora resterà presso questa famiglia al Portico d'Ottavia; son brave persone. Comunque, a questo punto, Marzia avrebbe soldi sufficienti per vivere da sola fino alla fine dei suoi giorni...

Abbassai lo sguardo perché mi accorsi di stare arrossendo.

– La rivedrete?

– A settembre. Al mio ritorno definitivo a Roma andrò a trovarla.

–Voi come vi sentite?

– Come dovrei sentirmi?

Mi versai un bicchierino di amaretto e ne porsi uno anche a lei.

–Ve l'ho già detto: male.

Lo vuotai d'un fiato.

– Ma io non sono povero, né affamato... così, che importanza ha sapere come mi sento, se in fondo il mio dolore *non esiste*?

Lei sorrise, mi parve, leggermente mortificata.

– Non ho mai detto che sia facile... Nessuno pensa che sia facile.

– Cosa non è facile?

– Cambiare le cose. Emanciparsi dal proprio mondo. Riuscire a rinunciare ai privilegi. Si nasce in una certa classe sociale, si è abituati a farsi servire sin dalla nascita. È difficile persino accorgersi di essere dei privilegiati.

– Parlate ancora di me?

– Non parlo di nessuno in particolare, e in generale di tutti coloro che rientrano in tale categoria. Essere comunisti è difficoltoso quanto essere cristiani. Eppure in entrambi i casi la cosa è talmente chiara! "Vendi tutto quello che hai e dallo ai poveri" ha detto Gesù. Ma per quanto semplice sia, nessuno riesce a vendere ciò che possiede... Persino la Chiesa di Roma trova qualsiasi scusa pur di giustificare la proprietà privata e il possesso. Allo stesso modo, l'Italia è piena di ricchi socialisti che frequentano i salotti mondani... e non ci sarebbe nulla di male in sé. Ma come ho già detto, se si sceglie di essere socialisti, ciò resta pur sempre una contraddizione. Mi chiedo allora perché non frequentare semplicemente codesti salotti e basta, lasciando perdere il socialismo.

– Perché la coscienza rimorde?

– Già. Ma non si può avere tutto. Essere socialisti, come essere cristiani, è un esercizio e un esame continuo e ininterrotto su se stessi. Non vi è nessuno, me compresa, che potrebbe esimersene. Il compromesso è là, dietro l'angolo, pronto a corrompere con ogni orpello, fornendo ogni sorta di giustificazione. Sta a noi resistervi e ispezionare la quotidianità con severità e rigore.

Questa volta fu lei ad alzarsi dalla poltrona, e a cominciare a passeggiare sorseggiando il liquore.

– Avete di certo ragione. È per questo che *guardo* al socialismo...

– E perché limitarsi a *guardarlo?*

–Volete che venda tutto e vada a vivere in una caverna?

– Lasciate perdere i soldi! Vivere nel socialismo è prima di tutto percepire le cose da un'altra prospettiva. Il resto vien da sé; il danaro diventa superfluo, e l'unica priorità resta quella di lavorare per un mondo in cui la sperequazione sociale non esista, in cui uomini e donne possano godere di pari dignità e pari opportunità. A quel punto ciò che è *in più* diventa solo di intralcio. Saremo noi stessi i primi ad avere voglia di liberarcene: che importanza volete rivestano i soldi, il patrimonio, o i lussi, quando l'amore per l'uomo, o per Cristo, ti bruciano l'anima fino a farti quasi male?

Guardai l'angolo su cui avevo stropicciato Stefania palpandole i seni, senza provare nulla.

– Per la prima volta credo di capire cosa vogliate dire.

Continuava a guardarmi come se un grosso punto interrogativo si fosse impresso sulla sua fronte, e non volesse più andare via. Poi si passò improvvisamente una mano proprio là sul viso, come per cancellarlo, e si versò dell'altro amaretto.

– Voi ne volete ancora?

– Ve ne prego...

Un silenzio di vibrante riflessione fu intervallato dal nostro sorbire il liquore.

– Posso chiedervi che fate domani?

– E voi che fate?

– Io sono con voi!

Rise per la prima volta da che eravamo entrati in quella stanza.

– So che Gaetano Galipò si tratterrà a Roma ancora per qualche giorno.

– Infatti è così! Sandro è su di giri per via dei preparativi della guerra...

– E voi non andate?

– Io sono gravemente *malato*. Boccanelli e io ci sentiamo ogni giorno al telefono. Posso permettermi di chiamarlo quotidianamente grazie ai privilegi di cui ancora godo.

Sorrise per gentilezza, ma sembrò non gradire la mia ironia.

– Vi va di perdervi in un sentiero?

– Mi va di perdermi in qualsiasi sentiero con voi.

– Smettetela di fare il galante. Siete ridicolo...

– Scusate, non volevo spiacervi.

– Sono stanca. Me ne vado a dormire.

– Allora a domani?

– Sì. A domani.

Non raggiunsi più il Patti. Me ne filai dritto a letto.

Volevo solo che la notte avesse fine, e che il giorno cominciasse prima possibile.

Sonetto del dolce lamento

Temo di perdere la meraviglia
dei tuoi occhi di statua e la cadenza
che di notte mi posa sulla guancia
la rosa solitaria del respiro.

Temo di essere lungo questa riva
un tronco spoglio, e quel che più m'accora
è non avere fiore, polpa, argilla
per il verme di questa sofferenza.

Se sei tu il mio tesoro seppellito,
la mia croce e il mio fradicio dolore,
se io sono il cane e tu il padrone

non farmi perdere ciò che ho raggiunto
e guarisci le acque del tuo fiume
con foglie dell'Autunno mio impazzito.[13]

La mattina seguente venni a sapere dalla zia che il duchino Marcello era caduto malato. Bloccato a letto, aveva mobilitato uno stuolo di camerieri a causa di una insidiosa, tenace febbriciattola. Per la stessa ragione Bebé era dovuta correre in paese di prima mattina, non riuscendo a rincasare che in tarda serata.

---

[13] Federico García Lorca, *I sonetti dell'amore oscuro*, traduzione di Claudio Rendina.

Con Bebé via, Enrico rintanato nella sua stanza, Gaetano a Roma e la zia alla scuola, la D'Ambrosio e io ci trovammo quasi obbligati a trascorrere l'intera giornata insieme.

Nell'avventurarmi in piena campagna in sua compagnia non ebbi caldo, né sete. Non avvertimmo alcuna stanchezza passeggiando insieme per dei chilometri, persi nei nostri stessi discorsi. Beato fra i suoni delle sue parole, non scorgevo altro che la sua chioma infiammata spostarsi accanto a me.

Furono cinque giorni. Cinque giorni in cui l'armonia della sua voce arricchì di speranza l'aria che respirai.

Bebé e il Patti cominciarono timidamente a unirsi a noi.

Dopo aver provveduto al fidanzato la mattina, mia cugina faceva ritorno alla villa verso mezzogiorno per correre a bussare alla porta dell'amico, chiacchierare un po' con lui, e raggiungerci in sua compagnia.

In quei giorni rinunciò persino a farmi la guerra.

Tutta presa dal nuovo e inatteso assetto delle cose, non si curò più di me.

La considerai comunque una tregua. E anch'io ne beneficiai.

Alla vigilia dell'arrivo di *maman* trascorremmo una di quelle serate che non si dimenticano per il resto della vita. Di quelle che lasciano gli eventi dipanarsi lungo la linea di perfezione che di umano non serba più nulla. Leggiadra, spensierata e sublime in *ogni* attimo.

Avevam deciso di cucinare da soli piatti lucullìani, e indulgere al lusso. Persino la D'Ambrosio, vinta dall'idea, aveva finito col mettere da parte le sue rimostranze, aiutandoci ad addobbare la tavola secondo uno stile a metà fra il Gentileschi e il Caravaggio. Un'idea alquanto ridicola, ma che in quel momento ci piacque molto.

Si bevve a fiumi. Persino Bebé osò tirare fino a quattro bicchieri di un chianti asciuttissimo, corposo e profumato di giaggiolo, che tenevo in serbo da anni in attesa del momento opportuno. Smisi di contare le bottiglie alla nona che accatastammo in un angolo della stanza.

Il Patti si era liberato dei suoi occhiali, e Bianca D'Ambrosio della consueta riservatezza. Perfino Bebé rideva.

Nessuno lo disse o ne parlò, ma sapevamo che con l'arrivo di *maman* le cose sarebbero cambiate. Mi domandai se non fosse quello il motivo per cui l'ultimo giorno decidemmo di abbandonarci all'euforia più sfrenata, quasi mossi dalla stessa irragionevolezza che per secoli ha spinto la gente a festeggiare il martedì grasso alla vigilia delle Ceneri.

Lo consumammo fino a notte inoltrata, il nostro carnevale. Ebbe fine in veranda, davanti a un'alba radiosa e immensa. Subito dopo, lo sguardo stravolto, gli occhi cisposi e i vestiti cincischiati, ci dissero che la magia era finita.

Ci congedammo con calore e un pizzico di rimpianto.

Volli accompagnare la D'Ambrosio fino in camera sua. Sulla soglia della porta, ancora ebbri, ci guardammo con complicità.

Tornai barcollando nella mia stanza, e nel chiudere gli occhi sentii come una tonnellata di travi di legno venirmi addosso senza che mi facessi alcun male.

La mattina seguente stentai ad alzarmi.

Il sole era alto in cielo e guardando dalla finestra capii subito che doveva essere già molto tardi. Un dolore acuto mi trafiggeva la nuca fino alla fronte.

A fatica riuscii ad arrivare ai pantaloni per acchiappare l'orologio. Mezzogiorno. Non me ne stupii affatto.

Ancora leggermente ebbro mi vestii e mi recai in giardino.

Con mio stupore al tavolo della colazione trovai tutti e tre i miei compagni di bagordi.

Enrico, pallido, imburrava una tartina, e la D'Ambrosio e Bebé sorseggiavano del tè.

La D'Ambrosio era vestita di bianco come per la nostra prima passeggiata, e i suoi capelli erano coperti da un discreto cappellino di paglia fermato per mezzo di un *foulard* insolitamente colorato. Mi salutarono in coro e la D'Ambrosio mi fece posto accanto a lei.

Nessuno ebbe la forza di aprir bocca, e nell'arco della giornata non si accennò neanche una volta alla sera precedente.

Col capo sparso di cenere, trascorremmo l'intero pomeriggio chiusi in biblioteca, una stanza vecchia quanto la casa, ricoperta da alti scaffali, carichi dei libri ereditati dallo zio Pietro.

In un angolo, su un mobiletto di mogano, si accatastavano i numeri colorati del supplemento del *Corriere della Sera*. Seduta su una delle comode poltrone di cui era fornita la stanza, la D'Ambrosio ne sfogliava alcuni con attenzione. Enrico si era portato con sé certi articoli e Bebé, a cui nessuno in quel giorno domandò della salute del duchino, sfogliava un volume di letteratura francese. Io, con mia gran sorpresa, mi appassionai alla *Dama dalle Camelie* di Alexandre Dumas che ritrovai in un'ottima traduzione inglese. La cosa non mi spiacque dal momento che, pur parlandola alla perfezione, trovai sempre infinite difficoltà a leggere l'ambiguissima lingua francese.

Il tempo trascorse lento, al rintocco della superba pendola floreale acquistata qualche anno prima da *maman* (tutti quanti si era pensato quanto poco opportuno sarebbe stato piazzare un orologio a pendolo proprio nella biblioteca, luogo consacrato alla lettura e al silenzio, ma *maman* aveva finito per imporsi con decisione, convinta che lo stile dell'orologio ben si sposasse con certi decori degli scaffali).

Trascorremmo in quella stanza l'intero pomeriggio fino all'imbrunire. L'unica persona che vi entrò, per uscirne altrettanto rapidamente, fu il vecchio Giovanni, che venne ad accendere i pesanti lampadari a olio, aiutato da Enrico e dalla D'Ambrosio.

Fu soltanto verso sera che, scricchiolando sulla ghiaia, la carrozza di *maman* si fermò davanti all'ingresso.

Senza lasciare la biblioteca, noi quattro osservammo dalle alte finestre il via vai di cameriere e servitori che si adoperavano a scaricare i grevi bauli, e una serie infinita di valigie e cappelliere di ogni taglia e colore. *Maman*, la cui figura era coperta da un immenso cappello, dirigeva il traffico con attenzione e rigore, sperticandosi in accorate raccomandazioni, al passare di ogni bagaglio. La zia Adriana, macchia in blu, le stava accanto e le raccontava qualcosa.

Nessuno di noi fiatò nell'osservare la scena.

Fu la voce di Maria Stefania a riportarci improvvisamente alla realtà. Bebé ricollocò al suo posto il volume che aveva tenuto fra le mani fino a quel momento, e il Patti raccolse le sue carte sparse sulla mastodontica scrivania.

Poi la porta si aprì.

– Eravate qua!...

La osservammo senza rispondere. Trascorso qualche istante, la commedia della vita ripartì da sola senza inceppi. La prima a riprendere il filo della recitazione dal punto in cui l'avevamo lasciato fu Bebé.

– Stefania cara! Tu e la zia siete dunque già qua...

Stefania mi guardò perplessa; rispose intervallando le parole con brevi pause di esitazione. Io diedi un'occhiata alla D'Ambrosio che pareva una bambola di porcellana.

– Sì... Siamo arrivate proprio adesso!... Abbiamo fatto tardi per via di alcune persone che *maman* voleva a tutti costi salutare... Saremmo dovute rientrare stamane, ma un saluto tira l'altro e... Cosa ci fate qui?

E con aria interrogativa rivolse lo sguardo verso di me. Feci un passo avanti (era il mio turno; prima di aprir bocca, ripassai rapidamente le battute nella mia testa).

– Ci trovavamo qua a leggere. Marcello s'è ammalato e tenevamo compagnia a Elisabetta.

Bebé, in imbarazzo, abbassò gli occhi verso terra. Stefania

avanzò verso di me, come se a quel punto si aspettasse un movimento in particolare. L'abbracciai, baciandola sulle labbra.

– Bentornata, amore!

Lei si strinse a me, continuando a guardare verso gli altri. Fu in quel momento che ci raggiunsero *maman* e zia Adriana.

Maman ci squadrò tutti e quattro prima di venirmi incontro porgendomi la guancia. Ignorando la D'Ambrosio, salutò freddamente Enrico, per poi rivolgersi con affetto a Bebé e chiederle della salute di Marcello. La poveretta, tutta mortificata, spiegò che il duchino stava meglio e che non sembrava si trattasse di una cosa grave. Non accennò al fatto che quel giorno non si era fatta neppure vedere in paese. Noi tre tacemmo.

Con lodevole ostinatezza, la zia Adriana si industriò per presentare alla sorella la D'Ambrosio, la quale, nel frattempo, se ne era rimasta in disparte.

Noi tutti osservammo il sorriso glaciale che mia madre le rivolse.

– *Mademoiselle la "femministe"*! Aggiunse, subito dopo, ostentando una mondana superiorità.

Per tutta la durata della cena, Stefania raccontò del viaggio, delle persone incontrate l'ultimo giorno ad Anticoli, di aneddoti divertenti che in altre circostanze me l'avrebbero fatta adorare, ma in quel momento non avevo occhi che per la D'Ambrosio. La reazione di *maman* mi aveva adontato. La osservavo nella speranza vana di carpirne i pensieri. Lei, sedutami accanto, sorbiva il minestrone con gli occhi piantati nel piatto.

Ci ritirammo a dormire tutti abbastanza presto. Quella sera né io, né Bebé, né il Patti, né la D'Ambrosio ci scambiammo la buona notte.

Stefania fu costretta a passare dalla stanza di *maman* per via di certi suoi vestiti riposti in uno dei suoi bauli. Nel tornare in camera sua, trovò l'audacia di bussare alla mia porta.

Fui sorpreso di vederla là, con in mano due voluminosi vestiti da passeggio e l'aria scombussolata.

– Stefania! Cosa fai qua?

–Vorrei sapere solo una cosa...

Mi avvicinai a lei, chiudendomi la porta alle spalle.

– Tu... sei contento che io sia tornata?

Mi chiese con una voce quasi strozzata. La guardai accomodandole due ciuffetti ribelli sulla fronte. La sua pena me la rese più intima.

– Che domande...

Le strinsi le mani.

– Certo che sono contento!... Cosa credi?

Lei si asciugò le lacrime coi polsi del vestito e mi sorrise.

– Allora me ne vado a dormire... Penserò a te, stanotte. Come ogni notte. Mi addormenterò col ricordo del nostro ultimo incontro...

Le baciai le mani, e lei si allontanò tutta rasserenata.

– Avete trascorso molto tempo insieme in quest'ultimo periodo, vero?

– Prego?

– Avete trascorso molto tempo insieme in quest'ultimo periodo....

Non capii subito di chi stesse parlando Stefanella.

Era una mattina luminosa, di quelle col cielo aperto e rade, candidissime nuvole. Quelle mattine di campagna dall'odore intenso di fiori e di terra asciutta.

Aveva insistito per trattenersi con me in giardino al tavolo della colazione, mentre gli altri erano andati con Bebé fino in paese a fare una passeggiata e *maman* si era recata alla scuola della zia. Io sorseggiavo tranquillo il tè ancora bollente, quando lei prese a ripetere quella frase il cui senso da principio mi sfuggì.

– Avete trascorso molto tempo insieme in questo periodo...

Imburró una fetta di pane con uno strano sorriso. La guardai stralunato e dolente di dover abbandonare il tè ancora caldo per principiare una discussione che, sin dai prodromi, mi sembrò una di quelle *solite*, che non finiscono più.

– Scusa ma di chi parli?

– Tu e la signorina D'Ambrosio... Avete passato molto tempo insieme nell'ultimo periodo. Non è vero?

Poggiai rassegnato la tazzina di tè sul piattino e la guardai cercando di interpretare le contorte femminili elucubrazioni. Intuii con animalesca certezza che da quel punto in poi non sarebbe stato possibile sgattaiolarsene in alcun modo.

Intrecciai le dita e mi predisposi al martirio.

– Sì, tesoro, è vero! Abbiam trascorso del tempo insieme. Ma spesso erano presenti anche Bebé o Enrico, Marcello, Gaetano. Dipendeva dalle volte... È capitato anche che la signorina e io si sian fatte lunghe passeggiate insieme o che si sia preso un caffè in paese... A ogni modo nulla che potrebbe crucciarti!

– Da soli?

– Da soli.

– E di che parlavate?

– Un po' di tutto. ...Raramente di politica.

– Ma se non parlavate di politica, di cosa parlavate?

– Non so... di noi... della nostra famiglia, di me...

– Perché *di te*? Mi hai scritto quasi ogni giorno e non mi hai mai parlato *di te*!

– Rasserenati Stefanella...

Mi interruppi in mancanza di argomenti da propinarle. Riflettei sul come andare avanti.

– Ecco... non stavo bene in quest'ultimo periodo... mille volte avrei voluto scrivertene, ma non volevo guastare la tua bella vacanza. La D'Ambrosio era qua... e senza che me lo aspettassi si è rivelata una compagna generosa e attenta. Mi è rimasta vicina quando gli altri... in effetti... La cosa ti angustia, amore mio?

Tattica. Sciorinare tutta la verità e nient'altro che la verità per rabbonirla. Non celare nulla, e minimizzare rassicurando con sentimenti di amore eterno.

– Se mi...? No!... ecco... veramente un po' sì... A dire il vero, sì, mi *angustia*. Io non conosco questa D'Ambrosio, e sebbene scriva sui giornali e si occupi di politica, resta pur sempre una donna... E poi mi contraria un po' il non aver saputo nulla del tuo stato di salute, mentra costei divideva con te i tuoi segreti più intimi... Ecco, lo trovo scorretto!

Mi guardava con gli occhi sgranati e, cosa che sempre mi

incantò nelle donne, delle piccole gocce di sudore le imperlavano il nasino. Mi parve sublime nel suo drammone di gelosia domestica.

– Sei gelosa?... Sciocchina!

Volse lo sguardo da un'altra parte e non rispose.

– Su Stefania, smettila di torturarti con pensieri inutili... Non c'è n'è motivo!

Errore tattico: cercare di troncare prematuramente.

Correggere il tiro.

– Tesoro, son contento di saperti qua con me in questi giorni. È un privilegio trascorrere il tempo con te! Soltanto la tua presenza mi fa star meglio...

La cosa cominciava quasi a divertirmi, ma si era fatto tardi e avevo da leggere alcuni giornali arrivati di fresco da Roma. E poi l'idea di raggiungere gli altri in paese non mi dispiaceva affatto. Non li avevo più visti dalla sera prima.

Mi alzai e le presi entrambe le mani.

– La tua compagnia vale mille volte quella della D'Ambrosio! Di che ti preoccupi?

Lei mi guardava incerta su cosa dire. Il mio slancio e le rassicuranti parole avevano centrato in pieno il bersaglio.

– Adesso ti *dispiacerebbe* se salissi su in camera a leggere alcune cose? Mi *scuseresti*?

I condizionali son d'obbligo.

La mia disponibilità accorata accrebbe il suo disagio. Sorrise, e cercò di dirlo in modo da non contrariarmi; eppure sapevamo entrambi che fintanto che il miasma avesse albergato nella sua testa...

– Non era certo mia intenzione trattenerti o rubarti del tempo prezioso... È che ripenso a ieri, a voi quattro in biblioteca, immobili come delle statue. Che facevate là?

Risi.

– Che vuoi che facessimo in biblioteca?

Mi guardò afflitta.

– Io... mi chiedevo se in queste settimane, frequentando la signorina D'Ambrosio... mi chiedevo se... come spiegare?

Divenne tutta rossa: era palese che avrebbe dato chissà cosa per non doverlo dire, ma poi lo disse invece tutto d'un fiato.

– Tu mi assicuri che non sia successo *proprio nulla* fra voi due?

Quella sua espressione cupa, le guance a chiazze rosse, lo sguardo pronto a ricevere la peggiore delle verità, trovai tutto quanto talmente ridicolo che avrei voluto buttarmi a terra dal ridere; mi resi tuttavia conto che se l'avessi fatto non sarei più riuscito a salire nella mia stanza a leggere i giornali, né a partire in tempo per Guarcino: e io avevo una gran voglia di sapere che si scriveva sulla questione del Marocco e di ritrovare gli altri in paese.

Cercai di restare serio e mantenere un candore irreprensibile. Punto primo: indignarsi.

Trasalii, così, tutto nelle ossa, e feci uno spontaneo passo indietro.

– Non dirai sul serio? Come puoi...? Come puoi soltanto pensare...

La mia reazione immediata scoraggiò i di lei vacillanti sospetti. Arrossendo ancora come un'aragosta, si liberò della patata bollente senza pensarci due volte.

– Ecco... Mi spiace... È stata *maman*! Ieri sera mi ha messo in testa tante di quelle cose... Son passata da lei a prendermi quei due vestiti, ed ero forse un po' stanca. Mi ha chiesto che avessi, e io, non so perché, ho finito per raccontarle di aver trovata insolita quella vostra intimità, là, in biblioteca.

Mi lanciò una strana occhiata e continuò.

– Eravate talmente stravaganti, tutti in piedi come delle statue, come pronti ad andare al patibolo! Mi devi scusare, ma quella scena mi ha impressionata... Così ne ho parlato a tua madre. Ho commesso la leggerezza...

Poi mi guardò terrorizzata.

– Non me ne vuoi vero? Non so che mi sia preso... Non dubiterei mai di te, lo sai... ma tua madre... ecco, lei era sicura del vostro...

Nel dirlo stornò da me lo sguardo.

– ...*adulterio*!

E cominciò a sciogliersi lentamente in un pianto sconsolato.

– Me ne ha parlato con una convinzione tale che io... ecco ...ne era così certa, che dopo averle opposto a fatica le mie perplessità, ho finito per convincermene io stessa. Mi spiace, mi spiace davvero! Lei ne era talmente sicura... Me ne vergogno!

Gongolavo: vittoria schiacciante su tutti i fronti. L'abbracciai teneramente, riuscendo così a strapparle in poco tempo il permesso di ritirarmi nella mia stanza.

– Non fa nulla, Stefania... Non hai niente di cui vergognarti. *Maman* non si rende davvero conto di come le sue stupide insinuazioni arrivino a far soffrire anime gentili come la tua. Le dirò due parole!

A quel punto smise bruscamente di piangere, e, sgranando gli occhi, mi afferrò per tutt'e due le mani.

– No! Ti prego! Non dirle niente di tutto questo! Se solo sapesse che te ne ho parlato... Prometti!

– Come vuoi cara, ma non pensi che avrebbe bisogno che si rendesse conto una volta e per tutte delle conseguenze delle sue elucubrazioni?

Mi guardò affranta.

– Sì, certo! Ma non questa volta, te ne prego! Non in questo caso! Prometti? Eravamo nella sua stanza, è stato tutto molto intimo e discreto... Tradirei di certo la sua fiducia se sapesse...

– Sta bene. Come desideri. Non le dirò nulla, lo prometto. Ma la prossima volta non è con lei che devi venirti a confidare. Avremmo risparmiato entrambi del tempo, se fossi venuta direttamente da me! Adesso ti lascio, tesoro. Filo su in camera. Stamane devo pure correre a Guarcino per una visita di cortesia promessa da giorni a Marcello. Nel pomeriggio, se vorrai, potremo andare a fare una bella passeggiata... Che ne dici?

– Io e te *da soli*?

– Certo! Io e te da soli. Sarà bello vedrai! Ora ti lascio.

La baciai, e corsi verso la mia stanza, dove fragranti giornali, ancora freschi di stampa, mi attendevano sulla scrivania. Una rapida occhiata alle notizie dall'estero e il tempo di agguantare bastone e cappello, ero già fuori sulla strada per Guarcino paese.

Affrancata dalla malattia del duchino ormai convalescente, Bebé sostava in compagnia del Patti e della D'Ambrosio davanti al negozio di amaretti in Piazza S. Nicolò. Il duchino, dal canto suo, pur lieto di aver rivisto la fidanzata, aveva preferito ritirarsi nella sua stanza a riposare.

Il mio arrivo venne accolto con entusiasmo. Si decise di fare una passeggiata verso Fiuggi. Camminammo e discutemmo per alcune ore, animati da un'euforia che in tutto si discostava da quella dei giorni precedenti.

Fu soltanto sulla via del ritorno che mi ricordai all'improvviso della promessa fatta a Stefania. Spiegai goffamente agli amici i motivi importanti che mi spingevano in tutta fretta verso casa. Mentii, e raccontai di una lettera urgente da scrivere, ché io stesso non riuscivo a capacitarmi della mia mancanza e raccontarla.

Dopo essermeli lasciati alle spalle, percorsi quasi di corsa la distanza che mi separava da casa. Giunto sul viale della villa, scorsi in lontananza una figura accoccolata sui gradini dell'ingresso. Trasalii nel riconoscere la persona che, come le statue di pietra a guardia dei tumuli etruschi, mi attendeva al varco. Accanto all'orcio dei gerani, con indosso uno scialle di seta nera e rossa, stava proprio Stefanella.

Le andai incontro colmo di pena. Lo sguardo vuoto, il viso sciupato, mi osservava con un'espressione muta. Nel sedermi accanto a lei non trovai che povere parole.

– Mi spiace... Non mi sono reso conto dell'ora... Come posso farmi perdonare?

Mi guardò languidamente e senza rispondere si alzò per rientrare in casa. La seguii.

Nel tinello ci attendeva *maman* che doveva aver seguito tutta la scena dalla finestra. La guardai minaccioso e vidi morirle sulle labbra le considerazioni che, altrimenti, sarebbero state volentieri espresse con sdegno. Stefania la ignorò e, per una volta, non rispose al suo richiamo. Corse invece lesta al piano di sopra.

Io la seguii, incalzato da un intollerabile sentimento di colpevolezza. Riuscii a raggiungerla prima che potesse entrare nella sua stanza e chiudere a chiave la porta.

– Aspetta, Stefanella! Te ne prego... So fino a che punto la mia mancanza sia imperdonabile...

Il viso poggiato sulla porta, aveva ascoltato senza muoversi o parlare. Fu non appena tacqui che, principiando a scivolare lentamente lungo il telaio, scrosciò in un pianto convulso. Cercai di calmarla e nel carezzarle i capelli scompigliati, non potei far a meno di ammirare la bellezza del viso senza belletto.

– Non piangere, non devi mai piangere per me...

– Taci, Giorgio! Taci...

Le strinsi forte il viso con entrambe le mani.

– Non riuscirei mai a separarmi da te... ti prego di darmi un'altra possibilità e non ti deluderò, te lo prometto!

Cercò di calmarsi, e passando ripetutamente la punta delle dita sotto gli occhi, cominciò a stirarsi il vestito con le mani. La guardai in trepida attesa, nella speranza di essere infine perdonato.

– Vado a rinfrescarmi un po' se non ti dispiace.

– Aspetto qui!

– Ma non so quanto tempo perderò...

– Non importa. Io ti aspetto dietro la porta. Scenderemo insieme per la cena.

– Come vuoi.

Ritiratasi nella sua stanza mi lasciò là ad aspettare, in un'ansia devastante.

Ho un ricordo vago di quella cena.

Ricordo Stefania. Il viso smunto, le occhiaie che le adombravano lo sguardo. Nient'altro. Solo lei e le sue occhiaie con la tristezza di cui ero responsabile.

Dopo cena, l'accompagnai fino alla porta della sua stanza. *Maman* ci aveva concesso una tregua e con discrezione inconsueta si era ritirata in camera sua, limitandosi ad augurarci la buonanotte. Prima di entrare Stefania si girò verso di me e nel pormi la mano, lasciò che gliela baciassi.

– Sta bene. Avrai la seconda possibilità che mi hai chiesto.

Mi sorrise con un'espressione spenta.

–Voglio credere che un tale episodio non accadrà più. Che tu ti sia dimenticato davvero di me che aspettavo per uscire con te...

– Grazie cara!... Mia cara... Grazie!

– Non mi ringraziare. È stato difficile arrivare a perdonarti... e a capirti. Ma adesso è passata. Non ci pensiamo più.

– Io... Non so come fai a...

– Taci.

Sembrò che tutto il travaglio dell'attesa ricomparisse a un tratto nei suoi occhi.

– Ti amo. Che ti aspettavi? E stornò da me lo sguardo ancora triste.

– Adesso me ne vado a dormire. Buonanotte, amore della mia vita.

– Buonanotte...

Le baciai i capelli che sapevano di profumo misto a sudore, e ci stringemmo con vigore.

Restai ancora qualche minuto davanti alla sua porta, e poi decisi di recarmi in veranda, curioso di sapere se qualcuno dei tre compagni non vi si fosse per caso attardato.

Bebé, in piedi davanti alla D'Ambrosio, discuteva animatamente di qualcosa. Il Patti doveva essersi già ritirato. Mi parve che un'emozione inusuale accompagnasse i movimenti di mia cugina.

– Sappi che fra due settimane mamma e io faremo ritorno a Roma. ...Se non fosse per la sua scuola, anche prima! A pensarci potrei tornare io da sola...

La D'Ambrosio la guardava con tenerezza.

– Bebé, non ti preoccupare. Starò benissimo. Poi ho un gran da fare. Le compagne mi aspettano già da fin troppo tempo. Vedrai che andrà tutto bene.

E nel dirlo strinse le braccia dell'amica.

Accorgendosi della mia presenza, si girarono entrambe verso di me e smisero di parlare.

– Scusate, non era mia intenzione disturbarvi... Mi ero chiesto se qua in veranda avrei trovato ancora qualcuno...

Bebé mi osservò gelidamente.

– Non importa.

Rispose algida. Aveva ripreso la rappresaglia.

– Stavo comunque per andar via. Buonanotte, Bianca cara. A domani.

Disse, abbracciandola caldamente. Passandomi accanto, mi rivolse un sorriso tirato. La D'Ambrosio era invece rimasta in piedi davanti alla poltrona.

– Mi è parso di udire che...

– Sì. Parto dopo domani.

Mi guardò con uno strano sguardo sofferto.

– Doveva accadere, presto o tardi.

Disse, sforzandosi di sorridere.

– Sì, è vero questo, ma....

– Sono qua da un mese. Bisognava che prima o poi facessi rientro a Roma! In genere le mie vacanze sono più corte. Il proposito era quello di lavorare a certi miei articoli, ma...

– Non vi è riuscito?

– Non proprio. Del liquore?

– Grazie, sì. A questo punto è d'obbligo. ...Eppure le prime settimane vi ho vista lavorare indefessamente.

Credo si stupì del fatto che ne fossi a conoscenza.

– In effetti... Da principio filava tutto per il meglio. Gli ultimi giorni, però...

Sorbì un po' di liquore e guardò nel vuoto, come a riflettere. Il suo pallore mi colpì a tal punto, che mi venne spontaneo proporle di sedersi. Mi guardò quasi vacillando e acconsentì, sollevata.

–Vi sentite bene?

– Sì, sì... sono solo *molto* stanca. In queste ultime notti non sono riuscita a chiudere occhio.

– Avete l'aria stracca... ma è vero che due sere fa... beh... abbiamo fatto l'alba!

A quelle parole stornò lo sguardo come a disagio. Era una strana complicità a legarci, di quelle che non appena nominate, sfuggono.

– Comunque a Roma potrò riposarmi... e rimettermi al lavoro senza distrazioni.

– Al vostro ritorno a Roma allora: che la nuova stagione vi porti zelo, salute e fortuna!

Levò anch'ella in alto il calice. Sembrò si sforzasse di sorridere, pur non avendone menomamente la voglia.

– Che fate domani mattina?

– I bagagli. Quanta roba da mettere in ordine... In un mese ci si dimentica persino in quale angolo si son buttate le valigie al proprio arrivo.

– E domani pomeriggio?

– Non so ancora.

–Vi va di fare una passeggiata?

– Se volete. Ma...

– *Ma...*?

Esitò prima di continuare.

– Vorrà venire anche Bebé.

– Che venga Bebé! Ed Enrico... perché no?

– Sì. Enrico Patti. Mi farebbe piacere se ci fosse anche lui.

– Che ne sarà di noi?

La frase uscì dalla mia bocca, e rimase sospesa fra me e lei, vinta dal reciproco imbarazzo.

– Che intendete?

Rispose come se la mia domanda l'avesse adontata. Io a quel punto mi persi, non avendo idea di come andare avanti.

– Ci vedremo a Roma?

– Se volete... Io in genere son molto indaffarata.

Rispose, guardando verso terra.

– Dove abitate?

– A Trastevere.

– E dove con esattezza, a Trastevere?

– Via Luigi Santini. La maggior parte del mio tempo però lo trascorro a Largo Argentina.

– Sì, lo immaginavo.

– Siete sicuro di volermi vedere?

– Perché me lo domandate?

Non rispose, si versò dell'altro liquore e mi guardò con gli occhi lucidi. Quel suo sguardo mi permise di osare.

– Mi è insopportabile l'idea della vostra partenza...

Continuò a fissarmi, porgendomi il bicchiere colmo.

– Cercate di farvene una ragione.

– Perché rispondete a questo modo?

– E in che altro *modo* dovrei rispondere?

– Siete cinica.

– E voi un sognatore.

– Che intendete?

– Che non credo che ci vedremo, di ritorno a Roma.

– Perché?

– Perché non avrebbe significato alcuno.

– Per me significa tutto.

– Allora non avete che a partecipare alle riunioni del Circolo. Gli *uomini* sono i benvenuti!

Mi guardò abbassando di scatto l'orlo del bicchiere sul quale stava per poggiare le labbra.

– Non temete, non ce li mangiamo mica!

E sbottò a ridere in un modo odioso che mi adontò. Le strappai il bicchiere dalle mani, facendole versare tutto il liquore sul pavimento. Lei smise di ridere e gli occhi le si riempirono di collera.

– Come osate fare questo?

La guardai altrettanto irato.

– E voi come osate prendervi gioco del mio sentimento?

– Non c'è nessun *sentimento*!

La guardai incredulo.

– Allora i giorni trascorsi insieme, quella sera, le passeggiate, tutto ciò non ha significato niente per voi?

Lì per lì non rispose.

– E se anche fosse?

– Volete gettare tutto via?

Mi guardò cambiando espressione.

– Di che parlate con esattezza, Kreifenberg?

Tornai in me.

– Parlo della nostra amicizia. ...Mi chiedo che ne sarà...

Sorrise con gli occhi lucidi.

– *Che ne sarà*? Voi che volete che ne sia?

– Vorrei che non finisse con l'estate a Guarcino.

– E allora non finirà.

– Non finirà?

– No.

– Sarà triste qua senza di voi. Le riversai un altro bicchiere di liquore e glielo porsi.

– Mi mancherete.

– Avrete il vostro da fare qui: non ci penserete.

Sapevo che non sarebbe stato così, ma non dissi nulla.

Alla fine ce ne restammo in silenzio, al fresco. Bevuto l'ultimo bicchiere di liquore con cui vuotai la bottiglia, si alzò, e nonostante i suoi occhi traboccassero di tenerezza, si limitò a stringermi la mano come fossi stato un semplice conoscente. Alzatomi a mia volta, le ricordai della passeggiata dell'indomani. Lei annuì con un sorriso.

Rimasto solo e senz'alcol, lasciai che la brezza serotina mi cullasse col suo sibilo.

L'indomani sarebbe pur arrivato...

Vorrebbe l'anima essere una stella,
ma non quando dal cielo di mezzanotte
come occhi vivi questi astri guardano
sul mondo terrestre assopito

ma di giorno, quando come nascosti
dal fumo dei raggi ardenti del sole,
come divinità più chiari brillano
nell'etere puro e invisibile.[14]

Trascorsi la mattina in compagnia di Stefanella e *maman*.

Col duchino via, a Roma, per impegni familiari, *maman* aveva perso ogni attrazione per la villa e si era così decisa per una salutare passeggiata nel verde. Camminammo insieme per un paio di chilometri.

Stefania sembrava essersi rimessa. Le labbra morbide e il sorriso luminoso, raccoglieva con leggiadria, qua e là, variopinti fiorellini di campo. Io le restavo accanto lieto di rendermi utile; nel caso mi avesse porto il mazzetto, l'avrei riposto con cura nella cornucopia che mi ero offerto di portare. Sembrava apprezzare le mie cortesie, e per tutta la durata della passeggiata ci scambiammo lunghi, languidi sguardi di complicità. Il cielo era terso e aperto e *maman* ci seguiva silenziosa.

---

[14] Fëdor Ivanovič Tjutčev, *Mattino di dicembre e altre poesie*, traduzione di Maurizia Calusio.

Passeggiando così amabilmente per i prati ancora umidi, venivo colto di quando in quando da un senso di struggente insoddisfazione e ripensando alla partenza di Bianca D'Ambrosio, la giornata radiosa si trasformava, dentro di me, in lacrime e pioggia. La verità era che la sola idea mi riusciva insopportabile.

Sapevo che quella specie di vita vacanziera che menavamo avrebbe dovuto prima o poi finire, ma che ciò dovesse avvenire da un giorno all'altro, senza neanche il tempo di abituarvisi all'idea, questo non riuscivo proprio ad accettarlo. Che fare d'altra parte per trattenerla?

Non era inoltre escluso che tale repentina decisione fosse collegata all'arrivo di *maman* alla villa. Era palese a tutti come mal tollerasse la D'Ambrosio. Chi avrebbe potuto stupirsi, in quel caso, della scelta di tornare a Roma prima del tempo?

– A che pensi?

Mi chiese Stefania stringendomi il braccio.

– Sarebbe bello se tua madre non fosse qua con noi...

Ammiccò intrepida all'orecchio, arrossendo lievemente.

– Non trovi?

Sorrisi e la strinsi a me, cercando di ritornare con la mente alla bella giornata.

Dopo tutto, indossavo scarpe comode, avevo la pancia piena, ero sano abbastanza per lasciarmi stregare dai piaceri della campagna, e la mia fidanzata era una delle donne più belle di Roma. Di che mi lamentavo?

La presi per il braccio e ci incamminammo lentamente verso casa. *Maman* ci seguì sorridendo con compiacenza. La sua espressione mi fece venire in mente che una volta doveva esser stata giovane e spensierata anche lei.

Al nostro ritorno alla villa ci imbattemmo nella zia Adriana.

La cosa parve sorprendente dal momento che di norma soleva trascorrere l'intera giornata alla capanna dove, all'ora di pranzo, consumava un pasto frugale in compagnia dei suoi allievi.

Rincasando, la ritrovammo invece in cucina intenta a collocare sul fuoco un enorme paiolo, con l'aiuto della vecchia Mimma. Tutt'intorno, sistemate su grandi vassoi, vi erano pietanze varie già pronte, e sparsi qua e là, pentole, padelle e servizi di porcellana di ogni genere. Alla vista di tanto zelo, *maman* non poté trattenersi dal lanciare un urlo di orrore indignato.

– Perché ti affatichi Adriana? Lascia che ci pensi Giovanni... Il paiolo è troppo pesante per te... non ce la farai mai da sola!

– Il più è fatto.

Disse la zia con soddisfazione, passandosi una mano sulla fronte per scacciare una ciocca di capelli che le ostruiva la vista.

– Adesso bisogna pensare al fuoco.

– Signora baronessa, per la legna c'è Tonino. È già andato a prenderla! È la legna di mezzogiorno, signora baronessa! La prende Tonino... – Sbottò Mimma, che fino a quel momento l'aveva assistita con aria afflitta (si poteva facilmente intuire come le improvvise scorribande della zia in cucina turbassero l'equilibrio e la sistematicità dei movimenti cui la povera donna era abituata da tutt'una vita). D'altro canto era risaputo che le bislacche ingerenze della zia nella gestione domestica della villa eran viste da tutta la servitù come una gran seccatura e nient'altro.

– Il fatto è che saremo in tanti oggi!

– E chi viene? Chi hai invitato? Domandò stupita *maman*, aggiustandosi il colletto della bella camicia di seta bianca.

– Verranno alcuni amici della scuola...

– *Amici*?

La zia lo disse poi tutto d'un fiato, cercando di ostentare un interesse maggiore per la messa a punto di alcuni stuzzichini sul vassoio, che per quella conversazione.

– Sì, alcuni miei allievi.

A quelle parole *maman* impallidì.

– *C'est-à-dire, nos paysans*... i nostri contadini...

– Beh... sì, lavorano per noi! Ma sono anche i miei allievi! Volevo fare qualcosa per la partenza di Bianca... parte domani;

si è molto affezionata ad alcuni di loro in particolare, così ho pensato di farli venire qua perché si potessero salutare per bene. Oggi lei era impegnata tutto il giorno con i bagagli!

A quelle parole *maman* ebbe un leggero mancamento.

– *Mon Dieu*! Come se non bastassero i socialisti e le femministe, adesso mi porti in casa i contadini!... e ci toccherà pure dividere la tavola insieme! Da non crederci...

– Ma in fondo che c'è di male? *Servi sunt, immo homines; servi sunt immo contubernales...*

Cercando riparo dietro le parole di Seneca, la zia celò l'onta per i sentimenti della sorella.

– Cara, tu non sei *cristiana*? Che male c'è a dividere il desco con altri fratelli, anche se contadini?

– Ma io non li conosco nemmeno i tuoi amici contadini!

– Lavorano per noi! Dovresti invece...

– Allora, quando avrò tempo, cercherò di fare un giro per la proprietà per farne conoscenza! Ma averli qua a casa, a pranzo poi!... Non è per essere *snob*, ma non ci lega nulla, non c'è argomento di dialogo... Di cosa ti vuoi mettere a parlare con loro? Dell'ultimo Strauss? Non ci sarebbe *feeling*, non ci son punti in comune... e non è per voler essere cattive! In fin dei conti neppure io, pur conoscendola, vado a pranzare a casa della regina Elena... È capitato più di una volta in verità... ma si trattava di eventi eccezionali, ricevimenti ufficiali!

La zia lasciò le stoviglie fra le braccia di Mimma che le riprese con aria sollevata, e si diresse verso la sorella asciugandosi le mani.

– Ormai è fatta. Le disse guardandola negli occhi con severità.

– Cosa vuoi che dica loro? Che non possono venire più da noi perché mia sorella non li ritiene all'altezza di sedere alla nostra tavola?

Un rossore violento ricoprì il volto di *maman* fin dietro al collo. Guardando la zia con un rancore stupito, esplose in una di quelle collere in *si bemolle* di cui solo lei, con la sua voce, era capace. Pianse, gridò e invocò la povera madre morta.

Conoscevo fin troppo bene i sintomi forieri di una di quelle crisi che non si estinguono che dopo una decina di giorni. Risatine ironiche, battute al vetriolo, lamenti sommessi e malumori nascosti avrebbero accompagnato immancabilmente i giorni a venire. Fremetti di impazienza.

Per fortuna la zia, come accadeva spesso, finì con lo scusarsi, cercando di farle capire come in quel momento fosse troppo tardi per annullare il pranzo.

Maman dal canto suo, pur ancor adontata dalle pesanti accuse, concesse, magnanima, l'approvazione per un pranzo che in fin dei conti *rispecchiava in pieno le istanze del suo spirito cattolico-romano*. Passandosi un fazzoletto sugli occhi, aggiunse che persino il parroco avrebbe apprezzato un gesto tanto misericordioso e la cosa sembrò concludersi più rapidamente di quello che avevo paventato.

La zia continuava a guardarla con durezza, ma non apriva bocca che per consolarla. Stefania, che aveva taciuto fino ad allora, sussurrò timidamente che non le sarebbe affatto dispiaciuto conoscere gli allievi della scuola della zia, gente che altrimenti non avrebbe mai avuto il piacere di incontrare.

Il minuetto di scuse e ripensamenti ebbe fine con l'arrivo di Tonino che scaricò ai nostri piedi il greve fascio di legna portato sin lì sulle spalle e avvolto in una lurida stoffa.

La zia tornò a infastidire la povera Mimma, mentre *maman* e Stefania si ritirarono nelle loro stanze per rinfrescarsi.

Malgrado il vago disagio che si intuiva nell'aria, il pranzo si consumò in armonia.

Pur di mostrare ai presenti quali eccelse doti cristiane animassero la sua aristocratica vita, *maman* rivaleggiò con la sorella in cordialità e svenevolezze nei riguardi dei numerosi invitati, i quali, dal canto loro, cercarono per tutto il tempo di muoversi il meno possibile, restando inchiodati alle sedie, lievemente intimiditi dalla copiosità delle pietanze.

I giovani e le giovani contadine non spiccicarono una sola parola, limitandosi a rispondere a monosillabi cose del tipo "Sì, signora baronessa; no, signora baronessa", e questo nonostante la zia avesse più volte ripetuto che la si sarebbe dovuta chiamare semplicemente "Adriana".

Io mi annoiai.

La D'Ambrosio si trovava dalla parte della tavola opposta alla mia e chiacchierava fittamente con una ragazzetta che non doveva avere più di quattordici anni. Le osservavo ridere e scherzare; lo sguardo di lei, in genere serioso, si illuminava graziosamente alle risposte della bambina.

Dopo pranzo ci si spostò tutti in veranda dove si consumò il dessert, una splendida torta barocca alla frutta dall'aspetto più che accattivante.

Le ore trascorsero veloci fra canti e giuochi. Ai nostri girotondi si unì perfino il Patti che, a causa della presenza di *maman*, aveva preso l'abitudine di rincasare ogni giorno più tardi. Io stesso trovai oltremodo gradevole danzare e scherzare con gli allegri giovani che erano divenuti, nel verde, gli insignificanti individui con cui avevam diviso il desco qualche ora prima.

Un solo pensiero mi diede il tormento per l'intera durata dell'allegra sagretta, e questo era l'idea di non poter trascorrere neanche più un minuto da solo con la D'Ambrosio prima della sua partenza. Il tempo passava e lei batteva le mani e il piede per terra al suono delle zampogne che gli orgogliosi giovanotti empivano di fiato.

Avvicinarmi e farle notare che il tempo scivolava via inesorabile?

Un particolare frenava tuttavia la mia impazienza. *Maman* e Stefania, rinunciando al consueto riposino pomeridiano, erano rimaste in nostra compagnia per tutta la durata del tempo che trascorremmo fuori. Per quanto oramai ben disposta nei miei confronti, non sapevo come Stefanella avrebbe potuto acconsentire che la D'Ambrosio e io si partisse insieme per un'innocua passeggiata. Così, alla fine, mi rassegnai, e continuai a godermi la festicciola che si protrasse, fra vino e dolci, fino al tramonto.

Fu più o meno allora che la D'Ambrosio, che mi aveva ignorato sin dal pranzo, mi si avvicinò con uno sguardo, mi parve, di affettata malinconia.

– Pazienza per la nostra passeggiata... In fondo anche qui si sta bene!

– Sì. Si sta bene, è vero... Ma avrei preferito che fosse restato anche del tempo per noi due prima della vostra partenza...

L'arrivo tempestivo di Stefania ci divise, e lei tornò a ridere e scherzare con un gruppo di bambini che si accalcavano attorno al tavolo dei dolci.

Stefania mi era rimasta per tutta la giornata al fianco senza mollarmi neanche per andarsi a cambiare d'abito, come spesso usava. Nell'attimo in cui mi si era avvicinata la D'Ambrosio, si era allontanata per andar a prendere un bicchiere di limonata. Non appena ci scorse a chiacchierare, si precipitò verso di noi. La stupida gelosia che le faceva temere la D'Ambrosio e tutto quel socialistico mondo che le sfuggiva, mi pareva ridicola.

– Ti diverti, amore mio? Io tantissimo! Trovo che la zia abbia avuto un'idea deliziosa a invitare questa gente... Volevo chiederti se mi accompagneresti sopra a prendere lo scialle. L'aria rinfresca!

Osservai la D'Ambrosio impegnata con la zia Adriana a distribuire frutta ai piccoli vincitori di una "pesca", e *maman* confabulare con Bebé che pareva annoiarsi a morte.

Acconsentii a seguirla in casa.

Davanti alla porta della sua stanza Stefanella si avvolse nel morbido scialle tutta infreddolita.

– Mi fai vedere la tua stanza?

Domandò a un tratto mentre stavamo per far ritorno alla festa.

– La *mia* stanza? Ma non la conosci già?

– Non me la ricordo...

– L'hai vista l'estate scorsa! Quando con *maman* mi avete aiutato a cercare nell'armadio il maglio del *croquet*?

Rise, forse al ricordo di quell'estate spensierata.

– Adesso mi rammento. Che risate! È stato allora che ci siamo innamorati...

E mi guardò con uno sguardo struggente.

– Già.

– E pensare che ci conoscevamo da tutta la vita!

– Sì, da tutta la vita... Beh, non proprio! Tu hai trascorso quindici anni in collegio, e io non ti ho più vista.

– E quando sono arrivata in visita dalla mia madrina, ecco che suo figlio si mette a farmi una corte sfrenata!

Risi, pensando all'estate precedente che nel ricordo mi pareva quella di dieci anni prima.

– Il fatto è che *maman* ha tanto insistito: non mi è rimasta altra scelta che fidanzarmi con te!

Non capendo se parlassi sul serio, mi guardò perplessa.

– Giorgio! – Esclamò infine, decidendosi a considerarlo uno scherzo innocente. Poi tornò con insistenza a chiedermi di vedere la mia camera e io finii col portarvela.

– Ecco qua! Esclamai spalancando la porta.

Notai subito come Mimma avesse rassettato e messo in ordine, dopo tanto tempo, le cataste di riviste e fogli sparsi che si erano accumulati qua e là per la stanza.

– Allora?... Che ti aspettavi?

Lei entrò e si guardò intorno. Poi si avvicinò al letto e, come fosse colta da un'improvvisa vampata di caldo, vi lasciò scivolare sopra lo scialle.

– È la stanza di quando eri bambino?

– No. La cambiai anni fa. La mia era troppo calda. Presi la stanza dello zio Pietro dopo la sua morte.

Sgranò gli occhi dalla sorpresa.

– La zia Adriana e lo zio Pietro dormivano in stanze separate?

– Capita spesso, mi risulta.

– La mia mamma e il mio papà sarebbero morti se li avessero separati anche per una sola notte!

Il suo sdegno mi intenerì.

– Noi non dormiremo mai in letti separati, me lo prometti?

– Te lo prometto, se è quello che vuoi...

– Perché, tu invece lo vorresti?

La verità era che neanche con l'immaginazione più vivida riuscivo ad arrivare così lontano fino al nostro matrimonio. Ma tacqui, e mi limitai ad alzare le spalle.

– Non lo vorresti dunque?

Domandò ancora, in cerca di un'ulteriore conferma. Ritenni che, in quel frangente, andarle incontro fosse l'unica cosa sensata da fare.

– No. Non lo vorrei. Non credo.

Mi rivolse uno sguardo sollevato, poi continuò a osservare gli oggetti che decoravano la libreria e a leggere il titolo di qualcuno dei libri accatastati qua e là, mentre io me ne restavo poggiato alla porta con una mano sulla maniglia.

– Ma non vuoi tornare giù?

Mi guardò con uno strano sorriso.

– Perché non chiudi la porta?

Obbedii, contrariato dalla perdita di tempo.

– Non hai voglia di stare un po' con me?

– Che intendi?

Trasalii quando capii a un tratto che intendesse.

– Stefania!

Esclamai a disagio.

Lei non rispose, e, decisa ad andare fino in fondo, principiò a spogliarsi. La prima cosa di cui si disfece fu la camicetta grigia di *grisaille* che castamente le copriva il collo. Riposta questa sul letto, si sfilò con rapidi movimenti gonna, crinolina e quant'altro.

Senza il minimo pudore rimase davanti a me col bel seno nudo, rigurgitante dal corsetto, e con indosso solo una lunga collana d'oro intervallata da perle che, dondolando, le sbatteva sul pube.

Che la collana fosse un mio regalo di compleanno fu l'unica cosa sulla quale, in quell'attimo, riuscii a concentrarmi. Come un automa, mi tolsi poi la giacca e la posai sulle sue spalle nude.

– Stefania, torniamo giù, te ne prego...

A quel gesto lei lanciò un urlo talmente accorato che, spaventato, indietreggiai. Toltasi di dosso la giacca, cominciò a percuotermi con essa, accompagnando tale movimento con grida acute. Cercai di fermarla, e dopo qualche tentativo di divincolarsi, accasciatasi sulla poltrona, prese a singhiozzare. La sua nudità mi apparve un assurdo paradosso e, lungi dall'eccitarmi, me la rendeva ridicola.

Sbigottito, le restai davanti, incapace di dire qualsiasi cosa. Fu lei che a un tratto si alzò e, coprendosi il *décolleté*, si rivestì con un'aria talmente afflitta che me ne preoccupai. La trassi a me e principiai a carezzarle i capelli.

– Io non ti piaccio...

Mi disse con un fil di voce. La guardai, scacciandole via con le dita le lacrime dal viso.

– Tu sei la donna più bella che abbia avuto il privilegio di incontrare nella mia vita.

– Ma a quanto pare non basta...

– Non è così!

– Allora perché non mi vuoi?

Mi chiese guardandomi seria. Esitai.

– Non è così facile come pensi. E non credo che sia questo il momento opportuno...

– E qual è il "momento opportuno"?

– Arriverà... Ma non è di certo questo... con la gente che ci aspetta giù!

Senza rispondere si passò le dita fra i capelli. Un pianto sommesso accompagnò ogni suo gesto fino alla soglia della porta, varcata la quale, un'espressione glaciale sembrò irrigidire i suoi lineamenti. Tornando dabbasso non ci rivolgemmo una sola parola.

Una volta raggiunto il festino, fummo investiti dalla raffica di domande cui ci sottopose *maman* sospettosa. Stefania, pallida, serissima, si limitò a spiegare che era dovuta andare a prendere lo scialle per via del fresco e che mi aveva chiesto di accompagnarla, non volendo disturbare lei che parlava con Bebé. E lo disse con un tono talmente grave che a *maman* non restò che scusarsi e lasciar correre.

Risolta la questione, ci unimmo agli altri e riprendemmo le danze. La D'Ambrosio se ne restò in un cantuccio circondata da ragazzine scalze e spettinate. Col trascorrere delle ore la baldoria si quietò, e la gente cominciò pian piano a partire. Congedati tutti gli allievi della scuola, e anche gli altri ospiti unitisi a noi nel corso del pomeriggio, ci si accomiatò velocemente.

Nel salutare la D'Ambrosio noto che *maman* e Stefania non mi abbandonano neanche per un attimo con lo sguardo. Lei stessa mi sfugge, intimorita, forse, dall'attitudine severa di *maman*.

Al momento di andare a dormire cerco in tutti i modi di attirarla a me. Finisco invece per dire delle banalità.

La verità è che temo che *maman*, presente fino al momento del commiato, possa intervenire con una delle sue battute al vetriolo. Non vorrei che la facesse soffrire; non dopo l'accoglienza glaciale in biblioteca.

Guardandola meglio mi sembra infinitamente pallida. Stefania mi resta accanto fino a quando non si assicura che non si sia ritirata nella sua stanza per la notte. Dopo il triste accaduto mi riesce penoso inventarle qualche scusa per allontanarla. La saluto con effusione e mi ritiro anch'io.

Una volta a letto non riesco a far altro che restare in attesa.

Ripercorro con la memoria gli ultimi giorni trascorsi in compagnia della D'Ambrosio.

Come sarei riuscito a superare un'estate di fughe infantili e disperati sotterfugi, senza di lei? Nel dolore era lei che mi ero trovata vicina, quando tutti mi allontanavano annoiati.

Mi accorgo di avere un unico pensiero nella testa: salutarla *a modo mio*, senza che nessuno ci respiri sul collo.

Gaetano l'aspetta a Roma più innamorato che mai, e una simile idea arriva a farmi male. A Roma sarà lui a passeggiare con lei, lui ad ascoltarla, ad accompagnare i suoi passi. È la fine della nostra intimità. Stefanella ha grandi aspettative per l'autunno e io non voglio deluderla. È finita. Impensabile rivedere la D'Ambrosio così spesso come in questi ultimi giorni.

Decido di aspettare che il resto della compagnia si ritiri. Sento *maman* dalla stanza accanto girare la chiave nella toppa, dopo aver congedato Celeste e averle impartito gli ultimi ordini per l'indomani.

Appoggio con cura dietro di me la porta sul telaio, e mi dirigo di soppiatto verso l'altra parte della casa. In pochi minuti son davanti alla sua stanza. Gratto sul legno della porta. Non mi fermo a riflettere sul da farsi. Le cose semplicemente accadono da sole. Dopo qualche istante lei mi viene ad aprire. Non si stupisce di trovarmi là, sembrerebbe anzi che mi avesse aspettato. Non sorride, non dice una parola: mi fa solo cenno di entrare. Restiamo per un po' immobili l'uno davanti all'altra. Poi mi siedo sul divano.

Sapevamo entrambi che non sarebbe potuta partire a quel modo.

Lei resta dritta davanti a me coi capelli folti che le scendono giù sulle spalle a ciocche e con indosso solo una *liseuse* di *crêpe* bianca trasparente, che alla luce della candela lascia intravedere i seni. È tutto inverosimile. Viene verso di me e mi si siede accanto. Ci stendiamo sul canapè. Io mi stringo timidamente a lei. È la prima volta che mi trovo con una donna in tale posizione e non ho voglia di farci l'amore; ma solo di restare in quel modo il più a lungo possibile. Mi addormento per qualche minuto. Dopo un po' mi alzo. Lei rimane seduta. Nessuno di noi dice nulla. Parlare sembra a entrambi senza importanza.

– Domani mattina vi accompagno alla stazione.

Annuisce, sorridendo con dolcezza. Ha l'aria stanca e occhiaie scure le solcano il viso. Le prendo le guance con tutt'e due le mani. Le sopracciglia dritte e ramate dan risalto agli occhi umidi; sembra che abbia voglia di piangere, ma non lo fa. L'idea di separarmi da lei mi appare pazzesca e insostenibile.

Devo però risolvermi a lasciarla anche solo per qualche ora. Poggio la bocca sulla fronte calda, premendomi le sue mani sottili sul viso, e me ne torno nella mia stanza.

Non chiudo occhio. Respiro nell'attesa che il gallo canti.

L'indomani mattina apprendo con dolore che Elisabetta viaggerà con noi fino alla stazione. Per tutta la notte ho pianificato parole, costruito frasi, scovato espressioni da utilizzare nelle ore di tragitto di cui avrei disposto per poter restare ancora da solo con lei. Tutto inutile. Ho studiato ogni particolare nei dettagli, sincronizzato i tempi per introdurre al momento opportuno le parole accorate che mi pulsano nelle tempie da quando l'ho lasciata nella sua stanza. Tutto vano.

Bebé tiene ad accompagnare l'amica più di ogni altra cosa al mondo.

Al mio ingresso in cucina la trovo già indaffarata a preparare con Celeste e zia Adriana un cestino di vivande da portare in viaggio. Noto con stupore che anche *maman* è già in piedi. Accanto al grande camino della cucina sorseggia del tè, avvolta in uno scialle di seta. Vigila sui movimenti di Bebé per la partenza della D'Ambrosio. Questa ultima, invece, non si vede ancora.

Nonostante non abbia dormito, sento uno strano vigore percorrermi le membra. Esco fuori e aiuto il vecchio Tonino a caricare sulla carrozza il piccolo baule, e i numerosi sacchi di libri. L'aria frizzantina tradisce l'arrivo di settembre. Rientrando in casa trovo la D'Ambrosio adagiata sul pavimento, intenta a chiudere una delle sue due borse di cuoio. Corro in suo aiuto. Nell'avvicinarmi la trovo di un pallore scoraggiante.

–Vi sentite bene?

Lei mi guarda con un'intensità che non avrei più dimenticato.

– Non son riuscita a chiudere occhio...

Il suo sguardo esita a lungo sul mio, tanto da sentire di poterla persino toccare.

È *maman* che si avvicina a noi lesta; rampognandomi mi ricorda con una serie di snervanti circonlocuzioni di come, insomma, la sera avanti avessi promesso a Maria Stefania una passeggiata a Guarcino. Rendo alla D'Ambrosio una delle sue due borse, e spiego con calma a mia madre che la passeggiata senz'altro l'avrei fatta, ma più tardi, al mio rientro. Bianca si dissolve. Sparisce in un attimo. *Maman* si guarda a destra e a sinistra, e poi mi lascia senza darmi più importanza.

Uno strano garrito mi richiama alla realtà. Bebé, livida, sollecita la mia presenza sulla carrozza.

– Sei tu che hai insistito per venire con noi! – Sussurra indispettita.

Durante il tragitto vige un silenzio assoluto.

Le congetture elucubrate la notte precedente si perdono nell'aria settembrina, mortificate dalla presenza di mia cugina. Nessuno di noi tre apre bocca se non per futili considerazioni riguardanti il viaggio.

All'arrivo alla stazione il cuore mi serra la gola. Mi sforzo di guardare tutto dal logico punto di vista della D'Ambrosio. In fondo al di là di qualche passeggiata e tante chiacchiere, non c'è niente che ci leghi. Abbiam trascorso insieme qualche settimana, e adesso lei se ne riparte. È inevitabile.

Incrociando il suo sguardo sperduto, però, ogni logica perde il suo rigore.

Dopo aver chiamato il facchino, l'aiuto a scender giù dalla carrozza, grato di poter avere ancora un pretesto per toccarla. È talmente esile che mi scoppia il cuore dalla pena quando, dopo esserci salutati, cerca di salire goffamente sul treno. Anche Elisabetta mi pare provata. Ha gli occhi lucidi, nonostante cerchi di apparire calma e serena. Stringe l'amica a sé e le sussurra qualcosa all'orecchio. Dopo aver salutato Bebé, si volge con lentezza verso di me, con occhi colmi di affetto. Vorrei serrarla a me, ma finisco con lo stringerle la sola mano e dire un paio di stupide, banali parole. Getto tutto me stesso sulla sua mano gelida, e la bacio, incapace di lasciarla andare. Mi pare che lei non lo gradisca, perché la ritira bruscamente e si gira verso la scaletta del treno. È in quel momento che barcolla. Mi precipito dietro di lei e l'aiuto a salire. Pare debole e sperduta.

–Vi accompagno allo scompartimento.

Le bisbiglio sul collo. Lei non risponde nulla e si lascia guidare docilmente. Le cingo la vita, e la guido fino al suo posto. Con calma controlliamo insieme il numero scritto sul biglietto. Arrivati al posto numerato, dopo aver dato la mancia al facchino, l'aiuto a posare le sue cose e a sedersi. Non sapendo come prolungare oltre la mia presenza sul treno, mi trovo costretto a congedarmi.

Ci sorridiamo tristi. Lei è pallida da far spavento. La lascio non prima che mi abbia assicurato che alla stazione a Roma troverà un'amica ad attenderla.

È proprio tutto. Scendo dal treno, superando mille ostacoli di valigie e passeggeri rumorosi.

Il ritorno in carrozza è privo di senso.

Al mio arrivo alla villa ogni cosa è priva di senso.

Decido di chiudermi nella mia stanza e di estinguere l'angoscia nelle silenziose profondità dell'oblio.

Mi concedo volentieri al nulla.

Non ho niente da dire. Né so come apparire o come muovermi.

Per questo dormo.

E sparisco.

Con soddisfazione.

E orgoglio.

Per il momento, addio mondo!

Al mio risveglio la sera è gia calata.

Intuisco solo un brusio venire dal piano terra. Sento in lontananza la voce di *maman* e poi anche quella della zia Adriana.

Mi vesto svogliatamente.

Al mio ingresso nella stanza da pranzo ci si volge verso di me. Da una parte del tavolo, Bebé, Stefania e il duchino giocano a carte su una stoffa verde. *Maman* e la zia, sedute sulle poltrone di velluto, hanno l'aria di annoiarsi. Stefania mi viene subito incontro.

– Come ti senti, caro?

Mi chiede la zia con aria preoccupata.

– Bebé ci ha raccontato che durante il viaggio di ritorno dalla stazione non ti sei sentito troppo bene...

– Adesso va meglio, zia. Ero solo un po' stanco.

– Lo dicevo io che non era niente di grave. Mio figlio necessita spesso di lunghe dormite... – Aggiunge *maman* ridendo e guardando verso il duchino.

– Hai mangiato?

– No zia, veramente non ho appetito...

– Vuoi che ti serva dello sformato di patate e ragù? L'ho fatto mettere apposta da parte!

– Sì, grazie! Magari ne assaggio un boccone.

– Vado a chiamare Mimma. – Incalza *maman*, alzandosi con prontezza dalla poltrona.

– Non importa, mi servirò da solo. Anzi ne approfitterò per prendere anche un po' d'aria in veranda... visto che son stato tutto il giorno in casa.

Mi congedo dalla compagnia, e dopo essermi rimpinzato dell'ottimo sformato, mi reco di corsa in veranda con in mano un paio di bottiglie di vino.

Mi accomodo su una delle sedie, testimoni mute di numerose discussioni. Il mio ricordo va a Bianca D'Ambrosio. Il cuore mi si stringe all'idea di trovarmi senza di lei proprio nel luogo che più me la ricorda.

Uno, due, tre, quattro, cinque bicchieri colmi di un aglianico robusto, e la calma della sera si insinua fra i miei pensieri, quietandomi.

Comincio a riflettere sul mio ritorno a Roma.

Boccanelli preme perché riparta al più presto. Non si è bevuto neanche per un attimo la storia della malattia. La guerra imminente e l'inizio della nuova stagione, rendono la mia presenza in Via dell'Orso indispensabile. Il lavoro si accumula: devo tornare il prima possibile.

La sola idea mi è insopportabile.

Poggio la testa sull'orlo dell'alto schienale e chiudo gli occhi per qualche minuto. Sento che il malessere è ancora lontano; posso indulgere a un altro bicchiere. La testa gira leggermente, ma basta riaprire gli occhi per fermare la giostra.

Salvati dieci Taglialana, venti Marzie e una trentina di Ide, che fare poi? Militare nel socialismo? Sottoporsi a rigidi esami giornalieri per poi raggiungere un livello superiore di comunistica coscienza? Sradicare gli assiomi con cui siamo stati forgiati alla nascita?... Lavorare per questo. E poi? Di che cosa riempire il cuore? Di cosa vivere?

Mi chiedo se io lo posseggo questo amore che brucia l'anima *fino a far male*.

Cosa mi brucia l'anima in questo momento tanto da farmi male?

Il desiderio di rivedere Bianca D'Ambrosio *mi fa male*.

E la *missione*?

Ho una missione? O non sono forse uno di quelli cui è toccato in sorte semplicemente di vivere? Senza missioni.

Un orripilante, improvviso scricchiolio, mi distoglie con brutalità dal mondo ascoso in cui mi sono immerso. Salto su dalla sedia per lo spavento.

– Scusami! Non volevo farti paura... Ero venuta a cercarti. Desideravo sapere come ti senti...

Stefanella, avvolta da uno scialle colorato e coi bei capelli appuntati in un alto *chignon*, mi osserva. A ritmi regolari getta lo sguardo inquieto sulla bottiglia semivuota che stringo fra le mani. Ho l'impressione di non averla neanche vista, qualche ora prima, in sala da pranzo.

Attende che le dica qualcosa, ma io mi risiedo invece, stracco. Sebbene i pensieri mi corrano ruinosamente nella testa fino alla bocca, non altrettanto facilmente escon fuori le parole.

– Ce ne andiamo tutti a letto. Marcello è già partito. Volevo salutarti e avvisarti che nella sala da pranzo le luci verranno spente...

Tacque, riflettendo sull'opportunità di continuare.

– Dicevo nel caso tu avessi pensato di raggiungerci...

Avrei voluto ringraziarla. E farle sapere quanto mi facesse piacere che si trovasse lì con me. Che si fosse preoccupata per il mio stato. Ma non riuscivo a parlare. E neanche ad alzarmi.

Le faccio cenno di avvicinarsi. Obbedisce, ma non si avvicina quanto avrei sperato.

Cerco di alzarmi, ma le braccia, come di burro, non rispondono ai miei comandi. Mi chiedo in che strano genere di sbornia sia mai capitato dal momento che, al di là di una leggerissima vertigine, non provo alcun malessere indicatore di etiliche sregolatezze.

Soltanto mi accorgo, nel tentativo di parlare o camminare, fino a che punto sia ubriaco. La cosa mi stupisce e diverte al tempo stesso.

Pare che Stefania capisca alla perfezione, ma che, educata

a far finta di niente, simuli un'ansia ipocrita per il mio *stato di salute*. Poi comincio a ridere. Trovo questa faccenda del far finta di niente di una comicità esemplare.

– Cos'hai da ridere?

Mi chiede guardandosi attorno contrariata.

– Adesso smettila, ti prego! Dovresti andare a dormire.

– Ma se ho dormito fino a ora!

Rintuzzo finalmente, padrone delle mie parole, pur non riuscendo ancora a smettere di ridere.

– Seguimi... ti accompagno nella tua stanza. Non puoi restare qua da solo in queste... *condizioni*!

– Quali "condizioni"?

Voglio che lo dica.

– Che discorsi!... Le tue! Le tue di *condizioni*!

– Le *mie condizioni*? Che condizioni?

– Sì! Le tue condizioni di *ubriachezza*!

E nel gridarlo si porta le mani alla bocca, coprendosi le labbra. Un senso di libertà e soddisfazione mi pervade nell'udire quelle parole. Lei si accascia su una sedia.

– Perché volevi che lo dicessi?

Mi chiede poco dopo.

– ...Perché è la *verità*.

– E le cose sarebbero forse cambiate nei fatti se invece non l'avessi detto?

– Anche se le cose rimanessero tali e quali, bisognerebbe lo stesso dire come stanno...

– E cosa cambia?

Ribatte lei indispettita.

– Cambia. Cambia che invece di tacere, lo si è detto.

È l'ultima cosa che ricordo.

Mi risvegliai qualche ora dopo nel mio letto.

L'evento, inspiegabile ai miei occhi, mi incuriosì. Ordinati e ben ripiegati, i miei indumenti giacevano sul sedile della poltrona accanto.

Ancora un po' intorpidito mi rivestii. Pensai subito di andare a cercare qualcuno per chiedere delucidazioni sulla misteriosa "ablazione", ma il silenzio che governava la casa a quell'ora, me lo impedì. Immaginai subito che Stefania ne fosse responsabile, e mi decisi infine a bussare alla sua porta. Mi aprì immediatamente.

– Ti senti meglio?

Bisbigliò allacciandosi alla vita la *liseuse*.

– Mi sento meglio. Ma che è successo?

– Sei svenuto. Almeno così abbiam pensato... O forse ti sei addormentato profondamente da non avvertire più nulla, neanche le mie implorazioni.

– *Abbiamo*? Di chi parli? Chi mi ha portato a letto?

– Giovanni. Io l'ho solo aiutato. Una volta capito che non ti saresti più svegliato, senza allarmare gli altri che stavano per ritirarsi in camera, mi son precipitata da Giovanni che è accorso in tuo aiuto senza esitare. È lui che ti ha svestito e che ti ha aiutato a metterti a letto. Cara persona!

Abbassai lo sguardo, afflitto.

– Mi spiace di tutto... della giornata intera... Non sono stato di grande compagnia! Un disastro...

– Non fa niente. L'importante è che adesso tu ti senta bene. Il peggio è passato!

– Come fai a essere così comprensiva?

Lei non disse nulla e mi guardò con due occhioni colmi di amore. Senza pensarci la spinsi dentro la stanza e chiusi la porta alle nostre spalle. Lei sorrise, e con un gesto istintivo si strinse la *liseuse* sul petto. Meno audace della sera prima, mi osservava in un silenzio impacciato.

Principiai a baciarla con ardore. Lei si lasciò prendere in ogni modo, docile e ansimante.

Ci sdraiammo sul letto, le strinsi entrambe le mani e scivolai con uno leggero strattone dentro di lei.

A quel punto mi fermai, anche perché i barbagli della candela avevano illuminato la fosca chiazza del sangue di cui si eran imbibite le coltri.

Nudo e accaldato, rovistai fra i cassetti in cerca di qualsiasi cosa potesse cancellare la macchia.

Avvicinata la bacinella d'acqua al letto e acceso il lume a olio per vedere meglio, cominciai a sfregare con vigore, e quando il sangue ancora fresco pian piano venne via, trascinai a fatica il greve materasso verso la finestra perché si asciugasse.

Nel frattempo Stefania si era affrettata a raccogliere tutte le lenzuola sporche e le aveva infilate in uno strano sacco di stoffa, compresa la camicia da notte che aveva ficcato in fondo al sacco, rimanendo completamente nuda.

Dopo aver ritirato il materasso e ricoperto il letto con lenzuola pulite, ci stendemmo ancora per qualche attimo. Lei mi si avvinghiò languidamente e io ripresi a baciarla.

La circostanza era talmente inconcepibile che finii per trovarla normale.

– Forse adesso è meglio vestirsi.

Mi bisbigliò dopo qualche minuto, principiando a inquietarsi per l'ora che incalzava.

Annuii balzando giù dal letto. Ci rivestimmo con calma e lei mi accompagnò verso la porta. Uscendo dalla stanza udimmo il gallo cantare.

Le baciai la fronte e me ne andai in camera mia, sollevato di poter far ritorno ai miei pensieri.

Non so perché mi cacciai in un simile, spinoso affare, ma me ne feci tosto una ragione, ripetendomi fino all'esasperazione che, in fondo, se l'era cercata lei.

La partenza da Guarcino fu un sollievo.

Qualche giorno dopo la D'Ambrosio, anche il Patti aveva deciso di partire. Bebé aveva voluto accompagnarlo fino alla stazione e il duchino li aveva seguiti vigile e mondano. Due giorni dopo era partito anche lui. Stefania e io malignammo sul fatto che avesse aspettato la partenza del Patti per tornare dalla mamma a Roma.

Intanto il tempo cambiava, e la brezzolina frizzante della sera ci diceva da giorni che era il momento di andar via.

I preparativi per il ritorno occuparono fittamente i pomeriggi di *maman* e della zia Adriana, e di conseguenza anche quelli di Bebé e Stefania. Io trovai così il tempo di dedicare qualche ora alle ultime passeggiate attraverso la pineta.

La zia salutò i suoi allievi. Dovette cedere a malincuore il suo posto a una simpatica zitella che viveva in paese a Guarcino, e che aveva sposato negli ultimi tempi le sue stesse ambizioni in materia di alfabetizzazione nelle campagne. Era certa di lasciare in buone mani i suoi contadini, ma salendo in carrozza non poté impedirsi di versare qualche lacrima. *Maman* la consolò a modo suo, provando a pianificare insieme a lei la stagione mondana a venire. Un silenzio ostinato per tutta la durata del viaggio fu l'unica risposta che ottenne.

In treno ebbi il tempo di rileggere un vecchio articolo di giornale sulla spinosa questione che era divenuta la faccenda del Nord Africa.

GUGLIELMO IL TIMIDO
E LA NUOVA UMILIAZIONE INFLITTA ALLA GERMANIA
Berlino, 7 agosto ore 19

Da cinque settimane assistiamo in Europa e in tutto il mondo politico a un succedersi oramai stucchevole di smentite, conferme e controsmentite riguardo a quel che avverrà in Marocco tra Francia e Germania.

Ma ecco ora che in questa selva di comunicati contraddittori, i pangermanisti, gli imperialisti, i più accaniti guerrafondai tedeschi, si son improvvisamente alzati come un sol uomo e se la prendono non già contro i democratici, ma contro il loro stesso imperatore. Costoro infatti sostengono che la Germania deve assolutamente occupare il Marocco Occidentale o tutta quella parte meridionale designata Sus.

Ma adesso sembra che il gabinetto di Berlino si contenti di compensazioni fuori del Marocco.
Perciò ecco codesti pangermanisti gridare all'umiliazione inflitta alla Germania, colpa dell'imperatore.
È una fissazione degli imperialisti tedeschi l'esser convinti che Guglielmo III rifugge dalla guerra con una tenacia che oltrepassa i limiti del bello e del conveniente e dell'utile.
Non gli si può perdonare la sua dichiarazione di voler essere imperatore 'pacifico' e l'aver ribadito a un addetto militare francese che lui «non vuole» assolutamente la guerra.

Per il resto si arrivò a Roma con agio e senza alcun inconveniente.

Era proprio tempo di far ritorno. Posando le valigie nell'ingresso di casa, mi dissi che Guarcino mi aveva dato, in quella stagione, tutto ciò che aveva potuto. Non mi sarebbe mancata.

Die Blätter fallen

IL MOMENTO POLITICO ATTUALE

Roma, 1 settembre, ore 20

Poche nostre note circa la questione poco conosciuta della politica italiana nei riguardi del Marocco.

Sono valse come spinte ad alcuni giornali e scrittori a trattare dello stesso argomento per venire alle nostre stesse conclusioni [...] Conclusione che il pattuito disinteresse del governo italiano nei riguardi del Marocco dai primi anni dopo il 1870 sino a oggi, fu un crimine [...]

UNA PREVISIONE DELL'ON. DE MARINIS SULLA TRIPOLITANIA

Un'interpellanza che ritorna a tempo in luce

Roma, 1 settembre, ore 20

È stata riportata nel Corriere d'Italia l'interpellanza che l'On. Marinis svolse alla camera dieci anni fa incitando il governo a non porre indugio all'occupazione della Tripolitania. È bene che si sappia che l'onorevole parlava e agiva allora in pieno accordo con il ministro degli Esteri del tempo, On. Prinetti.

L'interpellanza tratta della questione sotto tutti i punti di vista, politico-economico-commerciale, e con una chiarezza e competenza tali che il discorso poteva essere pronunciato oggi.

«Io domando se questi nostri diritti e interessi sull'Africa meridionale che sono stati riconosciuti dalla Francia, ci vengono oggi garantiti dalle province centrali e siano possibili evenienze. [...] Bisogna affermare che se la politica estera del nostro paese fin a ora ha avuto difetti ed errori fra questi il principale è stato il non avere affermato e sostenuto i nostri diritti e i nostri interessi sull'Africa Meridionale.

Non oblii il Governo che G. Mazzini parlando del

Nord dell'Africa, parlando di quello che egli appellava il MOTO INEVITABILE che chiamava l'Europa in Africa, assegnava il Marocco alla Spagna, l'Algeria alla Francia, Tunisi, Tripoli e la Cirenaica all'Italia. E parlando di queste regioni aggiungeva: oggi i francesi le adocchiano e le avranno fra non molto se noi non le abbiamo. In parte la triste profezia del Mazzini si è avverata, e facciamo che non si avveri il resto della profezia anche per l'altra parte del Mediterraneo.

QUEL CHE PENSA L'ONOREVOLE GIOLITTI

Monopolio, Suffragio e banchetto di Torino.

Roma 1 settembre, ore 20,40

[...] Per quanto riguarda la RIFORMA elettorale l'On. Giolitti non ha dimostrato di voler mutare il suo piano consistente in questa serie di date: primavera 1912, presentazione della relazione; estate 1912, approvazione della legge da parte della Camera; primavera 1913 promulgazione della legge ed inizio di formazione delle nuove liste; autunno 1913, elezioni generali colla nuova legge.
L'Onorevole Giolitti non ha la stessa fretta che mostrano i socialisti; egli vuole dare al proprio ministero e all'antica maggioranza due anni di vita.

COSA DIRÀ IL PRESIDENTE DEL CONSIGLIO

Il discorso che pronuncerà (al banchetto di Torino dove non gode di grande simpatia) sarà piuttosto generico. Egli cercherà più che altro di spiegare il suo sistema politico. È noto come da alcuni mesi il leitmotiv del Presidente del Consiglio è questo: dobbiamo allargare le basi delle istituzioni; non importa che egli per allargarle abbia cominciato col dare ai partiti estremi tutto il merito della riforma elettorale indebolendo così nel paese il solo partito che alle istituzioni è veramente fedele. L'On. Giolitti non bada a queste sfumature, egli ascrive a proprio grande merito di avere portato al Quirinale quell'onorevole Bissolati che undici anni prima aveva gridato in piena Camera: Abbasso il re! Che l'On. Bissolati abbia detto alla Camera, subito dopo la visita al Quirinale, che le sorti della monarchia dipendono dal suffragio universale, come se la nostra monarchia non fosse plebiscitaria e popolare, all'On. Giolitti sembra così

irrilevante, e non considera la possibilità che la sua politica di eccessiva condiscendenza verso i socialisti conduca alla conquista del governo da parte di un blocco socialistoide.
Crede di continuare la politica piemontese di attrazione di nuovi elementi nell'orbita delle istituzioni e non vede che il tempo, i partiti, le situazioni son mutate, e né vuol vedere che il partito liberale costituzionale rischia di esser sopraffatto dal blocco dei partiti estremi.

POLITICA ESTERA

La verità è che l'On. Giolitti vuole riscattarsi da fama di incompetente e ateo, come lo ha definito l'On. Bissolati, in materia di politica interna, e nello stesso tempo comprende che una debole politica estera comprometterebbe le sorti del ministero. L'On. Di San Giuliano ha in queste ultime settimane sottoposto all'On. Giolitti questa tesi, cioè che il sistema della politica mediterranea dell'Italia quale fu tracciata nell'ultimo quindicennio (sistema formatosi specialmente con accordi fra Francia e Inghilterra) si impone al nostro paese nel caso molto probabile che l'equilibrio nel Mediterraneo venga spostato. L'On. Giolitti, contrario per temperamento personale e per ragioni parlamentari alla politica di espansione coloniale, ha tuttavia dovuto riconoscere che la tesi dell'On. San Giuliano è fondata.

Sulla carrozza che mi porta in Via dell'Orso, rileggo un articolo vecchio solo di qualche giorno. La situazione in Africa meridionale è precipitata rovinosamente. L'Italia borghese anela a una fetta di territorio africano, non volendo sfigurare davanti alle potenze europee. L'attenzione generale è rivolta alla Libia. Pur di ottenerne il dominio, si arriva a caldeggiare una guerra contro la Turchia che di quel territorio è la padrona.

Futuristi, intellettuali nazionalisti e patrioti dell'ultima ora intonano inni alla guerra, impettiti dall'italica tracotanza. Giornali come *La Stampa* e il *Corriere della Sera*, pur ammettendo gli scarsi benefici materiali che l'Italia trarrebbe da una conquista della Libia, approvano l'impresa perché «come Francia e Germania, anche l'Italia ha diritto alla sua fetta di terra in territorio coloniale». Il mondo cattolico ingaggia con entusiasmo l'idea di una guerra santa contro la mezza luna.

Più discreta la corrente che si oppone alla colonizzazione.

Intellettuali come Salvemini e alcuni giornali non proprio di sinistra come *La Voce*, sottolineano la povertà delle risorse tripoline e cirenaiche, ribadendo l'inutilità di una simile operazione. La Sinistra socialista, ufficialmente avversa all'impresa, cova all'interno focolai interventisti che caldeggiano la guerra con le motivazioni più improbabili. Fortemente criticati, Bissolati e Bonomi avrebbero finito per essere espulsi al congresso socialista del 1912 insieme ai membri della loro corrente.

Dopo aver trascorso l'estate ad affilare i coltelli, il Giolitti simula l'attesa.

Imbastire un'azione militare contro una potenza come l'impero ottomano può garantirgli l'appoggio dell'elettorato nazionalista e l'entusiasmo incondizionato delle masse che lui si appresta a gratificare col suffragio universale maschile.

Approfittando delle vacanze estive e dell'assenza degli ambasciatori stranieri nelle loro sedi, in assoluta segretezza e tempi brevissimi, il governo mette su in tutta fretta un'operazione di guerra la cui organizzazione sbrigativa rivelerà sin da principio numerose pecche. Si capirà sin da subito quale fatale errore abbia costituito il non aver potuto addestrare l'esercito per azioni militari nel deserto o il non essersi assicurati in anticipo l'appoggio della popolazione locale contro la Turchia.

A fine agosto, le macchinazioni segrete del Giolitti non sono più un mistero per nessuno.

Giunto in Via dell'Orso, scendo di corsa dalla carrozza, e nel pagare il vetturino mi dico che la giornata che mi attende non sarà delle più facili.

In redazione mi imbatto subito in Gaetano che tiene in mano una tazzina di caffè e sfoggia in viso un'intollerabile espressione di trionfo.

Gli vorrei mostrare l'articolo appena letto, ma lascio perdere. Troppa fatica.

– Finalmente sei tornato!

– Buon giorno, Gaetano!

– Il caffè è sulla scrivania di Adele. L'hanno appena portato... Hai sentito le notizie?

– Parli della Libia?

– Parlo di quelle che tu un mese fa chiamavi 'fantasie', dandomi del sognatore! Degli interessi nascosti del Giolitti... che ti dicevo? «Unico suo vero progetto: attuare una politica di riarmo». Con la D'Ambrosio, giorni fa, abbiamo riso della tua ingenuità!

È senza rendermene conto che, nel passargli accanto, gli assesto una spallata. Il caffè bollente gli si riversa addosso. Lui lancia un urlo, indietreggiando sbigottito.

Incredibilmente più leggero, mi scuso e lo aiuto a pulire alla meglio il bel completo chiaro. Mi guarda furibondo; nei suoi occhi leggo l'astio reciproco che ormai ci divide senza rimedio. Ciò nonostante, continuiamo a far finta di nulla.

– Comunque c'è Sandro che ti aspetta... Buona giornata, Giorgio.

Seguitando a passarsi una pezza sulla macchia, si allontana con in mano la tazzina vuota.

La scena di Gaetano che ride di me con la D'Ambrosio, mi provoca un intollerabile disagio.

Si sono già incontrati. Non solo. Hanno anche trovato il tempo di beffeggiarmi.

Da quando sono arrivato non l'ho mai cercata. Ho fatto una volta una passeggiata a Trastevere dalle sue parti, ma non ho avuto abbastanza coraggio per arrivare fino alla sua porta. Mi sono rassegnato nella speranza di incrociarla in redazione una volta tornato al lavoro. Uno strano pudore condiziona e governa le mie mosse. L'idea che, cercandola, la possa importunare, mi riesce insopportabile. Ed è più forte di tutto il resto. Persino del desiderio esasperato di rivederla.

La voce di Sandro travolge tutto; risuona profonda dalla fine del corridoio e io non riesco a eluderla. Avvicinandomi al suo ufficio cerco di svuotare la testa.

Il viso pallido di Bianca D'Ambrosio che ride della mediocrità delle mie ipotesi, è l'ultima cosa che mi balena davanti agli occhi un attimo prima di socchiudere la porta alle mie spalle.

– Eccomi!

– Giorgio... Carissimo! Ci sei proprio mancato...

In redazione la simpatia senza riserve andava ai riformisti della linea di Bissolati e Bonomi, e nelle ultime settimane persino al Governo, i cui favori si cercava di ingraziare in ogni modo. Al rientro dalle vacanze estive, con un'improvvisa, sorprendente decisione, Sandro aveva cambiato in modo radicale l'impostazione della testata, plaudito da uno stuolo di tirapiedi e giornalisti qualunquisti, preoccupati di perdere l'impiego. Seppi subito che la collaborazione della D'Ambrosio col nostro giornale era stata accantonata con le prime delibere del consiglio di redazione. Unica voce stridente, quella di Gaetano Galipò, che Sandro avrebbe cercato di relegare in cronaca nera.

L'idea di Boccanelli era che facendo qualche piccolo compromesso con la maggioranza del Giolitti, in parlamento, si sarebbe arrivati ad attuare l'ambizioso progetto previsto per l'autunno del 1913: il primo suffragio universale (maschile) italiano. L'attuazione di un tale disegno avrebbe a suo avviso dato il via alla crisi della monarchia, che era poi ciò che «ci auguravamo tutti». Per lui si trattava, insomma, di stringere i denti e andare di pari passo alle decisioni del Governo, di qualsiasi portata esse fossero, e questo anche quando si dovevano inghiottire bocconi amari come quello di concedere privilegi ignominiosi ai proprietari terrieri del Meridione.

Pur plaudendo al rigore logico di un tale ragionamento, io, dal canto mio, non riuscivo più a stargli dietro. La verità era che le facce smunte e orribili di quei bambini siciliani mi tormentavano financo nel più freddo guizzo di razionalità che la mia mente arrivasse a concepire.

Così, pur di non rimaner invischiato in discussioni che mi avrebbero compromesso per sempre, mi accollavo volentieri i compiti più ingrati come quello di discutere dell'amministrazione con aridi burocrati, occuparmi del personale da assumere o licenziare, o trascorrere interminabili pomeriggi in tipografia a ragionare di inezie senza capo né coda col tipografo, che della mia presenza lì da lui non riusciva a farsene una ragione.

Prendevo tempo; rimandavo con ogni pretesto il momento in cui Sandro mi avrebbe chiesto un'opinione sull'inaspettato cambiamento di rotta.

Eppure intuivo che anche lui, a modo suo, mi fuggiva.

Avevamo sempre discusso insieme ogni trasformazione editoriale, se pur minima. La decisione di chiamare a collaborare la D'Ambrosio senza consultarmi, un inaspettato precedente, aveva rappresentato i prodromi di un'inevitabile rottura. Sapevamo entrambi che un giorno avremmo dovuto parlarne, ma per il momento le cose incancrenivano in quella maniera, e né io né lui sentivamo il bisogno di affrontarle.

In estate avevo cementificato i confini fra me e il mondo: poche voci erano state in grado di raggiungermi a quelle condizioni. Per quel che mi riguardava, era come se dal ritorno da Guarcino avessi continuato a vivere nello stesso limbo.

La vita a Roma era quella di sempre, ma io ero cambiato: in segreto consunto da oscure ragioni, cercavo, come potevo, di metter su una commediola raffazzonata alla bell'e meglio per non sfigurare davanti ai miei conoscenti.

L'evidenza della *malattia* trovava conferma nella persistenza stessa del mio malessere.

Bianca D'Ambrosio mi aveva attribuito un dolore limitato dalle ragioni economiche e sociali della mia superiorità e circoscritto nel tempo. Eppure quel disagio partiva *da me*, dipendeva da me, e questo appariva ai miei occhi indubbio. Era un tipo di dolore che mi raggiungeva fin nella mia bella casa riscaldata, che mi sorprendeva davanti a un'appetitosa pietanza cucinata con cura da Celeste o nell'elegante abitazione del cavalier Vermigli.

Ero certo di non desiderare quello struggimento, ma nonostante i privilegi di cui godevo, un tenace logorio scandiva irrimediabilmente le mie giornate.

E c'era ben altro. La morte di Ida e i visini raccapriccianti dei carusi siciliani avevano finito per formulare dentro di me una turma di ingarbugliatissime considerazioni sulla vita, che mi inquinavano l'esistenza senza speranza. Non era infatti solo la società degli uomini a farmi orrore, ma la consapevolezza che durante la soddisfatta durata di un battito del mio cuore, qualcun altro s'affannava disperatamente a fare andare avanti il suo; che in ogni istante, al respiro pieno dei miei polmoni, corrispondeva l'affannoso ansimare di chi, da qualche altra parte nel mondo, pativa ciò che in quel momento a me veniva risparmiato. E questa era la vita che tutti sembravano accettare con disinvoltura. Alzatomi dal letto, nel prepararmi per andare in redazione, mi chiedevo come sarei riuscito a rassegnarmi a un tale raccapriccio.

Quale ineccepibile realtà sociale avrebbe, in fondo, potuto risparmiare ai suoi membri le iniquità e i capricci della natura?

Eppure, imperfette com'erano, le vite degli altri continuavan a scorrere: qualcosa bisognava pur farla.

Così ogni mattina, dopo aver sorbito il tè, cercavo di mettere insieme i motivi più validi per recarmi in Via dell'Orso. Ripassavo la parte prima di entrare in scena, e, una volta aperto il sipario, la ripetevo con diligenza, cercando di immedesimarmivi quanto più possibile. Spesso funzionava.

La sera, a sipario calato, mi stendevo a letto, e speravo che la notte sopraggiunta, per un qualche astruso motivo, si rifiutasse di consegnarmi al dì seguente.

Ogni giorno andava avanti in questo modo. Finché durava mi accontentavo.

Non nutrivo interesse per il domani.

Roma, sera - Si ha da Carpaccio che verso le 14 di oggi si appiccava improvvisamente il fuoco al bosco comunale denominato Eloe. Le spaventevoli fiamme alimentate dal VENTO minacciano la distruzione del bosco. Le autorità hanno chiesto l'invio di forze per spegnere l'incendio.
DURANTE LA SOSTA DEL MORBO - Si preparano energici provvedimenti per estirpare il colera. Due casi nuovi e due decessi a Bologna. Bicocchi Zita in Pettazzoni, anni 21, Rossi Ferdinando, anni 2; il piccino, non appena è stato trasportato al lazzaretto, è morto. Celso Bonaga, di anni 61, alle ore 18 fu colto da diarrea e crampi presso una siepe alla Fortuna, fuori porta Mascarella. Si recarono prima sul posto i POMPIERI che chiamarono subito l'UFFICIO DI IGIENE. Il Bonaga venne trasportato al lazzaretto.
Riassumendo abbiamo fino a oggi ventiquattro casi di contagio, oltre un sospetto e otto decessi. Quattro infermi sono in uno stato assai grave ma non si dispera salvarli.
Cattive notizie sanitarie a Bari. Si teme la superstizione della folla. Ore 23, sei casi sospetti denunciati a Monopoli. Il prefetto ha inviato colà un sanitario e del materiale profilattico. A Ostuni si deplorano parecchi casi...
Il colera a Livorno. Ore 21, sette casi accertati e tre sospetti da mezzanotte all'ora in cui vi telefono.
Vittime del colera in Galizia. Vienna, ore 21,45. Molte le vittime, si vocifera, ma il governo non ne parla per non mandare a monte le manovre di profilassi.
Roma, sera, VII Congresso Federale degli Studenti Universitari - Stamane alle 10,30 nell'Aula Magna dell'università ha avuto luogo l'inaugurazione del VII Congresso Federale Internazionale degli studenti universitari. Presente il sindaco Nathan, vari professori e un centinaio di studenti di diverse nazioni...
Roma, ore 20, stasera corre voce che il Papa abbia avuto un nuovo accesso di gotta. In Vaticano si mantiene al riguardo grande riservo.

Londra, ore 22. Tentativo di traversata a nuoto della Manica, da Dover a Calais in Francia. Il percorso è di sei chilometri e comprende una durata di ventidue ore di permanenza in acqua.
Un caso importato di colera a Firenze (una famiglia intera ricoverata in lazzaretto e una seconda sottoposta a isolamento).
Torino, 3 sera, visita del Re all'esposizione universale di Torino stamane verso le 9. Domenica.
Torino, 3, ore 23,30. Il suicidio di due innamorati con arma da fuoco. Egidio Solpi, di anni 28, e Serena Fiorentina, di anni 21, impiegata in una ditta a Biella, cugini.

Me la ritrovai all'improvviso in ufficio. Mi aspettava davanti alla scrivania stringendo in mano una serie di volantini colorati.

Mi spiegò che era stata mandata dal circolo di Largo Argentina per chiedere al nostro giornale di sottoscrivere un documento contro l'intervento militare in Africa, già firmato dal suo gruppo, dagli anarchici sindicalisti e dai giovani socialisti.

Sul momento trovai la cosa fastidiosa. Vivere in uno stato di sospensione non consentiva ad altri di avere a che fare con me direttamente; sapevo bene quanto difficile mi sarebbe stato rispondere con prontezza alle sue domande.

Mi rivolse subito la parola porgendomi la mano.

– Noi non ci conosciamo, ma ho sentito molto parlare di voi.

– Vi manda Bianca D'Ambrosio?

– ...E le altre compagne del circolo.

– È lei che vi ha parlato di me?

Chiesi con apprensione e un leggero imbarazzo.

– No. Vostra zia. ...La D'Ambrosio ha solo scritto il nome del vostro giornale sulla lista delle persone da interpellare per la sottoscrizione.

Il suo modo di parlare diretto mi conquistò immediatamente. Cercai di essere credibile nelle vesti di giornalista e dirigente.

– Che posso fare per voi?

Mi porse il volantino. Gli diedi una scorsa e glielo restituii.

– La nostra redazione non potrebbe sottoscrivere né collaborare in alcun modo alla diffusione di questo genere di documento. Questioni di relazioni diplomatiche col Governo. Mi dispiace, non vi posso aiutare.

Lo dissi con un'aridità e un distacco tali che ebbi l'impressione si aspettasse una spiegazione più articolata. Condotta con enfasi, entusiasmo e passione, ad esempio.

"Signorina, se vi fa piacere, possiamo cercarli insieme qui accanto, nel secchio della spazzatura".

Solo dopo qualche minuto si rese conto che alle mie parole non sarebbe seguito nulla.

Si alzò, e con un' espressione perplessa mi porse la mano. Si era preparata a qualcos'altro: a uno scontro, suppongo, a sostenere con violenza le sue ragioni contro le mie. E sarebbe andata in quel modo solo qualche mese prima, quando l'onta di essere me non mi spingeva a rifuggire il mondo. Che avrebbe raccontato invece agli altri? Come avrebbe descritto di essersi battuta?

Fu probabilmente quella sua aria sperduta a intenerirmi. La fermai sulla soglia. Infilandomi la giacca, le feci la proposta più incredibile che avrebbe potuto udire in quella circostanza.

– Che ne dice di spiegarmi meglio il vostro punto di vista da qualche altra parte? Magari al Caffè della Pace?

– Ma avete appena detto di non essere interessati...

– Ho detto che *la redazione* non è interessata!

Mi guardò con gli occhi sbarrati dallo stupore: credo fosse troppo confusa per rifiutare, e finì per accettare la mia bislacca proposta. Chiusi in fretta l'ufficio e diedi ad Adele disposizioni perché non mi si cercasse per il resto della giornata.

Qualche metro ancora e la mia compagna ebbe agio di spiegarmi tutte quante le sacrosante ragioni del non intervento, accennando alla posizione del suo circolo. A Piazza Navona parlavamo già d'altro. Le piaceva Edgar Allan Poe. Scoprimmo che nei pomeriggi di pioggia il nostro desiderio più grande era quello di rifugiarci sotto le coperte e leggere i racconti del terrore. Mi spiegò come la letteratura italiana stesse cambiando da dieci anni a quella parte, tenendosi al passo con l'Europa, e di come si stesse liberando dall'accademismo ottocentesco. Con soddisfazione e fierezza mi illustrò come fossero ormai lontani scrittori come Verga, Fogazzaro e Capuana dalla sensibilità del pubblico nel nuovo secolo, e di come ci si muovesse verso forme nuove di sperimentalismo, vicine in tutto a quelle mitteleuropee. Dostoevskij le piaceva pur ritenendolo un inguaribile "borghese". Arrivammo al caffè e prendemmo posto. Ordinando una limonata mi spiegò che aborriva Leone Tolstoj. Trasalii tentando di spiegarle come quella parvenza di moralismo altro non fosse che una coerente dedizione alle ragioni dei sentimenti e dei valori professati. Era desolata, ma non sarebbe mai riuscita a convincersene. "Chi scrive è depositario di una grande responsabilità morale che non consente pericolose ambiguità: di ciò gli artisti devono esserne coscienti. ...Così come lo devono essere i giornalisti."

Non seppi che rispondere. Arte e dogmi, comunque, mi sembrarono tutta la vita lontani fra loro. Addirittura incompatibili.

Fu inaspettatamente facile convincerla a passare per un bicchiere di vino dal mio "studiolo", come chiamavo la *garçonnière* che avevo preso in affitto proprio in quei giorni per starmene un po' tranquillo. Così facile che mi chiesi se non fosse stata invece lei a deciderlo.

Camminando verso Trastevere la osservavo rapito.

Mi sembrava possedesse uno strano fascino. Non usava circonlocuzioni o eufemismi per descrivere la realtà, ma la enunciava senza starsi a preoccupare di renderla *accettabile*. La verità era che in questo atteggiamento mi ricordava la D'Ambrosio al punto tale che mi domandai se quella non fosse per caso un'attitudine diffusa fra i membri del loro circolo.

Capitò che, discutendo, i nostri passi di quando in quando si incrociassero, e allora le nostre braccia si sfioravano. Lei mi sorrideva allegramente e io ricambiavo il sorriso.

Entrati nel mio studiolo chiusi la porta. Lei si guardò attorno in silenzio; per la prima volta lessi nel suo sguardo l'imbarazzo.

– È arredato con gusto. Incute un certo calore...

Disse, dopo qualche minuto, carezzando il broccato del divano.

– Grazie! L'ho arredato seguendo fin nel dettaglio le ragioni delle mie necessità.

Sorrise in maniera strana, poi girò intorno al tavolo, e prese in mano un soprammobile.

– E questo da dove viene? Cos'è?

– Scuotetelo forte e cercate di capire cosa sia!

L'oggetto tintinnò e la fece ridere. Non si era ancora tolta il copricapo di dosso e alcune ciocche di capelli le uscivano fuori dalla cuffietta. Portava una strana capigliatura. Un taglio di capelli insolitamente corto, quasi come quello di un ragazzo. Era un gesto radicale volto a rompere i canoni della moda tradizionale, così come erano stati rotti quelli della letteratura ottocentesca?

– Suvvia, cos'è?

Chiese più curiosa.

– Viene dall' India. Cercate di indovinare!

Lo osservò con maggiore attenzione; la sua faccia larga si riversò tutta su quel mistero.

– È bronzo?

– Credo.

Rise ancora, guardandomi con stupore.

– Mi arrendo!

Mi avvicinai allora per darle le dovute spiegazioni e instaurare quel contatto che entrambi cercavamo già da qualche ora.

– Sembra una campanella!

– Ci siete quasi. È un oggetto che si utilizza anche per distrarre i bambini. – Togliendoglielo dalle mani, le sfiorai finalmente le dita.

– Ma sotto è pieno di piccole punte arrotondate!

– È la parte funzionale dell'oggetto.

– Non capisco...

Fu lei ad avvicinarsi a me. Il suo volto era una strana mescolanza di spigoli e polpa. Gli zigomi alti e sporgenti, il naso magro, eccessivamente sottile, e una fronte ampia su un viso piuttosto largo e carnoso. La trovai attraente.

– È un oggetto che viene usato in India per lavare i bambini... Beh, almeno quelli che il bagno lo possono fare!

– Ma in che modo?

A dir la verità, guardandomi dal di fuori, mi trovai piuttosto patetico. Seguivo un copione? Interpretavo ogni volta quella parte trita e ritrita che ogni uomo tende a recitare a questo mondo, ripetendosi all'infinito? L'oggetto rappresentava un pretesto per intraprendere un discorso che avrebbe portato irrimediabilmente a un'unica cosa. Dopo interminabili chiacchiere fatte di inezie e una valanga di sciocchezze, si arriva a ciò che si sarebbe potuto chiedere già due istanti dopo dall'essersi conosciuti: l'accoppiamento. Quante volte avevo nascosto a me stesso lo squallore che si celava dietro quel canovaccio? Impomatarsi la cresta, rendersi attraenti, brillanti, pronti all'inchino, tutto per il sospirato rapporto sessuale. Si fingeva un falso corteggiamento, ci si interessava ai gusti dell'altra, si discuteva amabilmente, complici, ammiccanti, leggeri. Si partecipava, insomma, a particelle di vita dell'altra, giusto il tempo di scaldare la scena e non dover irrompere nella di lei vagina in modo volgare e disdicevole. Sbracciarsi con stile per estirpare con la messinscena l'unica cosa che si era desiderata sin dal primo istante.

Rabbrividii e indietreggiai bruscamente.

– La superficie puntellata si passa col sapone sul corpo del bambino. Le palline di metallo che si trovano dentro tintinnano, riuscendo a captare l'attenzione del piccolo che, concentrato sull'oggetto, si lascia lavare senza fare tante storie.

Mi guardò, inarcando le sopracciglia. La guardai anch'io. Quel silenzio produsse uno strano ronzio. Lei fissò le mie labbra, e io sentii il bisogno di strofinarmele con le dita.

– È così difficoltoso per voi in questo momento?

Non trovai neanche la forza di sorridere.

– Che ne sapete?

Alzò le spalle.

– Sì, lo è.

Fece qualche rapido passo verso di me e ci abbandonammo contemporaneamente l'uno nelle braccia dell'altro, principiando a baciarci teneramente. Io le tolsi il cappellino e lei mi sbottonò lentamente il gilè. La dolcezza che provai nel sentirmi dentro di lei mi frastornò. Non era una recita quella, ma un piacere autentico, diffuso e leggero. La vita reale si insinuava pian piano nel mio corpo per impossessarsene con delicatezza.

Nel rivestirci, una tristezza sconsolata accompagnò i miei movimenti. Lei mi si avvicinò, poggiando la testa sulla mia spalla. L'abbracciai.

– Non devi essere triste. Non ce n'è motivo. Tutto dipende da noi... solo da noi... E noi *non vogliamo* che continui...

La guardai con stupore e un certo imbarazzo.

– Lasciami finire... ti prego! Questo non significa che non sia stato bello... e importante. L'abbiamo voluto entrambi, ma non c'è nessun obbligo verso il futuro, suggellato da questo pomeriggio. Certo, è successo qualcosa e non lo si può ignorare... Ma non devi adesso svilire ciò che è successo perché non continuerà, né dirti che *deve* continuare per trovarlo profondo e intenso. È stato quello che è stato...

– Allora finirà?

Chiesi esterrefatto.

– Tu che dici? Finirà?... Come poterlo dire adesso?

Non riuscivo a capire come a tanta femminile franchezza si potesse accordare siffatta calma.

– Per il momento torno a casa mia.

L'accompagnai per un tratto di strada. Salutandola, provai un'emozione così forte che al ritorno pensai quasi di danzare attorno ai lampioni. Mi sentivo una piuma. Il cuore leggero, il mio corpo si confondeva coi suoni del Tevere e il fruscio delle foglie.

Tornai a casa col cuore gonfio di tenerezza: per la prima volta dopo settimane mi addormentai senza paventare il domani.

Gaia lodoletta

– È un vero dramma!

Maman avvolta da una frivolissima veste da camera si osserva allo specchio le gambe magre, nella spaziosa *dressing room*. Come ogni mattina ero passato da lei per salutarla prima di uscire, e, come ogni mattina, andavo di fretta.

– Che succede?

Mi guardò attonita.

– Temo di avere le varici!

– Le *varici*?

Le osservai le gambe candide dalla pelle più che uniforme.

– Non mi sembra! – Dissi riguardandole.

– Direi che sono *perfette*...

– È perché non te ne accorgi... Guarda! Guarda in *questa* zona... Proprio in questo punto...

Con apprensione si affrettò a circoscrivere con l'indice un'impercettibile alone roseo che minaccioso si contorceva attorno a una minuscola venuzza.

– Non sono varici!

– E tu come lo sai?

– Perché si vede. Non sono varici. Le varici sono vene gonfie che si aggrovigliano al di sotto dell'epidermide. Tu non hai nulla del genere.

– E tu non sei un dottore! Che ne puoi sapere... È probabile che sia un *principio* di varici... come escluderlo?

– E allora consulta il dottore!

– È quello che pensavo... Prima però passo in farmacia.

–Vai dal dottore. In farmacia puoi passare dopo. Ascolta prima di tutto che dice il dottore!

Mi guardò contrariata.

– Mmmh... Adesso ci penso... Comunque che male può fare passare in farmacia giusto per una consulenza?

– E allora passa in farmacia! Io devo andare...

Mi avvicinai a lei e le diedi un bacio sulla fronte.

– Non dimenticare stasera! Maria Stefania e Anacleto saranno a cena da noi. Sii puntuale... per una volta.

– Cercherò, *maman*... ma non ti prometto nulla!

Davanti alla porta di casa la sua voce mi raggiunse trafelata. Mi fermai e l'attesi. Arrivò di corsa, sventolando un foglietto fra le dita.

– Tesoro! Fai un favore alla tua cara mamma!

– Cosa c'è?

Replicai, irritato dal ritardo. Mi porse il foglietto che altro non era che un angolo strappato da una pagina di giornale.

«*PER LE VARICI – fascia metallica brevettata e igienica...*»

La guardai incredulo. Lei mi redarguì prima che potessi aprir bocca.

– Non ti chiedo di giudicare. Ti chiedo solo di ritirarmela in farmacia! Che ti costa?

Davanti al mio patente stupore cercò di argomentare meglio la sua bislacca richiesta.

– So per certo che con le varici non si può camminare, né aspettare a lungo in piedi... Io non posso proprio andare in farmacia!... E poi sono certa che Celeste non capirebbe cosa comprare...

– Ma tu *non-hai* le varici!

La mia reazione la contrariò.

– Oh! Insomma! Me la compri o no questa benedetta fascia metallica? Ne ho bisogno...

Rintuzzò con un'espressione provata.

– Fosse solo a scopo preventivo!

– È una pazzia... Ma ognuno è libero di fare come crede!

Afferrai il pezzettino di giornale e oltrepassai la porta.

– A stasera.

– Alle 20.00! Mi raccomando... – Mi ripeté con una espressione di giubilo dipinta negli occhi.

Polemiche e dibattiti diplomatici sulla questione di Tripoli...
Il valore agricolo della Cirenaica...
La terra promessa...
Verso la questione della soluzione Tripolina? - I preparativi per un'azione militare...
Il colera ad Adernò - I cordoni sanitari alle porte del paese. Roma, mercoledì 13 settembre, ore 21.
Il suicidio di una damigella di «Regina di Roma» - Bianca Monti trasportata all'ospedale del Policlinico in vettura pubblica in stato disperatissimo, cessò di vivere mentre i medici le facevano le iniezioni. Si è gettata dalla finestra forse per il dispiacere col fidanzato, visto che proprio l'altro giorno era giunta all'apice della felicità. L'elezione era avvenuta al Teatro Costanzi...
Orribile accidente di caccia a Roma - Uno dei quattro cacciatori è stato ucciso da un colpo di fucile [...] Umberto Cestoni, cardiologo...
Malattie professionali: anemia fra i sedentari..

– Hai sentito che assurdità?

La porta del mio ufficio si apre e Gaetano, sconvolto, vi fa irruzione.

– Sandro mi aveva fatto capire di non voler pubblicare il resoconto del congresso socialista di Berlino... ma adesso si rifiuta di pubblicarne la singola notizia!

Si avvicina alla scrivania e mi sbatte in faccia il bollettino telegrafato da Berlino il giorno prima. Io lo leggo attentamente.

Congresso Socialista Tedesco - Contro l'avventura marocchina, Berlino, giovedì 14, sera. Dopo una veemente critica contro la politica coloniale della Francia nell'Africa del Nord, Babel parla dell'intervento tedesco in Marocco dimostrando quali enormi spese comporterebbe lo stabilimento di una sta-

```
zione tedesca ad Agadir, e solo per un palmo del
territorio marocchino...
```

Alzo gli occhi verso di lui e lo guardo senza dir nulla. Si è seduto su una sedia e con aria afflitta si passa una mano sulla fronte.

– Ti rendi conto fino a che punto Boccanelli è compromesso? Hai letto le motivazioni di Babel sul non interventismo? Non accenna neppure alla lontana al fatto che l'azione coloniale medesima è *in sé* in contrasto con le ragioni più ovvie del socialismo!

Si arresta cercando nell'aria le parole giuste per significare lo sdegno.

– ...Che essa stessa è un paradosso, una contraddizione concettuale... ecco! L'unica preoccupazione del compagno Babel è che l'operazione sia dispendiosa per la Germania! Da non credere! E come se questo non bastasse, ad aggiungere paradosso al paradosso, Boccanelli che fa? Censura una tale inezia!... a tal punto di assurdità siamo arrivati! Non si parla neanche di censurare la Luxemburg o il compagno Liebknecht... gente seria!... ma delle innocue argomentazioni di un individuo che respinge la colonizzazione con le medesime inconcludenti ragioni di certi italiani che non sono nemmeno di sinistra: la colonizzazione in Africa meridionale non è conveniente per il *nostro popolo*. Capisci? Qua si parla ancora di 'popolo'... *Popolo* come entità *nazionale*! Dell'internazionale non importa più niente a nessuno! E quello là non vuole nemmeno pubblicare una tale miseria solo perché si parla di *non-interventismo*...

E abbassando il braccio sollevato con disprezzo verso l'ufficio di Sandro, Gaetano si avvicinò alla finestra.

– E tu?

Si volta verso di me, appoggiando le mani alla cintura.

– Tu da che parte stai?

Ci siamo: tocca a me.

– Da che parte sto?

Ridomando.

– Sissignore, da che parte stai?

Rifletto per un momento.

– A che ti serve saperlo?

Sgrana gli occhi, indispettito.

– Mi sbaglio o sei il vicedirettore di questa *carcassa*?

– Sandro e io non ci rivolgiamo la parola da due settimane. Non credo di avere in questo momento più voce in capitolo di quanta ne possa avere tu o l'ultimo degli scribacchini...

– E non vuoi fare nulla? Vuoi restartene con le mani in mano?

Condividevo la sua collera e il suo senso di impotenza, ma non avevo nessuna voglia di intraprendere quella discussione.

– Io ti capisco... ribadisco però che parlare con Sandro non servirebbe a niente.

– Eppure non si può restare inerti davanti alle sue aggressioni. Io poi sono stanco di occuparmi del suicidio delle coppiette di innamorati o del colera... L'ho capito che mi mette da parte con vari pretesti!

Mi rivolge uno sguardo abbattuto.

– Ho la sensazione di aver chiuso con questa redazione.

Lo guardo solidale, ma il mio silenzio ostinato lo irrita.

– Non dici ancora nulla?... Temi di comprometterti?

Rido.

– Non mi importa nulla di compromettermi. Non capisci che io sono in disgrazia *tanto quanto* te?

– E non te ne importa?

– Ho altro a cui pensare per ora...

– *Altro*?

– Sì. Ho altri pensieri molto più importanti di quello di non essere nelle grazie di Boccanelli.

– E sarebbero?

– Preferisco non parlarne.

Il suo sguardo ricadde sulle mie mani che intanto giocherellavano con una matita.

– Una donna?

Tacqui.

– Cosa te lo fa pensare?

– Ho saputo che ti vedi con Emilia Berardi.

La disinvoltura con cui pronunciò tali parole mi stupì alquanto.

– Che ne sai tu?

– L'ho saputo da Bianca.

– È stata Emilia a parlargliene?

– No. Vi ha visti insieme qualche giorno fa.

– E cosa prova questo?

– Non prova nulla... È per questo che te lo chiedo.

– Come sta... Bianca D'Ambrosio?

– Perché lo domandi?

– Non posso?

– Certo!... Sta benone. Ci vediamo spesso.

Rise di compiaciuto imbarazzo.

– Pensa che mi è stato detto di essere il primo uomo al quale accordi *dell'importanza*! ... Non nego che ci sia un *feeling* particolare fra noi, come direbbero i britannici...

Riandai con la mente all'ultima sera a Guarcino, quando rimanemmo avvinghiati l'uno all'altra sul letto nella sua stanza: ripensai alle nostre passeggiate, alla sera con Bebé ed Enrico, e, all'improvviso, la vanagloria di quell'ometto dai denti bianchi come confetti mi divenne insopportabile. Mi alzai dalla sedia e, aprendo la porta, cercai di liquidarlo il più in fretta possibile.

– Per tornare all'altro discorso, sono della tua stessa opinione. Cercherò di fare quanto è in mio potere per ricondurre Boccanelli alla ragione, anche se mi sembra cosa del tutto improbabile. Adesso mi devi scusare...

Passare bruscamente dalle epiche imprese con la D'Ambrosio all'esser congedato in tutta fretta davanti alla porta aperta, mise alla prova i suoi nervi già scossi.

– Vedo che anche tu mi butti fuori! Bene... Ma sì, fai quel che vuoi! Illuditi di aiutarmi anche quando poi non ti interessa un fico secco della disgrazia in cui siamo piombati!

– Calma, Gaetano. Ho detto che farò il possibile.

– E sia... Adesso ti saluto, ho da fare anch'io con i miei giovani suicidi che si gettano dai ponti per amore, gli incidenti di caccia e i funerali illustri. Il bollettino del congresso di Berlino, puoi tenertelo... tanto nessuno ci scriverà sopra un articolo! Ci vediamo.

Sul finire della giornata Albertino mi consegna un pezzettino di carta *da parte del dottor Galipò*. Sotto le parole stampate, un rigo scritto con la grafia di Gaetano: 'Ecco come ci si diverte qui! Gaetano'.

Intascatolo, mi reco verso la prima carrozza che mi capita a tiro, solo dopo aver mandato un fattorino ad avvisare *maman* del mio ritardo. Emilia mi aspetta al caffè della Pace e io muoio dal desiderio di rivederla.

NAUFRAGIO - Inumano silenzio!... La *gaia lodoletta* è muta. Nessuna notizia. Rammenti Brindisi? Parto giovedì. Vivo del pensiero dominante.
Corrispondenza privata, cent.10 per parola (minimo una)

Arrivato al caffè, la trovo nella seconda stanza, intenta a leggere un libro dalla copertina scura.

– Buonasera!

Lei alza gli occhi e il suo sguardo si illumina. Nel periodo dell'innamoramento, a ritrovarsi anche solo dopo qualche ora, ci si illumina sempre.

– Ben arrivato, Giorgio! Hai trascorso una bella giornata?

– Mi sei mancata...

Lei sorride lusingata, chiude il libro, e dopo averlo riposto nella borsa, chiama con un cenno il cameriere.

– Che prendi?

– Veramente non ho molto tempo.

Il suo sorriso si spense subitamente.

– Credevo che avremmo passato la sera insieme...

– Niente mi renderebbe più felice, ma ho promesso già da tempo a mia madre di esser presente alla cena del suo compleanno.

Una piccola bugia avrebbe evitato di farla soffrire senza motivo.

– Va bene... Solo potevi avvisarmi...

– Hai ragione. Rintuzzai, avvezzo a dar ragione in tutto alle donne irritate.

– Non serve avere ragione, ed è tardi per le scuse.

– Che posso fare allora?

– Passiamo un'oretta dal tuo studiolo, e ti perdonerò!

Ammiccò con aria maliziosa. La sua proposta mi fece arrossire, eccitandomi. Pagai in tutta fretta, e nel giro di mezz'ora ci trovavamo già da me, sotto le coperte, ad amarci con passione.

Tornando verso casa non riuscivo a liberarmi da un senso inspiegabile di euforia.

Entrando nel salone scorsi il grosso cavaliere seduto accanto alla figlia. Mia madre era tutta occupata a ridere leziosamente. Non appena mi videro mi salutarono con affetto. Solo, *maman*, nell'avvicinarsi, mi sussurrò qualcosa all'orecchio.

– Un'ora e mezza di ritardo! Imperdonabile...

Stefania mi venne incontro abbracciandomi con calore. Elegante come sempre, sfoggiava una strana pettinatura guarnita di una serie di voluminose piume di struzzo. La trovai ridicola.

– Sei dovuto restare in redazione?

– Sì, cara, i soliti imprevisti... Ma appena ho potuto, sono corso da voi...

Le spiegai, appagato dal brivido di piacere che mi dava sempre mentirle. Lei sorrise, grata dell'evidente menzogna.

– Hai già mangiato? Ti ho fatto mettere da parte un piatto da Celeste.

– Grazie ma ho buttato giù un boccone in Via dell'Orso.

– In questo momento al giornale avrete da fare, immagino, ora che finalmente le cose cominciano a muoversi!

Puntando l'accento sul 'finalmente', il cavaliere mi rivolse la parola cercando come sempre lo scontro.

– So che il direttore del tuo giornale ha finito con l'avvicinarsi alle posizioni del Governo. Ottima risoluzione! Per una volta che il Governo fa qualcosa di buono...

Stefania guardò il padre con severità e questi tacque bruscamente, portando alla bocca il bicchierino di liquore.

– Giorgio caro, sei poi riuscito a passare in farmacia a prendere 'quella cosa'?

Chiese soavemente *maman*, riempiendo un altro bicchiere di brandy al cavaliere. Il mio pensiero corse subito al pacchetto dimenticato allo studiolo. La guardai desolato. L'espressione amabile le scomparve dal viso.

– L'hai *dimenticato*?

– La verità è che te l'ho presa, ma che l'ho lasciata in ufficio. L'ho dimenticata in redazione! Mi spiace, *maman*...

– Che cosa fastidiosa...

– Di che si tratta?

Domandò il cavaliere, cercando di rendersi utile nel porre rimedio al piccolo dramma domestico scoppiatogli proprio là, davanti agli occhi.

– Nulla Anacleto... Non è nulla! Giorgio avrebbe dovuto portarmi una cosa oggi dalla farmacia e l'ha dimenticata nel suo ufficio, malgrado le mie infinite raccomandazioni...

– Ma questo non è un problema! Lo possiamo accompagnare noi. Il mio *chauffeur* lo riporterà da te una volta che ci avrà depositato a casa... È semplice.

Lanciando un gridolino di approvazione, *maman* lo guardò con fremente riconoscenza. Il cavaliere dal canto suo, tutto impettito e lieto di potersi rendere utile, sorrise sminuendo la nobiltà dell'impresa.

– Davvero, mia cara, non ci costa nulla... La mia automobile è spaziosa e veloce. Non c'è motivo di far preparare i tuoi cavalli che se ne stanno già tranquilli nella stalla a ruminare biada, o, peggio, di scomodare la servitù!

Maman assentì, sempre più compenetrata dinanzi a una espressione così voluminosa di altruistico filantropismo.

Dopo qualche minuto la compagnia si sciolse e io fui costretto a farmi accompagnare in Via dell'Orso dai Vermigli. Ci volle non poca determinazione per convincere il cavaliere, ancor tutto animato dal generoso slancio, a non rimandarmi indietro l'automobile per ricondurmi a casa, ma alla fine la spuntai.

Salutai Stefania che volle a tutti costi scendere dal veicolo per abbracciarmi e attesi fremente che l'automobile sparisse dalla mia vista, per prendere al volo una carrozza e recarmi allo studiolo, non prima di esser passato in redazione per dare un'occhiata alle ultime notizie.

ULTIME NOTIZIE

Il boicottaggio italiano proclamato a Tripoli

La Turchia affretta gli armamenti

Vienna 13, ore 22

La Neue Freie Presse dice che le assicurazioni pacifiste del governo italiano non bastarono a tranquillizzare l'opinione pubblica in Turchia. A Costantinopoli si cova inquietudine e si minaccia la rottura dei rapporti diplomatici con l'Italia, la distruzione di quelli commerciali su tutto l'impero turco e l'espulsione dei cittadini italiani.

Ubi metu mortis mortem precaretur

Temer si dee di sole quelle cose
c'hanno potenza di fare altrui male;
dell'altre no, ché non son paurose.[15]

Ingollato un bicchierino di brandy, col pacco sottomano, mi apprestavo a chiudere la porta dello studiolo.

Non era ancora troppo tardi per pensare di rientrare a piedi. L'aria fresca invogliava.

Nello scendere le scale scorsi qualcuno che, al piano terra, aspettava poggiato alla ringhiera: riuscivo a intravederne la sagoma scura. Rallentai il passo. Per un attimo ebbi come la sensazione di esser stato seguito da qualche malvivente che aveva pensato di aspettare dabbasso per farmi la festa.

Giunto alla fine delle scale me la ritrovai davanti: ci mancò poco che non mi cadesse dalle mani la maglia per le varici di *maman*.

In piedi, accanto alla ringhiera, c'era Bianca D'Ambrosio.

– Buonasera!

Salutò con voce ferma e affettuosa.

– Signorina D'Ambrosio...

Mi avvicinai incerto se stringerle la mano o osare baciarla. Mi colpì subito come la leggera doratura del viso avesse lasciato il posto al consueto pallore.

Lei mi porse la mano sottile.

– ...A che debbo il piacere? Passavate per caso?

---

[15] Dante Alighieri, *Inferno*, II, 88-90.

Rise.

– A quest'ora? No, non *per caso*.

– Sapevate che abito qua? Sono in affitto solo da un paio di settimane...

– È stata Bebé a dirmelo. In verità, nonostante l'ora tarda, ero passata per farvi visita. La fatalità ha voluto che vi vedessi entrare proprio nel momento in cui arrivavo, così ho deciso di aspettarvi giù.

– Ma avrei potuto impiegare delle ore... o addirittura trascorrervi la notte!

Alzò le spalle.

– Io... Avrei voluto *tante volte*... Ma sono lieto di rivedervi!

– Se ne siete *lieto*, perché dal vostro rientro a Roma non ho saputo più nulla di voi? Mi avevate detto che sareste passato dal circolo...

Arrossii. Mi ero immaginato che cercandola avrei finito con l'infastidirla, che le sarei apparso invadente e inopportuno. Eppure nel ritrovarmela là, davanti agli occhi, sentivo quanto fatue fossero le mie motivazioni. Cercai di farle capire come non certo la mancanza di entusiasmo mi avesse impedito di cercarla. La manchevolezza faceva parte di me, delle mie insicurezze. Era la sola persona cui avrei potuto spiegare una cosa del genere senza preoccuparmi di mettere in piedi plausibili menzogne.

Lei mi ascoltò con interesse.

– Ma che facciamo ancora qua, davanti al portone? Che ne dite di salire da me per un bicchierino di brandy? Ne ho di invecchiato di lustri: ottimo!

– Ma non dovevate andare da qualche parte?

Mi domandò, indicando il pacchetto che tenevo in mano. Lo guardai anch'io.

– In verità devo solo portarlo a mia madre. L'avevo lasciato qua nel pomeriggio... È il motivo per cui son dovuto ritornare. Non fa niente, rincasando lo metterò in bella mostra nell'ingresso.

– Allora accetto l'invito.

– Seguitemi! È all'ultimo piano.

Emozionato, la condussi nel mio salottino e la feci accomodare sul bel divano porpora. Le riempii un bicchiere e glielo porsi, contento di ritrovarmela accanto.

– Che gioia mi dà l'essere qua con voi!

Lei sorrise e alzò il calice.

– E allora, al nostro incontro!

– Ma davvero siete venuta a bella posta per incontrare me?

– Davvero.

Risi un po' in imbarazzo e mi dolse che Gaetano non potesse udire...

–Volevate vedermi?

–Volevo vedervi.

Sentivo che in quella stanza non si respirava. Mi alzai ad aprire la finestra. E poi perché non raccontare tutto?

– Confesso che volevo vedervi anch'io...

Lei adagiò il bicchiere sul tavolino e mi puntò gli occhi addosso.

– Son persino arrivato sotto casa vostra nella speranza di incontrarvi ma... non ho mai osato suonare alla vostra porta...

– Che scrupolo bizzarro! Eppure a Guarcino ci si era detto di rivedersi, una volta di ritorno a Roma.

Esclamò ridendo.

– Si dicono tante cose che non si pensano...

– Credevo che quanto deciso l'ultima sera fosse ben altro che una mera formalità.

– Ma di fatti è così!... Che dire? Sono uno stupido...

– Siete uno stupido!

– Però ho chiesto di voi a Galipò.

Con mia sorpresa le lessi sul volto una smorfia di fastidio. Intuivo appena di che si trattasse, ma ero già tutto pervaso da una contentezza dissennata.

Tornai a sederle accanto, deciso ad appropriarmi di ogni sfumatura.

– C'è qualcosa che non va?

Sorrise. Cercai di celare con ogni mezzo la mia curiosità divorante.

– Se avete voglia di raccontare, io sono qui. Altrimenti si può chiacchierar d'altro...

Buttò giù due sorsi di liquore e principiò a parlare.

– Alludete a Galipò?

Annuii. Lei guardò nel vuoto davanti a sé, ed emise un sospiro profondo.

– Gaetano Galipò è una cara persona.

Principiò parlando lentamente, come a soppesare ogni parola.

– ...Un uomo sensibile e dalle qualità rare.

– E allora, cosa non va?

Mi guardò in modo strano, poi si versò dell'altro brandy, restando poggiata al tavolino di fronte.

– Vi sentite bene?

– Temo di dover andare via...

Mi alzai in piedi.

– Ho detto qualcosa che vi ha urtato? È perché vi ho chiesto di Gaetano?

Si voltò di scatto dandomi le spalle. Le corsi accanto.

– Ho detto io qualcosa di male?

Lei si girò verso di me con gli occhi leggermente torbidi.

– Perché mi domandate di Gaetano Galipò? Che ve ne preme?

Sentii il sangue pulsarmi sulle tempie.

– Ma io non volevo... Credetemi signorina D'Ambrosio, non era mia intenzione risultare indiscreto... so che non sono affari che mi riguardano, ma Gaetano è amico mio... mi pare si interessi a voi con passione... Non avevo intenzione di intromettermi...

Il suo sguardo era inquieto e una celata, impercettibile pena sembrava la struggesse.

Ebbi la sensazione che qualsiasi cosa avessi detto in quel momento non avrebbe fatto che peggiorare la situazione. Rimasi immobile davanti alla sua inspiegabile collera, incapace di intraprendere qualsivoglia iniziativa.

Poi la cosa più bislacca a questo mondo accadde con una rapidità tale che faticai a rendermi conto che fosse vera. Bianca D'Ambrosio, correndo a piccoli passi, mi venne improvvisamente incontro, e si avvinghiò letteralmente al mio collo. Sentii il suo corpo premere tutto contro il mio. Stringeva con un tale vigore che feci fatica ad attribuirle una simile forza. Stordito, lasciai che le mie braccia ricambiassero l'assurda stretta.

Rimasi imbambolato a guardarla persino quando, slacciatasi dall'abbraccio, tremante, riprese il suo bicchiere vuoto per versarsi del liquore. Corsi in suo aiuto: i suoi occhi continuavano a sfuggire ai miei. Bevve d'un fiato e finalmente mi guardò.

– Adesso devo andare.

Disse con voce strozzata.

– Lasciate almeno che vi accompagni alla carrozza!

Annuì. E fu nel poggiare il bicchiere vuoto sul tavolino che il suo sguardo cadde sulla pila di volantini di Emilia rimasti lì, obliati, sin dalla prima volta che era venuta da me.

Il suo sguardo corse subito al mio. Mi rivolse un'occhiata vacillante, incerta se dire ciò che le leggevo impresso sulla fronte.

Fui però io a parlare.

– Che dirvi?

Non volevo giustificarmi, e poi, quale indizio poteva rappresentare qualche volantino sul tavolo del mio studiolo? Eppure la verità era proprio là, chiara e inequivocabile, sbattuta su quel tavolino.

Gli occhi torbidi, lo sguardo severo, rispose freddamente.

– Non dovete spiegarmi nulla.

Annaspavo nel rovo.

– Eppure il vostro sguardo... Sento che dovrei, invece.

Mi avvicinai a lei. Non so perché lo dissi, ma fu l'unica cosa che mi balenò per la testa.

– È una storiella da nulla...

Lei mi guardò sorpresa e, come affranta, si lasciò scivolare sul divano, impallidendo. Preoccupato le sedetti accanto.

– Che vi prende? Volete che vi porti un bicchiere d'acqua?

– Sì, grazie, dell'acqua...

Corsi in cucina e tornai con in mano una caraffa piena e un bicchiere. Lo riempii e glielo porsi sollecito. Dopo qualche secondo il sangue principiò a colorarle il viso, e si riebbe.

– Mi spiace di aver reagito in questo modo... Non sono neppure in grado di spiegarvi perché, dal momento che non capireste.

– A me spiace di vedervi così e di esserne io la causa. Non me lo perdono! Quanto a Emilia...

– Vi prego! Tacete! Non voglio sapere nulla... son cose che non mi riguardano.

E nel dirlo si portò una mano alle labbra. La aiutai ad alzarsi, e in preda a una collera segreta cercai, nonostante tutto, di spiegarle l'inspiegabile relazione.

– Vi supplico di concedermi l'opportunità di chiarire cosa mi lega a Emilia. È successo tutto all'improvviso...

Senza neppure ascoltare, mi rivolse uno sguardo implorante e chiese ancora una volta di essere accompagnata alla carrozza. La accontentai, intimidito dal suo pallore.

Di carrozze in giro non ce n'erano; dovemmo camminare a lungo prima di scorgerne una davanti a un'osteria e convincere il vetturino titubante a riprendere il turno prima del previsto. Approfittai della distrazione della D'Ambrosio per rifilargli un bigliettone che gli fece cambiare tosto avviso.

La lasciai a Trastevere. Al momento del commiato non mi porse neppure la mano.

Dopo avermi augurato buona notte, spinse semplicemente il portone davanti a lei e scomparve.

Fu sotto casa che, nel dare i soldi al vetturino, mi accorsi di aver dimenticato nuovamente il pacchetto di *maman*. Pagando il doppio della corsa mi feci riaccompagnare in tutta fretta allo studiolo.

Tornai a casa che era già l'ora in cui dai forni si diffonde per la città l'inconfondibile fragranza di pane appena cotto. Mi gettai a letto e la stanchezza sballottò i miei pensieri tra strane immagini in cui il viso di Bianca si confondeva con altri visi femminili a me noti.

Mi addormentai conservando la sorprendente immagine della D'Ambrosio premuta sul mio corpo, incerto se credere che fosse accaduto per davvero.

Solo et pensoso i più deserti campi
vo mesurando a passi tardi e lenti,
et gli occhi porto per fuggire intenti
ove vestigio human l'arena stampi.

Altro schermo non trovo che mi scampi
dal manifesto accorger de le genti,
perché negli atti d'alegrezza spenti
di fuor si legge com'io dentro avvampi:

sì ch'io mi credo omai che monti et piagge
et fiumi et selve sappian di che tempre
sia la mia vita, ch'è celata altrui.

Ma pur sì aspre vie né sì selvagge
cercar non so ch'Amor non venga sempre
ragionando con meco, et io collui.[16]

Piove. Una vera e propria tempesta. Con gli occhi cisposi e la lingua impastata, fatico a levarmi dal letto.

Immagini nebulose corrono alla mia mente. È tardi. Nessuno mi ha svegliato.

– Buongiorno!

La voce sarcastica di *maman* si diffonde in ogni angolo della stanza.

– Abbiam provato a svegliarti con ogni mezzo... Non ti sei neppure accorto che ti scuotevamo come un sacco di patate! Ma a che ora sei rincasato?

---

[16] Francesco Petrarca, *Canzoniere*, XXXV.

Diedi un'occhiata alle sue gambe magre, infagottate per bene in una robusta fasciatura all'altezza dei polpacci. La raffinata vestaglia di seta ne scopriva solo una parte.

– Ma che ore sono?

– Le dieci, *mon fils*... E non puoi rimproverarmi nulla! Ho cercato in tutti i modi di farti alzare da quel letto! Chiedi a Celeste...

– Non ti accuso di niente, *maman*. ...Non vi ho neppure sentito. Mi prepareresti del tè?

– È già pronto. Celeste lo tiene sulla stufa.

Rispose, volgendo il passo verso l'uscita.

– *Je te laisse faire ta toilette*. Mi trovi in salotto. Devo assolutamente finire entro oggi di schedare la mia collezione di ventagli d'epoca. Eleonora Roccabianca mi ha simpaticamente sfidato a un confronto con la sua... lei l'ha ereditata dalla madre!... In verità son curiosa di scoprire quali pezzi le manchino. Ah!... *les femmes*! Hai visto che temporale? A dopo...

Una spossatezza mortale aggranchiva i miei arti. Per quanto mi sforzassi, non riuscivo a muovermi con naturalezza. Mi ci vollero un bagno tiepido e ben quattro tazze di tè perché riuscissi a riprendermi da quella strana fatica.

Dopo aver salutato mia madre tutta presa dai suoi ventagli, mi precipitai in Via dell'Orso.

Fu un sollievo imbattermi subito in Adele che, fresca come una rosa, mi porse con gentilezza una tazzina di caffè fumante.

– Sandro mi ha già cercato?

– Mezz'ora fa...

– Che gli avete risposto?

Continuò a ridacchiare divertita.

– Gli ho detto che vi eravate allontanato un momento.

La guardai sollevato.

– Siete un tesoro!

Soddisfatta mi porse un grosso fascicolo che fra i vari incartamenti includeva anche i giornali del mattino. Dopo averla ringraziata con calore, mi chiusi nel mio ufficio col caffè.

Dando una rapida occhiata ai principali titoli mi resi conto che la situazione al partito si aggravava, e di conseguenza anche quella nostra.

L'imminente congresso di Modena si preannunciava spinoso. La corrente dei socialisti moderati che faceva capo a Bissolati e Bonomi, insieme ad altre parti più o meno estremiste, cominciava a manifestare un interesse nei riguardi di un possibile intervento in Libia (se pur non del tutto militare) *a beneficio e profitto dei lavoratori del Meridione afflitti dalla miseria.*

Conseguenza di ciò era l'inasprimento dei conflitti interni al partito: fratelli contro fratelli, compagni contro compagni, lavoratori contro lavoratori. La guerra civile. Ognuno aveva dalla sua ottime ragioni, eppure, ancora oggi, non posso fare a meno di chiedermi come si possa auspicare una guerra colonialista e proclamarsi al tempo stesso socialista.

Ai vertici (e non) del partito le varie correnti anti-militariste (i rivoluzionari e persino i riformisti di Turati) si compattavano, facendo fronte comune contro gli interventisti del Bonomi.

Un articolo del Bissolati, nella fattispecie, suscitò grande scalpore sia a destra che a sinistra, provocando numerose reazioni.

Indirettamente anche il nostro giornale venne coinvolto nella *bagarre.* Boccanelli, guardandosi bene dal consultarmi, si insteriliva sempre più in prese di posizione controproducenti. Passava la maggior parte del suo tempo al telefono a srotolare intrigate matasse: era chiaro che non fosse più in grado di sostenere le sue controverse affermazioni davanti ai vecchi compagni, oramai dirigenti, che gli chiedevano ragione della stravagante presa di posizione. Dal canto loro gli amici di Bissolati, una volta suoi acerrimi oppositori, lungi dal proteggerlo, ne diffidavano.

Nell'ultimo periodo rideva raramente. Nell'aggirarsi per i corridoi della redazione, pareva macerarsi, schiacciato dal quel tipico senso di colpa che ogni ligio socialista nutre nell'affrancarsi dalle direttive del proprio partito.

Oggi l'articolo del Bissolati è stato variamente commentato a Montecitorio, molti rilevando che leggevasi fra le righe un intimo convincimento favorevole all'espansione, contrariata solo pro-forma alla vigilia del congresso socialista di Modena. Solo il Giornale d'Italia lungamente risponde agli articoli degli onorevoli Bissolati e Bonomi. Il gruppo socialista è oscillante fra l'amicizia col ministero e l'artifiziosa corrente del partito, contraria all'occupazione. Dice assurda la scappatoia proposta dal Bissolati di risolvere la questione tripolina con una pacifica dimostrazione navale e lo consiglia di rimanere fedele al Giolitti.

La giornata trascorse nella bufera. Pioveva fuori e ci si logorava dentro.

Fu quindi con piacere che accettai l'invito pervenutomi da Enrico d'incontrarci sul tardi al Caffè della Pace. Lì avrei ritrovato anche Emilia che mi aspettava all'uscita dal circolo.

Avevo un gran desiderio di respirare aria fresca. Me ne andai prima del previsto senza neanche avvisare Adele. Del resto sapevo che Sandro non avrebbe chiesto di me. Al mio arrivo il Patti sorseggiava un vinello rosso con in mano la copia di un giornale. Non lo vedevo da Guarcino. Gli impegni di entrambi e le nostre pene ci avevano tenuti lontani.

– Carissimo, come va?

– Giorgio! Sei in anticipo...

– Me la sono squagliata!

– Buon per te. Siedi!

Un cameriere si avvicinò e io ordinai del vino in bottiglia.

– Ti va di farmi compagnia?

– Volentieri...

Rispose, ripiegando con cura il giornale.

– Che ne pensi dell'articolo del Bissolati?

– Penso che rimarrà sulle sue posizioni fino a dar l'avallo al governo... persino sull'intervento militare!

– Ma questo è impensabile! Se lo facesse, si metterebbe contro la maggioranza del partito... e non solo!

Rintuzzò Enrico, indignato.

– Eppure temo che sia ciò che avverrà. La storia di dar uno sbocco lavorativo ai giovani disoccupati del Sud tira molti consensi. Bissolati godrà invece di un largo appoggio, vedrai... magari non all'interno del partito, ma qua e là...

L'espressione di Enrico si incollerì. Sfuggiva alla sua matematica logica come dei socialisti potessero in ogni caso sostenere le ragioni di una guerra.

– E tu non te la prendi? Persino Sandro Boccanelli caldeggia l'intervento!

Risi con amarezza e ingollai un sorso dell'ottimo San Giovese.

– Il mio direttore ha fatto il passo più lungo della gamba...

– Ma tu non sei il *vice* direttore?

Mi sforzai ancora di ridere, ma la paralisi cui mi costringeva lo sdegno degli ultimi incontri con Sandro me lo impedì.

– La mia carica è sempre più un titolo *pro forma*. Boccanelli non si prende più neppure la briga di consultarmi. ...Diciamo che ho molto tempo libero in questo momento!

– E non fai nulla per opporti? Non protesti?

Odiavo che qualcuno mi parlasse in quel modo. Sentivo come la rabbia fagocitasse, pezzetto per pezzetto, ogni centimetro delle mie interiora, ma dal mio volto non riusciva a trasparire nulla.

– C'è poco altro da aggiungere, Enrico. Boccanelli mi ha tagliato fuori. È lui a decidere. Il consiglio di redazione lo segue in tutto. A parte Gaetano Galipò, non c'è nessuno all'interno che gli si opponga.

Feci una lunga, sofferta pausa.

– L'alternativa a questa situazione sono *le dimissioni*...

Quella parola risultò sproporzionata persino a Enrico.

– ...E io non me ne sento ancora pronto...

Annuendo vigorosamente, mi espresse la sua solidarietà. Poi tuonò minaccioso, sventolando in aria il dito.

– Comunque tali socialisti rimpiangeranno di aver rinnegato le loro ragioni!

L'ingenuità di scienziati e artisti non finì mai di sorprendermi.

– Come va con mia cugina?

A quella domanda improvvisa mi guardò incerto sul cosa dire.

– Che intendi?

– L'hai più vista?

Si versò del vino nel bicchiere vuoto.

– ...Non tanto...

– Io non la vedo da Guarcino, così come la zia...

– Posso dire quasi la stessa cosa...

– Ma l'hai incontrata almeno un volta?

– Una volta.

Rispose cupo, dopo aver bevuto tutto d'un fiato il contenuto del bicchiere.

– E quindi?

– Preferirei non parlarne, se non ti dispiace...

L'aria afflitta che improvvisamente assunse, mi incuriosì.

– Cos'è accaduto?

Si ostinò a non rispondere e si versò dell'altro vino. Mi parve persino che il suo sguardo si inumidisse.

– Andiamo! Cosa è accaduto? Continua a bere e comincia a parlare.

– È finita.

Disse, infine, con voce strozzata. Poi fece una pausa e tirò un lungo sospiro prima di continuare con lentezza a raccontare.

– Qualche giorno dopo il suo ritorno da Guarcino ricevo un telegramma. Mi propone di incontrarci a casa sua. Io gongolo dalla gioia. Mi vesto per bene e corro all'appuntamento. Apre appena la porta che già capisco che non mi vuole vedere più. Non me lo dice subito. Prima beviamo insieme del tè, parliamo dei frequenti temporali a Roma, e delle stagioni che oggidì non sono più quelle di una volta.

Si ferma un attimo e prosegue senza guardarmi.

– ...Poi comincia a parlare come per caso dei genitori di Marcello e della loro irreprensibile moralità. Mi spiega che Roma non è la villa isolata e solitaria nei pressi del paesello di Guarcino... Insomma per farla breve... è per rispetto verso i suoi suoceri che è meglio che non ci si veda più. Ha l'aria afflitta, e io le credo quando mi dice che non mi dimenticherà mai... ma dopo qualche minuto mi mette alla porta senza tante cerimonie. Resto là, davanti alla porta chiusa, per qualche minuto. Spero sino all'ultimo che la apra e mi tiri dentro in lacrime... che urli finalmente quale immensa stupidaggine sia il non vedersi più, solo perché due sciocchi aristocratici storcono il naso, ma la porta non si riapre. Raccolgo così le forze per andare via, tutto compenetrato da un dolore che immagino essere in quel momento anche il suo. Nell'uscire dalla porticina di servizio di palazzo Sceberras, quasi non faccio neanche caso alla carrozza della baronessa che attende proprio di fronte all'entrata principale. Affranto, sto per voltare l'angolo, quando, uscendo dal portone tutta elegante e allegra, Bebé mi passa davanti a braccetto del duchino... Non si accorge neppure di me.

Nel ricordare l'odiosa scena, Enrico fece una sosta lunghissima, come se non trovasse più la forza per continuare.

– Che infamia! Quindi il duchino aspettava in un'altra stanza, al momento del vostro addio?

Annuì dolorosamente.

– Devo ammettere che non la credevo capace di tanto cinismo! E poi andarsene bel bella col fidanzato, quando poco prima recitava la parte dell'addolorata...

Lui mi guardò ancora più afflitto, come se l'udire dalla bocca di un altro le stesse parole che certamente mille volte si era ripetuto nella testa, non facesse che accrescerne il dramma. Poi pianse.

Tormentato dal supplizio di vedere l'amico in sì penosa condizione, mi adoperai perché si uscisse dal caffè senza dare nell'occhio. Con l'arrivo di settembre le giornate si andavano accorciando, e per strada faceva già buio. Nei pressi di via del Governo Vecchio ci fermammo in un vicoletto nascosto.

Enrico, che nel frattempo non aveva aperto bocca, si era lasciato guidare docilmente, continuando a strozzare il pianto e a emettere un suono sordo e imbarazzante.

Poi si asciugò gli occhi.

– Parto.

Disse seccamente.

– Raggiungo mio padre a Bologna. Mi darò per malato. L'università pagherà la degenza.

Mi ribellai a tale piano, interpretandolo come una disfatta.

– Ma non devi Enrico! Bebé non lo merita... Il modo in cui si è comportata ne è la prova. Lei sta bene con gente come Marcello... non sei di certo tu a dover partire!

– Non dire altro, Giorgio. La verità è che io sto male... E per quanto faccia, non riesco a uscirne. A questo punto neanche Freud mi può salvare...

Lo guardai con compassione infinita. Non era lui che meritava di soffrire. Se solo fosse successo a me... allora sì, ma Enrico non aveva mai fatto nulla di scorretto. Aveva giocato rispettando le regole, aveva aperto il suo cuore. Era ingiusto che Bebé gli riservasse un simile trattamento: ne ero indignato.

Mi salutò poi con affetto, assicurandomi che mi avrebbe scritto da casa del padre. Mi lasciò dicendo di non preoccuparmi, e che in un modo o nell'altro avrebbe risolto il problema.

Dopo aver aspettato che si fosse allontanato, tornai a malincuore al caffè che si era intanto riempito di gente. Fra i vari volti che si confondevano nella mischia, riconobbi subito quello della mia amante. Sebbene la moda avesse raggiunto in quel periodo stranezze inaudite, di ragazze con quel taglio a maschio ce n'erano davvero poche a Roma.

Le andai incontro stancamente. Lei mi riservò invece la consueta accoglienza, e non appena mi vide, sventolò in aria la mano.

– Giorgio!

Da quando avevo lasciato Enrico faticavo a concentrarmi su qualsiasi altra cosa. E poi c'era la D'Ambrosio. Anche se non volevo ammetterlo, per tutta la giornata non avevo fatto altro che pensare a lei.

Emilia si accorse subito del mio umore insolito.

– C'è qualcosa che non va?

Lì per lì mentii.

– Boccanelli mi emargina sempre più. È inevitabile: discordiamo su tutto.

Si mostrò assai comprensiva.

– Ti capisco. È per via dell'articolo di Bissolati?

– Non solo...

– Beh, di certo non avrà reso le cose facili: qua si parla di una parte del partito socialista che con ragioni pretestuose si schiera a favore della guerra!

– Quello che mi irrita è che non abbia mai avuto il coraggio di parlarmene! Assume Bianca D'Ambrosio?... Bene! Me ne avesse mai parlato prima! La congeda senza tanti complimenti? Neanche in quel caso viene da me... Cambia l'intera impostazione alla testata, decide di sostenere il governo... Fosse venuto mai a dirmi qualcosa, a domandare un consiglio! Mi chiedo che ci stia a fare io in Via dell'Orso, con sulla porta la mia bella targa da *vicedirettore*...

Eccola là la mia rabbia che si faceva infine strada per vedere la luce.

Emilia mi osservava con aria addolorata.

– Ma tu hai mai provato a parlargliene?

Scossi la testa, ma non era in quel modo che avrei voluto che mi si rispondesse.

– E allora prova! Forse lui aspetta che sia proprio tu a fare il primo passo.

– Sciocchezze! È lui il direttore. È lui che ha cambiato idea su tutto... quindi è lui che deve venire da me a spiegare...

– In un certo senso è così... ma d'altra parte a che serve che tu te ne stia in un cantuccio a macerarti senza reagire?

– A nulla! Questo lo so...

– Facciamo così, adesso paghiamo il conto e ce ne andiamo a casa tua.

La sua proposta mi sembrò talmente assurda che non ebbi la prontezza di rifiutarla con qualche scusa. Nel giro di mezz'ora eravamo già nel mio studiolo.

Entrando mi sembrò di sentire ancora il profumo di Bianca D'Ambrosio. Sul tavolino, proprio dove l'aveva posato lei, stava il bicchiere con l'impronta delle sue labbra. Emilia si diresse subito verso la finestra e l'aprì. Poi si girò verso di me, e notò i due bicchieri vuoti accanto alla bottiglia.

– Sei passato da qui prima?

– No. Son ripassato da qui ieri sera. Avevo dimenticato una cosa importante.

Mi guardò confusa. Continuò a indagare con aria sospettosa.

– E allora quel *secondo* bicchiere di chi è?

– Sei gelosa?

– Per nulla!

– Non ci sarebbe niente di male...

– E allora?... di chi è?

– È perché l'essere gelosa non si addice a una vera *comunista*?

– Smettila di dire sciocchezze!... E allora, chi ha bevuto da questo bicchiere?

– Te lo dico soltanto se ammetti di essere gelosa!

Mi lanciò uno sguardo ostile. Vinta poi dalla curiosità, mi si avvicinò fino a sfiorarmi.

Lo disse guardandosi le punte dei piedi.

– Sono... gelosa. G-e-l-o-s-a!

Sorrisi.

– Chi ha bevuto da quel bicchiere?

– Bianca D'Ambrosio.

All'udire quel nome mancò poco che svenisse.

– *Bianca*?!

– Sì, Bianca.

Risposi io, incuriosito dalla sua reazione.

– Cosa c'è di strano?

– È venuta qua, da te, ieri sera?

– Sì.

Si lasciò scivolare sul divano e continuò a guardare davanti a lei come se ricostruisse nella sua testa invisibili storie. La guardai fare per qualche minuto, finché non mi spazientii.

– Mi spieghi che succede?

Poi, come se avesse fatto ritorno da un lungo viaggio, mi rivolse un'occhiata assente.

– Tu e Bianca vi conoscete...

– Ma lei ha scritto per il mio giornale! Abbiamo lavorato insieme per mesi. Quest'estate, fra l'altro, era ospite della zia Adriana a Guarcino...

– Sì, sì... questo lo sapevo, ma non credevo che foste a tal punto intimi...

Riflettei un momento e poi lo dissi con ardore.

– Io tengo moltissimo a lei.

– *Moltissimo*?

– Sì.

– Sa di *noi due*?

Mi domandò con un fil di voce.

A quella domanda non riuscii a rispondere con prontezza.

Lei mi guardava e gli occhi sembravano arderle fra le guance in fuoco.

– Sì.

Dissi infine.

La sua espressione mutò repentinamente e alzandosi in piedi si portò le mani al viso. Mi alzai anch'io, infastidito dal melodramma.

– Vuoi spiegarmi che succede?

– Nulla... Nulla... Non succede nulla... Sono io la sciocca! Scusami... Devo aver equivocato una cosa. Ma è una storia stupida, senza importanza, mi puoi credere! Non te ne curare...

Me la avvicinai per cercare di calmarla. Ci stringemmo, e lei cominciò a baciarmi come in preda a una foga irruenta.

– Ho pensato a te tutto il giorno...

Mi sussurrò, ricoprendomi il collo di morsi.

Non avevo nessuna voglia di stare con lei, e il suo eccentrico comportamento principiava a stufarmi. La respinsi con dolcezza.

– Cosa c'è che non va?

– Nulla. Tutto...

– È perché non ti ho raccontato della storia?

– Forse.

– Ma non posso parlartene...

Si stropicciò le mani sul vestito.

– Non sarebbe giusto...

– Verso *chi* non sarebbe giusto?

Mi guardò con un'aria bastonata.

– Ti prego, non me lo fare raccontare!

– Ma cosa? Di cosa stiamo parlando?

Cominciavo a spazientirmi.

Lei si sedette con calma sul divano, invitandomi a seguirla. Infine, parlò.

– Ieri mattina ero al circolo Argentina per portare a termine un lavoro di contabilità. Dopo qualche minuto entra Bianca: aveva dimenticato una cosa in un cassetto. Proprio mentre sta per uscire, mi chiede se ho voglia di mangiare un boccone con lei. La proposta mi stupisce, perché io e lei non siamo mai state così intime.

A quel punto abbassa lo sguardo e arrossisce fin dietro al collo.

– Inoltre... non so perché, ma non ho mai parlato a nessuno della nostra storia. Così le mento... Le dico che devo incontrare mia sorella che viene a Roma per qualche giorno col marito. Lei mi augura una buona serata. Sta per andar via, quando si ferma sulla soglia, e in un modo talmente diretto da non lasciarmi il tempo di pensare, mi chiede se per caso io non abbia una storia col nipote di Adriana Sceberras, il signor Giorgio Kreifenberg. La guardo talmente sorpresa che lì per lì non mi viene di rispondere nulla... È solo dopo qualche istante che riesco a negarlo.

Mi rivolge uno sguardo dispiaciuto.

– Mi duole, Giorgio... Ma non mi aspettavo una domanda del genere... Che avrei dovuto rispondere? Noi due non siamo solite parlarci con simile franchezza... inoltre la verità è che ne ho soggezione: mi ha sempre intimorita. Non mi sarebbe mai venuto in mente di parlare di uomini con lei... Non è una che *ha delle storie*, sai. Pensa che certi maligni la chiamano «la vestale del comunismo»! Passa tutto il suo tempo a lavorare e a parlare nelle piazze... la sua vita è interamente consacrata alla militanza... ed è giusto così... è quello che facciamo tutte noi, ma lei... in lei c'è una determinazione fuori dal comune. Si dice che sia stata l'allieva prediletta della Kollontaj a Bologna! Comunque... dopo averle detto di conoscerti a pena, mi sorride. Le chiedo il perché di una simile domanda. Per nessun motivo in particolare, dice; mi spiega che le era parso di vederci insieme dalle parti di Piazza Navona e la cosa le era sembrata curiosa. Continuando a mentire, le spiego che quello era stato un caso, che ti avevo incontrato solo un paio di volte per fare sottoscrivere al tuo giornale il documento contro la guerra, come mi aveva suggerito Adriana, e mostrarti i nostri volantini. Le assicuro che sei solo un conoscente. La mia risposta la soddisfa e finalmente se ne va. Io non avrei mai immaginato che vi conosceste a tal punto! Credevo foste pressocché estranei... Oggi scopro che lei è stata qui, dopo che io me ne sono andata... Tu mi dici persino che *sa di noi*... Che parte penosa ho recitato! È difficile da far capire, ma il nostro rapporto, il rapporto fra le compagne, è basato interamente sulla sincerità e sulla fiducia...

Cercava un cenno d'intesa nel mio sguardo che invece vagava distratto. Faticai a riconcentrarmi su di lei.

– Penso che comprenderà i motivi della tua innocente menzogna... in fondo, come hai ben detto, voi non siete solite parlare delle vostre storie. Sono sicuro che sarà comprensiva.

Un po' più sollevata si abbandonò fra le mie braccia.

– Hai ragione... Mi chiedo però perché le abbia mentito a quel modo... Stringimi forte, Giorgio.

Obbedii a malincuore.

Poi si levò dal divano e mi guardò con tenerezza.

– So che sto per dire una cosa che non ha senso, ma la devo dire lo stesso; perché è la verità.

Fece una pausa, e poi continuò decisa.

– Credo di essermi *innamorata* di te.

La passione e la risolutezza con cui lo dichiarò, mi lasciarono di sasso.

Trascorso qualche istante, il suo sguardo si coprì di offeso stupore.

– Non mi aspettavo che facessi i salti di gioia... Ma neanche che te ne restassi in silenzio a guardarmi! Non è grave!... Non temere, è solo un innamoramento... *erotico*... Non credere che adesso le cose debbano cambiare fra noi...

La interruppi bruscamente.

– Emilia... non ho detto che mi dispiace. ...Al contrario, mi lusinga.

– Però non ricambi il mio... *interesse*.

Sospirai, disarmato.

– Ti trovo bella, attraente, intelligente...

– Ma finisce tutto qua...

– Ti stimo.

– Ma non sei *innamorato* di me...

Non risposi, temendo che il confermarlo avesse potuto vituperarla.

– Non fa niente, ti assicuro... Non è grave, lo ripeto.

Disse principiando a spogliarsi. La guardai con espressione interrogativa.

– Hai detto che ti piace stare con me? È quello che sto facendo... Mi preparo!

– Lascia almeno che sia io a spogliarti...

Addolcendo lo sguardo mi venne incontro. Ci amammo in silenzio e alla fine lei versò qualche lacrima sulla mia spalla.

Neanche io mi sentivo bene. I miei pensieri mi conducevano fin troppo lontano.

Nello spogliarla e cominciare i preliminari dell'amore, mi ero annoiato. Mi ero reso conto sin da subito di come non mi importasse nulla dell'andare avanti, scoprirle i seni, ricorrere a qualche strategica mossa per eccitarla... Non ne vedevo l'utilità.

Mentre mi accaldavo sul suo corpo fremente, sentivo la mancanza totale di motivazioni in quel tran tran di movimenti che da anni si ripetevano alla medesima maniera.

Abbracciarla, farla sentire l'unica, mentre le mani scivolano fra le cosce; cominciare a poco a poco, dolcemente, senza esagerare, per farla fremere. Stringerle le mani. Cercare di essere delicato nello sfiorarle la pelle, perché lei lo desideri sempre più, ed infine, spossata dal desiderio, smaniando, lo domandi persino a gran voce. Portarla a una vertigine tale di piacere da farle avere che un solo, accecante desiderio: che io entri dentro di lei. Una volta dentro, aspettare paziente. Aspettare che lei faccia il suo comodo. Lasciarla sfogare in tutti i modi e le posizioni richieste. Essere abili nell'attesa. Concentrarsi su tutto pur di farla godere fin quando ne ha voglia. Concentrarsi sui suoi seni, sui suoi occhi, sul profumo dei suoi capelli, pur di non mettere fine all'amplesso. Resistere, nel rispetto di un copione sempre più trito.

E infine la ricompensa: la gioia di quel piacere supremo, immenso. Lo sguardo di entrambi perso l'uno nell'altra, fino alla consunzione della voluttà.

In gioventù avevo perseguito tale momento quasi scientificamente, procacciandomelo dapprima in qualsiasi modo legittimo, poi, una volta più esperto, nelle maniere più *eccentriche* di cui fossi a conoscenza. L'erotismo aveva fatto così ingresso nella mia vita: goderne in tutti i modi possibili e conosciuti era stato per lustri, insieme alla politica, una delle mie cure favorite.

Eppure sentivo che il limite che separa l'ossessione dalla nausea diveniva ogni giorno più tangibile. Nello spogliare Emilia quella sera, mi era sembrato di poterlo persino toccare. Era lì con me, accanto a me, a dirigere i miei gesti svogliati.

Via la camicetta, via la gonna, via il busto e la biancheria profumata; come sempre. E poi lasciarsi trascinare dalla solita solfa.

Se il mio corpo aveva reagito ancora una volta, era stato per l'animalesca reazione a uno stimolo preciso. Stringendo Emilia che giaceva nuda sotto le lenzuola, accanto a me, mi ero chiesto che fine avrei fatto continuando di quel passo.

Dopo esserci vestiti e averla accompagnata alla carrozza, lo sguardo triste di commiato che ci scambiammo disse ciò che non eravamo riusciti ad ammettere apertamente. Nessuno dei due propose all'altro di rivedersi l'indomani al caffè della Pace. Lei pareva afflitta. La strinsi a me come una sorella. Ci salutammo muti.

Sfinito, presi una carrozza e tornai a casa.

Prima di addormentarmi rividi la D'Ambrosio avvinghiata al mio collo. Quasi quasi riuscivo a sentirla.

Per tutta la giornata quella stretta non mi aveva abbandonato un istante.

ULTIME NOTIZIE
LA PATRIA
Roma, 16 - ore 20,30
L'on. Bissolati fra il sì e il no...

Tutto 'l dì piango; et poi la notte, quando
prendon riposo i miseri mortali,
trovomi in pianto, et raddopiarsi i mali:
così spendo 'l mio tempo lagrimando.[17]

Mi sveglio presto. *Maman* dorme ancora.

In vestaglia corro dabbasso a prendere i giornali. Torno in camera mia.

Con apprensione leggo l'articolo sulle nuove dichiarazioni del Bissolati, pubblicato con gran risonanza da quasi tutti i quotidiani.

Mi soffermo sull'esaltato editoriale di Sandro. Plaude alla 'lucida e ragionevole risoluzione del Bissolati, socialista pragmatico, sulla questione tripolina'.

Trovo quell'enfasi scadente. So cosa lo strugge, e le sue parole non riescono a incantarmi.

Ripenso al numero di articoli da me scritti e mai pubblicati con pretesti inconsistenti.

È dal rientro da Guarcino che non mi è concesso di pubblicare neanche un rigo. Ogni articolo da me proposto, viene puntualmente respinto.

Ma io non gliene parlo. Anzi neppure lo cerco. Anzi, lo evito.

A volte penso che il mio silenzio valga mille volte più delle parole. Mi son giunte delle voci dal partito. Solidarietà per me

---

[17] Francesco Petrarca, *Canzoniere*, CCXVI, prima strofa.

dai vertici, a causa dell'ostruzionismo di Boccanelli, e riconoscenza per la fedeltà dimostrata al partito. Si sa che il mio silenzio è losco, sospetto. Può significare soltanto una cosa: che non sono in sintonia con le posizioni del direttore, e che questi mi impedisce di scrivere. In quei giorni sono numerose le proposte che ricevo da altri giornali. Me ne arriva persino una da un giornale di lingua italiana con sede a Zurigo.

Il mio mutismo viene preso a vessillo di una stoica coerenza morale, e a Sandro è attribuita – ingiustamente – un'ignominiosa censura.

Nessuno però conosce fino in fondo la pena che lo strugge. Nessuno sa quanto me che tutto ciò nella sua testa non è che una forma di coerenza con l'idea avuta al rientro dalle vacanze. Nessuno sa che prima che storico o giornalista, Sandro è imprenditore. Il suo obiettivo è quello di vendere un buon prodotto, non di capire. Verso giugno la tiratura languiva, così si è inventato un cambiamento. Certo, aveva sperato che la svolta avrebbe avuto più successo, ma quelli eran i rischi da correre.

La colpa mia era invece grande, perché al posto di protestare, di aiutarlo, di dargli una bella strigliata, io tacevo. Lungi dall'esser il silenzio di un martire, il mio silenzio era quello di un indolente.

Eppure che farci? Di oppormi proprio non me la sentivo. Non me ne importava abbastanza. Combattere per reclamare le mie posizioni avrebbe significato anche ritornare a scrivere, rivedere, correggere: partecipare, insomma. Come far coincidere tutto ciò con la struggente voglia di sparire alla vista di tutti?

Trascorrere il mio tempo a ragionare sul modo migliore di proporre una notizia, non aveva nulla a che fare con la mia intima pena.

Ciò nonostante, che ci fosse di mezzo proprio Sandro, che continuavo ad ammirare, e che la mia stasi, lungi dall'essere scelta fosse imposta, mi pesava.

– Ieri Maria Stefania ha chiesto di te...

Maman entra come sempre in camera mia con una tazza di tè in mano.

– Buongiorno, *maman*!

– Buongiorno...

– Ce l'hai con me?

Mi bacia sulla fronte.

– Ah! Caro... non sono io che devo avercela con te! È la tua fidanzata che non vedi da giorni a reclamare la tua presenza...

– È vero... È da un po' che non mi faccio vedere. Rispondo svogliato. Metto da parte i giornali e indosso le pantofole.

– È da tempo che non le mandi neppure un rigo. Sei sparito, Giorgio caro... Ieri sera, da Anacleto, ero così in imbarazzo! La povera Stefanella era talmente sciupata che tutti quanti gli invitati ne erano inquieti; pensa che indossava un vestito nero semplicissimo, ravvivato da un solo giro di perle... e tu sai quanto lei sia sensibile alle *nuances* della moda. Stavo per assaggiare l'ottimo champagne che i Roccabianca avevano fatto venire dalle loro campagne nell'est della Francia, che la mia Stefanella mi si avvicina affranta. Ci spostiamo nello studio del padre con un pretesto qualsiasi, e che mi fa la piccolina? Mi scoppia in lacrime. Che scena!

Mi rivolge un'occhiata risentita.

– C'è un limite a tutto, Giorgio mio!... Mi racconta di quest'estate, degli ultimi tempi, delle tue stranezze, della tua distrazione... La poveretta non pensa neppure a se stessa, la strugge un'unica, sola pena: che tu possa stare male per qualche ragione sconosciuta. Puoi immaginare il mio stupore nel vedermela così... Cerco di calmarla, di ragionare con lei... Ho notato anch'io che nell'ultimo periodo sei un po' distratto... spesso assente. Sparisci e non si sa proprio dove cercarti! Nonostante tutto non ho mai creduto che si tratti di qualcosa di grave... Io ti conosco. Ma lei... povera cara, lei si preoccupa per te...

– Infatti non è niente di grave...

– *Et voilà*! La prendo fra le mie braccia e le spiego che dopo tutto c'è la minaccia di una guerra in corso, che è normale che tu sia particolarmente occupato in questo momento. Lei obietta che in passato tu amavi dividere con lei le tue pene, i tuoi dubbi, raccontarle di piccoli episodi accaduti al lavoro, e che ora la saluti appena e non le racconti più niente...

Lo sguardo le si indurisce.

– Adesso, non è a me che spetta di dirti quello che dovresti fare... Io posso solo suggerirti di parlarle: se c'è qualcosa che non va in questo momento, glielo devi spiegare.

Non c'era severità nelle sue parole che mi toccarono dolorosamente. Non aveva voluto farmi la solita ramanzina: il suo rimprovero accorato non celava alcuna retorica.

– *Elle a besoin de savoir ce qui t'afflige*. Sono sicura che di qualsiasi cosa si tratti, capirà. È una ragazza sveglia, sensibile...

Esitò un attimo.

– Altrimenti non si sarebbe innamorata di te...

La guardai stupefatto.

– Vuoi dire che sono un *caso grave*?

– ...Sai bene che voglio dire.

– Cercherò di parlarle.

Mi guardò colma di riconoscenza.

– Grazie, *mon cœur*! *Elle ne mérite pas tout cela*... La farai contenta. È la cosa giusta da fare! Sono certa che ti aspetta a braccia aperte.

– Mi vesto.

– Ti lascio, caro.

Davanti allo specchio mi addobbo per la farsa.

"Son sicura che di qualsiasi cosa si tratti, capirà"... Anche se si trattasse di *lei*, capirebbe?

Cara, non ce la faccio più: sparisci.

Risi fra me e me.

Cara, non ne posso più: vorrei sparire io stesso.

Pronto per uscire. Buttarmi nella mischia, mescolarmi alla gente. Far finta di essere uno di loro.

– Stasera non vengo a cena. Ho deciso di passare da Stefania.

Maman mi guarda commossa.

– Intesi: non ti aspetterò.

– Non so proprio a che ora torno.

Mi prese per mano e mi accompagnò alla porta. Prima di lasciarmi uscire mi strinse forte a sé.

– Vedrai che tutto si aggiusterà. Qualsiasi cosa tu abbia, si risolverà! Nessuna pena dura all'infinito, *mon cœur*. A tutto c'è una soluzione.

Mi chiesi se non fosse lei per prima a essere in pena per me.

Ci salutammo affettuosamente.

Via dell'Orso.

Il vetturino che mi accompagnava in redazione aveva un'aria ancora assonnata. Mi disse che temeva i temporali che ultimamente si erano abbattuti sulla capitale.

Dopo avermi condotto a destinazione, intabarrato nel suo impermeabile, si limitò a farmi un cenno col capo e a partire alla svelta.

IL GIORNALE D'ITALIA CONTRO TURATI

In riferimento all'articolo di Turati su Critica Sociale.

L'Italia non deve neppure badare a Tripoli perché ne soffrirebbe la salute del Partito socialista, dice il Turati. "Ma l'on. Turati vuol dimostrare il pericolo per un partito o un pericolo per l'Italia?"

Il Giornale d'Italia afferma che la sacrosanta difesa degli interessi italiani nel Mediterraneo non impedirà l'abbandono della forma democratica, come la politica estera espansionistica non l'ha arrestato né in Francia, né in Inghilterra. [...]

Il Giornale d'Italia ricorda l'opinione dei socialisti francesi e tedeschi che nella politica coloniale trovano una garanzia di forza per il proletariato: i socialisti italiani, pure ostili ad altre imprese, riconoscano nella Tripolitania un secondo campo di lavoro per il proletariato nostro.

La disputa fra *Il Giornale d'Italia* e l'on. Turati è la notizia del giorno.

Le posizioni di Boccanelli non facilitano le cose nel nostro piccolo giornale.

Sandro cerca una scappatoia e mi permette di pubblicare un articoletto a sostegno di quello del Turati. Non me lo chiede lui direttamente; mi manda uno dei suoi giovani scagnozzi, un tale che si è fatto largo in redazione verso giugno scrivendo articoli inneggianti alla *coerenza* del Giolitti. Michele Belardinelli.

Questi entra nel mio ufficio e mi si rivolge con rispetto, come se Sandro glielo avesse chiesto espressamente.

L'articolo lo scrivo in un lampo e mi viene persino benino. Riesco a non far trapelare alcuna collera e mi limito a una razionale, lucida spiegazione delle ragioni del Turati, plaudendone le scelte, per una volta scevre da opportunismi legati alle logiche di partito. Il tirapiedi lo afferra con un ghigno irriverente. Uscendo dal mio ufficio, non si prende nemmeno la briga di salutarmi.

Dopo qualche minuto Gaetano entra trafelato. Ha appena saputo che Sandro è venuto a chiedermi l'articolo.

– Credi che cominci a ritrattare?

Mi domanda, smanioso di conoscere la verità.

– Prima di tutto ha mandato Belardinelli.

Gaetano scuote il capo.

– Credo che mettersi a cercare uno scontro aperto col Turati lo spaventi. Pubblicare il mio articolo rappresenta un modo per esprimere un minimo di apertura ed evitare lo scontro frontale.

– È quello che ho pensato anch'io!

Adesso che lo guardo meglio mi pare sciupato.

– Come va?

– Bene. ...Va bene.

– Non sembra.

– E a te come va?

Ridiamo insieme. Sento come la nostra posizione al giornale ci riavvicini.

– Ho ricevuto alcune proposte per dirigere altri quotidiani.

Mi guarda sorridendo, per una volta lontano da ogni protervia.

– È strano, anch'io...

– E perché resti allora?

– Non lo so.

Confessa, abbassando lo sguardo.

– Allora posso ammettere di non saperlo neanch'io?

Sorride.

– Forse aspettiamo entrambi che Boccanelli ritratti. Forse non restiamo che per questo: per l'attimo in cui finalmente ammetterà di avere sbagliato.

Sospirai amareggiato.

– Hai ragione...

– Lo conosciamo fin troppo bene per non pensare che non crede neppure a un quarto delle cose che scrive in questo momento.

Lo guardo con approvazione.

– Pensa che paradosso se non cambiasse più idea!

La mia ipotesi lo irrita.

Nonostante tutto sono lieto di trovarmi insieme a lui. Gaetano lo si apprezza solo nei momenti in cui non c'è tempo che per essere se stessi. I momenti che preferisco da qualche mese.

– Adesso ti lascio... Il colera a Salonicco e il Raid aereo che parte dalle due torri di Bologna e arriva alla laguna di Venezia richiedono con urgenza la mia presenza...

Mi saluta con calore.

– Tienimi al corrente se ci sono novità!

– Sicuro!

Non ho trovato il coraggio di domandargli se di recente ha visto la D'Ambrosio. Una risposta positiva avrebbe potuto uccidermi.

Decido di andarmene.

Bastone, cappello e via, verso l'uscita.

Avviso Adele. Le spiego che ripasserò solo sul tardi.

Mi guarda sorridendo, e nel salutarmi mi porge un telegramma appena arrivato.

Si tratta di *maman*.

"RICORDATI SPIEGARE A STEFANIA = CAPIRÀ =."

Intascato il telegramma, prendo al volo una carrozza.

Offro al vetturino una lauta mancia purché mi conduca il più in fretta possibile in Via Santini.

Arrivati davanti al suo palazzo, saltando da una pozzanghera all'altra, mi infilo nel portone.

Senza neanche presentarmi, chiedo al vecchio portiere di annunciarmi alla signorina D'Ambrosio. Guardandomi dall'alto in basso mi spiega che forse la signorina non è in casa. Non ne può essere certo perché è uscito un attimo a comprare le vitamine per il pittore Rossati, interno 4, che si è preso l'influenza e non è potuto andare a comprarsele da solo. Lo guardo fremendo. Alla fine si convince di mandare il ragazzo a verificare che la signorina sia in casa.

– Se è in casa dille che il signor...

Mi guarda inespressivo, nell'attesa che io dichiari la mia identità.

– Kreifenberg.

– ...Che sor *Kreifberre* la vorrebbe vedere. E sbrigati che la nonna t'aspetta per fare i compiti!

Attendo nervosamente, passeggiando avanti e indietro. Il ragazzetto torna infine giù trotterellando e guarda il vecchio con aria diligente.

– La signorina Bianca è in casa.

Poi si rivolge a me.

– La signorina vi prega d'aspettare ancora qualche minuto prima di salire su da lei.

Annuisco. Tiro fuori il telegramma di *maman*, lo strappo in piccoli pezzettini e lo butto via. Un leggero languore allo stomaco mi ricorda di non aver pranzato. Non posso farci niente. È il pensiero di quell'abbraccio cui non riesco a trovare un posto nella mia testa.

Le lancette dell'orologio arrancano infine giù per il quadrante fino al numero 6. Faccio un cenno al portiere e corro su per la scala fino al secondo piano. Ci sono due appartamenti uno di fronte all'altro, e io non ho idea di quale sia quello della D'Ambrosio.

Mentre osservo la porta davanti a me, sento schiudersi dolcemente quella alle mie spalle. Mi giro con ansia. Dalla fessura apertasi sbuca la testa rossa.

– Entrate!

Entro furtivamente e mi fermo nel cupo ingresso. Lei indossa una vestaglia scura ed è scalza. Guardandomi intorno non riesco a scorgere che scaffali dai ripiani inclinati sotto il peso dei libri. Un odore gradevolissimo si diffonde per l'appartamento; è quello della carta misto a strane essenze orientali la cui origine fatico a riconoscere.

Lei mi osserva in silenzio. La guardo anch'io.

– Non ne potevo più.

– Di cosa?

– Di non avervi davanti agli occhi.

Lei volge lo sguardo altrove, leggermente imbarazzata.

– Guardatemi, Bianca.

Mi guardò prontamente.

– Non riesco a smettere di pensare a tre giorni fa. Non riesco a pensare ad altro da quando ci siamo lasciati...

– Venite, seguitemi.

Mi condusse in una specie di salottino con un divano, una poltrona e, accanto alla grande finestra, una massiccia scrivania coperta di scartoffie, e poi libri, ovunque libri.

Nessuno di noi due si sedette.

– Vi dispiace che sia qui?

– No.

–Vi fa piacere?

Non rispose. Il suo silenzio mi mise a disagio.

– Non dovevo venire?

– Perché me lo chiedete?

– Non lo so. Non devo chiederlo?

– Se siete venuto, avrete le vostre ragioni...

–Vi disturbo?

Sospirò.

– No.

– E allora perché non siete contenta di vedermi almeno quanto lo sono io?

– Chi vi ha detto che non lo sia?

– Non lo date a vedere...

– Sono stanca...

– Che vi succede? È ancora per via della storia con Emilia?

Mi guardò negli occhi con impazienza.

– Se volete saperlo, è finita.

Non reagì a quelle parole, continuando a fissarmi senza fare il minimo commento.

Mi avvicinai al divano e mi sedetti. Lei mi seguì mantenendo una certa distanza da me.

–Volete un tè? Chiese poi a un tratto.

– Un tè?... No grazie.

– Allora lo faccio per me. Mi scusate?

E si alzò, lasciando la stanza.

Rimasi ad aspettarla nel salottino. Dopo qualche minuto tornò con un greve vassoio con sopra due tazze e una teiera bollente. La aiutai a installarlo sul tavolino davanti a noi.

– Siete sicuro di non volerne? È indiano. Me l'ha portato un amico dall'isola di Ceylon.

Scossi la testa con un sorriso.

– E che ci andava a fare il vostro amico nel Ceylon?

– È una lunga storia legata agli scritti di Marx sull'impatto della colonizzazione inglese sul sistema delle caste in India.

Rispose seria.

– Ho letto quell'articolo; l'ho trovato di un interesse estremo.

– Non sarete qua per parlarmi di Marx?

– A dire il vero non so con esattezza perché sono qua.

Continuava a osservarmi con aria stracca.

– Ma avete dormito bene stanotte?

– In verità, malissimo...

– Avete una brutta cera.

– Lo so... ho avuto da fare ieri sera e son tornata talmente tardi che non son riuscita più a prendere sonno.

– Forse è meglio che vada...

Il suo sguardo inespressivo fu la sola risposta che ricevetti.

Leggermente spazientito mi alzai, deciso a uscire da lì. Lei si limitò a seguirmi in silenzio.

– Grazie dell'accoglienza. È stato un piacere rivedervi.

Dissi, raccogliendo bastone e cappello.

Mi parve che volesse rispondere qualcosa, perché i suoi occhi mi osservavano inquieti, ma dalla bocca non le uscì neppure un suono. Soltanto, chiudendomi la porta alle spalle, sussurrò uno strozzato 'arrivederci'.

Scendendo le scale non riuscii nemmeno ad avvertire i gradini sotto i miei piedi. Non sentivo nulla, solo un sibilo prolungato che mi annebbiava la vista.

Ritrovandomi a Piazza San Cosimato fui incerto sul da fare.

Una voce lontana squarciò poi il silenzio, e uno stormo di uccelli mi volò davanti, tanto che dovetti indietreggiare per scansarli. Sentii la stessa voce cingermi da dietro e premere fra le mie scapole. Restai in attesa.

– Mi spiace!... ma sono talmente stanca! Non potete immaginare quanto... da non poterne più. E poi Emilia viene da me ieri... piange e mi racconta tutto. Non dico che sia colpa vostra... è solo che... Vi prego, non andate via...

Mi giro e finalmente la guardo negli occhi foschi. La faccia che stringo fra le mani muove a una tenerezza infinita. Le lacrime le rigano le guance bollenti e alcuni ciuffi di capelli rossi le incorniciano il viso. Trema tutta e nello stringerla a me, ne sento la magrezza.

– Bianca... Mi spiace che abbiate appreso della storia in questo modo... Dovevo raccontarvelo io stesso, dovevo spiegarvi; ma adesso venite con me che vi accompagno a casa. Mi sembra che non stiate affatto bene... È meglio che vi mettiate a letto. Ne riparleremo un'altra volta...

La temperatura si era piuttosto abbassata in quei giorni e lei non aveva indosso che la vestaglina leggera con cui mi aveva accolto. Le misi sulle spalle la mia giacca, e stretti in un saldo abbraccio ci dirigemmo verso casa.

Una volta nel suo appartamento la invitai a mettersi a letto e mi assicurai che il fuoco nella stufa riscaldasse per bene la stanza. Le preparai dell'altro tè e scesi nello scantinato a tagliare un po' di legna. Con un sorriso dolcissimo mi aveva spiegato che il vecchio portiere non sempre si ricordava di tagliarla, così a volte capitava che si dovesse provvedere da soli. Ne tagliai un bel po' perché non avesse a preoccuparsi in avvenire.

Insolitamente docile, mi lasciò fare senza opporsi a nessuna delle mie decisioni. Accettò di buon grado persino di coricarsi.

Dopo aver alimentato il fuoco perché bruciasse per bene ancora un'oretta, mi accomodai sulla poltrona accanto al suo letto, e con in sottofondo lo scoppiettio della legna che ardeva nella stufa, mi assopii anch'io.

Aprendo gli occhi mi ritrovai nella penombra. Gettando un'occhiata al letto vidi che era vuoto. Mi alzai tutto intorpidito. La casa intera era al buio, ed entrando nel salottino scorsi un'ombra accoccolata sul divano.

–Vi ringrazio per quello che avete fatto...

Mi avvicinai a lei e le sedetti accanto.

– Non lo dite neppure.

Le presi una mano e la baciai. Lei la ritirò quasi nello stesso momento.

– Adesso vado.

– Vi accompagno.

Davanti alla porta di casa ci stringemmo in un lungo, prolungato abbraccio.

– Avrei tante di quelle cose da spiegarvi, domande da porvi... Neanche questa volta...

Lei sorrise.

– Quando vi rivedrò?

– Quando vorrete. Ve l'ho detto, io mi trovo quasi sempre a Largo Argentina. Oggi non mi sentivo bene e così son rimasta a casa, ma è raro...

– Certo è che ovunque sarete, io vi troverò...

– Allora a presto.

Sussurrò, accompagnando dolcemente la porta alle mie spalle.

Si era fatto già tardi ed ero pronto a giurare che Stefania, messa in guardia da mia madre, si sarebbe fatta trovare a casa ad aspettarmi. Faticai non poco per trovare una carrozza che mi accompagnasse a palazzo Vermigli.

Arrivai in ritardo per la cena.

Consegnando bastone e cappello al vecchio maggiordomo, lo pregai di annunciarmi ai padroni, nonostante essi si trovassero già a tavola. La mia voce giunse alle orecchie di Maria Stefania che mi venne incontro tutta eccitata.

– Giorgio!

I suoi occhi tradivano un'attesa sofferta. Tutta fremente mi si avvinghiò al braccio. Dopo aver ordinato di aggiungere un terzo coperto, il cavaliere sorrise e mi invitò a unirsi a loro. Non affatto avvezzo a saltare i pasti, mangiai con grande appetito.

Dopo aver sorseggiato il digestivo, il cavaliere, che per tutta la durata della cena non aveva fatto neanche per un attimo riferimento alla guerra, mi salutò con affetto e disse che si sarebbe ritirato nel suo studiolo a fumare un sigaro. Così Stefania e io si restò da soli.

Il collo interamente cinto di perle, l'abito di seta grigia il cui taglio sfoggiava un generoso *décolleté*, se ne stava seduta di fronte a me torturando ansiosamente un elegante ventaglietto di madreperla.

– Ti è parso che in quest'ultimo periodo fossi particolarmente distratto?

Sorrise arrossendo.

– È *maman* che te ne ha parlato, lo so...

– Sì. Me ne ha parlato stamattina. Dissi seccamente.

– So quanto la cosa ti infastidisca... mi dispiace di essermi lasciata andare a quello stupido sfogo... e proprio con lei! È stato un attimo di debolezza. Non accadrà più.

E nel dirlo mi guardò diritta in faccia. Fu in quel momento che notai come i suoi occhi, se pur coperti dal belletto, fossero solcati da due occhiaie profonde.

– In effetti preferirei che la prossima volta ne parlassi direttamente con me. Mi sembrava che questo l'avessimo stabilito con chiarezza a Guarcino!

– Sì. Sì!... Lo so... È vero! Ma è stato senza pensare che ho raccontato a tua madre di alcune impressioni che avevo avute sul tuo comportamento. Oh! È davvero orribile ciò che ho fatto, non me lo perdono...

Il suo dispiacere pareva sincero e persino fin troppo accorato, e in fondo tutto ciò che desideravo era che quello strazio avesse fine il prima possibile.

– Sta bene... Non parliamone più. ...Ma mi seccherebbe parecchio se fra due settimane si ritornasse sulle ingerenze di *maman* nella nostra vita!

Stefania annuì con vigore.

– Certo amore mio, hai ragione! Se c'è qualcosa che non va fra di noi, deve restare fra di noi.

Poi mi guardò con aria afflitta, ed esitò non poco prima di pormi la domanda direttamente.

– E... Credi che ci sia qualcosa che non vada fra di noi?

La sua audacia mi stupì. La ramanzina non era bastata.

– Senti, Stefanella, sta per scoppiare una guerra! A esacerbare lo stato di cose c'è che la *guerra interna* è già scoppiata da un pezzo in redazione... e ti posso assicurare che io non combatto certo dalla parte dei vincitori... Ti riesce così difficile capirlo? Ogni giorno è una lotta continua per cercare di conservare il mio posto di lavoro!

La sua espressione si andava addolcendo man mano che parlavo, e non appena tacqui, scoppiò in un pianto dirotto che mi sbigottì. Avevo creduto di essermi rivolto a lei in maniera da allontanare ogni dubbio circa il mio interesse nei suoi riguardi, e invece eccotela lì, inspiegabilmente in lacrime. Le andai incontro alquanto irritato. Mi accovacciai di fronte a lei in attesa che dicesse qualcosa.

– Mi spiace! Mi spiace... Me ne vergogno!

– Di cosa ti spiace, Stefanella?... Ti riferisci ancora alla storia di *maman*? Non fa nulla... l'ho già dimenticata!

– Ma no... a tutto! Alle tue perplessità su di te... sul tuo amore per me! Mi sento talmente colpevole... Passo tutto il mio tempo a pensare che non ne vuoi più sapere di me e tu vivi invece un momento drammatico: che egoista!... Invece di starti vicina, di sostenerti, di cercare di capirti, cospiro contro di te, alle tue spalle... mi dispiace, credimi! Non merito la fiducia che mi accordi quando mi parli delle tue difficoltà. Non merito un simile privilegio!

Toccato dall'ingenuità delle sue parole, lasciai cadere dalla mano l'ascia che l'armava. Sedetti accanto a lei, riponendo in un cantuccio la rabbia che covavo per non trovarmi in quel momento nell'appartamento della D'Ambrosio.

Lei si gettò sconsolata fra le mie braccia.

– Povera Stefanella... Che calvario questo fidanzamento!

Un lampo istantaneo percorse tutto il suo viso, e levandosi sul busto mi rispose con foga.

– ...Ma non lo cambierei con un altro per nulla al mondo!

Non vorrei nessun altro uomo che non fossi tu... tu... Esisti solo *tu*! Piuttosto mi farei monaca...

E riprese il pianto isterico di qualche istante prima.

Disperavo che si arrivasse a una conclusione quando, preceduto da un acre olezzo di tabacco, il cavaliere fece il suo ingresso nel salotto. La presenza del padre placò lo sconforto di Stefania che si asciugò in fretta le lacrime. Questi, dal canto suo, si sedette di fronte a noi in visibile imbarazzo.

Esasperato, avvilito, scocciato, mi alzai, decidendo io per primo di sottrarre tutti noi a quell'insostenibile strazio.

– È bene che vada.

Rivolsi un'occhiata a Stefania che mi fissava come se le avessi annunciato di star per partire per le Americhe.

– Mi accompagni alla porta, tesoro?

Riavutasi tutta, con piccoli movimenti spasmodici, passò attorno al tavolino per venire a stringersi al mio braccio. Il cavaliere ci guardò in impaccio. Alzatosi anche lui, mi augurò buonanotte, rassegnato davanti a tale giovanile dissennatezza.

Prima di uscire, tentai con ogni mezzo di rasserenare Stefanella. Le promisi che da ora in poi l'avrei cercata più spesso, e che le avrei parlato con più intimità, ma lei in cambio avrebbe dovuto sforzarsi di capire il momento storico che vivevamo.

Mi guardava compenetrata dagli elevati argomenti di cui la facevo partecipe, e annuiva con entusiasmo a ogni sillaba che usciva dalla mia bocca.

Fui talmente persuasivo che io stesso finii per credere alle frottole che raccontavo.

La verità era che volevo liberarmi di quella casa, di quell'incresciosa situazione, e persino delle lagne della mia petulante fidanzata. Una volta sicura del mio amore per lei, si sarebbe di certo calmata, e io avrei avuto un paio di settimane di respiro.

Prima di andar via, riuscì a estorcermi la promessa di accompagnare lei e *maman* alla Traviata il sabato a venire. I giorni precedenti l'opera era il tempo che mi concedeva da consacrare al giornale, ma il sabato sera lei lo reclamava tutto per sé. Sorrisi davanti al piccolo ricatto che in fondo mi regalava giorni *interi* di libertà incondizionata.

Mi sentii talmente sollevato che prima di fuggir via la baciai con passione. Tutta soddisfatta, mi congedò, lanciandomi uno sguardo di intesa.

– Allora a sabato!

– A sabato, cara.

Conclusi io, eccitato all'idea di trovarmi già per le scale verso l'uscita.

Una volta chiamata la carrozza, mi dissi che non avevo nessuna voglia di discutere con *maman:* di certo mi aspettava in piedi, ansiosa di sapere se mi fossi in fine 'spiegato' o meno con Stefania. Decisi che avrei dormito nel mio studiolo, risparmiandomi così per quel giorno la penosa discussione.

Era la prima volta che vi pernottavo, e lo trovai assai gradevole.

Durante la notte feci numerosi sogni, e in ognuno di essi la D'Ambrosio mi veniva incontro serrandosi a me con foga.

SI DOMANDA IL SILENZIO SULLA QUESTIONE TRIPOLINA.
ROMA 18, ORE 20.

Continuando vari giornali con alla testa Il Messaggero a pubblicare dettagli intorno a un'imminente spedizione militare italiana in Tripolitania, con nomi di generali e ammiragli, navi, a designazione di reparti di truppe, dettagli in realtà veramente fantastici, il ministro ha inteso la necessità di una nuova smentita officiosa. Questa smentita è avvenuta in un foglietto speciale dell'Agenzia Italiana pubblicatosi stamane e perciò oggetto di commenti oggi. Si osserva generalmente che tale smentita è giustificata, anzi doverosa, perché dialogare di notizie di carattere militare, in questo momento, può creare imbarazzo per l'avvenire. Il governo turco ne ha approfittato per fare i preparativi militari in Tripoli, né l'Italia può prevenirli o impedirli, perché solo a ostilità aperte la flotta italiana potrebbe impedire uno sbarco di truppe e armi turche nella Tripolitania. [...] Sarebbe dunque opera patriottica che la stampa italiana non entrasse in certi dettagli - fra l'altro fantastici.

LA MANIFESTAZIONE NAZIONALISTA
AGGREDITA DAI SOCIALISTI.

Il contro comizio. Il popolo di Bologna deciso ad agire con tutte le forze contro la manovra del nazionalismo guerrafondaio [...] irriducibile avversione all'espansionismo militare [...] opporsi alla resurrezione del crispinismo, ricordando i lutti dell'Africa maledetta, anche con l'arma estrema dello sciopero nazionale, se la follia guerrafondaia tenterà ancora una volta di fare le sue speculazioni sulle spalle del popolo.
Nelle piazze, capannelli di socialisti schiamazzavano alle prese con agenti della forza pubblica comandati dal vice questore cav. Gaudino. I carabinieri, in numero di circa 50, erano comandati dal capitano Araldi.

VERTENZE CAVALLERESCHE

TUMULTI in sala dei Notai ieri diedero luogo a molti incidenti di carattere personale, due dei quali provocarono due vertenze che ebbero la loro soluzione ieri stesso. Due gentiluomini provvidero sollecitamente alla tutela del loro decoro, inviando la sera stessa i loro rappresentanti con ampio mandato, per chiedere soddisfazione e riparazione delle offese patite.

PROTESTE DEI NAZIONALISTI

Il consiglio direttivo del gruppo nazionalista di Bologna ci comunica: i socialisti bolognesi, calpestando ogni diritto di libertà, hanno oggi commesso un'inqualificabile violenza contro di noi che li avevamo invitati a una manifestazione, quanti potevano, a dividere il nostro pensiero. La conferenza privata si è trasformata in un comizio e i socialisti hanno invaso i nostri locali.

Rincasando, esausto, sogno di correre a letto senza dovermi soffermare a chiacchierare con *maman*.

Come a esaudire il mio desiderio, al mio arrivo, la casa sembra deserta.

Faccio qualche giro, ed entrando in camera di *maman* trasalisco nel ritrovarla avvinghiata a una della colonne che sorreggono il baldacchino del letto, mentre Celeste, ansimante, tira con vigore i due lacci del busto che pare stritolarla.

Non appena mi vede, fa cenno di allontanarmi, riuscendo a stento a emettere un soffertissimo suono.

– Chiu-di... Va-i!!

Chiusa la porta, un urlo agghiacciante scuote i miei timpani. Irrompo nella stanza.

Maman è accasciata su una poltrona e la solerte Celeste cerca di soccorrerla come può. A poco a poco si riprende, e, assunto lo sguardo fiero di sempre, mi chiede di porgerle la vestaglia. È in ritardo ed è bene che si affretti.

– Dopo avermi invitato ieri sera al *Cinematografo Centrale* per la proiezione del film gentile e patetico *Notte d'agguato*, i duchi Roccabianca hanno usata la squisita gentilezza di invitarmi una seconda volta, stasera, per *La campagna francese al Marocco*...

Mi parla indossando la vestaglia.

– Sono scene riprodotte dal vero, di grandissimo interesse e di 'immensa attualità'!

– Ma che ti succede? Perché infliggerti una simile tortura?

Le chiedo indicando il busto che a stento le consente di respirare.

– Stamattina mi son accorta di non aver granché nel guardaroba che si adatti a un ritrovo elegante e sofisticato come il *Centrale*! Mi dico che è meglio porvi rimedio e decido di uscire di buon ora. Ho letto di una grande liquidazione di boa, sciarpe e piume di struzzo... Quale occasione migliore per trovare qualche affaruccio? Mi reco di corsa in questo negozio quando, passandovi davanti, noto che all'*atelier* della Fiorani...

La guardo con aria interrogativa.

– Ma sì!... Non ricordi? La *premiata manifattura busti Annunziata Fiorani*!... Tempo fa ti chiesi di ritirarmi il catalogo *gratis a richiesta*!

– Ah!... Sì, ricordo.

– Ebbene, passo da là, e cosa ti leggo in una pubblicità per strada? "*Busti parigini marca CP à la Sirène, modelli di grande novità. Elegantissimi. Vendita esclusiva presso A. Fiorani*". Non posso credere ai miei occhi!... Non ne sapevo nulla! Così mi infilo nella *boutique* e acquisto il più sofisticato dei busti. Osserva!

Si alza con difficoltà e mi invita ad ammirarne la linea.

– Qualsiasi vestito ritrova il proprio volume su un busto del genere! Aggiunge soddisfatta.

– Insomma tutta questa sofferenza per andare a vedere un filmuncolo imperialista che fomenta gli animi di aristocratici guerrafondai...

Mi lancia uno sguardo severo.

– In altri momenti mi son trovata più incline ad apprezzare il tuo esecrabile *sense of humor*, ma oggi sono in ritardo: devo lottare per entrare in questo marchingegno di tortura. Se non hai voglia di farmi compagnia ti congedo volentieri!

– Come desideri.

Risposi, dopo tutto sollevato.

– Ah! Ho saputo che ci terrai compagnia sabato sera!

La guardai impressionato dalla rapidità dello scambio di notizie.

– Ma è la sola cosa di cui sono a conoscenza! Maria Stefania si è limitata a farmi partecipe *esclusivamente* di *questa* confidenza. Per il resto sono affari vostri... Aggiunse prontamente.

Le augurai buona visione, lieto di ritirarmi in camera mia.

Era trascorso già un giorno senza che avessi ricevuto notizie della D'Ambrosio.

Prima di andar via dall'ufficio, avevo pregato Adele di mandarle un telegramma in cui mi informavo del suo stato di salute.

L'indomani avrei di certo trovato la risposta sul mio tavolo.

Mi addormentai cullato da questa speranza.

– Ascari e Somali (dall'Eritrea) si recheranno alla mostra etnografica dell'esposizione per il cinquantesimo anniversario dell'unità nazionale. Dev'essere interessante... I duchi Roccabianca mi hanno invitato ad andare con loro nel pomeriggio.

Mi affanno ad uscire dalla nebulosa. *Maman* è seduta accanto a me, sul bordo del letto, come fa spesso.

– Leggi!... Allora leggo io: "*La partecipazione cementerà di più le tribù e le genti delle colonie africane d'Italia con la nazione sotto il cui protettorato vivono e prosperano*"... Come vedi gli italiani non sono quello spietato esercito di conquistatori che arriva in un luogo e mette tutti sull'attenti, come vorrebbero far credere i tuoi amici socialisti! C'è un certo interesse da parte della nostra cultura nei confronti di quella barbara! Un rispetto delle tradizioni, direi...

Stento a capire di cosa parli, dritta come un fuso, e tracimante italico orgoglio.

– Il tè è pronto *petit bout d'chou*. Vuoi che te lo porti a letto?

– No, grazie. Adesso mi alzo.

– Va bene. Allora ti aspetto di là.

Levandomi dal letto mi dico che manca poco più di un'ora al momento in cui avrei trovato la risposta della D'Ambrosio sul tavolo del mio ufficio. L'idea mi mette di buon umore.

Prima di uscire passo dalla camera di *maman* per salutarla.

La trovo davanti allo specchio con in mano una boccetta di sciroppo e un cucchiaio.

Sorridendo si volta verso di me, come a scusarsi.

– È lo *Sciroppo Pagliano*. Lo prendeva la bonanima della mia mamma. Esiste dal 1833!

– Stai male?

Le chiedo quasi divertito.

– Mi è tornata un po' di influenza. ...Questo è senza dubbio il rimedio più efficace!

Dice, alzando verso l'alto la boccetta ancora piena.

– Depurativo, rinfrescatore del sangue, contro i catarri dello stomaco, l'influenza, la malattia del fegato, i reumatismi...

Ero talmente di buon umore che decisi di non risponderle. La salutai sorridendo.

– Non mi aspettare per stasera...

– Ah!... Ma non so nemmeno se ci sarò stasera!

– E allora divertiti.

– Sai che Elisabetta si unirà a noi?

– Come sta?

– Benissimo! Ha l'aria molto felice, mi sembra...

Poi mi osservò attentamente.

– Il tuo amico si deve rassegnare. ...Col duchino si intendono alla perfezione!

– A domani, *maman*...

Tagliai corto.

Salutandomi distrattamente, tornò a concentrarsi sul suo sciroppo.

I fulmini dell'*Avanti!*

20 settembre.

Il mio ingresso in Via dell'Orso quel giorno fu insolito.

Non scorgendo nessuno all'entrata pensai di dirigermi verso il mio ufficio. I corridoi erano deserti. Financo la scrivania di Adele era vuota.

Incuriosito, mi recai verso l'ufficio di Boccanelli. Nell'avvicinarmi avvertii un brusio concitato.

– Ma bene! E che effetto vi fa l'essere schierati col *Corriere*, *Il Messaggero* e con tutti i giornali più conservatori e compromessi?!

La voce minacciosa di Gaetano si disperse all'improvviso per i corridoi. Il silenzio che ne seguì venne riempito da un bisbiglio sommesso.

Avanzando di poco, in una della stanze di passaggio in cui in genere si consumavano i pasti, sorpresi l'intera redazione di Via dell'Orso incollata alla parete ad ascoltare quella che si poteva definire la lite dell'anno. Alle repliche del misterioso interlocutore, Gaetano rintuzzava con voce concitata.

– *Le vostre 'argomentazioni' sono differenti? Al contrario di loro, voi desiderate 'occupare' quei territori per garantire il lavoro dei compagni siciliani, e non per precedere l'occupazione di qualche altra potenza?!...* Ah! Ora sì che mi sento meglio! Allora... come dire... proponete una guerra *corretta*... Anzi, no! Una guerra *socialista*!

Decisi di raggiungerlo. Gli occhi degli altri impiegati mi seguirono eccitati.

Eccomeli davanti dopo qualche metro. Gaetano rosso

come un pomodoro discutere con Belardinelli che se ne restava invece calmo mantenendo un tono di voce appena percettibile.

Mi avvicino e, assente Sandro, faccio per una volta prevalere l'autorità della mia carica.

– Che succede qua?

Belardinelli mi lancia un sorriso sornione.

– Galipò dà i numeri...

Gaetano gli punta addosso due occhi ciechi di collera.

– 'Do i numeri' perché dico la verità! Perché vi do del voltagabbana, del nemico del socialismo! ...Vorrei sapere quanto vi ha pagato il Giolitti per cambiare avviso sulla guerra! Rispondi infame! Quanto gli siete costati?!

Lanciando una rapida occhiata all'ufficio di Sandro, noto con stupore che il battente della porta è appena socchiuso: dalla fessura si intravede un'ombra muoversi furtivamente.

Guardo Gaetano, leggermente preoccupato. Cerco di condurlo via di là; lui si lascia quasi convincere, quando Belardinelli, pacato e, si sarebbe detto, quasi gioviale, lancia l'ennesima provocazione.

– A ogni modo i compagni siciliani sono tutti dalla nostra parte!

A quelle parole Gaetano si avventa su Belardinelli e, proprio come fanno certi uomini prima di malmenarsi (e anche i polli), si ferma a un pelo di distanza dal viso del rivale tanto che al posto di minacciarlo avrebbe potuto, volendo, anche baciarlo.

– Cosa? Ho sentito bene?!

Guarda furente nella mia direzione.

– Tu hai capito che ha detto *questo qua*?

Mi chiede, puntandogli contro il dito e costringendo il Belardinelli a fare qualche passetto indietro.

– Ma lo leggete ancora l'*AVANTI!*? Vi ricordate ancora che giornale è?

Belardinelli lo osserva in silenzio, pronto a scappar via se getta male.

– Ma che minchia dici?! 'I compagni siciliani sono tutti dalla nostra parte'? Minchiate! In Sicilia i compagni non la vogliono l'occupazione militare! Basta leggere gli ordini del giorno dei circoli del partito! I *socialisti siciliani* non la vogliono la guerra...

Belardinelli lo guarda sarcastico.

– Quando parli di 'circoli' e di 'siciliani' ti riferisci all'*unica* testimonianza del circolo di Caltanissetta citata dall'*Avanti!*? Quello in cui, parlando a nome di *tutti* i compagni siciliani, si riporta la *sola* testimonianza di uno sperduto circolo dell'entroterra?

Trascinar Gaetano via da là per evitare che la faccenda degenerasse mi costò una gran fatica fisica e un pugno tiratomi per sbaglio sulla bocca.

Belardinelli, con la camicia strappata e l'occhio tumefatto, rideva ancora quando Gaetano e io ci allontanammo.

Adele ci venne prontamente incontro con dell'acqua e uno strofinaccio bagnato. La bocca mi duoleva, ma lo stato mentale di Gaetano mi preoccupava ancor di più.

Riuscii a condurlo nel mio ufficio. Aveva un'aria pesta: osservandolo con attenzione notai che persino l'abbigliamento, in genere accurato, dava i segni di una certa trasandatezza.

Lo feci sedere su una sedia davanti alla scrivania e gli versai del whisky che tenevo in serbo per occasioni di quel genere. Con un'espressione sofferente lo trangugiò tutto d'un fiato.

– Possibile che un coglione come Belardinelli arrivi a ridurti in questo stato?!

Lui guardava davanti a sé, pensoso. Poi mi chiese di riempirgli un altro bicchiere.

– Ma che è successo? È lui che ha iniziato a provocare? Ti ha detto qualcosa stamattina?

Parlavo, ma sembrava non ascoltare nemmeno.

– Ha *un altro*...

Lì per lì non afferrai il senso di quelle parole. Mi doleva la bocca e bevvi del whisky per attutirne il fastidio. Fu solo quando scoppiò in singhiozzi che la cosa divenne perspicua.

– C'è un altro nella sua vita!

Ripetè guardandomi affranto.

Poggiando la bottiglia sulla scrivania, mi sedetti anch'io.

Per quanto mi sforzassi, non mi veniva in mente nessuna altra volta in cui avessi visto Gaetano piangere. Riandai col pensiero al Patti.

– *Chi* è nella *sua* vita? – Dissi poi senza rendermene neanche conto.

– ...Di *chi* parli?

Specificai.

Lui mi guardò e singhiozzò ancora più forte.

Gaetano amava primeggiare, e non per arroganza, ma per il solo piacere di esser apprezzato. Non cercava la competizione, piuttosto il riconoscimento; amava che la gente lo trovasse gradevole. Era per questo che passava il tempo a ingrandire, ingigantire, esagerare; aveva intuito che l'entusiasmo paga molto più che lo sconforto; farsi sorprendere in uno stato di afflizione gli avrebbe alienato l'interesse e l'ammirazione della gente. Così la sua reazione agli eventi che viveva era sempre quella di abbellirli e mistificarli. Nei suoi discorsi il 'bello' diventava 'magnifico', il 'magnifico' 'inimmaginabile', e il 'misero' 'passabile'. Persino i suoi articoli erano un concentrato di esagerazioni, ma ciò ne costituiva anche il fascino. Se non diceva granché come giornalista, era solo perché in lui lo scrittore valeva molto di più.

Il trovarmelo lì, in quello stato di prostrazione, mi diede la misura della sua sconfitta. Ne provai compassione.

– Parlo di Bianca. Biascicò.

Era perché Bianca aveva *un altro* che Gaetano Galipò, l'entusiasta, buttava giù la maschera per dichiararsi apertamente vinto.

Mi avvicinai a lui.

– È stato tutto un equivoco. Non ne vuole sapere nulla di me...

Fece una pausa sofferta per darmi il tempo di reagire con lui allo sdegno di una simile affermazione.

– Nulla.

Ripeté, principiando infine a calmarsi.

– Ieri sera l'ho persino incontrata.

A quelle parole mi prese allo stomaco la solita, fastidiosa fitta.

– In questo momento non ho pazienza. Aspetto al lavoro, aspetto che le cose cambino, aspetto che i compagni capiscano... Ieri mi dico che son quasi sei mesi che le sto dietro... a Bianca...

Parlava guardando fissamente davanti a lui.

– L'invito per la sera. Le propongo di venire con me al cinematografo. Lei accetta, come sempre; e come sempre con distacco...

– Ma non dicevi di essere l'unico uomo cui lei accordasse del credito?

– Sì, lo dicevo, ma non mi rendevo conto della realtà... Non avevo capito nulla.

Nutrivo una gran pena per ciò che provava, ma il sentirglielo dire mi diede una sensazione inaudita di sollievo.

– All'uscita dal teatro, mi sentivo come impazzire. Nessun cenno di affetto in sei mesi. Mai. Esce con me, viene con me, non respinge mai la mia corte! Mi cerca persino! Eppure tutto ciò che ottengo ogni volta è una stretta di mano a fine serata... Invece la sera del cinematografo si lascia addirittura prendere a braccetto! È il primo gesto affettuoso che mi concede da quando la conosco... sentivo il sangue ribollirmi nelle vene. La osservavo: mi sembrava che quella sera si fosse messa persino d'impegno nell'abbigliarsi. Era più bella che mai. Indossava un abito chiaro di una stoffa che si sarebbe detta addirittura elegante. Sembrava evidente che... E invece!...

– "Invece"?

Incalzai, cercando di simulare lo struggimento.

– La porto a bere un bicchiere di vino in un localino che hanno aperto alcuni compagni dalle parti del Campo de' Fiori. Non sto nella pelle. Il suo viso mi strega. Nessuna donna mi ha mai attratto tanto...

Con voce tremante fa una pausa, cercando di trattenere il pianto.

– La serata scorre senza intoppi. La discussione è amabile e io pendo dalle sue labbra come sempre. Parliamo della *querelle* interna al partito, lei mi racconta delle azioni di alcuni compagni rivoluzionari volte a sabotare l'entrata in guerra. Insomma tutto va come deve andare. Poi l'accompagno a casa. ...Sapevo di essere l'unico uomo nella sua vita. Alcune compagne del circolo avevan fatto delle allusioni all'insolito interesse della D'Ambrosio per me. Non avrei mai pensato invece...

Si alzò e passeggiò verso la finestra.

Mi alzai anch'io.

– E dunque?

Lui mi guardò amareggiato, scambiando la mia agitazione per apprensione.

– E dunque le parlo. Le dico che mai nella mia vita una donna è riuscita a incantarmi a questo modo. ...Lei invece guarda da un'altra parte senza esprimere alcuno stupore, senza contestare le mie affermazioni. ...Poi, mentre sto per lasciarmi andare, mi osserva con quegli occhi freddi... mi squarcia con lo sguardo di quei pezzi di cristallo! 'Aspettate prima di continuare, Gaetano', dice interrompendomi brutalmente. 'Vi prego di non andare oltre... non ne varrebbe la pena. Avete ricordato che è da mesi che ci frequentiamo, e in effetti è da mesi che in varie circostanze avrei voluto parlarvi'. La guardo impallidendo. 'Amo la vostra compagnia. Vi trovo generoso e sensibile; unico direi. Vi apprezzo e spero che il futuro possa arricchire la nostra amicizia... tuttavia... sento di dovervi dire di non poter ricambiare il vostro sentimento'.

Mi guarda annuendo.

– Sì. Lo dice così; senza ambagi, molto francamente, senza imbellettare le frasi. La testa mi scoppia e la passione mi rende cieco. A quelle parole non ci vedo più. 'C'è un altro nella vostra vita!' l'aggredisco senza riflettere. La sua espressione si indurisce e fa cenno di andarsene. La supplico di restare. Le prendo una mano e l'attiro a me. Mi aspetto che lotti, che si divincoli... io stesso sono pronto a lasciarla andare, ma lei non si oppone, non fa nessuna resistenza. Mi getto allora su di lei e comincio a baciarla ovunque...

Quelle parole mi annientano. Continuo ad ascoltare in una sorta di apnea.

– Non ricambia, tuttavia mi lascia fare. Le bacio le labbra e lei resta impassibile, continua a non reagire, non mi caccia via. Incredulo, l'allontano da me. Che senso può avere questo? 'E allora perché mi baciate?!', le domando con asprezza. Lei mi guarda leggermente scossa. '...Per essere certa di non mentire quando vi dico che non posso ricambiare il vostro sentimento', risponde senza esitazione. 'Avete qualcun altro?', le chiedo fuori di me. 'Me lo dovete dire! C'è qualcun altro nella vostra vita? Io non merito il vostro silenzio!'. La imploro di rispondere, le chiedo di dirmelo almeno in faccia. Nulla. Non risponde nulla. 'Io lo so che avete un altro!', grido ormai in delirio, prostrandomi ai suoi piedi. Ed è in quel momento che annuisce con un leggero movimento del viso. Mi pare che lo faccia mossa a compassione dallo stato in cui verso. 'Allora c'è davvero un altro...', ripeto incredulo. Annuisce per la seconda volta. Non me lo aspettavo, però. Non ne ho mai saputo nulla di quest'*altro*. Nessuno che la conosca ne ha *mai* saputo *nulla*. Non ci capisco più niente...

La sua voce vibra di dolore e ogni parola che pronuncia esce fuori come se gli costi una gran fatica. Rimaniamo per un attimo in silenzio.

Dentro di me spero solo che se ne vada via al più presto. Si versa invece un altro bicchiere di whisky.

– È strano. Quello che è successo poco fa con Belardinelli non arriva a scuotermi come l'idea che nella vita della D'Ambrosio ci possa essere un altro uomo.

Poi mi rivolge uno sguardo rassegnato. – Prendo atto solo adesso di quanto ne sia innamorato.

Annichilito dalla sofferenza cerco di sorridergli, ma mi pare ne venga fuori solo una smorfia sgraziata.

– Non c'è che lei nella mia testa. Non riesco a pensare più a nulla. Conclude con un sorrisetto tirato, aspro. Poi si alza e insiste per ringraziarmi di esser andato in suo soccorso.

– Nonostante gli attriti, so di poter contare su di te. Sei un vero amico, Giorgio. Dice, stringendomi la mano con foga. In virtù di quella singolare specie di egocentrismo che lo portava in particolari frangenti a restare tutto concentrato su di sé, non fece neppure caso al mio prolungato silenzio.

– Oggi parto per Bologna. Mi attende l'ultima tappa del famigerato raid aereo... Arrivo trionfale degli aviatori nel cielo bolognese. Accoglienza entusiastica della popolazione etc. etc. ...Non so se a questo punto mi pubblicheranno più un rigo, ma nel dubbio...

Gli stringo con affetto la spalla.

– Allora buon viaggio.

– Grazie. A presto.

Non mi restò che annuire e chiudergli la porta alle spalle.

Due passi verso la scrivania. Una rapidissima occhiata fra le carte. Su un piattino argentato la mia posta giornaliera.

Agguanto il plico, lo apro spinto da un'ansia struggente. Frugo fra le buste bianche, leggo rapidamente il nome dei mittenti. Mi butto sui telegrammi. Scartando tutto il resto ne faccio un mazzetto e mi siedo con calma alla scrivania, risoluto a leggere con attenzione il contenuto di ognuno di essi; ...tante volte mi sbagliassi e mi sfuggisse proprio quello della D'Ambrosio... Quattro inviti a diverse manifestazioni, la risposta di un inviato, l'invito per l'indomani a seguire il corteo per i festeggiamenti del XX settembre e due parole gentili di Maria Stefania... tutto qua.

Rileggo una seconda volta con acribia. Non si sa mai!

...Quattro inviti, la risposta di un inviato, l'invito per l'indomani a seguire il corteo per i festeggiamenti del XX settembre e due parole gentili di Maria Stefania.

Non c'è altro: è incontestabile.

Esco in fretta dall'ufficio.

– Per caso è arrivato un telegramma per me in queste ultime ore?

Adele mi guarda con aria preoccupata e scuote la testa. Poi si alza e mi viene incontro.

– Il vostro viso... Dice indicando verso la mia bocca.

Mi tocco istintivamente dove da un pezzo sento la pelle tirare, e mi accorgo della protuberanza che mi si è formata proprio sotto il labbro inferiore. Lei mi fa sedere e, intimando di non muovermi, corre a cercare del ghiaccio.

La D'Ambrosio non ha risposto al mio telegramma, come avevo sperato. La sera prima ha cacciato via Gaetano dopo averlo baciato. Ancora una volta l'immagine di lei che preme le labbra su quelle di lui mi procura un'insopportabile fitta allo stomaco.

Adele torna con del ghiaccio, lo avvolge in uno strofinaccio e me lo poggia per bene sotto il labbro.

– Che episodio increscioso! – Dice, commentando ciò che in redazione è già sulla bocca di tutti.

Io annuisco senza rispondere.

– Ho grande simpatia per il dottor Galipò, e quel Belardinelli... beh non mi va giù neanche un po'! ...Però bisogna dire che il dottor Galipò oggi se l'è proprio cercata!

– Io sono arrivato solo dopo. ...Immagino che Gaetano abbia avuto le sue ragioni per comportarsi in quel modo. Forse ci son dietro cose che noi non sappiamo...

Adele mi osserva, pentita di aver parlato con troppa franchezza.

– Certo, certo... io dicevo così per dire... Non volevo giudicare nessuno, esprimevo soltanto delle impressioni... – Ribatte, tornando alla scrivania.

– Grazie per il ghiaccio.

Il resto della giornata trascorse nel fermento dei preparativi per il XX settembre. Tale evento, in un contesto già di per sé incandescente, assunse agli occhi dell'italica moltitudine un significato particolare.

In tristo humor vo li occhi consumando,
e 'l cor in doglia; et son fra li animali
l'ultimo, sì che li amorosi strali
mi tengon ad ogni or di pace in bando.[18]

Al mio rientro a casa trovai *maman* intenta a provare davanti al grande specchio della sua *dressing room* tutta una serie di coccarde tricolore che si distinguevano fra loro per forma e grandezza. Lo spettacolo, in sé ridicolo, finì col distrarmi.

La D'Ambrosio non aveva risposto al mio telegramma e io non riuscivo a liberarmi dell'immagine di lei esitante di fronte alle *avances* di un uomo bello e avvenente come Gaetano, nella cui ineccepibile vita socialista non si mangiava in case riscaldate ma si trascorreva invece il tempo ad 'ascoltare' le voci.

La possibilità anche minima che una circostanza del genere si sarebbe potuta avverare, mi prostrava al punto tale, che qualsiasi altra cosa mi avesse distolto da quei pensieri, era la benvenuta; la scena di mia madre persa nel vortice di tentativi e prove interminabili per arrivare a estorcere al suo stile l'ennesimo colpo di eleganza in fatto di coccarde, riuscì a strapparmi addirittura una risata.

– Buonasera, *maman*!

– Caro! Guarda che roba! Mi disse, non riuscendo a districare un pugno di coccarde ingarbugliate fra loro. Corsi in suo aiuto e, guardandoci negli occhi, scoppiammo a ridere.

---

[18] Francesco Petrarca, *Canzoniere*, CCXVI, seconda strofa.

– Ebbene è così... non riesco a trovare pace fra tutte queste coccarde! Esclamò, canzonando se stessa.

– Me ne hanno rifilate talmente tante! È arduo stabilire cosa si adatti al completo che indosserò domani... Vedi? Giacca e gonna. Taglio squadrato. Gonna bianca con pieghe, camicia pizzo di Chantilly... Non so... Non mi sembra che la coccarda si combini bene!

– Allora non la mettere...

– Che sciocchezze, la metteranno tutte! Tu verrai al corteo?

– Soltanto per scriverne male.

– Però ci vieni...

– Non ho altra scelta.

–Vieni da solo?

– Certo.

– Maria Stefania vorrebbe venire anche lei, ma ha degli scrupoli...

– Che *scrupoli*?

– Teme di contrariarti a causa dello spirito patriottico della manifestazione. Comincia a parlare di «guerre ingiuste»... o che so io! Tutta colpa tua!

– ...Un vero e proprio dramma!

– Insomma, può venire con noi?

– Perché lo chiedi a me? È libera di fare ciò che vuole!

– Perché sei *tu* quello bizzarro che non vuole le guerre anche se si tratta di non perdere la corsa con la Francia e la Germania che si servono già da un pezzo come fossero dal salumiere!

– Ci viene anche Bebé?

– Certamente! Abbiamo appuntamento alle 14 in Piazza del Campidoglio. Marcello farà parte del corteo patriottico che si recherà a Porta Pia. Sono previsti in tutta Roma concerti e grandi manifestazioni!... Orchestrine, piazze bardate a festa e tutte illuminate! Non ti dico cosa è previsto in Via XX settembre... Una fantasia di lampadine elettriche disposte a stemmi e rosoni rappresentativi! E poi la città brulicherà di gente fino a tarda sera... Sarà molto divertente!

Eccitata come una bambina, continuava a rimirarsi allo specchio aggiustando con piccoli buffetti delle mani la gigantesca coccarda che si era appuntata in petto.

– Non so se ci vedremo domani... Ci sarà una tale confusione! Dai tu un abbraccio per me a Maria Stefania... Adesso me ne vado a letto. Sono piuttosto stanco.

– *Bonne nuit, mon cœur. Dors bien*!

Mi giro e rigiro sotto le coperte, grato alla solitudine della notte.

Fatico a prendere sonno, nonostante il frescolino autunnale procuri un gradevole torpore.

Avverto ancora il suo corpo sul mio. Immagino le sue braccia stringersi per un'altra volta attorno al mio collo. Odo la sua voce chiamare il mio nome e disperdersi nel fruscio di un battito d'ali.

Sento il corpo irrigidirsi.

Ricordo la notte a Guarcino con Bebé ed Enrico. Le candele che illuminano i nostri volti e le sue mani sul mio viso. La rivedo ancora sedersi sulle mie gambe con disinvoltura, e l'ultima sera prima della sua partenza per Roma, altera, maestosa, aprirmi la porta seminuda.

La mia mano si getta alla ricerca di un piacere assoluto e solitario che ritrovo solo nel suo volto e nell'immagine dei suoi dolci seni. Tutto principia e finisce su di essi.

Il piacere ha un nome; è quello che grido all'acme della gioia; il piacere è il nome di Bianca.

Bianca. La parola che non pronuncio mai. Bianca, la sola che amo ascoltare. Bianca, l'unica che non mi costringe alla menzogna.

Esausto, allontano il lenzuolo bagnato e mi rifugio sotto la greve coperta.

Il sonno mi raggiunge mentre le mie labbra giocano ancora col suo nome.

W Tripoli italiana

Lasso, che pur da l'un a l'altro sole,
et da l'una ombra a l'altra, ò già 'l più corso
di questa morte, che si chiama vita.[19]

IL XX SETTEMBRE E IL SUO SIGNIFICATO.

La ricorrenza è intesa a solennizzare il fatto meraviglioso della nostra unione in uno stato pienamente separato da una chiesa: lo stato laico. Stamane dal forte di Monte Mario sono stati sparati 20 colpi di cannone. Grande l'animazione fin dalle prime ore del mattino, specialmente nel rione di Porta Pia. Tutte le strade principali della città sono imbandierate a profusione. I tram e gli omnibus recano bandierine tricolore gialle e arancioni, i colori del comune.

Via Nazionale è stata pavesata con grandi stendardi recanti gli stemmi della città d'Italia. Per le strade si incontrano molti garibaldini con la camicia rossa fregiati di medaglie. Numerosi venditori ambulanti vendono bandierine e cartoline commemorative. Nei vari rioni le musiche girano suonando liete marce alternate da inni patriottici.

IL CORTEO.

Verso le 14,30 incominciarono ad arrivare in piazza del Campidoglio e lungo la via Ara Coeli, ove è indetto l'appuntamento per la formazione del grande corteo patriottico che deve recarsi a Porta Pia. Sull'alto della torre capitolina sventola il Tricolore. Dalle finestre del P.zzo Municipale pendono gli arazzi storici.

Nella piazza sono di servizio numerosi carabinie-

[19] Francesco Petrarca, *Canzoniere*, CCXVI, terza strofa.

ri, i vigili e le guardie in alta uniforme. A poco a poco arrivano le associazioni con le musiche. Sono ricreatori, scuole, società politiche, squadre ginnastiche.
Nella piazza, sotto il dardeggiare del sole non è che un suono confuso di inni e di marce, un rullio di tamburi. Lungo la magnifica scalea michelangiolesca per via Ara Coeli, sotto la statua di Marco Aurelio, sono disposte le targhe per indicare il posto assegnato ai vari gruppi partecipanti al corteo. La ressa alle 13 è addirittura enorme. Notabilità, veterani, signori, popolani, donne di tutte le classi. Curvi, scendono le scale i vecchi garibaldini col petto ricoperto di medaglie. Seguono gli studenti universitari con i vessilli di tutte le università italiane. Massoneria, anticlericali, liberi pensatori. La giunta municipale è quasi al completo, come pure vi prende parte una larga rappresentanza del consiglio provinciale.
Alle 15 precise si odono i rintocchi dello storico campanare del Campidoglio. Le bande rispondono in coro. Finalmente il corteo si muove lentamente e si snoda, ordinato e lunghissimo, giù per la scala capitolina e poi per le vie secondarie per le quali giungerà in via Nazionale. Una leggerissima brezza agita, festante al sole, pennoni e drappeggi. Alcuni studenti procedono schiamazzando e cantando inni patriottici e goliardici, sorvegliati attentamente dalla polizia.
Alle 16,30 la testa del corteo arriva sul piazzale di Porta Pia, mentre per via Nazionale e in piazza Esedra continua a svolgersi al passo l'immensa fiumana di popolo. Sopraggiunti, si dispongono nel palco delle autorità sul quale si trovano, il sindaco Nathan con la giunta, il prefetto Anarratone, il prof. Orrei, vicepresidente del consiglio provinciale con la Deputazione, il Sen. Di Sanmartino e varie altre autorità civili. Parlano prima il prof. Orrei e poi il sindaco Nathan, interrotto da frequenti ovazioni. Si termina di parlare alle 18 fra gli applausi prolungati.
Il corteo si è sciolto col massimo ordine. Nessun incidente ha turbato lo svolgersi della grandiosa manifestazione.
Notevole il fatto che nel corteo, il grido predominante in tutto il percorso è stato quello di: VIVA Tripoli ITALIANA, specialmente da parte degli studenti universitari.

```
                    LA SERATA
Stasera la città continua a solennizzare la festa
commemorativa. Le vie e le piazze sono illuminate a
giorno con una fantasmagoria di luce e di colori.
In piazza Colonna, nella piazza di Porta Pia, in
piazza Risorgimento, in piazza dell'Esedra, piazza
Vittorio Emanuele e piazza d'Armi, prestarono ser-
vizio i concerti del Comune, quelli dei reggimenti
qui di guarnigione e dei ricreatori. Nelle piazze
minori dei vari rioni, il brio non è minore: orche-
strine improvvisate di mandolini e pochi strumenti
di ottone allietano le comitive che si trattengono
nelle osterie, nei caffè, nei bar.
Nell'ultimo tratto di via XX Settembre, lungo il
viale che mena alla storica breccia, la festività
della fantasia di lampadine elettriche disposte a
stemmi, rosoni rappresentativi etc., è anche mag-
giore. I negozi principali delle città con illu-
minazioni contribuiscono a rendere più animata la
festa.
```

Al mio rientro a casa non trovai nessuno. Immaginai che *maman* avesse protratto i festeggiamenti in compagnia di Bebé e del duchino. La confusione della folla era ancora tutta nelle mie orecchie, espressa da un ronzio che non accennava a diminuire.

Dando una rapida occhiata fuori dalla finestra, scorsi nugoli di comitive camminare spedite, sventolando stancamente bandiere tricolore ormai inzaccherate.

La strada davanti casa era talmente illuminata che pareva giorno.

Sapevo che capannelli di compagni della Gioventù Socialista, anarchici, rivoluzionari e sindacalisti, cercavano di controinformare l'opinione pubblica, distribuendo qua e là per la città volantini e fanzine, e ricevendo nella maggior parte dei casi rispostacce da parte della folla narcotizzata. I giornali non ne avrebbero parlato, ma io avevo sentito di scontri violenti fra certi anarco-sindacalisti e la polizia del Giolitti. I primi avevano formato una sorta di sbarramento per impedire al corteo di transitare verso Porta Pia.

Mi chiesi dove si sarebbe potuta trovare in quel momento Bianca D'Ambrosio.

Forse a far sottoscrivere manifesti, o in strada con le sue compagne a prendersi gli insulti dei passanti, o sdraiata per terra a impedire che gente come Marcello e la sua amica Bebé passassero col corteo.

Mi venne persino in mente di andarla a cercare.

Sorseggiando un bicchiere di Chianti, riflettei sul fatto che non avevo nessuna voglia di starmene a casa.

Decisi di uscire e sopportare ancora una volta il garrito dei vecchiastri tronfi di patriottico orgoglio, le marcette canticchiate e gli sproloqui di giovani arroganti. Bisognava faticare non poco per fare astrazione e prendere le distanze da quell'entusiasmo "psicotico".

Una volta in strada, le mani in tasca e il viso coperto dalla tesa del cappello, mi diressi a tutta birra verso il Largo di Torre Argentina. Trovare una carrozza sarebbe stata una vera impresa, e i tram traboccavano di gente al punto tale che c'era chi, durante il tragitto, sostava in bilico all'entrata della carrozza. Andare a piedi restava la sola alternativa.

Arrivai comunque a Largo Argentina.

Mi accorsi subito che tutte le finestre del circolo erano al buio. Non ricevendone risposta me ne tornai verso lo studiolo, risoluto, per quel giorno, a non metter più piede a casa mia.

Una volta arrivato mi gettai sul divano e mi versai del brandy. Nella solitudine dei miei pensieri scovai infine un po' di pace.

La mia vita infranta trovava in tali momenti una sua unità. E poi amavo potermi concentrare tutto sul nome di Bianca senza esserne interrotto. Negli ultimi giorni, in redazione, o a casa con *maman*, una cosa tanto semplice era divenuta quasi un'impresa. L'assordante interferenza di chi mi circondava, finiva con lo strapparmi a forza da quelle amate lettere. Invece, là, nel mio studiolo, ero libero di gingillarmi in santa pace con l'immagine di lei.

Mi addormentai sul divano, vestito, in uno stato che si potrebbe definire di ubriachezza.

L'indomani faticai non poco a levarmi per correre in redazione.

Due socialismi si dondolavano...

– Hai letto l'articolo di De Felice Giuffrida sul *Corriere d'Italia*?

– Gaetano! Ben tornato!... Com'è andata a Bologna?

– Parliamo di cose più importanti, ti prego...

Come sempre mi si siede di fronte senza neppure salutare. Stringe in mano un articolo di giornale e ha l'aria alquanto depressa.

– Se l'ho letto?... Sì, l'ho letto.

– Che ne pensi?

– Che non si può scartare con superficialità l'idea dei '*due socialismi*'... – Ripresi il giornale che stavo leggendo un attimo prima che entrasse. – Federico De Maria ha scritto sul *Carlino* parole toccanti. Penso sia troppo facile dargli del guerrafondaio. '*I lavoratori del Mezzogiorno non cercano un maggior salario come i lavoratori della alta e media Italia, ma un salario qualsiasi*'. '*Lo zolfo americano ha tolto alla Sicilia il primato di distribuzione nel mondo sicché più di 25000 famiglie di zolfatari siciliani sono oggi condannate a un lavoro omicida in profondità asfissianti guadagnando da una a due lire al giorno... Ebbene si è scoperto che la Tripolitania è ricca di zolfo...*' Eccetera, eccetera. Va avanti così per intere colonne. Ammetto che ha toccato il tasto giusto; adesso anche il partito dovrà risponderne concretamente e mettere da parte la teoria.

– Già... l'eterno vizio della sinistra: elucubrare sulla dottrina e dimenticare le necessità reali.

– Ma come mai sei rientrato così presto?

I suoi occhi celavano un dolore rabbioso. L'aspetto sciatto ne confermava lo struggimento.

– Oggi mi ha convocato Sandro...

Mi guardò con tristezza.

– L'episodio dell'altro ieri non gli è andato giù.

– Quindi?

– È *spiacente*, ma *pare sian venuti a mancare i presupposti di fiducia reciproca che contraddistinguevano il nostro rapporto*... etc. etc.

– Ti ha licenziato?

– Ha chiesto di *dimettermi* a fine mese. – Ammise.

– Ma ti dirò che è meglio così!

Un senso di furiosa irritazione mi pervase, e ancora una volta mi parve di recitare, in quella storia, il ruolo della marionetta.

– Neanche questa volta mi ha avvisato!

Gaetano sorrise.

– E perché avrebbe dovuto? Non vi parlate nemmeno più!

– Questo è vero, ma arrivare a liquidarti così, senza dirmi una parola...

– E allora va' da lui! Opponiti!

– Credo che a questo punto sia inevitabile.

– Bene! Che le mie dimisssioni servano almeno a qualcosa!

– Però mi dispiace, Gaetano.

– Beh... dispiace anche a me, ma alla fine è andata come doveva andare. Inoltre ho già accettato un'interessante proposta dell'*Avanti!*... e poi sono stufo e arcistufo di occuparmi di cronaca! Almeno in questo modo tornerò a esprimere le mie idee.

– Così rimani fino a fine mese...

– Questo è l'accordo... Sei stato alla manifestazione ieri?

– Sì.

– È andata come immagino?

– Peggio. Un trampolino perfetto per impressionare gli indecisi e persuaderli all'intervento. La capitale risplendeva di patriottico orgoglio al tungsteno.

– Per caso... ti è capitato di incrociare Bianca D'Ambrosio?

L'orribile fitta riprende a martellare il mio fianco.

– No. Perché?

– Aveva deciso di accompagnarsi a un nugolo di anarchici risoluti a bloccare il corteo. Non vorrei che la polizia l'avesse arrestata.

– I giornali non ne hanno neanche parlato, ma so che ci son stati dei feriti. 'Le solite teste calde', ovviamente. Credi che la D'Ambrosio...

– No. Mi aveva dato a intendere che alle prime rappresaglie si sarebbero messi da parte. La resistenza al corteo doveva avere in questo caso una valenza simbolica... non volevano rompere la testa a nessun poliziotto, insomma.

– L'hai... L'hai vista poi?

– Subito dopo averti lasciato l'altro ieri. Avevo bisogno di parlare con qualcuno dello scontro con Belardinelli...

– Avresti potuto parlarne con me!

– Avevo voglia di vederla...

– E dunque?

– Le ho strappato un invito per sabato sera.

– Ha... accettato?

– Te l'ho appena detto, no?

– E che farete di bello?

– Ho in mente una cosa speciale. Devo stupirla!

– Sabato sera io vado all'opera con Maria Stefania e *maman*. Traviata.

– Ah!

– Perché non ci vieni con la D'Ambrosio?

Pur di vederla avrei sopportato persino la presenza di Gaetano.

– Mmmh... Ci devo pensare. Chissà... Non è male come idea! Spero che l'opera le piaccia.

– Le piacerà, vedrai.

– E tu che ne sai?

Rintuzzò, quasi infastidito.

– Lo so. Me lo ha detto lei.

– A Guarcino?

– A Guarcino.

– Avete trascorso molto tempo insieme a Guarcino.

– Già.

Rise di imbarazzo stringendo la falda del cappello.

– Confesso che ne ero un po' geloso...

Sentivo un fastidioso nodo alla gola. Quindi tacqui. Lui mi guardò, impressionato dal silenzio.

– E di che parlavate nelle vostre passeggiate?

Cercai di deglutirlo. Il nodo. In modo da riuscire a conservare un tono di voce stabile.

– Non so... Di tutto. Ma che te ne importa alla fine?

– Nulla, nulla. Chiedevo così... Sta bene Stefania?

– Credo di sì.

– È sempre insolentemente bella?

– Se vieni sabato lo scoprirai tu stesso.

Afferrò il giornale e fece per alzarsi.

– Te ne vai già?

– Fintanto che sono qua... ho degli articoli da scrivere. Pensa, uno è sulle impressioni del Vaticano a proposito dello svolgimento dei festeggiamenti del XX settembre... Una specie di premio per aver accettato di dare le dimissioni senza fare storie!

– E che impressioni ne ha avuto Sua Santità?

– Posso dirti che non ne è rimasto affatto scontento, come invece l'anno scorso. ...È falsa la voce secondo cui avrebbe preparato un documento di protesta!

– Bene! Ne sono sollevato...

Ridacchiando, ci avvicinammo alla porta. L'avevo già aperta davanti a noi, quando lui cambiò bruscamente tono di voce.

– Pensa che a Guarcino ho avuto l'impressione netta che a te interessasse Bianca...

Disse tutto d'un fiato.

– Mi sono sbagliato?

Chiese, restandosene impalato sulla soglia ad aspettare che

dalla mia bocca uscisse un suono qualsiasi. Decisi di fare uscire un *suono qualsiasi*.

– Forse hai frainteso la nostra fraterna *amicizia*, scambiandola per qualcos'altro.

– È probabile. ...Allora mi sono sbagliato?

Avrei voluto scherzarci sopra e, nel dargli una pacca sulla spalla, ridere con lui della sua gelosia, ma il suo sguardo me lo impedì.

– Temo di sì.

Sorrise, e il suo petto largo parve distendersi. Tornando poi al tono abituale, si congedò, si sarebbe detto, quasi allegramente.

– Allora se mi sono sbagliato, meglio così. A presto, mio caro!

Chiusa la porta, vacillai in tutta fretta fino al bordo della scrivania. Finii col cadere per terra trafitto da un orribile, improvviso dolore allo stomaco. I miei gemiti insospettirono Adele che corse in mio aiuto.

Le ore seguenti le trascorsi in un ambulatorio medico in cui mi fu diagnosticata una forma di gastrite per la quale, al di là di qualche sciroppo palliativo, non c'era alcun rimedio.

Il dottore mi prescrisse riposo e mi ricordò che, trascurandola, la gastrite avrebbe potuto degenerare in ulcera: l'ulcera era pericolosa.

Lo ringraziai e me ne andai dritto a casa, maledicendo ogni buca che prendeva la carrozza.

Stanco, dolorante e di cattivo umore, venni accolto da *maman* che era già stata informata dell'accaduto dall'efficientissima Adele.

Accompagnando con apprensione ogni mio movimento, come se fossi stato invalido, venni sistemato sul letto grazie alla solerzia del buon Fifiddo.

– Tesoro, mi sono informata. La gastrite a trent'anni non è un buon segno! Le mucose dello stomaco lo corrodono lentamente. Si può morire di emorragia interna se si trasforma in peritonite!

– Come è andata la manifestazione? Vi siete divertiti?

– Bontà Divina! Ma che vuoi che me ne importi della manifestazione in questo momento? Pensa a star meglio! A proposito, proprio oggi sono passata in farmacia...

Proseguì, sedendosi sulla poltrona accanto al letto.

– Mi ero persino ricordata di te.

– Perché?

– Perché hai già trent'anni e a quest'età per un uomo è importante prevenire la calvizie!

La guardai stupefatto.

– La *calvizie*!? Ma hai visto quanti capelli ho in testa? Fin troppi!

– Sì, ma sono biondi!

– E allora?

– Gli uomini biondi perdono precocemente i capelli!

Non so come, ma mi trovai a riflettere sulla dolorosa verità.

– È vero, ma solo nel caso siano lisci. I miei son talmente ricci...

– Siccome non si può mai sapere, ho preso una confezione di RICININA. Guarisce non solo la calvizie, ma anche l'alopecia e la forfora! Tu hai la forfora, no?

– Non particolarmente.

– Sul flacone è scritto che si può usare per i capelli come per la barba e i baffi. Davano una prova gratis, ma io ho preferito comprare la confezione piccola. ...È così carina!

– Ma io non ho i baffi...

– Però hai la forfora!

– Non la metterò mai.

– Adesso parli così, ma fra qualche anno vedrai! ...E va bene, andrò a cambiarlo questo flacone! – Concluse rassegnata, come avesse avuto a che fare con un bambino che fa le bizze.

– In fondo sei tu che devi decidere... se non ti interessa...

Lo cambierò con una confezione di sciroppo NEGRI, *nella cure della tosse convulsa*. Pensa che in farmacia su un *dépliant* ho letto una nota del professor Luigi Spolverini, docente di pediatria all'Università di Roma: parlava di questo sciroppo in termini entusiastici! Diceva che tutte le volte che lo aveva adoperato nella pratica, se n'era trovato contento, e che per calmare gli accessi convulsivi corrispondeva egualmente bene agli altri preparati tanto decantati. Si raccomandava solo di adoperarlo con prudenza. Ma questo è il minimo, ci mancherebbe! Comunque il prodotto è garantito da un *professore universitario*. Più affidabile di così? ...Scusa, son talmente scombussolata che non so quel che dico!

Le sorrisi flebilmente.

– Adesso ti dispiace lasciarmi? Vorrei riposare.

Guardandomi allarmata, mi passò una mano sulla fronte.

– Ma tu scotti!

– Ti prego di credere che non è nulla, *maman*! Ho solo bisogno di riposare un po'.

Le mie preghiere rimasero inesaudite.

– Io chiamo il dottore!

Sentii i suoi passi in corridoio e la voce disperdersi sempre più lontana.

– Fifiddo! Fifiddo! Prepara la carrozza e vai a chiamare il dottor Ceccolini... Lui rimedia a tutto!

Poi mi assopii.

Venerdì 22 settembre - Voci contraddittorie sull'azione di governo in Tripolitania.

La prima cosa che ricordo al mio risveglio è il volto di mia madre riverso su un grande cuscino di raso, adagiato ai piedi del mio letto: aveva trascorso la notte su una poltrona per vegliarmi. Mi sentivo nettamente meglio, e malgrado lo stomaco ancora indolenzito, le fitte sembravano esser scomparse così come la febbre.

Mi vennero in mente i dolori che nell'ultimo periodo mi avevano aggredito sul fianco sinistro tutte le volte che terminavo un pasto e ogniqualvolta Gaetano mi parlava della D'Ambrosio. Gastrite. Era probabile che ne soffrissi da anni, aveva detto il dottore, e questo corrispondeva al vero dal momento che ebbi sempre problemi di ogni genere legati allo stomaco.

Ancora debole, faticai ad alzarmi. Da una fessura delle persiane socchiuse scorsi l'imponente temporale che si abbatteva sulla città. Erano le sette ma pareva notte fonda. Il rumore dei tuoni, a brevi intervalli, rimbombava fragoroso nella stanza. Senza svegliare *maman* ritornai cautamente sotto le coperte e, nel giro di qualche minuto, mi riaddormentai.

Riaprendo gli occhi mi accorsi che era già tardi. Il temporale era cessato e dalle persiane trapelava la luce di un sole già alto. *Maman* doveva essere in piedi da un pezzo, perché la poltrona accanto al mio letto era stata sprimacciata per bene e rimessa al suo posto.

Mi alzai e, indossata la vestaglia, uscii dalla stanza.

In camera da pranzo trovai *maman* che in compagnia di

Celeste sfogliava una copia del *Petit Courrier pour Dames* sorseggiando del tè. Non appena mi vide sorrise tutta e il suo bel volto si illuminò graziosamente.

– *Mon Cœur, enfin*! Come ti senti?

– Mi sento molto meglio...

–Vieni a sederti caro, Celeste ti servirà del tè.

La vecchia Celeste mi rivolse un sorriso affettuoso e si mosse per apparecchiarmi il posto.

– Grazie Celeste, faccio da me...

– Non lo dite neppure, signorino! Mi sbrigo in un attimo.

Servizievole come sempre, apparecchiò il mio posto in quattro e quattr'otto.

– Ha telefonato Adele un'oretta fa. Persino Sandro Boccanelli si è interessato alle tue condizioni di salute. Ha insistito per parlare direttamente con me. Disse continuando a sfogliare la rivista, lusingata da un simile riguardo.

– Ti augura una rapida convalescenza e ti aspetta a braccia aperte non appena ti sarai rimesso.

– Ha detto proprio così?

– Sì, perché?... Dopo tutto mi sembra il minimo, in simili circostanze!

Sorrisi con amarezza, e nel toccare la tazzina di tè per poco non mi scottai.

– È troppo caldo?

– Aspetterò che si raffreddi. Il dottore ha raccomandato di non sorbire bevande troppo calde né troppo fredde.

– Potevi dirlo subito, *mon cœur*! Celeste, porta del ghiaccio! ...Abbiamo ancora ghiaccio nella ghiacciaia?

– Signora no! Il ghiaccio si era deciso di non comperarlo più con l'arrivo dell'autunno.

– Che disdetta!

– Non fa nulla... aspetterò che si raffreddi. Così Boccanelli mi augura una buona convalescenza e mi aspetta *a braccia aperte*...

– Sì. Ma perché lo ripeti?

– È interessante la rivista?

– Mmmh... in vero, no. Giusto un modello di *madame Luzard*... ma niente di speciale!... Però mi è venuto in mente di farti fare una ventina di camicie dagli ottimi tagliatori londinesi. Quelle tue sono ormai vecchie! Ci vorrebbe il tocco di un Lennon, un Taylor o un Mackenzie. C'è un sarto qui a Roma che lavora con alcuni di loro.

– Grazie, ma non ho bisogno di camicie.

– Sciocchezze! Tutti gli uomini ne hanno bisogno. Non ti opporre, ho già deciso. Soltanto... dovresti venire con me per farti prendere le misure.

– Ma è una cosa che non mi interessa! E poi i tagliatori italiani vanno benissimo. E costano anche meno...

– Che assurda forma di snobismo al contrario la tua. Godi di un privilegio come quello di indossare comode camicie Mackenzie, e lo rifiuti in nome di un'austerità *déplacée*. È quasi uno schiaffo per chi tali lussi non può neanche permetterseli!

– *Maman*, te ne prego, dobbiamo parlarne proprio adesso? Verrò dal sarto con te se ti fa piacere, ma non parliamone più.

– D'accordo! Come vuoi. Dimenticavo che Maria Stefania verrà a trovarti più tardi. Appena saputo del tuo malore voleva precipitarsi qua. ...Le ho detto di passare più tardi.

Aggiunse quasi ammiccando. Le sorrisi, grato.

– Hai fatto benissimo. Adesso però me ne ritorno a letto.

– Certo, *mon cœur*! Fai pure. *Je viendrai te voir dans une heure.*

Avrei potuto benissimo vestirmi e uscire: il mio stato di salute non differiva di molto da quello dei giorni precedenti, ma la malattia mi forniva un alibi prezioso: in quel frangente nessuno mi avrebbe importunato.

Un ridicolo attacco di gastrite e una febbriciattola passeggera mi avevano concesso il lusso di starmene per i fatti miei, compatito da tutti: la condizione ideale per rintanarsi in modo indisturbato nei propri pensieri.

Più l'altrui fallo che 'l mi' mal mi dole:
ché Pietà viva, e 'l mio fido soccorso,
védem'arder nel foco, et non m'aita.[20]

IL MALTEMPO.

A Roma, 21 sera - Per l'abbondante caduta di pioggia che si è riversata a cateratte su Roma durante tutta la notte e nella mattina, la località Fonaretto, nei pressi di via Portuense, è rimasta completamente allagata, rendendo il transito impossibile. È accorsa sul posto la squadra di vigili del fuoco. Frequenti scariche di fulmini violentissime, due delle quali hanno incendiato due fienili in via Casaletto ed in via Pietro papa, sempre nei dintorni di Porta Portese.

L'AVANTI! È FURIBONDO.

L'Avanti! comincia con un articolo pieno del solito frasario. " Le notizie delle ultime 24 ore sono di gravità estrema. Anche se non munite di crisma ufficiale (attorno al Governo regna un impenetrabile mistero), sono indice di disposizioni e dello stato di parossismo che ha ormai guadagnato le classi borghesi, la casta militare e guerrafondaia e il nazionalismo parassita e sfruttatore!" Annuncia che il Comitato di Unione Socialista romano invita le Camere del Lavoro, i gruppi sindacalisti, anarchici, tutti i giovani socialisti e i partiti repubblicani, a invitare le loro rappresentanze a un accordo per un'immediata ed energica azione del proletariato romano contro l'occupazione di Tripoli.

[20] Francesco Petrarca, *Canzoniere*, CCXVI, quarta strofa.

A Montecitorio qualcuno diceva scherzando che i furori del magno foglio socialista troverebbero immediato calmante, per esempio, nella promessa di affidare, da parte del Governo, alle cooperative socialiste, quei lavori che se si occupasse Tripoli, vi si dovrebbero eseguire.

Perché, dopotutto, la D'Ambrosio dovrebbe resistere alle *avances* di Gaetano?

Gaetano è bello, disponibile, celibe, coerente con le proprie idee, e la ama appassionatamente. Ha accettato di uscire con lui sabato sera. Per andare *dove*? Per fare *cosa*?

Qualcuno bussa alla mia porta.

– Caro...

Maria Stefania fa capolino con aria afflitta.

– Sto meglio, Stefanella.

Entra e mi corre incontro. Tutta la stanza si impregna del suo raffinato profumo. Fuori ha ripreso a piovere e lei ha la pelle fresca. Sono contento di rivederla.

– *Maman* mi ha detto. ...Tesoro, lo dicevo che in questo periodo ti consumi troppo per il lavoro!

– Vieni qua. Fatti stringere. Com'è il tempo fuori?... Non smette di piovere!

– Non me ne parlare! Le strade sono bloccate. È allagato dappertutto e il mio cocchiere è stato costretto a fare un giro che non ti dico per arrivare fino a qua. ...Pensa che ci abbiamo messo tre ore! Ma non parliamo del tempo... Tu piuttosto?

Naso, occhi, fronte, labbra, ogni parte del suo viso rispondeva a un canone di armoniose proporzioni.

Nell'accordo completo dei suoi lineamenti non vi si trovava nulla che stonasse o infastidisse. Il nasino aggraziato, dritto, ben tornito, addolciva l'insieme dell'ovale regolare del viso, e le labbra rosee che si inarcavano dolcemente verso l'esterno le conferivano un'aria di casta voluttà, in contrasto col disegno lineare degli occhi neri, abbelliti dalle ciglia folte e valorizzati dall'arco perfetto delle chiarissime sopracciglia.

Le spalle dritte, il seno alto, la snella siluetta, la nuvola di candidi capelli conciati in modo elaborato, se ne stava davanti a me tutta languida, avvolta da un sobrio quanto ricercato abito rosso rubino.

– Te l'ho detto che va meglio...

– Mi sei mancato, amore mio. Saperti malato e lontano da me... E poi con questo diluvio che minacciava di bloccarmi a casa. Mi è parso di impazzire! Quando saremo sposati non ci sarà nulla che potrà dividerci a questo modo! Disse lanciandomi un'occhiata indagatrice. La serrai più forte a me.

– Non stavo così male! E poi tu puoi venire da me ogni volta che lo vuoi.

– Ma sai che non è così facile... Occorre che mio padre sia d'accordo, poi che a casa qua con te ci sia tua madre, e infine che qualcuno mi possa accompagnare, visto che papà non mi lascia mai uscire da sola...

Lo sguardo le si offuscò. Abbassò il viso verso il basso.

– È tutto talmente macchinoso! Che male c'è se spero nel giorno in cui, libera da tali vincoli, potrò restarti finalmente accanto come una tua pari. Non ne posso più di queste catene! Vorrei anch'io vivere come fai tu, uscire quando ne ho voglia e non dover elemosinare il permesso di una terza persona.

– Stefanella...

– E poi *maman*... scusa ma te lo devo dire! Come *osa* essere lei a stabilire *quando* debba vederti e quando no? *Chi* le dà il diritto di impedirmi di accudirti, se ne ho desiderio? Mi fa sapere che *sarebbe il caso* di lasciarti riposare questa mattina... e me lo dice come se fossi un'amica qualsiasi che vuole fare una visita di cortesia!

Pur cercando di controllarsi, vinta dall'esasperazione, scoppiò infine a piangere.

Mi alzai e l'invitai a sedere accanto a me.

– Hai ragione, Stefania. Ti capisco.

Lei annuiva per tornare a scuotere il capo, asciugandosi le lacrime con un fazzolettino.

– Scusa, ma in questi giorni mi son resa conto che la mia condizione è pari a quella di una *prigioniera*.

– La tua come quella di *ogni donna*...

Mi guardò sgranando gli occhi.

– Sì, di tutte quante le donne *fino al matrimonio*! Dopo, *nessuno* può impedirti di fare ciò che vuoi!

Risi, ormai infettato dal morbo della D'Ambrosio.

– Comincerà a impedirtelo il marito.

– ...Ma mio marito sarai *tu*!... Tu non mi impedirai certo di uscire quando ne avrò voglia.

– Sicuro! Ma non sarebbe ancor meglio se nessuno possedesse il diritto di dire ciò che una donna deve o non deve fare?

– Sì... nei sogni forse!

– Eppure ci son persone che dedicano la loro vita a far sì che ogni donna possa uscire da casa senza dover domandare il permesso...

Mi guardò pensierosa.

– Parli della tua amica di Guarcino?

– Ad esempio. Ma anche di altre donne come Bianca Milesi, Alessandrina Ravizza, Laura Mantegazza, l'americana Margaret Fuller, le francesi Verret, Guindorf e Voilquin, la tedesca Louise Otto, le suffragiste inglesi e americane, e molte, tantissime altre che invece di vivere una vita tranquilla hanno scelto di viverne una scomoda, in lotta continua contro i soprusi e l'ineguaglianza sociale e politica rispetto agli uomini. La cosa incredibile è che molte di queste donne, nonostante provengano da un ambiente sociale agiato o da una situazione familiare per nulla sgradevole, si intestardiscano a voler cambiare il mondo... È un'impresa ardua: è faticoso denunciare un sopruso che *non si vede*. Al di là dell'interdizione al suffragio elettorale, cosa innegabile ed evidente a tutti, le angherie che subiscono ogni giorno le donne, son ben lungi dall'essere criticate dalla società civile, o dal divenire oggetto di dibattito persino da parte delle *donne stesse*. Si tratta di un male invisibile, sotterraneo, scomodo, oscuro. È un male che coinvolge ognuno, ma di cui nessuno ha voglia di parlare. Ammetterlo significherebbe avere il coraggio di compromettere l'equilibrio stesso della società.

– Proprio *tu* parli così? Sembra persino che la cosa ti commuova. – Disse, fissandomi con stupore.

– E perché non dovrebbe? Ogni uomo dovrebbe trovarlo *commovente*.

Il suo sguardo si offuscò.

– A che pensi? Credi che io mi gingilli fra le comodità della mia condizione privilegiata e che sia criticabile perché non immolo la mia vita alla lotta per il *suffragio femminile*?

La guardai sorpreso.

– Ma io non ti critico affatto, Stefania...

– Ma neppure mi *ammiri*!

A quell'affermazione non fui capace di rispondere.

– Ho grande ammirazione per donne come la D'Ambrosio... ma questo non significa che disprezzi le altre! E poi...

– ...E poi?

– E poi chi sono io per parlare o giudicare?

– Che vuoi dire?! – Esclamò come se avessi detto una bestemmia.

– Voglio dire che mi definisco socialista e...

– E *lo sei*! Tu sei coerente con quello che dici di essere!

La guardai domandandomi se credesse veramente a ciò che diceva.

– Sei gentile...

– Perché parli in questo modo?

Risi e pensai ancora una volta alle parole di Bianca.

– Vivo in case ben riscaldate, servito da personale assoldato per esaudire i miei bisogni, frequento gente agiata, convivo col considerevole patrimonio ereditato da mio padre e permetto a mia madre di interferire ancora nella mia vita... La lista sarebbe lunga, ma preferisco non andare oltre.

Stefania mi guardava a corto di argomenti, eppure leggevo nel suo sguardo una punta di biasimo per esser stato così duro con me stesso.

– Esageri! – Disse poi, risoluta.

– Provalo!

– Sei tu in *questo periodo*...

– Che vuoi dire?

– Voglio dire che sembrerebbe che per ora tu ti diverta a buttarti giù! Credo semplicemente che tu stia attraversando un brutto momento. Forse dovuto ai problemi col signor Boccanelli?

– E tu che ne sai? Replicai seccato.

– Me ne hai parlato tu stesso la volta scorsa!

– È vero...

– Comunque sto meglio. Mi duole solo di aver provocato il tuo malumore con i miei stupidi capricci.

– Non erano capricci! Protestai.

– Era importante quello che hai detto.

La guardai con trasporto.

– Ti ammiro per aver pensato quelle cose.

Lei arrossì visibilmente. La presi per mano e l'invitai a bere una tazza di tè.

– Sì, è una buona idea. – Rispose, alzandosi in piedi e ravvivandosi le pieghe del vestito.

Il cattivo umore le passò del tutto in salotto con *maman*. Quella sera la sentii stranamente vicina. Sorbimmo allegramente il tè, gustando degli ottimi dolcetti.

Ridemmo e scherzammo gingillandoci fra i privilegi che la nostra classe sociale ci concedeva.

Dopo che ebbe salutato *maman*, l'accompagnai giù nell'androne. Fuori l'aspettava la carrozza del padre. Sapevamo che col temporale la cosa migliore da fare era mettersi in viaggio prima possibile, ma esitammo invece ancora l'uno di fronte all'altra.

Passandole una mano fra i capelli l'avvicinai a me e la baciai pieno di desiderio. Lei, rossa in volto, mi lanciò degli sguardi ansimanti.

– Sei la mia donna? Le chiesi, serrandola forte.

– Sì. Rispose remissiva.

– Allora dillo!

– *Sono la tua donna*. Ripeté divertita.

– Provamelo!

Dopo aver osservato il portone, trovò l'audacia di spingermi con forza nell'angusto guardaroba che si apriva sul lato della stanzetta del portiere. Nel giro di qualche minuto me la ritrovai davanti seminuda; con rapidità stupefacente era riuscita ad aprirsi il vestito sul davanti lasciando scoperti i grossi seni. Riuscimmo a far l'amore in quello scomodo sgabuzzino, e dopo che se ne fu andata via, per la prima volta dopo lungo tempo, mi addormentai felice di sentire addosso il suo profumo.

Cateratte romane

TEMPORALI E NUBIFRAGI IMPERVERSANO IN TUTTA ITALIA. Un furioso temporale a Roma. Strade e piazze allagate. Roma 22 - ore 18,30. Continua a imperversare su Roma un tempo imprevedibile e burrascoso. La scorsa notte un temporale furioso ha inondato la città. In piazza San Silvestro, che ora è sottosopra per la posa di alcuni cavi per la luce elettrica, l'acqua ha raggiunto un'altezza di oltre mezzo metro. Tutti gli avventori del caffè Canevaro, del Gambrines, del bar della Posta, sono rimasti bloccati per lungo tempo. Alcune signore erano salite in piedi sui tavolini. Alcuni volevano andare via a nuoto. Pronto l'intervento delle automobili dei vigili. Alcune persone in piazza S. Spirito rischiano di affogare, prigioniere al pianterreno. L'acqua ha raggiunto più di un metro di altezza. Esposizione di Belle Arti. Alcuni padiglioni allagati. Sui tetti del Campidoglio l'acqua scende giù a rigagnoli sugli affreschi della sala degli Orazi e Curiazi e di Muzio Scevola. È crollato il muro lungo la via dell'Esposizione.

Immaginando il clima arroventato in redazione, me ne restai a letto a sorbirmi il tè bollente. Gongolavo.

Fuori non smetteva di diluviare: come raccontavano i giornali in quei giorni, in alcune delle piazze di Roma l'acqua aveva raggiunto oltre il mezzo metro di altezza.

Il vecchio Fifiddo era stato l'unico ad aver messo il naso fuori. Con le lacrime agli occhi ci aveva raccontato di come Piazza del Popolo e la Via Flaminia si fossero trasformate in un lago immenso l'una e in un fiume dall'ampio letto l'altra.

Si sapeva che numerose eran le persone a essere rimaste bloccate nelle proprie abitazioni a causa dell'alluvione.

Me ne stavo così tranquillo a godermi il teporino delle coltri, quando *maman* entrò nella mia stanza sciorinando le perplessità sulla *soirée* a teatro. Le difficili circostanze meteorologiche avevan messo in forte pericolo la nostra serata all'opera. Faticai non poco per convincerla che la Traviata con la grande Elena Tarcanoff in una delle sue ultime *performances* nel nostro paese, non era avvenimento da perdere.

Scoraggiata dapprima dal temporale, dalle strade allagate e dalla difficoltà enorme in quel momento di spostarsi in carrozza, rifletté sull'eccezionalità dell'*happening,* finendo col convincersi che tutti gli altri, persino con quel tempaccio, avrebbero di certo fatto uno sforzo. In fondo la Tarcanoff sarebbe ripartita per la Russia di lì a qualche giorno...

Raggiungere il teatro fu un'impresa tutt'altro che semplice. Io stesso faticai a credere che alla fine l'avremmo spuntata. Per evitare le strade allagate, fummo costretti a fare dei giri impensabili, mentre la carrozza non riuscì a condurci a destinazione per via di alcuni vigili che impedivano ai veicoli il transito di certe vie. Io, *maman* e Stefania, che ci aveva raggiunto a casa con un largo anticipo, fummo costretti a fare un tratto di strada a piedi. Quell'imprevisto seccò molto *maman* che rischiò di rovinare la sua elaborata ondulazione.

Davanti al teatro eran state installate delle pedane di legno soprelevate, simili in tutto a quelle che usano a Venezia quando il mare si alza, in modo da consentire alla *noblesse* di accedere al teatro senza doversi inzaccherare le ghette. Noi stessi vi montammo sopra e, qualche minuto dopo, eravamo già nel palco in attesa dell'inizio dell'opera.

Nonostante le difficoltà per circolare in città, la platea era sorprendentemente gremita. *Maman*, lieta di essersi infine convinta a uscire, commentava tutta eccitata con Stefania le *toilettes* delle signore.

La mia mente era dominata invece da un unico pensiero:

scorgere Bianca in mezzo a quei volti sconosciuti. Attraverso le lenti del sofisticato binocolo di *maman*, percorrevo indefessamente ogni metro della platea fino ad arrivare alle balconate. Per poi ricominciare da capo.

Acciaio lancinante

Alfredo, Alfredo, di questo core
Non puoi comprendere tutto l'amore

Seduto accanto a Maria Stefania le stringo la mano, travolto dall'intensità della musica.

Violetta giace a terra fra le banconote che Alfredo, ignaro e cieco di rabbia, le ha gettato addosso; eppure non risponde a un tale, insensato gesto, come ci si potrebbe aspettare, come sarebbe pur lecito. Stanca, malata, innamoratissima, le uniche parole che gli rivolge sono di tenerezza e comprensione. Non c'è un filo di rabbia nella sua voce, ma solo l'amore espresso da quella melodia dolcissima che in tutta l'opera non si ripeterà più. Amore incapace di rancore.

Stefania mi guarda rapita. Ricambio lo sguardo, e mi chiedo nello stesso istante perché mai l'effetto del mio ardore per lei non riesca a sopravvivere al giorno dell'amplesso. Se ne sta là, languida e bella, e non ha nulla di diverso dalla ragazza da me posseduta il giorno prima. Eppure oggi non mi dice nulla.

Durante l'intervallo fra il secondo e il terzo tempo, trovo l'audacia di allontanarmi. Salendo fino al meno privilegiato dei posti, la balconata, cerco fra la folla l'elegante Gaetano e la chioma rossa della D'Ambrosio.

Il campanello suona poi per la terza volta e non mi rimane che raggiungere le mie dame nel palco.

– *Signora*
– *Che t'accadde?*
– *Quest'oggi, è vero, vi sentite meglio?*
– *Sì, perché?*
– *D'esser calma promettete?*
– *Sì, che vuoi dirmi?*
– *Prevenir vi volli. Una gioia improvvisa…*
– «Una gioia», mi dicesti?
– *O signora…*
– *Alfredo! Oh tu lo vedesti? Ei vien, ei vien s'affretta, Alfredo!…*
– *O mia Violetta, o mia Violetta, o mia Violetta, gioia!*

Il finale è travolgente, magnifico, sconvolgente. Avrei voglia di piangere. Riesco a impedirmelo.

Mi alzo di scatto prima degli applausi e corro verso l'uscita.

L'ho appena vista. Fra le poltrone. Guardava verso il palcoscenico, seduta accanto a Gaetano. Come non essermene accorto prima?

Ignoro cos'abbian potuto pensare Stefania e mia madre quando son partito di filata dal palco senza fornire neppure una spiegazione. Non me ne importa nulla.

Sento all'improvviso dei passi precipitosi correre verso di me. È Stefania che mi ha già raggiunto.

– Perché sei andato via così?

– È l'opera.

– Non ti è piaciuta?

– Al contrario.

– Ma perché scappare via così?

– Non so spiegartelo, ma potrei provare...

– Un'altra delle tue mattane!

– Se vuoi vederla così...

– Perché mi fai questo?!

Esclama arricciando la fronte e principiando a lacrimare.

– Era tutto talmente bello...

Poi si ferma bruscamente e mi rivolge uno sguardo livido.

– Sta bene. Io me ne ritorno da *maman*. Tu... Tu fai quello che vuoi. Noi siamo nel palco e usciremo fra qualche minuto. Se vuoi raggiungerci...

E senza aspettare che risponda, mi volge le spalle e si allontana quasi correndo.

Mi dispiaceva esser scappato a quel modo, ma la sola cosa che per me aveva contato, che contava a quel punto, e che forse avrebbe contato per tutta la mia vita, era raggiungere Bianca.

Mi precipitai di gran corsa davanti alla porta verso cui confluivano i due corridoi laterali che portavano alla platea, e di fronte alla quale si trovava l'entrata principale. Gaetano e Bianca non avevano scampo, questo era certo. Li avrei incrociati da qualsiasi parte essi fossero venuti: dovevo solo aspettare che gli scroscianti applausi che udivo smettessero, e che la gente cominciasse a uscire a poco a poco.

Attesi impaziente i bis e che l'ovazione si consumasse fra le grida esaltate dei *fans*. Poi, poco per volta, come il denso amalgama di una torta si riversa sulla casseruola, la gente principiò a riversarsi sui corridoi.

A causa della gran folla che sostava nella *hall* principale per attrezzarsi di ghette, impermeabili e parapioggia, certi tratti dei corridoi rimasero congestionati per un bel momento. Spinto un po' da tutte le parti, mi fu difficile aspettare per più di qualche minuto nello stesso punto. Mi ritrovai così nel grande ingresso senza averli neanche scorti.

Guardai verso l'uscita. Pareva fosse spiovuto. Mi osservai attorno e, leggermente in collera, decisi di riversarmi con la folla per strada. Non avevo parapioggia, né impermeabile o protezione di sorta contro l'acquazzone; decisi quindi di volgermi a passo svelto verso casa, conscio dell'inconveniente che avrebbe rappresentato il trovarmi là fuori se avesse ricominciato a diluviare.

Stringendo la greve giacca sul collo, stavo così per allontanarmi, quando una mano sottile e fredda mi raggiunse, sfiorandomi il polso da dietro. Alzai lo sguardo sorpreso: sotto la luce di un lampione si stagliava, tutta luccichii, la sagoma di una ragazza sconosciuta.

Fu un attimo, poi l'avvenente fanciulla avviluppata nella raffinata mantellina nera, mi sorrise, e io la riconobbi incontanente.

– Bianca?

Avevo dovuto forzare l'immaginazione per ritrovare su quel viso mascherato da rimmel, rossetto e altre strategiche coperture femminili, i lineamenti austeri della mia amica.

Non mi era mai apparsa più bella. I capelli rossi raccolti a riccioli sulla fronte risplendevano sotto la luce elettrica dei lampioni, e un velo di porpora si diffondeva sul bel viso illuminato dal mare calmo dei suoi occhi di vetro.

– Quasi non vi riconoscevo! Siete qui... Vi ho cercata per tutta la sera! Bianca...

Le presi la mano e la strinsi contro la mia guancia.

– Per tutta la durata dell'opera ho immaginato così la mano di Violetta...

La sentii tremare. Fece mezzo passo indietro e la lasciò scivolare via dalla mia.

– Sapevate che sarei venuta a teatro? Disse infine arrossendo. Il suono della sua voce roca, profonda, quasi maschile, restituì a quelle sembianze l'identità perduta.

– Non solo lo sapevo... diciamo che sono stato io stesso a persuadere il povero Gaetano a condurvi all'opera.

Sorrise ancora. Poi si guardò attorno come a cercare qualcuno. Mi guardai attorno anch'io.

– Ma a proposito, che ne è di lui?

Lei arrossì di nuovo e sospirò.

– Non ne so più nulla; l'ho lasciato indietro, non appena vi ho scorto vicino all'uscita.

Risi dal profondo del cuore.

– Cosa c'è? Perché ridete?

– Niente, è solo che immagino la faccia di Gaetano quando...

La sua espressione si offuscò.

– So che non avrei dovuto abbandonarlo in quel modo.

Fece una pausa carica di rimorsi.

– Non ne sono fiera. Sentivo la sua voce chiamare il mio nome dietro di me e pregarmi di attenderlo, ma facevo finta di non sentire, lasciando che la folla mi trascinasse via.

Poi mi guardò intensamente negli occhi.

–Volevo solo correre da voi...

Per poco la voce non mi morì in gola dalla commozione.

– Siete talmente... Sembrate diversa! Ho stentato a riconoscervi... La vostra pettinatura, il trucco, il vostro abito...

Sorrise e si guardò il vestito palpandolo. Il modo in cui s'era abbigliata aveva a dir poco dell'incredibile. Sotto la mantellina portava un lunghissimo vestito di raso color perla, strettissimo in vita, e spezzato da un'immensa rosa di velluto nero fissata sul fianco.

Con l'audace scollatura, il vitino sottile e le braccia magre e aggraziate, più che una suffragetta, ricordava le dame che ritraeva in quegli anni il Boldini.

– È un regalo di Bebé. Io lo trovo un abito pretenzioso. Viene da Parigi... credo... C'è di che sfamare un'intera famiglia di minatori per circa un mese con questo vestito. – Aggiunse pensierosa, dopo aver esitato non poco.

– E allora perché lo indossate?

– Non capireste...

– Siete così *bella*.

Restammo in silenzio. Uno di quei silenzi colmi di devozione per l'altro e oblio del mondo.

Mi avvicinai e la strinsi a me senza dire nulla. Lei mi lasciò fare. Proprio come aveva lasciato che qualche giorno prima Gaetano la baciasse. A quel pensiero mi ritrassi avvilito.

– Cosa vi accade? – Chiese ingenuamente.

Come risponderle? Violare il segreto di Gaetano e spiattellarle tutto sul come fin troppo facilmente si fosse concessa alle di lui labbra? Uno scrupolo di lealtà mi tratteneva dal gridarle in faccia la mia rabbia. Eppure come biasimarla? Perché mai non avrebbe dovuto arrivare a dividere financo il letto con colui che, libero da vincoli, le si offriva sinceramente e senza menzogna? Chi ero infine io per lei? Cosa mi doveva Bianca D'Ambrosio? Nulla. In cosa aveva mancato mai, facendosi baciare da Gaetano, se solo due giorni prima io stesso senza fare tante storie avevo posseduto la mia fidanzata nel guardaroba? Avevo più diritti io su di lei di quanti non ne avesse il povero Gaetano o di quanti non ne avesse addirittura qualsiasi uomo sulla terra? Eppure sentivo ripiegarsi su di me tutta quanta la forza di quella ossessionante passione che mi portava a cercarla sempre e ovunque, e che non mi dava tregua alcuna.

–Vorrei sapere cos'è che vi attraversa la mente.

– Ne avete tutto il diritto!

– E allora?

– Mi pongo un'infinità di domande...

– Su cosa?

Sorrisi disarmato.

– Su di noi.

–Voi e me?

– Chi altri?

Avanzando verso di me incespicò sullo strascico del vestito. Le corsi incontro, prendendola per un braccio, e trovando così il coraggio di chiederglielo.

– Ma in fin dei conti vi importa poi qualcosa di me?

Lei rise stupita.

– Perché non avete risposto al mio telegramma? Incalzai.

– ...È dunque per questo motivo che mi rivolgete una simile domanda? *Perché non ho risposto al vostro telegramma*?

Annuii come uno scolaretto.

Rifletté qualche secondo.

– Ebbene, la risposta vi rassicurerà. Non c'è nessun mistero! Sappiate che l'ho ricevuto solo oggi. ...Colpa del portiere che si è sbagliato a distribuire la posta. Un semplice contrattempo. È per questo che voi... eppure avreste potuto passare dal circolo! O chiedervi perché mai non mi facevo più viva. ...Invece di aspettare come un quindicenne.

– Probabile... La verità è che temo sempre di importunarvi.

– *Importunarmi*?

Rise di nuovo. Non mi piaceva che ridesse delle mie ansie. Mi adontava.

–Voi non mi *importunate* mai! Credevo di avervelo già detto.

– Mi siete mancata in questi giorni.

Non trovavo le parole per esprimere tutto.

– Mi mancate sempre, quando non vi vedo per lungo tempo. Fa male. È un dolore che riesco appena a sopportare. – Osai.

– Anche voi mi mancate quando non vi vedo.

–Vi va di fare due passi con me?

– Sono qua per questo.

– Rinfresca. Meglio muoversi, la pioggia potrebbe riprendere da un momento all'altro.

Lei mi seguì lesta, stringendosi la mantellina sulle spalle. La presi sotto braccio e principiammo a camminare.

Le strade erano quasi tutte allagate e ormai vuote. Fu difficile riuscire a trovare i pochi vicoletti e i brevi tratti di carreggiata che offrivano un cammino agevole. Salterellavamo da una pozzanghera all'altra come due bambini, padroni della città deserta; non credo ci importasse molto della meta e non ne parlavamo. L'unica cosa che pareva contare era che ci si fosse ritrovati insieme quella sera.

Ogni tanto l'aiutavo a sollevare il greve strascico per evitare che si inzaccherasse, arrivando persino a prenderla fra le mie braccia per fare qualche metro.

A cuore leggero, tracimante una gioia spasmodica e rovinosa, mi addentravo sempre più nel roveto.

Alla fine ci fermammo in una piazzetta con al centro una vecchia fontana ornata da certe tartarughette rampanti, e ci adagiammo sul bordo.

– Avete freddo?

– Come vedete l'eleganza nell'abbigliamento necessita di comode carrozze e saloni riscaldati. Una gran dama non se ne va in giro a piedi dopo il temporale, con indosso solo la leggerissima, ridicola mantellina alla moda!

– Prendete il mio cappotto.

– Accetto volentieri... dopotutto gli uomini godono del privilegio di potersi coprire per bene, visto che nessuno pretende da loro che mettano in mostra i seni!

–Voi non vi stancate mai di pontificare?

Le adagiai sulle spalle il cappotto e cercai di riscaldarla con le mani.

Ebbi appena il tempo di sedermi accanto a lei, che qualche goccia d'acqua cominciò a scendere giù, dimentica delle nostre chiacchiere. Fu un attimo, e uno dei più violenti temporali che avessi mai visto ci sorprese senza neanche lasciarci la possibilità di cercar rifugio da qualche parte.

Prendendoci per mano, corremmo verso il riparo più vicino, una spece di tettoia di legno in un vicoletto che a occhio e croce si sarebbe riempito d'acqua nel giro di un'oretta.

– Che facciamo? Chiese Bianca tutta intirizzita, cercando di proteggersi alla buona con il risvolto del mio cappotto.

– L'ideale sarebbe trovare qualche taverna ancora aperta. – Risposi continuando a tener d'occhio il livello dell'acqua.

– Ma a quest'ora sarà difficile. È tutto chiuso e le strade sono deserte... e la metà di esse inagibili! La gente si barrica in casa... Non avete visto quel disegno sul giornale coi passanti che rincasavano a nuoto, e le signore al caffè Canevaro costrette a salire in piedi sui tavolini per non bagnarsi?

– Avete ragione, ma il problema è che non possiamo rimanere qua. Osservate il livello dell'acqua!

– D'accordo, ma allora cosa proponete?

– Dobbiamo andar via. ...Venite in braccio. Sarà meglio che vi porti io, così non sarete costretta a bagnarvi i piedi.

La pioggia scrosciava violenta, e per farci udire l'uno dall'altra eravamo costretti a gridare.

– Me la posso cavare da sola! Non temete...

– Come volete! Datemi la mano: al mio via corriamo verso la strada che si apre alla nostra destra. Mi par di ricordare che ci sia un palazzo su un'altura, con un'ampia tettoia davanti al portone!

Lei annuì e mi strinse la mano. Di corsa percorremmo il vicoletto e, tutti inzuppati, raggiungemmo infine il palazzo. Non si scorgeva un'anima in giro e non c'era neppure traccia delle famose ronde di vigili di cui tanto si parlava con gratitudine ed entusiasmo. Dopo qualche minuto in cui restammo appiattiti sul mastodontico portone, catturati, ammaliati dalla violenza dell'acquazzone, principiai a inquietarmi per la D'Ambrosio che non smetteva di tremare.

– State bene, Bianca?

Sorrise flebilmente.

– È la seconda volta che mi chiamate per nome da che vi conosco.

– Bianca... Bianca... Bianca...

La guardai colmo di tenerezza. Restava poggiata al portone coi capelli bagnati sciolti sulle spalle.

– Stringetevi a me. Lasciate che vi scaldi un po'...

Mi si avvicinò e io l'avviluppai tutta nella mia giacca pregna d'acqua.

Restammo in quella posizione fino a che non ci accorgemmo che la tettoia non riusciva a proteggerci da quella che diveniva una vera e propria tempesta. Fu allora che cominciai a preoccuparmi.

– Ieri in Piazza Santo Spirito alcune persone che abitavano a pianoterra hanno rischiato di affogare... Due vagabondi che si son ritrovati in mezzo a una strada allagata sarebbero morti, se non avessero trovato rifugio sopra i rami di un albero.

La D'Ambrosio mi guardò con apprensione.

– Che volete dire con questo?

– Nulla. Solo che non è uno scherzo. È stata un'imperdonabile leggerezza quella di condurvi con me a piedi, sapendo che da un momento all'altro sarebbe potuto tornare a diluviare.

– La leggerezza non è vostra! Nell'attimo in cui ho abbandonato Gaetano a teatro, rinunciando alla comoda carrozza per seguirvi, ho fatto la mia scelta. Quindi non dite sciocchezze...

– Beh... comunque sia dobbiamo andar via da qui. La carreggiata della strada è larga, ma come vedete voi stessa il volume dell'acqua sale precipitosamente.

– Guardatevi attorno! Dove suggerite di andare? Io penso sia meglio aspettare che spiova...

Le labbra violacee, i capelli umidi, mi osservava con gli occhi luccicanti.

– Che *spiova*? Continuerà di certo a diluviare per tutta la notte!

Quella possibilità sembrò atterrirla.

– Avete senz'altro ragione... non mi è facile riflettere in questo momento. Allora che proponete?

– La cosa migliore da fare è andar via da qui e cercare aiuto da qualche parte. Permettetemi di prendervi in braccio... e che vi porti sulle mie spalle. Vi assicuro che sarebbe inutile essere in due a bagnarsi le caviglie!

Abbozzò un sorriso come per compiacermi.

– Sì, d'accordo... forse è una buona idea.

Senza perdere tempo la caricai sulle spalle, e facendomi coraggio, mi gettai verso la strada, in quello che poteva definirsi oramai una specie di torrente. Avevo calcolato che con un po' di sforzi non sarebbe stato difficile raggiungere la stazione più vicina dei vigili del fuoco, e se proprio non ce l'avessi dovuta fare, avrei bussato a qualche portone per chiedere aiuto.

Ho un orribile ricordo di quell'esperienza, perché avanzavo con l'acqua fino alle ginocchia senza riuscire a vedere dove mettessi i piedi, e nella foga della corrente che seguiva il suo ripido corso, sentivo le gambe piegarsi come ricotta.

Non so in che modo sarebbe finita, se una squadra di vigili non ci avesse avvistati e tratti in salvo con spreco di energie; si presero cura di noi, rifocillandoci e fornendoci di abiti asciutti. Verso le quattro del mattino, calmatosi il temporale, ci accompagnarono fino al mio studiolo, aspettando in strada per sincerarsi che l'ingresso del palazzo non fosse allagato.

Dopo averli ringraziati fervidamente, la D'Ambrosio e io salimmo in silenzio le scale che conducevano al mio appartamento. Una volta dentro, lei si gettò sul divano con aria stracca, e io la seguii. Respirava a fatica. Sembrava febbricitante.

I capelli lunghi, sciolti sulle spalle, le si erano insinuati fra le numerose pieghe dello scialle di lana grezza ricevuto in caserma dai pompieri. Con gli occhi chiusi, l'unica cosa che risaltava sul suo viso, sotto il naso aggraziato, eran le labbra turgide.

Le strofinai la mano sopra un braccio e lei aprì subito gli occhi, rivolgendoli verso di me.

–Vi guardavo...

– Lo so.

– Bianca...

– Mi piace che ripetiate il mio nome. La vostra voce si fa dolce quando mi chiamate per nome.

– Bianca... Bianca...

E mi persi in lei.

A un bacio ne seguì un altro e un altro ancora. Non rammento bene in che modo ci amammo, né quali gesti mi spinsero verso di lei, ricordo soltanto come ora dopo ora mi andassi convincendo di essere lei e che lei fosse me. Ricordo il sapore della sua bocca, il calore del suo corpo bollente stretto sul mio petto, e un piacere insensato, edenico, completo, che si riverberava contagioso su di noi. Non ci fu nulla in quei gesti che mi riportasse al più piccolo ricordo di una noia passata. Ogni espressione del mio corpo rapito era *nuova* e *unica*, ogni respiro, ogni fremito, ogni godimento, esclusivo e incomparabile. Ebbro di lei, stordito, perduto in quell'amore illimitato, non riuscivo più a distinguere nulla, se non *lei*, e *nulla* prima di lei.

Non ho idea di quanto durò quella beatitudine. Ricordo che il giorno ci colse insonni. Cessarono a un tratto i tuoni e una pallida luce filtrò attraverso le tendine di merletto.

Avviluppati l'uno all'altra, sfiniti d'amore, eravamo rimasti sul divano a guardarci, quando due colpi violenti per poco non gettarono giù la porta d'ingresso. Lei si alzò bruscamente e si andò coprendo con la greve coltre che ci aveva scaldati per delle ore. Io la guardai in apprensione, rimanendo completamente nudo.

– Chi può mai essere a quest'ora?

Lei scosse la testa, pallida.

Le diedi un ultimo, appassionato bacio e mi vestii in fretta. Altri due colpi furono picchiati. Uscii dal salotto e, chiudendo la porta alle mie spalle, andai ad aprire.

– Grazie a Dio *sei salvo*!

Maria Stefania, in lacrime, mi gettò le braccia al collo. Il suo viso crucciato, accompagnato da quello del vecchio Fifiddo e da uno dei servitori del cavaliere Vermigli, mi era comparso all'improvviso davanti.

Il paradosso di quella scena mi lasciò inebetito per qualche minuto.

– Amore!

– Non siete rincasato, signorino, e la signora vostra madre cominciava a impensierirsi dal momento che vi sapeva sprovvisto di carrozza... col temporale che frattanto se n'è venuto...

Cominciò il vecchio Fifiddo timidamente.

– Sì, Giorgio! Ti abbiam lasciato a teatro da solo, immaginando che saresti rientrato a piedi... Poi è venuto giù il diluvio e tu ancora non rincasavi...

Stefanella si commosse, portandosi alla bocca un fazzoletto ricamato.

– Non sapevamo che pensare! Abbiam paventato il peggio... Oh! Sapessi in che condizioni era tua madre... Se almeno avessimo avuta una qualche notizia! Non sapere neanche se ti fosse successo qualcosa, se avevi bisogno di aiuto... Con tutto quello che si è letto sui giornali! Abbiam aspettato che i vigili dessero la viabilità ad alcune strade per venirti a cercare. Il primo posto a cui abbiam pensato è stato questo. E infatti... Grazie al Cielo sei sano e salvo!

Il buon Fifiddo mi guardava, annuendo a ogni parola concitata che usciva dalla bocca di Maria Stefania, mentre l'altro servitore se ne stava in disparte, di fianco alla porta.

– Come vedete sto benissimo. Son riuscito a rincasare prima che scoppiasse il temporale. Ho pensato di venire qua perché era il posto più vicino; con quel diluvio non avevo certo modo di avvisarvi! Sai che qui da me non c'è telefono... Adesso... stavo solo riposando... è per questo che non vi ho aperto subito; mi avete svegliato.

Stefania ascoltava con approvazione.

– Ma non ci fai entrare?

Chiese poi, facendo un passo verso l'ingresso. Io glielo sbarrai prontamente col braccio.

– Credo sia meglio che vi riaccompagni a casa da *maman*. Tu hai dormito da lei stanotte, no? Sarà in pensiero... Meglio avvisarla al più presto.

– Beh... Sì, hai ragione! Ieri sera son rimasta da lei... col tempo che faceva non se ne parlava neanche di rientrare a casa; ho accettato il suo invito a pernottare da voi... ma tu adesso non devi accompagniarci, se non te la senti! Non ve n'è ragione... Continua pure a dormire! Io... Noi volevamo solo sapere se ti fosse successo qualcosa. Se stavi riposando... Sarai stanchissimo! Noi andiamo via. Penserò io ad avvisare *maman*, stai tranquillo... L'importante è che tu sia sano e salvo. Ti aspettiamo invece per colazione! Non mancare mi raccomando: *maman* muore dal desiderio di riabbracciarti. A mezzogiorno preciso!

– Stefanella, tesoro... Non aver paura, ci sarò. E adesso lascia almeno che vi accompagni giù: meglio non far impensierire *maman*...

Acconsentì con un gran sorriso.

Messa in carrozza Stefania, tornai allo studiolo domandandomi cosa Bianca avesse potuto udire di tutta la conversazione. Entrando in salone notai che si era rivestita completamente.

Mi avvicinai a lei. Mi guardò con uno sguardo trafitto da mille spilli.

Non avevo bisogno di domandarle perché. Ero consapevole di cosa avessero rappresentato per entrambi le assurde menzogne propinate a Stefania.

Lei non rivolse nessuna domanda. Non mi gridò in faccia dandomi del vigliacco o rinfacciandomi di averla trattata come una delle numerose amanti di cui la mia vita era costellata.

Senza dire una parola raccolse le sue cose e si diresse a capo chino verso l'uscita.

– Bianca... ve ne prego, non andate via.

La implorai. Lei si fermò e si volse verso di me con occhi torbidi.

– Bianca...

– E perché non dovrei?

Il suo viso si indurì, ma i suoi occhi traboccavano di lacrime.

– Perché voi non siete come le altre!

– Per il solo fatto che l'abbiate detto, dovrei correre via da qui...

Minacciò, facendo qualche passo verso di me.

– Bianca... restate. Vi scongiuro, ho così *tanto* bisogno di voi...

La presi per le braccia. Lei cercò di divincolarsi. Finii per stringerla a me con vigore.

– Bianca!... Cercate di capire, non si può stravolger ogni

cosa da un giorno all'altro: per questo genere di cambiamenti ci vuole tempo....

Le mie parole l'incollerirono.

– *Ci vuole tempo*? Tempo per *cosa*?

– ...Per i cambiamenti che... i cambiamenti che occorrerebbero in una circostanza come questa...

– Vi avverto che a causa di *questa circostanza* arriverete in ritardo: siete atteso per mezzogiorno, ricordate?

Malgrado la durezza delle parole restò e non potè impedirsi di ricambiare l'abbraccio. Volli ancora baciarla, e spogliarla e averla. E tornare a baciarla, vinto da un furore incontenibile di passione e desiderio, amore e tenerezza. L'idea di dovermene separare mi pareva impensabile.

Alla fine ci rivestimmo, continuando a baciarci fino a che non si divincolò da me con violenza.

– Vengo in carrozza con voi.

– E sia, purché mi lasciate andare...

Il tempo sembrava essersi ristabilito e non fu difficile trovare un vetturino.

Non riuscivo a tenerle le mani lontane, e per il breve tragitto in carrozza le feci scorrere lungo il suo corpo, come preda di un impulso irrefrenabile. Le carezzavo i capelli, l'aiutavo a coprirsi meglio con lo scialle, le scaldavo le gambe intirizzite, mentre passandole le dita sulle sue labbra, gliele baciavo ancora e ancora, senza riuscire a fermarmi. Lei mi lasciava fare, come se non avesse avuto altra scelta.

Arrivati davanti al portone di casa sua, insistei per scendere con lei. Ci riparammo in uno dei radi angoletti asciutti del marciapiede.

La baciai ancora, malgrado gli occhi indiscreti di certi passanti. Lei tornò a guardarmi colma di passione, per poi stornare lo sguardo, acchiappare in fretta i lembi del suo vestito dagli orli ormai a brandelli, e scomparire dietro al greve portone senza dire una parola.

Il conflitto italo-turco nella sua fase risolutiva. Gli ultimi preparativi per una spedizione militare - Chiamata delle classi sotto le armi. [...]

I preparativi militari.
IL RICHIAMO SOTTO LE ARMI della classe 1888
Roma 23 sera.
Il Giornale Militare Ufficiale uscito in data di oggi pubblica il seguente Reale Decreto di chiamata alle armi.

Un bagno caldo nel mio studiolo e dei vestiti puliti e ben stirati mi riportarono alla vecchia realtà. La celere carrozza mi condusse verso casa di mia madre.

La storia, il cui corso si burlava del mio doloroso trasporto per Bianca, aveva elaborato nel frattempo eventi carichi di fosche prospettive. I giornali di quel mattino parlavano chiaro. Tosto sarebbe stata la guerra.

Entrando a casa di mia madre avrei trovato una lettera e un telegramma. Nel telegramma Sandro mi implorava di far ritorno al più presto in redazione.

Accolsi quella richiesta come un primo passo verso la riconciliazione. Un pretesto qualsiasi per cancellare le nostre trascorse incomprensioni. Un nuovo inizio.

Le besoin de parler de lui aux autres

Il poeta dice la verità

Voglio piangere sopra la mia pena
e te lo dico perché tu mi pianga
e m'ami in un tramonto di usignoli
con un pugnale e con baci insieme a te.

Voglio uccidere il solo testimone
presente all'assassinio dei miei fiori
e mutare l'angoscia del mio pianto
in grano duro, in un covone eterno.

Quella matassa mai non si dipani
del t'amo m'ami, di tutto ardore sì!
Con decrepito sole e vecchia luna.

Quello che non mi dai non te lo chiedo,
no, ma muoia e di sé non lasci traccia
nell'estremo sussulto della carne.[21]

"Caro Giorgio,

Scusa se non ti ho scritto prima, ma l'incalzare degli eventi mi ha impedito di mettere a nudo con lucidità (condizione che in un tale momento mi è lontana più che mai) i miei sentimenti quel tanto che occorre per scrivere la lettera a un caro amico.

La sorte impietosa è venuta a bussare alla mia porta bolognese giorni or sono.

---

[21] Federico García Lorca, *I sonetti dell'amore oscuro*, traduzione di Claudio Rendina.

Come ben sai, dopo aver lasciato Roma, mi son stabilito a casa di mio padre, in quella che ritengo essere una delle città più affascinanti dell'Italia tutta.

Principiavo a trovare nelle mie letture, nelle solitarie passeggiate per i portici e nella compagnia del padre, un qualche briciolo di stabilità e pace, quando un telegramma giunto da Roma piombò con violenza nella mia vita oramai sedata.

Capitò una mattina molto presto; papà era ancora a letto e la luce pincipiava appena a filtrare dalle grevi tendine della mia stanza. Mi apprestavo al barbaglio della candela a finire una serie di calcoli che già da lungo tempo mi tengono impegnato (non riesco a venirne a capo in nessun modo!), quando il postino picchiò con vigore al portone.

Udii tosto i passi strascicati della Peppina (la vecchietta napoletana che in genere ci tiene la posta) dirigersi verso il portone, e poi trascinarsi per i venti gradini che menano alla nostra porta; le aprii con gioia, certo di ricevere una delle tue lettere.

– C'è un telegramma per voi, signor Patti! Ho pensato che si trattasse di una cosa urgente...

Dopo averla ringraziata di cuore e aver riflettuto su come ci si possa prendere cura del prossimo anche con piccoli gesti, aprii la busta fremendo. Lessi le poche righe e mi accasciai sulla seggiola più vicina, in un misto di eccitazione, dolore, sgomento ed euforia.

"Sono a Bologna = Hotel Roma = Aspettoti qui per mezzogiorno = Elisabetta"

...Alle 11.50 mi precipito alla fermata del tram che in qualche minuto mi conduce all'albergo Roma (tutto in questa città si raggiunge agevolmente con tale mezzo di trasporto). Scendo in quel tratto di Via D'Azeglio che precede Via Farini, col cuore che mi batte forte. La fermata si trova proprio davanti all'entrata dell'albergo, così non ho il tempo di prepararmi all'idea di rivederla. Lei è già là che aspetta. Finge di guardare la vetrina di un negozietto dalle tendine ricamate. Mi avvicino non sapendo che espressione assumere.

– Elisabetta... Che piacere inaspettato!

Lei ha l'aria imbarazzata. Mi sembra a disagio. Guarda giù per terra e capisco che vorrebbe piangere. Le propongo di fare due passi.

Superata Piazza Vittorio Emanuele, in Via Indipendenza, quasi difronte alla cattedrale, si trova una palazzina di recente costruzione. È lo splendido cioccolatificio Majani. Al primo piano ci si può sedere e gustare dell'ottima cioccolata calda. Le propongo di andare fino a lì. Lei annuisce, e, a braccetto, ci rechiamo verso Via Indipendenza. La piazza è affollata di gente che cammina in fretta verso mete a noi sconosciute. Li osserviamo sperando che non si accorgano di noi.

Giunti al caffè ci sediamo e ordiniamo della cioccolata in tazza; io cerco di mettere ordine nei pensieri. Non posso credere che sia venuta fino a Bologna per vedere me, ma il silenzio in cui si è chiusa mi preclude ogni chiarimento. Rinuncio infine a trovare un senso alla sua presenza, pago del semplice fatto di essere là con lei. Sarei in ogni caso troppo debole per ribellarmi: la calma che con pazienza certosina son riuscito a creare nel mio cuore nei giorni precedenti, viene spazzata via alla sua sola vista nel giro di pochi minuti.

– Siete da sola qua a Bologna?

Azzardo. Lei arrossisce.

– Sono con la cameriera e il cocchiere. Mamma doveva accompagnarmi, ma all'ultimo momento... Devo seguire certe cure mediche al S. Camillo.

Ci guardiamo; mi rendo conto che il S. Camillo non c'entra nulla: è venuta per me.

Mi fermo qua. Non ho il cuore di continuare il racconto. Da allora è venuta a trovarmi altre tre volte. Non oso descriverti lo stato d'animo di chi usa oramai Bologna come garçonnière, divenendo, suo malgrado, un adultero e un imbroglione.

Elisabetta è il veleno di cui mi son infettato, e nelle mie vene non scorre oramai che putridume e menzogna.

La amo con una passione che ha la potenza di un'epidemia devastatrice, consapevole di non esser invece per lei che una debolzza: non ha la menoma intenzione di lasciare Marcello.

Ecco a che punto si trova il tuo povero amico: ridotto ad aspettare nella città che un tempo custodiva la sua serenità, le visite rade di chi, con un amore indegno, gli avvelena il cuore.

Cos'altro aggiungere, Giorgio mio?

Ti scrivo presto. Rispondi se puoi.

Gli eventi precipitano ruinosamente, sebbene il partito principi con senno a prendere posizione contro la guerra. E tu? Come stai? Che ne è della tua amicizia con la Berardi? So che frequenti Bianca D'Ambrosio. E Stefania? Pensi che vi sposerete presto? Un forte abbraccio...

Sempre tuo

Enrico

Entrando in salone vengo accolto con commozione. Stringo la lettera di Enrico fra le mani. Non l'ho ancora aperta. Non so nulla della sua relazione adulterina con Bebé.

Maman mi viene incontro in lacrime. Ci abbracciamo. Al mio ingresso, Bebé e Marcello si alzano meccanicamente in piedi. Il cavaliere, Maria Stefania e la zia Adriana mi si stringono intorno. Con mia gran sorpresa, in un cantuccio del salone, scorgo Gaetano.

Dopo i convenevoli di rito, ci spostiamo nella stanza da pranzo e ci sediamo tutti attorno al tavolo.

Bebé e Marcello discorrono con *maman*, e zia Adriana commenta con Stefania il richiamo alle armi. Il cavaliere tace e ascolta.

Verso la fine del pranzo, proprio mentre *maman*, giubilante, serve agli invitati del Fernet Branca, *amaro tonico digestivo dei fratelli Branca di Milano*, Gaetano mi si avvicina e mi chiede di potergli dedicare qualche minuto. Ha da parlarmi.

Sin dal mio ingresso a casa, mi ero chiesto cosa ci facesse là con gli altri. Stefania aveva finito per bisbigliarmi all'orecchio di come si fosse presentato da *maman* senza farsi neppure annunciare, e di come *non si fosse potuto evitare* di invitarlo a restare.

Immaginavo bene di cosa volesse parlarmi. Ma come eluderlo?

Ci appartammo in un salottino e lo invitai a sedere su una delle poltrone dagli ampi braccioli.

Mi accorsi solo allora dello sguardo pesto, degli occhi gonfi e dell'abito sgualcito. Aveva l'aria di aver dormito vestito.

Non appena si sedette, diede immediatamente la stura a un oceano sterminato di parole. Ognuna di esse riguardava Bianca.

– Ieri sera è scomparsa... L'ho cercata ovunque: scomparsa senza lasciare traccia! Da principio tutto sembrava andare per il verso giusto. Aveva accettato di venire all'opera con un entusiasmo che dapprima mi aveva persino sorpreso. Passo a prenderla ed esce dal portone la ragazza più bella e raffinata che abbia mai incontrata... un'eleganza... non immagini! Giunti a teatro si lascia persino aiutare a montare sulla passerella. Una volta dentro vi cerchiamo, ma senza fortuna. Durante gli intervalli lei ride e scherza. Alla fine dell'ultimo atto, poi, mi dice di doversi allontanare per un attimo. L'aspetto fino a quando non smettono gli applausi e i vari bis. A quel punto mi rendo conto che non tornerà di certo indietro. Mi faccio largo fra la folla che si avvia verso l'uscita, e l'intravedo nella *hall*. La chiamo. Dapprima non si gira neanche, poi mi pare faccia finta di non sentire e si allontana scomparendo nella calca. Mi affretto verso l'uscita e la cerco dappertutto. Niente da fare! Ho fatto aspettare la carrozza almeno un'ora buona prima di ripartire alla sua ricerca. Purtroppo il temporale mi ha costretto a rincasare... Hai visto che diluvio? Tua madre ti ha perso solo di vista e temeva già per la tua vita, figurati la mia apprensione per Bianca che era sola e indifesa! Una volta a casa, non riesco a smettere di pensare a lei. Mi sentivo impazzire all'idea che le fosse potuto succedere qualcosa! Diluvio o non diluvio, decido comunque di uscire. Ho trascorso l'intera notte a cercarla.

Mi rivolge uno sguardo accorato.

– Alle prime ore dell'alba mi arrendo e decido di tornarmene a casa. Un incubo. Un vero incubo. Ho creduto seriamente di esser lì lì per perdere il senno... Non immagini!

Lo seguo come se mi stesse parlando di fatti e persone a me completamente estranee.

– Poi, lasciata passare qualche ora...

Piega in avanti la testa che sprofonda fra le belle dita forti, maschie, dalle unghie larghe.

– ...Ritorno a casa sua a Trastevere... non ricordo l'orario esatto... poco prima di passare da qui, comunque. Busso alla sua porta e il cuore mi si ferma nell'udire la sua voce. Apre, e me la ritrovo davanti: non le è successo niente! Ero così felice che senza neppure chiedere spiegazioni, la stringo subito a me.

La voce di Gaetano vibra d'emozione.

– Lei mi respinge, invece, con una veemenza tale da rimanerne agghiacciati... Non ride, non parla, se ne sta immobile davanti a me come una statua di marmo. Tutto ciò mi pare ingiustificato! Le chiedo, fremendo, di spiegarmi un tale comportamento. Le faccio presente che è difficile comprendere le ragioni di una simile ostilità, tanto più che è stata lei ad abbandonarmi a teatro e a sparire nel nulla...

Gaetano si interrompe di colpo e principia a singhiozzare.

Sebbene le categorie sul pianto maschile le abbia riviste di molto, quella scena mi mette addosso un insopportabile disagio. Lui, senza badare a me, si alza e passa sul viso un voluminoso fazzoletto. Solo dopo essersi concesso una lunga pausa, riprende il racconto parlando con voce rotta.

– "C'è qualcun altro, Gaetano", dice all'improvviso con dolcezza, ma senza far trasparire la menoma commozione. "Ve l'avevo accennato giorni fa, quando me lo chiedeste esplicitamente. Credevo che vi fosse chiaro...". L'ascolto incredulo. "E quest'altra persona... *chi è*? Posso almeno saperlo?", la imploro. Lei mi guarda come tentata per un attimo dal dirlo... ma alla fine glissa. "Ve lo confiderei volentieri, ma tale persona è impegnata. Inoltre... non credo ricambi i miei sentimenti". "*Chi* mai osa non ricambiarli, i vostri sentimenti, Bianca!?", esclamo fuori di me. Ma lei non risponde... Anzi, come se non mi avesse nemmeno udito, continua. "È una storia finita prima ancora di cominciare. Devo solo aspettare che mi passi... È una questione di tempo", aggiunge come se parlasse di un fastidioso contrattempo. Io palpito tutto... fremo in ogni parte del corpo. Avevo intuito... ma non credevo... a tal punto!

Da quel momento in poi Gaetano principia a sproloquiare. Mette in fila una serie di preposizioni tutte sconnesse, e io, pur volendo, non sono più in grado di seguirlo. Non so neanche come venirgli incontro, anche perché sento la vecchia fitta attraversarmi un fianco. Resto immobile davanti a lui, incapace di muovere anche il più piccolo muscolo della bocca. Poi la fitta mi abbandona all'improvviso. Tergo con una mano il sudore della fronte, e trovo l'audacia di alzarmi in piedi.

– Non so che dirti...

Mi guarda con aria avvilita. Si alza in piedi anche lui.

– Lo so... ma forse non c'è proprio nulla da dire... no? Lei non mi ama. Ama invece un altro che non la ama. Comunque non ama me. Che puoi farci tu?

Poi un lampo improvviso anima di vita il suo sguardo.

– Ma forse tu sai *chi* è costui?! Te l'avrà pur raccontato... Magari non ci hai fatto attenzione e lei te ne ha parlato distrattamente!

Mi scruta frugando da ogni parte con occhi vagellanti. Indietreggio, come per scacciarlo fisicamente. Ho voglia di farla finita e gettarmi nel fosso.

– Io non ne so nulla. Questo è certo.

Dico, senza lasciare ombra al dubbio e mettere così fine al nostro *tête à tête* con la più spregevole delle menzogne. Lui la beve. Si abbottona la giacca sgualcita e si avvia verso la porta.

Prima di uscire mi rivolge le inevitabili parole. Quelle che aggiungono il tradimento alla lunga lista dei miei crimini.

– Grazie di cuore, Giorgio... Io sono un ottimista per natura, lo sai. Cerco di non far pesare agli altri i miei guai... ma in questo momento... Beh... in questo momento la spalla di un amico su cui piangere è tutto.

E mi stringe la mano con affetto arrivando persino ad abbracciarmi. Lo allontano vinto da un senso di nausea. Lui non se ne accorge neanche.

– Non ti offendere se non saluto nessuno... Me ne vado alla chetichella. Non ho la forza di...

– Non ti preoccupare. Spiegherò io a *maman*. Ti vedo domani in redazione?

Annuisce, come se quello fosse stato l'ultimo dei suoi pensieri.

Partito Gaetano, resto a fissare il caminetto in marmo Luigi Filippo fortemente voluto da *maman* un inizio di maggio. Non so quale sua conoscenza ne possedeva uno identico nella principesca dimora. Alla fine anch'io mi ero dovuto inchinare all'armonioso sposalizio del camino coi mobili del saloncino. In particolare col bel *chiffonnier* in mogano dai superbi pinnacoli.

– Sei qua?... Ma non eri con Gaetano? Lui dov'è?

– È andato via.

– Che ti prende? Non stai bene? Hai un'espressione...

– No. Solo prima... adesso è tutto passato.

– Allora perché non ci raggiungi in salone? Ci cominciavamo a domandare dove foste finiti.

– Non ne ho voglia.

– Ma che dici? Perché non ne hai *voglia*?

– Ti ricordi a teatro?

– Che vuoi dire?

– Quando me ne sono andato via a un tratto.

– E allora? Non ti sentivi bene...

– Io mi sentivo benissimo, Stefania. Ricordi quando mi hai raggiunto correndo?

Lei abbassò lo sguardo, come se ripensare a quel momento potesse rovinarla una seconda volta.

– Sì. Ricordo. E con questo?

– Voglio spiegarti perché l'ho fatto.

Con un gesto nervoso mi poggiò le dita sulla bocca. La guardai sorpreso.

– No, non voglio saperlo! Non voglio saperne nulla! Sei tornato, sei salvo... Mi basta questo... Ti prego! Non dire *nulla*.

Esclamò, coprendosi poi il viso dal naso in giù.

– Ti supplico... Adesso va tutto bene! Quello che è accaduto prima che ti credessi ferito o morto nell'alluvione, non ha più importanza. Ho capito che se ti fosse successo qualcosa, non avrei mai voluto continuare a vivere. Ora è tutto finito. Tutto passato. Sei qui con me, *vivo*. Vieni...

Mi intimò, prendendomi per il lembo della giacca.

– Torniamo in salone; ci aspettano.

Poi si fermò all'improvviso. Mi guardò e si strinse al seno la mia mano.

– Possiamo ricominciare da capo, Giorgio, se solo vogliamo... Ciò che è successo prima di ieri non conta nulla. Facciamo come se il temporale di questi giorni avesse lavato via tutto! Si può... se solo lo si vuole.

Posò i suoi occhi sciupati su di me.

– Tu lo vuoi?

La verità era che io lo volevo con tutto me stesso. "*È una storia finita prima ancora di cominciare*", aveva detto Bianca, dopo avermi udito parlare con Stefanella.

– Lo voglio.

Risposi, conscio del fatto che non vi sarei riuscito mai più.

Volevo, sì, amarla senza ombre, sposarla e vivere con lei una vita felice, ma sapevo che non sarebbe stato più possibile dopo aver baciato Bianca, averla stretta a me, dopo averci fatto l'amore.

Paga delle mie buone intenzioni, Stefanella mi condusse

con risolutezza dagli ospiti, per dare il via a una commedia tutta nuova, tutta sua.

Una volta in camera da letto mi accinsi a leggere la lettera di Enrico che per tutto il giorno avevo tenuto stretta in una tasca.

La disperazione dell'amico mi addolorò e le sue ultime frasi mi lasciarono di sasso.

Non oso descriverti lo stato d'animo di chi usa oramai Bologna come garçonnière*, divenendo suo malgrado un adultero e un imbroglione.*

La sorte mi risparmiava almeno questo: io non sarei arrivato mai al punto di vedere Bianca occasionalmente in un'altra città, per possederla in un albergo a ore. Non avrei potuto dividere con lei il segreto di un adulterio consumato in luoghi lontani. Lei non mi sarebbe appartenuta mai, fintanto che la mia vita ufficiale fosse trascorsa con un'altra donna.

Dopo aver spento il lume mi rifugiai nel calduccio del mio letto.

"Bianca il veleno, Bianca la rovina, Bianca la perdizione .."

Recitando quella strana litania mi calmai, arrivando persino ad addormentarmi.

Socialistiche divergenze

LUN 25 SETTEMBRE.
I preparativi alla guerra.

Il giorno dopo, fra nuvole di ovatta, splendeva allegro il sole sulle teste di interventisti e pacifisti: i meteorologi avevan previsto tra i 24 e i 16 gradi.

L'aria sapeva di odore di terra umida e le immagini per la strada rimandavano a quelle dell'autunno quale si disegna nei libri di scuola: una ridente cittadina dai viali contornati da alberi spogli.

Vestitomi in tutta fretta, pieno di speranze, corsi in Via dell'Orso.

Lì nuvoloni ancora carichi di pioggia si annidavano invece foscamente ovunque.

Mi ero illuso di esser stato convocato da Sandro per dei motivi reali. Avevo salutato il suo telegramma come un espediente per riallacciare in qualche modo le fila del nostro rapporto, ma per tutta quanta la mattinata non venne a chiamarmi nessuno. Era dunque una pura formalità quella di convocarmi allo scoppio imminente di una guerra che io ripudiavo e che lui auspicava.

Restai nel mio ufficio, incerto sul da fare. Trascorsi il resto del tempo a leggere i numerosi quotidiani che ogni mattina venivano puntualmente accatastati sulla mia scrivania.

Le notizie parlavano chiaro. A eccezione della corrente che faceva capo al Bissolati e al Bonomi, il Partito socialista si era schierato *contro* la guerra coloniale in Libia, tirandosi addosso una pioggia di critiche.

La sera prima, verso mezzanotte, la commissione esecutiva della Camera del Lavoro di Roma, riunitasi in seduta straordinaria, aveva votato un ordine del giorno nel quale si dichiarava *assolutamente contraria* a ogni spedizione in Tripolitania, e deliberava di opporvisi con ogni mezzo, compreso, se necessario, lo SCIOPERO GENERALE.

Le colonne dell'AVANTI! tuonavano in modo inequivocabile: "La borghesia italiana non ha saputo conquistare economicamente la Tripolitania (chiaro!) e adesso anela alla grande e coreografica conquista politica".

Dopo aver fatto ritorno a Roma verso le 10.00 del mattino precedente, essersi recato dapprima al Ministero degli Interni per incontrare il ministro della Marina, e aver poi avuto un colloquio con i ministri degli Esteri, del Tesoro e della Guerra, il Giolitti non aveva dato, nell'arco della giornata, nessun avviso, disorientando la stampa italiana. La sera aveva fatto diramare a sorpresa un comunicato col quale convocava per le 15.00 del dì seguente il Consiglio dei Ministri.

Da Berlino era arrivata intanto la richiesta della conferma di una notizia ricevuta da Costantinopoli e indirizzata alla stampa teutonica, secondo la quale una nave italiana da guerra aveva fermato una nave turca da trasporto diretta in Tripolitania e carica di armi e munizioni. In Italia non se ne sapeva nulla, Ministero incluso.

In Sicilia, terra la cui sconvolgente bellezza trovò nei secoli espressione eccelsa nelle arti figurative, letterarie e culinarie, ma mai in politica, l'ing. Drago, ex consigliere comunale di Palermo, e altri numerosi *socialisti* palermitani, scrissero una lunga lettera al *Giornale di Sicilia* dicendosi favorevoli alla conquista tripolina. L'ing. Drago, in particolare, di questa necessità se ne dichiarava convinto sia come italiano che come vecchio organizzatore di lavori agricoli.

Gli inviati speciali delle testate italiane cominciano a partire in massa per la Libia. L'inviato speciale del *Giornale d'Italia* aveva telegrafato da Siracusa la sera prima, annunciando la partenza col piroscafo per quella notte. Non si sapeva ancora se lo sbarco sarebbe stato impedito dalle autorità locali.

Uscendo fuori dal mio ufficio per sgranchirmi un po' le gambe, incrociai Gaetano. Si avvicinò a me con calore. Stringeva in mano un volantino.

– Me lo hanno consegnato stamane dei compagni anarchici. Disse sventolandomi il pezzo di carta sotto il naso.

– Si tratta della raccolta di fondi per la creazione di un nuovo settimanale redatto dai compagni dell'AI[22]. Proprio oggi ha inizio il convegno nazionale. Nel pomeriggio gli anarchici di tutta Italia si recheranno in corteo al Gianicolo a deporre una corona sul busto di Carlo Pisacane. Pensi che la notizia interessi Boccanelli?

Concluse ironico. Poi mi si avvicinò con aria complice.

– Ancora una settimana, mio caro! Una settimana e mi libero dall'ignominioso servaggio... Hai sentito dei compagni palermitani? Che vergogna!...Troppa povertà e ignoranza in Sicilia: il comunismo non attecchirà *mai*! Credimi... persino i socialisti si mettono a sperare nella guerra *in Sicilia*! Hai letto l'articolo del *Messaggero* sui «socialisti»? Che vergogna! Ci facciamo rinfacciare da quegli imbrattacarte borghesotti di non essere mai stati abbastanza socialisti, di scappare alla prima occasione di dimostrarlo, per paura di perdere consenso... di non fare che un'opposizione formale, ché alla fine siam fatti della stessa pasta di coloro che critichiamo... Che vergogna! E sai quel che è peggio?... Tutto ciò che ci rinfacciano è *vero*! *Ve-ro*, fino all'ultima parola! Siamo socialisti e non siamo stati mai compatti quando sarebbe occorso... parlo dei vari scioperi, Parma nel '04, quando si trattò di votare certe leggi sulle spese militari in parlamento (non avendone fra l'altro mai osato proporne di chiare e inequivocabili *contro*)... E questo perché? Per paura di perdere consensi. *Essere di sinistra implica una coerenza nelle proprie idee e una integrità d'animo fuori dal comune.*

---

[22] Anarchici Italiani.

Lo guardai col fiato sospeso, ammaliato dalla celebre frase. Lui annuì commosso.

– Sì... Sono le parole di Bianca. Le ripeto perché le trovo incommensurabilmente giuste...

Un velo di lacrime annacquò i suoi occhi tanto che fu costretto a sfilarsi gli occhiali e ad asciugarseli col fazzoletto. Aveva smesso di sorridere. Senza parlare mi mise in mano il volantino della raccolta fondi, e dopo avermi fatto un breve cenno col capo, si dileguò.

Decido di volgere i miei passi indietro e di ritornare al mio bucolino.

Mi metto di nuovo a ripensare all'estate. A tutte le volte che mi sono trovato da solo con lei, alle nostre passeggiate, alla sua preziosa compagnia. Come avevo potuto lasciare che partisse da Guarcino e accontentarmi del poco che mi rimaneva senza di lei?

A un tratto non ebbi più voglia di rinchiudermi nel mio ufficio.

Continuai a errare per i corridoi della redazione. Cercavo di rimettere tutto in ordine. Bianca aveva dichiarato a Gaetano che nel giro di poco mi avrebbe dimenticato. In quel caso si poteva escludere la possibilità di continuare a vederla clandestinamente una volta sposata Stefania. Come sormontare l'*impasse* che costituiva il mio fidanzamento?

Senza volerlo feci ritorno al mio ufficio.

Successe avvicinandomi al tavolo di Adele, mentre il mio sguardo cadeva su dei fiorellini gialli che agonizzavano in un vasetto: mi persi per la prima volta nella consapevolezza della sua assenza. Cosa avrei fatto se non l'avessi più rivista?

Non piansi. Feci un giro di *walzer* con Adele, che ho sempre preferito a Elisa la bionda, troppo seria.

Adele, avvezza alle mie stranezze, diede prova di grazia in quei pochi passi che mi concesse con civetteria.

Dopo averla pregata di cambiare i fiori del suo vaso e di sostituirli con altri più freschi, continuai a vagare con la mente in scompiglio.

Poi a un tratto la luce, la speranza, la vita.

Uno dei redattori in cui mi imbattei per un'oziosa questione di spazi pubblicitari, mi raccontò per caso che il corteo antinterventista si sarebbe unito al corteo anarchico di cui mi aveva parlato Gaetano. Sapevo che la partenza era prevista per le 15h00 da Campo de' Fiori. La meta finale: il Gianicolo e il busto di Pisacane.

Risi da solo della fortuna immensa che mi era piovuta fra le mani. Incontrarla casualmente avrebbe avuto tutt'un altro peso che il recarmi al circolo di Largo Argentina a bella posta. E anche se lei aveva deciso che la nostra storia sarebbe dovuta "finire prima di cominciare", incontrandomi per caso non avrebbe di certo potuto fare a meno di salutarmi.

Era tutto molto semplice. Avrei scorto la sua chioma rossa fra la folla e mi sarei avvicinato a lei. Al Campo de' Fiori. Alle tredici.

Nascosta dietro alle belle edizioni parigine del XVIII secolo, custodivo una simpatica bottiglietta di vodka russa acquistata in una di quelle cupe, affollatissime bettole di Mosca. Lontana da sguardi indiscreti, la tenevo in un angolino per i casi di estremo bisogno.

Tutto arzillo e animato dall'accattivante prospettiva, mi feci prendere la mano, e un bicchiere dopo l'altro, me la scolai tutta, la dannata bottiglietta!

Ero già piuttosto ubriaco quando Adele entrò a ricordarmi di un odioso impegno per pranzo. Me ne ero dimenticato.

In fondo come ricordarsene dopo essere stato dentro di lei?

Tamburellano silenziose e ormai disperate. Stringono una tazza di caffè caldo e poi cercano di scandire ancora il tempo che in questa stanza pare infinitamente lento.

Sono le mie dita che non riesco a controllare.

Sfuggono alla mia volontà di rimanere seduto sul divano del cavaliere e di non preoccupare Stefanella che cerca di farmi sentire tutto il suo amore nel porgermi la tazzina bollente.

– E allora vai al comizio degli anarchici contro la guerra?

Oggi è più bella che mai. Il suo viso è sereno, la fronte distesa. Indossa un abito morbido che mette in risalto un corpo che non ha nulla da nascondere e che si espone volentieri perché non teme il giudizio.

– Cos' hai, amore mio?

La sua dolcezza mi tocca al punto tale che piangerei se solo potessi. La guardo con un'inquietudine che non riesco a celare. Ripenso a Bianca.

– Pensi che io sia un uomo *sbagliato*?

Le dita si concedono una tregua. Per un attimo riprendo a respirare regolarmente.

– Credi che io aspiri a qualcosa cui la gente comune di solito non aspira? Credi che ciò che sia importante per la gente comune per me non lo sia? Credi vada contro il *buon senso*?

Mi sorride con malinconia.

– No, non lo credo.

Risponde prontamente. Poi fa una pausa come per mettere ordine nelle idee. Attendo col fiato sospeso.

– In verità ci ho riflettuto a lungo in questi giorni. ...Credo che tu sia solo un po' *confuso*.

So che i suoi occhi raramente mentono; non lo fanno neanche in questo momento. Sono io che non vi leggo più alcuna verità. Perché non tutto viene detto. Adesso. In questa stanza. *ORAINQUESTOMOMENTO*. E io ne ho bisogno invece. Che tutto venga detto. Di respirare.

Non accetto più di celare la verità solo perché qualcuno potrebbe pensarne male. Se potessi piangere...

Lei mi si avvicina e tenta di esprimere come meglio può la sua ammirazione.

– Sei un giornalista. Passi il tempo a cercare ogni giorno di capire come stiano le cose per gli *altri*... e a volte succede che ti riesca difficile capire come stiano invece per *te*... Penso che questo possa capitare a tutti una volta, solo che quando capita a te che sei tanto sensibile, ogni cosa assume un significato diverso, e finisce che perdi il controllo della tua vita. Tu non sei affatto *sbagliato*: è un' idea sciocca. È soltanto che ti sforzi di *capire*... Molti preferiscono vivere nell'indifferenza. Tu no. Ed è per questo che io ti amo.

Fece una breve pausa prima di pronunciare la frase la cui gravità l'intimoriva.

– Le altre persone a volte mi appaiono solo mostri prigionieri dei propri limiti...

– ...Eppure tu vivi fra questi *mostri*! ...E non mi pare che la cosa ti abbia mai infastidita!

– Ma è questo che fa la differenza fra te e me. Io tutto questo lo accetto perché è comunque "la norma", tu invece sei esigente e sensibile, e lo respingi, lo biasimi... Ciò fa di te un grand'uomo e di me una donna come tante.

Concluse infine alzando le spalle. Gli occhi le brillavano di fierezza. Fierezza per l'*altro*. Quel desiderio di apparire se stessa unicamente nel riverbero di ammirazione per l'amato, mi rivoltò. Il suo oro, i suoi capelli biondi, quel vestito color perla... tutta quella bontà accondiscendente che il tono della sua voce emanava caldamente, per poco non corrosero l'unica cosa autentica che mi era rimasta. L'unica certezza ancora. IL MIO DOLORE. La dolorosa consapevolezza dell'*essere senza Bianca* mi accompagnava ovunque andassi, e rimaneva il solo sentimento di cui non avessi onta. Le parole di Stefanella aspiravano a un benessere che mi avrebbe ricacciato nella menzogna e nel putridume.

Lei sapeva del rifiuto che ero diventato, ma preferiva ignorarlo... Lo ignorava per orgoglio, per comodità, per paura, o perché non sarebbe mai stata in grado di affrontarlo. Non le avrei permesso più di scagionarmi così facilmente. In fondo era lei che non capiva. E le sue mani non si tormentavano mai, ma agivano secondo le convenienze. Mani insostenibilmente curate, educate dalle suore ad agire sempre nel migliore dei modi.

Mentre impartiva disposizioni alla cameriera sul come apparecchiare la tavola da pranzo, principiai a osservarla. Le sue parole adeguate, il suo respiro regolare, i movimenti aggraziati, tutto in lei appariva il prodotto mostruoso di un agio e di un benessere che non avrebbero mai conosciuto la vergogna.

E quando pensavo, con amarezza, che non avrei potuto riprovarla di più, lei si volse verso di me e mi bisbigliò qualcosa all'orecchio.

– Papà ha detto che oggi è stanco e che dopo mangiato vorrebbe andare a letto a riposare...

Si alzò e mi fece strada verso la stanza da pranzo.

– Capisco... Non si sente bene?

Prendevo tempo, ma sapevo alla perfezione cosa intendesse.

A PRANZO.

Sorbire una minestrina.

Il cavaliere rivendica le ragioni dell'opportuno intervenire. Sostenere il governo in ogni modo.

La minestra è inadeguata. Fa ancora troppo caldo.

La fronte di Stefania si imperla di sudore. È ancora più bella. Di una bellezza che non mi dice assolutamente nulla. Una grazia muta.

Lei mi guarda. Io non mi curo neanche di rispondere al padre e ciò la preoccupa.

– A presto Giorgio. Porto queste vecchie ossa a riposare. La Catina resterà con voi. Stai bene e non pensare troppo alla guerra. Noi sopravvivremo a *tutto*!

Il vecchio cavaliere si allontana trascinando l'armatura arrugginita... Lo saluto a malincuore.

Il pasto caldo mi ha rimesso in forze. Sono più cosciente e me ne duole.

La Catina ha pensato bene di dileguarsi. Stefania mi osserva.

– Cosa fai *adesso*? Resti?

Mi dice con tono ammiccante.

Tira poi le tende delle finestre come se dovesse cullare un bambino per farlo addormentare.

Mi viene incontro. Mi si avvinghia...

– Sei irrequieto in questi giorni. Adesso puoi trovare la calma che cerchi...

Lo dice con un leggero imbarazzo, ma in modo allusivo, quasi a sfidarmi. Sono preso da una voglia incontenibile di raccontarle di tutte le altre. Di farle capire che lei, in fin dei conti, non è che una delle *tante*.

Invece non apro bocca.

Il suo odore mi innervosisce.

Le sue labbra solleticano le mie. La devo allontanare e passarmici sopra le dita per attenuare il prurito. Lei lo accetta; perché non sa che questo è un gesto assurdo che un uomo innamorato non farebbe mai.

Mi viene ancora più vicino.

Mi chiedo il perché di tanta impazienza. Non posso darle nulla. Solo limitarmi a bagnarle i vestiti, gridando un piacere tutto mio. Niente a che fare con lei direttamente.

Ma questo lei non lo sa. Non lo potrebbe sapere mai.

E non indaga. Non si pone domande. Io sono così e lei lo accetta fintanto che non la lascio. Non se la sente di sapere perché son scappato di corsa dal palco dell'opera. Preferisce restarne fuori.

S'è spogliata. Da sola.

Mi sembra che si sia organizzata bene prima. Per essere più autonoma.

Ho vergogna di trovarmi là con lei, e anche di non riuscire ad andarmene.

Lei mi si riavvicina languida. Cerco di respingerla con dolcezza, e l'allontano da me con mille pretesti. Lei non si perde d'animo e si fa più sfrontata. Mi si cinge al collo e si strofina su di me con un'insistenza esasperante. La stringo controvoglia, e una volta dentro di lei mi impedisco di piangere. Quello che faccio mi rivolta perché sento di appartenere *irrimediabilmente* a Bianca.

Lei non fiata, invece. Ha troppa paura. Vengo prima io e le sporco il bel vestitino perla.

I-M-B-R-A-T-T-A-T-O.

La osservo... Mi sorride fiacca e cerca di rivestirsi lentamente. Leggo nel suo sguardo un senso di disagio: non è certa di essermi stata di qualche beneficio.

Io rimango disteso per terra, impegnato a respirare.

Potrei non alzarmi più. Sì, c'è anche questa possibilità... Dopo tutto, potrebbe risultare piacevole. Giacere su quell'angolo di pavimento per il resto della vita. Costringere gli altri a venirmi a trovare esattamente in quel punto. Forzarli a sedere lì con me, se proprio sentono la necessità di comunicarmi qualcosa.

– A che pensi, Giorgio?

Mi domanda specchiandosi nel mastodontico specchio di una *consolle*, con i gomiti alzati e le mani fra i capelli.

– ...Perché non ti alzi? Potrebbe arrivare la Catina, o papà potrebbe svegliarsi prima del solito... Sono preoccupata perché mi è venuto in mente che non ha preso il suo digestivo. Ricordandosene, potrebbe alzarsi e venire proprio qua! Non vuoi toglierti da quella posizione tanto scomoda?

La guardai senza parlare. Si era già rivestita e sembrava che nulla avesse bruttato la sua anima di verginella. L'espressione in viso del genere *mai-toccata-con-un-dito*. I capelli a posto. Pettinati con cosa? Perfetti.

– Giorgio, TI PREGO, alzati! Temo che mio padre possa entrare da un momento all'altro.

Mi alzai tanto lentamente che mi chiesi se non fossi già malato e non stessi per morire in quel modo bizzarro, cosí, nell'alzarmi dopo essermene venuto in casa del Cavaliere Vermigli sull'abito perla della sua bambina.

Adesso me ne vado e mi butto a capofitto nella ricerca di Bianca.

– Io vado, cara.

– ...Di già?! Ti ho chiesto di alzarti da terra, non di scappare via!

Ma abbiamo già consumato, che diavolo vuoi di più?!

– Ma io non sto scappando, è solo che ho da...

– Ti prego, resta ancora qualche minuto!

Non me lo chiedere Stefanella. Non ne posso più, lasciami andare via!... Lasciami in pace!

– Cara... lascia che vada. Io... Io non sono dell'umore oggi... di... di restare qua con te.

– Ma allora dimmi di che hai voglia... ti accontenterò!

Di pronunciare il suo nome davanti a qualcuno, di stare con lei, di vederla di nuovo... di poterla baciare, amare e dimenticare di averti toccata.

– Non puoi. Non sono dell'umore adatto... lascia che vada!

– E sia!... In qualsiasi modo si ricominci, l'epilogo è sempre lo stesso... Vai! Vai pure... se è questo quello che vuoi! Ma è talmente... ingiusto!

Le ultime sillabe le si strozzarono in gola e principiò a singhiozzare.

– Mi dispiace che tu la prenda in questo modo. Stefania mia, cerca di capire... Devo andar via, Stefania, si tratta della mia professione!

Senza avvertire il minimo imbarazzo, ma al contrario un senso di equità che trovava infine la sua espressione, le baciai la fronte e mi allontanai sollevato verso l'uscio.

– Aspetta!

Mi raggiunse trafelata e, sforzandosi di sorridere, cercò di affrancarsi da quell'irritante sconsolatezza.

– Devi incontrare qualcuno adesso?

Risposi in modo risoluto.

– No. Perché lo domandi?

– Così, una curiosità.

La sua voce si raddolcì improvvisamente.

– Allora buona serata, amore mio... e a presto!

Prima di lasciarmi varcare la soglia volle assolutamente baciarmi sulla bocca.

Usus altera natura est

Non trovai Bianca alla manifestazione che si radunò alle 15.00 a Campo de' Fiori e che proseguì da lì per Corso Vittorio Emanuele, Torre Argentina, Via Arenula, Viale del Re e Via Manara fino al Gianicolo. Non intravidi il viso di Bianca fra la folla esaltata al grido dell'Internazionale o all'Inno dei lavoratori. Pochi furono i riferimenti a Tripoli. Fra i comunisti anarchici del "Germinal" di Grosseto, il Fascio anti-religione e verità, il gruppo anarchico di Ferrara, il sindacalista romano, l'anarchico Carlo Pisacane, la Gioventù anarchica di Civitavecchia, l'Unione Compagni Anarchici e il gruppo Germinal di Piano Romano, tutti da me meticolosamente prima osservati e poi scartati, scorsi infine la sospirata delegazione del Circolo Argentina: quattro o cinque ragazzette mai viste prima.

Lungo il percorso, molte guardie in divisa e in borghese si godevano la bella giornata. Non avvenne nessuno scontro. Agli encomi della signora Ryger e dell'avvocato Di Blasio davanti al busto del Pisacane, mi dileguai.

Decisi di non tornare in redazione, e mi diressi spedito verso il mio studiolo.

La verità era che avevo orrore di cosa avrebbe potuto rappresentare la mia vita senza di lei.

Il vuoto che avevan creato i miei dissapori con Boccanelli, niente e nessuno avrebbe potuto colmarlo, eppure immaginavo che prima o poi avrei finito col farmene una ragione, ma l'idea di vivere senza più vederla non sapevo in che maniera affrontarla, come risolverla.

La possibilità di passare il resto dei miei giorni con lei mi pareva sconsiderata e irrealizzabile, un inconcepibile capriccio della mia mente esaltata, eppure sentivo che non ci sarebbe stato mai *nulla* in grado di eguagliare la perfezione di un simile progetto. Amavo mia madre e amavo Stefania: non avrei voluto mai ferirle o deluderle. Ma come negare l'avitaminosi che ammorbava il mio fidanzamento? Come risolvere il mio inestinguibile, perpetuo struggimento per Bianca?

Davanti alla porta del mio studiolo cambiai ancora idea. Non avevo voglia di ritirarmi in quell'insostenibile silenzio. Allora che fare? Dove andare?

Sarei dovuto passare dal circolo di Bianca, ma una volta là non avrei saputo che dire, dove mettere le mani. Inoltre, chiedere di lei per sentirmi rispondere che era occupata o assente, mi pareva una prospettiva insopportabile. Eppure sapevo di non avere scelta: dovevo correre quel rischio.

Dopo essermi sincerato che non si trovasse a casa sua, a Trastevere, a cuor serrato mi recai a Largo Argentina.

Esitai per qualche minuto davanti alla porta a vetri del circolo, poi presi il coraggio a due mani ed entrai. Mi presentai facendo ricorso alla mia conoscenza più intima: la zia Adriana. Venni accolto con freddezza e diffidenza, trattamento riservato aprioristicamente a tutti gli esseri di sesso maschile che varcavano quella soglia. Io, dal canto mio, non riuscii a restare calmo. E quando, all'ingresso, le due ragazzette ventenni mi dissero che Bianca D'Ambrosio era fuori città, non osai neppure chiedere quando sarebbe rientrata.

Infine, nel fuggire da quel posto, inciampai sul gradino della porta e venni raggiunto da una delle due *suffragette*. Mi si avvicinò e mi aprì con una specie di sorriso.

– Lei conosce di certo Emilia Berardi.

– Sì... la conosco. Perché?

– Può provare a chiedere a lei quando torna la D'Ambrosio. Emilia lo saprà di sicuro. Adesso non è qua, ma può provare a cercarla a casa. A quest'ora dovrebbe essere là a lavorare. Ha l'indirizzo?

Dopo averla ringraziata ed essere finalmente venuto fuori da quell'impiccio, chiamai una carrozza.

L'idea di recarmi da Emilia mi era fastidiosa. Esitai non poco prima di dare al vetturino il suo indirizzo. Non la vedevo dalla volta in cui ci eravamo lasciati al Caffè della Pace, e immaginavo di non essere il benvenuto a casa sua.

Alla fine mi risolsi ad andare: nella disperazione non si ha il tempo di badare alle inezie...

Voce dolce e lontana in me versata.
Voce dolce e lontana assaporata.
Voce dolce e lontana che si smorza.

Lontana! Una ferita cerva oscura,
Dolce! Come un singhiozzo nella neve.
Lontana e dolce, infissa nel midollo![23]

La signora che si occupava dell'immobile aveva dovuto di certo avvisarla, perché mi sembrò che si fosse profumata e ravvivata i capelli, prima di aprire la porta.

– Che ci fai qui?

Furono le prime parole che mi rivolse.

– Mi spiace disturbarti, ma è una cosa... urgente. Avevo bisogno di parlare con te. Al circolo mi hanno detto che ti avrei trovata qua.

– Entra. ...Al "circolo"? Ti sei deciso a mettervi piede? Dimmi... le compagne ti hanno poi mangiato il naso, come temevi?

Era un ambiente soffocante. Troppi oggetti alle pareti, troppe stoffe, troppi tappeti.

– Possiamo aprire la finestra? Non respiro...

Alzò gli occhi al cielo e nell'avvicinarsi col corpo alla maniglia della finestra, piegò leggermente il busto sullo schienale di un divano, scoprendo per metà la schiena.

---

[23] Federico García Lorca, "Il poeta parla al telefono con il suo amore", *I sonetti dell'amore oscuro*, le ultime due strofe, traduzione di Claudio Rendina.

– Ti disturbo? Che stavi facendo?

– Leggevo una rivista di moda femminile. Ero arrivata al romanzo a puntate *L'onore della mamma morta*.

– Perché ti burli di me?

– Perché non te ne importa nulla di cosa stessi facendo.

– ...Non è vero. Magari in questo momento sono un po' distratto.

– In *questo* momento? Che ci fai a casa mia? L'Italia entrerà in guerra. È questione di poco. Non dovresti essere in redazione?

– Come stai, Emilia?

La domanda la infastidì.

– Lavoro al testo di certi volantini... ci siamo schierate coi compagni della Gioventù Socialista, le Camere del Lavoro e le Società Operaie. Sono molto attivi in questi giorni e bisogna sostenerli. Vuoi sederti un attimo?

– Sì, grazie. Resto un po' se non ti spiace.

Il viso largo e luminoso mi scrutava con attenzione. Dopo qualche minuto di silenzio le si arricciò la fronte liscia.

– Sai, devo essere sincera, vorrei sapere per quale motivo tu ti trovi qui. Cosa vuoi?

Mi sforzai di ridere. Bisognava spiattellare tutto. Sputare il rospo per sapere. Per estorcerle l'informazione.

– Ecco... ho bisogno di sapere una cosa. Le tue colleghe mi hanno detto che tu forse puoi aiutarmi.

Rise di stupore.

– Allora chiedi...

Avrei bisogno che tu, l'amante rigettata, mi dicessi senza fare tante storie dove si trovi in questo momento l'unica donna di cui mi sia veramente importato nella vita.

– Ecco, volevo sapere...

Con mia gran sorpresa mi prese la mano.

Un pensiero mi procurò poi una fitta così intensa al fianco, che dovetti piegarmi bruscamente: la bocca di Bianca.

Ripensai alla sua bocca. "Le sue labbra adorate". Che voglia di dire quelle parole... di gridarle! Lesuelabbradorateadorate... le-sue-labbra-dorate... le-sue-labbra-adorate da me... da me... damedamedame... dame-dame...

La respinsi con foga.

Il viso tirato, lo sguardo serio, mi guardò piena di livore.

– Senti Giorgio, non vorrei dover ricominciare tutto da capo... cosa cerchi qui da me? Quando ci siamo lasciati... per me... non è stato facile. Non vorrei ritornare a...

– Mi spiace, ero venuto per un'altra faccenda...

La sua compassione era agli sgoccioli.

– Te l'ho detto che non sai ciò che vuoi. E comunque è certo che non vuoi *me*. Quindi... ho altre cose più importanti da fare. Se non ti spiace...

Parlando, richiuse con cura la vestaglia. Dopo tutto non sembrava arrabbiata, forse solo un po' infastidita, seccata dall'imprevisto più che altro.

Alzò le spalle e si aggiustò la vestaglia corta sulle ginocchia.

– Dimmi in cosa ti posso essere utile. Se posso aiutarti, bene! Altrimenti...

E con un gesto rapido indicò la porta d'ingresso.

– Sai che odio perdere tempo...

Il mio silenzio la disorientò. Rifletté un attimo.

– Tu mi piaci... questo devi averlo capito. Adesso è passata, ma a settembre... Ora non ci penso neanche più ma... non vorrei ritornare indietro e ricominciare tutto da capo. Insomma... non capisco perché tu sia venuto.

– Cerco qualcuno. Non mi è ancora chiaro il perché...

– Tutti cerchiamo qualcosa senza comprenderne i motivi.

Ma che senso aveva spiegarle? Non era corsa lei a sfogarsi proprio con Bianca, dopo la nostra rottura? Anche se avesse saputo qualcosa, non si sarebbe piuttosto chiusa, com'era comprensibile, in uno sdegnato silenzio?

– Ti dispiace se me ne vado?

Scosse il capo nervosamente.

– Fai come credi.

Il tono della voce s'era fatto aggressivo. Me ne dispiacqui. D'altra parte, come volergliene?

– Hai ragione a essere in collera, Emilia... ma... non ti posso spiegare, scusami... Facci pure sopra dell'ironia, di' che sono il solito egoista. Resta il fatto che quello che cerco mi dà il tormento... e io... io proprio non posso trattenermi dal... non lo posso evitare. Non riesco a conviverci e neppure a ignorarlo. So che ci sono problemi ben più gravi nel mondo... gli operai in Inghilterra, i minatori e le loro condizioni, e che in Cina la donna è trattata come una bestia... eppure l'incubo che vivo in questo momento a me sembra l'inferno peggiore...

Presi il cappello e mi avviai verso la porta.

– Cerchi per caso Bianca D'Ambrosio?

Sussultai. Mi fermai e tornai indietro verso di lei. Sapeva che Bianca e io eravamo molto amici.

– E se fosse?

– Posso solo dirti che in questi giorni al circolo non si è vista affatto. Nelle ultime settimane io ero impegnata con un affare fuori Roma, ma ho sentito dire che per il momento è *fuori città*. Dicono tutti che sia partita all'estero. Io non sono neppure riuscita a parlarle o a vederla, prima che partisse.

– All'*estero*? *Dove* all'estero?

– Scosse la testa con solennità.

– Proprio lo ignoro... Mi dispiace.

Fu come perdere l'ultima speranza di ritrovarla. La cosa mi fece precipitare in uno sconforto tale, che a stento trovai la forza di salutarla. Un nodo mi serrava la gola e sentivo che se non fossi corso via, mi si sarebbe sciolto, per esprimersi in un patetico balbettio. Vacillai verso le scale.

Stavo per battere finalmente in ritirata, quando l'amante tradita mi bloccò bruscamente dalla spallina della giacca.

– Non è possibile!

Urlò, portandosi una mano alla bocca.

– Allora sei *tu*!

Mi fermai di fronte a lei a capo chino, in dubbio io stesso su *cosa* fossi.

– Sei *tu*...

– Che vuoi dire?

Esitò un momento, incerta se proseguire.

– ...Sei tu *l'altro uomo*, quello che non la ama.

A quel punto la guardai e non riuscii a celare lo stupore.

Di chi parlava, l'amante respinta? Parlava di Bianca? *Qualcuno* non l'amava? *Io* non l'amavo? Lei era fuggita all'estero per risanare il suo cuore. Io non lo avrei risanato mai più, il mio cuore in frantumi.

Emilia se ne stava imbambolata a fissarmi con un'espressione stupefatta.

– Sei tu!... Sei tu... che stupida a non averlo capito prima!

Ripeteva, ridendo nervosamente.

– Certo! Sei tu l'uomo che è riuscito a infinocchiare la D'Ambrosio, quello *che ha un'altra.*

– *Chi* ti ha raccontato tutto questo?

Fece due passi indietro e restò a fissarmi.

– Ma come hai potuto ripeterlo anche con lei?

– Non è così... tu non sai... non capiresti...

Implorai.

– *Capire*? E che c'è da capire?

– Rise più forte, volgendo il capo all'indietro.

– ... È la storia più vecchia del mondo... Non c'è niente da capire!... La vecchia storia del borghese annoiato che non riesce a opporsi alle regole impostegli dalla morale della società, e reagisce consolandosi con la prostituzione o l'adulterio.

Trovai insopportabile quella definizione. Le sue parole inzaccheravano il mio sentimento per Bianca, declassandolo al rango di semplice storiella. Dovevo fare qualcosa.

– Non cerco la tua comprensione. Capisco perché tu reagisca in questo modo, ma, ti prego, non mescolare il *suo* nome col tuo o con quello di chiunque altra... Replicai con durezza.

– Pensi davvero che i tuoi sentimenti per lei siano *unici*, così come l'hai pensato per me?!

La guardai impotente. Avrei avuto voglia di dirle in faccia che non mi importava nulla di lei o delle sue teorie. La verità, per quanto banale fosse, era che ciò che avevo sempre amato in lei, Emilia, era *Bianca* e ancora Bianca, solo Bianca, da sempre Bianca...

Decisi di desistere: qualsiasi cosa avessi detto, non avrebbe cambiato nulla.

Rinfilai il cappello e me ne andai senza dire una parola.

Soffrivo già abbastanza da me.

L'amore dorme sul petto del poeta

Non saprai cos'è questo mio amore
perché addormentato dormi su di me.
Ti nascondo di lacrime, inseguito
da una voce d'acciaio lancinante.

La norma che scompiglia corpi ed astri
s'è fitta nel mio petto dolorante
e hanno morso le torbide parole
le ali del tuo animo severo.

A gruppi gente salta nei giardini,
attende il corpo tuo e la mia agonia
in cavalli di luce e verdi crini.

Ma continua a dormire, vita mia.
Senti il mio sangue rotto tra i violini?
Attento! Ci spia qualcuno, attento![24]

LA FASE ACUTA DEL CONFLITTO ITALO-TURCO
La situazione a Tripoli si è aggravata. Lo sbarco è già avvenuto? [...]. Roma 25, ore 21.20.

Quattrocento socialisti romani protestavano contro la volontà di tutta la nazione. Neppure la Camera del Lavoro di Roma vuole che si vada a Tripoli e ha voluto chiamare oggi a comizio il proletariato come avvertimento del prossimo sciopero generale. Stamane per i muri di Roma erano affissi i soliti

[24] Federico García Lorca, *I sonetti dell'amore oscuro*, traduzione di Claudio Rendina.

manifesti rossi dell'Unione Socialista della Camera del Lavoro invitanti gli operai a sospendere il lavoro per le 16.00 e recarsi all'orto botanico.
Le sospensioni minacciate non sono state eseguite perché alle 16.30 erano pochissimi gli operai all'orto. In questura sono stati presi i soliti provvedimenti.
Alle 17 è stato aperto il comizio alla presenza di quattrocento persone comprese le guardie in borghese! Il giovane compagno Vella non ha potuto parlare per un gruppo di nazionalisti che gridava: W Tripoli! Ne è seguito uno scontro in cui i socialisti hanno ingiuriato i nazionalisti.
Invano alcuni "compagni" incitano alla calma. Intanto il cavaliere Ripandelli fa avanzare i plotoni dei carabinieri. Da ogni parte si grida "Fermi! Fermi". Così è avvenuto il primo tafferuglio fra socialisti e nazionalisti. Il "compagno" Caramiti ha invitato la folla ad andare alla Casa del Popolo dove l'ordine del giorno dell'avvocato Ducci ha accolto al grido: "Sciopero generale!".
Gli obiettivi della spedizione tripolina, legittimi per la borghesia militaresca, sono estranei ai diretti interessi del proletariato che solo dovrebbe farne le spese.
Cento persone votano lo sciopero generale.

RIUNIONE DEL GRUPPO PARLAMENTARE SOCIALISTA
E DELLA CONFEDERAZIONE DEL LAVORO.
In una sala della Società Operaia si riuniranno i membri della Confederazione del Lavoro, la direzione del Partito socialista e il gruppo parlamentare socialista per discutere in merito alla questione dell'impresa tripolina.
Il Consiglio generale della Camera del Lavoro è stato convocato in seduta plenaria per stasera, lunedì 25 corrente, alle ore 20 precise.

– Ci siamo, Giorgio! I compagni si mobilitano per lo Sciopero Generale! Alle 4h30 questo pomeriggio, tutti all'orto botanico! Io mi libero fra un'oretta e corro là... tu che fai? Vieni con me?

Gaetano entra trafelato nel mio ufficio. Resta qualche minuto e parla senza fermarsi. Io lo guardo senza proferire una sola parola. Mi rivolge un secondo, accorato invito a seguirlo.

Infastidito dal mio silenzio si decide poi a lasciarmi, tirandosi dietro la porta.

L'avevo cercata, avevo mentito con tutti per coprire l'onta di un inspiegabile sentimento. Mia madre non sospettava nulla, Stefania non voleva sapere, Enrico, Gaetano e Boccanelli, mi stimavano un adultero fedele. Il mio onore era integro, le apparenze salve, ma alla fine che farmene se non l'avevo lì con me?

Mi ritrovavo nello stesso ufficio, con le stesse persone, nella medesima situazione di tutta la vita, con le mie stesse misere idee, le misere sbornie, i miseri scrupoli... insomma ancora radicato, là, nel mio piccolo buco. Un buco piccolino... ino... ino. Un minuscolo bucherellino per principianti dell'esistenza. Da là mi rivedevo giocare a rimpiattino coi miei sentimenti... promettere matrimoni, elargire generosi amplessi a donne speranzose, intenerirmi per la pelle bianca dell'altra che non sapevo neppure chi fosse... e intanto cercarla senza tregua dalla mia microscopica vitarella.

Fingere e nascondermi dall'*onta*.

Dall'onta di avere bisogno di lei. Dall'onta di averla amata e di continuare inspiegabilmente a cercarla. Dall'onta di doverla nominare continuamente davanti a qualcuno. Un'onta, un vituperio quel mio dover sapere a tutti i costi dove si trovasse, quel mendicare informazioni sul suo conto. Mi muovevo con circospezione: attento a ogni mossa, soppesavo le frasi.

Che nessuno sospettasse! Attenzione, compagni del Partito! All'ordine del giorno: l'ineccepibile vita del compagno Kreifenberg. Dibattito e conclusioni a seguire. La mozione del *grande imbroglio* è approvata: nessuno sospetta del *vitarella striminzita*.

Nessuno sapeva, ma io mi ritrovavo ancora là, sulla mia sedia di pelle, davanti alla mia scrivania ricoperta di carte insignificanti.

Il mondo non sospettava nulla, e io continuavo a non sapere dove fosse.

ULTIME NOTIZIE
25, ORE 21.00.
Sanguinosi tumulti a Piombino fra dimostranti e polizia. Un morto e numerosi feriti. Ieri la censura telefonica ha impedito la trasmissione dei particolari sui sanguinosi tumulti... I fatti raccontati dai testimoni oculari [...].
Fermento socialista a Milano. Comizio di protesta [...].
Conflitto italo-turco. L'agitazione socialista.
Roma 26, ore 0,50. Si conferma la cattura della nave turca.

27 SETTEMBRE.
Un'energica nota del governo italiano alla Turchia.
La situazione a Tripoli e Costantinopoli.
Da Parigi arriva la notizia dello sbarco a Tripoli, non ancora smentita.
Continua l'esodo degli italiani da Tripoli costretti a udire "Morte all'Italia". L'invio di una divisione turca a Tripoli.

Come le damigelle del caffè *chantant*, gli oratori dei comizi turatiani...
Turati continua a coprirsi di ridicolo...

Nei giorni che seguirono, la mia presenza in redazione cominciò a divenire più che accessoria. Ogni tanto mi si mandavano incartamenti su cui apporre la firma senza che mi venisse chiesta alcuna valutazione. Io firmavo senza fare storie e badavo ai fatti miei. Lasciavo correre, distratto da ben altro.

Rintanato nel mio ufficio, piuttosto che occuparmi di carta stampata, mi dedicavo a quello che negli ultimi giorni era divenuto il mio passatempo preferito: trascorrere le ore alla finestra che dava sulla strada e osservare una a una le passanti, con la speranza che prima o poi una di loro si sarebbe potuta rivelare Bianca (quale gioia insensata mi procurava il pensare a questo!). Ovviamente il mio bersaglio preferito erano le ragazze alte e magre o quelle dall'abbigliamento austero. Il passo, l'andatura, il modo di guardarsi attorno. Le osservavo tutte con scrupolosa attenzione. Sapevo benissimo che le possibilità che lei fosse potuta passare da lì, in quell'attimo preciso, eran poche, ma l'idea che da un momento all'altro, quasi per magia (perché in fondo una piccola possibilità c'era!), l'avrei potuta riconoscere fra quei visi, mi era sufficiente per trascorrere ogni momento che potevo alla finestra, beandomi di quella speranza.

Altra attività coltivata con deferenza, quella di fermarmi a parlare di *lei* con Adele, domandare se si ricordasse in quale archivio fosse stato catalogato il tale articolo della *signorina D'Ambrosio*, e questo soltanto per sentire pronunziare quel nome da altri, ..."*La signorina D'Ambrosio*", "*Bianca D'Ambrosio*"... solo per pronunziarlo io stesso. Che gioia poter scandire quelle amate lettere ad alta voce, davanti a qualcuno.

"*Au dernier moment, ce qui en arrivant la poussa fut moins le désir de savoir la vérité que le besoin de parler de lui aux autres*, il triste incanto di evocarlo invano in tutti i luoghi dov'era senza di lui". Fu la zia Adriana a farmi leggere un giorno, su un vecchio numero de *La Vie Contemporaine*, la novella di un giovane scrittore allora pressoché sconosciuto.

29 SETTEMBRE
ROMA 28, CONFLITTO ITALO-TURCO
NELLA SUA FASE RISOLUTIVA.

Energico "ULTIMATUM" dell'Italia alla Turchia. Alla vigilia dell'apertura delle ostilità?

ROMA 28, ORE 14.
IL TESTO DELL'ULTIMATUM.

Fra la notte del 26 e 27, il Ministro degli Affari Esteri ha diretto all'ambasciatore italiano a Costantinopoli un *ultimatum*. Il Governo Italiano non ha mai cessato di fare constatare alla Sublime Porta la necessità assoluta che finisca lo stato di disordine e di abbandono in cui la Tripolitania e la Cirenaica sono lasciati dalla Turchia. L'interesse è vitale per l'Italia, a cagione della vicinanza di quelle regioni alle coste italiane. Il Governo italiano ha sempre accordato, in passato, il suo appoggio al governo dell'Impero Ottomano.

L'insuccesso dello sciopero generale. Lo sciopero è passato inosservato anche a Bologna. ...

ROMA 29, ORE 17,45.

Non avendo il governo ottomano accolto la domanda contenuta nell'*ultimatum* italiano, l'Italia e la Turchia sono da oggi, 29 settembre alle ore 14,30, in stato di guerra.
Il Regio Governo provvederà ugualmente alla sicurezza degli italiani e degli stranieri di qualunque nazione in Tripolitania e Cirenaica, con tutti i mezzi a sua disposizione.

I GIORNALI DEL 30 SETTEMBRE

È LA GUERRA!

La Turchia respinge l'*ultimatum* dell'Italia. La guerra è dichiarata. La squadra italiana blocca la costa della Tripolitania.

ULTIME NOTIZIE.

Intanto, mentre telefono, pattuglie di agenti percorrono la città e tolgono dalla circolazione come monete false, quegli elementi *di sinistra* che non danno per i loro precedenti troppo affidamento della loro condotta.

Fierique studebam eius prudentia doctior

Immobilità penosa

ENTUSIASMO PATRIOTTICO A ROMA
ROMA 29, ORE 21,30.

Oggi è stata una giornata di orgasmo. Verso le 15 si è sparsa la notizia di un comunicato ufficioso che annunciava lo stato di guerra. La notizia, sparsasi in un baleno per tutta la città, ha sollevato onde di entusiasmo.

In tutti i pubblici ritrovi, e anche specialmente nei quartieri popolari, non si parla d'altro, si discute animatamente ad alta voce. Verso le 19 è uscita un'edizione speciale del Corriere d'Italia. Le corazzate italiane al largo delle rade di Tripoli hanno operato una diversione e si sono avvicinate alle banchine del porto. L'entusiasmo di Giovanni Pascoli [...].

Boccanelli manda una circolare in cui convoca per i prossimi giorni una riunione straordinaria del CdR.

Gli eventi precipitano: il partito prende posizioni differenti sulla guerra, e si spacca. Le Camere del Lavoro, la Gioventù Socialista, i turatiani e molti altri compagni dissidenti, si schierano contro l'intervento, mentre il Bissolati e il Bonomi se ne dichiarano favorevoli in nome degli interessi dei lavoratori del Meridione.

Rispettare una linea coerente e precisa diventa a quel punto indispensabile per il nostro piccolo giornale.

Nel frattempo, la vera battaglia, quella nelle strade, si fa più drammatica. Benché oscurato dalla censura, è a tutti noto come i Giovani Socialisti continuino a essere picchiati (e, all'occasione, a difendersi, picchiando a loro volta) da teppistelli nazionalisti, senza che la polizia muova un dito.

Quel giorno arriva persino la notizia che Gaetano sia stato ferito in un tafferuglio. Cerco di informarmi per conoscere il nome dell'ospedale in cui è stato trasportato, ma vengo a sapere che si trova ancora in stato di fermo in questura. Cerco di mobilitarmi e correre in suo aiuto prima di sapere che Sandro, suscitando lo stupore del suo *entourage*, riesce a farlo liberare.

Così continuo a restarmene in disparte, barricato nel mio ufficio. In qualsiasi modo vada, mi macera la stessa pena.

Scrivo qualche rigo sulla stupidità della guerra. Frasi ritrite, già masticate da altri. In questo momento si cerca una prudente via di mezzo e Sandro non me lo pubblica. Tanto peggio.

Decido di andarmene via. Chiudo a chiave l'ufficio, e con strategiche manovre riesco a ecclissarmi. Sono le 13h30 quando guadagno terreno verso la libertà.

```
Ore 14h30. L'Italia e la Turchia sono dalle 14h30
di oggi, in istato di guerra.
```

Un comunicato ufficioso rilasciato dal Ministero degli Esteri dice che è la guerra. La Sublime Porta ha respinto la domanda di *ultimatum* del governo italiano. Un affronto che una nazione come l'Italia, indignata per l'intollerabile *stato di disordine e di abbandono in cui la Tripolitania e la Cirenaica sono lasciate dalla Turchia*, non può tollerare. La civiltà cristiana si schiera contro la cultura infedele.

Tale dichiarazione getta il paese in un orgasmo psicotico.

La nausea per questa messinscena mi rende ostile il prossimo che per strada vorrebbe invece esultare con me. Vecchietti rimbambiti e giovani piuttosto coscienti si congratulano fra loro per ciò che l'Italia otterrà entro breve con una *giusta conquista*. Fine della povertà e mai più un paese che sta in coda ad altri ricconi! Si scomodano Mazzini e il Risorgimento per giustificare un'unità d'Italia che sconfina nell'Africa.

Ovunque vada mi perseguita il disgusto per la stessa aria che respiro... per quel senso compiaciuto di *cittadino italiano* che leggo nelle facce di chi incontro, e che mi fa tanto vergognare di esserlo.

Ho solo voglia di vederla... di trovare ristoro nelle sue parole che non hanno mai bisogno di giustificazioni per convivere con comode menzogne.

Senza volerlo, mi dirigo verso Piazza Navona. Seguo i miei passi. Seguire i miei pensieri risulterebbe doloroso: tutti mi condurrebbero a lei.

Capannelli di gente popolano la piazza che mai m'è apparsa tanto rumorosa... Qualcuno mi riconosce e mi insegue, facendosi largo fra la folla che ci separa. Mi precipito verso il primo vicoletto oscuro che solo può nascondere tutta la mia vergogna di esistere.

Mi appiattisco sul portone d'ingresso di una palazzina, e attendo che chi mi insegue si convinca di avermi perso. Lo scorgo ansimante appoggiarsi all'idrante di una fontanella, e guardare perplesso a destra e sinistra. Dopo qualche minuto si allontana lentamente. Aspetto, e mi scollo infine dal portone.

Torno con la memoria alla sera dell'alluvione: sento di averla perduta. L'ho perduta perché ho rinnegato la nostra notte, ho rinnegato i nostri abbracci, ho venduto i nostri baci. Ho scelto l'*altra* lasciando che se ne andasse col vestito perla dai lembi strappati.

Ho tradito Bianca, ho tradito le sue labbra, ho tradito il suo odore, i suoi sussulti, la nostra passione.

Mi macero in esilio, mentre Gaetano, il puro, lotta per cambiare il mondo.

Gesto distruttore

I never hear the word "escape"
Without a quicker blood,
A sudden expectation,
A flying attitude!

I never hear of prisons broad
By soldiers battered down,
But I tug childish at my bars
Only to fail again![25]

Una folla di giovani studenti socialisti sostava davanti al caffè della Pace.

C'era chi si sbracciava, chi urlava per protesta. Alimentavano vicendevolmente il loro sdegno a causa dell'atteggiamento ambiguo di alcuni dei rappresentanti del Partito *che invece di fare la loro parte, spalleggiavano il governo e le sue iniziative imperialistiche.*

– Ecco cosa succede quando invece di criticare aspramente, si appoggia un governo borghese fatto di padroni, e un sistema che genera la sperequazione sociale, solo per la paura di perdere potere e scomparire dal parlamento! SUCCEDE CHE SI GIUSTIFICA UNA GUERRA CHE VA CONTRO *TUTTI* I PRINCIPI DEL PARTITO! Succede che si acquisisce più influenza, più prestigio, più seggi in parlamento, e si dimentica *chi* si è, da *dove* si viene, e perché ci si trovi in quel posto!

---

[25] Emily Dickinson, *I never hear the word «escape».*

Un giovane conciona piú forte degli altri e la folla che lo circonda applaude. Tento di concentrarmi sul discorso di questo ragazzo a cui le vene sembra stiano per scoppiare nel collo. Come invidio le sue certezze, quel parlare senza dubbi, come chi non ha nulla da nascondere.

La sua voce decisa non balbetta, non si domanda se è lecito il suo sdegno... perché tutti sanno che lo è, persino i suoi nemici. Non esistono argomenti sufficienti per contestare chi difende la dignità della vita umana.

Tengo gli occhi bassi per tutta la durata del discorso: strisciando nella melma, spero di nascondermi alla buona.

Lascio il gruppetto degli *eletti* per tornare ai miei dubbi, al mio disagio, alla passione morbosa che non mi lascia respirare, allo squallore del mio sguazzare nel pantano, alla mia voglia di lei, alla mia confusione, al mio doloroso struggimento, alla mia voglia di lei... Insomma, torno a me.

Caffè della Pace

Pioviggina: se resto qua fuori finisce che imbruna, e il crepuscolo mi incastra. Detesto trovarmi per strada al crepuscolo. Dentro: salvo. All'interno del Caffè della Pace. Mi piazzo nella seconda sala. Mi piace, è più appartata e non si è costretti a osservare chi entra e chi esce.

Anche questo luogo, come il resto dei locali pubblici, è affollato e rumoroso. *Ultimatum*, *guerra*, *Sublime Porta*, sono le parole che passano di bocca in bocca. La gente prende posizione esaltandosi. Artisti, intellettuali, liberi pensatori e semplici avventori, si accalorano, avvicendandosi in animate *querelles* sull'interventismo e l'astensione. Una guerra lontana contro infedeli sconosciuti convince le folle italiane, ma fuori, per strada, squadroni di nazionalisti massacrano a legnate i giovani socialisti col beneplacito della polizia. Nessuno ne parla. Solo al caffè della Pace lo si trova scandaloso.

Non riesco a sopportare tutta questa confusione. Vorrei parlarne con lei... lei che non mi sarebbe mai appartenuta anche se mi fossi tagliato un braccio per averla.

Se solo sapessi dove trovarla, se solo potessi raggiungerla, mi butterei ai suoi piedi e la implorerei di tornare da me. Invece no, non la posso avere. Neanche per buttarmi ai suoi piedi.

Vediamo, il tavolino più appartato: in un angoletto degno della mia nullità.

Il cameriere mi scruta. Soltanto adesso mi accorgo degli occhi pesti, delle occhiaie, della vergogna dipinta sul mio viso. La vergogna di non sapere cosa essere.

Lui se n'è accorto! E mi osserva (con disprezzo?... Non potrei dirlo!). Mi fissa, impalato, col taccuino in mano, la penna pronta: un ragazzetto che con tutta probabilità se ne infischia di me, riflette sulla paga bassa che riceve e spera nella mia mancia generosa.

Puntando il dito sulla lista dei vini, mi trema la mano.

– Del bianco. Non troppo dolce, per favore... Ecco qua. Questo andrà benone!

Annuisce, e finalmente si allontana.

Non so, penserà pure alla sua paga bassa, ma m'è parso che ridacchiasse, nell'allontanarsi dal mio tavolo.

Alle prime piogge di ottobre si respira in genere quel particolare odore di canfora, perché dagli armadi si tirano fuori le lanine autunnali.

Il ragazzo arriva col vino e la sua diffidenza. La mia nientità lo ringrazia con eccessiva gentilezza.

Poi il cuore mi si ferma all'improvviso.

Sento in un attimo la fame, la stanchezza e la miseria della mia volontà.

È lei. Non mi sbaglio.

Mi copro il viso con le dita.

La rivedo nella mia mente, proprio come l'ho vista un attimo prima nella realtà, due tavolini più in là, pallida, un po' sciupata, i capelli raccolti in uno *chignon* e un filo d'ambra che le cade sul colletto di trina... è una macchia blu... Indossa un abito blu notte... è proprio quel colore che cerco quando riapro gli occhi e la rivedo fra gli altri visi.

Non c'è dubbio, è proprio *lei*. Lei che ho cercato ovunque.

Rimango immobile. Non so che fare, né come comportarmi vagamente.

Lei non si è neppure accorta di me.

Il cuore mi batte talmente forte che per qualche istante devo fermarmi, e riprendere un respiro regolare. Avrei solo voglia di strapparmelo dal petto, il cuore, gettarlo via e non pensarci più. Avrei voglia di appiattire i miei pensieri, così da sistemarli tutti su un orizzonte di benessere e finalmente gioire della mia pace... vincere lo sconforto che trascina via tutte quante le mie speranze, per guardare al futuro con decisione... seppellire i miei scrupoli sotto terra e calpestarla, fino a prendere sonno e dimenticarli.

Avvicinandomi al suo tavolo, riesco appena a reggere in mano il bicchiere di vino.

Prima che lei possa riconoscermi, qualcuno, una voce estranea proveniente da me, parla, e le chiede cosa abbia fatto in quegli ultimi giorni. Una voce che non trema neanche un po'.

"Signor Kreifenberg". Esclama lei impallidendo.

Guardandola sento solo una gran collera. Collera perché aveva detto a Gaetano che la nostra storia era finita prima ancora di cominciare, che mi avrebbe dimenticato, che era una *questione di tempo*. Ira e rancore perché, davanti alla mia ebete ignavia, si era semplicemente indignata limitandosi a sparire.

La stessa voce chiede invece se si possa accomodare al tavolino. Lei sorride e annuisce. Soltanto in un secondo momento mi accorgo di essere seduto fra Bebé e il duchino.

Mi fissano tutti. Peggio non sarebbe potuta andare.

Con la bocca troppo asciutta per parlare, rimango in silenzio lasciando che il mio cuore impazzito pompi il sangue necessario per prolungare l'agonia.

Pompa. Pompa. Lo sentivo scorrere prepotente a velocità incontrollabile in gola, nel petto, fra le costole, sbattendo contro qualsiasi impedimento si trovasse a ostacolarlo.

Il silenzio si trascinò fino all'arrivo del cameriere che servì del tè a Elisabetta. Una manna per tutti quell'intrusione dall'esterno nel nostro piccolo mondo inebetito.

Cerco di concentrare la mia attenzione sul mio futuro cugino, così, tanto per fare qualcosa e distogliere gli occhi dalla macchia blu. La figurina esile, la testa precocemente calva che ostenta fierezza sociale, sorretta dall'alto colletto, lo sguardo fintamente presente, l'impeccabile spilla di perla che inchioda una cravatta *tanto-tanto* adeguata al resto, ai guanti, alle scarpe...

La voce che non controllavo parlò ancora senza chiedere il mio avviso. Questa volta si espresse con inaspettato sarcasmo.

– Marcello! Il *loden*... Non soffrirai il caldo, una volta che la pioggerellina s'arresterà? Che fretta di scalzare l'estate... È forse l'amorevole fidanzata che ti spinge verso tanta precauzione? Che brava mogliettina sarà la nostra Bebé... così *innamorata* poi!

– "*And what into them is the world beside/with all its change of time and tide*?"

Rise acidamente il duchino, citando Byron a sproposito. Ne provai quasi pena. Poi sembrò riflettesse ancora, e continuò.

– Giorgio caro, ma che circostanza *insolita* quella di incontrarti con un bicchiere di vino in mano! E poi a un'ora così *inconsueta*... Ma, dimmi, non dovresti essere da qualche altra parte in questo momento? Per esempio con i tuoi amici imbrattacarte a occuparti di mettere in croce il Sovrano e il Regno? Sarà difficile contrastare *tale* consenso popolare questa volta, dico bene? ... Eh! Eh! Basta guardarsi attorno... a parte quel pugno di ragazzetti socialisti che strillano là fuori... persino il tuo giornale si è schierato *a favore* dell'intervento! In fondo non si tratta che di riprendersi *ciò che ci appartiene*! I nostri italiani...

Il mio sguardo corse a lei, al suo viso dolce e sempre più pallido.

– Tutto ciò è ridicolo! Sembrate due bambini... Marcello, caro, ti prego di smetterla.

Mia cugina sbatté nervosamente il cucchiaino sul bordo delle tazza.

E fu di nuovo il silenzio. Trovai la forza di riguardarla. Il suo pallore era inquietante. La pelle del suo viso sembrava lucida e tirata come quella delle statue di cera. Stringeva una limonata fra le dita sottili. Poi mi guardò e sorrise così flebilmente che si sarebbe anche potuto credere che non mi conoscesse nemmeno, o che non ci vedessimo da anni e stentasse a ricordare chi fossi.

Io avrei anche riversato il tavolino verso la parete con la tovaglia e tutto il suo contenuto, invece mi toccò ricambiare quell'odiosa, insignificante esposizione dentaria. Che fare, una volta sorriso? Come venirne fuori dalla melma? Parlo.

– E voi, che ne pensate del cambiamento di rotta dei vertici del Partito socialista?

Volse lo sguardo verso di me e due chiazze rosse le irrorarono improvvisamente le guance.

– Quello che ne pensate voi, mi sembra. Opportunismo parlamentare, calcolo politico... noncuranza per il principio che sta alla base del socialismo...

Sorrise, e bevve un sorso di limonata.

– Com'è che recita quel testo di cui, quando fa comodo, ci si dimentica e quando si raccolgono adesioni, si rispolvera?... *Lavoratori di tutto il mondo unitevi...*

Lucidamente, bisogna ammetterlo, qualche giorno fa, se pur per qualche ora, lei è stata mia. Ho succhiato le sue labbra, fatto scivolare le mie mani sul suo corpo, diviso con lei un'estasi inenarrabile: sento all'improvviso tutta la dolcezza dell'essere stato dentro di lei. La meraviglia di quel ricordo mi fa sussultare.

Marcello invece la guarda con risentimento; sta poi per aprir bocca, quando Elisabetta lo fulmina con gli occhi. Lui riflette ancora un attimo, e poi tace.

– Che avete fatto in questi giorni? Non vi ho più vista...

Lei mi guarda disorientata.

– Al Circolo mi hanno detto che eravate all'estero. All'*estero* dove?

Bebé le lancia un'occhiata di inquietudine.

– Speravo... speravo potervi *almeno* rivedere...

Continuavo a parlare cercando inutilmente di mascherare la mia venerazione.

– Avrei *gradito* essere *almeno* tenuto al corrente della vostra partenza. Siete sparita all'improvviso...

Lei mi rivolge uno sguardo severo.

Noi due sapevamo bene come fossero assurde le mie parole.

– Giorgio, ve ne prego...

Bruciavo di piacere nel sentirmi chiamare per nome da quella voce amata.

– ...Non insistete.

Nel dirlo impallidì al punto tale, che parve a tutti stesse per avere un mancamento.

– Credo sia giunto il momento di andare, Bianca. S'è fatto tardi. Non vorrai rientrare col buio! Disse Bebé accorata, sebbene Bianca le facesse segno di aspettare.

Avrei preferito rimanere da solo con lei, piuttosto che dover far fronte ai miei sentimenti più ascosi in una sala da caffè, al cospetto di Marcello e mia cugina, ma al punto in cui mi trovavo, non avevo altra scelta. E poi quella circostanza non l'avevo voluta forse io stesso?

Ciononostante sentivo uno strano fuoco divampare sulle vestigia della mia assennatezza. Un cieco delirio scalzare prepotente lo scampolo di buonsenso rimastomi.

– Per quanto *complessa* sia la situazione...Voi non potete però decidere di sparire, così, a un tratto, e lasciarmi nell'ignoranza completa di dove siate o di cosa facciate! Non ne avete il diritto!

Certo è che il mio tono dovette stupirla parecchio. Gridavo? Alzavo la voce? Probabilmente. Perché mi sembrò che ai tavolini attorno si fosse smesso di parlare della guerra, e ci si fosse rivolti verso di me. Io invece non vedevo che quello. La macchia blu e due occhi che scottavano. Lei si alzò di scatto, rossa dalla foga. Credo che lo scombussolamento per la mia scenata improvvisa, sul momento, le impedì di parlare. Elisabetta si alzò con lei e le passò la mano sotto il braccio.

– È meglio andare, Bianca... Marcello ti spiace?

Il duchino si diresse a passo spedito verso uno dei camerieri per regolare il conto. Bianca, che nel frattempo si era divincolata dalla stretta di Bebé, mi venne incontro e rispose infine, suo malgrado, afflitta forse dalla paradossalità delle mie insinuazioni.

– Giorgio, io credo che *voi* non abbiate *alcun diritto* di rivolgervi a me in questo modo! Non mi addossate la colpa di ciò che non potete che imputare *a voi stesso*! Vi invito a ricordare cosa mi avete detto domenica mattina, dopo... dopo *quella* notte...

Visibilmente commossa, fece una breve pausa come per ricomporsi.

– ...Io... non vi devo dunque niente. Né voi, a questo punto, dovete più nulla a me.

Quelle parole mi confusero, chinai il capo e mi sedetti al tavolino. Anche Bianca, con mia sorpresa, prese posto nella sedia accanto alla mia. Bebé e Marcello, che era riuscito ad avvicinarsi in tempo per sentire ogni cosa, la seguirono. Tornati tutti quanti ai nostri posti, ricominciammo a osservare il piatto di dolcetti. Bebé prese a centellinare il tè ormai freddo e il duchino poggiò entrambe le sue mani sul manico d'argento del bastone. Bianca guardava fissamente davanti a sé. Non si capiva perché mai si fosse decisa a restare.

Io tentavo di scuotermi dal torpore in cui sprofondavo lentamente. Cercavo di trattenermi e mi sforzavo di guardare altrove, ai tavoli vicini, di concentrarmi su qualcun altro. Inutile. Era tutto inutile. Non riuscivo a distrarmi. Qualsiasi sforzo facessi, non riuscivo a impedirmi di guardare Bianca. Che fare quando, una volta alzatasi dal tavolo, se ne fosse *partita per l'estero* e non l'avessi mai più rivista? Come comportarsi? Con quale obbrobrioso incubo trovarsi costretti ad aver a che fare?

Fu Bebé a fare irruzione nel mio delirio.

– Credo sia giunta l'ora di andare, Bianca... Non vorrei rientrare troppo tardi!

Questa volta lei la guardò distrattamente e annuì.

È finita. Cosa mi resta a questo punto, a parte lo sconforto della mia esistenza che *necessita tempo* per subire improbabili cambiamenti? Lei non vuole aspettare. Non *può* aspettare, perché quest'*inerzia* adonta la nostra passione... D'altra parte, come riuscire a liquidare *tutta una vita* in pochi giorni?

Arrivò il cameriere con il conto. Gli attimi in cui Marcello lo controllò, mi diedero respiro. Avevo a disposizione ancora qualche minuto. Fremetti.

– Spero almeno di potervi rivedere nei prossimi giorni... questo mi è concesso?

Cercai di essere rapido e chiaro, gettando un colpo d'occhio ai movimenti del duchino. Elisabetta colse al volo l'occasione per unirsi al mio tono di congedo, augurandomi buona serata. Il duchino pagò e attese un cenno di Bebé.

Bianca intanto era cambiata. Si era incupita. Le mie parole le avevano provocato due cerchi agli occhi neri, foschi.

– Se vi è *concesso*?

Rifletté per un attimo e poi sorrise scotendo il capo.

–Vi è concesso, sì... in ogni caso, come potervelo impedire?

Bebé e Marcello si alzarono prima di noi. Bastava chiederle "dove" e "quando". "Mi è concesso di vedervi", sì, ma *dove* e *quando*?

Eppure come domandarglielo senza cadere nel ridicolo? Ma doversi ancora preoccupare del *ridicolo*? Non ero già abbastanza disperato? Eccola che si alza! Elisabetta e Marcello si avviano all'uscita. Lei resta davanti a me, come in attesa di qualcosa.

–Ve ne prego, Bianca... non andate via così... restate ancora qualche attimo!... Senza di voi... sapete che senza di voi io non posso più vivere.

Ecco. L'avevo detto. La catastrofe l'avevo fatta scoppiare tutta davanti a me. Quasi mio malgrado. Solo perché non potevo fare altrimenti. "È una questione di tempo. È un sentimento che finirà". L'aveva confidato a Gaetano. Era già finito? Invece notai che barcollò leggermente all'indietro, come se le mie parole fossero state materia che avrebbe potuto schiacciarla al suolo e annientarla.

Poi, improvvisa, la domanda legittima.

– Dite che senza di me *non potete più vivere*. Giorni fa siete stato *voi* a dirmi che per tali cambiamenti *ci vuole tempo*. Potete spiegarmi allora, oggi, per quale motivo desideriate che resti? Rivendicate forse pretese su di me, mentre voi continuate a menare la stessa vita di sempre?

Mi chiese con un fil di voce.

Le orecchie mi ronzavano e per un attimo non sentii più nulla, tutto investito dalla vergogna.

Come andare avanti? Dove rifugiarmi dopo quell'incontro? Dove scappare senza lei?

Fece per allontanarsi dal tavolino. La bloccai per un braccio con una rapidità che stupì entrambi. Guardò inerte la mia mano che stringeva stupidamente la stoffa della sua manica.

Adesso l'avevo proprio davanti a me. A qualche centimetro. Come l'avevo sempre ricordata in quei terribili giorni che avevo passato senza di lei.

Mi riguardò negli occhi. Io l'attirai a me stringendola per il braccio.

– Bianca, è vero, non vivo senza voi. Non posso più vivere da quella notte. ...Non posso più respirare se non vi ho accanto. Non esiste altro dopo di voi... né prima di voi.

Le mie parole la commossero e gli occhi torbidi le si illimpidirono come due acquemarine.

– Giorgio... Giorgio...

Il mio nome le uscì fuori dalle labbra come un sospiro di dolore.

– Giorgio, la notte che ci siamo amati, quella notte...

Mi guardò con un'espressione consunta. Non mise astio o risentimento nella voce, e lo disse come a implorarmi.

– La mattina stessa già mi ricordaste... Voi avete un'altra... Un'*altra*! Pensate che oggi, *ora stesso*, sareste in grado di cambiare *questo*?

Disorientato, cercai una risposta nel vuoto della mia testa e confuso lasciai la presa. Lei rimase invece dove si trovava, come se il fatto di non avere replicato alla sua domanda la tenesse ancora legata a me.

I vetri del caffè s'erano appannati e non si riusciva a vedere distintamente fuori. Bebé piombò improvvisa nel nostro intricato incantesimo di aposiopesi e silenzi inesplicabili.

– Scusa Bianca, ma noi vorremmo andare...

– Sì, Bebé. Sussurrò lei, senza allontanare lo sguardo dal mio. Aspettava.

Eccomi nel bel mezzo della tragedia. Eccomi là, senza parole, senza garanzie da fornire, povero e misero, con l'orrore di perderla e non rivederla mai più.

– Giorgio...

La guardavo incapace di un minimo sussurro. Nei miei pensieri solo un refolo di aria gelida ed evanescente, niente da dire e il cuore colmo di una speranza smaniosa di lei.

– Bisogna pur che vada...

Concluse, esitando ancora davanti a me.

Poi fece qualche passo verso gli altri, con un'andatura che non mi permise di sperare che in qualche modo si sarebbe girata un'ultima volta.

– Bianca!

Gridai. Ma che altro dire?

La raggiunsi e lei si girò verso di me. Per dove afferrarla

questa volta? Da quale parte trattenerla? Mille pensieri attraversarono la mia mente in quel momento.

– Bianca... Posso almeno sperare di rivedervi nei prossimi giorni?

Lei rimase qualche istante a guardarmi in silenzio, poi mi volse le spalle e raggiunse Bebé.

Attonito la seguii con lo sguardo.

Fu proprio mentre si allontanava che cominciai ad accettare la prima verità della mia vita.

– Oh mio Dio! Io *amo* Bianca. La amo perdutamente, la amo senza speranza...

E fu disastroso l'effetto di queste parole che riuscii solo a sussurrare.

La vita passata si era *già* estinta nel fuoco di quell'amore prepotente. Per affermarne l'inevitabile esistenza sarebbe stato necessario, a quel punto, lottare, combattere, gridare, protestare, e ribellarsi contro l'intera società, perché essa lo ripudiava con sdegno.

Mi chiesi con sgomento se ne sarei stato mai capace.

Volsi lo sguardo verso il tavolino vuoto e per la seconda volta nella mia vita piansi.

Nous ne vivons jamais,
mais nous espérons de vivre

Perso nella voragine da me scavata con diligenza e tenacia, ma dritto sulle mie gambe, mi reco alla paventata riunione del consiglio di redazione di cui, visibilmente, faccio ancora parte.

Naturalmente si parlava ancora della guerra. La redazione al gran completo si riunì proprio quel 2 ottobre per discutere su quale posizione prendere *ufficialmente* (come se non fosse già stato deciso da un pezzo!), e su quale *atteggiamento* assumere. Si disse proprio così, *atteggiamento*.

Io mi limitai ad ascoltare in silenzio senza riuscire proprio a capire cosa c'entrasse, a quel punto, quella discussione. C'era ancora qualche dubbio? C'era ancora da riflettere? Ma perché? La situazione così drammatica non parlava già da sé? V'era anche bisogno che qualcuno la definisse oltre? E ancora che se la spiegasse? E che se ne discutesse tutti insieme?... Che *atteggiamento* prendere... no, a quel punto lì proprio non capivo! E poi qualcos'altro mi confondeva... Sapevo ormai con chiarezza che una parte di me non avrebbe *mai* rinunciato a Bianca... Bianca... Quel nome incendiava il mio cervello e le mie rimostranze nei confronti di tutta quella messa in scena si facevano più roventi. Che c'entrava adesso mettersi a domandare quanto fosse *ragionevole* o meno la posizione di Bissolati e Bonomi? Ma era di *socialismo* che si stava parlando o di spalleggiare ora uno ora l'altro?

Parlò Sandro.

– Voi conoscete la mia posizione. Sapete che certi avvenimenti mi hanno spinto a prendere la distanza da alcune correnti, ma a questo punto la situazione si fa più delicata. La questione è che questa guerra *dividerà* il Partito.

– Se è per questo, l'ha già fatto.

Tutto mi suona come falso e inammissibile. E l'idea di una guerra mi disarma a tal punto da confondermi.

Lasciare un amore a casa. Lasciare qualcuno che si ama, che si vuol toccare, che si vuol stringere baciare... sentire sulla pelle... No! Non lo posso accettare!... *Come* poterlo accettare? Mi rifiuto di credere che davanti a tutto questo si parli ancora del Partito! E le *persone*?... Cosa vuol dire *socialismo* senza le *persone*? Senza *amare* le persone?

– Ma cos'è un *partito* senza le *persone*?

Lo chiedo, e il desiderio di vederla mi scarnifica fino all'inverosimile. La mia voce suona commossa. Non riesco ad assumere nessun tono naturale... Solo ciò che penso, senza *atteggiamento*.

Fra tutti quegli occhi che mi fissano increduli (o sconcertati?) quelli del portaborse Belardinelli indugiano più lungamente su di me. Adesso vorrei quasi non aver parlato... Odio quel suo modo di squadrarmi, la sua voce che giudica, che si pone domande oziose e assolutamente inutili. Provo un gran disagio.

La discussione avanza noncurante.

– È senza alcun dubbio una buona carta da giocare in favore dei nostri lavoratori siciliani che con la conquista della Libia porrebbero fine agli innumerevoli problemi che affliggono il Meridione... disoccupazione, tanto per dirne una!

– O per riassumerle tutte in una...

– ...Equilibrando finalmente l'economia del Nord con quella del Sud!

– Propongo tuttavia di usare una linea morbida per non aggravare i conflitti interni al Partito!

– Io ripeto che è un'ottima carta da giocare in favore dei nostri lavoratori siciliani!

– *E che ne è degli interessi dei lavoratori arabi*? Loro sarebbero i primi a rimanerne danneggiati.

Di nuovo ci si volge a fissarmi.

Questa volta fu Sandro a squadrarmi. Si avvicinò a me pregando gli altri di andare avanti.

– Giorgio...

Notai come continuasse a sfuggire il mio sguardo. Parlava come fosse costretto dalle circostanze a conferire con un paria.

– È da un po' di tempo che volevo parlarti.

Infine le sospirate parole.

– Come vedi in questo momento per noi butta male. La situazione è difficile.

Cercai di aprir bocca, ma lui mi interruppe subito con un cenno della mano.

– Non dire nulla... so che da un po' io e te non ci si intende più... Io... so cosa pensi di me, sulla guerra... So *tutto*.

– Lo sai, ma non me lo hai mai lasciato dire, né mi hai lasciato scriverlo. Non mi hai dato modo di spiegarlo. Hai continuato semplicemente a evitarmi...

Le mie parole dovettero mettere alla prova il suo autocontrollo.

– E me ne duole, puoi crederlo.

Finalmente mi guardò negli occhi.

– Non è stato facile per me evitarti...

– Questo lo posso immaginare.

– Ma come vedi... come vedi il Partito si è spaccato e noi siamo saliti sulla barca sbagliata.

Che gioia sentirglielo ammettere.

– Ciò nonostante, una volta a bordo ci tocca remare...

– Allora la decisione è *presa*...

Mi guardò con imbarazzo. È difficile affrontare la propria coscienza.

– Perché dunque mettere in scena tutta questa farsa? Perché inventarsi una riunione straordinaria del CdR, per *far finta* di decidere?

– Capisco la tua reazione, Giorgio, ma come sai i nostri finanziatori hanno cambiato colore all'interno del Partito. E il CdA ha l'ultima parola.

– No. Non lo sapevo. Nessuno si è preso la briga di comunicarmelo...

Alzò le spalle, ma i suoi occhi esprimevano il disagio che lo consumava ormai da mesi.

– Quindi è solo una questione di *soldi*...

– Il tuo viso non mi convince. Disse poi a un tratto, tralasciando le mie ultime parole.

– Non starai covando qualche brutto male? Hai una faccia che non mi piace. Hai visto il dottore?

Risi.

– Sembra tanto strana la cosa che ho detto?

– Lascia perdere quello che hai detto! Parlo sul serio. Hai una brutta cera, ragazzo mio...

Fece una pausa.

– È ormai da giorni che mi preoccupo... E non sono l'unico.

– Sto benissimo.

Rintuzzai, urtato.

Della mia confusione, del mio strazio, del mio struggimento, sapevo *solo io*, e nessun altro... e fin a quel punto ero vissuto solo per nasconderlo, fino a che non l'avessi capito, fino a che non l'avessi svelato, finalmente, e risolto. Era bastato invece un semplice scambio di battute perché Sandro si insospettisse. Così male mi riusciva ormai di fingere? Era così facile leggere nei miei occhi ciò che la mia anima covava in segreto?

Tale eventualità mi colse di sorpresa.

Era possibile dunque che quella smania solitaria e vergognosa avesse alterato il mio aspetto. O non era invece che il desiderio urgente di lei a sfigurarmi a quel modo? O non erano forse la stessa cosa?

Così, quello *strazio* non lo si poteva camuffare in nessun modo per nasconderlo agli altri. Fingere non serviva più.

Sandro mi guardò, mosso da un *comodo* sentimento di commiserazione che ai miei occhi lo vituperava. Con quella scusa gli fu facile liquidare le mie fastidiose domande e assolversi da ogni colpa.

–Vattene a casa! Prendi qualche settimana di riposo e recupera le forze. Consulta un dottore. *Raditi*, fatti un bagno caldo e cerca di rimetterti in sesto...

Fattomi fuori, con Gaetano già lontano, non sarebbe rimasto più nessuno a ricordargli che una volta era stato socialista. Lo guardai, incerto sul cosa dire. Restare, spiegargli, discutere, opporvisi era quello che desideravo, ma sentivo che senza Bianca non ci sarebbero state più battaglie da combattere, né certezze da affermare. Mi si proponeva invece di partire, e salvare in questo modo le apparenze. Avrei potuto trovarla quel giorno stesso e ricominciare da capo.

Davanti a ciò, che peso potevano avere le parole di Boccanelli?

– E sia. Me ne vado. Dissi infine. L'espressione di Sandro si distese e mi parve quasi che sorridesse.

– Ma dove ti nasconderai quando bisognerà *scendere* dalla *barca*?

Non aspettai neppure che replicasse. A quel punto non aveva più importanza.

Presi le mie cose e uscii dalla sala, accompagnato dallo sguardo muto degli altri.

Rincasai, tutto impantanato nel *nuovo me*.

– Giorgio! Così presto...

Mia madre spiegava qualcosa a Celeste nella sala d'ingresso, e nel vedermi sorrise di sorpresa. Non sapendo cosa rispondere mi affrettai verso le mie stanze. Entrambe mi seguirono con lo sguardo.

Dovevo spogliarmi in fretta, togliermi di dosso tutti quei vestiti sudati e opprimenti... non ne potevo più, non respiravo più!

Avevo solo una gran voglia di sbottonare, allentare, di liberarmi da tutti quegli *impedimenti* che mi stringevano da ogni parte... sentivo che fino a quando non l'avessi fatto non mi sarebbe riuscito di calmarmi, né di pensare... di capire... e io dovevo *capire alla svelta*, avevo bisogno di riflettere per decidere per bene cosa avrei dovuto fare a quel punto.

Corsi verso il mio spogliatoio.

Mia madre mi seguì prontamente. Mi sentii morire quando mi ricordò dell'invito a cena della zia di Stefania per quella stessa sera.

– Ma Giorgio caro, l'hai fissato con Stefania già da un mese. Io non posso venire perché la cara Eleonora ha bisogno di me. Ha dei problemi con certe proprietà all'estero e sente la necessità di sfogarsi con qualcuno, la poveretta. ...E poi te lo avevo anche ricordato un paio di giorni fa, ma in questo periodo pare che tu non voglia ascoltare! Non hai testa a nulla... Si può sapere che *covi*? Sei così distratto, pensieroso! Credevo fosse una cosa passeggera, invece... È il lavoro che non va? Giorgio, caro, di' qualcosa!

– Non ho nulla *maman*... lasciami preparare...

– Hai mangiato qualcosa a pranzo?

– Ho mangiato qualcosa a pranzo.

– Mmmh... bene!

...Avevo dimenticato completamente quella cena!

La zia Apollonia. Quella ricca che avrebbe lasciato le sue numerose fortune a Stefania dopo la morte. Non le ero mai stato presentato, cosa che, da quello che mi pareva di capire, rischiava seriamente di mandare a monte la faccenda dell'eredità. Mi era parso di sentire numerose pressioni in questo senso nell'ultimo periodo: dovevo essere presentato alla zia che *cominciava a risentirsene*, mi era stato detto. Ma io a quel punto non ci potevo andare più. Avevo deciso di vedere Bianca. Quella stessa sera.

Raggiunsi lo spogliatoio e mia madre si allontanò.

Proprio quella sera! Proprio *quella* cena! E Bianca?... Bianca... Che importanza può mai rivestire un impegno della mia vita passata, davanti alla prospettiva di *riprendermi il mio amore*? Non ci posso proprio andare.

O continuare a fingere... almeno temporaneamente, fino a che non avessi deciso con più calma una strategia? Eppure, la consapevolezza di quanto un tale sforzo fosse a quel punto vano, demoliva ogni mio proposito di rimandare quel momento.

Perché continuavo a negarmelo? Da quella notte non avevo *respirato* che per l'attimo in cui l'avrei rivista. Ogni mio pensiero, ogni sensazione, ogni mio sentimento, *tutto* aveva avuto luogo in me soltanto perché sapevo che prima o poi l'avrei rincontrata.

Mi guardai allo specchio: la mia immagine confermava l'espressione fisica della mia consunzione. Anche se avessi voluto, non avrei potuto continuare a mentire. Non mi sarei potuto più nascondere... Questo pensiero mi mise addosso una specie di euforia isterica che mi sollevò.

Ebbi poi un capogiro e dovetti poggiarmi alla parete più vicina con tutto il corpo. Riflettei sul fatto che non mangiavo da più di ventiquattr'ore.

Raggiunsi la poltrona. Un vortice di parole, visi, immagini si alternava nella mia mente. Non riuscivo a tenere a bada tutto quel groviglio di sensazioni che davanti alla mia debolezza erano esplose senza che io avessi potuto contenerne gli effetti.

Devo vederla! Questo è certo. Devo parlarle... *Voi avete un'altra... Un'altra! Pensate che oggi, ora stesso, sareste in grado di cambiare questo?* Mi ha chiesto con voce innamorata. Ebbene, oggi, *ora stesso*, sono in grado di cambiare. La situazione è *già* cambiata. Lo era prima ancora di dirlo, di sperare di poterlo fare. Lo fu non appena la vidi.

Mi alzai di scatto, e dopo essermi svestito in tutta fretta, cercai nell'armadio il mio *smoking*. Lo indossai con cura.

Bisognava trovare qualche pretesto, stupido, sciocco, non aveva importanza. Avrei dovuto assolutamente vedere Bianca quella sera stessa.

– Glielo *devo* dire!

E con un movimento brusco feci scivolare a terra la fioriera d'argento che stava sopra al tavolo. Il lume non riusciva a illuminare il pavimento, e nella confusione l'ammaccai insieme a qualche fiore, tanto che quando mi chinai a raccoglierli, quell'argento deformato e i fiori macerati, mi trasmisero un tale senso di desolazione che per un attimo mi fermai.

Immobile, con le mani strette fra i capelli, attesi che non so che mi strappasse via da quello strazio.

Il mio essere. Il mio non essere mai stato. Ma io volevo *essere*! Adesso lo desideravo più di ogni altra cosa, perché sottraendo la sua vita dalla mia, non sarebbe rimasto che il vuoto. Era difficile confrontarsi con quell'idea senza provarne raccapriccio.

Non potevo più stare dentro quella stanza che da sola non riusciva a contenere tutta la mia inquietudine: uscii. Con lo stomaco dolorante mi aggiravo per i corridoi senza requie.

Per terra, al buio, con la testa poggiata alla parete, mi vidi disperso nell'aria, disintegrato in milioni di particelle. I miei pensieri titubanti e spauriti si mescolavano indefiniti a quel silenzio che adesso riconoscevo come inseparabile compagno del mio eterno essere nulla. Non una forma avrebbe potuto più esprimermi, non uno spazio comprendermi... senza di lei sarei tornato a vagare per sempre qua e là, incerto sul dove andare... sul cosa essere.

Tutto ciò mi spinse giù verso terra, e le miriadi di particelle di me, impazzite e caotiche come in un *clinamen*, si sparsero per il pavimento. Mi annientai.

Trasalisco.

Dei passi spediti si avvicinano. Qualcuno che può trovarmi in quello stato e chiedermi con insistenza cos'abbia. Come davanti a una tragica aporia posso trovar rifugio in quella parte di me, ed esser ugualmente costretto a spiegare a qualcuno dove mi trovi in quel momento! Pazzesco... ma possibile... Come senza via d'uscita!...Può accadere.

È mia madre. Si curva verso di me per riuscire a guardarmi meglio.

– Giorgio!... Ma... Sei tu?

La sento preoccupata. Si avvicina al mio viso.

– Ma che fai qua al buio?

– Nulla.

Per un attimo rimane in silenzio.

Mi alzo velocemente. Cerco di stirarmi il vestito gualcito. Mi asciugo il viso con i polsini della camicia... cerco di coprirmi alla meglio con gli ultimi scampoli di menzogna che mi sono rimasti.

– Ti senti male?

– No.

– Sei... sei tutto scompigliato! Con la barba trasandata... Non ti sei raso in questi giorni...

– No, *maman*.

– Sono stata forse troppo insistente in questo periodo? *J'en suis désolée*... Ma vedrai che tutto si acquieterà fra non molto. *Dopo il matrimonio* potrai riprendere la tua vita di sempre. Ti manca un po' la libertà di una volta... Capisco!

Concluse ammiccante.

– Ti prego di lasciarmi solo.

– Ma così mi fai impensierire, Giorgio mio! Cosa c'è? Sono le *asprezze* con Boccanelli?... Non me ne vuoi parlare?

Continuava a far finta di niente quando era tutto così evidente...

– *Maman*, lasciami andare, ti prego...

– Adesso, però, mi turbi, Giorgio. Parlami, *mon Dieu*!... Che vuoi fare? Che intenzioni hai?

Era raro che dalla scorza che la rivestiva trapelasse tanta vulnerabilità.

– Non ho nessuna *intenzione*, non temere. Soltanto... allontanati, ti prego!... Lasciami da solo.

– Ero venuta ad avvisarti che l'autoveicolo dell'avvocato Vermigli è giù che t'aspetta... Ma ti trovo in questo stato! È da giorni che mi preoccupi, lo sai?... E non pensare che sia facilmente impressionabile! Ma tu non mangi più, non dormi, stai tutto il giorno fuori: non riesci neppure a lavorare... Sì, non guardarmi così... Ho incontrato per caso il signor Boccanelli e mi ha raccontato di te... Sì, di come si preoccupa per te in questo periodo. In redazione dicono che sei distratto, che *sembri malato*... Capisci come *mi* fai sentire? E lo devo venire a sapere da estranei poi!

Sorrisi avvilito.

...Quel *me* che non sapeva più cosa fosse, premeva da ogni parte... quell'amore che avevo sentito provenire da lei così assoluto, mi mancò al punto tale che dovetti piegarmi in due contratto in una prolungata convulsione. Ecco dov'ero! Mi trovavo *espresso da una convulsione*. Tutto il mio essere si esprimeva contraendosi.

Con le braccia serrate sullo stomaco, cominciai a piangere silenziosamente.

– Giorgio!... Ma *piangi*? *Tu* piangi? Giorgio, *mon cher garçon*, dimmi cos'hai! Ti duole la pancia? Per l'amor del Cielo, Giorgio...

Con un fil di voce balbettò qualcos'altro. Cercai di allontanarla da me facendole un disperato cenno col braccio. Mi si avvicinò invece fino all'inverosimile.

– Vattene, ti prego! Vattene via!... Vattene...

Scansandola bruscamente, presi il cappotto e mi avviai verso l'ingresso. La sentivo correre trafelata alle mie spalle.

– Giorgio, non te ne andare se non te la senti... si può sempre inventare una scusa, un pretesto stupido, non ha importanza. Se vuoi parlerò io con l'avvocato... ma non andare, te ne prego! Potresti sentirti peggio... Non mi lasciare così, in queste ambasce... Giorgio!

Pur volendo, non avrei saputo cosa rispondere. Sentivo il mio amore per Bianca dirompente e come esso mi trascinasse via da tutto, per riportarmi finalmente a *me*.

Eppure avrei esitato ancora sulla soglia se non fosse stato per quelle poche parole che mi lacerarono.

– È per *lei* che piangi.

Disse a un tratto, lontana da ogni commozione.

– È per *Bianca D'Ambrosio*, vero?

Rimasi immobile col cappotto in mano, incapace di andare via e pure di restare. Immobile dentro al mio fuoco.

– Ma come ha potuto? Come ha osato *quella* là ridurti in questo stato? La dimenticherai presto, vedrai. È solo una *sgualdrina*!

Voltandomi verso di lei parlai con fatica, come ferito a morte.

– *Maman*... come fai a dire questo e a credere che io possa restare qua con te anche solo per un attimo ancora?

Correndo giù per le scale sentivo i suoi singhiozzi disperdersi per lo spazio che mi lasciavo dietro. Due, tre, quattro rampe, e poi eccomi davanti ai visi curiosi di Maria Stefania e del padre che mi aspettavano nell'automobile in sosta davanti al portone. Non domandarono nulla (discrezione borghese!) e partimmo all'istante.

Durante il tragitto l'Avvocato Cavaliere Vermigli mi risparmiò gli elogi di Corradini e del vecchio *Regno*, cosa che alleviò di molto le mie pene dentro al veicolo. Non una parola su alcun argomento. Non lo vedevo da prima dello scoppio della guerra.

Giungemmo assai presto nel sobborgo di Roma dove la zia Apollonia possedeva una reggia palladiana.

Scendendo dall'automobile, l'avvocato mi spiegò che se non ci fossimo andati noi in Libia, ci sarebbe andato qualcun altro.

La Francia. La Francia avrebbe sicuramente conquistato la Libia al posto nostro.

La chiave dell'Italia è fuori d'Italia

Siedo fra ombre sfocate.

Credo sia una lunga tavolata. Me ne interesso poco... aspetto solo di potermi liberare da tutta quella gente, da quei discorsi, da tutto...

Impossessarmi di ciò che del nuovo ne vien pian piano fuori. Raggiungere Bianca.

Parlarle finalmente.

Le voci arrivano a tratti prepotenti.

Come in un delirio cerco di seguire discorsi olezzanti di interventismo.

ZUPPA DI LEGUMI.

– La chiave dell'Italia è fuori d'Italia.

Una voce autoritaria che sedeva alla mia destra lo dichiarò in tono di sfida, come per gettare l'amo.

– Un'annessione all'Italia di una terra tanto vicina al nostro Meridione, risolverebbe il problema Mezzogiorno. ...E non è ciò che sta più a cuore a tutti voi?

I pesci abboccano in gran massa.

– Quel *tutti voi*, caro amico, risulta estremamente sardonico! ... La questione piuttosto è un'altra: può l'Italia starsene a guardare, mentre le altre potenze si spartiscono una Terra Nova e promettente come l'Africa?

– So che voi del Banco di Roma cominciate a vendere qualche vostro interesse in Libia ad Austria e Germania... È vero?

– Voci non del tutto infondate, caro dottore, eh! eh!

– Allora l'operazione è conveniente!

– Diciamo un affarone. Il Banco investe in Libia da anni... L'operazione è solida, signori miei.

– ...E poi non basta citare Prezzolini e "guardarsi dentro". ...Ci vogliono fatti! E la Libia si presenta come un'effettiva possibilità di riscatto economico per l'Italia. Qualcosa di concreto per muovere il paese verso la risoluzione dei suoi problemi... non vogliamo farcela scappare come la Tunisia! Non dimentichiamo, nell'81, l'umiliazione dei nostri coloni siciliani in Tunisia!

– La Germania è in agguato! Ve la ricordate a luglio la cannoniera tedesca nel porto di Agadir per cacciare via i francesi dal Marocco?

Filetto di bue mignon

– Ho piacere che i signori ne convengano con me! La Libia rappresenta un ottimo investimento da tutti i punti di vista... Come lo dimostrano infatti gli alti profitti del nostro Banco in quelle terre.

– Per la Germania, la Libia è davvero un piatto appetitoso...

– Dite *appetitoso*?... Sì, ma fino a che punto?

Dal tono provocatorio sembrava la voce di un giornalista.

Cominciai a sentirmi peggio.

Il colletto della mia camicia era rigido... come tutti i colletti in quell'anno. Mi sembrava di soffocarvici dentro.

Dieci minuti alle nove. Ho bisogno di aria!

– Diciamo che anche per l'Italia è giunto il momento di muoversi!... Per quanto riguarda, invece, i presunti benefici che nella fattispecie ne trarrebbe dalla conquista... Lasciatemi mantenere delle riserve!

– Ma leggo che Tripolitania e Cirenaica sono terre fertilissime. Addirittura Erodoto e Plinio ne cantavano la fertilità.

– Suvvia, signori! Non vorremo mica cominciare a dar credito al patriottismo fanatico ed edulcorato del Pascoli. ...Ormai è piuttosto noto in tutti gli ambienti che la Libia non è poi tutto questo affare!... Lasciatemi aggiungere anche che si sa da tempo che il presunto interessamento delle banche austriache e tedesche per gli interessi del Banco di Roma in Libia, è solo una voce messa in giro dal Banco stesso per favorire il proprio mercato in quelle terre!

Le voci diventano taglienti. Avverto una tensione che in fondo mi diverte.

– La malizia della stampa!

Il banchiere brindò alla stampa, sorridendo forzatamente.

Nove colpi dell'orologio. Si fa sempre più tardi, e non mi posso neppure immaginare di poter buttare giù anche solo un boccone di un'espressione così pesante della cultura culinaria borghese.

Alla mia sinistra si discute di relazioni sociali.

Qualcuno comunica che la piccola Pasi Vernazza Castromediano di Lymburgh, principessa di Palmariggi, duchessa di Castri e di Morciano, s'è fidanzata con un Colonna. Ha diciassette anni e i genitori sono soddisfatti. Una signora sussurra alla sua vicina (che è anche la mia!) che il principe aveva messo già da tempo gli occhi addosso al principino.

– Ma è vero che gli arabi hanno più di una moglie alla volta?

Una voce di ragazza trattiene a stento un risolino lezioso.

Alla mia destra si continua ostinati.

– Corradini dice che la Libia cadrà senza sparare un colpo.

– Mi sembra che i nazionalisti, nell'entusiasmo dell'enfasi, dimentichino che in realtà le forze dei turchi e degli arabi stessi, non siano queste orde di barbari selvaggi senz'arte che credono!

È sempre la voce della stampa che demistifica e smaschera.

Il banchiere non brinda più alla salute, né sorride.

Nemmeno forzatamente.

– La Cirenaica e la Tripolitania non sono affatto un'illusione!... Casomai l'illusione è quella dei vociani che cercano di convincere la gente al non intervento con argomenti fatui.

– Bene! L'avete voluto voi... È una notizia ufficiosa ancora, ma che diverrà presto di dominio pubblico!... Ve la anticipo per dimostrarvi quanto sia sciocca la vostra ostinazione. Avete sentito mai parlare dell'indagine della JTO? *Jewish Territorial Organization*?

– Suvvia signori!

È la voce della marchesa zia Apollonia, che avvicinandosi verso il nostro gruppo, interviene con ipocrita mondanità.

–Vi osservavo dall'altro capo del tavolo e mi è sembrato che il vostro tono non fosse confacente all'allegra serata. Ma cos'è tutta questa collera!... Parlavate forse di politica?... Ma certo! Non rischiate di annoiare le signore con questi vostri discorsi seriosi? Suvvia, brindiamo invece!

Fu tutto un inchinarsi e sorridersi.

L'orologio batte le dieci. Dieci colpi. In quella stanza mi pare che non si respiri. I soffitti sono molto alti, ma a me manca l'aria.

Do rapidamente un'occhiata al menù: dindo arrosto, insalata verde, dolce, frutta e caffè.

Non ce la farò mai ad andarmene in tempo.

– E voi, cosa ne pensate? Leggo sempre con molto interesse, se pur con qualche riserva, tutti i vostri editoriali.

Quel *voi* sono *io*. Qualcuno chiede la mia opinione.

La testa mi gira come in una danza di Matisse.

Mi sento... Ho un dolore allo stomaco.

Vorrei vomitare, vomitare tutto, tutto quello che ho dentro... vorrei vomitare ogni cosa.

Via da me. ...Tutto.Via da me.

Parlo.

– Diciamo che riesco perfettamente a capire come possa riuscire più facile far passare per un'istanza umanitaria volta a favorire la forza lavoro del Meridione, ciò che invece è mosso nel *migliore* dei casi da sentimenti di spicciolo nazionalismo guerrafondaio.

Parlo quasi a mia insaputa, tutto d'un fiato, gettando fuori una strana sostanza omogenea e corrosiva.

– ...Nel *peggiore* dei casi, invece... Nel peggiore dei casi, a mascherarsi di orgoglioso sciovinismo è l'ingordigia di un'unica classe dominante che muove i propri passi allo scopo di rimpinguarsi le tasche.

La marchesa zia Apollonia mi osservava gelidamente.

– La questione che proprio non mi interessa, signori, è sapere se la Libia sia o meno uno *scatolone di sabbia*. Rifletto e mi interrogo invece su quale senso abbia costringere qualcuno... un uomo... a stravolgere la propria vita, la propria cultura, la propria religione, e a sacrificare il proprio benessere economico e quello della sua gente, al tornaconto italiano, francese, tedesco... che importanza ha in fondo?... E quale senso ancora possa mai avere l'ottenere qualcosa, se pur preziosa, con il sopruso e la violenza... con la prepotenza di una guerra che costringe all'inutile sangue... sangue italiano, turco, arabo... Comunque *sangue*. Sangue che in un modo o nell'altro finisce sempre per rinforzare le floride casse di un'*élite* che in questa guerra trova la sua ragion d'essere, che questa guerra l'ha voluta perché ne uscirà più ricca... con mani linde e immacolate.

Le mie parole azzittirono l'uditorio.

La marchesa zia Apollonia si rifugiò nella portata seguente.

– Oh! Finalmente il dolce! Adesso vogliate scusarmi signori, devo raggiungere il mio posto. ...E... non prestate troppa attenzione ai cupi discorsi di mio nipote... pare che la mia famiglia si allarghi in senso socialista...

Una signora grassa incrementa l'adipe mal distribuito sulle braccia, ingurgitando grossi bocconi della bomba.

Tutto quanto attorno mi ripugna: suoni e immagini cominciano a confondersi fra loro.

La voce di Maria Stefania mi arrivò tuttavia con intensità squillante. Dovetti seguirla.

Si era fatto sicuramente troppo tardi. La raggiunsi facilmente. O viceversa.

– Tesoro mio, non ti senti bene?

– S'è fatto sicuramente troppo tardi!

Credo che rise, e volse il viso roseo all'indietro.

– *Tardi* per cosa?

– Hai dei capelli acconciati con molta grazia, ma adesso devo correre alle *toilettes*!

Vomitai tutto ciò che era rimasto del vecchio me.

Venni raggiunto da una tregenda di smoking. Non valsero a nulla le mie rassicurazioni.

Ci si preoccupava, si entrava e usciva da una piccola stanza da bagno cremisi.

Dovetti accettare di stendermi su uno scomodissimo divanetto.

Stefania mi raggiunse e mi assicurò di aver salvato *in extremis* il vaso cinese della zia, quello di legno nero, fine Settecento, e che quindi non me ne dovevo preoccupare più. Lì per lì non riuscii a capire di che stesse parlando.

Zia Apollonia, dall'alto, mi squadrava con una diffidenza sempre più ostile. "La marchesa spadaccina". Mi venne in mente proprio in quel momento il soprannome con cui spesso Stefania si era divertita a burlarsene. Ne era fiera invece lei, la *marchesa spadaccina*, del suo soprannome.

Ma si stava facendo davvero troppo tardi! Dovevo assolutamente passare da Via Santini in serata. A tutti i costi.

Mi alzai, con grande sorpresa generale.

– Stefania, permetti due minuti? Ho da parlarti.

Mi seguì cupamente in un saloncino silenzioso.

– So che ti sembrerà incomprensibile e inaspettato... È fuori luogo, lo so. ...Ma ti devo chiedere di prestarmi una carrozza per far ritorno *immediatamente* a Roma. O l'automobile, se vuoi. Per me è lo stesso.

Continuò a tacere. Questo silenzio imbarazzò entrambi. La guardai con ansia.

Frugava nei miei occhi.

– Mi aspettavo qualcosa del genere...

La sua rassegnata consapevolezza mi stupì. Cosa risponderle? Continuò a fissarmi.

– Mi dispiace Stefania, ma è *necessario* ch'io torni subito a Roma.

– Proprio ora? In questo momento?

Continuò con un tono stanco, come se ciò che stava per dire l'avesse ripetuto già mille volte nella sua testa.

– E finisce semplicemente *così*?

Un nodo alla gola la costrinse a interrompersi. Riprese con gli occhi carichi di lacrimoni.

– ...O continua?

E portò una mano alla bocca.

– ...È una storia che credi durerà a lungo la *vostra*?

Qualcosa mi scosse da dentro.

Quell'essere informe che ero cominciava a protestare e a reclamare una sua identità, autonoma da tutte le contingenze.

Mi parve fosse giunto il momento di *essere* in qualche modo.

Cercai quanto più di quella chiarezza che andavo scoprendo a poco a poco dentro di me. Cercai la prudenza, ché mi addentravo in un terreno a me ancora sconosciuto...

Le strinsi entrambe le mani.

– Io nutro un grandissimo affetto per te, Stefanella, ma adesso è via da te che devo correre. Tu sei forte, cara, e possiedi il privilegio di non dover lottare per ottenere ciò che desideri. Fai ciò che è giusto fare e non hai nessun motivo di risentirti di questo, perché ciò che possiedi è il meglio di questa società! Il piccolo Angeleddu, invece, stava dalla parte sbagliata, ed è stato ucciso con otto bastonate senza che nessuno se ne curasse. Tu segui i dettami della moda e della convenienza e ti trovi bene dove sei, io invece mi spengo lentamente.

Il suo sguardo vacillò scombussolato.

– Scusa Stefania, so che non è colpa tua, ma del mondo che ci circonda... Comunque dipende solo da noi se accettarlo o meno... Forse scegliere è più difficile quando tutto fila dritto e non si sente alcuna pressione: nessuno meglio di me può capirlo, credimi... Vedi... ci hanno sempre insegnato che il matrimonio è un passo indispensabile, e che non ha nulla a che vedere con amare fino a sfinirsi, perché altrimenti non si lavora più e non si fanno più le guerre... invece quello che voglio io è *sfinirmi*!

– Ma io mi *sfinisco* per te! Protestò lei, con uno sguardo incredulo.

– *Tu* ti sfinisci per me, è vero. Ti sfinisci per me, *solo* perché ti sfuggo. Ti sfinisci per un'ombra, un'idea... La verità è che non sai nemmeno chi io sia; io stesso non so chi sono. È da tanto che mi domando cosa sia *diventato*. ...Non lo so più... sì, da tanto ormai... Forse sto impazzendo. Anche questo è probabile.

La guardai cercando di dividere con lei la mia follia.

– Lasciami andare, Stefania! Lascia che mi allontani da te e da tutta questa ipocrisia irrespirabile per me... Chi credi di amare non è mai esistito. Mi dispiace, ma non t'ho chiesto io di aspettare il mio amore recalcitrante. Odiami, se vuoi... Ma continuo a parlare in un' altra lingua, quando sono altre le cose che dovrei dirti...

Cercavo con troppa impazienza nel groviglio delle mie incertezze. Sentii che dovevo tirarmi fuori con chiarezza dal pantano in cui sguazzavo da sempre.

– Vediamo... devo farti capire in qualche modo, ma anche capire io stesso... Trascorro un periodo di incredibile attività.

Sembra che vada tutto bene... o almeno dovrebbe... invece attorno a me si cominciano a spegnere tutte le *luci*. Brancolo nel buio... Te lo puoi immaginare? Una volta mi tagliuzzo anche le mani dentro al bagno, perché non mi capisco più. Avevo trascorso tutta la vita in maniera così naturale! E invece, a un tratto, ciò che più amo mi diventa insopportabilmente arido, e io stesso non riesco a distinguermi più. ...O non ci sono mai riuscito? Me lo domando. Così, a un tratto, non c'è che il nulla. Non c'è più speranza dentro me, né desiderio. Solo una sofferenza che per mesi si trascina con rassegnazione. Cerco di conviverci: continuo a lavorare, ma non riesco a superare questa dolorosa tensione che a poco a poco mi sottrae a me stesso... Non sopporto più la vista di chi mi sta attorno. Mia madre mi diventa intollerabile, fuggo da tutto e non so più scegliere, non so più distinguere; guardo Boccanelli e non so più che genere di socialismo sia quello cui ci ispiriamo. Gaetano, lui... lui lo scopre a poco a poco, coi suoi tempi, con le sue risorse... e mi fa venire in mente a un tratto quant'è grande la responsabilità di chi scrive su un giornale, e mi chiedo se io ne abbia in fondo mai sentito il peso, cosciente di non avere sentito mai niente... Così l'infinito mi risucchia nel suo universo informe. Vivo senza caratteristiche, cercando di definire al meglio quello scampolo di me che continua a illudersi. Quasi dirigo un giornale, la gente mi sollecita, si informa, mi prende in considerazione, e io, se non riesco a fuggire, devo soccombere, subire, e in quei momenti ciò che *non-sono* appare ancor più evidente: non posso più far finta di niente, perché la verità è che non sono nessuno, dunque non ho nulla da offrire, e che non posso confrontarmi con niente, perché il *confronto* implica due termini di paragone, e io *non esisto*. Qualsiasi cosa accada alimenta dentro me una disperazione che di giorno in giorno si fa più tenace. Comincio a preoccuparmene seriamente. Ne ho paura anche perché è qualcosa che non controllo, che non comprendo fino in fondo... Per settimane, a onta di ogni mio tentativo, continuo a dibattermi nel mio essere farraginoso. Nessuna speranza di ricongiungermi al mio vecchio me che s'è ormai dissolto... e nulla del nuovo. Solo buio. Così trascorro le settimane convinto (e a ragione!) di starmi spegnendo a poco a poco e che non possa fare niente per evitarlo... e che se lascio perdere, finirò per estinguermi in questo *nulla*. ...Poi da qualche giorno... sì, è solo da *qualche giorno*... da qualche giorno mi rendo conto che esiste una possibilità di affrontare tutto questo... Comincio quindi ad analizzare i miei sentimenti con acribia e mi accorgo che il mio *me* lievitava irrisolto e dolorante solo perché io stesso non me ne ero mai curato... Grottesco! Mi accorgo di avere una coscienza solo nel momento in cui sto per perderla!... Una coscienza che purtroppo si esprime con la realtà, e in nessun altro modo... ciò che la *nutre* è la *veritá*, senza fantasie o menzogne per renderla piú accettabile. La verità, capisci?... La verità e basta... le cose per come sono *veramente*, che non c'entra nulla con la convenienza, la delicatezza e il tatto... E così, con il rimedio in mano, mi sforzo di guardare dentro di me e comincio a vedere un poco più chiaro anche tutto il resto... comincio a capire! Prima non potevo farlo, perché vivevo soffocato da una maschera. Ciò che faccio al giornale m'è più chiaro, e Sandro e Gaetano, e quello che dicono... Così come stasera posso ben capire che a tutta questa gente non importa nulla di te, di *noi*... Tu sei la nipote della marchesa spadaccina e frequentarti dona lustro.

Le lasciai le mani. Lei pareva come inebetita dalle mie parole. Mi guardava immobile, con la bocca semiaperta e gli occhi velati di lacrime, come se tutta quella farragine di frasi l'avesse intimidita. Tremando continuai.

– Così adesso cerco con ogni sforzo la chiarezza e la verità. Solo che non è così facile come sembrerebbe... è un esercizio del tutto nuovo per me che afferro ciò che capita prima fra i miei pensieri disorganizzati... E so bene che nonostante tutto, non mi *apparterrò* mai se non mi riuscirà di capire finalmente dove cominci io e dove finisca questa continua impotenza a essere me. Adesso lo so... Il fatto è che ne ho sempre avuto una paura immensa... di essere me, intendo. E anche di scoprire di non essere mai riuscito a essere me. Essere se stessi, è un *essere dolorosamente*. Per questo avevo *paura* di *Bianca* – è la prima volta che pronunciare il suo nome non mi spaventa. Frequentare Bianca avrebbe significato scoprire la parte più autentica di me, la più scomoda... quella che lei è riuscita sempre a tirarmi dolorosamente fuori: lottare e combattere dove io non ero pronto. La paura di Bianca era la *paura di me*. ...Paura di me... di dover soffrire nell'essere me. Ma adesso so che questo dolore non lo posso evitare, perché esso stesso mi condurrà fuori dall'inferno delle mie complicazioni irrisolte. So che con lei... *insieme* a lei potrò comprendere forse gli arcani dell'inesplicabile me stesso. Non hai voluto sentirlo quella volta all'opera, quando stavo per dirtelo, né il giorno dopo, quando, tornato a casa, volli spiegartelo... Ora, però, non posso più tenerlo per me. È arrivato il momento che tu ascolti, Stefania: non possiamo più far finta di niente. *La notte dopo la Traviata io la trascorsi con Bianca*. Scappai dal palco, lasciandovi, solo perché l'avevo vista e volevo raggiungerla prima possibile. Da settimane non pensavo ad altro che a *lei*. Il ricordo di quelle ore è l'unica cosa che *ormai abbia un senso per me*.

Qua la voce tremò con gran stupore di entrambi.

– ...È qualcosa che davvero non mi lascia... qualcosa che ho combattuto, ma che mi possiede tanto intimamente da non potermene liberare anche se volessi... qualcosa che non avevo mai provato prima. Un legame *unico*, che parte da dentro.

Sentivo un fuoco interiore bruciarmi la pelle del viso.

– È così arduo stabilire ciò che si deve agli altri e ciò che si deve a se stessi. Per me in questo momento è difficilissimo. Permettimi di andar via, Stefania, è la cosa migliore per entrambi. Lascia che la raggiunga!... La rivedrò finalmente... Insieme a lei riuscirò forse pian piano a svelare a me stesso il mistero che sono diventato.

Cercai il suo sguardo. Dovevo dirlo. Anche se quella verità avesse potuto ucciderla sul colpo.

– *Io amo Bianca*. È *con lei* che voglio trascorrere la mia vita.

Queste parole la riportarono improvvisamente alla realtà, e come uscita dall'incantesimo si gettò su di me, principiandomi a colpire con i pugni serrati.

– Lo sapevo! Lo sapevo!... Sapevo che saresti arrivato a *questo*... Lo sapevo, me lo sentivo che dietro tutte le tue stranezze c'era *lei*! Come puoi dire una cosa simile? Come puoi dire di amare *lei* solo perché vuoi cambiare, *ritrovarti*?! Impostore! Di' che la ami e basta! Di' che mi hai tradito con lei e che adesso te ne sei incapricciato! Di' che *non* ami *me*! Che non mi hai amata *mai*... mai, mai... Non ne posso più di combattere per entrambi... Sono stanca... Vattene! Vai via, te ne prego... Vai via e non ti fare vedere mai più, Giorgio... Mai più...

Disse infine contratta dai singhiozzi.

Non ebbi neppure il tempo di reagire, perché proprio in quel momento entrarono il cavaliere suo padre e la marchesa sua zia. Il trambusto provocato dalla scenata di Stafania li aveva attirati verso il saloncino.

Con un'aria confusa il cavaliere scansò me e si diresse verso la figlia che giaceva per terra, ai piedi della poltrona.

La marchesa spadaccina dovette intuire più profondamente la questione, perché mi invitò con livore a lasciare la villa con un gruppo di suoi ospiti che si stavano per accomiatare in quel momento.

Non poteva presentarsi opportunità migliore per me, che nel raccogliere *loden* e cappello, diedi un'occhiata all'orologio.

Dieci alle undici.

Mi unii al gruppo che stava per montare in carrozza. Attesi con impazienza di essere lasciato a Trastevere.

Non ricordo che ora fosse quando mi lasciarono dalle parti di S. Maria.

Ero passato tante volte da là. Avevo avuto sempre un buon motivo nell'ultimo periodo per recarmi da quelle parti.

Fui in Via Santini in pochi minuti. Via Santini n. 4. Via Santini al terzo piano.

Mi sentivo il cuore vuoto. Mi fermai a un tratto. Ma non correvo troppo? Cominciai a intuire l'inadeguatezza dei miei entusiasmi. Che dirle una volta giunto davanti alla sua porta, di fronte a quel viso sempre sincero, a quegli occhi d'acciaio, incapaci di ogni ipocrisia? Mi sentii improvvisamente piccolo piccolo e con movimenti furtivi mi adagiai su una panchina di Piazza S. Cosimato.

...Pensai a un tratto al signor Goljadkin... all'ometto confuso e scombussolato di Dostoevskij, a come, davanti al suo sosia che lo raggira, le parole gli fossero uscite fuori deformate, distorte, imprecise, proprio nel momento in cui avrebbe dovuto spiegarsi meglio... E se fosse capitato a me?

Ma che importava a quel punto farsi capire o meno? Era tutto chiaro ormai. L'*altra* era scomparsa. Spazzata via dalla verità.

Va bene, va bene, va tutto bene. Mi alzai.

Avrei bussato alla sua porta e l'avrei implorata di farmi entrare, anche se dopo la scena al caffè me ne avesse ancora voluto. ...Eppure in quel caso che fare? Ma nulla! Solo andare là e bussare... Lasciare fare al *mio cuore*.

Ripresi a fare qualche passo. Ma che assurdità! Figurarsi... il *mio cuore*! Ma che dovrebbe capire in un caso del genere e a quest'ora tarda, se non che sono uscito del tutto di senno?

Ritornai alla panchina avvilito.

Allora, ricapitoliamo con calma, procediamo con ordine e rivediamo tutto da capo. Respiriamo... respiriamo e domandiamoci in tutta sincerità: cosa le voglio dire? "Avete un'*altra*", mi aveva detto al caffè, "Potreste cambiare *questo*"? La risposta era semplice: sì, che posso! Lo posso, lo voglio, e *l'ho già fatto*! Non desidero che questo: stare con lei, *solo* con lei...Volevo raccontarle tutto. Tutto. Di come infine avessi scelto, di come l'*altra* si fosse annientata alla sua sola vista, e di come ci fosse *solo lei*, Bianca, e nessun'*altra*. Di come avesse prodotto un terremoto nella mia vita e l'avesse cambiata in meglio... Adesso non volevo nascondermi più, proprio come mi aveva insegnato lei col suo coraggioso esempio. Volevo dirle che l'ammiravo, che mai le avevo detto tutto ciò che pensavo di lei... e che questo era che io l'*amavo*, come l'avevo amata quella notte, come l'avrei amata per il resto della mia vita, perché la trovavo la donna più affascinante e più bella e più intelligente che avessi conosciuta, e che mai, sapevo, ne avrei incontrata un'altra di pari livello e che tutte le *altre* sparivano davanti a lei che ai miei occhi splendeva radiosa, e che non vedevo più nulla se non *lei*, che non dormivo più e che non potevo più mangiare né pensare, se prima non le avessi detto quanto grande fosse il mio amore esclusivo per *lei*, e che era proprio questo che mi aveva spaventato sin dal primo giorno in cui l'avevo incontrata, perché avrebbe significato distruggere la mia insignificante vita e costruirne faticosamente un'altra, però questa volta autentica e irrorata dalla felicità insensata e assoluta di quella notte, e quanto ciò mi avesse trovato impreparato in un primo momento e davvero troppo debole per una cosa così grande, e di come l'avessi sempre evitata perché davanti a lei sentivo la mia determinazione vacillare, non riuscendo più a mentire, mentre volevo vigliaccamente salvarmi e quindi sfuggire la sua presenza, e mai e poi mai ammettere a me stesso che io mi ero innamorato di una creatura così perfetta, la cui peculiare sensibilità avevo intuito sin dal nostro primo incontro, rimanendone a dir poco stregato, e di come avessi tutta la vita e soprattutto dopo, cercato tante donne per avere da tutte quante insieme quella che mi mancava così atrocemente... di come avessi capito che avevo perso tutto il mio tempo, perché ciò che volevo con più forza era *proprio lei*... lei... Bianca. Che l' amavo. L' amavo fino a voler cambiare tutto nella mia vita, che l'avevo già fatto, e che oltre a tutto questo io proprio non potevo più vivere senza poterla toccare... E che la volevo così mortalmente, che a volte al desiderio di lei mi sentivo spezzare in due... Che non ne potevo più... non ne potevo più di quell'assurda vita dal momento che avevo deciso di viverne con lei una autentica, nel modo che le sarebbe più convenuto...

Piansi. Alzandomi con lentezza mi avviai meccanicamente verso la strada che si apriva a pochi metri di fronte a me. Sollevai lo sguardo verso le sue finestre. Era tutto spento. Mi avvicinai al portone e senza pensarci un attimo bussai con vigore. Qualcuno venne ad aprirmi e io mi lanciai verso la rampe che mi avrebbero condotto al terzo piano. Davanti alla sua porta nessun dubbio fermò o rallentò il mio polso nel tirare più volte il cordone del campanello. Vi appoggiai l'orecchio ma non udii nessun suono. ...Sarà uscita. Stupido a non pensarci. ...Oppure dorme.

Mi attaccai al campanello, e suppongo che in quella maniera si sarebbe svegliato chiunque!

Non era in casa.

Scesi velocemente le scale e credo che il portiere mi avesse aspettato, perché lo trovai alla fine dell'ultima rampa che sonnecchiava. Mi corse dietro blaterando frasi in dialetto dalle quali dedussi che non aveva idea di dove fosse andata Bianca, ma pretendeva invece ancora qualche attimo della mia attenzione per spiegarmi qualcosa che non ascoltai neanche sul fatto che la signorina D'Ambrosio non era in casa, e che se non fossi stato impulsivo come tutti i giovani nel precipitarmi di corsa al terzo piano, me l' avrebbe spiegato lui stesso che la signorina non era in casa.

Non so... credo si preoccupasse del tratto di scale che avevo fatto in più, stancandomi inutilmente.

Ritornai in Piazza S. Cosimato.

Che fare a quel punto? Elaborai un piano: prima o poi sarebbe dovuta tornare a casa? Bene! Sarei ripassato più tardi. Nel frattempo l'avrei cercata un po' ovunque nei posti in cui immaginavo sarebbe potuta essere... cosa che mi avrebbe aiutato a evitare un'attesa altrimenti insopportabile.

Cominciai dal circolo di Largo Argentina, ma non vi trovai nessuno. Il guardiano mi disse che la riunione era già finita da un'oretta. Così, visto che mi trovavo nei paraggi, pensai di fare un salto in Via Arenula dalla zia Adriana. Mi era venuto in mente che dopo le riunioni, sul tardi, Bianca si recava da Bebé e dalla zia. Inoltre la zia organizzava spesso a palazzo Sceberras serate di letture o incontri fra circoli a cui Bianca partecipava con assiduità. E comunque passare da là non mi sarebbe costato nulla.

Essendo abbastanza tardi, non mi sorprese la lentezza con cui mi vennero ad aprire. Pensai che già dormissero. Eppure, quando Lucilla mi fece entrare, notai che le luci dell'ingresso erano ancora accese.

– Dormono le signore?

Lei fece cenno di no col capo e mi condusse nella piccola stanza ottagonale dove su quattro lati si aprivano ben quattro porte e quattro sedie di legno scuro erano accostate alle rispettive quattro pareti. Al di sopra delle sedie spiccavano quattro stampe di William Blake tratte da quattro scene dell'Antico Testamento.

God judging Adam. E lo giudica senza misericordia alcuna! Una paura rassegnata piega il corpo di Adamo arcuandolo quasi irreversibilmente. *Elohim crea Adamo*. Viene creato, ma pare che soffochi sotto l'asfissiante presenza del demiurgo, che con quell'atto generoso gli concede da subito la capacità di *soffrire*. Un serpente ne inchioda la gamba al suolo: è immobilizzato. Come scrive Baudelaire:

Race d'Abel, dors, bois et mange;
Dieu te sourit complaisamment.
Race de Caïn, dans la fange
Rampe et meurs misérablement.

[...]
Race d'Abel, vois tes semailles
Et ton bétail venir à bien;
Race de Caïn, tes entrailles
Hurlent la faim comme un vieux chien.

Race d'Abel, chauffe ton ventre
À ton foyer patriarcal;
Race de Caïn, dans ton antre
Tremble de froid, pauvre chacal!
[...]
Ah! Race d'Abel, ta charogne
Engraissera le sol fumant!
Race de Caïn, ta besogne
N'est pas faite suffisamment;

Race d'Abel, voici ta honte:
Le fer est vaincu par l'épieu!
Race de Caïn, au ciel monte,
Et sur la terre jette Dieu!"

Attesi per un buon quarto d'ora quando finalmente si aprì una delle quattro porte alle mie spalle. La zia Adriana entrò in silenzio con un'espressione piuttosto abbattuta. Le andai incontro stringendole le mani.

– Zia, cosa c'è? Cos'hai?... Perché queste lacrime?

Il suo contegno mi incuriosì e preoccupò al tempo stesso.

– ...Ma è successo qualcosa? È per Bebé?

Mi guardò senza dire niente.

– Cosa desideravi, Giorgio?

Chiese lentamente.

– Io... io... Passavo di qua per caso e mi son chiesto se eravate ancora...

...E se lei mi avesse già dimenticato? E se il tempo concessosi per dimenticarmi si fosse già consumato? Ma io volevo o no rivederla? Lo volevo a qualsiasi prezzo, anche se avessi dovuto attenderla tutta la vita. E se non fosse stata quella la vita che mi spettava di trascorrere con lei, avrei lo stesso continuato a sperare, dibattendomi in un'attesa senza fine, perché non c'era attesa che avrebbe potuto sfinirmi, non c'era eternità che avrebbe potuto cacciarla via dalla mia mente. Strinsi i denti.

– Veramente, zia, cerco *Bianca D'Ambrosio*. Credevo fosse qua... So che spesso passa da voi dopo le riunioni al circolo: ho creduto che forse avrei potuto incontrarla. Evidentemente mi sono sbagliato. Tolgo il disturbo e ti lascio, visto che qualcosa ti affligge e avrai forse voglia di restare sola. Ti prego di perdonare l'insolito orario. Addio, e scusa ancora.

E feci per infilarmi dentro una delle quattro porte.

– Giorgio, un momento!

Il tono della sua voce mi parse quasi solenne; istintivamente mi fermai. Cominciavo a spazientirmi. S'era fatto tardi e temevo di non riuscire ad arrivare in tempo in Via Santini. Magari si sarebbe addormentata, e io avrei dovuto aspettare fino all'indomani: non se ne parlava neppure.

– Perdonami zia, ma vado di fretta. Devo rintracciare al più presto la signorina D'Ambrosio: devo dirle una cosa assai importante...

Chinai lo sguardo.

– ...Sarebbe troppo lungo da spiegare adesso, e temo di non riuscire a fare più in tempo. Quindi se posso esserti utile in questo momento... altrimenti se non ti senti di parlarne ora, passerò domani mattina e risolveremo il problema insieme... vuoi?

Continuava a fissarmi con quello sguardo tragico, gli occhi cerchiati e la bocca semiaperta, come se volesse dire qualcosa ma non vi riuscisse.

Tutta quella scena mi infastidiva e cominciavo ad averne abbastanza.

– Allora, scusa, ma devo andare... a domani!

Stavo per afferrare la maniglia, quando dalla porta alla mia destra comparve Bebé, che nel vedermi impallidì.

Incuriosito da quella reazione esitai davanti alla soglia.

– Ma che avete?

Le guardai entrambe, seccato.

– ...Che ti prende Elisabetta? Sembra che tu abbia visto il fantasma di Canterville!

Aspettavo una risposta che non arrivò neppure dopo qualche attimo.

– Mi dispiace per voi allora, ma io devo andare.

– Giorgio, aspetta!

La zia Adriana mi richiamò di nuovo a sé. Mi avvicinai a lei e Bebé scoppiò a piangere.

La zia la guardò e le parlò come implorandola.

– Ma deve saperlo, tesoro! È necessario! Noi non possiamo nasconderglielo: non ne abbiamo il diritto.

Bebé non rispose e continuò a singhiozzare. La zia mi prese allora per il braccio.

– Si tratta di Bianca.

A quel nome riuscii a stento a rimanere dritto sulle mie gambe.

– È *molto* malata.

Cercai appoggio sulla sedia vicina. E adesso dove trovarla?

– *Ammalata*? Cos'ha? Di *cosa* è ammalata?

Chiesi, riuscendo con dolore a muovere la bocca.

La zia rispose qualcosa che non fui in grado di comprendere. Ma era grave.

Protestai.

– Sciocchezze! Ma se l'ho vista l'altro giorno al caffè con Bebé e Marcello: stava benissimo!

Guardai Elisabetta perché confermasse, per una volta, le mie parole.

La zia mi guardò con compassione.

– Era già malata. Lo è da *parecchi mesi*.

Disse con voce afflitta e impotente.

– Era venuta... Si sforzò di lasciare il letto perché sperava...

Bebé ebbe un sussulto e la zia si interruppe.

– *Cosa* sperava?

La incalzai afferrandole entrambe le braccia. La voce le si strozzò dalla commozione, ciò nonostante, continuò.

– Sperava di incontrarti.

Mi guardò come se ripetesse quella verità per la prima volta. Una verità di cui certo era a conoscenza da giorni.

– Voleva vederti. Dopo averti cercato in Via dell'Orso, accompagnata da Bebé e Marcello, si era ostinata a volerti aspettare al caffè della Pace. Sapeva che tu saresti passato da là.

Divincolandosi da me, la zia mi fissò negli occhi.

– Credo sia *innamorata di te*, Giorgio.

Disse con quanta più chiarezza poté, mentre Elisabetta si portava le mani al viso.

Mi buttai su una sedia esausto. Ora come raggiungerla?

– E dove si trova adesso? In quale ospedale è ricoverata?

Domandai in delirio. La zia guardò di nuovo Bebé.

Dopo aver lanciato uno sguardo di collera alla madre, mia cugina si avviò verso una delle porte. La raggiunsi.

– Ma non capisci che *devo* vederla?

Non mi restava che liberarmi dall'opprimente silenzio in cui ero vissuto fin troppo a lungo.

– So già che Bianca mi ama, perché anch'io *amo* Bianca! L'amo perdutamente. L'ho *sempre* amata. Con Stefania è finita. Ho rotto il fidanzamento. Ormai non c'è che lei per me. Esiste solo Bianca. Non ci sono *altre*. Non c'è più *nessuna*. Solo lei!

Le guardai entrambe come a sfidarle.

– Devo dirle che voglio passare con lei il resto della mia vita, quindi voi mi *dovete* dire dov'è! Lei mi aspetta, capite?... Dov'è ricoverata?

Fu in quel momento che Lucilla entrò trafelata.

– Signora baronessa, è arrivato il dottore! È già *dalla signorina*.

Rabbrividii.

– Allora è *qui*! È qui da voi!

La zia si asciugò il viso.

– Sta bene, Lucilla, arriviamo immediatamente.

– Devo vederla! Vi supplico di dirmi subito in quale stanza si trova... tanto finirò per trovarla anche se dovessi cercarla per tutta la notte!

Elisabetta mi urlò che si sarebbe fatta uccidere piuttosto che farmela vedere. Credo che la zia la rimproverò. Io mi sentivo impazzire. Barcollai fino alla porta più vicina, ma lei, continuando a urlare, riuscì a sbarrarmi il passo col suo corpo.

– Non smetterai mai di ingannarla? Di ingannarle *tutte*? No, non te lo permetterò questa volta! Non l'hai fatta soffrire abbastanza? Lasciala *partire* in pace, ti supplico...

L'afferrai per un braccio trascinandola via dalla porta. Non so chi delle due mi disse che stava morendo.

Ricordo ancora come mi suonarono paradossali quelle parole.

Esco da quella stanza. Brancolo nel buio. Attraverso numerose stanze...

...Non so... Non mi oriento più.

Loro due credo continuino a seguirmi. Perché mi pare di avvertire dei passi dietro di me. Insistenti. E voci forse...

Mi fermo in una grande sala da cui parte la scala che porta alle stanze da letto... Sento la voce di Gaetano come in delirio.

Forse faccio qualche passo.

Si spalanca una porta. Me lo trovo improvvisamente di fronte.

È in uno stato confusionale e sembra che il dolore gli abbia procurato una ferita al petto, perché cammina leggermente piegato e stringe una mano all'altezza del cuore.

Finalmente alza lo sguardo verso di noi... Ha appena smesso di piangere e con occhi stupiti si guarda attorno come se non capisse dove si trovi.

È l'ultima cosa che ricordo.

Poi un dolore molto forte al naso. E del rumore attorno a me.

– Ma gliel'avrà rotto?

Cerco di alzarmi ma qualcuno me lo impedisce e mi poggia dolcemente un panno freddo sul viso.

Mi dicono che Gaetano giace inerme in una stanza e che il dottore gli ha dato dell'oppio per farlo dormire. Che era fuori di sé, e che non ha retto allo strazio. ...*Strazio*... È una parola di cui non riesco a capire il senso. Insignificante come il mio trovarmi in quella parte del mondo, il mio essere in quell'istante di eternità, fra quelle pareti, con quella gente.

Mi ripetono che Bianca era malata da lungo tempo. Malata seriamente. Tubercolosi polmonare. E che adesso è *morta*.

Ora che me lo si ripete mi pare di averlo sempre saputo che era malata.

Mi trovo seduto su uno sgabello di porpora e tutt'attorno colora di porpora... i gradini mi sembra, e le pareti anche. È zia Adriana che col viso paralizzato da una strana smorfia mi ripete ogni cosa e usa un tono paziente e, mi sembra, forzatamente dolce, come per farmi capire.

E io capisco! Capisco tutto, solo che non glielo posso dire, perché le parole non mi salgono alla bocca... ma solo fanno la ridda nella mia pancia.

Piú di una volta mi domando qual è a quel punto la realtà che vivo. Vorrei spiegarmelo, ma non so più se ciò che sento appartenga ancora a me o alla mia disperata nientitá.

Esito sullo sgabello.

Tutto quel brusio mi confonde e soltanto le parole della zia riesco a comprendere, misurare, interpretare.

Solo un desiderio, vivo più che mai: la speranza di riuscire pur, un giorno, a distinguere dove cominci io e dove finisca quest'eterna, indefinibile impotenza a essere me.

Ritenere forse una fortuna il comparire di Elisabetta da una porta?

Mi si avvicina lentamente, con lo sguardo vitreo, il viso esangue.

Senza esprimere nulla, mi porge un piccolo libretto rosso.

Credo che fosse quella la sua folle vendetta.

La decisione di punirmi nel peggiore dei modi.

Così venni ucciso da mia cugina, che trasse dal suo assassinio di che vivere sino alla morte.

So che dopo poco sposò il Patti.

Una volta fuori.

È la nebbia. *Not mist but fog.*

Dove mi trovassi, non so.

Non riuscii a muovermi per un po'; qualcuno lo pretendeva invece...

Comunque frammenti di nulla.

Barlumi di memoria irrilevanti.

...Quisquilie.

Scelsi la Svizzera perché avevo ricevuto da Zurigo un'importante e insistente proposta di lavoro, e perché era sufficientemente insignificante, tanto che sempre mi riuscì di vivere facendo finta di nulla.

Mentem debes mutare, non caelum

Herbst

Die Blätter fallen, fallen wie von weit,
als welkten in den Himmeln ferne Gärten;
sie fallen mit verneinender Gebärde.

Und in den Nächten fällt die schwere Erde
aus allen Sternen in die Einsamkeit.

Wir alle fallen. Diese Hand da fällt.
Und sieh dir andre an: es ist in allen.

Und doch ist Einer, welcher dieses Fallen
unendlich sanft in seinen Händen hält.[26]

Al mio arrivo la stazione era quasi deserta.

Trovai facilmente il mio scompartimento.

Diedi uno sguardo dal finestrino. Termini luceva opacamente; aveva un'aria desolata a quell'ora, ma la vita si intuiva vivida in ogni angolino in cui lo sguardo andava a frugare.

Odiavo quella vita indifferente... Ma che potevo fare, cancellare il mondo con un gesto?

Chiusi gli occhi stanco e intirizzito... pensai a *lei*.

---

[26] Autunno // Le foglie cadono, cadono come da lontano, / come se appassissero nei cieli lontani giardini; / cadono controvoglia. // E dalle stelle cade nelle notti / la pesante terra nella solitudine. // Noi tutti cadiamo. Questa mano qua cade. / Guardati attorno: è in tutti. // E ciò nonostante c'è Uno che questo cadere / regge nelle sue mani con infinita dolcezza. // R. M. Rilke, traduzione dell'autrice.

Se volevo vivere, Roma non mi avrebbe dovuto più avere. E io, nonostante tutto, volevo ancora vivere.

Vicino al mio vagone un capostazione discuteva gesticolando con un facchino dall'aria assonnata. Il treno cominciò a muoversi lentamente e io lasciai che il sonno si impadronisse a poco a poco dei miei pensieri.

Una volta arrivato a Zurigo, dopo aver trovato casa e parlato col nuovo direttore, cominciai a lavorare sodo.

E così mi diedi da fare per sopravvivere.

Lavorare era l'unica cosa in cui riuscivo, quindi il lavoro era il mio unico rifugio, l'unica speranza per cercare di dimenticare.

Il primo periodo fu atroce.

La mattina sopravvivevo, ma la notte non capivo più se ero vivo o se la vita mi stava abbandonando. Soffrivo di insonnia, e come un condannato ero costretto a scontare quelle terribili veglie. La mia stanza si popolava di fantasmi, e le solite fitte al fianco mi tenevano spesso paralizzato dal dolore.

Poi, dopo qualche anno, cercai di avvicinare qualcuno.

Ero esasperato, stanco di vivere come un eremita, da emarginato. Ma chiunque avvicinassi mi annoiava; e poi era sempre la stessa storia: finivo costretto a rispondere del mio passato. Come mai mi trovavo a Zurigo, perché avevo lasciato Roma, perché non vi facevo mai ritorno, e che ne era della mia famiglia, dei miei parenti, e poi ancora perché non mi ero mai sposato. Non ce la feci.

Proprio in quel periodo conobbi Jacques Boillet, un giovane che lavorava per una casa editrice. Un tipo discreto, che non faceva domande sul mio passato e che mi lasciava parlare di qualsiasi cosa. Credetti che si trattasse della persona giusta e cominciammo a vederci ogni sera al caffè di Parade Platz.

Da principio lo trovai piacevole: finalmente qualcuno con cui poter scambiare qualche battuta, qualcuno che mi avrebbe potuto strappare, anche se per poco, da quell'assurda esistenza, per farmi tornare a vivere. Purtroppo mi sbagliavo. Ognuna di quelle cose che tormentava le mie notti mi seguiva puntualmente dappertutto.

Attribuii ciò a Jacques e cercai la compagnia di qualcun altro. Tutto inutile.

Il mio vuoto era così vuoto che non ammetteva nessun altro.

Così, dopo poco, smisi di cercare e mi rassegnai alla solitudine.

Per molto tempo, in seguito, tentai di vivere di ricordi; seguirono anni in cui la dolcezza del ricordo mi permetteva di restare vivo.

Ma con l'andar del tempo la memoria scemava, e quelle immagini, quei colori, quelle sensazioni si andavano a poco a poco sbiadendo: tutti i ricordi di quegli anni svanivano e mi lasciavano più solo e abbrutito che mai.

Intanto camminavo verso la vecchiaia, e di tutti quegli anni trascorsi a ricordare non mi rimanevano che la noia, il rimpianto, la solitudine e l'amarezza.

Poi la vecchiaia. E il buio.

Adesso, a ottantadue anni, posso dire che della mia vita non è rimasto assolutamente nulla.

E di quegli unici anni vissuti, nelle tenebre della mia memoria, *solo il suo volto.*

Zurigo, 14 gennaio 1962

Dal libretto rosso che inequivocabilmente rappresenta il diario di Bianca

Uno dei tanti dottori che ho incontrato per curare il mio male mi ha suggerito di tenere un diario. A quanto pare può giovare alla mia salute... Non nutro alcun interesse in tale proposta. Non ho molto tempo per queste sciocchezze.

L'unica cosa che mi servirebbe è individuare con esattezza la natura del mio male.

Di certo non ho desiderio di segnare la data prima di scrivere, come fanno tutti. Se devo tenere un diario, lo devo fare a *modo mio*. Scrivere la data prima, significherebbe stabilire un rapporto stretto fra me e il tempo degli altri. L'intimità invece la voglio solo con me stessa: desidero seguire i *miei* tempi, le *mie* pause, le *mie* cesure e i *miei* inizi.

O così o nulla.

Inizio.

Ieri. Lavorato al Circolo. Accolto domande di sottoscrizione alla nostra rivista.

Facoltosi socialisti interessati a finanziare la nostra sede. Aiuti anche dall'estero.

Denaro, denaro: indispensabile per il progredire delle idee.

Torno a casa stanca. Mal di testa e un senso opprimente di solitudine. Mi piacerebbe andare in visita dai miei genitori. Non sanno ancora del mio male. Non lo sa nessuno, per il momento. Posso tenerlo per me, ma devo fare attenzione a non tossire davanti agli altri, a non *infettarli*. Potrebbe diventare contagioso.

Dopo un'ora di inutile struggimento e debolezza, sono passate a trovarmi le compagne.

Discusso di mille questioni: e ancora di denaro.

Sul tardi abbiamo bevuto del vino rosso e poi se ne sono andate via. Una serata allegra, in fin dei conti.

Oggi.

Respiro a fatica. Tossisco ed espettoro. Espettoro una sostanza mucosa. Cerco di concentrarmi sul respiro.

Scritto ultimo articolo per Via dell'Orso.

Ultimo e difficile articolo per questi socialisti dalla *pancia piena*. Sempre a starmi addosso per riprendere i miei eccessi. La misura è quasi colma.

Ho fame. Non ho fatto la spesa. Troppo impegnata a contorcermi dalla tosse.

Adesso mi faccio una tisana e me ne vado a letto. Mangerò domani...

Oggi.

La primavera colora ogni muretto della città, ogni angolo, ogni giardino. Fiorellini selvaggi o ben curati rivestono l'erbetta delle aiuole con le loro sfumature variegate. Mi incammino verso Largo Argentina attratta dal tepore che si sente nell'aria.

Respiro a pieni polmoni. Respiro. Riesco a respirare senza dover tossire. In pace, finalmente.

Questo è il momento più piacevole della giornata.

Altrimenti, una serie di seccature burocratiche per ottenere alcuni permessi... che uggia!

Il fatto di essere malata distoglie la mia attenzione dalle cose importanti.

Dopo qualche settimana.

I profumi nell'aria, l'arrivo dell'estate, le stagioni che cambiano e riportano gli stessi sapori...

La vita è fatta proprio di piccole cose. Che l'abbiano detto e scritto migliaia di volte non toglie importanza alla verità di quest'affermazione.

Riprendo a scrivere il diario. Ho avuto talmente da fare negli ultimi tempi che non ci pensavo quasi più. Forse non ho desiderio di fermarmi a riflettere...

Oggi.

Aspetto la carrozza che mi condurrà alla stazione e, da lì, a Guarcino da Adriana, l'aristocratica che negli ultimi mesi ha frequentato il nostro circolo. Ha la passione del socialismo. Il suo entusiasmo è verace, le sue idee oneste. Ci è piaciuta molto sin da subito. Abbiamo legato e ci ha proposto casa sua, un palazzo sontuoso in Via Arenula, per le riunioni che per motivi di spazio non si possono fare al circolo. Ha una figlia che si chiama Elisabetta che ci *osserva* con curiosità. A volte ho l'impressione che vorrebbe unirsi a noi, ma che non ne abbia l'audacia. È fidanzata con un nobile facoltoso: sembra molto compenetrata dal suo ruolo.

Madre e figlia mi hanno invitata con viva insistenza a trascorrere l'estate da loro, in Ciociaria. Adriana attua con coraggio il programma di alfabetizzazione delle campagne dell'Agro Romano, indetto dal sindaco Nathan dopo la denuncia della società degli insegnanti nel 1907. Confesso che la cosa mi incuriosisce: avrei così occasione di osservarla da vicino. Io, dal canto mio, avrei da terminare due saggi e svariati articoli per la fine di settembre: un luogo ritirato dai clamori della Capitale, mi è parso l'ideale. Ho accettato l'invito. Non me la sono sentita di dire di no! L'unica mia paura è, tuttavia, una possibile recrudescenza del male. E se dovesse degenerare e divenire contagioso? Confesso che mi è terribilmente fastidiosa l'idea di far sapere loro che la mia *broncorragia* iniziale potrebbe degenerare in una forma acuta di tubercolosi! Ma se il dottore si sbagliasse? Se io l'avessi *già*, la tubercolosi? In fondo questo *sintomo* della tosse e delle espettorazioni non tradisce un'emorragia dei polmoni, visto che comincio a sputare sangue? E come escludere che tale emorragia non dipenda da una forma *iniziale* di *tubercolosi*?

Comunque quel dottore non mi è piaciuto. Non mi ascoltava mai. Parlava solo lui.

Forse esagero. A questo punto non mi resta che fare le valigie e riflettere con attenzione sui libri che desidero portare con me: la cosa più ardua.

Mattina.

Il portiere dovrebbe arrivare da un momento all'altro per aiutarmi con il baule.

Quando si fa una valigia non si impacchettano solo i vestiti ma anche i pensieri. Tutte le idee e i progetti vengono piegati e riposti fra la biancheria.

Me ne sto in attesa, seduta sul baule, davanti alla porta d'ingresso, a scrivere sul diario, e osservo il mio salotto che è avvolto da una luce gialla. È il sole che passa attraverso le tende a produrre questo strano effetto; guardo attentamente ogni oggetto. I tappeti, i miei libri che riempiono gli enormi scaffali di noce deformandoli... e a un tratto ho come la consapevolezza di trovarmi in un lasso di tempo che non troverà mai conferma in nulla, che passerà senza lasciare traccia, che non esiste in nessun luogo. Tutto *questo* è nulla. I nipoti e pronipoti disporranno dei nostri oggetti chiedendosene il significato senza arrivare a spiegarseli, e la cura che mettiamo nel procacciarci il nostro angoletto di cose care è del tutto vana, prigionieri di un tempo che ci illude di vivere per sempre e ci concede invece solo pochi lustri.

A me non rimane neanche questo.

So che non vivrò per sempre. So che il tempo non esiste neanche in quegli anni che noi definiamo vita. So che questo vivere è solo un lento spegnersi fra gli oggetti che scegliamo, fra gli affetti che inseguiamo, i rapporti che costruiamo, in compagnia dell'arte che ci illude di esistere per qualche breve momento.

In fondo noi non esistiamo, se non in una contingenza fatta di orpelli che ingenuamente chiamiamo *realtà*.

Arriva il portiere, e io dimentico tutto; mi fa notare che il manico della valigia sta per cedere.

Senza pensare che in fondo noi *non esistiamo*, gli spiego che l'ho rinforzata, e ricomincio così a parlare, muovermi, riflettere. Come se fossi viva.

Guarcino.

Oggi.

A pensarci è da molto che non mi prendo un periodo di riposo. Un periodo dedicato alla sola scrittura.

In fondo le compagne sono sparpagliate qua e là in questi giorni caldi, e Roma comincia a svuotarsi... In questo periodo non c'è molto da fare in città. Dopo aver consultato il dottore che l'ha trovata un'idea del tutto benefica per i miei polmoni, ho concluso che non sarebbe stato poi male lavorare al mio saggio nel verde della campagna ciociara. Dovrei persino finire un paio di articoli: ho veramente bisogno di pace! Sento che il mio fisico ha risentito della fatica delle ultime settimane. Devo ammettere che mi sono sentita infinitamente più debole del solito.

Nel delirio delle convulsioni mi è capitato a volte di immaginare questo mio male sotto le spoglie di un verme schifoso e repellente che striscia fra i miei bronchi, e se ne ciba con rabbia... tutte le volte che ci penso, avverto un dolore acuto al polmone destro e mi viene una gran voglia di piangere...

Alla stazione ho trovato Adriana ad aspettarmi.

In carrozza, durante il tragitto dalla stazione alla tenuta, abbiamo parlato del suo *povero* marito, come lei suole chiamarlo sempre quando ne parla (le rare volte!), e del suo carattere impossibile.

"Dopo tutti quegli anni gli volevo bene, Bianca... Avevo

un certo affetto per lui... però quanti entusiasmi mi ha fatto passare! Sai, accettai di sposarlo per scappare da casa e da quell'opprimente *dittatura* cui ero costretta nella mia famiglia, è vero, tuttavia avevo numerosi pretendenti... Scelsi lui perché mi promise di sostenere le mie idee di eguaglianza e libertà cui una donna ha diritto, perché sembrava in grado di comprendere ciò di cui avevo bisogno... adesso so che tutto questo non è che una consuetudine praticata nel periodo che precede il matrimonio: ti vengono promessi mari e monti... Beh, comunque credevo che avremmo viaggiato insieme, visto un po' il mondo... Che ingenua! ...Il solo *privilegio* fu quello di passare tutti i santi inverni della nostra vita a Cortina, circondati da *suoi* amici – sempre gli stessi per vent'anni – che ripetevano le stesse cose, con lo stesso tono, parlando sempre delle stesse persone. L'unica gioia di quei terrificanti soggiorni erano i progressi di Bebé sulla pista di ghiaccio! Non ridere... Era proprio brava la mia bambina!... Comunque sia è morto, poverino... e per certi versi è stato meglio così. Non avrebbe sopportato lo scandalo di una separazione, e io lo avrei lasciato di certo prima o poi! Credo che lui lo sapesse. Sai, nell'ultimo periodo, con Bebé in collegio, la mia sola preoccupazione era diventata la cura della casa... cioè, impartire ordini alla servitù... a gente *subordinata*... Stavo per inaridirmi completamente e non riuscivo più neanche a dipingere. Ho ripreso solo *dopo* la sua morte che è avvenuta, per fortuna, molto prima di quello che tutti noi avremmo creduto. Non si può vivere senza fantasia, senza entusiasmi... Che ne pensi?" Aveva concluso, cercando una giustificazione a tanto cinismo. Le sorrisi pensando che per certo non si sarebbe potuta rendere conto di cosa significasse per una donna lasciare il marito e vivere da sola, perdendo gli amici e il rispetto del mondo. L'idea di vivere senza il rispetto di chi si conosce può sembrare facile e sopportabile solo a chi lo possiede; viverne senza è invece infinitamente faticoso, comporta una grande convinzione nelle proprie idee (e anche allora si trascorre la metà del tempo a dubitarne), e questo io lo sapevo bene, ma non dissi nulla. "Mi è capitato ciò che capita a quasi tutte le donne della mia classe sociale e non solo: il matrimonio con un estraneo, essere costretta ad avere dei rapporti sessuali proprio come una prostituta! Per scoprire in seguito come la vita può essere bella invece, e piena di emozioni..." Adriana parla spesso in un modo tale che io stessa stento a trovarmi del tutto a mio agio. Al nostro arrivo abbiamo trovato la figlia ad aspettarci sulla soglia. "Mi sembra un sogno avervi qua, Bianca!... Non ce l'aspettavamo, eh, mamma? Venite, vi mostro la vostra stanza. Dovete essere spossata! Volete rinfrescarvi? Mimma ha riscaldato l'acqua. Fa più fresco qui che a Roma..."

La *mia* stanza è un mero incanto. Spaziosa e luminosa, è rivolta a ovest, ha una vista che non mi sarei aspettata nel migliore dei casi, e un elegantissimo sporto che funge da angolo da tè. Poi un largo divano, un'ampia scrivania di ciliegio, un letto col baldacchino...

Mi guardo attorno e mi chiedo se tutto questo non è davvero *troppo* per me.

Sprimacciando i cuscini sul letto, Mimma mi strizza l'occhio e mi sussurra che questa è la stanza migliore della casa. Le sorrido con imbarazzo.

Una volta sola, in ginocchio, e per una ventina di minuti, tossisco senza riuscire a fermarmi. Confusa, sudata, frastornata, afferro la brocca, verso sul bel tappeto un po' d'acqua e strofino con un panno la macchia di sangue. Spero che nessuno bussi in quel momento... Maledetta *sputasangue*!

Ho sfregato il tappeto per parecchi minuti e ce l'ho quasi fatta. Nessuno saprà della macchia! Si intravede solo un alone che difficilmente potrà essere distinto dai disegni del tappeto. e se qualcuno sarà mai tanto abile da farlo, avverrà di certo dopo la mia morte! Bene, bene... Mi accoccolo sul letto e cerco di respirare con regolarità. Qualcuno bussa.

Adriana vuol sapere se la stanza è di mio gradimento. Rido.

Ride pure lei.

Trascorro momenti estremamente piacevoli con Adriana e la figlia.

Mi alzo la mattina verso le otto, e dopo aver fatto colazione in giardino (abitudine di un'amenità indicibile!), lavoro senza sosta fino all'una sotto un albero o nella mia stanza, dipende dalla giornata.

La tosse pare si sia affievolita, e io mi sento un po' meglio.

Dopo pranzo, con Elisabetta, accompagno Adriana alla scuola-capanna e lungo il tragitto si parla della condizione della donna in Italia o si legge qualcosa ad alta voce. Una volta lì, restiamo qualche minuto ad assistere alle lezioni, per poi ritornare verso la villa.

L'odore di lavanda ci raggiunge ovunque e io, grata di tanta fragranza, respiro beata a pieni polmoni!

A volte capita che ci stendiamo sul prato, su una coperta, e ci scaldiamo al sole... respiriamo in silenzio. È così importante riuscire a respirare: in genere lo si dà per scontato.

Le settimane trascorrono silenziose e feconde.

Tutta questa pace mi era necessaria: solo ora mi rendo conto quale errore sarebbe stato continuare a lavorare a Roma!

Questa tranquillità è il rimedio più efficace al mio affannoso sopravvivere.

Elisabetta mi ha annunciato l'arrivo del duca Marcello, il suo fidanzato. Mi sono quasi sentita mancare dal dispiacere. Non sono riuscita a dire una parola.

"Ma vedrai che non cambierà nulla!" Mi sussurra lei, ammiccando.

– È un po' noioso, ma discreto, e soprattutto ha preso una stanza giù in paese! Vedrai che non ci disturberà, Bianca!

– Bebé, non ti devi giustificare con me perché il tuo fidanzato viene a trovarti e desidera trascorrere con te qualche settimana.

Mi guarda con inquietudine, e dopo qualche istante riesce ad abbozzare un sorriso. Cerco di sorridere anch'io, ma quello che vorrei sarebbe gridare così forte da rompere i vetri; poi con una grande scheggia sventrarmi il petto e squartare il verme schifoso che mi spossa... Invece mi alzo, le stringo il polso ed esco fuori in giardino. Cerco di respirare senza ansimare, e contenere come posso l'attacco che sento stia per arrivare.

Il giorno dopo.

Stasera abbiamo cenato con Sua Altezza il duca Marcello. La conversazione languiva. Come previsto. Per fargli piacere e farlo sentire a suo agio, si è parlato dei futuristi, del loro modo di essere avanguardia, progresso, e di concepire la guerra *come unica igiene del mondo*.

Meno male che il cibo era succulento.

Ottimo lo spezzatino. *Ottimo* il sugo. *Ottimo* il gelato al caffè con gli amaretti.

Ho fatto ricorso alla solita emicrania delle donnette dell'Invernizio, e mi sono barricata nella mia stanza.

Per tutta la notte mi sono chiesta come una persona come Bebé possa pensare di sposare un individuo come questo duca.

Dopo pranzo Bebé e io ci siamo messe sull'altalena. Abbiamo chiacchierato di Marcello. Le ho spiegato un po' quello che penso, e lei me ne ha parlato a lungo, il più delle volte giustificandolo (chi delle due sperava di convincere?).

Malgrado le spiegazioni dettagliate, non sono riuscita a capire.

Comunque la più grande delle qualità del duchino è quella di essere spesso assente. Così la mia vacanza continua senza intrusioni.

Che posto incantevole quello attorno all'altalena: l'erbetta, gli alberi sotto cui ti puoi riparare dal sole, una miriade di fiorellini screziati!

Abbiamo parlato di molte cose con Bebé: è come se la conoscessi da sempre.

Per quanto le nostre esperienze e le nostre vite siano profondamente diverse, ella ha un modo di sentire che si avvicina di molto al mio. In sua compagnia sono comunque sempre di buon umore.

Chiacchieriamo, passeggiamo, giochiamo a tennis, leggiamo insieme Emily Dickinson – le piace molto... e io mi diverto a tradurle le poesie più belle dall'inglese – e Rilke in tedesco, che capisce un po'. Discutiamo i saggi di Oscar Wilde che la sconvolgono piacevolmente e quelli della Luxemburg, o di qualche punto delle lezioni bolognesi della Kollontaj, e io mi sento così lontana da tutti i miei problemi, la malattia, la sofferenza che l'ha accompagnata nelle ultime settimane.

Niente dubbi in questo mio soggiorno a Guarcino. Niente incertezze... La calma.

Solo *esistere*, solo godere, solo riflettere con tranquillità.

In questo momento mi sento quasi felice.

Il mondo non può contenere tutte le nostre complicazioni. Siamo SMISURATI!

Sapevo fin dall'inizio che una parte della villa apparteneva alla sorella di Adriana, la madre di Giorgio Kreifenberg, il giornalista che in Via dell'Orso mi ha tediato con tutti i suoi dubbi sul *taglio* dato ai miei articoli, e sapevo perfettamente che il signor Kreifenberg sarebbe venuto a trascorrere qua alcune settimane di ferie, una volta libero dal lavoro.

Al mio arrivo a Guarcino, osservando la costruzione, mi accorsi con rammarico di come le proprietà delle due famiglie costituissero in realtà i *due piani* di un'*unica* grande palazzina.

Ero quindi consapevole sin dall'inizio del fatto che la mia pace sarebbe stata compromessa, prima o poi, dall'arrivo del signor Kreifenberg. Bebé mi aveva inoltre avvisata dell'imminente arrivo del signor Patti, il matematico, e del signor Gaetano Galipò, l'invadente giornalista di Via dell'Orso, entrambi ospiti abituali dei Kreifenberg.

Sapevo tutto questo, ma con la stanchezza del mio malessere prima, e la pace ritrovata poi, mi era completamente passato dalla testa.

Che uomo odioso, il Kreifenberg.

Boccanelli, il direttore di Via dell'Orso, lo difende a spada tratta, e guai a chi glielo tocca. Scrivere per loro non mi ha divertito affatto. "Puoi esprimere le tue idee con agio, D'Ambrosio" mi diceva lui, e invece il suo secondo a osservarmi con occhi sarcastici: si capiva che me li avrebbe strappati in mille pezzi, i miei articoli. Sempre sentito di non piacergli affatto. Quell'ostentato ignorarmi, il suo evitarmi tutte le volte che lo incrociavo nei corridoi della redazione... Sgradevole. Uno di quelli col passatempo del socialismo, che poi se ne tiene alla larga nella vita vera. Sapevo che era il nipote di Adriana. Lei non ne parla quasi mai: se ne vergogna?

Comunque, quando proprio non poteva farne a meno, cercava di rivolgersi a me con garbo; di quel tipo di garbo che si può facilmente leggere come indifferenza. Che dire? Tutto quanto l'affare di Via dell'Orso si è rivelato una catastrofe dal principio fino all'epilogo. Con le compagne avevamo pensato a una buona opportunità per farci conoscere, per dar voce al nostro circolo, invece... che tempo perso! Ogni tentativo da parte mia di pubblicare, partendo dal nostro punto di vista, è stato contrastato. "Questo si deve smussare, D'Ambrosio", "Le pagine vanno ridotte", "Questo è interessante, ma noi non possiamo pubblicarlo, *così com'è*". L'ipocrisia di Boccanelli ha messo alla prova la mia pazienza. Devo prendere atto della mia ingenuità. Ma in fondo è meglio che sia finita. Dopo i mesi convenuti, nessuno si è preso la briga di proporre una proroga della mia collaborazione (né d'altra parte l'ho fatto io stessa). Tanto meglio! Quando le cose cominciano male, meglio chiuderla alla prima occasione. A pensarci, il nostro circolo e la redazione di Via dell'Orso hanno ben poco in comune. Come la maggior parte di loro, del resto, son ometti che *giocano* a *fare il socialismo*, ma davanti allo spauracchio di una militanza seria e coerente, se la danno a gambe levate!

Le ultime volte che sono passata da loro, il Kreifenberg, invece, non s'è visto. In verità mi infastidisce non poco l'idea di ritrovarmelo alla villa.

Vedremo...

Il signor Kreifenberg e il signor Patti sono arrivati qualche giorno fa. Faceva un caldo insopportabile. A malapena mi reggevo in piedi. Da quando ci è stato comunicato l'arrivo del cugino, Elisabetta mi è sembrata incupirsi. Mi pare di capire che non lo ami molto. Dopo aver esitato, si è aperta, e mi ha spiegato che sebbene da piccola stravedesse per il cugino più grande, come si fa per un fratello maggiore, essendo entrambi figli unici, col tempo aveva dovuto ricredersi poiché questi faceva parlare tutta Roma a causa delle sue numerose amanti, pur essendo legato a doppio filo a una "gentile e bellissima ragazzetta" della *haute* (ha usato proprio questo termine!) che della faccenda delle amanti non ne sapeva nulla. Insomma, Bebé trovava tutto questo disdicevole ed insopportabile, dal momento che sin da bambina l'aveva sempre considerato una persona onesta, uno che non avrebbe mai *tradito*, un *vero signore*. La passione per le donne, che a detta di Bebé egli colleziona come la madre, sua zia, i ventagli, era stata la ragione del loro allontanamento: ogni volta che lei gliene aveva domandato spiegazione, lui aveva sempre negato tali relazioni adulterine (numerose erano infatti le donne sposate) aggiungendo menzogna alla menzogna. Devo ammettere che tutta questa storia delle amanti del cugino di Bebé la trovo assai amena; vi leggo una dose di sano moralismo bigotto. Mi sono tuttavia guardata bene dal lasciarlo trasparire. Bebé, assai sdegnata, me ne ha parlato con un tono talmente solenne, che non avrei mai osato scherzarci sopra...

L'arrivo del cugino e del matematico non ha alterato affatto le nostre abitudini: non li vediamo mai.

Il signor Kreifenberg torna ogni tanto a Roma e rientra dopo qualche giorno.

Sporadicamente ci imbattiamo nel matematico, che a quanto pare lavora indefessamente nella veranda dietro alla casa. Lo vediamo a cena (il signor Kreifenberg cena sempre nella sua stanza!).

Ogni tanto, la sera, Bebé e io trascorriamo qualche ora nella veranda, per lo più nel momento in cui il matematico fa la sua passeggiata. Quando rientra, noi in generale stiamo per andar via. Forse mi sbaglio, ma ho come la sensazione che ci sia una tensione fra lui e Bebé. Tutte le volte che lo incrociamo, lei ha i nervi a fior di pelle, non ascolta più quello che dico e trova sempre una scusa per allontanarsi. In ogni caso non me ne parla, e io non le chiedo niente. Non sono affari miei, comunque.

È arrivato anche il giornalista: ci ha fatto sapere che non si tratterà a lungo. Dice che vuole fare avanti e indietro da Roma, per beneficiare quanto più può dell'*atmosfera bucolica di Guarcino*. Ha preso una stanza nella stessa locanda di Marcello.

Che parlare e respirare costituiscano per tale individuo lo stesso esercizio, resta un fatto inconfutabile.

Mi segue ovunque: difficile liberarsene senza offenderlo. Stesso contegno che in Via dell'Orso. Parla con spocchia, e mi è difficile starlo ad ascoltare: finisco sempre col pensare ad altro...

Continuo comunque a lavorare tutta la mattina, e buona parte del pomeriggio, al tavolino che ho sistemato sotto un grande albero (un faggio?). L'aria è deliziosa, tiepida, profumata. Che meraviglia!

Bebé ogni tanto mi raggiunge da sola, o col duchino, per fare una passeggiata. Di buono c'è che il duchino se ne resta sempre dietro di noi e non dice una parola per tutto il tragitto. Ho l'impressione che i nostri discorsi lo annoino. Ancor più gradevole è la passeggiata quando lui è *trattenuto a Roma*.

Bebé si è rivelata una compagnia estremamente spassosa. Ridiamo continuamente, anche per delle inezie!

Un dettaglio singolare. La colonia di cui è *intriso* il giornalista ha una fragranza talmente forte, che a volte sono costretta a eluderlo perché non riesco quasi a respirare: temo di imbibire di sangue i suoi candidi completini.

Dopo qualche giorno.

Lavoro, lavoro, non ho di che lamentarmi! L'aria della campagna e la compagnia di Bebé mi restituiscono un benessere che credevo perduto. Sto per finire un articolo su... ma che importanza ha parlarne? In questi giorni il sole e l'arietta calda mi riempiono la testa di pensieri tutti colorati. Il mondo mi sembra un bel luogo.

Adriana non la vediamo più tanto perché è ormai impegnatissima con la scuola. Se ne sta là tutta la giornata e la sera rientra stanca, mangia una pietanza fredda, e se ne va subito a letto. Se avessi un po' più di coraggio, le farei visita con maggiore assiduità, ma le cose vanno bene in questo modo: il mio respiro è tornato a essere finalmente regolare. Non oso cambiare.

La lettura di Seneca insieme a Bebé è un toccasana per i miei polmoni.

Oggi.

Bebé e io siamo andate a trovare Adriana e i suoi allievi.

La povertà dei contadini è straziante. Il saper leggere potrà certo sottrarne qualcuno alla miseria, imbellirne l'universo, ingentilirne le maniere... ma non riempirà loro la pancia.

Bebé, visibilmente imbarazzata, mi ha spiegato che concedere più ai contadini è cosa assai difficile, dal momento che la gestione delle proprietà è passata alla zia, la sorella di Adriana, in seguito ai disguidi finanziari del suo defunto padre, e che questa si guarda bene dal cambiare le loro condizioni, stimando che le cose stanno bene così come sono. Lei e sua madre non possono quindi fare nulla di concreto per quelle persone.

Il mondo mi opprime un po'. Verso sera ho ripreso a tossire... Non me lo aspettavo.

Due giorni dopo.

Le mie condizioni non migliorano. Tossisco e ho ripreso a espettorare *grumi di sangue*. Mi sento debole e non riesco a mangiare nulla.

Non riuscendo in questi due giorni ad alzarmi dal letto, sono stata, a malincuore, costretta a raccontare tutto a Bebé.

Le ho assicurato che secondo il mio dottore non sono contagiosa (non potendo tuttavia fare a meno di nasconderle i miei dubbi). Quella che lui chiama *broncorragia iniziale* potrebbe essere infatti il principio di una tubercolosi polmonare. E che quello era il motivo per cui spesso mi allontanavo all'improvviso: non volevo correre il rischio di contagiarle tossendo. Allo stesso modo avevo esitato ad accettare il loro gentile invito (non ho avuto tuttavia il coraggio di dirle che la sera bollo in segreto le lenzuola ed i miei vestiti, per uccidere il *Mycobacterium tuberculosis*...). In ogni caso, prendendo le dovute precauzioni, il rischio del contagio dovrebbe essere nullo. ...Sempre se avessi la tubercolosi.

Abbiam deciso di non dire nulla ad Adriana per il momento.

Più tardi.

Mi è dispiaciuto che Bebé reagisse con sì profonda emozione. Le riparlavo del male e lei mi guardava con occhi carichi di lacrime. Ripeteva che *mai* si sarebbe immaginata una cosa del genere, malgrado lei e Adriana avessero trovato curiosi certi miei atteggiamenti, come quello, ad esempio, di lasciare un posto all'improvviso. Era talmente sconsolata che mi son ritrovata ad animarla con stupide frasi... in fondo non c'è molto da dire, quando uno sputa sangue e non dovrebbe!

Le ho spiegato che dopo aver fatto delle ricerche ed essermi consultata con dei compagni, ho scoperto che c'è un dottore a Milano che usa un metodo efficace per curare i malati di tubercolosi non troppo gravi, e che pare funzioni. È un medico che si occupa della ricerca per la cura della tisi da almeno una trentina d'anni. Le spiego che se scoprissi che la mia broncorragia dovesse dipendere dalla tubercolosi, correrei di certo all'ospedale di Milano dove opera questo abile dottore Forlanini. Le racconto che da un compagno di Bergamo son venuta a sapere di come qualche anno prima la cugina di un suo conoscente se ne era rimessa, tornando a fare la vita di sempre. Senza entrare nei dettagli medici, la guarigione le era costata un ricovero in clinica da ottobre a febbraio e, dopo la dimissione, un'iniezione di azoto all'altezza del polmone una volta ogni mese e mezzo. Quando, però, ho cominciato a spiegarle che la cura della tisi tramite lo *pneumotorace artificiale* consiste nel mettere a riposo il polmone per far sì che le ferite provocate dal batterio si cicatrizzino, ella ha avuto una crisi di pianto che mi ha meravigliata. A nulla son valse le mie suppliche per calmarla. Mi si è avvicinata, e, nonostante tutti i discorsi sul contagio e le precauzioni da prendere, si è stretta a me con affetto.

La paura, la sconsolatezza, e quel senso opprimente di solitudine che ho sentito per la prima volta negli ultimi mesi, si sono allontanati in quell'abbraccio sentito. È stato come se mi fossi liberata da un gran fardello, e, finalmente libera, ho cominciato a piangere anch'io con lei.

Smetto di scrivere. Non ho altro da aggiungere se non che l'amicizia di Bebé, sentimento insolito, mi allontana dalla realtà romana e mi restituisce a quel calore famigliare obliato da tempo.

Effetti collaterali della malattia.

Due giorni dopo.

Servi sunt, immo homines; servi sunt immo contubernales.

Bebé e io leggiamo le *Epistulae* di Seneca: ci beiamo del suo latino pregnante.

Cosa singolare, il matematico, il signor Patti, si è unito alle nostre letture. Conosce il latino e lo diverte leggere l'*Eneide* rispettando minuziosamente la melodia dell'esametro. Bebé lo guarda rapita. Mi pare, adesso che li osservo con attenzione, che li leghi una rara complicità.

In questi giorni sembra che Bebé si sia incupita. Gliene parlo. Mi guarda con dolcezza e mi spiega che è molto preoccupata per me.

Ieri.

Mi è venuto un brutto attacco di tosse.

Mi ha fatto piacere che Bebé mi fosse accanto. Non poteva fare nulla, ma l'idea di saperla vicina mi rincuorava.

Mi sono messa a letto e lei mi ha rimboccato le lenzuola.

Nel vivere un benessere fisico, si dimentica quanto si è impotenti da malati.

Elisabetta mi dedica molto tempo. Il Patti, che comincio ad apprezzare, si unisce spesso a noi. Duchino assente, abbiam preso l'abitudine di fare insieme a lui delle passeggiate attraverso la bella pineta dietro la casa.

Mi sento così debole che ho rinunciato a lavorare: impossibile per me restare per delle ore seduta su una sedia. Questa recrudescenza mi inquieta. Non so se il Patti sospetti qualcosa, ma Bebé sta molto attenta a non tradirsi, e quando la mia tosse si acuisce, riesce sempre ad allontanarlo con un pretesto qualsiasi.

Comincio a pensare che si tratti di *tisi*. Ammetto che la cosa mi spaventa. Anche se non lo do a vedere.

L'altro ieri.

Mi trovavo da sola nella pineta perché Bebé era dovuta andare in paese col duchino. Giovanni mi aveva aiutato a sistemare una comoda poltrona perché potessi riposare, scaldata dai raggi tiepidi del sole.

Me ne stavo tranquilla a bearmi, grata alla brezzolina silvestre, quando una voce maschile sembrò intrecciarsi ai miei pensieri. "Come siete dolce quando dormite!" Aprendo gli occhi vidi il giornalista, Gaetano Galipò, che, in piedi davanti a me, mi sorrideva allegramente. Sarà stata la malattia, il ritrovato benessere, quel mio sentirmi vulnerabile e indifesa, non so, fatto sta che non riuscii a trattenermi dall'arrossire.

Mi alzai e principiammo una discussione sul socialismo riformista e il socialismo rivoluzionario che, ammetto, mi presentò il *gradasso* giornalista sotto una luce differente. Non c'era tracotanza nel dividere con me i suoi dubbi sul governo Giolitti, e il suo resoconto sulle condizioni degli zolfatari della Sicilia, la sua terra d'origine, era sentito, appassionato, privo di retorica. Un tema, pare, stargli (e a ragione!) particolarmente a cuore.

Ho trascorso con quest'uomo delle ore assai gradevoli, e, nel congedarci, confesso di aver provato un leggero rammarico. Mi ha chiesto se l'indomani avremmo potuto rivederci. Ho accettato con entusiasmo.

Qualche giorno dopo.

In questi giorni le passeggiate con Gaetano e l'affetto di Bebé, mi sono indispensabili come l'aria che respiro.

Ieri è rientrato da Roma il signor Kreifenberg. Si è fatto vedere a pranzo. Non mi pare che gli altri se ne curino. Lui ricambia cordialmente la medesima indifferenza.

Gaetano mi ha fatto scoprire una varietà di fiore che non conoscevo. Forse si è dilungato fin troppo nei dettagli, ma il suo viso regolare e i suoi occhi limpidi, mi hanno distratta dall'uggiosa verbosità. Dietro gli occhiali dalle lenti spessissime si nascondono gli occhi più belli che abbia visti. Mi son guardata bene dal dirglielo però, perché avrebbe cominciato di certo a parlarne, e io non volevo rovinare quei bei momenti di silenzio che trascorrevamo insieme... Scrivo poco della mia vita a Roma, della mia militanza al circolo, delle compagne, e in questi giorni ci penso ancora meno. Non so cosa sono, in questi momenti in cui la vita mi sembra allontanarsi dal corpo. Non espettoro quasi nulla, ormai, e la tosse pare essersi sedata... ciò nonostante mi sento debole, e il mio stato d'animo non è dei migliori. Mi son sentita prossima alla fine, e adesso che me ne allontano, non riesco a liberarmi da quell'insopportabile sapore di morte.

Mi pare di vedere le cose per la prima volta.

Per oggi è prevista una partita a tennis: gioco orribile dell'aristocrazia. Ho accettato di partecipare a un solo *match* (si dice cosi?). Bebé da principio si è mostrata contraria. Mi ha lanciato certe occhiate... Ha fatto di tutto per dissuadere il signor Patti dall'implicarmi. Ho insistito, conscia del rischio di una tale impresa. Sono finita proprio col signor Kreifenberg! Noi due contro Bebé ed il signor Patti. Marcello se n'è tirato fuori per un impegno precedente con la noiosissima arciduchessa Brambilla del Pescofiorito delle Fratte rischiose del Faggio sul Pero, insomma una di quelle parassite che passano il loro tempo a giocare a carte con *certe* amiche, e che pretendono di essere superiori al resto di *certa* umanitá, solo per essere state espulse da un *certo* qual utero, venuto fuori a sua volta da una nobilissima concatenazione di altri *illustrissimi* uteri con nomi *altrettantoridicoli.*

Comunque sia. Il *duchino*, come lo chiama il signor K. (cosa di grande amenità!), non potrà partecipare al piccolo torneo.

Così sono in coppia con il signor K. Vedremo come se la cava col rovescio!

Sera.

La partita di tennis è stata uno spasso, anche se ho dovuto riconoscere che Bebé aveva ragione. Ce l'ho messa tutta per ignorare il mio *stato*. Nonostante la vittoria stracciante su Bebé ed Enrico, alla fine del *match* mi è sembrato di dover rendere l'anima a Dio. Tornata in camera ho avuto un brutto attacco di tosse. Bebé è rimasta con me fino a sera....

In questi giorni il comportamento del signor K. mi riesce curioso. Se ne sta sempre per i fatti suoi. Esce la mattina presto e rientra sul tardi, quando noi siamo già a tavola.

Il giorno del suo arrivo ho scambiato con lui qualche chiacchiera. Sarà l'atmosfera vacanziera, il mio stato d'animo, o chissà, ma sono arrivata persino a trovare piacevole la sua discussione.

Quando lo frequentavo in Via dell'Orso, non l'avrei mai creduto così solitario. Bebé continua a non volerne parlare. Se le faccio notare che se ne sta segregato, lei alza le spalle e mi dice che in fondo non sono fatti nostri. "Se si comporta così, avrà le sue ragioni", mi ha ripetuto diverse volte. Adriana invece sembra preoccuparsene. Mi pare gli sia molto affezionata. Una volta l'ho sentita discutere con lui mentre lo pregava di farsi vedere un po' più spesso. Insisteva perché si presentasse almeno a cena. Si impensierisce per il suo comportamento insolitamente solitario.

Io stessa devo ammettere che sembra si maceri per qualcosa. Le rade volte che ho potuto scambiare qualche parola con lui, ho notato che sorride raramente, mantenendo un'espressione lugubre.

Giorni dopo.

È successo un fatto strano stasera. Eravamo, come sempre, tutti in veranda a ridere per una storiella occorsa a Gaetano, quando inaspettatamente apparve il signor K.: l'aria contrita, l'espressione sofferente, lontana dalla nostra spensieratezza. Bebé pareva molto infastidita, tanto più che il Kreifenberg trangugiò d'un fiato un bicchiere di Porto dopo l'altro, senza pensare alle conseguenze. Eppure come non lasciarsi intenerire da tanto struggimento? Ma perché si strugge, infine? Comunque queste cose non sono tollerate da Bebé. Quando poi fa cadere il Porto sui pantaloni di Marcello, a stento trattengo il riso. Non lo avrei mi immaginato così eccentrico. E invece, eccotelo a dare i numeri, ebbro da far pietà. Che spasso...

Rimasti soli io e lui, mi confessa di bere per scongiurare la noia (questi ricchi che devono bere per non annoiarsi!). Eppure c'è *qualcosa* nel suo dolore... qualcosa di autentico, di disperato.

Mi ha proposto di accompagnarlo a una passeggiata fino a Guarcino, e a me non è rimasta altra scelta che invitarlo alla gita ad Anticoli prevista per l'indomani da Bebé.

Comunque mi sento meglio in questi giorni, e riesco persino a mangiare con appetito.

La compagnia di Bebé e Adriana mi dà ristoro e infonde speranza. Così come quella di Gaetano (quando riesce a contentarsi di qualche parola, almeno). Sento di nuovo la vita scorrere nelle mie vene. Mi rimetto in forze e mi chiedo se il ricominciare a sperare non sia in fondo un male.

Respiro con gioia la fragranza di questa campagna assolata, malgrado permanga un senso di angoscia che mi ricorda l'incertezza del mio benessere.

Temo il *risveglio*.

Passeggiata ad Anticoli in compagnia del signor K.

Da principio avevo detestato l'idea di ritrovarmelo alla gita da lungo tempo programmata con Bebé. Avevamo assaporato il momento di ritrovarci sole solette alle fonti verdeggianti della *nuova* Fiuggi, e già deciso le letture da portare. Non avendolo visto all'ora preposta, abbiamo tirato un sospiro di sollievo.

Allora perché pregare Bebé di farlo avvisare della nostra partenza?

Perché gioire nel vederlo arrivare trafelato, irrompere nell'uggioso discorso della nostra guida locale? Come nascondere di averlo persino aspettato? È l'incertezza del mio male a recarmi tante emozioni?

Ci allontaniamo dal gruppo in sordina (sono persino io a proporglielo!). Lascio Bebé là con gli altri e me ne vergogno un po'. Non avrei dovuto. Ci fermiamo in un caffè dello stabilimento. Non mi piace trovarmi da sola con lui. Non so perché, ma mi sento fuori posto. Non mi piace essere in quel luogo, non mi piace il tono che usa lui con me. Non mi piace questo suo improvviso approvare tutto quello che dico. Ripenso al suo atteggiamento in Via dell'Orso, e ora eccolo in vacanza, pronto a cambiare opinione su tutto. Eppure quel suo dolore... quel suo dubitare di ogni cosa, me lo rendono caro. Avrei voluto fuggire da quel posto, ma non ho trovato il coraggio di dirglielo, così ho continuato a parlare come dall'alto di un pulpito. Non ho fatto che giudicarlo. Tutto il tempo. Che sollievo l'arrivo della mia cara Bebé!

Cosa mi attira in quest'uomo che sarebbe giusto riprovare?

Dovrei esecrarlo e ne ho compassione. Dovrebbe infastidirmi e ne traggo diletto. Dovrei fuggirlo, e lo cerco.

Ancora il signor K.

Ho trascorso una notte assai penosa. Non volevo disturbare Bebé e ho dovuto affrontare in solitudine certe strane convulsioni.

Sporcato tutto di sangue. Le lenzuola, i vestiti che giacevano sulla sedia accanto al letto, la camicia da notte. L'*horror vacui* si è rimpossessato di me. Ho paura, come non mai. E se la morte coincidesse col buio in cui è piombata la stanza dopo il crepuscolo? Se solo avessi un dio a cui aggrapparmi per sperare che alla mia morte le tenebre cederanno il passo a una luce amorevole e infinita... ma non è così. Mi sento sola. Quando si muore, si muore da soli. Anche quando si soffre, si soffre da soli. Nella morte o nel dolore non è concesso a nessuno offrirsi generosamente di prendere il posto di qualcun altro.

La violenza delle mie convulsioni rende certe verità improvvisamente perspicue: vedere il signor K. domani mattina mi procura un piacere sconsiderato.

Ho rinunciato alla cara compagnia di Gaetano per concedermi una passeggiata con lui fino a Guarcino. E poi ha tanto insistito...

Come rifiutare?

Stamattina.

Una gioia insensata trascorrere il tempo in sua compagnia. Al solo ricordo, uno stupido, inevitabile sorriso arcua le mie labbra renitenti.

Ho finito per raccontargli della mia famiglia. Della mia infanzia. Dei miei genitori. Non l'avevo mai fatto. Con qualcuno che conosco appena, meno che mai.

Perché raccontargli di me?

L'arrivo di Gaetano ci ha divisi bruscamente. Un vero peccato! Cominciavo ad avvertire il suo dubbio, i tormenti in cui pare si maceri, le perplessità della sua classe sociale, ma Gaetano aveva nel frattempo deciso di raggiungerci. Mi domando se non sia geloso.

A volte mi sembra che la sua simpatia per me (lo dico per la prima volta) sconfini in un fastidioso senso di oppressione. La sua presenza mi ha dato molto conforto nelle scorse settimane. Un uomo affascinante (e oltremodo bello, sembrerebbe, da ciò che dice Bebé), forte, e sensibile, generoso, preparato, ma a tratti greve. Soffocante. Ho avuto spesso la sensazione di trascorrere il mio tempo con un manichino che leggeva il manuale del *Socialista modello*. Tedioso.

Mi sono stancata molto sulla strada del ritorno. Mi pareva di recitare la parte di Angelica fra Orlando e Rinaldo. Fare la gallina contesa dai due galli proprio non mi appassiona. Avevo solo voglia di tornarmene in camera a cogitare sul male che mi attanaglia.

Adesso che mi soffermo a riflettere, mi manca il signor K. Lo stare con lui senza altri intorno.

Perché me lo sento tanto vicino? Così caro?

La malattia mi strazia e mi allontana da tutto ciò che vive. A volte sento di essere già morta.

Dovrei tornare a lavorare, ma la gioia che mi ha dato la compagnia del signor K. mi distoglie da ogni pensiero. È difficile rinunciare alla pienezza dell'amore, per ritornare alla durezza del ragionamento.

Scrivere "amore" irrora il mio corpo di vita.

Non lo conosco nemmeno, eppure amo scrivere *amore* pensando a lui. Mi sento in sintonia con me stessa se dico che *lo amo*, anche se potrebbe non essere vero.

L'indomani mattina.

Ho trascorso la notte a tossire. Temo di dover disturbare Bebé e domandarle di chiamare il medico.

In questo modo non so come continuare.

Dopo pranzo.

Stamattina l'ho cercato, anche se non avrei voluto.

Credo abbia trascorso delle ore chiuso nella sua stanza.

Passeggiato con Gaetano che, più ardente che mai, ha lodato dei miei vecchi articoli (non so neanche dove li abbia trovati!). Non sono riuscita a seguirne una sola parola.

Dopo un po' è arrivata Bebé. Stamattina le ho detto di temere una recrudescenza. La sua inquietudine mi commuove. Sotto il faggio spira un'arietta che risolleva gli animi e sottrae all'affanno della canicola. Il suo arrivo mitiga il mio struggimento. Mi osserva con occhi amorevoli. Dal suo sguardo capisco che la presenza di Gaetano l'indispone. Sento che vorrebbe parlarmi.

Riusciamo ad allontanarlo con un astuto espediente. Una volta sole, non riesco più a tacere. Non so neanche io perché, ma devo dirlo a *qualcuno*, devo parlarne e vedere una simile assurdità prendere forma.

Comincio, descrivendo la mia notte tormentata. "Sì, lo so, dobbiamo chiamare il dottore", dice abbassando la testa, come sconfitta.

"Non c'è solo questo." Mi guarda curiosa. Decido di dirglielo senza ambage.

"Temo di starmi innamorando di tuo cugino e non so proprio come fare."

La sua reazione è irrazionale. Resta per qualche attimo senza dire nulla. Indietreggia e si appoggia all'albero. Mi affligge darle un tale dolore. "Lo so, è insensato. Non so neanche io perché, però è così." Sento le lacrime venire giù bollenti. "Mi spiace, Bebé, mi spiace talmente... ma dovevo dirtelo, dovevo pur dirlo a qualcuno..." Lei mi viene incontro commossa e mi abbraccia. "Cara, carissima Bianca, cosa dici? Perché essere dispiaciuta per una cosa di cui non hai *alcuna* colpa!? So bene *chi* è il responsabile di tutto questo!". "No, non dire così. Lui non ne sa nulla!" Mi guarda incredula. "Vuoi dire che non è successo nulla?" "No, no. Nulla!" "Ma allora?", "Lo so, è tutto insensato. Non so neanche io perché ne parlo..." "Ma è *fidanzato*! Fidanzatissimo...". So della sua fidanzata e di tutta la storia, ma sentirmelo ridire in quel momento, mi infligge un dolore lancinante. Ho dovuto fare appello a tutte le mie forze per risponderle. "Lo so, lo so. E ti prego infatti di tenere tutto questo per te. Te l'ho detto solo perché avevo bisogno di dividerlo con qualcuno, e non perché abbia un senso... o possa avere un seguito. Non so neanche io che mi accada. Ma è così." Il suo sguardo traboccava di pena. Le prendo allora una mano e la rassicuro. "Mi spiace talmente darti altre preoccupazioni... Vedrai che non è nulla: passerà" Mi sorride e poi infligge il colpo netto, senza neanche rendersene conto. "Non ti merita, Bianca, non è degno di te. Dentro a quell'uomo non c'è che prepotenza maschile. Non sai quanti cuori ha infranto, per poi liberarsene allegramente, e passare ad altro senza tanti complimenti" Nonostante abbia di certo ragione, non riesco a sbarazzarmi dal peso ingombrante di tali, insopportabili parole. Bebé pensa di proteggermi mettendomi in guardia, ma le forze già vacillanti minacciano di abbandonarmi. E poi *in guardia* da cosa? Anche se volessi, non avrei animo di oppormi all'illogicità di una tale insensata passione.

E se anche fosse tutto vero, l'uomo che conosco mi è ancora più caro. Sarà colpevole, ma per ora si strugge, e il suo dolore è autentico, le sue pene reali, i dubbi innegabili. Ed è stato con me che si è aperto, con me soltanto che si è svelato.

O forse vaneggio. Farnetico, vittima di una malattia che acceca il mio sentire.

Decido di tornare nella mia stanza mentre gli altri pranzano. Del resto non ho appetito. E nessuna voglia di incrociare i loro sguardi.

È proprio allora che lo vedo uscire nel giardino.

C'è una cosa.

Oddio! Non so come scriverlo... Parlarne mi risulta penoso...

Le sue mani...

Gli vado incontro. Lui ha l'aria disperata e sembra non gradire il mio arrivo. Con tutta la dolcezza di cui sono capace, gli chiedo dove abbia trascorso la mattina. Ride, ma non mi guarda mai negli occhi. Si gira da un'altra parte, e, alla fine, come costretto, li punta su di me. Occhi cerchiati, persi, come se si stesse macerando.

Tenta varie volte di parlare, vaga con lo sguardo, ma non è capace di principiare un discorso. Non riesco a immaginare quanto si possa bere per ridursi in quello stato.

La cosa comincia a imbarazzare anche me... sento di stare arrossendo e non vorrei... che fare? Ed è proprio in quel momento... proprio in quel momento... Come descriverlo? È proprio per schivare il suo sguardo, che il mio cade sulle sue mani. E me ne accorgo. Se ne accorge anche lui, e le nasconde di scatto, coprendole coi polsi della camicia. Ma io le ho viste ugualmente. Ho visto il sangue sulle bende che le fasciano entrambe. Lo riguardo immediatamente. È un attimo. Ci fissiamo in silenzio. Il disagio ci proibisce di parlare. Io non so proprio come nascondere il dolore che mi esplode nel cuore. Lui intuisce i miei pensieri e comincia a ridere... Ho un nodo alla gola. Lo guardo senza riuscire ad aprir bocca e sento che i miei occhi... non vorrei... ma sento che i miei occhi si velano di lacrime... lacrime vergognose che non riesco a evitare... Non ho il coraggio di cacciarle via, perché se lo facessi scenderebbero giù per smascherarmi. Non vorrei che si sentisse in imbarazzo, e so che questa è l'ultima maniera in cui dovrei portarmi. Eppure come evitarlo? Lui non ride più e si allontana goffamente in silenzio. Il mio sguardo lo accompagna fino alla porta di ingresso della cucina.

Rimango in giardino vinta da una pena indicibile per questo suo struggimento solitario e nascosto.

A *chi* far corrispondere le parole di Bebé? In quale modo proteggersi dall'uomo che, infrangendo cuori, se ne libera come si fa di un vestito consunto?

Decido di rientrare in camera per consegnare al diario il mio tormento.

Notte.

L'ho rivisto stasera nella veranda. Pensavo di incontrare Bebé, ma a causa della tosse non son riuscita a lasciare in tempo la stanza. Ho avuto un brutto attacco. Non ho trovato il coraggio di farla chiamare. Mimma sospetta qualcosa. Quando mi guarda, sento che vorrebbe chiedermi a che serve tutta quell'acqua da bollire la sera.

Non ha cenato con noi. Io ero così preoccupata da non riuscire a toccare cibo. Non sapere come stia mi rende inquieta. Stavo male: ho fatto ritorno in camera. Ho mandato a dire a Bebé che andava tutto bene e che ci saremmo riviste più tardi in veranda. Non avevo voglia di spiegarle il perché della mia pena. Non avrebbe capito. Lei non sa delle sue mani sofferenti.

Arrivata in veranda, lo trovo davanti alla balaustra a fissare il buio. Il cuore mi batte talmente forte, che temo si possa arrestare dalla fatica. Lui ha l'aria più calma, anche se afflitta. La pena condivisa nel pomeriggio è ancora tutta nei suoi occhi. Si siede accanto a me e mi guarda in silenzio.

Non so perché, ma gli prendo le mani. Le povere mani martoriate. Le avvicino al mio viso. Sento ancora il sangue salirmi alle tempie. Cercando di temperare la voce, che altrimenti uscirebbe da me tremando, trovo il coraggio di chiederglielo. Perché compiere un simile gesto? Temo la risposta. Temo che possa aver a che fare con la persona di cui mi ha parlato Bebé, per mettermi in guardia. Mi rimangono poche cose in questo momento. La complicità che ci lega è una di queste. Perderla, metterebbe alla prova le mie forze. Per non tradire il mio amore, premo una delle sue mani sul mio viso. Nell'odore della sua pelle riconosco tutto il mio desiderio per lui. Che farci? Come opporvisi?

Mi risponde, infine. Mi spiega che ha commesso uno *sbaglio*. Imperdonabile. Che una volta dettolo, io non sarei più riuscita a guardarlo in faccia. Questa risposta mi atterrisce. So che non dovrei, eppure il mio amore per lui non mi lascia alternativa: *devo* sapere. Gli chiedo se c'entra una delle sue *amanti* (quale ardore mi spinge all'audacia di una simile espressione?). Rimane a guardarmi, esterrefatto. Aspetto. Non so perché gli dico di Bebé. La cosa sembra incollerirlo ancor di più. La reazione è immediata. Grida, si agita. Cosa voglio in fondo da lui? Cosa reclamo? Perché cercarlo? Perché volere dividere il mio tempo con uno la cui vita non è che condiscendenza per le ingiustizie sociali? Se lo chiede lui e me lo chiedo io stessa.

Il suo sguardo mi sfida.

Eppure ne ha diritto. Perché affezionarmi tanto a lui? Lo guardo, e sento che il mio struggimento d'amore mi si può leggere negli occhi. Non posso celarlo. Non ne sono capace. Ma perché sentire di amarlo?

Nel suo sguardo perduto intuisco la risposta. La sua disperazione mi commuove. I suoi dubbi me lo rendono intimo... Chi dubita merita conforto, non condanne.

Ecco perché lo amo. Perché il suo dolore dà la misura della sua infelicità. Infelicità per la menzogna borghese. Soffre perché ciò di cui è fatto non può più accettare di vivere nell'ingiustizia sociale da cui proviene. E poi c'è il resto. Qualcosa che, anche a volerlo, non saprei come spiegare. Gli occhi chiari, i ricci, quell'odore... Non pensavo ci si potesse innamorare di un odore.

Come esprimere tutto questo? Sento di dovergli un chiarimento.

Perché una come voi divide il proprio tempo con uno che non è capace di sentire le voci? Chiede.

Così glielo dico.

"Io non credo che voi siate così."

Ecco, la verità. Avrei voglia di dirgli anche il resto. Io so che non siete così, perché altrimenti non penserei di amarvi. Invece vi amo. Vi amo. Riempirei un intero foglio con questa frase che mi brucia nel petto da giorni, insostenibile, improbabile, la frase che vorrei gridare perché tutti l'ascoltassero e infine sapessero.

"Credo che vi siate perso". Dico infine.

Non si è *perso*, precisa, ma *annientato*.

"Mi spiace aver dato ascolto alle parole di Bebé sul vostro conto". Mi dispiace così tanto. Adesso so chi ho davanti. So che l'uomo che amo in segreto non corrisponde in nulla al cugino descritto da Bebé. La mia amica si sbaglia. Come vorrei poterlo abbracciare. Il pudore del mio sentimento me lo impedisce.

Tossisco. Devo interrompere la scrittura.

Riprendo.

Non ne vorrei parlare. Duole troppo.

Eppure devo.

Non è finita.

Mi parla senza preamboli di due ragazze che ha frequentato in passato. Due infelici che la miseria ha spinto fra le sue braccia paganti. Lui si rifiuta di chiamarle "prostitute", ma in verità il modo in cui ne parla non dà adito a dubbi.

L'apprendere che una delle due ragazze sia morta perché lui, occupato da altro, se ne sia lavato le mani, mi mette a dura prova.

Non vorrei, ma a un tratto ho come la sensazione di essermi sbagliata: il cugino di cui mi ha parlato Bebé, dunque, esiste. Per la prima volta il sentimento per lui suscita in me una certa vergogna.

La ragazza che si chiama Ida è *morta*. Rimane, dunque, una traccia tangibile del suo spingere due infelici a prostituirsi: non si può più far finta di niente.

Mi guarda, implorando la mia comprensione, ma io proprio non riesco a mostrarne alcuna. Anche se lo amassi più di ogni cosa al mondo, lui rimarrebbe pur sempre responsabile della fine di questa povera ragazza, morta di febbre per povertà. Cito la Kollontaj a proposito della prostituzione.

E poi, di nuovo, il suo dolore torna a scombussolarmi.

È in quel momento che mi accorgo di non aver difese contro di lui. Non me ne posso proteggere.

Affido al mio diario l'importanza di questa certezza che potrebbe cambiare il corso della mia vita. Esagero? Non credo. Non penso.

Ho trascorso la mia vita a tutelarmi da ciò che sempre ritenni un'occupazione futile e poco produttiva: sospirare sull'immagine di un giovanotto, o piegarsi ai desideri di qualcuno, che in genere si guarda bene dal piegarsi ai miei. Non ho mai avuto desiderio di conoscere meglio i compagni che a Bologna, dopo le lezioni di Alexandra, mi proponevano il loro affetto con gli sguardi eccitati.

Ora sento invece la rabbia trasformarsi in rimorso, lo sdegno in compassione e la tenerezza inumidirmi gli occhi. Il suo tormento diventa il mio, e non sono capace di eluderlo; si strugge e io non ho altra scelta che ascoltarlo, capirlo, amarlo... e quando lo faccio, mi piego, mi piego, mi piego...

La verità è che non ho risorse per distogliere la forza di quest'amore, anche se esso non si esprimerà mai, non troverà mai una forma che lo possa contenere.

Ho cercato persino di fuggire, di lasciarlo in balia del suo tormento. Ho tentato di andar via, ma lui me l'ha impedito. Ha pronunciato il mio nome in un modo *talmente dolce*. Come resistervi? Come impedire al mio respiro di riprendere la strada sicura di un sentimento misurato e calmo? Sento di non riuscire più a trattenere le lacrime. Ansimo, ansimo, e non riesco quasi a respirare. Poi lui mi stringe a sé. *Finalmente* mi stringe a sé. E mi calmo, sciogliendomi nello stesso suo pianto. Sento le braccia sostenere il peso del suo sconforto, sento le mie dita carezzargli i riccioli, tergere le lacrime...

Non c'è più niente da fare.

Sono perduta per sempre.

Quest'improbabile amore volge il passo verso un sentiero tortuoso.

Povera me!

L'indomani. Il doloroso giorno dopo.

Mattina.

Ieri sera mi ha detto che al ritorno da Roma, mi avrebbe raccontato dell'incontro con Marzia. Stamattina è partito prestissimo. Il rumore dei cavalli mi ha svegliata. Mi ero assopita sul tardi. Troppe emozioni, troppi imprevisti: non sono riuscita quasi a dormire.

Nel pomeriggio ci ritroveremo. Non so come aspettare quel momento.

Cercherò di lavorare sotto al mio faggio. Caro, diletto faggio, le cui cure son solo quelle di lasciarsi trastullare dal vento.

Sera.

Mi ero appena sistemata sotto il faggio cercando con fatica di riprendere le fila del mio studio (impresa ardua), quando ho udito il rumore di una carrozza.

Finalmente stringerlo, vederlo, sentirlo... Non stavo tanto bene. La notte insonne si paga in genere, durante il giorno, con un senso di spossatezza infinita.

La lotta di classe delle donne e Giorgio Kreifemberg.

L'amministrazione di Largo Argentina e Giorgio Kreifemberg.

L'idea del mio ritorno a Roma, e quando riuscirò a vedere Giorgio Kreifembreg? Quando potrò stringere ancore le mani profumate? Profumo di Giorgio Kreifemberg. Sensazione tagliente di stare per impazzire.

Lascio tutto e corro dentro.

Correndo mi viene in mente che sarebbe opportuno trovare un pretesto, nel caso me lo trovassi davanti e non sapessi cosa dire. *Ho sentito la carrozza e son corsa da voi?* Inaccettabile. *Ho dimenticato dei libri nella mia stanza.* Meglio.

Apro la porta della veranda.

– Giorgio, Giorgio! Sei tu?

Una bella giovinetta mi viene incontro, con gli occhi sgranati da un entusiasmo colmo di freschezza. Si arresta nel vedermi.

– Buongiorno.

Finisce col dire, dopo qualche minuto di riflessione. Mi presento.

– Siete l'amica di Elisabetta?

È la fidanzata dell'uomo che dico di amare. Esiste nella realtà, non è il frutto della mia immaginazione. È una persona in carne e ossa, e ora mi osserva e aspetta una risposta da chi ama senza speranza il suo sposo promesso.

Le faccio un cenno e giro i tacchi: ho sentito qualcun altro arrivare da lontano e non ho voglia di continuare la *commedia*. La bellissima ragazza, invece, mi cinge il braccio bloccandomi il passo.

Non so perché me lo abbia detto, né il significato che ciò possa avere ai suoi occhi.

– Ho sentito molto parlare di voi. Devo ammettere che non credevo foste così *bella*.

La guardo sorpresa.

– E che importanza volete che ciò abbia per me? Buona giornata a voi!

E scappo. Scappo via dalla fidanzata che passerà la vita con il cugino di Bebé. Colui che si serve delle donne, le paga, per poi disinteressarsene e passare ad altro. Scappo, costretta a sorridere di piacere per aver sentito dire dalla sua fidanzata ragazzina di essere *bella*. Bella ai suoi occhi.

Ho preso in prestito la carrozza di Adriana per scappare ancor più lontano.

Il viale è già imboccato, che sento Bebé chiamarmi a gran voce.

Il cocchiere si ferma.

– Bianca! Dove te ne vai?

Le mento. Le racconto di una riunione in un villaggio vicino con alcune compagne. Una mezza verità, visto che una lettera ricevuta la stessa mattina dalle compagne sollecitava il mio rientro a Roma.

– Ma te ne vai senza neanche avvisarmi?

Mi scuso. La verità è che vorrei soltanto riprendere il cammino e scappare via da quel luogo che ospita la donna dell'uomo che ho la disgrazia di amare.

Bebé scruta i miei occhi.

– È per l'arrivo di Maria Stefania?

Mento in modo encomiabile. Io stessa me ne sorprendo.

– Ma no, che vai a pensare! In fondo non ho tempo per queste *cose di cuore*. Non ti preoccupare. La verità è che quando si è infermi ci si aggrappa alla prima cosa che arriva... In questi giorni mi sento meglio!

Leggo la sua sorpresa. La lascio alle mie spalle. Non ho proprio di che preoccuparmi per lei.

La sola cosa che vedo, che sento, che riconosco, è che il mio sentimento per Giorgio è più forte di tutto.

Posso ancora battermi perché la donna sia riconosciuta nella società al pari dell'uomo, senza smettere di amarlo.

Posso lavorare al concetto di socialismo come momento di autodeterminazione della donna, e desiderarlo.

Posso tutto, salvo emanciparmi dal mio amore per la sua sofferenza, per i suoi dubbi, per la sua pelle profumata.

Giorni dopo.

Quella sera stessa rientrando alla villa, notai subito che la carrozza della mamma di Giorgio era sparita. Risi di gioia.

Niente fidanzata. Nessuna ragazzina che si preoccupa della mia bellezza.

L'ho rivisto in cucina, mentre bevevo. È venuto a cercarmi. Mi ha spiegato di Marzia, dell'incontro... Certe cose che ha detto mi hanno quasi irritato... ma poi, ancora i suoi dubbi, il suo tormento che si affida al mio amore... non ho potuto... non ho *saputo* trovare argomenti adatti...

Da allora non ci siamo più lasciati. Neanche un attimo. Sempre insieme, a eccezione della notte. Delle poche ore che concediamo al sonno.

Non gli ho detto nulla della sua fidanzata. Sento che non sarei capace di sopportare la benché minima espressione di affetto da parte sua per la ragazzina. Mi ucciderebbe. Fra qualche giorno si vedrà...

Per adesso voglio soltanto stare con lui. Dormire insieme a lui la mattina sull'erba umida. Indossare la sua giacca la sera, quando ho freddo in veranda. Perdermi nel suo sguardo carico di tenerezza prima di entrare nella stanza per dormire. Respirare la stessa sua aria, sentire la sua voce, bearmi del suo sguardo tenero su di me, *solo* per *me*. E la dolcezza con cui mi parla in questi giorni... Non riesco a pensarci senza provare un senso di stordimento.

Non mi tocca quasi mai, eppure le sue parole a volte mi carezzano con una soavità che mai avrei creduta possibile in un altro.

Cosa è questo? È amore?

Non so cosa sia. Non voglio neppure saperlo. Non me lo voglio chiedere.

I miei polmoni respirano beati. Non ho più male. Non tossisco più.

Mi pervade una gioia effimera, dai giorni contati. In tale sentimento, ritrovo il mio benessere.

Il dottore, che è venuto da queste parti per via della febbre del duchino, mi ha trovata migliorata. La guarigione *definitiva* è forse lontana, ma davvero non si aspettava di trovarmi in questo stato! Ha detto anche che ho un *bel colorito*. Che espressione meravigliosa!

Le teorie del dottor Freud trovano fondamento nella mia inspiegabile ripresa. Anima e corpo sono quindi legati fra loro.

Percorro un sentiero che invece di portarmi al sanatorio mi porta a uno strano, esasperato benessere.

Quando ci guardiamo negli occhi senza riuscire a vedere altro, mi viene in mente che gioco col fuoco. E che presto mi brucerò di certo.

Pazienza.

In fondo Bebé mi aveva avvisata.

Quattro giorni.

Sono quattro i giorni trascorsi insieme. Quattro, se li conto sulle dita.

Se chiudo gli occhi, sono anni, epoche, immensità. Un tempo infinito.

Stasera è prevista una cena con Bebé ed Enrico. Bebé è cambiata. Con Marcello a letto, in paese, è come se avesse ripreso a vivere. Non lo dice, ma è folle del Patti. Lui la segue ovunque, e quando sono insieme se ne intuisce l'amore reciproco, cosa che lei non ammetterebbe di certo. Lui cerca sempre di toccarla, di starle vicino, infaticabile. Lei se ne bea. Il loro legame è fatto anche di contatti fisici. L'opposto di quello mio con K.

La mattina mi sveglio e penso solo alla sera, a quando, prima di entrare nella mia stanza, K. si premerà le mie mani sulle labbra, baciandole dolcemente, unico momento di intimità di questi misteriosi giorni, in cui le regole sono sovvertite. Ma non mi importa. La sua presenza mi basta, il suo sguardo mi appaga. Il suo sguardo che non mi abbandona mai. Che mi carezza, che mi respira.

K. è scomparso. Non l'ho più rivisto dall'arrivo della madre e della fidanzata, e non mi è venuto a cercare, come di consueto, come ha sempre fatto nelle ultime settimane. Bebé mi ha detto che stamattina sarebbe rimasto con la fidanzata e che forse ci avrebbe raggiunti sul tardi in paese.

Dovevo immaginare che prima o poi sarebbe successo. Eppure non ne ero preparata.

Io e Bebé non ci parliamo più in questo momento. Lei si limita a interessarsi della mia salute fisica, senza indagare sul resto. Un fuoco segreto la brucia. Un fuoco che, lungi dallo spegnersi, non può tuttavia divampare. L'arrivo della madre di K. complica le cose. Anche per lei.

Ieri pomeriggio, al suo arrivo, la fidanzata di K. ha fatto irruzione nella stanza in cui noi quattro c'eravamo rintanati nell'attesa. La sua inquietudine ci ha riportati alla realtà. Doveva succedere. È entrata perché sentiva...

La prima ad andarle incontro è stata Bebé, che le vuole bene. K. guardava me, invece di guardare lei. È possibile che non si sia accorto di come lei soffrisse? Io ho cercato di trattenere il fiato. Se fosse stato fattibile, me la sarei filata.

Sapevo che quel momento sarebbe dovuto arrivare, ma tale consapevolezza non leva nulla allo struggimento patito. K. ha poi fatto un passo verso di lei, e l'ha abbracciata, baciandola sulle labbra. Ho dovuto distogliere lo sguardo e ripiegare altrove. In quel momento è arrivata la madre di K.

La situazione era tesa. Credo che lei trovi intollerabile il comportamento del figlio. E me più di tutto. Non mi piace trovarmi incastrata in un dramma borghese. Adriana cerca di blandire la sorella con diversi argomenti e ci invita a spostarci nella stanza da pranzo, ma la mamma di K. continua a osservarmi con un disprezzo che mi avvilisce più di quello che dovrebbe.

La cena è penosa. K. mi siede accanto e non mi lascia un attimo con lo sguardo dolce che conosco, ma la fidanzata cerca in tutti i modi di catturarne l'attenzione in una guisa che mi intenerisce. La compatisco. La prepotenza di una passione incompresa merita sempre rispetto. Non so che fare. Il viso chino, cerco di isolarmi e di concentrarmi sul mio piatto. Ancora qualche minuto, e tutto sarà finito.

Mi reco da sola verso la mia stanza. Lui non mi accompagna, stasera. Il suo odore mi è precluso. Sua madre è riuscita a trattenerlo presso di sé con non so quale espediente.

La notte trascorre agitata, malgrado una stanchezza mortale.

L'immagine della sera del banchetto caravaggesco, quando K., ebbro, mi teneva sul suo grembo e mi stringeva a sé con ardore, mi culla e danna al tempo stesso. Non ricordo quanti bicchieri di vino abbia mandato giù, ma l'euforia gioiosa di smarrirmi fra le sue braccia calde e profumate, mi frastorna ancora adesso. Le braccia calde e profumate di Giorgio K...

Più tardi andrò ad accompagnare Bebé da Marcello, in paese.

Sera.

Enrico si è unito a noi, alla fine. Siamo partiti tutti e tre in carrozza alla volta di Guarcino. Il nostro trio mi è parso lugubre. L'epilogo dei bei giorni si intuisce dai nostri sguardi, dalle risate pensierose, dagli occhi cerchiati di Bebé.

Io, dal canto mio, non so per quale magia riesca a tenermi ancora in piedi e sorridere, parlare, fare finta di niente.

Seduti ai tavolini del negozietto degli amaretti, veniamo sorpresi dall'arrivo di K. Il cuore mi si ferma in petto.

Ha l'aria allegra, quasi euforica. Noi altri lo accogliamo con calore. Mi si siede accanto, senza neanche guardarmi. Parla dell'Africa, della guerra, di tutto quanto possa renderci estranei l'uno all'altra.

Facciamo una passeggiata verso Fiuggi. Ogni tanto si rivolge a me con dolcezza e mi chiede un parere su argomenti futili. Una vera forzatura, questa passeggiata menzognera.

Decidiamo di rientrare a piedi alla villa. A un certo punto mi si avvicina, e lascia Bebé ed Enrico andare avanti.

– Mi siete mancata, Bianca.

L'emozione mi serra la gola. Non oso rispondergli per paura che capisca. Che intuisca la passione del mio amore disperato.

– Mi spiace per ieri sera. Mia madre è una donna... *difficile*. A volte le circostanze la costringono a un rigore eccessivo.

Gli sorrido, ma la verità non posso certo sciorinargliela senza rischiare di ferirlo.

Dette queste quattro parole, si distacca da me e, avvicinandosi a Bebé ed Enrico, grida loro qualcosa che non riesco a udire, poi allunga il passo e si allontana, staccandoci, quasi di corsa.

Sento le ginocchia come piegarsi, e le forze venirmi meno. Bebé se ne accorge, perché mi viene incontro a sorreggermi.

Il rientro verso la villa è un vero calvario. Bebé ed Enrico, con dolcezza silenziosa, si prendono cura di me. Il mio struggimento è talmente grande che non riesco più neppure a ragionare. Dolore per sentire di non contare nulla ai suoi occhi. Sdegno per sentire di essere solo una piacevole compagnia.

Bebé mi spiega, prima di varcare la soglia di casa, che K. si è ricordato di dover scrivere una lettera importante, e che è dovuto correre via. Che aveva l'aria assai dispiaciuta di doverci lasciare.

Mi pare che, nel dirlo, non ci creda neanche lei.

Non ho appetito. Non ho voglia di niente.

Nel recarmi alla mia stanza, incrocio K. con la fidanzata. Così non rimane di che mentire neanche a me stessa: lui le cinge la vita, con aria rapita, e la guarda in estasi. La verità risorge, fulgida. La verità finisce sempre col disincantare le illusioni cullate dalla nostra ingenuità. Non ha occhi che per lei, le carezza i capelli biondi e la bacia ripetutamente. Lei ha gli occhi lucidi, come se avesse pianto. Li osservo, e mi pare che formino un essere solo. Lei è talmente bella ed elegante... K. lo sa. Lo vede e se ne bea.

Avrei dovuto cambiare percorso e sottrarmi a quella scena devastante. Invece non l'ho fatto: dovevo vedere coi miei occhi... Solo la consapevolezza della verità può alleviare la pena, col passare del tempo. Altrimenti si è condannati a una sofferenza senza rimedio.

Eppure come risolvere il fatto che lui, nel passarmi accanto, non mi guardi neanche?

In che modo la consapevolezza di *questa* verità potrà tirarmi fuori da una simile agonia?

Entro in camera. Mi dispero, e i miei singhiozzi espettorano lo strazio che flagella il mio amore deturpato.

Piango, piango e non posso fare altro che piangere.

E, questa, è la sola evidenza.

Qualcuno bussa alla mia porta.

È Bebé. Si è impensierita per la mia assenza a tavola. Lo stato in cui mi trova non può celare più la disperazione del mio amore per K. Finisco per raccontarle tutto. Lei ascolta, terrea, lo sconfortante resoconto. Ma quando cerca di incolpare il cugino, la fermo. "Bebé, cara, lui è innocente. Non mi ha illuso, non mi ha promesso *nulla*, non ha mai provato neanche a sfiorarmi... Non ha colpa se io mi sono innamorata di lui e lui è innamorato della sua fidanzata. Se c'è qualcuna che si è lasciata raggirare dalle deformazioni del proprio sentire, quella sono solo *io*. *Mio* soltanto è il torto!".Bebé scuote la testa. Non crede neanche un attimo alla mia versione. "Sei troppo integra, Bianca, per vedere le cose come stanno. Si è aggrappato a te, senza scrupolo, senza domandarsi neanche per un attimo dei tuoi sentimenti." La correggo. Perché avrebbe dovuto inquietarsi per qualcosa che, in teoria, non dovrebbe esistere neppure? Di che accusarlo, se non di aver fatto ricorso al sostegno di un'amica in un momento di difficoltà?

Ma più parlo, più lo sguardo di Bebé si indurisce. Mi propone a un tratto di continuare la discussione in veranda. Gli altri stanno ancora mangiando, e teme che le nostre voci possano arrivare fino alla stanza da pranzo. Acconsento. Mentre indosso una spolverina, lei mi guarda, e lo dice come se stesse minacciando qualcuno. "Allora mi spieghi perché *quella* sera, ubriaco, ti circuiva? Cos'era quello, se non il comportamento di un impostore?"

Ci rechiamo in veranda. Quelle parole risuonano nella mia testa rovinandomi.

E adesso? A cosa aggrapparsi?

Perché carezzare i capelli a un'altra, se il suo cuore si apre solo con me?

Non so più a cosa credere.

"Non lascerà *mai* la sua fidanzata. Lei lo venera e lui non la vede neanche, non vede che se stesso, però lei questo lo accetta e a lui fa comodo: è per questo che *non la lascerà mai*. Lei è la cosa più semplice per lui che si dichiara socialista e va con le prostitute!" Dovevo avere una brutta cera, perché Bebé, fissatami, si interruppe quasi a un tratto.

"Cara, perdonami!" Dice, venendomi incontro e prendendomi le mani. "Vorrei solo esserti di sostegno... scusa, ma ho lasciato che la mia stessa collera prendesse il sopravvento! Vorrei solo dirti di lasciar perdere tutta questa storia, perché lui non merita il riguardo di una donna come te. Tutto qua! Se ami o meno la sua fidanzata, in fondo, non ci deve interessare. Il fatto è che non l'ha mai lasciata, anche per altre storie con altre donne..." La guardo incredula: *altre storie con altre donne*. La frase mi ferisce oltremodo. "Ci sono state anche storie *importanti*?" Bebé risponde con foga. "Sì, una in particolare ha rischiato di mandare a monte il fidanzamento con Stefania." "Di chi si trattava?" "Una ricca vedova. Aveva messo gli occhi su Giorgio, e lui si è fatto talmente prendere dalla relazione, che ha quasi rotto il fidanzamento." Mi guarda, come ad avere svelato un doloroso segreto di famiglia. "Non ne sa nulla nessuno! Neanche Giorgio sa che io ne sono a conoscenza. Tanto meno Stefania. ... Lo disse la zia a mamma." "E lei come lo seppe?... La madre di Giorgio?" "Lo scoprì per caso. La vedova, non sapendo che la madre di Giorgio fosse la madrina di Maria Stefania, le andò a parlare per sollecitare il suo consenso, unico impedimento alla futura unione con il figlio... Puoi immaginare la risposta della zia? Della vedova non se ne sentì più parlare, e Giorgio la dimenticò nel giro di qualche settimana..."

La testa mi ronzava. Ho dovuto appoggiarmi al tavolo.

– Parto, Bebé... Parto dopodomani, il tempo di riunire le mie cose e salutarvi.

Quelle parole benefiche mi hanno sottratta, all'improvviso, allo strazio cui mi costringono i discorsi foschi e insostenibili di Elisabetta. Che ho a che fare io, in fondo, con tutta quella *melma borghese*? Fidanzate bambine, cuori infranti, vedove che parlano con le madri della passione per i loro figli renitenti. Mi è parso di trovarmi invischiata a un tratto nella trama di un romanzo della Invernizio. Me ne tiro fuori. Questo, in fondo, non è il mio mondo. Tornare a Roma è a quel punto la cosa giusta da fare. Lo stupore di Bebé non mi scalfisce. Si scusa, mi implora di restare ancora qualche giorno. Sono così irremovibile, che, come intimidita, finisce con l'accettare la mia decisione. Lei tornerà fra due settimane. Si preoccupa per me, ma io non sono da sola. Mi aspettano il lavoro, le compagne, e Roma, con i suoi numerosi volti... L'idea di rientrare a casa mi dà un incredibile sollievo.Vorrei poter partire in quel momento stesso. Invece sono obbligata a restare ancora per un giorno. Lo strazio non è finito.

Proprio in quel momento entra K. Ci giriamo entrambe verso di lui.

Alla sua vista, i miei propositi vacillano. Lo detesto, eppure tremo tutta al suo solo cospetto. Sento che Bebé mi osserva e continua a parlare in modo ostentato della mia partenza. Poi si rivolge a lui, quasi con livore. Io la guardo, e lei, credo, decide di esaudire il mio desiderio.

Così ci saluta e si congeda, dopo avermi stretto forte a sé. Un ristoro quell'abbraccio sincero...

Il seguito è penoso. Avrei solo voglia di scappare via da qual posto, invece rimango.

La mia partenza lo scombussola. Ma a che serve, se qualche minuto prima ha toccato con amore i capelli della sua fidanzata? Non posso far finta di niente, come se non fosse mai accaduto. Il resto, è chiaro. Non prova per me ciò che, ingenuamente, a causa del mio deperimento fisico, io ho creduto provare per lui...

Ciò che ne rimane è solo illusione.

Mi attengo a tale evidenza e vi resto fedele per tutta la durata del mio soggiorno.

Sul treno per Roma.

La partenza dalla villa è, tuttavia, altra storia.

Nel buio di un tunnel, ripenso a ieri sera, dopo la festa per gli allievi di Adriana.

Bussa alla mia porta dopo che ci eravamo salutati in presenza degli altri.

Non so perché, ma un po' me lo aspettavo.

Era stato il suo sguardo che mi aveva accompagnato fino alla fine, nonostante le occhiatacce di sua madre, a dirmelo. E quel suo salutarmi in quel modo impacciato, senza levarmi gli occhi di dosso. "Allora al piacere di rivedervi presto a Roma, Bianca... Ci mancherete molto." Non ho avuto il coraggio di guardare i volti dei presenti.

Bussa alla mia porta così piano, che se l'agitazione non avesse acuito i miei sensi fino all'inverosimile, non l'avrei neanche sentito.

Apro senza neanche chiedere. Se ne sta là con uno sguardo sofferente. Entra senza dire una parola. Si siede sul canapè e infila entrambe le mani fra le gambe.

Ci guardiamo continuando a tacere. Indosso una camicia da notte leggera, ma dopotutto non ho voglia di coprirmi. Non è importante. Quello che indossiamo. O chi siamo nel mondo. Avrà pure avuto storie importanti, storielle e una fidanzata che lo strega, ma ciò che riesco purtroppo a vedere in quel momento, è solo che lui è là, seduto, e che io lo guardo all'impiedi.

L'unica cosa che conta è quel silenzio, in cui ci culliamo, perché rispetta le nostre emozioni.

Anch'io mi adagio sul divano con lui. Ci sdraiamo insieme, e restiamo in quella posizione per non so quanto tempo.

Poi lui si alza, mi prende per i polsi e mi sorride... Io non fiato, perché il cuore mi si è giá fermato da un pezzo.

"Bianca...Vi accompagno alla stazione domani. Fatevi trovare pronta alle 7.30". Mi dà un bacio sulla fronte e va via. Abbastanza per non riuscire a chiudere occhio tutta la notte.

L'indomani viene con noi anche Elisabetta con cui non ho potuto parlare. La mamma di K. ce l'ha messa tutta per tenerla occupata e allontanarla da me anche l'ultimo giorno.

Così non posso parlare con lei durante il tragitto. E neanche con lui.

Arriviamo alla stazione che sono una larva. Il viaggio mi ha provata e la notte insonne si fa sentire. Solo la tosse mi concede un attimo di tregua.

Scendiamo con calma dal calesse, e K. aiuta il vecchio Tonino a scaricare il baule e le valigie.

Entrambi mi accompagnano al binario. Mi guardo attorno e avrei voglia di scappare. Non voglio partire! Un'angoscia raccapricciante mi serra la gola e non riesco a dire che poche formali parole. Elisabetta è pallida e sembra dividere lo stesso tormento. Mi saluta con un lungo abbraccio. "Ti scrivo, Bianca... E due settimane passano presto!"

K. mi prende la mano che sento fredda e tremante e, nel baciarla, mi rivolge un sguardo ferito. "A presto". Sento le tempie pulsarmi e temo di svenire davanti a loro, cadendo giù come un sacco di patate. Quest'idea mi è insopportabile. Così sfilo la mia mano dalla sua per girarmi verso la scaletta del treno di filata. Impugno la maniglia con vigore e mi accorgo, con gran sorpresa, di essere incapace di tale slancio. Che onta! Vacillo sotto gli occhi curiosi di vicini sconosciuti. Sto per piangere. Sarei caduta di certo indietro se K. non fosse venuto in mio soccorso.

– Lasciate che vi accompagni. Mi farebbe così piacere...

La testa mi ronza e fatico a ritrovare l'equilibrio. Tossisco un po', sperando ardentemente che la cosa resti discreta. K. mi cinge la vita, e insieme cerchiamo il mio posto. Si occupa lui di ogni faccenda: che sollievo! Mi lascia solo quando, seduta sulla poltrona, ogni affare è stato sbrigato, facchini, mance, bagagli, tutto...

Gli spiego che non deve preoccuparsi, che mi aspettano a Roma e che il viaggio andrà bene.

Mi guarda abbattuto. Sento di dover tossire e avrei voglia soltanto di piangere.

Esita davanti a me. È come se volesse dirmi qualcosa. Poi il capostazione fischia, e lui, dopo avermi baciato la mano, scende di corsa.

È fatta. Il treno comincia a muoversi dopo un attimo. Quel nodo non si scioglie ancora, e io rimango impietrita.

Ho creduto all'illusione infantile del mio amore, e malgrado i vari propositi e le elucubrazioni, l'ho lasciato là, su quella piattaforma, col cuore sfinito, con una forza che non posseggo, con un coraggio che non è il mio...

Sono stanca; vorrei non udire più un suono, una voce, un rumore... ma solo il lento mugolio di un dolore che non conosce tregua... Mi spengo a poco a poco nella contrazione inadeguata del mio sentire. A tratti ho persino creduto che non sarei più arrivata a respirare regolarmente.

Eppure si sopravvive a tutto. Avviliti o semplicemente indifferenti, si ritorna a respirare con una certa regolarità, si ritornano a udire i suoni e le voci, e ad affrontare il mondo distratto e noncurante.

Rimane solo questo dolore che non va via, ma che non si ha diritto di mostrare ad altri. E la sensazione che nessuno potrà mai capire, che quello che si prova sia irrimediabilmente clandestino.

Non c'è infatti giustificazione a un amore inespresso. Perché in amore le contingenze sociali non trovano senso, e non esiste una sola formula, una teoria, un teorema, che spieghi perché si debba rinunciare ad amare quando si ama...

Ho bisogno di lui. E, a quanto pare, lui ha bisogno di me. Ma che farne di tutto questo sentimento che non troverà mai espressione?

Salire su questo treno è stato lo sforzo più grande che abbia compiuto. Ma non esiste nessuna ragione al mondo per cui io possa spiegarmene il motivo.

Soltanto soffrire, senza alcun significato, senza alcuna prospettiva, se non quella di aspettare che i miei polmoni si consumino lentamente.

Non esiste risposta a tutto questo.

Solo un continuo immotivato logorante dolore. Muto.

Come questa rassegnazione che mi svuota.

Di ritorno a Roma.

Mi sono rimessa al lavoro. Cerco di distrarmi, ma spesso le forze mi abbandonano quando più non me lo aspetto.

Ho rivisto Gaetano Galipò. È passato dal Circolo e mi ha proposto di pranzare con lui. Ho accettato, ma solo per poter parlare con lui di K.

Mi piace poterlo evocare con qualcuno. Il contrario è avvilente. Il silenzio mi esaspera: mi sembra, a un tratto, che ciò che abbiamo vissuto non sia mai accaduto.

Leggo sul divano delle regole ecclesiastiche sul matrimonio nell'alto Medio Evo, e mi tornano alla mente tutti i momenti che abbiamo passato insieme. Sento come un torpore partirmi dal di dentro e pervadere il mio corpo intontito...

In momenti come questi non so più ciò che voglio, né cosa sono.

Questo può costituire la mia rovina, prima o poi...

Ci vedremo a Roma? Ha domandato l'ultima sera. *Vorrei che non finisse tutto fra noi con quest'estate a Guarcino*. Ha detto. Ci rivedremo, quindi. Quando tornerà a Roma.

Vorrei che non fosse così, ma la mia unica pena è quella di doverlo aspettare.

Il tempo è diventato solo un modo di arrivare fino a lui con ordine. Senza dover impazzire.

Bebé è finalmente rientrata a Roma. Anche K. è tornato a Roma. Bebé mi ha detto che, dopo la mia partenza, ha trascorso i giorni in solitudine. Mi ha detto che la sua fidanzata aveva l'aria stracca e infelice.

Continua a non dirmi nulla di Enrico. Anche lei ha l'aria afflitta.

Passa ogni giorno a trovarmi. Si preoccupa per la mia salute.

Sono stata costretta a diradare, per il momento, le mie uscite. Non riesco a rimettermi in forze.

È bene che mi riposi.

È già tornato da qualche giorno, e non mi ha mandato neanche un telegramma!

Esco. Al circolo ho molto da fare: il lavoro si è accumulato con la mia assenza.

Vedere le compagne mi rifocilla.

Rincasata. Ho freddo. Il vecchio Tonino non ha ancora pensato alla legna. A settembre non ce n'è bisogno, in genere, ma io ho freddo lo stesso. Anche se siamo in settembre.

Sto male, e in questo momento vorrei solo gridare e rompere tutto. Vorrei piangere senza fermarmi. Ma non lo faccio, perché sono sola in questa stanza, e nessuno mi ascolterebbe.

Sono sola, e K. *non c'è*: non può ascoltare, non può asciugare le mie lacrime. Lui non si chiede nemmeno dove io sia.

È difficile da ammettere, ma ciò mi provoca un dolore che non ha limiti, che non sopporto. Un dolore che mi porta all'esasperazione.

Che mi porta alla morte di me.

Devo reagire. Dare una forma a questo silenzio.

È mio dovere...

Una volta a casa. A letto. Letto gelidohodimenticatodiaccendereil FUOCO.

Ho paura. Questa malattia mi terrorizza, mi sfinisce, mi disgusta, perché vivere così logora lentamente, e io voglio invece vivere *con pienezza*... Voglio vivere perché non sono ancora morta.

Eppure sembrerebbe che per farlo abbia bisogno di lui, della tenerezza che ho sentito quando eravamo insieme. Ho bisogno di *lui*, proprio di *lui*, ché neppure un attimo posso restare in questa solitudine odiosa che strappa le lacrime persino al verme che mi divora le viscere...

Il dolore mi stritola.

Il dolore mi logora le viscere. Il verme scava, scava. Arriva nel petto. Rode con maggior perseveranza e non si ferma piú... nel petto. Il dolore parte da una fitta prolungata e penetrante, e si disperde lentamente in ogni parte di me. Si impossessa di me.

Io *sono* solo dolore.

> "Silence is all we dread
> There's Ransom in a voice.
> But SILENCE is Infinity.
> Himself have not a face."[27]

A Giorgio, alla sua voce, al suo odore, alla mancanza di lui che mi distrugge a poco a poco in questo muto silenzio.

Sento di morire.

Mi salva solo il fatto di continuare a respirare...

Il verme ributtante s'è nutrito di me ancora una volta...

Reagire. Come? Cerco di farlo sfogliando un catalogo d'arte; qualche volta funziona persino. Certo, però, che dal dolore mi devo piegare in due! Allora respiro regolarmente, e provo a non *subirlo*: guardo un punto fisso, su un libro per esempio, e mi concentro sul contorno ben delineato della mano di Thorvaldsen che stringe lo scalpello. Lo guardo e lo osservo, e cerco di non farmi raggiungere in quel luogo dalle fitte che forse il resto di me sente... E il dolore è sbaragliato!

Altre volte, invece, riesce a raggiungermi. Mi viene a visitare proprio sul viso della Madonna addormentata del Carracci,

---

[27] Emily Dickinson, *Silence is all we dread*.

quella che quasi s'assopisce col figlio morto fra le braccia, che io penso sempre sia gran dolore, ed Elisabetta, invece, indifferenza... così mi ricorda che può raggiungermi ovunque, persino su Gesù che spiega a un oste e a due assidui di una taverna, come s'è fatto ammazzare malamente, e che è proprio per questo che lui l'uomo lo può capire nel suo dolore terreno. Mi raggiunge anche là, proprio sugli occhi curiosi dell'oste... Che tormento questo dolore! Sono stufa...

Arriva, arriva qualsiasi cosa scriva, arriva in qualunque modo la pensi, arriva nonostante tutto... eccolo, eccolo che arriva...

È impossibile amare quando non si è riamati.

In che maniera riuscire ad amare il "proprio nemico", come dicono i cristiani, se il nemico è pieno di odio e non ama neanche se stesso... e non ama niente, e il tuo amore proprio non lo vuole?

Io credo invece che l'amore sia qualcosa che nasca dalla *reciprocità*, e che cresca a poco a poco. Non esistono amori non ricambiati o inesprimibili: sarebbe una contraddizione in termini.

Si può avere al massimo un'attitudine *amorosa*, o si può offrire la propria *disponibilità ad amare*, ma non si può *amare* qualcuno se questo qualcuno non lo permette, se non lo desidera...

Amare, è amarsi *reciprocamente*. Ciò implica la volontà da entrambe le parti, o, per lo meno, *esclude* il rifiuto di una delle due parti. Ne sono convinta.

Mi sembra di impazzire. Ricaduta nella stessa trappola. Amare è soffrire.

Questa strada non porta a niente. Questa strada porta dritta verso l'abisso da cui volevo fuggire.

Mio dovere è, adesso, pensare solo a me.

Ma verità è anche che, pensando *a me*, non posso non pensare *a lui*...

Adesso l'estate è lontana.

Mi sembra tutto finito. Non posso averlo e neppure liberarmene.

Non ne posso più! È una cosa che non può durare... Non ce la faccio, non ne ho la forza.

Eppure sento di non avere altra scelta.

Io lo *amo*. Non l'ho mai detto a nessuno, ma lo vorrei gridare. Io amo K. Non so come altro definire la fiaccola che mi brucia in petto, se non *amore*.

Perché non scrive? Perché non si manifesta? Cosa fa in questo momento? Perché mi ignora? Eppure alla stazione ci siamo detti "a presto"!

Sono forse io che devo cercarlo? Lui è troppo confuso per muoversi, per capire... Ma che c'è da *capire* in fondo? O sono io quella che non *capisce*? Lui è fidanzato con una ragazzina avvenente e sensibile che cerca di farsi amare dal suo amato... Perché non tornare ad ammettere che potrebbe ricambiarne il sentimento? Perché non dirsi che K. potrebbe semplicemente essere innamorato di lei? Solo perché la notte della mia partenza è passato da me e abbiamo dormito insieme qualche ora? Solo perché mi ha accompagnato sul treno e cercato di pronunciare qualche parola di commiato senza riuscirvi? Forse adesso è con lei, beato. Niente più dolore, niente più confusione. Tornato a lei con piú consapevolezza, tornato al socialismo riformista delle *pance piene*...

Ma è giusto che sia così, dopotutto.

Bebé passa da me ogni giorno. L'ipotesi di una mia possibile ricaduta l'atterrisce. E per come stanno le cose, le sue paure non sono poi così infondate: gli attacchi che cerco di nasconderle con fatica, diventano sempre più frequenti...

Mi sono appena svegliata.

Ho fatto un sogno strano.

Mi trovavo accanto a K., di nuovo fra le sue braccia, come la sera di Caravaggio. Persa nel suo abbraccio lo sento sussurrare al mio orecchio: "So tutto, Bianca. So di quel verme che da tempo ti tortura... non te l'ho detto prima per non seccarti... domani passerò presto da casa tua e andremo a trovare il padre di Stefania. Lui sa tutto di noi e conosce un rimedio per salvarti." Io non so se credergli, ma lui mi carezza la fronte, e nei suoi occhi leggo una certezza solida che mi porta a fidarmi...

Un po' banale, in veritá.

Lo scrivo adesso, e poi non ne parleró mai piú.

Ma se lui sapesse *ogni cosa*, che farebbe? Come si comporterebbe?

Sono stanca.

Credo che dormirò un altro po'.

Alla fine non ho retto all'attesa.

Passata da Via dell'Orso.

Tutti quanti *di prescia* (odio quest'espressione, perché sono certa che la userebbe la mamma di K.!). Cerco affannosamente di qua e di là, domando timidamente. Lui non c'è.

Domando ufficialmente. Non lo ha visto nessuno. Nessuno mi sa dire nulla, ma se voglio, l'articolo posso consegnarlo a Sandro che si trova proprio nel suo ufficio. Grazie tante. Non sanno neanche che Boccanelli si è sbarazzato di me.

Sfinita. Il valore agricolo di Tripoli e della Cirenaica sembra stare più a cuore a chiunque della mia richiesta di una sedia che mi sento svenire, per favore.

Qualcuno riesuma un carteggio del 1894/95 fra Crispi e il viaggiatore Gerardo Rohlfs; quest'ultimo assicura che la Cirenaica è il vero granaio per antonomasia, e ci si scervella qua e là sul come il partito reagirà alla notizia: se l'userà o meno per giustificare un eventuale appoggio al Governo, potrei avere un bicchiere d'acqua?

Un tale che non conosco, me lo porge solerte, e, sorridendo, mi spiega del treno che deve prendere in giornata. Ah! Partite? Col primo treno per Catania.

Eruzione dell'Etna. Sì, ma chi mi sa dire dove accidenti è Kreifenberg?! Vigneti e terreni distrutti. Corrente lavica minaccia frazione di Rovitello e ferrovia circumetnea. Al limite delle mie risorse fisiche, vabbé, non ne sapete niente... Grazie tante e arrivederci. Me ne torno a casa.

Ma è proprio incamminandomi verso casa, che lo scorgo da lontano.

La sospirata sagoma si reca verso Piazza Navona ridendo allegramente. È in compagnia di una ragazza. All'inizio non la riconosco, poi... il solo scriverlo mi è doloroso...

Si tratta di una compagna del circolo. Guardo meglio. È proprio lei. Tiene in mano i volantini che io stessa sono andata a prendere dal tipografo.

Immagino cosa direbbe Bebé. Io stessa rido delle mie fatue speranze. Non conosco tanto questa Emilia. È una nuova. Mi hanno assicurato che lavora bene. La famiglia la lascia in pace: è caduta in disgrazia per una storia con un uomo sposato. Comunque, se ne va in giro con K. che a quanto pare non è così indaffarato.

Torno di corsa a casa. Non so più neppure io cosa provare...

Diversi giorni dopo.

Ho visto il dottore ieri. Adriana e Bebé hanno insistito per farmi visitare dal loro bravo medico. Ho trascorso la giornata in clinica.

Durante la visita il dottore mi guardava con aria cupa. Si è detto *preoccupato* per il *mio stato*. La mia broncoraggia *peggiora.* Gli racconto delle convulsioni, delle fitte, del sangue che sputo. Mi guarda inespressivo e mi dice che è tutto *normale*, la sola cosa che non sa spiegarsi è l'intensità delle convulsioni durante la tosse.

Ho avuto la sensazione che non mi credesse. Che pensasse che io avessi esagerato nel descrivere i sintomi.

L'unica cosa che paia preoccuparlo, a ogni modo, è che la mia broncorragia non degeneri in tubercolosi. Ma le analisi fattemi rivelano l'assenza del micobatterio nel mio organismo... La tubercolosi è una malattia contagiosa e si deve dichiarare. Il resto sono *dettagli*, dice. Io invece mi danno, perché di questi *dettagli* soffro come un animale. Perché hanno cominciato a condizionare la mia vita, al punto da determinarla.

Devo riposarmi, dice, e cercare di stare serena. La *malinconia* può aggravare il mio *stato*.

Gli spiego che con quegli attacchi c'è poco da stare sereni. Che sono spesso fiacca, abbattuta. Che mi stanco per un nulla. Che non riesco a mangiare con grande appetito. *Riposo*, dice. Dormire molto, mangiare sano e prendere gli sciroppi da lui concepiti. Passerà presto a trovarmi.

Mi rivesto e lo saluto, ringraziandolo per l'interessamento.

Inutile continuare a spiegargli: il mio male non rientra nelle sue categorie mediche.

Me ne torno a casa con lo sciroppo in mano. Mi sento come svuotata.

Bebé passa nel pomeriggio. Non le dico nulla. Non ho voglia di intrattenerla sulle mie convulsioni, fra una tazza di tè e un biscottino.

Le racconto di Galipò. Del fatto che in questo periodo lo vedo spesso. Le racconto di come mi faccia bene dividere il mio tempo fra lui e il circolo. Bebé mi sorride lieta. Non mi parla più di Enrico. Trascorre tutto il suo tempo con Marcello e i suoceri. Mi chiedo se sia veramente felice come dice. Ho provato qualche volta a domandarle di Enrico, ma lei mi ha risposto seccamente che, con la fine dell'estate e i vari impegni mondani, non è riuscita più a trovare il tempo di vederlo.

"Sono tanto felice per te se con Gaetano ti trovi così bene. È una carissima persona, a parte essere uno degli uomini più belli e desiderati di Roma!" Ride. La guardo con stupore. Nessuno di noi ha parlato di K., e io scoppio dal desiderio di dirlo, per quanto inutile e superfluo sia: "Ma Bebé, tu sai perfettamente che io non potrei *mai* innamorarmi di Gaetano Galipò..." Alle mie parole china il capo, offuscandosi: entrambe sappiamo bene che la verità è quella.

Una volta andata via, deploro la mia malattia che mi distoglie dalle cose importanti. A causa del mio stato, il mio lavoro al circolo ne soffre. Non trovo più la forza di trascorrervi le giornate intere, come prima. Ho persino dovuto rinunciare all'esiguo stipendio, non potendo adempiere a tutti i compiti, e, per vivere, accettare la piccola rendita dei miei genitori. Una cosa, questa, che mi ripugna profondamente. Aspetto con ansia il saldo di un editore che ha acquistato il mio saggio sul pensiero della Kollontaj. Mi ha scritto giorni fa che entro breve mi liquiderà la somma dovuta. Potrò così rinunciare per qualche tempo ai soldi della mia famiglia.

Per la prima volta mi sento vulnerabile.

L'ho fatto.

Non potevo più vederla senza che mi spiegasse con esattezza cosa ci fosse fra lei e K. In fondo ho diritto di sapere...

Lavorava nella stanza accanto alla mia. Con una scusa banale sono andata verso di lei. Sentivo le ginocchia molli, cedere all'emozione. Ho preso il coraggio a due mani e gliel'ho chiesto. Ho chiesto a Emilia se per caso intrattiene una relazione con K.

La sua risposta sbigottita mi ha sollevata da un gran peso. Mi ha spiegato di conoscerlo solo superficialmente: lo ha visto di sfuggita una volta, per via dei volantini contro la guerra. Lo trova piacevole e attraente, ma lo conosce apena.

È per questo che, forse, ridevano tanto, insieme, a Piazza Navona.

Le sue parole non mi sono, tuttavia, sufficienti. La malattia mi spossa e non so con cosa altro riempirmi la testa. Al circolo la mia pena si mitiga. Una volta fuori, tornano ad assediarmi le stesse immagini, e il pensiero della gioia sentita in sua compagnia mi ricorda la quotidiana infelicità, il mio senso di vuoto, la solitudine. Come liberarsi dalla smania per il suo odore? Come dimenticare il suo viso abbandonato sul mio, le passeggiate in campagna, il suo sguardo amorevole, la nostra intimità.

Come spiegare tutto questo silenzio?

Bebé è passata come ogni giorno, solo che oggi non ho avuto la forza di fare finta di niente.

Mi spiace e lo rimpiango, ma ho finito per dividere con lei il mio struggimento.

Lei si commuove. Si sente impotente e ciò l'avvilisce.

Alla fine mi dice che il cugino ha preso uno studiolo per i fatti suoi, e che, *se proprio mi sta tanto a cuore rivederlo*, posso provare a cercarlo là la sera, in modo da evitare di imbattermi nella madre o in Gaetano, in redazione. *Se proprio ci tengo.*

La prospettiva di tornare a sentire la sua voce, mi ringalluzzisce. Aspetto che se ne vada, poi mi vesto e corro verso lo studiolo. Una carrozza mi passa accanto: mi dico che è un segno del destino.

Aspetto invece a lungo davanti al portone. Il portiere mi spiega che K. non è in casa. Decido di fare un giro. Si fa tardi e per le strade non c'è più nessuno. Senza farmi intimidire dall'ora inoltrata, mi introduco nel palazzo, approfittando di una coppia che sta per uscire. Decido di aspettarlo nell'androne, risoluta a pernottarvi, se necessario. Guardo verso il portone e mi adagio su una specie di pedana, accanto alla porta del cortile interno.

A un tratto mi pare di sentire dei passi scendere giù dai gradini. Mi preparo a spiegare la mia presenza all'eventuale inquilino e mi levo ritta accanto alla rampa delle scale.

Il suo viso dolce mi coglie di sorpresa. Anche lui mi guarda sbigottito.

Farfuglio qualcosa su Bebé e che mi trovo là, proprio per vedere lui... ma il mio cuore batte talmente forte che non riesco a parlare. L'amabilità delle sue parole, il piacere che prova nel vedermi e che leggo autentico nel suo sguardo, la sua voce carezzevole, mi ristorano... Tutta la disperazione delle ultime settimane mi pare improvvisamente un affanno lontano.

Mi propone di salire da lui. Tiene un pacco fra le mani e mi spiega che si trova là per puro caso. Entriamo nel suo *studiolo*, come lo chiama, un piccolo appartamento sontuoso e caldo, arredato con sfarzo.

Ma alla fine che importanza ha? Mi dice che ha pensato tante volte di passare a trovarmi, ma che non ne ha avuto il *coraggio* (che significa questo?). Lo rimprovero. Si era detto di vedersi, e lui non si è preoccupato neanche di dirmi che era arrivato a Roma.

Sembra in imbarazzo. Si vitupera per non avere seguito il suo *unico*, *struggente* desiderio: quello di rivedermi una volta a Roma. Pensava che mi avrebbe *importunata*.

Per quanto improbabili io trovi quelle ragioni, cerco di concentrarmi sulla gioia di averlo di nuovo accanto. Di poter beneficiare della sua presenza. Ciò che invece mi pare inverosimile, è che a un tratto mi parli di Gaetano Galipò con un tono curiosamente ammiccante. Non so che dire. Le sue osservazioni mi confondono e infastidiscono al tempo stesso. Mi domanda se non voglio confidarmi con lui a proposito di Gaetano. Non so... non era di *Gaetano Galipò* che volevo parlare... Mi dice che è una cara persona. Lo guardo e sento la mia disperazione ritornare prepotente: non mi rimane nulla, proprio nulla... K. mi è estraneo come un passante incontrato per strada. Mi guarda con aria curiosa e ho come la sensazione che voglia conferme sulla mia *amicizia* con Gaetano. Ha eretto un muro fra noi, e se ne rallegra. Gli dico che è meglio che vada. Mi sono sbagliata. Ho solo voglia di tornarmene a casa. La mia risolutezza destabilizza quella sua insopportabile leggerezza nel rivolgersi a me.

Volgo il passo verso la porta. Lui mi segue, si scusa, mi domanda se è per aver parlato di Gaetano che ho deciso di andarmene. Tiene a precisare che si tratta di un suo amico, e che sa per certo che si interessi a me *con passione*. Sì, ci tiene a ribadire la *passione* di Gaetano nei miei confronti. Cosa desidera? Che lo faccia felice e me lo sposi? Sento che le forze mi abbandonano: sono talmente stanca! Vorrei solo non essere mai passata da lì. Poi si ferma e mi osserva con apprensione. Ci guardiamo senza parlare. Come vorrei sentirlo più vicino, come a Guarcino, stretto, tanto da respirare sul suo collo, vicino, da inebriarmi del suo odore. Lo so che non dovrei perché ha un'altra, perché vorrebbe sapermi felice con Gaetano, ma è così, e non ci posso fare niente: gli vado incontro e mi stringo a lui. Respiro il suo collo, mi inebrio del suo odore e mi perdo, mi perdo... le sue braccia mi cingono ancora, quando lo allontano da me. Sento le mani tremarmi, e l'audacia di un simile gesto riversarmisi addosso senza rimedio, adontandomi. Nessuno dei due fiata. Lui è rimasto quasi inebetito dallo stupore. Sembra che una simile possibilità non l'avesse mai sfiorato prima: cosa che mi fa vergognare ancora di più! Tento di versarmi del liquore, ma la mano mi trema al punto tale da non riuscire a tenere il bicchiere. Lui corre subito in mio aiuto. Non ho il coraggio di guardarlo... Adesso devo proprio andar via. Si propone di accompagnarmi.

Poi, mentre stiamo per andare e porre quindi fine all'incresciosa situazione, il colpo di flagello che mi schianta. Poggiati su un tavolino, la pila intera di volantini interventisti che ho scorto fra le mani di Emilia la volta che li ho visti insieme. In un attimo, non so come, intuisco *tutto*. Lo guardo e lui si accorge che ho visto. Mi osserva con aria mortificata, inquieta, disarmata. Restiamo in silenzio a scrutarci. Decide di parlare, e lo fa come a scagionarsi. Gli spiego che non c'è niente di cui mi debba rendere conto, soprattutto quando il suo desiderio più grande è che io mi innamori di Gaetano Galipò. Dopo tutto, a questo punto, sono affari suoi e della sua fidanzata. Insiste. Mi pare costernato. Io vorrei solo andarmene via. "È una storiella da nulla", mi dice, come per aggiustare le cose. L'idea di lui che bacia Emilia, che la tocca, che la prende, mi provoca un senso tale di sgomento che sento di stare per venir meno. Mi lascio cadere giù sul divano e aspetto che mi tornino le forze. Bevo un po' d'acqua e lo imploro di riaccompagnarmi a casa. Lui vorrebbe ancora spiegarmi, ci tiene, la verità è che non sa perché è successo, ma non vuol dire nulla per lui... Mi chiedo perché si ostini a raccontarmi, a giustificarsi: che importanza può avere a quel punto? Insisto tanto che alla fine si convince di riaccompagnarmi a casa.

Una volta per strada, camminiamo a lungo prima di trovare una carrozza. Lui mi scruta, si direbbe con inquietudine. Non c'è alcuna complicità a legarci, nessun'intesa speciale. Parliamo come due estranei. In carrozza lo osservo e scorgo per la prima volta nel suo sguardo il volto del cugino descritto da Bebé. Mi ricordo di quella frase per cui collezionerebbe *donne, come la madre i ventagli*. Lo saluto e scendo finalmente dalla carrozza, certa di aver vissuto con lui una storia fittizia. Ragionando realisticamente, nulla ci accomuna. La malattia indebolisce il mio discernimento e logora il mio sentire. L'appartamento è gelido, entrando a casa. Accendo la stufa e aspetto che il tepore si diffonda nelle stanze. Mi addormento senza sentire nulla.

Oggi è un nuovo giorno.

Dopo aver trascorso una giornata intera senza riuscire ad alzarmi dal letto, oggi mi dico che in fin dei conti non ho scelta: devo affrontare tutto questo sentire... Devo riportare alla realtà questa passione univoca e illusoria.

Niente più incertezze e dubbi. Essere solo capace di stringere il mio destino fra mani forti e ostinate: è l'unico modo di uscire fuori da tutta questa melma di paure insulse e stupidaggini nelle quali è vano dibattersi.

Potrei, volendo, voltare pagina. Il sole scalda la Capitale. È una bella giornata.

Mi reco di buona lena al circolo. I locali illuminati e caldi mi infondono un'insolita euforia. Discuto con alcune compagne dell'ordine del giorno della nostra prossima riunione.

Emilia Berardi ha l'aria lugubre e mi lancia ogni tanto occhiate fuggevoli.

A riunione conclusa, mi sorride. Vorrei evitarla, ma non si può: le altre sono andate tutte via. Si avvicina e mi chiede se desidero prendere con lei qualcosa alla pasticceria Bernasconi, un ristoro non molto lontano dal circolo e da certi ritrovamenti archeologici messi in luce dalle recenti demolizioni nel piazzale. Non mi resta che accettare. Compriamo dei biscotti e ci sediamo davanti ai ruderi.

Non ho cuore di scrivere il resto. Solo, sento come la ferrea intenzione di stringere in mano il mio destino con coraggio, si allontani miseramente.

Lei è innamorata di K. Ne è folle. Mi racconta questo perché sa che io e lui siamo *molto amici*. In nome dei principi del pensiero di Alexandra K., per cui una donna è padrona del proprio corpo e libera di esprimerne le voglie, non mi risparmia i dettagli sul suo rapporto sessuale con K.

Non so cosa dire, né dove nascondermi per sfuggire allo sgomento: *sgomento* di ripiombare nel baratro e questa volta rimanervici.

K. l'ha usata, l'ha illusa. Lei sa bene di essere responsabile delle sue azioni, ma trova che lui sia stato ambiguo con lei. A letto dolce, rapito, attento, ma ad amplesso finito, distratto, mellifluo e freddo. Questo non lo trova giusto. Lui, è chiaro, la desidera, ma non riesce a emanciparsi dal suo mondo di ricco borghese. Adesso lo odia. Lo disprezza. Anche se, ammette, continua a subirne il fascino. Spasima ancora per lui.

Credo si aspetti qualche parola da me. Le passo istintivamente una mano sulla spalla e cerco di arginare lo sconforto con delle banalità. Il suo pianto mi riporta alla realtà. La riaccompagno al circolo, ma non sono capace di darle alcun consiglio. Ancora lo sgomento... Lo sgomento che mi richiama, lo strazio che mi attira verso il fondo.

Povera Emilia! Mi ringrazia e assicura che se ne tirerà fuori, comunque. Le dico di esserne certa: è facile poterlo pensare con un paio di polmoni illesi... La saluto e prendo al volo una carrozza per casa, non prima di aver mandato un messaggio a Bebé dicendole di non passare.

Non voglio vederla. Non voglio vedere nessuno.

Appena rincasata, qualche minuto fa, ho avuto un attacco. Credevo di morire.

Non riuscivo a respirare e sentivo il verme rodere quel poco che è ancora rimasto... Continua anche adesso. Un dolore che a tratti mi fa dimenticare di me.

È strisciando come una lumaca bavosa che ho raggiunto la scrivania e questo diario. Devo aver sputato abbastanza sangue. Tutto quello che son riuscita a trattenere quand'ero con Emilia... Mi gira la testa... Credo di avere la febbre alta.

Non mi importa di morire questa notte. Niente ha più importanza ai miei occhi.

Vorrei solo non soffrire più.

Oggi il sole è meno intenso.

Mi risveglio con i suoi flebili raggi sul mio viso. La febbre si dev'essere abbassata.

Mi sento molto debole. Mi sono svegliata in un bagno di sudore.

Stanotte ho fatto un sogno così inquietante...

Scappavo. Non facevo altro che scappare.

Come in quasi tutti i miei sogni, all'inizio mi trovavo in un appartamento che mi era familiare, più o meno, con qua e là qualche elemento nuovo.

Tuttavia non so ancora dove fossi esattamente. C'era K. con me. Forse anche Gaetano e qualcun altro (Bebé? Enrico?), non ricordo bene. Eravamo tutti insieme a ridere e scherzare.

Non so perché, ma K. a un tratto tira fuori un paio di forbici gigantesche, e per scherzo mi dice che mi vuole strappare il fianco. Lì per lì ridiamo tutti, ma dopo un po' solo io comincio a capire che fa sul serio.

Mi sforzo di rintracciare negli sguardi degli altri la mia stessa preoccupazione, ma ridono ancora tutti. Mi guardo attorno e cerco l'uscita.

Corro per strada più veloce che posso... Scappo, e K. dietro di me, inseguendomi, grida che non sarà poi tutto questo dolore!

E così scappo, corro...

Resto a casa per oggi. Non ho la forza di uscire. Mi sento proprio debole.

È appena andato via il dottore di Bebé.

Me l'ha mandato perché il mio biglietto l'ha allarmata. Mi ha visitata con la sua consueta espressione di indifferenza.

Devo riposarmi. Niente uscite per qualche giorno.

Torno a letto. Sono esausta.

Le parole di Emilia si rinnovano nella mia mente una dopo l'altra, come sui vagoni di un treno che corre su e giù e mi gira intorno. Parole che pur volendo eludere, sono costretta ad affrontare, perché esistono. Così come il suo pianto, la sua afflizione. K. mi appare sempre più lontano.

Ripenso alla sera precedente e vengo attanagliata dalla vergogna. Che avrà pensato all'idea di me che mi avvinghio a lui, lui preso da altre donne, da quella ufficiale e dall'altra che possiede occasionalmente sul divano del suo studiolo? *Eccone ancora un'altra*. Ma come ho potuto credere che i suoi gesti, le sue parole, le sue intenzioni... Come ho potuto fraintendere? Eppure la sera del Caravaggio mi stringeva a sé con dolcezza, e le sue lacrime, nella veranda, esprimevano una contrizione autentica.

Anche Emilia ha dovuto pensare di essere unica ai suoi occhi... Come credevo io stessa a Guarcino. Devo smetterla di farmi delle illusioni.

Come se K. fosse alla fine il centro di tutto!

Dormo già da qualche ora, quando, nel pomeriggio, qualcuno picchia alla porta.

Mi sveglio di soprassalto. Indosso la vestaglia e vado ad aprire. È il nipote del portiere. Mi annuncia, cosa a dir poco stupefacente, che il *signor Kreifenbeg* attende giù per essere ricevuto.

Lo guardo incapace di capire se stia ancora sognando. Lui aspetta annoiato. "Allora che gli dico?", poi mi chiede. "Digli di salire, ma fra qualche minuto..." Chiudo e vacillo verso la mia stanza. Se solo potessi sentirmi meglio! La debolezza non mi abbandona. Mi guardo allo specchio e non mi riconosco quasi. Non riesco a immaginare perché sia venuto sin qui... Vorrei che non l'avesse fatto. È stato tutto un equivoco... Se solo potessi cancellare gli ultimi due mesi!

Sento i passi di qualcuno venire verso la mia porta. Sebbene consapevole che sia *tutto un equivoco*, il cuore mi scoppia in petto ugualmente. Vorrei non dovergli svenire davanti.

Uno, due, tre, quattro... cerco di seguire i numeri... Gli apro e lo faccio entrare. Mi appare più avvenente del solito, nella penombra, alto, il viso abbronzato, bello, espressivo. Bellezza fatua, devota a innumerevoli relazioni senza importanza.

Ci guardiamo. Apre la bocca solo per dire *che non ne può più*. Non capisco... A cosa allude?

Poi lo dice con la dolcezza dell'uomo conosciuto a Guarcino, e per poco non mi commuovo. Sono costretta a stornare lo sguardo...

Di non avervi davanti agli occhi.

Non riesco a smettere di pensare a due giorni fa. Non riesco a pensare ad altro da quando ci siamo lasciati...

Io non so cosa rispondere, come agire, dove trovare il coraggio.

Lo invito a seguirmi in salotto. Rimaniamo in piedi. Lui ha l'aria persa. Mi chiede se mi dispiace vederlo, visto che non dico niente. In effetti non so che dire. No, che non mi dispiace. *Allora mi fa piacere?* Non riesco ad andare avanti. La verità è che non so più cosa mi farebbe piacere a questo punto... poi comincia un assillante interrogatorio. *Vi fa piacere? Non dovevo venire? Non devo chiederlo? Vi disturbo?* Domande che si concatenano irritandomi. Alla fine cosa cerca da me? No, che non mi disturba, dico, solo perché smetta di assillarmi. Allora perché non sono *contenta di vederlo almeno quanto lo è lui*? Ma io non ho mai detto il contrario! Mi osserva in attesa.

Mi chiede se gliene voglio ancora per la storia con Emilia. A quelle parole non riesco a contenere la collera. Lo guardo senza dire nulla, ma vorrei solo gridare quello che penso. Lui invece continua a giustificare un fatto ingiustificabile, spogliandosi di ogni responsabilità. *Se volete saperlo, è finita*, mi dice con solennità. Poi si siede sul divano. Gli propongo del té che rifiuta. Ne vado a fare per me. Con un po' di zucchero, mi tirerà forse su.

Torno col té. Ci scambiamo delle banalità e mi dice che in fondo non sa perché si trova là. Ricomincia con le incertezze. Il té non riesce a ritemprarmi. Sento la fatica della notte insonne, e la febbre tornare a bruciarmi. Lui mi chiede se ho dormito bene. Mi trova sciupata. Non ne posso più, non ho la forza di mentirgli, e la verità è che la storia con Emilia, le parole sui loro amplessi, le accuse di Bebé, tutto mi scombussola e sconvolge così tanto da non riuscire a fingere neanche per un attimo... Dovrei dividerlo con lui il disagio in cui mi ha messo!

Rendendo le cose ancora più difficili, invece, quasi indignato, si alza e mi dice che è stato un piacere vedermi. Tanto poco basta per scoraggiare il suo zelo...

Va bene. Se è quello che vuole, così sia! Che se ne vada.

Raccoglie le sue cose ed esce dalla porta, indispettito. Ne ha l'audacia. Non mi lascia neanche il tempo di dirgli ciò che provo. Ancora una volta è lui a decidere. E io a subire. Lo guardo andar via, incerta se gridargli di tornare indietro.

Chiudo la porta dietro di me, ma sento di non poterlo lasciare andare in quel modo. Le cose non devono restare così... È inaccettabile. E c'è ancora dell'altro. Un sentimento mi scuote da giorni, una sensazione nuova che mi adonta, che ho vergogna di provare, che da sempre riprovo. La verità è che pur compatendo Emilia per il suo dolore, ne sono *gelosa*! L'idea di K. che stringe un'altra donna mi riempie di ira e di disgusto. Deploro tale fastidio, borghese e primordiale, eppure più esso mi possiede, più si accresce il desiderio per lui. L'idea che possa dividere una tale intimità con altre donne, mi atterrisce, e una passione cieca si impossessa di me. Non ha senso, non ha la minima logica, non ho voluto scriverlo prima e meno che mai ammetterlo a me stessa, ma quanto più K. si allontana, tanto più io lo desidero...

Indosso un paio di scarpe, apro la porta e mi lancio in una folle corsa per ritrovarlo. Mi pare di guardare tutto dal di fuori.

Esco dal portone, percorro la Via Santini verso la Piazza San Cosimato, atterrita dalla possibilità di averlo perso. Poi lo intravedo da lontano: è voltato di spalle, fermo in mezzo alla piazza. Gli vado incontro correndo.

Lui non si aspetta di certo il mio arrivo. Senza pensarci lo rifaccio: mi getto su di lui. Immergo il mio viso nella stoffa del suo cappotto, profumata, morbida, e comincio a piangere. Lui non si gira. Ascolta per qualche minuto il mio sfogo. Gli racconto tutto fra i singhiozzi. Di come la storia con Emilia abbia messo a dura prova le mie forze. Vorrei tanto continuare, dirgli di quanto lo ami, di cosa significhi per me la sua presenza, di quanto essa mi riconforti nella malattia, ma non ci riesco: non oso.

Lui si gira e mi prende il viso fra le mani calde. Quei suoni amati espressi dalla sua voce. "*Bianca*", mi sussurra. Con parole vibranti e carezzevoli mi parla del suo dispiacere per l'intera storia. Si rammarica che io abbia saputo di Emilia a quel modo... e poi mi stringe a sé.

Nel ripensarci, provo uno strano senso di stordimento. E sento ancora tutta quanta l'importanza di quella stretta benefica, sospirata, tenera. Poi mi mette la sua giacca addosso e insieme torniamo verso casa. Mi dice che scotto, che fa troppo freddo per come sono vestita, ma io non sento più nulla, solo le sue mani stringermi a sé, solo il calore del suo corpo, il suo odore.

È partito da qualche ora.

Quando vi rivedrò, mi ha chiesto prima di andar via.

Quando lo rivedrò, mi chiedo io stessa.

Adesso so che tiene a me. L'ho sentito nei gesti affettuosi, nel suo dispiacere, nella sua apprensione. Non si sa per quale inspiegabile magia i nostri sentimenti finiscono sempre per avvilupparsi l'uno nell'altro, avvicinandoci inevitabilmente, destinati all'inesorabile contatto.

Eppure qualcosa mi dice che, in fin dei conti, tutto ciò non possiede un significato reale.

In nessun momento ha detto di amarmi o di voler cambiare la sua vita. *Avviluppato* o meno, mi sembra che i fantasmi dell'estate si siano ormai diradati. La sua vita va avanti inalterata.

Mi sbaglierò, ma il suo travalicante, inspiegabile affetto per me, finirà per uccidermi.

Dopo due giorni di riposo, oggi mi sento un po' meglio. Stamattina ho deciso di andare a lavorare al Circolo. Sono sorti numerosi problemi di finanziamento. Uno dei sostenitori, un socialista, ha ritirato la sua adesione e con essa il pagamento assicuratoci. La somma era consistente, e avrebbe permesso di saldare le spese per un intero anno. Si sollecita la mia presenza.

Faccio la *toilette* con cura: per tirarmi un po' su scelgo uno dei miei abiti più allegri e corro a Largo Argentina.

Sto per varcare la soglia del portone, quando il portiere mi porge un telegramma appena arrivato.

Come sempre il cuore mi si arresta nel petto. Lo apro delicatamente.

"Spero stiate meglio = I miei pensieri sono per voi ovunque siate = G.K. = "

Lo serro contro la mia guancia come una ragazzina. Poi corro al circolo.

Di pomeriggio è passato Gaetano Galipò. Mi ha fatto piacere vederlo, ma l'idea di essere associata a lui mi provoca un senso di fastidio intollerabile. Le insinuazioni di K. non mi hanno lasciata indifferente. È forse il caso di mettere ordine nella nostra relazione.

È arrivato mentre lavoravo nel mio ufficio. Ammetto di essere stata lieta di rivederlo. La sua euforia è contagiosa, il suo viso armonioso, accattivante: come non rimanerne indifferenti? Mi propone di andare al cinematografo con lui, e poi a mangiare un boccone da alcuni suoi amici che hanno aperto un ristorante. Ci rifletto e mi dico che l'occasione è propizia per mettere le cose in chiaro. Accetto. Lui sgrana gli occhi e tutto sorridente mi dice che mi verrà a prendere verso le cinque.

Una volta via, mi rimetto al lavoro.

Passa puntuale alle cinque. Avrei ancora delle cose da sbrigare, ma lascio tutto così com'è e me ne vado via con lui.

Ha mantenuto la sua aria euforica. Mi guarda con espressione rapita. Per la prima volta sento la sua *passione* nei miei confronti: è strano, non ci avevo mai fatto caso...

Andando verso il teatro, si stringe a me e mi prende persino sottobraccio. Malgrado il disagio che provo, lo lascio fare... non so neanche io perché...

Andiamo a vedere un film insulso di cui non ricordo neppure il titolo. Il buio della sala e la musica forte mi infondono una sorta di terrore. Sono lieta di uscire da lì.

Dopo aver cenato a Campo de' Fiori, torniamo verso Trastevere a piedi. Lo trovo particolarmente logorroico. Non ho voglia di rispondere alle domande sul partito, né di esprimere opinioni sulle filippiche contro la guerra. Mi annoia. Arrivati davanti alla casa sto quasi per abbandonare l'idea di parlargli e chiarire le cose fra noi, vinta dall'idea di raggiungere in tempi brevi il mio letto, quando lui si ferma e, prendendomi per il braccio, comincia a dire che *nessuna donna prima di me lo ha attratto tanto*. La frase è inaspettata, e rimango lì per lì a guardarlo, ammutolita dalla sorpresa. In realtà non so cosa ribattere e non mi sento abbastanza forte per contestarla. Avrei solo voglia di andare a dormire. Per nulla intimidito dalla mia apparente imperturbabilità, continua. "*Nessuna mi ha mai incantato a questo modo, Bianca… Bianca…*" Esita prima di dirlo. Il vigore di quelle parole arriva quasi a intimorirmi. *"Io sono pazzo di voi!"* Lo interrompo subito. Lui mi guarda inquieto: teme la mia risposta. Mio malgrado, finisco per dirglielo. Me ne dispiaccio, perché il suo viso bellissimo e leale mi si offre con tenerezza, perché le sue mani forti non nascondono nulla... mentre io, invece di concedermi a tanto incondizionato affetto, sento solo il pezzetto di telegramma premere all'altezza del mio cuore.

È da tanto che avrei voluto parlarvi. Le mie parole lo turbano visibilmente, perché lascia andare la mia mano e si appoggia al muro dietro di lui. Cerco di addolcire la voce, di stemperare il tono... ne ho compassione. In fondo, ci unisce la stessa pena: amare senza essere ricambiati. *Io vi trovo unico, generoso, sensibile… tengo moltissimo a voi, ma temo di non potere ricambiare il vostro sentimento…* Ho dovuto dirglielo! Perché continuare a illuderlo?

La sua reazione inaspettata mi lascia basita. Gli occhi gli si inumidiscono e una strana collera governa i suoi movimenti.

Mi volta le spalle e con voce tremante e inasprita me lo chiede. Si rivolge verso di me prima ancora che risponda. "*C'è un altro nella vostra vita!*"

Per quanto autentica essa possa essere, trovo tale affermazione oltremodo offensiva, discriminatoria, patriarcale. Un simile atteggiamento non merita che il silenzio. Giro i tacchi e volgo il passo verso il portone. La sua voce concitata mi raggiunge. Mi prende da un braccio e mi attira a sé. È la prima volta che ci troviamo tanto vicini. Mi implora di restare. Sembra disperato. Fatico a comprendere la veemenza di tale struggimento, eppure la dolcezza del suo sconforto mi commuove, e, anche se non ho mai voluto ammetterlo, la sua singolare avvenenza mi affascina... Resto. Mi si avvicina ancora di più e mi stringe a lui, tanto da sentirne il fiato. E mi bacia. Prima sul collo, poi sui capelli, sulle guance, e infine sulle labbra, ritornandovi un'infinità di volte.

Non so perché non reagisca: lo lascio fare, come se stesse baciando un'altra. Più importante, non mi dispiace affatto... In fondo, chiuso quel capitolo improbabile, perché non pensare ad aprirne un altro sincero e reale? Il fatto che io non reagisca lo spinge tuttavia a interrompersi. Mi guarda quasi sofferente. *Perché vi lasciate baciare da me*? Domanda con tono concitato.

Cosa rispondere? In realtà non lo so neanch'io. Non mi è dispiaciuto, ma la bocca che desidero è *un'altra*... un'altra che mi è preclusa. La bellezza cui anelo è irraggiungibile, il calore, l'odore che bramo, mi sono per il momento negati... *Per essere certa di non mentire quando vi dico che non posso ricambiare il vostro sentimento*, dico a un tratto. È la verità dopotutto. Io vorrei tanto poter innamorarmene. Sarebbe così facile, ma purtroppo non posso... Questa via piana e agevole mi è interdetta.

Alle mie parole va su tutte le furie. Faccio qualche passo indietro, intimorita. Mi spiace che le cose siano così difficili per lui. *Avete qualcun altro!* Mi chiede ancora, minaccioso. La veemenza è tale che non oso rispondergli. *Me lo dovete dire!* Insiste, con un tono disperato. Ripete di non meritare quel silenzio.

Ha ragione: ognuno di noi ha il diritto di sapere... Poi si getta ai miei piedi e parla con voce rotta dall'emozione. *Io lo so che avete un altro!* Lo ripete con tale convinzione che ne rimango impressionata. Mi chino verso di lui e lo invito ad alzarsi. Ci guardiamo e io gli faccio finalmente segno col capo. Mi spiace, ne sono infinitamente dispiaciuta, ma è vero, Gaetano, c'è *un altro*! Un adorato *altro* che amo con una violenza inspiegabile, e per cui mi consungo inutilmente. *Allora c'è davvero un altro*? Mi ripete incredulo, perché confermi l'assurdità dell'affermazione. Glielo confermo una seconda volta: come fare altrimenti?

Lo sguardo chino, l'espressione sfatta, torna a guardarmi silenzioso.

Mi spiace, gli dico ancora. Mi guarda con un'aria talmente abbattuta da incutere una certa pena...

Mi prende la mano e me la bacia.

Domani parto per Bologna. Il raid aereo. Posso passare a trovarvi prima di partire? Vi prego, non dite di no... Do il mio assenso, lieta di potergli essere in qualche modo di conforto.

Allora a domani, sussurra, prima di andar via. La luce dei lampioni fa brillare i capelli dorati, e il colore dei suoi occhi lucidi si staglia nella penombra della sera. Ogni donna lo troverebbe irresistibile, mi dico.

Ci lasciamo così. Lui se ne va, e io torno ai miei pensieri.

A letto, prima di addormentarmi, rileggo il *suo* telegramma. E lo bacio, lo bacio, ebbra d'amore.

Ho rivisto Gaetano di partenza per Bologna. Con mio gran stupore, l'ho trovato rinfrancato e sorridente, come se il nostro alterco lo avesse più rinvigorito che abbattuto. Gliene chiedo la ragione. Mi risponde che, pur rispettando i miei sentimenti, non si sente capace, per il momento, di demordere. Resterà riguardoso e discreto, ho la sua parola, ma vorrebbe che io gli lasciassi almeno l'opportunità di continuare a frequentarmi, nella speranza, forse vana, di poter scalzare *l'altro* dal mio cuore.

Per quanto bislacca mi sembri una simile proposta, non ho animo di rifiutarla, sensibile, come ho già scritto, al suo struggimento.

Accetto a malincuore un invito per sabato sera. In fondo la sua compagnia allevia la mia afflizione...

L'indomani.

Stamattina per strada si sente l'euforia per i festeggiamenti dell'Unità d'Italia, delirante apoteosi del nazionalismo nostrano... Ieri al circolo non si è parlato di altro: l'esaltazione nazionale si presta rischiosamente allo zelo interventista. Sono previste contromanifestazioni verso Porta Pia per boicottare il corteo ufficiale.

Il dottore è stato chiaro l'ultima volta: me ne devo tenere fuori. Non potrò dunque prendervi parte. Non l'ho detto a Gaetano... timore che cominci a sospettare qualcosa. Le compagne passeranno da qui sul tardi per farmene un resoconto. Lo trovo alquanto avvilente... Osservare l'altrui azione.

La mia malattia mi vessa.

Ho avuto una fastidiosa discussione con Bebé stamane.

È passata da qui verso mezzogiorno bardata a festa, e con tanto di coccarda tricolore in petto mi ha detto che a Piazza del Campidoglio si unirà al corteo patriottico al fianco del duchino...

Aveva l'aria triste (in effetti, di essere abbigliate a quel modo non si può che *rattristarsene*!)

Non sono stata gentile. Le ho detto senza ambage quello che pensavo di tutta la pagliacciata indetta dalla destra e fortemente caldeggiata dalla borghesia. Lei mi ha fatto notare che non la si può giudicare solo perché cammina al fianco del fidanzato e ne condivide la fierezza. L'affetto che ho per lei mi ha impedito di continuare la polemica.

Prima di andar via mi ha ripetuto di non sentirsi colpevole in alcun modo.

E allora perché vieni qua da me a giustificarti? Le ho risposto, tagliando corto.

Quest'episodio mi ha provata. Non ho l'abitudine di confrontarmi in questo modo con Bebé. D'altro canto, strano era che non fosse accaduto prima. In fondo essere la fidanzata del duchino non si riduce solo a indossare bei gioielli e parlare di Futurismo a tavola. In realtà abbiamo scelto di far parte di due mondi differenti e antagonisti, e questo significa che in piazza ci batteremmo in due schieramenti opposti.

Eppure come poter considerare Bebé una *nemica del popolo*?

L'indomani.

Oggi piove tutto il giorno, come ieri.

Piove, piove... Il tempo è burrascoso.

Ieri sera le compagne son passate a raccontarmi della giornata. Credono che abbia una brutta influenza. Nessuno sa del mio male...

Il mio cuore sussulta di una gioia insperata...

Gaetano passa da me un attimo e mi ricorda di sabato sera.

Mi piego alla richiesta, controvoglia: gliel'ho promesso, dopotutto.

Poi, ammiccante, mi propone l'Opera. Traviata. Canta Elena Tarcanoff. Lo guardo sorpresa dall'insolita offerta. Annuisco. Lui sorride, e un po' in imbarazzo mi confessa di aver accettato il suggerimento di K.

Il mio sguardo vacilla e cerco di contenere l'emozione. *È proprio Kreifenberg ad avervelo detto?*, chiedo. Lui ride ancora, e ammette che, sì, l'idea è partita dal collega: è a lui che va il merito. Lui stesso vi si recherà con la madre e la fidanzata. *Ma la cosa vi attira, no*? Mi domanda, inquieto. Sussulto. So che non cambierà nulla, ma l'idea di rivedere K. mi trasfigura. Cerco di restare calma e gli dico che mi interessa *molto*. *Moltissimo*, naturalmente. Mi lascia, tutto fiero e gongolante. Mi duole ingannarlo in quel modo; ma a che servirebbe se sapesse?

A letto mi rigiro fra le coperte. Mi sento un po' meglio. Da qualche ora la tosse mi ha concesso un insperato *armistizio*. Respiro beatamente, anche se una pena sottile pervade i miei pensieri.

Lo rivedrò con la fidanzata, abbracciato a lei, come a Guarcino, guardarla con occhi incantati. Dove prendere il coraggio per affrontare tale eventualità?

Non mi piace *andare* all'opera, almeno tanto quanto mi piace l'opera. Sfilate di manichini interessati a spulciarsi a vicenda. Sfilze di sofisticate *toilettes* e raffinate *parures*...

Eppure ho accettato l'invito solo per vederlo. Ho abbracciato il compromesso senza scrupoli, solo per assistere ai palpeggiamenti sui fianchi della fidanzata. Mi sono venduta per osservare da lontano K. impomatato e pettinato, virile, il viso seducente, sorriderle... Le donne lo trovano irresistibile, a quanto pare. E dire che non l'avevo mai guardato prima di quella sera in veranda, quando ebbro fece cadere il porto sui pantaloni del duchino.

Mi chiedo se prima abbia mai guardato un uomo...

Comunque sia, sabato lo rivedrò. Non so proprio se gioirne o rattristarmene.

La pioggia continua a scendere copiosamente.

Oggi è passata Bebé. Abbiamo cercato entrambe di non toccare l'argomento del corteo patriottico. Non ha parlato di Marcello, ma aveva l'aria sconsolata.

Le ho detto della Traviata. Mi ha guardata sorpresa. *C'è la Tarcoff!* Esclama. *La zia attende questo evento da settimane. Ma ci sarà anche mio cugino con la fidanzata!* Mi guarda incerta. Le sorrido. *Lo so, Bebé.* Non posso nascondergliela... finisco col dirle ogni cosa. *Vado solo per questo. Per vederlo.* Ammetto, ormai sopraffatta dall'impeto stesso della mia passione.

Porta le mani alla bocca. *Non è come credi*, le dico... Mi osserva inquieta. *Ma tu lo ami ancora... nonostante tutto...* Azzarda infine. Non so cosa risponderle.

Anche se fosse così, non cambierebbe nulla, ti assicuro. Quello che provo io è irrilevante: lui è fidanzato. E questo è tutto. Bebé mi rivolge uno sguardo addolorato. Vorrebbe tanto che *una come me* non subisse il fascino di un uomo spregiudicato come il cugino. Le spiego che si sbaglia, che K. non è l'uomo cinico che crede... Non mi ascolta neppure. K. è ai suoi occhi colpevole di aver *giocato coi miei sentimenti*. Non c'è niente da fare.

Prima di andarsene mi chiede se le permetto di mandarle Lucilla con un bel vestito per sabato. Non vorrei ritirare fuori la storia dei due schieramenti, dell'incompatibilità fra il suo mondo e il mio, della mia estraneità a simili orpelli della borghesia patriarcale. In verità non vorrei offenderla. Accetto la proposta per non contrariarla, decisa a indossare poi la prima cosa che trovo nell'armadio.

Sabato.

Piove talmente forte che c'è da chiedersi se si possa ancora uscire e circolare per le vie. Nel portarmi la legna e i giornali, il portiere mi dice che mezza Roma è allagata. La Capitale è in stato di emergenza e i pompieri fanno già le ronde per strada. Mi dico che esagera. La tendenza al dramma è da sempre una peculiarità di questa categoria di lavoratori che trascorre il tempo a osservare i passanti. Eppure aprendo il giornale leggo delle due persone annegate.

La mia inquietudine più grande è che la serata all'opera venga cancellata.

Dopo poco ricevo un telegramma di Gaetano: la rappresentazione a teatro è confermata e passa a prendermi come convenuto.

Respiro.

Verso le dieci suona Lucilla col vestito. Dopo qualche minuto arriva anche Bebé che ha dovuto occuparsi di come sistemare la carrozza. Le invito a prendere un tè caldo: una follia uscire con quel tempo! Hanno dovuto fare un lungo giro per venire fin qui. Molte strade sono sbarrate. Mi chiede se andrò comunque all'opera, mentre, accalorandosi, tira fuori dalla scatola un vestito color perla, di una pretenziosità strabiliante. La guardo arrossendo. *Ma io non lo metterò mai!* Le dico confusa.

Mi prende da parte e mi fa promettere di indossarlo: per lei, per farle piacere. Posso fare un'eccezione! La mia *fulgida bellezza* può, per una volta, essere espressa dall'*eleganza borghese*. Poi ride: *Così nessuno ti riconoscerà!* La sua ostinazione mi confonde. Non riesco a capire perché per lei sia tanto importante che io vada al teatro abbigliata come un *albero di Natale*.

Lei e Lucilla mi spiegano come mi debba acconciare i capelli, e in quale punto del vestito appuntare il voluminoso fiore di stoffa che decora l'abito. Infine Lucilla mi chiede di sedermi, e comincia a truccarmi la faccia. A quel punto mi ribello, ma la determinatezza di Bebé mi smonta ancora una volta. Rassegnata le lascio allora fare, sperando di vederle varcare al più presto la soglia. Non vorrei offenderla, ma un tale comportamento mi vitupera: le ho mai detto io quanto trovi sconveniente che spenda piccole fortune in vestiti superflui, visto che ne possiede già diversi nell'armadio? L'ho mai giudicata per questo? Allora perché impormi questo piccolo sopruso? Eppure non ho il coraggio di dirglielo. Ciò che è mosso da amorevoli propositi, è in genere difficile da riprovare. Così taccio, e lascio che le due impiastriccino impunemente il mio viso.

Se ne vanno poi di corsa a causa del temporale, e io tiro un sospiro di sollievo.

Mi guardo allo specchio, incredula su come del bistro possa arrivare ad alterare l'aspetto di una persona. Adesso il mio incarnato è roseo, le guance porporine sfilano verso gli zigomi che paiono più alti, le mie labbra, rigonfie per natura, disegnano invece una raffinata curva rossa, e i miei occhi... non li riconosco più i miei occhi contornati da sinuose linee nere che ne risaltano il colore ormai chiarissimo.

Chi è la donna che mi osserva allo specchio? Mandare questa donna ad assistere ai palpeggiamenti di K. sulla sua fidanzata?

Aspetto Gaetano che dovrebbe essere qua a minuti. Il travestimento è riuscito bene. La donna dello specchio è pronta per la *soirée* all'Opera. Bianca resta a casa a leggere al calduccio della stufa: c'è ancora molto lavoro da sbrigare per il Circolo.

La donna dello specchio si riguarda ancora una volta e si raddrizza qualche ciocca dei capelli.

So che ciò è futile, vano, ma la donna dello specchio non pensa che a K. E al momento in cui lo rivedrà...

Ho abbandonato Gaetano dopo averlo visto, a teatro, in alto su un palco, con la madre e la fidanzata. Son corsa via senza dirgli niente, non appena mi sono accorta che ha lasciato il posto vuoto accanto alle due donne che continuavano ad applaudire freneticamente.

Ho cercato di affrettarmi verso l'uscita per andargli incontro, certa che mi abbia vista e che mi aspetti fuori da qualche parte, ma nel bel vestito di raso è difficoltoso muoversi. Incespico a ogni passo e la folla comincia a confluire verso l'uscita. Scorgo Gaetano da lontano. Mi chiama, ma io faccio finta di non sentire. Vorrei solo raggiungere K., del resto non mi importa. È un impulso incontrollabile: se tornassi indietro lo perderei, e lo rivedrei dopo chissà quanto tempo. La fiumana di gente mi spintona e io non dirigo più i miei passi. Dopo qualche minuto mi trovo fuori dal teatro, fra le carrozze che schioccano leste sul selciato, una dopo l'altra. Mi guardo attorno in apprensione e a un tratto lo scorgo, lontano, avviarsi rapido verso una viuzza illuminata. Gli corro incontro.

Non c'è nessuno per le strade bagnate e il mio passo trafelato attira la sua attenzione.

La ragazza dello specchio lo guarda ammaliata, sedotta. Lui mi osserva per qualche attimo, incerto. Lì per lì non mi riconosce! Rido della sua ingenuità.

Bianca! Esclama poi illuminandosi tutto. Mi dice che sapeva che sarei venuta. Si prende gioco di Gaetano. Lo diverte che io me ne sia andata via solo al fine di raggiungere lui, K. Non mi importa a quel punto. Non mi importa nulla di nulla: glielo dico senza vergogna. *Non ne so più niente; credo di averlo lasciato alle mie spalle non appena vi ho visto prossimo all'uscita. Volevo solo correre da voi*, ammetto. Guarda ammirato il mio vestito, mi dice che sono bellissima. Fremo dal piacere... Sentirlo così rapito mi confonde e imbarazza. Ci guardiamo in una sorta di estasi silenziosa. Faccio qualche passo e lui mi attira a sé, come fosse il gesto più naturale del mondo. La mia gioia è assoluta. Poi lui si offusca all'improvviso. Gliene chiedo la ragione. Poggia la sua testa sulla mia e dice che si pone *infinite domande*. Domande su di *noi*. Si allontana sospirando. *Noi*. Quella parola mi fa sussultare. Mi chiede a un tratto se tengo a lui. Lo guardo sorpresa. Mi parla del telegramma che mi ha spedito e a cui io non ho risposto. Vorrei dirgli che il giorno in cui l'ho ricevuto cercavo solo di dimenticarlo, che in quel momento la sua *vita inalterata* mi indignava, dicendomi tutta la sua indifferenza per me, per *noi*, e che ho diffidato dei miei stessi sentimenti, vorrei dirgli tutto questo, ma il suo sguardo sedotto me lo impedisce, perché i suoi occhi testimoniano una tenerezza e un rapimento tali da non dare adito a dubbi. Ricorro a una scusa qualsiasi per spiegare il mio silenzio. La prima che mi viene in mente. Mi dice che il non vedermi gli provoca un dolore quasi fisico. È lo stesso anche per me, rispondo, un dolore insopportabile che fa contorcere dalla paura. Mi chiedo cosa ne penserebbe la sua fidanzata.

Al rientro da Guarcino la sua vita è rimasta invariata, la devozione a regole sociali per me inammissibili, indiscussa, eppure al suono della sua voce, ogni ferrea intenzione di biasimo vien meno, e al suo cospetto la foga del mio amore inespresso, dirompe.

Ha un'altra che lo aspetta con fiducia, eppure io non posso che rimanergli accanto, stordita da una passione senza nome.

Camminiamo a lungo e non badiamo neanche al temporale incipiente. Ebbri di gioia, frastornati dal reciproco piacere, ci trastulliamo con le nostre voci, cinti da un abbraccio continuo. Inizia a piovere con violenza. In men che non si dica, non c'è che acqua attorno a noi. Mi chiedo perché mai da principio non me ne curi. Trovarmi con lui, stringermi a lui intirizzita, che lui si affanni per me, sono le sole cose che paiono scuotermi. Eppure in mezzo a quel pantano abbiamo rischiato quasi la vita. Arrivo a preoccuparmene solo quando sento venirmi meno le forze. Comincio ad avere un freddo tale da non riuscire più a pensare. L'unica cosa che mi infonde coraggio è il sapere che lui è accanto a me.

Una ronda di vigili del fuoco ci ha tirati via dall'impaccio. In caserma forniscono delle coperte e ci fanno bere un brodo caldo. Lui mi resta sempre accanto, mi carezza, si preoccupa per me, si assicura che non abbia più freddo. Sento la fronte bruciarmi: sono certa di avere la febbre, ma non dico niente, non mi importa. Non voglio che ciò turbi il mio essere là con lui. Il suo viso attraente, lo sguardo dolce che mi segue con apprensione e affetto, nulla deve alterare la perfezione di quei momenti eterni. Inoltre, il brodo caldo e il tepore della stanza in cui ci troviamo, mi rifocillano. Sono grata alla vita di riuscire a sentire un tale piacere diffondersi ancora nel mio corpo. Bruciare di febbre, quando si è così felici, non può essere grave, né pericoloso... La gioia non può nuocere.

Una volta che la tempesta si è calmata, i pompieri ci accompagnano allo studiolo di K.

Ci gettiamo sul divano. Sento l'odore fortissimo provenire dalla sua pelle calda, dai suoi abiti ormai asciutti, dai capelli scompigliati. Odore cui sono sottomessa, davanti al quale ogni logica perde il suo significato. Io desidero K. Lo amo. Lo amo perché lo capisco. Chiudo gli occhi. Lui mi è così vicino da sentirne il respiro. Mi carezza il braccio sussurrando il mio nome. Lo guardo, e ogni dubbio svanisce: anche lui mi ama.

Non sento *nessun altro* sapore sulle sue labbra morbide, quando ci baciamo con soavità indicibile. Non c'è *nessun'altra* nei suoi occhi teneri che riflettono il mio volto ansimante. Non è mai stata carezzata *nessuna donna* dalle sue mani tremanti di desiderio che scivolano su di me con amore.

Niente ha un peso né un valore davanti a quella passione silenziosa, tenace, incontrollabile.

Il suo corpo mi dice che sono l'unica che abbia mai conosciuto, i suoi gemiti, i suoi sospiri, dicono che per la prima volta desidera *amare*. Il suo corpo caldo e ansioso di me, che nessuna, a parte me, potrà mai esaudire quella frenesia.

Ci siamo solo noi due, abbagliati da un reciproco fuoco di tenerezza.

Ma ho bisogno di interrompere... Scrivere di quei momenti... La febbre brucia i miei occhi. La tosse mi scuote.

Riprendo. Devo raccontare *tutto*.

Non ero mai stata con un uomo prima, e non credo che nei pochi anni che mi restano da vivere, ve ne sarà mai un altro. Quando, in passato, nelle notti solitarie, strologavo sugli uomini e sui rapporti che li uniscono fisicamente alle donne, la mia fantasia non arrivava mai a concepire tale pienezza. Alexandra ha ribadito che il rapporto monogamico con un uomo, sancito dal matrimonio, rischia di compromettere l'essenza della libertà individuale, sia della donna che dell'uomo. Pur condividendo tale idea, non vedo in cosa amare K., e solo lui, per il resto della mia vita, legarmi a lui con un giuramento e onorarlo fino alla morte, potrebbe nuocere alla mia incolumità individuale. Al contrario, al solo pensiero, vengo pervasa da una gioia devastante. La verità è che in quei momenti non ho desiderato che *appartenergli*, essere *sua* fino alla fine dei miei giorni, senza condizioni o limiti, e senza sentirmi privata di qualcosa...

Il mattino, leggero, si è posato infine sul nostro abbraccio prolungato. Intrecciati, avviluppati sotto una coltre, abbiamo ripreso ad amarci, insaziabili di baci, avidi di carezze. Nel guardarlo sentivo una gioia sconosciuta e irrefrenabile alleggerire i miei pensieri. Eccolo l'amore di cui tutti parlano. Eccone la delizia espressa da una contentezza ebbra.

Poi a un tratto qualcuno picchia alla porta. Un sussulto mi ricorda che di quella felicità non ne sono la legittima destinataria. Che in fondo non mi spetta.

K. si è alzato, e dopo avermi baciata con un ardore struggevole, si è vestito per andare ad aprire.

Non avrei mai immaginato di udire *quella* voce. Non avrei mai creduto di dover tornare a temere quegli occhi imploranti. La fidanzata ride, piange, lo stringe a sé. Che sguardo le rivolge *lui*? La sua voce si fa dolce. Le sue mani la carezzano forse per confortarla? La rassicura, la rincuora, la lusinga. Lei si calma e i suoi singhiozzi si soffocano fra le *sue* braccia.

Riecco i dubbi. E con essi quel dolore sottile, tagliente, lancinante che riprende a usurare. Cerco i miei vestiti come in delirio. Annaspo fra gli indumenti di K. confusi coi miei.

La verità è che lo amo di un amore che brucia dentro assoluto, infinito, devastante, mentre lui, come se nulla fosse, promette all'altra di ritrovarla a mezzogiorno dalla madre.

Ho terrore di guardare avanti e scorgere quel po' che mi resta come un'eterna attesa in cui le mie labbra avide verranno costrette a rinunciare alle sue, amate, in cui il mio corpo smanioso del suo verrà costretto ad arginarne il tormento per consegnarsi a una pallida abitudine di rinunzia... Non voglio rinunziare al mio desiderio, non voglio placare la follia dei miei sensi. Voglio amare! Voglio perdermi nell'abisso di toccarlo, di baciarlo, e ancora una volta, di sentirlo! Ho bisogno di bruciare ancora del suo piacere, ho bisogno del suo odore, di rincuorare la sua pena...

La voce di chi ha trascorso la notte dentro di me, accompagna in basso un'*altra* che continua a confortare con abbracci e tenerezze. Ride e si assicura che il suo *tesoro* non sospetti nulla dell'adultera che attende seminuda sul letto della *garçonnière*. Sarà puntuale per il pranzo dalla madre. Stefanella, la fidanzata, la dolce, la bella, può starne tranquilla.

La porta si chiude alle spalle di K., e io cerco di affrettare i miei gesti scoordinati. Ho un gran desiderio di piangere, ed una sensazione di solitudine mai provata pervade il mio cuore desolato. Per la prima volta dopo anni ripenso con struggimento ai miei genitori. Mi guardo e non scorgo che il deserto intorno a me. Questa sensazione, che intuisco appena, mi atterrisce.

Mi affretto e riesco a prepararmi con relativa alacrità. Con la coperta dei vigili del fuoco in mano, aspetto il doloroso rientro di K.

Arriva dopo qualche minuto. Ci guardiamo in silenzio. Non riesco a mentire, non posso celare il dolore che mi consuma. Ho l'impressione che lui mi legga nei pensieri. Come essere altrimenti, dopo aver trascorso delle ore avvinghiati l'uno all'anima dell'altra? Non c'è bisogno di spiegare nulla con le parole. Esse non sono mai state, fra noi, di alcuna utilità.

Sento le lacrime salirmi agli occhi. Raccolgo la mia borsa, la mantellina e guadagno lesta l'uscita. In fondo a che giova rimanere lì e farsi ancora male?

Poi di nuovo la sua voce carezzevole e infinitamente soave mi cattura e mi riporta a lui. Pronuncia il mio nome. Una mano invisibile mi costringe a rimanere. Non ne posso più di tutta quella sofferenza. Vorrei andar via, perché, a quel punto, restare non può che acuire la mia pena.

Mi dice tante cose vaghe, e anche che *non sono come le altre*. Il cuore mi si ferma. Mi viene incontro e mi stringe le braccia. Cerco di sfuggirgli, ma lui mi trattiene. Mi stringe a sé con una forza tale che oppormivi fisicamente è irrealizzabile. Mi passa le mani attorno e accosta il viso sul mio collo. Guardo verso la porta quando pronuncia quelle misere parole. Misere, odiose, infami parole traditrici!

Per questo genere di cambiamenti ci vuole tempo... Non si può stravolger ogni cosa da un giorno all'altro, dice, afflitto ma irremovibile.

Mi invade una collera cieca. Come osa parlarmi in quel modo? Decidere per entrambi, stabilire al posto mio, dettarmi condizioni? Protesto con veemenza. Trovo tutto ciò insopportabile e oltraggioso. Corro verso l'uscita. Lui mi viene dietro. Ha l'aria pesta. Mi supplica di non andar via. Vorrei scappare, abbandonarlo al suo destino, liberarmi da tutto ciò che lo riguarda, invece resto.

Non sono capace di reagire alla foga del suo desiderio che è anche il mio. Riprendiamo a baciarci e ogni mia resistenza capitola. Nel permettergli di riavvicinarsi tanto, intuisco per la prima volta la misura della mia vulnerabilità.

Facciamo l'amore con una foga tale da rimanerne intimorita. Rivestendoci, continuiamo a baciarci come stregati l'uno dall'altra. La distanza che intuisco fra le infami parole e i nostri gesti, è folle e insensata. Con le ultime forze, lo imploro di lasciarmi partire. Insiste per accompagnarmi. Acconsento, pur di agevolare il mio rientro.

In carrozza né io né lui riusciamo ad arrestare l'ardore vano di questo amore rinnegato. Io mi sento sfinita. K. il mio amore, K. il mio struggimento.

Scendendo dalla carrozza sento ancora le sue mani percorrere il mio corpo innamorato. Giunti davanti al portone non ci resta che separarci. Lo chiudo alle mie spalle e, finalmente sola, piango tutte quante le mie lacrime...

Domenica.

Respiro sul divano, con lo sguardo verso il soffitto. Respiro ancora con regolarità. È piacevole guardare verso l'alto senza dover muovere un muscolo, trastullata dalla memoria delle ore passate.

Difficile resistere all'immagine dell'amore consumato, al ricordo del tenero stordimento di un amplesso senza limiti.

I miei pensieri vanno tutti a noi, a ieri notte. Il resto è secondario: non devo chiedere al mio corpo di muoversi, in fondo.

Poi ad un tratto il cuore mi si arresta in petto: qualcuno agita con violenza il cordone del campanello. Mi levo quasi confusa. Chi può mai essere a quell'ora? Ci siamo appena separati... Per quale motivo dovrebbe ritornare sui suoi passi? Mi alzo per andare ad aprire la porta.

Eppure sento che in un modo o nell'altro tornerà da me...

La sorpresa che provo nell'udire la voce di Gaetano, mi impedisce di emettere una qualsivoglia espressione verbale. Apro e lo guardo ammutolita.

– Bianca, non vi è successo nulla! Grazie al Cielo! – Dice, entrando e stringendosi a me. – Il portiere mi ha lasciato passare, date le circostanze allarmanti!

La prepotenza di quella stretta mi adonta. Distolgo lo sguardo, vinta dal fastidio, ma lui stringe ancora più forte. Ricorro a tutte le mie forze per strapparmelo via di dosso. In fondo è mio diritto decidere su *chi* si possa stropicciare su di me!

Il mio gesto, ai suoi occhi forse eccessivo, sembra stravolgerlo. Mi guarda dapprima stupefatto, poi collerico. Il suo unico torto è quello di essersi preoccupato per me... Dopo una notte insonne trascorsa a cercarmi, e aver persino temuto che fossi annegata, la gioia provata nel vedermi viva, io potrei anche capirla, se solo volessi! In fondo sono stata io ad abbandonarlo a teatro senza tante spiegazioni: potrei mostrare più comprensione, invece di cacciarlo con tale astio.

Sebbene quello *stropicciamento* continui a restare, ai miei occhi, inopportuno e inaccettabile, ha tuttavia ragione. Condivido tutto ciò che dice, ma non posso farci nulla. Non ho voglia di parlargli della sera prima, di spiegargli perché in realtà ho deciso di andare via, o di come non potrò amarlo mai... In fondo io non gli devo alcuna spiegazione.

Pian piano, però, il suo sdegno mi impietosisce. Il suo sguardo pesto, la camicia sgualcita, l'espressione smarrita. L'ostilità mi abbandona a poco a poco.

E allora glielo rispiego. *C'è un altro, Gaetano*. Gli ripeto, cercando di addolcire il tono. *Ve l'avevo accennato giorni fa, quando me lo chiedeste esplicitamente. Credevo che vi fosse chiaro*.

È stato come se le mie parole lo avessero disanimato fino a debilitarlo persino fisicamente. Ha chinato il viso, contrito in un'afflizione silenziosa. Eppure sapeva già...

Tosto si riprende, e, drizzandosi all'improvviso, mi chiede chi sia l'*altro*. Vuole saperlo. *Ha il diritto* di saperlo! Tentenno. Ripenso a lui. A quanto lo amo. Alla nostra notte che da sola vale tutti i giorni della mia vita. Vorrei dirglielo. Vorrei tanto dirlo a qualcuno quanto ci amiamo io e Giorgio Kreifenberg. Vorrei addirittura gridarlo. Che il nostro amore è talmente profondo che può bruciare sottraendosi persino alle parole stesse. Che fino a poche ore fa ci siamo amati con una tale intensità, da non avere quasi la forza di smettere. Che bruciamo di tenerezza l'uno per l'altra. Eppure sento che di parlare di K. non ne ho alcun diritto. La sua esitazione me lo vieta. L'unico cambiamento che avrebbe potuto consentirmi di annunciare tale straordinario amore, K. non l'ha consentito.

Gaetano continua a guardarmi in attesa di una risposta.

Ve lo confiderei volentieri, dico infine, *ma tale persona è impegnata. Inoltre... non credo ricambi i miei sentimenti*. Aggiungo, nella speranza di potermene convincere io stessa.

Il sentimento che K. nutre per me non gli permette in ogni caso di lasciare l'*altra*. E questa sola è l'evidenza della realtà in cui mi trovo. A che serve dopo tutto riempirsi la testa di orpelli? L'inoppugnabilità dei fatti è l'unica cosa che abbia un valore. Così, in un lampo, la verità mi si presenta agli occhi in tutta la sua crudezza. A costo di rimanerne uccisa, devo testimoniarla. *È una storia finita prima ancora di cominciare. Devo solo aspettare che mi passi... È una questione di tempo*. Gli dico, mentre sento la testa svuotarsi.

La reazione di Gaetano è stata talmente impetuosa che, lo ammetto, mi ha colta impreparata. Si è portato le mani agli occhi e ha principiato a singhiozzare silenziosamente. Io non avrei mai creduto che le mie parole sarebbero arrivate a turbarlo fino a quel punto. La veemenza del suo sentimento mi sbigottisce.

Sono infinitamente dispiaciuta di provocarne nuovamente la sofferenza.

Avvicinandomi a lui cerco di strappargli le dita dal viso, ma paiono incollate.

Andiamo, Gaetano, non potete piangere così! Fatevi animo... Non è la fine del mondo dopotutto.

Le mie parole lo affliggono ulteriormente. *Allora non avete capito che io vi amo, Bianca, vi amo disperatamente da mesi! Io non penso che a voi dalla mattina alla sera, non riesco a guardare nessun'altra che voi... voi... voi che mi avete svegliato da un letargo di indifferenza, che avete squarciato il velo della menzogna riformista, che mi avete dato il coraggio di scoprire il socialista che sono... Voi così bella, così pura, integra... Voi che amate un altro e non me...*

Quelle parole mi toccano particolarmente. Che dire? Cosa rispondere a tanto sincero trasporto? Sento un nodo alla gola e la mia voce prorompere commossa. *Grazie, caro Gaetano, grazie per le vostre parole...* Lo guardo, piena di compassione. In un certo senso un vero e proprio sperpero tutto questo amore non corrisposto.

Gli passo con dolcezza le dita sui capelli. Che pena non avere la possibilità di amare ed essere riamati. Lui mi abbraccia, con un'espressione consunta. Lo ripeto a voce alta. *Che pena non avere la possibilità di amare ed essere riamati.* Continua a guardarmi senza dire nulla. *Vorrei solo potervi vedere ancora: non chiedo altro.* Aggiunge, quasi implorando. *Non negatemelo, ve ne prego! Forse col tempo, quando vi sarete rassegnata, quando lo avrete dimenticato...* Sì, penso, sarebbe bello. Quando avrò dimenticato... se potrò dimenticare. È talmente gradevole l'idea di poter dimenticare un giorno e riuscire a essere felice allo stesso modo con qualcun altro.

Mi rigiro nel letto, ansiosa di uno scampolo di requie. Rassegnarsi è l'impresa più ardua.

La logica che da sempre governa la mia vita, mi abbandona. Non sono che emozioni e dissenso. Un coacervo di sentimenti sfibranti condiziona queste mie ore solitarie.

Rinunciare al ricordo e alla speranza è mia ferma volontà. Che rinunciando a ciò, debba anche rinunciare a me, mi è per il momento penoso, tuttavia...

La realtà è che, per quanti sforzi compia, non riesco a smettere di pensare alla gioia che mi ha dato la pienezza di quella notte.

Inutile mentire, la verità è che io *desidero* K., e fintanto che tale struggimento mi attanaglierà, non potrò far altro che rimpiangere la nostra unione. Non posso ignorare come tanta passione reclami di essere espressa, solo perché lui non vuole ammetterne l'esistenza. Ha detto che *ci vuole del tempo... Tempo* per cosa? Per riuscire a fingere il più a lungo possibile e, al momento opportuno e con le *dovute maniere*, inferire il colpo fatale alla fidanzata? Eppure la sua silenziosa accettazione torna ad adontarmi umiliandomi. La sua distanza mi vitupera e mi sfinisce. Tutta quanta la calma e la pace di questa stanza soffocano quel che resta di me.

Mi rifiuto di considerare il tempo che mi rimane come l'attesa di *qualcosa*. In amore non ci dovrebbe essere spazio per le attese: attendere significa morire a poco a poco.

Amare, invece, dovrebbe voler dire *vivere*.

Non voglio rimanere ad aspettare come una ragazzina che lui trovi infine spazio per me, che mi degni di un'altra notte di passione... La sua incertezza è umiliante e *non è degna* di quest'amore!

Ma non sarà forse una fantasia quest'amore? Esiste? Mi chiedo se esiste.

Se tuttavia esistesse, questo tormento, quest'ossessione, dovrebbero cessare, ed al loro posto una gioia diffusa prendere forma.

Un'attesa così lunga *non è degna* di quest'amore.

Attendere, sperare, nascondere, tutto questo appartiene all'*amore borghese*! Vergognarsi è una peculiarità della borghesia. La vergogna è un ricatto ignominioso di questo sistema sociale.

Eppure il silenzio di K., i suoi timori, i suoi scrupoli, sono reali, esistono... E mi fanno vergognare delle mie stesse emozioni.

Ma se è vero che l'amore si nutre della reciprocità, allora che genere di sentimento è mai questo? Mi ama, forse, K.? E se così *non* fosse, potrei *io stessa* dire di amarlo? O non nutrirei piuttosto un sentimento che si alimenta esclusivamente nel mio cuore, una mia *illusione*?

A Guarcino si tormentava, si struggeva, si giudicava... Tuttavia continua a rimanere là dov'è! E io continuo a vergognarmi... Allora dovrei ripudiarlo questo sentimento. Dovrei rinnegarlo!

Non ho mai voluto giocare un ruolo sociale ipocrita ed effimero. Non ho mai voluto sposarmi e recitare la parte della moglie che provvede alla serenità della famiglia dimodoché chi recita la parte del marito possa lavorare con tranquillità per far andare avanti senza intoppi un sistema brutale e disumano. Non ho mai desiderato *fingere* l'amore.

L'amore reale brucia di due fuochi congiunti: non mi resta che rinunziare a questo sentimento stupido e borghese, prima di lasciarmi uccidere dalla futilità della sua leggerezza...

Questo dico.

Ciò nonostante la realtà è ben altra.

Una realtà cui non riesco a sottrarmi, malgrado i numerosi sforzi...

Chiudendo gli occhi, rivado con la mente ai nostri abbracci serrati, a *noi* che siamo stati *uno* per qualche ora. Quale logica rigorosa potrebbe fiaccare l'evidenza lampante di *tale* intimità?

Del suo silenzio potrei farne un'equazione, ma essa cadrebbe inesorabilmente allo scambio dei nostri sguardi.

Vorrei poter un giorno amare un altro, vorrei ora, *adesso*, amare qualcun altro e affrancarmi da questa prigionia di inconsistenti incertezze che mi sfiniscono, eppure ogni mio sforzo in questa direzione si rivelerebbe vano. La coscienza della nostra trascorsa *unione* non me lo consentirebbe. Riflettendo con lucidità, so bene che non c'è attesa che non potrei sostenere per riuscire ad ascoltare anche solo una volta ancora il suono della sua voce pronunciare il mio nome.

E se per rivederlo fossi costretta a trascorrere il tempo che mi rimane menando un'esistenza solitaria, forse lo farei, perché a quanto pare non ho altra scelta, perché, per quanto mi sforzi, senza di lui la mia vita non riluce...

E questa è la realtà.

Ecco cosa scrivo, ecco come finisce i suoi giorni Bianca D'Ambrosio, nemica di ogni compromesso. Ecco come si converte...

Oggi sono venute a trovarmi alcune compagne. Ho consegnato loro un articolo antinterventista da mandare ad alcune redazioni.

È sorprendente l'effetto che mi ha fatto sentire il loro entusiasmo, il loro slancio, l'ascoltare i loro progetti. Hanno parlato anche di me: non sanno ancora quanto sia grave il mio male e non finivano di fare programmi per le prossime settimane.

Guardo tutto con un po' più di distacco adesso. Non fa bene ai miei polmoni scrivere tutte quelle sciocchezze!

Sul tardi è passato anche Gaetano. Abbiamo preso il tè e mi ha parlato per caso di *lui*. Ho cercato di riprendere l'argomento, solo per sentire qualcuno raccontarmi dei *suoi* gesti, delle *sue* parole, ma non sono riuscita a strappargli granché. Non ho avuto il coraggio di insistere (continuo a vergognarmi!).

Credo che domani mi alzerò. Sono stufa di recitare la parte della malata. Sto molto meglio di quello che sembra!

Ora mi alzo e mi vesto.

Pomeriggio.

Non ne ho più notizie, ma continuo a sperare nel momento in cui lo rivedrò. So che dovrei riprovare un simile sentimento, piuttosto che assecondarlo, ma ne sono come soggiogata. *Per queste cose ci vuole tempo*, ha detto, dopo avermi amata per ore, gridando *amore*. Per quanto umiliante sia questa frase, non riesco a indignarmi al punto da emanciparmene.

È una fortuna che Bebé passi fra qualche ora per sincerarsi dalla mia salute, perché non mi sento affatto bene.

Palazzo Sceberras.

Pomeriggio.

Me la sono vista brutta.

Ho avuto un attacco di quelli che malvolentieri riportano alla vita.

Bebé mi ha raccontato di essere entrata col portiere nel mio appartamento e di avermi trovata per terra, riversa sul mio diario. Credeva fossi morta.

Nel venire, aveva avuto un brutto presentimento, così dopo aver tirato un paio di volte il cordone della campana, e visto che non rispondevo, è corsa dal portiere del palazzo e si è fatta aprire la porta.

Il suo racconto mi ha impressionato.

Ho perso conoscenza per delle ore.

Mi hanno trasportata qua a palazzo Sceberras. Me lo *consigliavano* da tempo. Sembrava irragionevole abitare da sola *nelle mie condizioni*!

E io che volevo continuare con questa smargiassata di credere di stare ancora *ragionevolmente* male. Peccato! Non m'è riuscito di tirarla quanto avevo immaginato...

Dovrebbe arrivare il dottore fra breve.

Ho mandato Bebé in Via Santini a informarsi se per caso non sia passato da lì a chiedere di me. Chissà! Magari passa con una qualche scusa... Sono certa che anche lui mi pensa.

Tenere un diario è noioso. Mi domando ancora perché mi ostini nel continuare.

Sento dentro di me agitarsi passioni ambivalenti.

Ma a cosa serve scrivere su un diario? Si finisce sempre con l'essere reticenti... Detesto la reticenza: è la forma più spregevole di menzogna. La più comoda per molti che la gabellano per *mezza verità*.

Notte.

Difficile esprimere ciò che ho dentro. Un groviglio di orribili emozioni mi si agitano in petto alternandosi e confondersi fra loro. Collera, disperazione, ardore, trasporto, rimpianto, paura e un senso di disperata impotenza.

È accaduto ancora una volta.

Impazzivo senza vederlo. Morivo dal tormento.

Nessuno sa del nostro amore; persino Bebé ignora l'accaduto dell'ultima notte. Non ho voglia di parlarne: non capirebbero. Solo, negli ultimi giorni, tale segreto mi è pesato come un macigno. *Dovevo* rivederlo... in fondo lui è l'unico con cui mi è consentito dividere la pena che mi logora.

È stato difficile alzarmi dal letto, ma necessario. Dopo avermi scoraggiata in ogni maniera, Bebé ha finito per capitolare. Scuotendo la testa mi ha aiutata a vestirmi. Proprio non le è chiaro perché mai persegua con simile tenacia il proposito di rivedere il cugino che detesta. Ho la sensazione che pensi che io nutra per K. un sentimento del tutto insensato, univoco, ottusamente ostinato.

È stata comunque tanto gentile da aiutarmi ad arrivare alla carrozza che ci aspettava sotto casa.

L'abbiamo cercato ovunque con Bebé e Marcello, prima di incontrarlo fortuitamente al caffè della Pace.

Volevo rivederlo ancora una volta.

È andato tutto di traverso, però.

Vergognarsi di volerlo incontrare, vergognarsi di esigere

la sua compagnia, vergognarsi di cercarlo, e poi di pretendere una risposta al suo ignominioso silenzio. Disonorarsi, mendicando spiegazioni a comportamenti indegni di un amore immacolato. Il disagio, l'onta, ciò che resta davanti al suo eterno fuggire.

Dopo essere stata schiantata dall'impeto della mia passione respinta, annullo me stessa nel disincanto. E mi svuoto.

È una realtà che sembra non avere mai fine.

Ha un'*altra*. Questa è la realtà che non è in grado di cambiare, sebbene dica di *non poter vivere* senza di me.

Cerco di convincermi che, al di là di quest'improbabile passione, ciò che rimanga sia sufficiente per reagire a quanto è accaduto ieri.

Devo solo trovare la forza di rassegnarmi davanti alla categoricità della sua *ignavia*.

Non riesce ad abbandonare la sua vita di prima. Adesso almeno è chiaro. Dissipate le incertezze. Quanto tempo ci è occorso per arrivare all'immobilismo di questa raccapricciante realtà che ci strazia?

Respirare il suo fiato, sentire il suo sapore sul mio corpo e sospirare che l'amo, mentre lui mi sussurra che mi ama, e ripetere all'unisono *amore*, per poi gioire della stessa gioia, sentirlo dentro come fuori, una sola cosa, essenza della parte più intima di me...

Tutto questo non gli è sufficiente.

La violenza che mi scuote il petto quando ripenso alla notte del nostro amore, non è in lui tale da affrancarsi dalla menzogna in cui vive.

La verità è venuta infine fuori.

Fino a ieri la meraviglia del nostro amore offuscava qualunque cosa... Oggi la sua incapacità a esprimerne la passione, ha stravolto la chimera amorosa. La realtà ha assunto un volto diverso; ha, in fin dei conti, le sembianze dell'*altra*. Un'altra che non ama. Ma che per ora non può proprio lasciare...

E questo fa parte di lui. Del suo modo di essere.

Non avere il coraggio di amarmi è parte integrante dell'uomo che dico di amare.

Non c'è altro. Per quanto violenta possa essere stata la passione del nostro amplesso, per quanto l'impeto del nostro amore sembri logorare la sua tranquilla quotidianità, lui non se la sente di cambiare, e non può farci niente.

Non può più vivere senza di me, non può più vivere da quella notte. ...Non può più respirare se non mi ha accanto. Non esiste altro dopo di me... né prima di me. Eppure, continuando a respirare, è rimasto lì dov'era.

È la paura di rinunciare ai suoi privilegi? Di essere messo alla gogna dalle sue conoscenze? Paura di perdere forse i benefici della sua classe?

In verità lo ignoro, perché nell'afflizione davanti alla sua rinuncia, non gli ho dato neanche il tempo di spiegare...

Ma che importanza ha, in fondo?

Di certo, io non posso amare al posto suo.

Adesso mi chiedo come sono arrivata fino qui. Come ho permesso a me stessa di pervenire a tale sfinimento...

È forse l'idea della sorte che mi attende?

Ho forse bisogno di soffrire per provare a me stessa di essere ancora viva?

SERA

Ci vuole così tanta forza per rassegnarsi a qualcosa che non si accetta visceralmente, quando non si ha altra scelta.

Non mi resta che soffrire atrocemente e accettarlo, dal momento che adesso riesco a sopravvivergli.

...Che perversione imparare a essere forti...

Gaetano è passato da casa stamattina e ha trovato il biglietto di Bebé. Adesso *sa* anche lui. Bebé mi ha detto che alla notizia è scoppiato in lacrime. Si è commossa davanti a tanto devoto trasporto. È passato subito a trovarmi. Gli occhi rossi e l'espressione sconvolta non ne hanno affievolito la bellezza. Il suo sguardo dolce mi sostiene. Stringo la sua mano e mi assopisco per qualche ora. Al mio risveglio me lo trovo accanto. Mi sorride...

Sono lieta che sia ancora qua. Il suo viso innamorato mi conforta. La sua presenza affettuosa, mi ristora. Stringere le sue mani forti e morbide, mi dà coraggio.

Oggi continui attacchi di tosse in cui ho creduto di non rivedere la luce.

Passato d'urgenza il dottore. L'esame fattomi con la siringa rivela il paventato rivolgimento (da me, in realtà, atteso già da lungo tempo). Si considera se tenermi qua o trasportarmi in sanatorio. Adriana e Bebé discutono animatamente col dottore. Lui stesso ammette che, dato il *mio stato*, il *complicato trasferimento* non sarebbe in effetti di *alcuna utilità*.

Nonostante i miei sforzi, non riesco più ad alzarmi dal letto (!!). Io stessa me ne sorprendo.

La notizia non è arrivata a scuotermi come avrebbe dovuto. *Se gli scrivessi per dirglielo, correrebbe di certo qui da me e io potrei rivederlo ancora una volta*, è l'unica cosa che ho pensato, lo confesso...

Che incoscienza la mia!

Credevo di avere paura del nulla che si è vivendo, ma il Nulla che aspetta dopo la morte terrorizza di più... Il mio *sottosuolo* è in fermento...

Bebé è divenuta cattolica per l'occasione e mi assicura che *dopo* vivrò con serenità, che non ci saranno rivoluzioni da preparare, e che mi aspetta nientemeno che l'eterno esaudirsi di ogni mio desiderio! Ne è certissima...

Mi domando in realtà cosa mi attenda (vacillo all'idea di estinguermi in un assoluto nulla...).

La gola mi scoppia, e un dolore acuto mi trafigge tutte le volte che mi accingo a tossire (il che capita sempre più spesso).

Così questa è l'ultima stazione del male.

Sono stanca... stanchissima, e scrivere mi costa molta fatica.

Gaetano è sempre con me. E così Bebé e Adriana.

Ho chiesto che nessuno venga più a trovarmi. Tanto è inutile.

Non trovo piacere nel parlare e nonostante le certezze di Bebé, la notte mi pervade spesso un senso di smarrimento. Quel buio! Quel volere dormire di tutti... Come smettere di pensare... di essere...

Di solito Gaetano si addormenta accanto a me, su una poltrona (ma sarà così comoda?), e Bebé nella stanza accanto.

Nello smarrimento, mi viene una voglia di gridare forte... Lo faccio? Non lo so... Comunque, dopo, Gaetano mi prende sempre la mano e me la stringe, e sento di nuovo la voce di Bebé vicino al mio letto e non mi sembra più tanto convinta della perfezione estatica che pare aspettarmi nell'aldilà.

Gaetano continua a tenermi la mano finché non mi addormento. Se solo avessi potuto ricambiare questa passione così graziosa...

Spero che finisca presto. Non vedo l'ora di morire e che quest'assurdità abbia fine.

Ho perso tanto di quel tempo negli ultimi mesi. Adesso eccomi qua a rimpiangere l'angoscia che mi accingo a lasciare.

Non è stato granché, e finisce semplicemente così: è deludente.

Ma forse deliro?... Sono stanca e molto irritata.

In fondo, il ricordo di quella notte non me lo può togliere nessuno...

Accidenti a me che non voglio morire!

Sarà forse come lessi in Pascal:

Nous ne vivons jamais, mais nous espérons de vivre.[28]

---

[28] Giammai viviamo, ma speriamo sempre di vivere.

Sera.

Amo le parole che Bazarov[29] pronunciò morente...

È un piacere per me rileggerle in questi giorni e ripeterle ad alta voce... Mi danno tanto coraggio ed esprimono il mio smarrimento.

Voglio riportarle qui, su questo diario, per la sola gioia di riudirle nel trascriverle.

"Ho un compito, sono un gigante!

E ora il compito del gigante si riduce a sapere morire con dignità, sebbene questo non interessi a nessuno..."

Odio questo letto! Mi pare infinito, un'ecumene smisurata... Ogni piega del lenzuolo diventa un quartiere a sé stante contenente piccole comunità impercettibili, ogni angolo del baldacchino un pezzetto di cielo giallo che veglia indifferente sulle mie agitazioni ed ogni oggetto di questa stanza, un custode inflessibile della mia malattia.

I due ragazzi avvinghiati all'orologio celebrano qualcosa... Lo zio Pietro da giovane, lo zio Fritz, il generale Arnulfi il piemontese, la nonna Ginevra... tutti ritratti là, al sicuro; quel che è fatto è fatto e non ci si preoccupa più! Solo il perpetuarsi delle esistenze, garantito dalle loro eterne immagini. Il passato ricorda al presente che nella piatta calma delle sue certezze esisterà in eterno...

Nessuno mi lascerà andar via da qui... Ormai appartengo irrimediabilmente a questo cosmo muto. Sono una parte imprescindibile del letto.

Sono una morta che ancora respira e pretende qualcosa.

Sono tutti molto cari con me. So che Emilia si rifiuta di mangiare fino a quando non *starò meglio*. Adriana mi ha portato

---

[29] Il protagonista del romanzo di Ivan Sergeevič Turgenev, *Padri e figli*.

dell'uva fresca. Tutto questo è gentile, ma non mi strappa alla morte.

...Un altro attacco... Sento che arriva...

Carlo I. Decapitato.

Ho riaperto gli occhi. Gaetano gridava qualcosa.

Dapprima non mi ero resa conto che fosse lui. Solo dopo mi sembrò di riconoscerlo... Qualcuno mi grida. Qualcuno. Ma io però so chi è, forse. Poi mi son ricordata! E pure dov'ero. Che ero malata. Solo, prima, avevo Carlo I che mi fissava con alterigia. Con la sua perla... e un ragazzo avvenente mi gridava qualcosa... che belle labbra che hai! Ma io forse ti conosco!... Sei tu! Gli occhiali, e due tondi celesti inquieti su di me che non avrebbero lasciato perdere facilmente.

Poi, quando tutto era già chiaro, ho sentito la voce di Bebé. Veniva da lontano dapprima, poi sempre più vicino, fino a sentire il suo fiato sul mio viso. Fresco. Le sue mani gelate sulla mia fronte. Le prime piogge di settembre, eh? Questo avrei voluto dirle, ma non l'ho fatto... Troppo debole e poche motivazioni. Avrebbe gridato con gioia che davvero le sembrava di vedermi meglio. Le risparmierò questa ipocrisia, pensai.

Scrivere costa tanta forza. Cosa mi spinge a farlo?

Bianca, non mentire... Chiediti *chi*, ma non *cosa*!

Platone. Avrei voglia di leggere Platone.

Carlo I continua a fissarmi. Guarda che ti decapiteranno!

Gaetano mi pare che dorma.

Principi ereditari e non, zar, imperatori... che senso può mai avere dal momento che *die freie Entwicklung eines jeden, die Bedingung für die freie Entwicklung aller ist?*[30].

La Kollontaj diceva...

---

30 "Il libero sviluppo di ognuno è la condizione per il libero sviluppo di tutti."

Qui il diario si interrompe. Seguono poche righe scritte con inchiostro rosso da Giorgio Kreifenberg:

Così ha scritto Bianca.
G.K.
XI. 1911
Imbratto con il mio inchiostro questa pagina del quaderno perché il mio amore infinito per lei possa cullare le sue ultime parole.

Intervista a Pierfrancesco Diliberto

M. – Posso darti del tu visto che ci conosciamo da un pezzo...
P. – (Sorridendo) Sì, penso di sì...

1. Come ti chiami, e perché i tuoi genitori hanno scelto proprio questo nome?
P. – Tu lo saprai più di me... Perché...
M. – Come ti chiami?
P. – Pierfrancesco, tutt'unito, Diliberto, tutt'unito. (Ride: le persone si sbagliano sempre e scrivono Pier Francesco Di Liberto, *n.d.a.*). Eh... Perché... (ci pensa, grattandosi i peli del mento, come fa spesso) non lo so, devo chiederlo a mia sorella! (Ridiamo).
M. – (Rido e faccio finta di ricordare). Penso che... Mamma...
P. – ...Amava i nomi composti.
M. – Sì, esatto. Ti dovevi chiamare...
P. – Manfredi!
M. – Ah, sì...
P. – Solo che a papà faceva antipatia un tizio che si chiamava Manfredi e non mi ha voluto chiamare in questo modo...
M. – Questo non lo sapevo...
P. – Peccato, perché Manfredi mi sarebbe piaciuto! E quindi...
M. – Ah, ti piace di più?
P. – No, era bello "Manfredi"! E quindi forse Francesco era un nome di famiglia...
M. – ...È vero, nostro nonno paterno si chiamava Francesco. Il mio secondo nome è Francesca.
P. – Insomma, alla fine hanno patteggiato per Pierfrancesco.

2. Se non ti chiamassi in questo modo, che nome sceglieresti se potessi prenderlo in prestito da un personaggio storico o reale del passato o del presente?
(Ci pensa qualche secondo e poi dice deciso)
P. – Rocco. Come Rocco Chinnici.

3. Sai che questa intervista anticipa il mio prossimo progetto letterario in cui sono intervistate persone note o sconosciute che avrebbero potuto condurre una vita agevole facendo finta di nulla, e che invece, più audaci di Giorgio Kreifenberg, han deciso di sobbarcarsi rischi, disagi ed il biasimo della famiglia, degli amici o della società, compiendo scelte "scomode". Tu, secondo te, perché sei seduto su questa sedia e stai per essere intervistato?
Ci pensa. Ride.
P. – Diciamo più che altro, perché mi è andata bene. Nel senso che alla fine quello che conta è il risultato. Se io non avessi fatto la scelta che ho fatto rinunciando al lavoro comodo, cioè l'assicuratore a Frosinone, e mi fosse andata male, non sarei qua a farmi intervistare. In realtà quello che si apprezza, non è la scelta... Sono pochi quelli che dicono "la scelta in sé è importante". È se ti va bene o se ti va male che alla fine conta!

4. Ne L'Arte della guerra, *scritta fra il 1519 e il 1520, Machiavelli diceva che "Gli uomini che vogliono fare una cosa, debbono prima con ogni industria prepararsi per essere, venendo l'Occasione, apparecchiati a soddisfare a quello che si hanno presupposto di operare". Nelle piccole cose come nelle grandi, è sufficiente impegnarsi con ogni industria, con zelo, tenacia e ostinazione, o si ha anche bisogno dell'Occasione?*
P. – Mah... Quando arriva l'occasione, devi essere preparato! Nel senso che io ho avuto delle occasioni, dei momenti, che un po' sono arrivati per fortuna, un po' perché me la son cercata... anche se neanche tanto alla fine, visto il mio carattere: spesso spinto dagli altri, "fai questo, fai quello"... Però se non avessi avuto la merce da vendere, non la vendevo!

M. – E se avessi avuto solo quella (la merce, *n.d.a.*)? Ce l'avresti fatta lo stesso? Saresti sempre qua su questa sedia?
P. – Se avessi avuto solo quella? Diciamo che devi aspettare l'occasione...
M. – Quindi contano l'occasione, la fortuna?
P. – Si, certo... certo... Però, la fortuna da sola, insomma... Cioè, la fortuna ti conduce davanti a qualcuno che può aiutarti a mettere in atto la tua arte. Ma se ti capita l'occasione e niente da dire, non sai cosa fare... non ti accorgi neanche che è il tuo momento fortunato!
M. – Ma è determinante, la fortuna? Gli americani, ad esempio, pensano che se uno si prepara con tenacia e ostinazione, alla fine si è premiati.
P. – In Italia è determinante! (Ride). Io dico sempre, domani attraverso la strada, ho un incidente e divento tetraplegico! Lì, è sfiga!
M. – Però prepararsi favorisce l'occasione.
P. – E sì, certo!

5. A cosa pensi e cosa provi nei momenti più duri quando hai tutti contro e le critiche si abbattono numerose? A quale forza ti sei aggrappato in passato?
P. – In realtà non c'è mai stato un momento in cui...
M. – Quando eri a Londra e mamma e papà ti vedevano come un lavapiatti, anche se seguivi i corsi serali di *Media Practice*.
P. – Ah, tu dici in passato!... Ma quella è una fase che io... non mi toccava... (Ride col suo tipico sorriso ironico).
M. – E quando escono gli ascolti dei tuoi film?
P. - Eh, quello... Gli incassi. Oppure la prima volta che ho ricevuto delle critiche di *In Guerra per Amore*, c'era da "capolavoro" a "una merda di film"...
M. – E in quel momento a quale forza ti sei aggrappato?
P. – (Riflette). Alla critica che andava bene! (Ride). ...Però credo che la devi mettere in conto. Il problema è che chi fa 'sto la-

voro lo ama per sentirsi dire, "Bravo, bello, bello, bravo, quanto sei intelligente"! E non deve essere così. Anzi, più hai successo, più ti criticano. In realtà, lucidamente, se ci ragioni, avere una buona critica cinematografica fa bene al cinema. Per il mio primo film (*La Mafia uccide solo d'estate, n.d.a.*) le critiche erano tutte positive, poi all'interno c'era qualche critica negativa, ma questo ha aiutato anche a crescere. Il problema è che, soprattutto con internet, chiunque è diventato critico, quindi non riesci più a capire qual è la critica giusta e costruttiva: può anche essere negativa, purché sia costruttiva! Cioè, spesso, per quanto riguarda le critiche che mi hanno fatto, ahimè, devo dire ora, a lucido, a freddo, che alcuni avevano pure ragione!

6. Che differenza c'è per te fra decidere di intraprendere la via più tortuosa o, invece, il far finta di niente?
P. – In realtà, secondo me, la via tortuosa la scegli perché hai una motivazione così grande che non ti sembra poi così tortuosa. Cioè, capisci che è tortuosa, ma ti sembra liscia come l'altra...
M. – Probabilmente anche a Falcone sembrava liscia. Quando gli posero quella domanda... (l'intervista è trasmessa da *Blu Notte, Misteri italiani*, andata in onda il 19/12/2001, *n.d.a.*).
P. – Sì, quando gli chiesero quella domanda... "Ma chi glielo fa fare?", faceva impressione... guardò il giornalista come a dire "Ma che domande fai?", lui, che era molto sicuro di sé...
M. – La risposta è magnifica: "Per spirito di servizio", ha detto semplicemente, sorridendo.
P. – E un po', probabilmente, non se lo chiedeva neanche...

7. Una grande pena, una grande apprensione o una grande paura, possono giustificare la defezione da una scelta che in determinate circostanze può rivelarsi fatale sia per se stessi che per la collettività? Fino a che punto ci possiamo scusare quando a pagare per la nostra inerzia è anche qualcun altro?

P. – Non so... su domande così ci devo ragionare... eh...
M. – Se uno ha paura, tanta paura, è giustificato, ad esempio, nel caso della mafia, se decide di star zitto? Oppure, come dici tu, il fatto di avere una grande motivazione...
P. – (Poi dice deciso) La verità, se parliamo di mafia, è che io non mi posso aspettare che il vicino di Totò Riina diventi paladino dell'antimafia... mi spiego... Perché oggi si cominciano ad avere i primi negozianti che non pagano il pizzo? Perché comunque si incomincia a sentire uno Stato che è presente. Infatti quando il giornalista negli anni Settanta intervistava il testimone di un omicidio e quello diceva "Ma io non ho visto niente", facendoci apparire omertosi, era implicito: "o testimoni, o t'ammazzo".
M. – O ammazzano i figli.
P. – Esatto. Generalmente ammazzano direttamente lui. Io credo che anche uno di Bolzano in questo caso avrebbe detto "Io non ho visto niente".
M. – Sì, è vero! Invece spesso si è puntato il dito...
P. – Eh sì, è facile parlare. Ripeto, può il vicino di Totò Riina, che gli vive accanto, ogni giorno, con tutta la famiglia, dire "Ah, sì, sì, lui è un mafioso, dovete arrestarlo..." È evidente che uno dev'essere coraggioso, ma non dev'essere un suicida. E ci dev'essere dietro un sistema che ti protegge.
M. – E la scelta di Falcone che diceva "Il vigliacco muore più volte al giorno, il coraggioso una volta sola"?
P. – È Paolo Borsellino che l'ha detto...
M. – Io pensavo l'avesse detto Falcone...
P. – No... credo Paolo Borsellino.
M. – Sono quasi sicura che l'abbia detto Falcone. Sì, dev'essere Falcone.
P. – Secondo me è Borsellino...
Però è chiaro che tutti quelli che sono in prima linea ti rispondono "certo che ho paura"; ma bisognava combatterla 'sta paura! Adesso dico una frase fatta: "se uno non avesse paura,

sarebbe incosciente...” e non farebbe bene a nessuno. Cioè, la questione è che bisogna combattere, sconfiggere la paura...

8. *Un mio conoscente tiene, nella libreria del salone, ben in mostra fra i suoi libri, una copia di* Mein Kampf *di A. Hitler. Davanti al mio stupore e alle mie domande, con grande tranquillità mi ha spiegato che si tratta dell'omaggio che i suoi genitori ricevettero il giorno del loro matrimonio, come si usava fare alle coppie di giovani sposi, in Germania, negli anni Trenta, e che per lui non si tratta che di un caro ricordo di famiglia e niente più. Pensi che la sua spiegazione e la sua scelta siano comprensibili e legittime?*
P. – Beh, sì, assolutamente sì... Dipende da...
M. – Dal significato che gli attribuisci.
P. – Sì. Se lo mette là e te lo spiega... Poi è nell'azione delle persone che uno è nazista o meno. Però, se te lo mette illuminato su un altarino, già cambia! (Ride).
M. – In effetti si vedeva, ma era con gli altri libri. Sono stata io ad andare a guardare.
P. – Io ad esempio ho... lo nascondo... non ho *Mein Kampf*, ma sugli scaffali, fra i vari dvd, ho un film porno. Sulla copertina ci sono io perché facevo un servizio per *Le Iene*! Fa ridere perché nella foto dietro c'è quest'orgia e io con la telecamera che riprendo (ride)! Lo metto là, ma non gli do il valore di...
M. – Non te lo guardi la sera... (Ridiamo).
P. – No! (Ride). Non l'ho neanche mai visto, però ha un significato preciso. Bisogna avere una certa confidenza con il male. Se noi ce ne allontaniamo, finiamo per non conoscerlo bene e non capiamo nulla, invece bisogna avvicinarsi alla tigre e poi capisci che certe cose con la tigre non si devono fare... Tra l'altro avevo intenzione di leggerlo *Mein Kampf*...

9. *Se non fossi te ma un'altra persona, ti incontrassi e avessi occasione di conoscerti un po', con che parole descriveresti Pierfrancesco Diliberto?*
P. – Sono pigro e anaffettivo. L'ho letto sulla Treccani che anaffettivo è uno che ha i sentimenti dentro, ma non li esprime.

Quindi io ho sempre avuto questo problema che la mia faccia non esprimeva quel sentimento che avevo dentro, creando grossi equivoci e problemi di varia natura, al lavoro...
M. – Quindi tu come ti descriveresti? Quel signore è pigro, anaffettivo...
(Ci riflette.)
M. – (Rido) Beh, qualche volta simpatico!
P. – ...Anaffettivo, però simpatico.
Rido.
P. – Spero piacevole! (Ride).

10. Se non fossi Pierfrancesco, chi vorresti essere?
(Riflette a lungo.)
P. – Qui può valere tutto... (Riflette ancora)... Non so... Ti direi uno dei miei eroi dell'antimafia... Comunque (dice poi, deciso) uno che vuole cambiare il mondo. C'è una frase molto bella citata da un prete che citava a sua volta un altro, non ne ho mai capito la fonte, e diceva... credo di averla personalizzata... però il concetto che mi piaceva era "Io non so se riuscirò a cambiare il mondo, ma di sicuro questo mondo non cambierà me". E mi sembra una buona posizione. Nel senso che io vorrei migliorare il mondo. Forse ci riuscirò e forse no, però quello che non vorrei è che il mondo cambiasse me.

Epilogo

New York, Washington, Boston, San Francisco, Dallas, Phoenix, Detroit, con l'insediamento di Donald Trump l'America intera sembra aver deciso di mobilitarsi e reagire con violenza a provvedimenti senza precedenti quanto a cinismo. La disumanità fa più paura del terrorismo?
P. – Sì, perché... è complicato... cioè, noi abbiamo a che fare col fanatismo, in un certo senso, e questo tipo di fanatismo un po' te lo aspetti, in qualche modo lo comprendi, c'è tutta

una spiegazione dietro. Quello che invece non ti aspetti, nel mio ideale di società, è che il fanatismo venga anche da chi governa. Chi è al potere, generalmente, per quanto fanatico, non arriva mai a questo eccesso. Trump sta dimostrando che invece si può arrivare all'eccesso. E allora io mi spavento di più: lui è quello che mi dovrebbe garantire una società giusta ed equa. Che il terrorista faccia il terrorista, lo dai per scontato... E comunque non si combatte un fanatismo con un altro fanatismo.

Sulla Stampa *del 22 gennaio 1987 Primo Levi scrisse un articolo intitolato "Il buco nero di Auschwitz". Ecco cosa scrisse: «Che il Gulag fu prima di Auschwitz è vero; ma non si può dimenticare che gli scopi dei due inferni non erano gli stessi. Il primo era un massacro fra uguali; non si basava su un primato razziale, non divideva l'umanità in superuomini e sottouomini: il secondo si fondava su un'ideologia impregnata di razzismo. Se avesse prevalso, ci troveremmo oggi in un mondo spaccato in due, "noi" i signori da una parte, tutti gli altri al loro servizio o sterminati perché razzialmente inferiori». Ai comunisti si può rimproverare di aver tradito i loro ideali, dei nazisti non si può che lodarne la coerenza. Cosa significano per te queste due ideologie?*

P. – Domandine semplici semplici. (Sorride). Direi che sono d'accordo con Primo Levi. (Ride e fa una pausa). Allora... È vero... Aggiungo qualcosa a Primo Levi! (Ride). Un'altra cosa che si potrebbe dire è che il nazismo, in quanto molto coerente, è stato applicato in ogni paese in modo uguale. Il comunismo, invece, in ogni paese cambia.

M. – Infatti, questa è la dimostrazione che le due ideologie sono proprio diverse...

P. – Che poi ognuno vive il proprio comunismo! Il comunismo in Emilia Romagna... vuoi metterlo con quello della Cina o della Corea? In Emilia Romagna c'era quel detto... come faceva? Dio in cielo e Stalin sulla terra. Controllalo, ma mi pare dicesse così... Che gli vuoi dire a un comunista bolognese?

Se gli dicevi del Gulag... gli era completamente estraneo! Io ricordo una foto di Pio La Torre, giusto per rimanere sempre in tema, veniva da una famiglia comunista che lo portava alla festa di San Giuseppe!
M. – Ma il cristianesimo e il comunismo si possono toccare?
P. – Assolutamente sì. (Fa una pausa)... Quindi, aggiungerei a Primo Levi questo concetto. (Ride).

Stiamo per concludere. Cosa rappresenta per te esattamente il cinema? (Ride).
- Mah... io ho girato due film. Soprattutto per il primo mi fece impressione il fatto di fare dei provini a gente adulta, che poteva essere mio padre o mio nonno. Ci chiudevamo in una stanza e gli spiegavo cosa volevo fargli fare. In un attimo di lucidità mi rendevo conto di trovarmi davanti a un settantenne che si metteva a piangere in ginocchio facendo finta di essere un'altra persona (ride)... e questa cosa è incredibile, se ci pensi: c'è gente che campa facendo finta di piangere. Come i bambini! Per questo mi piace l'idea di utilizzare gli stessi attori il più possibile... Poi, ovvio, decide la sceneggiatura, ma mi piace l'idea di chiamare Maurizio Marchetti (uno degli attori che ha recitato in entrambi i film, *n.d.a.*) e dire, come quando si giocava da bambini, "oh Maurizio, adesso tu fai l'indiano, adesso fai..." Quindi lo vedo come un gioco infantile fatto da gente adulta, che però coinvolge il mondo intero: perché comunque tu entri al cinema e il film ti segna!
M. – E che poi lo cambia anche il mondo...
P. – Lo puoi cambiare, sì, con un ricordo, un'immagine...
M. – Quindi il tuo desiderio di cambiare il mondo e la tua sindrome di Peter Pan si sono incontrate nella tua attività cinematografica!
Ridiamo.
P. – Sicuramente sì... (Ride ancora). Se andassi dall'analista sicuramente mi direbbe questo! (Ridiamo).

M. – Il mio fratellino gioca ancora agli indiani e ai cow-boy, il bene contro il male. (Ridiamo).
P. – In realtà è così. Poi se ci pensi bene (dice più serio) ci sono un sacco di soldi in gioco, c'è gente che ci campa. Col tuo film ci campa tutta la troupe, ci campa il montatore, ci campa la casa di produzione, ci campano i cinema.
M. – Quindi il lato adulto non ti dispiace.
P. – No, però non ci devi pensare! Non devi pensare che un eventuale fallimento... che se un film va male sono coinvolte tutte queste persone... Alla fine comunque, un film che ha successo è fatto da gente che ha giocato bene.

*Concludiamo. Ti mostro la foto che è riuscita a stravolgere senza appello la vita di Giorgio Kreifenberg, il protagonista dell'*Oscura allegrezza. *Vi sono ritratti i volti stravolti e deformati dei carusi, i bambini che lavoravano nelle miniere di zolfo, in Sicilia, fra il XIX ed il XX secolo. Cosa provi e cosa pensi dopo aver visto questa fotografia?*
P. – Eh... che in realtà rappresentano quell'aspetto della vita, del mondo, che uno tenta di mettere da parte, e che però, in realtà, c'è ancora, perché ogni volta che prendi un'arancia, un frutto... sai che ci sono un sacco di extracomunitari...
M. – Ma, bambini?
P. – No, bambini no, ma gente sfruttata!
M. – E il fatto che quelli nella foto siano bambini che hanno otto anni mentre sembra che ne abbiano ottanta?
P. – È quel mondo là che uno non vuol vedere...
M. – E se lo vede, che si fa?
P. – (Silenzio) Il problema è che non lo vogliamo vedere.
M. – Eh... infatti il protagonista del libro lo vede e gli cambia tutta la vita! Prima di guardare la foto, Giorgio diceva che, stringendo i denti, si sarebbe dovuto aspettare che l'industrializzazione del Nord si sviluppasse per salvare, in un secondo momento, l'economia del Sud e mettere fine a tutte le iniquità

sociali. Davanti alle facce deformi di quei bambini, l'espressione "stringere i denti" perde a un tratto ai suoi occhi ogni senso. Per salvarne sessanta se ne devono sacrificare quaranta. Ma se si guardano in faccia questi quaranta?

P. – Cinicamente, uno dice "meglio sacrificarne quaranta per salvarne sessanta".

M. – Sì, ma chi lo dice non ha i propri figli fra i quaranta!

P. – Non è lui stesso fra i quaranta...

Ci guardiamo come a riflettere ancora, quasi incapaci di risolvere il dilemma.

P. – In realtà la vera coerenza è "ne salviamo sessanta, ma io devo mettermi fra i quaranta". ...Questo sarebbe il finale di un film meraviglioso. (Ride).

M. – Bella questa risposta!